岩 波 文 庫

37-511-11

失われた時を求めて

11

囚われの女 II

プルースト作
吉川一義訳

岩 波 書 店

Marcel Proust

À LA RECHERCHE DU TEMPS PERDU

La Prisonnière

凡　例

一、本書は、マルセル・プルースト『失われた時を求めて』（一九一三―二七）の全訳である。翻訳にあたっては、つぎに掲げるジャン＝イヴ・タディエ監修のプレイヤッド版を主たる底本とし、以下の刊本を参照した。

Marcel Proust, *À la recherche du temps perdu*, sous la direction de Jean-Yves Tadié, Gallimard, «Bibliothèque de la Pléiade», 4 vol., 1987–89.（訳注では「プレイヤッド版」と表記）

Marcel Proust, *À la recherche du temps perdu*, Gallimard, «Folio», 7 vol., 1988–90.（訳注では「フォリオ版」）

Marcel Proust, *À la recherche du temps perdu*, sous la direction de Jean Milly, Flammarion, «GF», 10 vol., 1984–2009.（訳注では「ＧＦ版」）

Marcel Proust, *À la recherche du temps perdu*, «Livre de poche», 7 vol., 1992–2009.（訳注では「リーヴル・ド・ポッシュ版」）

二、本篇『囚われの女』に関しては、さらにつぎの最新の校訂版を参照した。

Marcel Proust, *La Prisonnière*, édition de Luc Fraisse, Classiques Garnier, 2013.（訳注では「ガルニエ版」）

Marcel Proust, *La Prisonnière*, présentation par Jean Milly, quatrième édition revue et mise à jour en 2015, Flammarion, «GF», 2015.（訳注では「ＧＦ版」）

三、本篇に関しては、プルーストが最後に手を入れたつぎのタイプ原稿なども参照した。

Première dactylographie de *La Prisonnière*, n. a. f. 16742–16743.（D1–1, D1–2 と略記）

Troisième dactylographie de *La Prisonnière*, n. a. f. 16745–16747.（D3–1, D3–2, D3–3 と略記）

四、本訳に付した図版は、訳者の調査にもとづいて選定したもので、底本にしたプレイヤッド版他の『失われた時を求めて』の刊本には収録されていない。図版選定の根拠は、主として訳者が著した『プルースト美術館』（一九九八年、筑摩書房）、『プルーストと絵画』（二〇〇八年、岩波書店）、*Proust et l'art pictural*（Paris, Champion, 2010）による。図版には巻ごとに通し番号をつけた。

五、訳注は、巻ごとに通し番号を付し、見開き左ページに傍注として示した。他の巻への言及は「本訳①五〇頁」のように記した。

六、巻頭の地図には、小説本文、訳注に出てくる地名をできるかぎり網羅的に収録した。

七、巻末に場面索引、図版一覧のほか、プレイヤッド版との異同一覧を付す。

目　次

『失われた時を求めて』の全巻構成

第一篇　スワン家のほうへ
コンブレー　（以上、本文庫第一巻）
スワンの恋
土地の名―名　（以上、第二巻）
第二篇　花咲く乙女たちのかげに
スワン夫人をめぐって　（以上、第三巻）
土地の名―土地　（以上、第四巻）
第三篇　ゲルマントのほう
一
二　（以上、第五、六、七巻）
第四篇　ソドムとゴモラ
一
二　（以上、第八、九巻）
第五篇　囚われの女　（以上、第一〇、一一巻）
第六篇　消え去ったアルベルチーヌ（以上、第一二巻）
第七篇　見出された時　（以上、第一三、一四巻）

本巻について

本巻には第五篇『囚われの女』の後半を収める。

前巻の末尾で予告されていたように、アルベルチーヌの同性愛をめぐる疑念にとり憑かれた「私」は、その当否を確かめるべくヴェルデュラン夫人邸の夜会へ出かける。その道中、唐突にスワンの死が報告される。前巻の終盤にも作家ベルゴットの死が語られたばかりである。間を置かず告げられるふたりの死は、その直後に催された夜会で演奏される音楽の永続性と、際立った対比をなす。

この夜会の描写は、本巻前半の二百数十ページを占める。夫人のサロンで催される夜会でありながら、その主役を演じるのはシャルリュス男爵とヴァイオリン奏者モレルである。夫人のかわりに男爵が上流社交界の親しい名士たちを招待し、そこでモレルが、発見されたばかりのヴァントゥイユの遺作「七重奏曲」を演奏するからである。シャルリュスは、老化のせいで隠しきれなくなった青年愛をあたり憚らずあらわにする一方、女主人を歯牙にもかけぬ傲岸不遜な振る舞いでヴェルデュラン夫人の怒りを買い、モレルとの仲を裂かれ、サロンから追放されてしまう。

夜会の人間喜劇とは対照的に、七重奏曲の崇高な音楽は、芸術のみが啓示しうる深い精神世界の存在を「私」に教える。ヴァントゥイユ嬢の女友だちが、作曲家の死期を早めた償いとして遺されたメモを献身的に解読し、この遺作を世に出したことも紹介される。ヴァントゥイユの音楽に触発されて開陳される芸術論はもとより、夜会後に「私」がアルベルチーヌに語って聞かせる文学論にも、『サント＝ブーヴに反論する』などで展開されたプルースト自身の批評方法が反映されている。

夜会のあとも「私」は、同居するアルベルチーヌに率直に恋心を告白することができない。恋人への猜疑心を募らせ、恋人をなおも自宅にひきとどめるため、「別れたほうがいい」と心にもない別離の芝居まで打つ。破局がなんとか回避され、季節が冬から春へと移り変わるあいだ、身勝手な「私」は、恋人との生活は「嫉妬しているときは苦痛」でしかなく「嫉妬していないときは退屈」でしかないと述懐する。かくして「私」の心は「アルベルチーヌは出てゆくかもしれないという不安から比較的平静な気持へと、休みなく揺れ動」く。

そんな疑念も鎮静し安心した「私」が、ヴェネツィアへ発ちたいという欲求に駆られて旅の夢想にふけるある朝、突然アルベルチーヌは出奔する。

本巻の主な登場人物

アルベルチーヌ　「花咲く乙女たち」のひとり。いまや恋人として「私」の家に同居。「私」はアルベルチーヌの同性愛を疑って問い詰めるが、その正体は謎につつまれる。

ボンタン夫人　アルベルチーヌの叔母。本巻でトゥーレーヌに住むとされる。

アンドレ　アルベルチーヌの友人。「私」はアルベルチーヌとの関係を疑う。

レア嬢　レスビアンと噂される女優。「私」はアルベルチーヌのレア嬢との同性愛を疑い、シャルリュスはモレルとレア嬢との奇怪な関係を知る。

ブロック　ユダヤ人の劇作家。「私」の友人。シャルリュスが好意を寄せる。

エステル　ブロックの従妹《いとこ》。同性愛者と噂される。「私」はアルベルチーヌとの関係を疑う。

エメ　バルベックのグランドホテルの給仕頭。

ヴェルデュラン夫人　「音楽の殿堂」たる自邸のサロンで、ヴァントゥイユの遺作を演奏させる。その会を牛耳るシャルリュスの傲岸不遜に腹を立て、男爵とモレルの仲を裂く。

ヴェルデュラン氏　夫人のモレル籠絡に一役買う。サニエットをいじめるのが気晴らし。

ブリショ　怪しげな学識をひけらかすソルボンヌの「倫理学の教授」。いまや目が不自由で、「新式のメガネ」をかける。男性同性愛の今昔についてシャルリュスに語るよう仕向ける。

コタール　パリ大学医学部教授。「少数精鋭」の古参メンバーのひとり。
サニエット　小心な古文書学者。古風なことば遣いをヴェルデュラン氏から揶揄される。
スキー　ポーランド人の彫刻家。芸術家を気取る皮肉屋。
シェルバトフ大公妃　ヴェルデュラン夫人と親しかった没落貴族。その訃報が届く。
シャルリュス男爵（パラメード）　ゲルマント一族のひとり。モレルを愛する同性愛者。老化ゆえに自分の性癖を隠せない。傲岸不遜な言動でヴェルデュラン夫人の顰蹙《ひんしゅく》を買う。
モレル（シャルル）　愛称シャルリ。「私」の大叔父の従僕の息子。シャルリュスの庇護を受けるヴァイオリン奏者。男を愛するのみならず、レスビアンの女も愛することが判明。
ジュピアン　ゲルマント家の館の中庭に店を出したチョッキの仕立屋。その後は役所勤め。
ジュピアンの姪　ジュピアンの店を継ぎ、上流階級に顧客をもつ。モレルに恋焦がれる。
ナポリ王妃　両シチリア王国（ナポリ王国）最後の統治者フランチェスコ二世の妃。ガエータの城塞で勇敢に戦ったが敗北し、王国は滅亡。世紀末からパリに亡命、ヌイイに住む。
ヴァントゥイユ　今は亡き大作曲家。そのソナタは「スワンの恋」の「国歌」となった。本巻のヴェルデュラン夫人の夜会では、遺作の七重奏曲が演奏される。
ヴァントゥイユ嬢　「私」は昔モンジュヴァンで、この娘の同性愛を目撃した。それが遠因となって、「私」はヴァントゥイユ嬢やその女友だちのアルベルチーヌとの関係を疑う。

ヴァントゥイユ嬢の女友だち　モンジュヴァンにおけるヴァントゥイユ嬢の同性愛の相手。ヴァントゥイユの死期を早めたことを悔いてその遺稿を解読、七重奏曲を世に出す。

ゲルマント公爵夫人（オリヤーヌ）　いまやアルベルチーヌのおしゃれの指南役。

ゲルマント大公（ジルベール）　シャルリュスの従兄。モレルと一夜をすごした同性愛者。

サン＝ルー（ロベール）　シャルリュス男爵とゲルマント公爵の甥。「私」の友人。

ヴィルパリジ侯爵夫人　シャルリュスの叔母。「私」の祖母の学友。

モレ伯爵夫人　社交界に台頭してきた貴婦人。いまやシャルリュスに嫌われている。

スワン（シャルル）　教養豊かなユダヤ人。ゲルマント家と親密な社交家。訃報が届く。

スワン夫人（オデット）　元のクレシー夫人。結婚前はスワンが首っ丈になった粋筋の女《ココット》。スワンをだましたオデットの昔の色恋沙汰をシャルリュスが暴露する。

ジルベルト　スワンの娘。「私」の初恋の相手。

フォルトゥーニ　ヴェネツィアの服飾デザイナー。その部屋着をアルベルチーヌが着る。

エルスチール　バルベックにアトリエを構えていた大画家。昔の「少数精鋭」のひとり。

ベルゴット　少年の「私」が憧れた文豪。その病気と死は、前巻で語られた。

オランダ王国
ベルギー王国
ライン川
ドイツ帝国
フランクフルト
ルクセンブルク大公国
ランス
ロレーヌ
ストラスブール
アルザス
コルマール
ヴェズレー
ディジョン
ボーヌ
スイス
レマン湖
サン＝モリッツ
ジュネーヴ
エヴィアン
モンブラン
リヨン
アルプス
ミラノ
ヴェネツィア
グルノーブル
イタリア王国
ローヌ川
ジェノヴァ
ニーム
カンヌ
ニース
ピサ
フィレンツェ
マルセイユ
トゥーロン
オルヴィエート
コルシカ島
地中海
ローマ
ガエータ

①1900年前後のフランスとその周辺
イギリス
イギリス海峡
英領チャンネル諸島
シェルブール
トルーヴィル
ドーヴィル
カブール
バイユー
カーン
リジュー
ルーアン
ディエップ
ダンケルク
カレー
リール
アミアン
ボーヴェ
リアンクール
シャンティイ
セーヌ川
パリ
マルヌ川
アヴランシュ
ノルマンディー
サン=マロ
ブレスト
カンペール
ブルターニュ
ヴィトレ
レンヌ
レ・ロシェ
ル・マン
シャルトル
ヴェルサイユ
フォンテーヌブロー
オルレアン
ブロワ
ヴァンヌ
アンジェ
ナント
トゥール
アンボワーズ
ロワール川
トゥーレーヌ
ブールジュ
ソーミュール
シャトールー
ポワチエ
ヴィシー
リモージュ
クレルモン=フェラン
大西洋
ドルドーニュ川
中央山塊
ボルドー
ガロンヌ川
アルビ
ビアリッツ
トゥールーズ
バスク
ポー
ピレネー山脈
スペイン王国

モンマルトル
墓地
サクレ＝クール
寺院
シャ・ノワール／
ミルリトン
ラ・ヴィレット
北駅
ロシュシュアール通り
ビュット＝ショーモン
コンセルヴァトワール
東駅
オペラ座
フォーブール・
ポワソニエール通り
イタリアン大通り
オペラ大通り
レピュブリック広場
ポン＝ト＝シュー通り
サン＝セバスチャン通り
フランス学士院
アムロ通り
ルーヴル
マラケ河岸
コンティ河岸
サント＝シャペル
ノートルダム大聖堂
ペール＝
ラシェーズ墓地
シテ島
ボナパルト通り
サン＝ルイ島
バスチーユ広場
エコール・デ・
ボザール
コレージュ・ド・フランス
ソルボンヌ
リュクサン
ブール宮殿
パンテオン
植物園
リヨン駅
サン＝ミッシェル
大通り
リュクサンブール公園
オルレアン駅
倉庫
倉庫
ヴァンセンヌ
の森
シャラントン
モンスリー公園

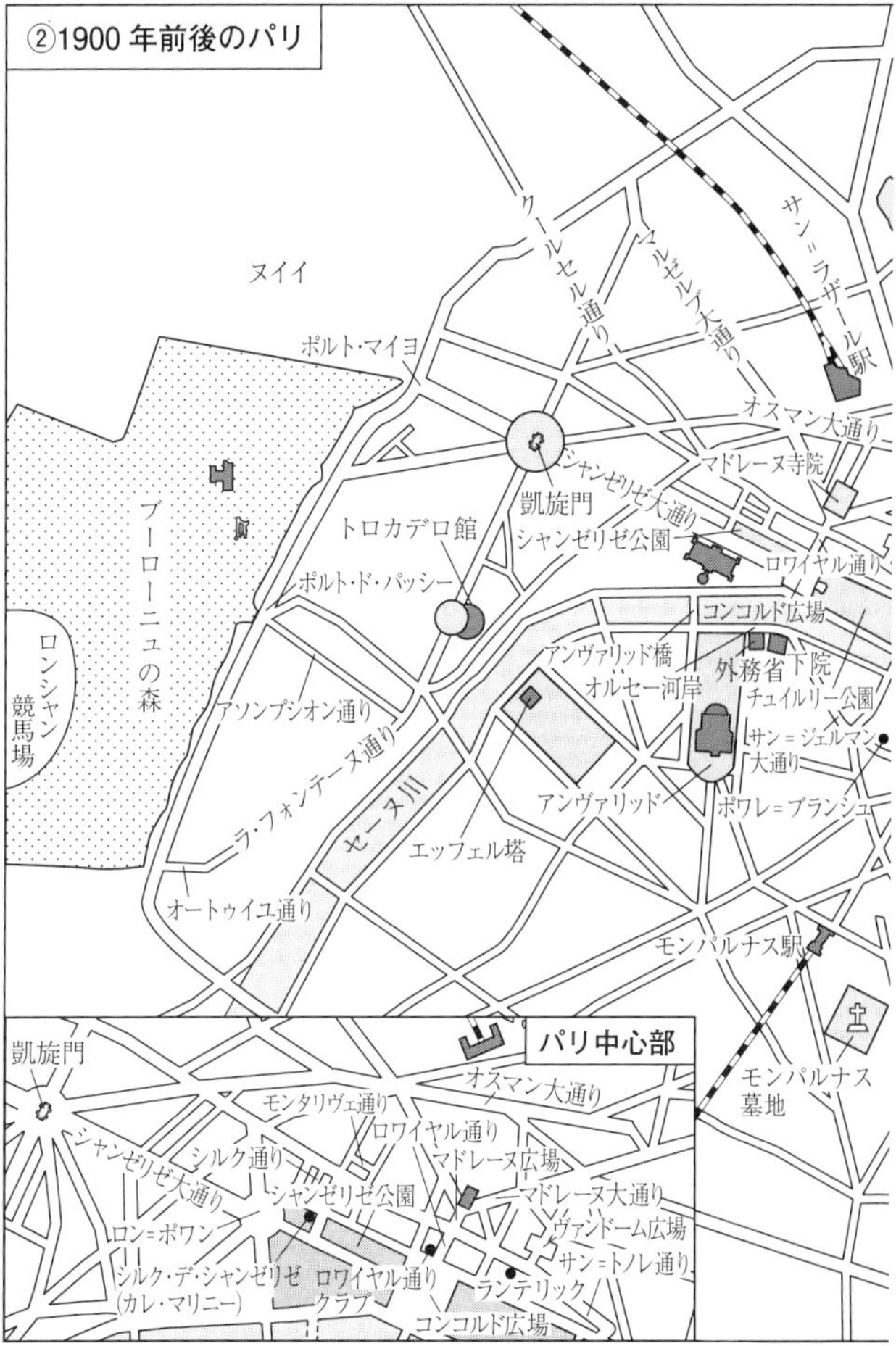
②1900 年前後のパリ
ヌイイ
ブーローニュの森
ロンシャン競馬場
ポルト・マイヨ
クールセル通り
マルゼルブ大通り
サン＝ラザール駅
オスマン大通り
マドレーヌ寺院
凱旋門
シャンゼリゼ大通り
トロカデロ館
シャンゼリゼ公園
ロワイヤル通り
ポルト・ド・パッシー
コンコルド広場
アンヴァリッド橋
外務省
下院
オルセー河岸
チュイルリー公園
アソンプシオン通り
ラ・フォンテーヌ通り
サン＝ジェルマン大通り
アンヴァリッド
ポワレ＝ブランシュ
セーヌ川
エッフェル塔
オートゥイユ通り
モンパルナス駅
モンパルナス墓地
パリ中心部
凱旋門
オスマン大通り
モンタリヴェ通り
ロワイヤル通り
シャンゼリゼ大通り
シルク通り
マドレーヌ広場
シャンゼリゼ公園
マドレーヌ大通り
ロン＝ポワン
ヴァンドーム広場
サン＝トノレ通り
シルク・デ・シャンゼリゼ
（カレ・マリニー）
ロワイヤル通り
クラブ
ランテリック
コンコルド広場

失われた時を求めて 11

第五篇　囚われの女 II

（『ソドムとゴモラ 三　第一部』）

セーヌ河岸に沿って進んでいた私の馬車がヴェルデュラン家へ近づいたとき、私は馬車を停めさせた。そのときブリショがボナパルト通り(1)の角で路面鉄道《トラムウェー》から降り、古新聞で靴を拭い、パールグレーの手袋をはめるのが見えたからだ。私はそちらへ歩み寄った。しばらく前から眼病の悪化で視力の衰えたブリショが——実験室の立派な設備みたいに——装着していた新式のメガネは、まるで天体望遠鏡のような強力かつ複雑な装置を目にネジでとりつけているかに見えた。ブリショはそのメガネの過剰な光を私のうえに注いで、私のすがたを認めた。メガネの調子は上々であったが、その奥に見えたのは、ごく小さな、青白い、痙攣して消え入りそうなぼんやりしたまなざしで、それがこの強力な装置の下に置かれているのは、やっている仕事からすると潤沢すぎる補助金を受けた研究室において、最先端の器具の下に取るに足りぬ瀕死の虫けらを置いた感がある。私はこのなかば盲目の人に腕を貸して、歩行を助けてやった。「こうしてお会いするのは、もはや大シェルブールのそばではなくて」とブリショは

（1）パリの左岸、エコール・デ・ボザールの横を通ってマラケ河岸に出る通り（地図②参照）。

図1　1900年のオ・プチ・ダンケルク

ブリショの発言は，これから向かうヴェルデュラン家の館が，シェルブール(ブリショが「大」を付したのは以下の「小」との対比)から遠くない別荘ラ・ラスプリエールではなく，ベルギー国境近くの港町ダンケルク(地図①参照)ならぬ「オ・プチ・ダンケルク」なる店のそばに所在するという意味．同店(Au Petit Dunkerque「小ダンケルクにて」の意)は18世紀にダンケルク出身のグランシェがパリのコンティ河岸(地図②参照)3番地に開いた骨董屋．「プチ・ダンケルク」の語が粋な小物や装身具の代名詞になるほど店は繁盛した．18世紀末以降にワイン店となったが，1913年にとり壊されるまで「オ・プチ・ダンケルク」を名乗った．上図は，写真家アジェが1900年に撮影した店の玄関．戸口上部に店名が記され，その上方に掲げられた帆船は店の看板(現在はパリのカルナヴァレ博物館所蔵)．

私に言った、「小ダンケルクのそばですな。」この発言に私はうんざりした。その意味するところを理解できなかったからであるが、さりとてブリショにそれを訊ねる気にはならなかった。軽蔑されるのを怖れたからではなく、氏の説明をくどくど聞かされるのを怖れたのだ。(2) 私はその昔スワンが毎晩のようにオデットに会っていたサロンを見るのは興味津々だと答えた。「なんですと、そんな古い話をご存じですか？」と氏は言った。

そのころ私の心を動転させたのは、スワンの死である。スワンの死！　この文言において「スワンの」は単なる属格の役割を果たしているのではない。これを私は、特別な死、運命によってスワンに遣わされた死という意味に理解している。というのも、われわれはことを簡単にするためひと口に死と言っているが、じつは人間の数と同じだけの多様な死が存在するからである。さまざまな死、運命に導かれてあれこれの人のもとへ遣わされた活動的な多くの死が、あらゆる方向へ全速力で駆けているのだが、われわれはそのすがたを目にすることのできる感覚を持ち合わせていない。死のなかには、しばしば二、三年後にならないと責務から解放されないものがある。大急ぎで駆けつけた死は、スワンの脇腹に癌を植えつけると、つぎはべつの任務へ出かけてゆき、ふ

（2）図1参照。

たたび戻ってくるのは、外科医の手術が終わって新たに癌を植えつけなければならないときである。そのあと「ゴーロワ」紙で、スワンの容体は憂慮されていたものの、病状は完全に快方へ向かいつつある、という近況を読むときが来る。そんなときに死は、人が最期の息をひきとる数分前、病人を殺すためではなく看病するためにやって来た修道女のようにその人の最期の瞬間に立ち会い、心臓の鼓動が止まり永久に冷たくなった人の頭に最期の後光をいだかせる。そして、このような死の多様性、死のたどる行路の不思議、死がまとう宿命の肩章の色合い、それらが新聞の訃報をきわめて印象深いものにするのだ。「シャルル・スワン氏が痛ましい闘病の末、昨日パリの自邸にて逝去されたとの報に接し、哀惜の念に堪えない。パリジャンとしての才気はもとより、終生変わらぬ確かなえり抜きの交友関係が万人から高く評価されていた氏の逝去は、各界が等しく惜しむところであろう。芸術や文学の世界で氏は、その洗練された明敏な趣味ゆえに、みずから楽しむとともに万人から慕われ、その点はジョッキー・クラブでも同様で、その意見を傾聴せぬ者とてない最古参会員のひとりであった。氏はユニオン・クラブやアグリコル・クラブ(3)のメンバーでもあった。ロワイヤル通りクラブには退会届を提出したばかりであった。氏の才気あふれる風貌は、その赫々《かっかく》たる名声とともに、音楽や絵画のグレイト・イヴェント、とくに「ヴェルニサージュ」

において、参会者の関心をそそらずにはおかなかったが、こうした催しの熱心な常連であった氏も、近年はめったに住まいから出なかった。葬儀は来る云々。」

このような観点からすると、死者が「ひとかどの人物」でないかぎり、周知の肩書きの不在は死の解体をいっそう早めてしまう。もちろんユゼス公爵という肩書きしかないのでは、たしかに匿名にも等しく、個性も見極められない。とはいえその公爵冠は、アルベルチーヌの大好きなさまざまな形をみごとにかたどったアイスクリームの各要素のように、[4]しばらくは当人の各要素を固定してくれるのだ。それにひきかえブルジョワたちの名前は、極めつきの社交家でも本人が死ぬとたちまち崩壊して溶けだし、「形を喪失」する。すでに見たようにゲルマント夫人は、カルチエのことをラ・トレムイユ公爵の一番の親友で、貴族階級における寵児だと語ったことがある。[5]しかしつぎの世代にとってカルチエはなんとも形をなさぬ人物になり果て、宝石商のカルチエの親戚と考えるだけでも過大評価と思われるほどになるが、無知な輩がそんな混

（3）　ユニオン・クラブは、ジョッキー・クラブと並んで極めて閉鎖的なクラブ（マドレーヌ大通り（地図②参照）一一番地に所在）。ゲルマント公爵もメンバー（本訳⑥一四八頁）。アグリコル・クラブ（一八三五―一九二六）は、農業振興を目的に大地主らが創設、ロワイヤル通りクラブと合体や分裂をくり返した。

（4）　本訳⑩二八九―九二頁参照。

（5）　ゲルマント夫人のカルチエ評は、本訳⑩九〇頁を参照。

図2　ジェームズ・ティソ『ロワイヤル通りクラブ』(オルセー美術館)

ロワイヤル通りクラブは，同通りとコンコルド広場の角に所在した閉鎖的なクラブ(1855–1916)(現オテル・ド・クリヨンの建物．本巻地図②，本訳③ 146 頁図 8 参照)．上図は，フランス人画家ティソ(1836–1902．英国趣味からジェームズを名乗るが本名はジャック＝ジョゼフ)が 1867 年におけるクラブのバルコニーに 12 名のメンバーを配した集団肖像画(1868，縦 174.5 cm，横 280 cm)．左から 2 人目がデュ・ロー・ダルマン侯爵(1833–1919．本訳⑧ 325 頁)，7 人目がフランス銀行理事ロドルフ・オッタンゲール男爵(1835–1920)，9 人目がガストン・ド・サン＝モーリス男爵(1831–1905)，10 人目がエドモン・ド・ポリニャック大公(1834–1901．本訳⑦ 428 頁と注 450)，11 人目がパリ・コミューンを弾圧し，陸相としてドレフュス事件の処理にあたったガストン・ド・ガリフェ侯爵(1830–1909．本訳⑤ 278 頁と注 235)，一番右手がロチルド銀行代理人を父に持ちスワンのモデルとされるシャルル・アース(1832/33–1902)．サン＝ルーは本クラブについて「一族のなかでは「地位を下げる」クラブとみなされていたが，そこなら何人かユダヤ人も受け入れているのを知っていた」という(本訳④ 291 頁)．この画は 1922 年，パリの装飾美術館における展覧会に出品され(当時はオッタンゲール家所蔵)，その図版が挿絵入り週刊紙「イリュストラシオン」(同年 6 月 10 日号)に掲載された(上図は同紙から転載)．プルーストはこの図版の切り抜きを送ってくれた作家ポール・ブラックに礼状をしたため，「ここに描かれた人物はアースとエドモン・ド・ポリニャックとサン＝モーリスしか知りませんが，こうして再会できるのはなんという喜びでしょう」と語った(同年 8 月 9 日の書簡)．この画に「シャルル・スワン」が登場するという小説の設定は「訳者あとがき(11)」参照．

同をするのを見たら本人は苦笑したにちがいない。それにひきかえスワンは知的にも芸術的にも注目すべき名士であったから、なにひとつ「生み出す」ことはなかったにもかかわらず、いささか長らくその名をとどめることができたのである。とはいえ、親愛なるシャルル・スワンよ、私はまだ若造で、あなたは鬼籍にはいる直前だったから、親しくつき合うことはできなかったが、あなたが愚かな若輩と思っておられたにちがいない人間があなたを小説の一篇の主人公にしたからこそ、あなたのことがふたたび話題になり、あなたも生きながらえる可能性があるのだ。ロワイヤル通りクラブのバルコニーを描いたティソの画のなかで、あなたはガリフェと、エドモン・ド・ポリニャックと、サン＝モーリスとのあいだにおられるが、そのあなたのことがこれほど話題になるのは、スワンという人物のなかにあなたのものであった特徴がいくつか認められるからにほかならない(6)。

もっと一般的なさまざまな現実へ話をもどすと、スワンの死は想いがけないとはいえ予告されていて、私がスワン自身の口からその予告を聞いたのはゲルマント公爵夫人邸において、その夜、公爵夫人の従姉妹のところでパーティーが開催された日のことである(7)。その同じ死の特殊な奇怪さに私がハッとさせられたのは、ある夜、新聞を

（6）図2参照。

めくっていたときで、時宜をえず挿入された不可思議な数行に要約された訃報がふと私の目をひいたのだ。そのわずか数行によって、生きている人は、話しかけられても答えられぬ存在、つまりそこに記されたただの名前、現実の世界からいきなり沈黙の王国へ移されたただの名前と化したのである。その数行のせいでいまや私には、その昔ヴェルデュラン夫妻が暮らしていた住まいをもっと知りたい、当時は新聞に数行の文字で記されるだけの存在ではなかったスワンがしばしばオデットと晩餐を共にした住まいをもっと知りたいという欲求が芽生えたのである。さらにつけ加えておかなければならないが（これらはスワンの死の個人的な奇怪さとは関係がないけれど、私にとって長らくスワンの死をほかの人の死よりも辛いものにした原因である）、ジルベルトに会いに行くという、ゲルマント大公妃邸でスワンにした約束を私が守らなかったこと、その夜、スワンが大公との会談を打ち明ける相手として私を選んだ「べつの理由」を暗示しておきながら教えてくれなかったこと(8)、フェルメールのこと、ムーシー氏のこと(9)、スワン自身のこと、ブーシェのタピスリーのこと(10)、コンブレーのことなど、スワンに訊きたいと思うそうした種々雑多なことにかんする無数の質問が（水の底から湧きあがる多くの泡のように）浮かんできて、それらの質問は、私が訊ねるのを日延べにしていたのだからなんら急を要するものではなかったが、スワンの口が閉ざされもはや回答が得られない今となっては、重要なものに思われたのである。他人の死は[11]、みずから旅に出た人が、パリから百キロも離れてから、二ダースのハンカチを忘れてしまったことや、料理女に鍵を預けたり、叔父に別れを告げたり、見たいと思っている古い噴水のある町の名を訊いたりするのを忘れていたことを想い出すようなものである。このように忘れていたことが押し寄せてきても、それを同行の友人にただ形だけ大声で告げてみたところで返ってくる返事はただ何も答えぬ腰掛けの断固たる拒否と駅員の呼ばわる駅名だけで、それはもはや不可能となった行為の実現をますます遠ざけるばかりであるから、旅人は取り返しのつかぬ忘れもののことを考えるのはあきらめ、弁当の包みを開け、持ってきた新聞や雑誌をたがいに交換するので

（7）『ゲルマントのほう』の末尾、本訳⑦五五三―五四頁参照。

（8）ジルベルトに会いに行く約束は本訳⑧二六〇頁、「べつの理由」は同二四一―四二頁参照。

（9）フェルメールはスワンが研究していた画家。ムーシー公爵（一八四一―一九〇九）は、スワンとともにジョッキーの会員であった（本訳⑦五二六頁参照）。

（10）ロココ様式の画家フランソワ・ブーシェ（一七〇三―七〇）は、パリの北方ボーヴェ（地図①参照）の王立タピスリー製造所のために多くの下絵を描いた。スワンはヴェルデュラン夫人邸のソファーに張られていたタピスリーを「なんてきれいなボーヴェ織りでしょう」と褒めていた（本訳②六二頁）。

（11）ここから段落の終わり（「たがいに交換するのである。」）までは、加筆用ノート「カイエ59」に記された断章。本訳はプレイヤッド版、ガルニエ版に倣うが、この断章を注に収録する版もある。

ある。

「いや」とブリショはことばを継いだ、「スワンが未来の細君に会っていたのはここじゃありませんよ、ここで会っていたのだとしてもほとんど最後のころで、ヴェルデュラン夫人の最初の住まいが火事で半焼したあとのことですね。」大学の教授が馬車の恩恵に浴していない以上、分不相応に思われる自分の贅沢をブリショにひけらかすはめになるのを怖れた私は、大慌てで馬車から飛び降りていたが、ブリショに見つからぬうちに御者から遠ざかろうとして大急ぎで言ったことばは御者に理解されなかったらしい。そのせいで御者は私たちに近寄ってきて、迎えに来るべきかと私に訊ねた。私は急いでそうだと答え、乗合馬車[12]でやって来た教授にはいっそうの敬意をあらわした。「おや、馬車でいらしたのですか」とブリショは重大なことのように言った。「いえいえ、ほんの偶然でして、ふだんはけっしてこんなことはいたしません。いつも乗合馬車に乗るか歩くかです。でも今夜はこれがありますので、私のためにこんなぼろ車でも乗ってくださるのでしたら、送らせていただけると光栄です。ふたりですと少々窮屈ですが、日頃から大変ご親切にしていただいておりますので。」なんたることだ、こんな申し出をしても、こっちが失うものはなにもないんだ、いつだってアルベルチーヌのために家に帰らざるをえないのだから、と私は考えた。だれも会いに来ないような時刻にアルベルチーヌがわが家にいるときは、午後、アルベルチーヌがトロカデロから戻ってくることがわかっていて、急いで会おうとは思わなかったときと同じで、私に自分の時間を自由に使わせてくれる、だが結局、きょうの午後に感じたように、私にひとりの女がいるからには、家に帰っても精神に活力を与えてくれる孤独の昂奮は味わえないだろう、と感じたのである。「ありがたくお受けしましょう」とブリショは答えた、「あなたのおっしゃる時代には、ご夫妻はモンタリヴェ通り(13)のすばらしい一階にお住まいで、そこには庭に面して中二階がありました。もちろん今のお屋敷ほど豪奢ではありませんでしたが、私としては歴代ヴェネツィア大使の館(14)よりもそっちのほうが好きなんです。」ブリショは今夜「コンティ河岸」(ヴェルデュラン家のサロンがそこへ移って以来、信者たちはサロンをそう言い慣わしていた)では、シャルリュス氏の企画した「ど派手な」音楽会があると教えてくれた。さらにブリショは、あなたのおっしゃるあの時代には少数精鋭もべつもので、雰囲気も違っていた、

(12)　原語 omnibus. パリ市内では一八二八年から一九一〇年頃まで運行(本訳②四〇七頁図27参照)。一八七三年から敷設されたレール上を走行し、路面鉄道《トラムウエー》となった(本巻二一頁参照)。
(13)　シャンゼリゼ公園の北方に位置する小さな通り(地図②参照)。
(14)　「コンティ河岸」(地図②参照)のヴェルデュラン邸が、もとは「歴代ヴェネツィア大使の館」(架空の建物)だったという設定。このことは『見出された時』のゴンクールの日記の模写にも出る。

それはかならずしも信者たちが若かったからというだけではない、と言い添えた。エルスチールのやらかした悪ふざけ(ブリショが「まったくの茶番」と呼んでいたもの)のことも話してくれた。たとえばある夜など、エルスチールは直前に会をすっぽかしたように見せかけたうえで、臨時雇いの給仕頭に変装してあらわれ、料理を出しながら、ことのほか貞淑ぶったピュトビュス男爵夫人の耳もとで卑猥な冗談をささやいたので、夫人は怖気《おぞけ》と憤りで真っ赤になった。そのあと晩餐が終わる前にすがたを消すと、水を張った浴槽をサロンへ運びこませておき、みなが食卓を離れてサロンへやって来たときを見計らい、浴槽から素っ裸で悪態をつきながら出てきたという。また夜食の会では全員、エルスチールがデザインし、裁断し、色をつけた紙の衣装をまとって集まったものだが、その衣装はどれも傑作で、ブリショは一度、シャルル七世の宮廷における大貴族の衣装を身につけてプーレーヌ(15)を履いたことがあり、またべつのときにはナポレオン一世の衣装を着たこともあり、それにはエルスチールが封蠟でレジオン・ドヌール最高勲章の綬をつけてくれていたという。要するにブリショは頭のなかに、大きな窓のある当時のサロンを想いうかべ、低いソファーは正午の太陽に日焼けして取り替えねばならないほどみすぼらしくなっていたが、それでも今のサロンよりも好きだと断言した。ブリショが「サロン」というとき、それは――教会という語が、たんに宗教上の建物だけではなく、信者たちの共同体を意味するように——単なる中二階だけではなく、そこへ通いつめた常連たちと、その常連がそこへ求めに来た特別な楽しみを意味していたこと、ブリショの記憶のなかでその楽しみに形を与えていたのが、午後ヴェルデュラン夫人に会いに来たとき、夫人の用意が整うのを待って座っていたそのソファーであり、そのあいだ外ではマロニエのバラ色の花が、マントルピースの上では花瓶のカーネーションの花が、それぞれバラ色の歓待の笑みを浮かべて訪問客への愛想のいい共感をあらわしながら、女主人の遅いお出ましをじっとうかがっているように思われたことは、たしかに私にもよく理解できた。しかしブリショがこの昔の「サロン」のほうが現在のサロンよりも優れていると主張するのは、われわれの精神が老いたるプロテウス[16]で、いかなる形にも束縛されず、社交の分野でも、艱難《かんなん》辛苦の果てにようやく完璧の域に達したサロンから不意に抜け出し、それよりも冴えないサロン[17]を好むことが原因なのかもしれない。これと同じで、オデットがオットー写真館[18]で撮らせた「修整処理を施した」写真では、本人はプリンセス仕立ての夜

(15)　シャルル七世の在位は一四二二—六一年。プーレーヌは、十四世紀中葉から十五世紀末に上流階級で流行した、先が細長くそり返った靴（本訳⑧二八五頁図16参照）。
(16)　ギリシャ神話において「海の老人」と呼ばれる海神のひとりで、さまざまな姿に変身できた。

会用ドレスを身にまとい、ランテリック(19)で髪にパーマをかけてもらって写っていたが、スワンはそれが気に入らず、むしろニースで撮った「手札判」のオデットのほうを好んだもので、ラシャの小さなケープを羽織ってそこに写るオデットは、縁にパンジーをあしらい黒いビロードのリボン飾りをつけた麦わら帽から乱れ髪をはみ出させ、二十歳も若いエレガントな女性なのに(写真が古いとそこに写る女性もふつう老けて見えるものなので)二十歳も年上のしがない女中のように見えた。もしかするとブリショは、私が知りえないことをひけらかし、私が味わいえない楽しみを満喫したと誇示するのが嬉しかったのかもしれない。そもそもブリショがまんまとそれに成功したのは、ブリショがいまは亡き人の名前を二、三挙げ、その人たちとの楽しい親密な交際について語るその口調によってその人たちの魅力をなにやら神秘的なものにするだけで、私はいったいなにがあったのだろうと自問し、それまで人から聞かされていたヴェルデュラン家の話があまりにも大雑把《おおざっぱ》であったように思えたからである。そして私自身が面識をえたスワンのことでさえ、私がスワン本人に充分な注意を払わなかったこと、とりわけ利害を離れた注意を払わなかったこと、また妻が昼食に帰ってくるのを待つあいだスワンが私の相手をしながらあれこれ美しい品を見せてくれたとき、その話に充分耳を傾けなかったことが、スワンが昔の座談の名手にもひけをとらぬ人間であったと知った今では悔やまれたのである。

いまにもヴェルデュラン家へ着くというとき、シャルリュス氏のすがたが目にとまった。巨大な体軀をまるで船艦みたいに私たちのほうへ運んでくる氏の背後には、ごろつきなのか乞食なのか、心ならずもひとりの男がついてくる。いまやシャルリュス氏が通りかかると、いかに人けのない界隈でもかならずこの手の輩があらわれ、氏の意志とはかかわりなく多少の距離をとりながらこの強大な怪物をエスコートするさまは、サメにつき従うパイロットフィッシュを想わせたうえ、つまるところいまや氏が、バルベックで最初の年に見かけたときの厳めしい風貌を備え男らしさを装っていたあの高慢な未知の人とはあまりにもかけ離れていたからだろう、私は衛星を従えて公転のべつの周期にはいり全貌を見せはじめた天体とか、数年前には小さな吹出物にすぎ

(17) スウェーデン人オットー・ヴェゲネール（一八四九—一九二四）がマドレーヌ広場（地図②参照）三番地で営業した写真館。名士の肖像写真家として一世を風靡した。プルーストがロベール・ド・フレール、リュシアン・ドーデと三人で写る一八九二年の写真（タディエ『評伝プルースト』上巻口絵20参照）など、若いプルーストの写真の多くはオットー写真館で撮影したもの。

(18) 原語 princess は形容詞。ロングドレスのウエストを絞った形（『グラン・ラルース仏語辞典』）。

(19) ギヨーム＝ルイ・ランテリック（一八五三—一九二三）が一八八五年にサン＝トノレ通り（地図②参照）二四五番地に開業した香水店で、美容院も併設。一九一〇年代には国際的名声を博した。

ず難なく隠すことができ深刻なものとは想像だにしなかった病気にいまや全身を冒されている病人とかを発見したような気がした。ブリショは、本人でさえ永久に失われたと想いこんでいた視力を手術のおかげでわずかばかりとり戻してはいたが、はたして男爵のあとについてくるちんぴらが見えたかどうかはわからない。もっとも、そんなことは大したことではない。というのも教授は、シャルリュス氏に友情をいだいていたにもかかわらず、ラ・ラスプリエール以来、氏のそばにいるとなんとなく不快感を覚えたからである。もちろんどんな人にとっても、他人の生活は闇のなかに想いも寄らぬ多くの小径をのばしているものだ。しばしば人を欺くうえあらゆる会話がそれで構成されている嘘にしても、敵意とか功利的関心とかの感情や、おこなわなかったことにしておきたい訪問や、妻には知られたくない愛人との一日の逃避行などを完全には隠しおおせるものではなく、この点、世間に広まる良い評判がさまざまな悪習を見抜かれぬよう隠してしまうやり口には太刀打ちできない。悪癖は、一生涯、人に知られないこともあり、夜、防波堤での出会いという偶然がその悪癖を暴露することはあっても、その偶然の意味さえしばしばよく理解されず、それを理解するには、だれもが知らず発見もできない合言葉[20]を事情に通じた第三者から教えてもらわなければならない。ところが悪癖は、いったん知られると人に怖気をふるわせる。道徳心ゆえというよりも、そこに狂気のあふれ出るのが感じられるからである。シュルジ＝ル＝デュック夫人[21]は、道徳的感情などまるで持ち合わせない人で、私利私欲で説明できることであれば息子たちがどんなに卑しいことをしても許したであろう。私利私欲なるものは、それほど万人に理解できるものなのだ。ところが夫人は、シャルリュス氏が訪ねてくるたびに、氏がまるで操り人形のように否応なく、時計のぜんまい仕掛けみたいにふたりの息子の顎をつねる挙に出て、ふたりにも自分の顎をつねらせているのを知ると、息子たちにシャルリュス氏とつき合いつづけるのを禁じた。夫人は、仲よくつき合っていた隣人が人肉嗜食《ししょく》に冒されているのではないかと心配するような、肉体の不気味さへの不安を覚えたわけで、男爵がくり返し「そろそろお若いかたがたにお会いできないものでしょうか」と訊ねても、男爵の憤怒を募らせるはめになるのは承知のうえで、息子たちは授業に忙殺されているとか、旅行の準備で忙しいとか答えた。人がなんと言おうと、過ちを悪化させるのは、いや殺人のような大罪をも悪化させるのは、ひとえに無責任なのである。ランドリュが（実際に何人もの女性を殺したと仮定して）[22]、その犯行を私利私欲ゆえにやったのなら、人間は私利私欲には逆らうこと

（20）「同性愛」「倒錯」などの語。「ソドムとゴモラ 一」の同様の考察（本訳⑧四七―四八頁）参照。

（21）その二人の美形の息子たちにシャルリュス氏が関心を寄せていた。本訳⑧二〇二頁以下を参照。

ができるという理由で恩赦を与えられることもありうるが、抗《あらが》いがたいサディスムによる犯行であれば恩赦などありえない。ブリショが男爵との交友の当初よく口にしていた下品な冗談は、もはや常套句を連発するだけの間柄ではなく、いよいよ相手を理解する段になると影をひそめ、内心の苦痛をうわべの陽気さで押し隠すようになっていた。ブリショはプラトンの文章やウェルギリウスの詩句を唱えて心を鎮めていたが、それは精神まで盲目のブリショには、古代において青年を愛することは、こんにちなら(プラトンのさまざまな理論よりもソクラテスの冗談がその事情を明らかにしてくれるように)踊り子を囲っておき、やがて婚約するようなものであったこと(23)が理解できなかったからである。シャルリュス氏自身もそのことを理解していなかったらしい。自分の性癖を、それとは似ても似つかぬ友情と混同し、プラクシテレスが彫刻した競技者たち(24)を従順なボクサーたちと混同していたからである。氏が直視しようとしなかったのは、千九百年も前から(「信心深い君主のもとで信心深い廷臣は、神を信じない君主のもとでは神を信じない廷臣となっただろう」とラ・ブリュイエールは言った(25))、慣習的な同性愛――プラトンの語る青年たちやウェルギリウスの歌う牧人たちの同性愛――はすがたを消し、ひとえに意志によらない神経症的な同性愛、つまり他人には押し隠し自分自身の目をもあざむく同性愛のみが生き残って増殖しているという事実である。シャルリュス氏が異教時代からの系譜をきっぱり否定しないのは間違っていたというほかない。現代は、造形的な美をいささか失ったかわりに、どれほど多くの精神的優位を獲得したことだろう！　青年に恋い焦がれるテオクリトスの牧人(26)が、アマリュリスのために笛を吹き鳴らすもうひとりの牧人(27)よりも、後世ではずっと優しい

(22)　アンリ・デジレ・ランドリュ（一八六九―一九二二）は、世間の耳目を集めた殺人鬼。寡夫を装い、結婚話に乗ってきた女性計十人（およびその息子一人）を一九一五年から一九年にかけて殺害、死体を埋めたり焼却したりしたとして一九二一年に逮捕。同年十一月の裁判で罪状を終始否認したが、絞首刑を言い渡され、翌二二年二月二十五日に刑が執行された。ランドリュへの言及は一九二一年頃の加筆。

(23)　古代ギリシャの青年愛は、聖人君子による若者の教化を目的として、若者が成人すると役目を終えた。その意味では、現代なら後に「婚約」（由緒正しい結婚）をする男がその前段階として一時的に「踊り子」を囲うようなもので、六行後に出る「慣習的な同性愛」であった、の意。「ソクラテスの冗談」とは、プラトン『饗宴』の最終部で、ソクラテスに言い寄ったが想いを遂げられなかったと告白するアルキビアデスに、ソクラテスがその（プルーストに言わせると「慣習的な同性愛」を個人的な熱愛と混同する）狭量と嫉妬を茶化したさまざまな言辞を指すと考えられる。

(24)　ギリシャの彫刻家プラクシテレスが制作したアポロンやヘルメスなど青年のすがたをとった大理石の神像は、競技者をモデルにしたとされる。

(25)　ラ・ブリュイエール『人さまざま』（一六八八）の「流行について」断章二一の末尾、正確には「信心深い人とは、神を信じない王の統治下では神を信じなくなる人のことである」を踏まえる。

(26)　古代ギリシャの詩人テオクリトスの『牧歌』（本訳⑨一一九頁注116参照）の一二歌、二三歌、二九歌、三〇歌は（主体が「牧人」とは明示されていないが）少年への切ない恋心を謳う。

心とずっと繊細な精神をもつという理由など、どこにもない。というのも前者は、病いに冒されているのではなく、当時の流儀に従っているにすぎないからである。さまざまな障害にもかかわらず生き残った同性愛、恥ずかしくて人には言えず、世間から辱められた同性愛のみが、ただひとつ真正で、その人間の内なる洗練された精神的美点が呼応しうる唯一の同性愛である。純粋に肉体的な嗜好の些細なずれや、感覚の軽微な瑕疵《かし》こそが、ゲルマント公爵には完全に閉ざされている詩人や音楽家の世界がわずかにシャルリュス氏には開かれている事実を説明してくれるのだと考えると、肉体が精神的美点と持ちうる関係には慄然とさせられる。シャルリュス氏に、骨董好きの主婦のようなインテリアの趣味があることは、なんら驚くにあたらない。しかし氏がベートーヴェンやヴェロネーゼに光を当てうる狭い裂け目を持っていることは驚くべきだろう。そうはいっても、すばらしい詩をつくった狂人が、あれこれ至極正当な理由を挙げて、自分は妻の悪意により間違ってここに閉じこめられている、どうか精神病院の院長にそう口利きをしてほしい、こんな雑居房での暮らしを強制されるのはたまらないと説明したあと、こんなことばで締めくくるのを聞かされると、健全な人たちが恐怖を覚えるのもけだし当然である、「ほら、あの男はね、中庭でぼくに話しかけてくるんで仕方なく相手をしてるんだけど、自分がイエス・キリストだと信じてるんだよ。これだけでも、どんなに精神のいかれた輩とぼくがいっしょに閉じこめられているかわかるだろう。あれがイエス・キリストであるはずがない、ぼくがイエス・キリストなんだから！」男のいう間違いを精神科医にとり継いでやろうと直前まで考えていた人も、この最後のことばを聞くと、同じ男が毎日とり組んでいるすばらしい詩にいかに想いを馳せたとしても、やはり遠ざかってゆく。シュルジ夫人の息子たちがシャルリュス氏から遠ざかったのもこれと同じで、なにも氏が息子たちを痛い目に遭わせたわけではなく、あまりにも頻繁に招待して最後にふたりの顎をつねったからである。詩人こそ同情に値する。なぜなら、いかなるウェルギリウスにも導かれず、硫黄と木タールの垂れこめる地獄の諸圏をめぐり、天から降る業火のなかに身を投じて、若干のソドムの住民を連れ出さなければならないからだ。その作品にはいかなる魅力も備わらず、その生活の厳しさは、法衣を脱いだことを信仰の喪失以外のせいにされぬよう純潔きわまる独身の規律を遵守している還俗《げんぞく》者の場合となんら変わらない。もっとも作家たちもこれと同じではないのか。狂人たちとつき合っているせいで自身も狂気の発作をおこすことのない精神科医がいるだろうか？　自分が狂人たちの面倒をみるようになったのは、自己のなかに以前から潜在的な狂気が存在したからではな

(27)　テオクリトス『牧歌』の三歌は、牧人ティテュロスがニンフのアマリュリスへ寄せる恋心を謳う。

図3　エル・グレコ『枢機卿フェルナンド・ニーニョ・デ・ゲバラ』(メトロポリタン美術館)(右)
図4　同拡大図(左)

スペインの異端審問で活躍した枢機卿フェルナンド・ニーニョ・デ・ゲバラ(1541–1609)が大法官としてトレドに滞在した1600年頃に描かれた肖像画．エル・グレコ(1541–1614)の肖像画の代表作とされる．この画は1929年までニューヨークのヘーヴマイヤー家の所蔵品であったが，モーリス・バレスの評論「グレコ——トレドの秘密」とポー美術館学芸員ポール・ラフォンの研究「ドメニコス・テオトコプリ，通称エル・グレコ」を収録した775部限定版『エル・グレコ』(1911)に全体図(図3)と拡大図(図4)が掲載された(それぞれ同書から図版を転載)．巻頭にはバレスの「エル・グレコの最初の擁護者のひとり〔…〕ロベール・ド・モンテスキウに捧げる」という献辞が印刷されていた．プルーストはこの書をモンテスキウから献呈されて礼状を書いた(1911年刊行直後のモンテスキウ宛て書簡，ただし編者コルブは間違って1912年3月初旬と推定)．小説本文の「エル・グレコの描いた異端審問所の大法官」という文言は，上の図版3,4の下方に印刷されていたモデルの肩書き「異端審問所の大法官」(原文はともにgrand inquisiteur)を踏襲したもの．

いと断言できるなら、その医者はまだしも幸せというべきだろう。精神病の医者にとって研究の対象は、しばしば自分自身にはね返ってくる。だがそれ以前に、そもそもいかなる得体の知れぬ嗜好が、いかなる心そそられる恐怖が、医者にこの研究対象を選ばせたのであろうか？

男爵は、あとをつけてくる怪しい男など目にはいらぬふりをしつつ（男爵がいつになく大通りを歩いたりサン＝ラザール駅(28)のコンコースを突っ切ったりするときには、この手のあとをつける輩が何十人とあらわれ、テューヌ(29)にあずかろうとして男爵を離さなかった）、相手がずうずうしく声をかけてくるのを怖れて、黒く染めた睫毛《まつげ》を信心家のごとく神妙に伏せていたが、その黒い睫毛が白粉《おしろい》を塗った頰と好対照をなしている点で、氏はエル・グレコの描いた異端審問所の大法官とそっくりだった(30)。ただしこちらの聖職者のほうはなんとも不気味で、まるで破門僧のように見えた。というのも、おのが嗜好を実践するとともにその秘密を守らざるをえないがゆえに犯したさまざまな危うい行為が、男爵の顔の表面に、ほかでもない当人が隠そうと腐心していた

(28) パリ右岸の駅（地図②参照）。「私」が祖母とバルベックへ出発した駅（本訳④三〇―三一頁）。
(29) 原語 thune. 十九世紀後半から第一次大戦前まで五フラン硬貨（約二千五百円）を指した隠語。
(30) 図3、4参照。

ものの、つまり精神の退廃を示す放埒な生活を浮かびあがらせる結果になっていたからである。精神の退廃は、その原因がなんであれ、実際たやすく読みとれる。それは早晩、具体的な形となって顔面にあらわれ、とりわけ頬のうえや目のまわりに増殖するからで、その箇所に肝臓病の場合にはオーカー色の黄疸が、皮膚病の場合にはぞっとする赤味が増殖するのと同様の肉体的現象なのである。もっとも、シャルリュス氏がかつて心の奥底に秘かに押しこめていた悪癖がいまや油のように広がって浮き出ていたのは、その白粉を塗った顔においては頬のうえ、より正確にはたるんだ頬のうえや、だらしない成りゆき任せのせいで太り放題になった身体においては乳房の膨らんだ胸やむっちりした尻のうえばかりではなかった。その悪癖はいまや氏の発言にまであふれ出ていたのである。「ほほう、ブリショ、夜中に美青年とお散歩ですか?」と氏が私たちのそばへ来て言うと、そのあいだに例のごろつきは当てがはずれて遠ざかった、「お安くないねえ! ソルボンヌのかわいい生徒さんたちに言いつけますよ、あの人はそんなにまじめな先生じゃないって。もっとも、若者を同伴すると効果てきめんですな、教授、あなた自身もかわいいバラの花のようにみずみずしい。で、あなた、お元気でしたか?」と男爵が私に言ったときは、もはやおどけた口調ではなかった、「コンティ河岸じゃあまりお目にかかりませんな、美男子くん。で、従妹《いとこ》のかた、お元気ですか？　いっしょにいらしたんじゃないんですね。残念ですな、魅力的なかたですからね。あの従妹のかたに今夜お会いできますかな[31]？　いやあ、ずいぶんきれいなかたですな。もっときれいになりますよ、上手な着こなしのすべを磨けばね、これはめったに見かけることのない技量で、あのかたはその天性の技量を持っていらっしゃる。」ここで言っておかなければならないが、シャルリュス氏が「持っていた」のは、氏を私とは正反対の存在、私の対極の存在たらしめるもの、すなわち子細に観察する能力、装い《トワレット》を「布地《トワル》」と同じように見分ける能力である。ドレスや帽子についてなら、口の悪い人やあまりにも独断的な理論家のなかには、男性的魅力に惹かれる傾向のある男にはその埋め合わせに女性の装いへの先天的嗜好、探求心、知識が備わるものだ、と主張する人がいる。実際、ときにそんな事態が生じる。まるでシャルリュス氏の肉体的欲望や深い愛情をすべて男性が一手に引き受けてしまった結果、女性にたいしてはそれとは正反対の（ひどく不適切な形容詞であるが）「プラトニックな[32]」嗜

（31）この一文から五一頁五行目の「置かずにはいられなかった」までは、あとから加筆された部分。

（32）原語 platonique. 肉欲を排した精神的愛を指す形容詞。ルネサンス期フィレンツェの哲学者フィチーノがプラトン『饗宴』注釈で用いた語を起源とし、この語義がフランスで定着したのは十八世紀。「不適切な形容詞」というのは、『饗宴』で少年愛を賞讃するプラトン本来の考えにそぐわないから。

好のすべてが差し向けられた、というよりも、このうえなく精緻な間違いのない洗練された限定辞なしの嗜好のすべてが差し向けられたかのごとき事態である。この点、シャルリュス氏は、ずっと後に人びとが言いふらした「女性服飾デザイナー」というあだ名にふさわしい人だったかもしれない。とはいえ氏の嗜好、氏の観察の才は、ほかの多くの分野に広がっていた。すでに見たように、ゲルマント公爵夫人邸の晩餐会のあとでシャルリュス氏を訪ねた夜、氏の住まいを飾っていた傑作の数々に私が気づいたのは、いちいち氏からそれを見せられたあとでしかなかった(33)。氏はだれひとり気にもとめなかったものをただちにそれと見分けることができ、その才覚は芸術作品においても晩餐の料理においても発揮された(そこには絵画と料理との中間に存在するすべての分野も含まれる)。私がつねづね残念に思ったのは、シャルリュス氏が自分の芸術的才能を、義姉に贈るために扇子に絵を描いたり(すでに見たようにゲルマント公爵夫人がその扇子を手にとって広げたのは、それで自分をあおぐためというよりも、パラメードの友情をひけらかしてその扇子を自慢するためだった(34))、モレルのヴァイオリンの妙技に合わせてとちらず伴奏できるようピアノ演奏の腕を磨いたりすることだけに使っていたことで、すでに述べたようにかつて残念に思ったばかりか今でも残念に思うのは、シャルリュス氏がけっしてなにも書かなかったことである。もちろん私には、氏のおしゃべりが、いや氏の手紙までが雄弁だからといって、氏が才能ある作家になりえたという結論をひき出すことはできない。ふたつの能力はべつの次元のものだからである。ありきたりのことしか言わない退屈な話し手がつぎつぎと傑作をものし、座談の名手がいざ書こうとすると凡百の作家にも劣ることなど枚挙にいとまがない。にもかかわらず私は、シャルリュス氏が散文を試して、手始めとして精通する芸術の主題を扱っていれば、情熱の火がほとばしり才気の光が輝いたはずで、くだんの社交人士は達者な書き手になったにちがいないと思う。私は氏に何度もそう勧めたが、ただの怠け心ゆえか、華やかなパーティーや下劣な気晴らしに忙殺されているせいか、いつまでもおしゃべりをつづけたいゲルマント一族ならではの欲求のせいか、氏はけっして実際に書いてみようとはしなかった。私がそれを残念に思うのは、氏のいかに燦然と輝く会話においても、その才気と性格とは絶対に切り離せず、才気からほとばしるすばらしい着想がそもそも性格から出る傲慢な言いぐさと切り離せなかったからである。もし氏が本を書いていたら、サロンでも——そこでの氏は、自分の知性を発揮できる恰好のときでも、同時に弱い者を踏みにじり、自分を誹謗中傷し

（33）　シャルリュスが「私」にサロンの家具や名画について説明した一節（本訳⑦四七八—八〇頁）参照。
（34）「公爵夫人の広げていた黄色と黒のアイリスをあしらった巨大な扇」（本訳⑦九〇頁）のこと。

たわけでもない相手に復讐をし、卑劣な手を使って友人たちを仲違いさせようとしたが――人びとがこれまでのように氏を讃美しつつも毛嫌いすることはなくなり、悪行の濁りは除去され、悪行から切り離された氏の才気の価値だけが目の前にあらわれることにより、賞讃を妨げるものはなにひとつなく、多くの才気煥発なことばが友情を開花させたにちがいない。

いずれにせよ少しでも書いてみればシャルリュス氏は成果を挙げたはずというのは私の勘違いだとしても、もしペンを執っていたら氏は希有な貢献をしていたであろう。というのもシャルリュス氏はすべてを見分けることができ、その見分けたすべての名称を心得ていたからである。私は氏とおしゃべりをしても見るすべを学ぶには至らなかったが(わが頭と心の性向はべつのところにあった)、すくなくとも氏が指摘してくれなければ目にとめなかった多くのものをたしかに目にはしたものの、それでも私はそれらの形状や色彩をふたたび見出す助けとなるはずのそれらの名称をいつもすぐに忘れてしまった。シャルリュス氏が本を書いてくれていたなら、そんなはずはないだろうがたとえ出来の悪い本であったとしても、それはなんとありがたい辞書、なんと無尽蔵の目録になったことであろう！　だが結局、もしかすると氏は、自分の知識と嗜好とを作品にするのではなく、しばしばわれわれが進むべき道の邪魔をする悪魔にそそのかされ、生彩のかけらもない連載小説とか、役にも立たぬ旅行記や冒険談とかを書いたかもしれない。

「そう、あのかたは着こなしを、いや、もっと正確に言えば優雅な着こなしを心得ておられる」とシャルリュス氏はアルベルチーヌにかんしてことばを継いだ、「ただひとつ私にも確信が持てないのは、あのかたがご自身の独自の美しさに見合った着こなしをしておられるかという点でして、もっともこの点は、熟慮を重ねた助言を与えられなかった私にも責任の一半はあるのかもしれない。ラ・ラスプリエールへ向かう途中で私がしばしばあのかたに勧めたものは、もしかすると従妹のかたのようなタイプの個性的性格に合わせたというより——私も後悔しているのですが——あの土地の性格、つまり浜辺が近いという性格に合わせたものだったのかもしれませんし、そのせいであのかたはいささか軽めの装いにのめりこみすぎたのかもしれません。着ておられたのを見たのは、いまでも目にうかびますが、なかなかきれいなターラタン(35)ものや、ガーゼのかわいいショールや、バラ色の小さなトック帽でしたね、その帽子にバラ色の羽根飾りがついているのも悪くなかったですよ。しかし私に言わせれば、あのかたの重量感あふれる真《まこと》の美しさは、かわいい飾りもの以上のものを求めています。

（35）原語 tarlatane(s). 目の粗い薄地の綿モスリン。

あれほど豊かな髪にはたしてトック帽がつり合いますかな、むしろその価値を引き立てずにおかぬのはココーシュニク[36]ではないでしょうか？　いまや舞台衣装のような古いドレスの似合うご婦人など、めったにお目にかかることはありません。だがあのお嬢さん、いや、もう立派なあのご婦人は、それこそ例外で、ジェノヴァのビロードの古いドレスを身につけるのがふさわしいかたですよ（私はただちにエルスチールのこと、フォルトゥーニのドレスのことを考えた[37]）。そうしたドレスなら、ペリドットとかマーカサイトとか比類なきラブラドライトとか、すばらしい時代遅れの宝石（時代遅れというのは宝石には最上級の褒めことばですぞ）を縫いこんだり下げ飾り[38]にしたりしても、ますます重苦しくなる心配は無用というもの。そもそもあのかたは、ご自身の美貌のいささか重苦しい点を補うにはなにが必要かを本能的に心得ておられるようだ。ほら、ラ・ラスプリエールへ晩餐に行くとき、きれいな小箱や、重そうなバッグを持っておられたでしょう。結婚なさったら、あのなかに真っ白な白粉《おしろい》や深紅の紅《べに》よりもすばらしいものを入れることができるでしょう——あまり藍《あい》色のどぎつくないラピスラズリ[39]の宝石箱に入れることになるでしょうが——真っ白なパールや深紅のルビーをどっさり、それも模造品ではない本物でしょうな、なにせお金持と結婚できるかたですから。」「これはこれは！　男爵」とブリショは口を挟んだ。この最後の発言で私が心を痛めないかと心配したからで、それというのもブリショは私のアルベルチーヌとの関係がはたして清らかなものか、ほんとうに従兄妹《いとこ》同士なのかと、いささか疑っていたのだ、「お嬢さんがたのことには目がないんですね。」「嫌なことをおっしゃいますな、この子の前では口を慎んでくださいよ」とシャルリュス氏はあざ笑い、ブリショを黙らせる仕草をして手を振りおろすと、その手を私の肩のうえに置かずにはいられなかった。

「おふたりのお邪魔をしましたね、まるでじゃれ合うふたりの小娘のようにお楽しみのご様子でしたからねえ、私ごとき興ざめなお婆さんなぞ、お呼びじゃなかったですな。私ならそんなことで告解などには行きません、おふたりはもう到着したも同然でしたからね[40]。」男爵は、午後の口喧嘩[41]をまったく知らなかっただけに、なおのこと

(36) 原語 kokochny[i]k. ロシアの婦人がかぶる王冠型の髪飾り。図5参照。説明と図版は『二十世紀ラルース辞典』に拠る。

(37) これら三種の宝石は、それぞれ明るいオリーヴ色、不透明な金属色、神秘的な虹色の光沢を放つ。

(38) 原語 incrustation (s). 貴重なものをべつの材質のなかに象眼すること。この場合は宝石を布地にはめこむこと。

(39) 古代からウルトラマリンの顔料としても知られた、深い青ないし藍色の宝石。

図5

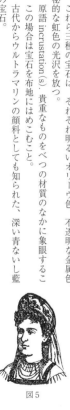

上機嫌だった。ジュピアンが、それをシャルリュス氏に注進に及ぶよりは、つぎの攻撃から姪を守るほうが得策と考えたからで、それゆえ氏はあいかわらずふたりが結婚するものと信じてご満悦だったのである。氏のような類をみない孤独な人間にとっては、おのが悲惨な独身生活に想像上の父親となる安らぎが与えられるのも、それなりの慰めになるようだ。「いやはや、ブリショ」と氏は私たちのほうを振り向き、笑いながらつけ加えた、「こっちも平然としておれんのですよ、あんなに艶っぽく寄り添うおふたりのすがたを見せつけられますとね。まるで恋人同士でしたぞ。ああやって腕と腕を組みあって、こら、ブリショ、ちょっとなれなれしすぎるだろう！」シャルリュス氏がこんな口を利いたのは、思考が老化して、とっさに口をついて出てくる想いを昔のように制御できなくなり、四十年ものあいだ念には念を入れて隠してきた秘密を反射的に漏らしてしまう瞬間があるせいなのだろうか？　それとも庶民の意見など屁《へ》とも思わぬ、結局のところゲルマント一族全員に共通する感情のなせる業《わざ》なのだろうか？　一族のひとり、シャルリュス氏の兄にあたる公爵などは、その感情をべつの形であらわし、私の母に見られるのも構わず、ナイトガウンの前をはだけて窓際で髭をそっていた。[42] シャルリュス氏は、ドンシエールからドゥーヴィルへ向かう焼けるように暑い道中のあいだ、楽な姿勢でくつろぐ危険な習慣を身につけ、大きな額に風を当てるべく麦わら帽をあみだにしたように、氏が本来の顔のうえにあまりにも長いこと厳格にかぶせていた仮面を最初のほんの数刻だけ緩めるのが慣わしになってしまったのだろうか？　シャルリュス氏がモレルに夫婦気取りで接しているのを見れば、氏がもはや相手を愛していないと知っている人なら驚くのも当然だったであろう。しかしシャルリュス氏は、おのが悪癖のもたらす快楽の単調さに飽き飽きする段階に到達していたのである。氏は本能的に快楽の新たな充足法をあれこれ探し求めて、ゆきずりの見知らぬ男たちを相手にし、それにも飽きてしまうと、正反対の、自分は金輪際好きになれないと信じていたこと、つまり「夫婦」や「父親」の真似ごとへと移行していたのである。ときにはそれでも飽き足らず、さらに新たなものが必要となって、女と一夜をすごすこともあった。正常な男でも生涯に一度くらい若い男と寝てみたいと思うことがあるのと同じく好奇心から出た行為であり、向かう方向は逆とはいえ、どちらの場合も不健全な好奇心であることに変わりはない。シャルリのせいで少数精

(40)　罪を告白するまでもない、夜会に遅れたわけではないから、が表向きの意味。ただし「告解」confesse は、その音韻(「女性性器」con と「尻」fesse)と好色司祭との連想から、性的含意を示唆。「告解する」confesser は隠語で「性交する」を意味する(ピエール・ギロー『エロチック辞典』)。

(41)　モレルがジュピアンの姪を「えれえ立ちんぼうめ」とののしった事件(本訳⑩三六七頁参照)。

(42)　モレルが滞在したドンシエールからヴェルデュラン夫人の別荘の最寄駅ドゥーヴィルまでの車中。

鋭のなかでのみ暮らす男爵の「信者」としての生活が、偽りの外見を保持するために氏が長年にわたり払ってきた努力を水泡に帰せしめるほど大きな影響力を及ぼしたのは、ある種のヨーロッパ人にとって探検旅行とか植民地での滞在とかが、フランスでその人たちを導いていた指導原理を喪失せしめるほど大きな影響力を及ぼすのと同じである。とはいえシャルリュス氏を最後の社会的拘束から解き放つために、ヴェルデュラン家ですごした時間以上に効果的だったのは本人の精神の内的大変革のほうであった。本人は自分のなかに宿る異常にはじめは気がつかず、ついでそれを察知するとその異常さにたじろぐが、結局はそれに慣れてしまい、自分では恥ずかしいとも思わなくなり、ついにはそれを他人に告白すれば危険を招かずにはいないことにも気づかなくなるのだ。実際、南極やモンブランの山頂に追いやられるよりも、内なる悪徳のなかに、すなわち他人の思考とはべつの思考のなかに長くとどまることほど、その人を他人から遠ざけるものはないのである。その悪徳(シャルリュス氏が昔そう呼んでいたもの)に、いまや男爵が与えていたのは、怠け癖や、迂闊《うかつ》さや、食い意地といった、ごくありふれた、むしろ共感を覚えて楽しくなるほどの小さな欠点のような平穏な相貌であった。自分の人柄の特殊性が人びとの好奇心をかき立てるのを感知すると、シャルリュス氏はその好奇心を満足させ、刺激し、維持するのに一種の喜びを感じたのである。たとえばユダヤ人のコラムニスト(43)が、おそらく自分の発言を真《ま》に受けてもらうつもりではなく、笑って賛同してくれる読者の期待を裏切らないために、毎日カトリック教の闘士として振る舞うのと同じように、シャルリュス氏は少数精鋭のなかで風紀の乱れを面白おかしくこきおろしたもので、まるで英語ふうの声音を使ったりムネ＝シュリー(44)のせりふ回しを真似たりするように、頼まれもしないのに皆の前で素人芸を披露し、進んで自分の役割を果たしていたといえる。それゆえシャルリュス氏が、こんなふうに若い男たちと散歩しているとソルボンヌに言いつけますよとブリシヨを脅したのは、割礼を受けた時評寄稿家(45)がことあるごとに「カトリック教会の長女」とか「イエスの聖心《みこころ》(46)」とかを持ち出すのと大差がなく、偽善のつもりなど微塵もなしにちょっと芝居気を出しただけのことである。とはいえ、その経緯を究明すると興味ぶかいのは、シャルリュス氏が以前に自分に許していた発言とはまるで違うことを言うようになったという発言自体の変化だけではなく、以前は最も辛辣にこきおろ

(43)　原語 publiciste. 新聞などに政治・社会・経済に関するコラムを執筆した人。
(44)　コメディ＝フランセーズの俳優(一八四一―一九一六)。シャルリュスがすでに言及(本訳⑨四八六頁参照)。
(45)　前記「ユダヤ人のコラムニスト」のこと。
(46)　前者はカトリック教会継承者を自任するフランスの代名詞。後者はカトリック信仰の対象のひとつで、一八五六年、ピウス九世が正式にローマ・カトリック教会全体の祝日(六月頃の金曜日)とした。

していたものと不思議にもそっくりになってきた氏の抑揚や仕草に生じた変化であろう。いまや氏は無意識のうちに、倒錯者たちが互いに「あなた《マ・シェール》」(47)と声をかけあうときにわざとあげる呼び声とほとんど変わらぬ――氏の場合それが無意識から出たものであるだけになおさら心の底からの――小さな呼び声をあげるようになった。シャルリュス氏はずいぶん長いあいだこれとは正反対の振る舞いをしてきたが、こうした故意の「お澄まし(48)」は、シャルリュスと同類の者たちが、病いのある段階に達したときに否応なく採らざるをえない態度をみごとに忠実になぞったものにほかならないと思えてくる。全身麻痺や運動失調に見舞われた患者が、ついには否応なくある種の症状を呈するのと同じことである。じつをいえば――この心の底から出る気取りがあらわにしているように――私が知っていた黒ずくめの服を身につけ髪を短くカットした厳格なシャルリュス氏と、厚化粧をして装身具で飾りたてた青年たちとのあいだには純粋に外見上の違いがあるだけで、それは早口でまくしたて絶えず動きまわる昂奮した人と、ゆっくり話してつねに冷静さを失わない神経症質の人とのあいだにある違いにすぎず、臨床医の目で見れば同じ神経症に冒されていて、双方ともに同じ激しい不安にさいなまれ、同じ重大な欠陥に蝕まれているのだ。おまけにシャルリュス氏が歳をとったことは、まったくべつのさまざまな徴候からも見てとれて、たとえば氏の会話中にいくつかの言いまわしが異様にのさばって増殖し、いまやことあるごとに口をついて出てきて（たとえば「諸般の状況の連関」(49)といった言いまわし）、男爵はセンテンスごとに、必要な添木に寄りかかるように、そうした言いまわしに頼るのだった。「シャルリはもう着いているでしょうか？」とブリショがシャルリュス氏に訊ねたのは、私たちが館の門に着いて呼び鈴を鳴らそうとしたときである。「さあ、知りませんね」と男爵は両手を上にあげ、両目をなかば閉じてそう言うと、口が軽いと非難されるのは真っ平という顔をした。おそらく男爵は、自分の発言のせいでモレルから糾弾されたことがあり（モレルは、臆病なくせに見栄っ張りで、シャルリュス氏を無視するくせに氏との交際をひけらかすような男だから、些細なことを重大視したのにちがいない）、なおさら慎重になったのだろう。「あの男がなにをしているのか、私はなにも知らんのです。だれかと組んで私をだましているのかもしれん、なにしろほとんど会わないものでね。」肉体関係があるふたりのあいだで交わされる会話は嘘に満ちている

(47) 原語 ma chère. 女性へのスノッブな呼びかけ。同性愛者の「オネエことば」を暗示。シャルリュスはこれを「私がいちばん忌み嫌う言いかた」だと糾弾していた（本訳⑧一五七頁参照）。
(48) 原語 chichi. 括弧は当時の新語だから（『グラン・ラルース仏語辞典』に拠ると初出は一八九〇年）。
(49) すでに「シャルリュス氏お気に入りの表現」として指摘されていた（本訳⑥二五六頁）。

が、恋する男が愛する人のことを第三者に語る会話でも、嘘はそれに劣らず自然と口をついて出てくるもので、その場合、愛する人の性別は問題にならない。「もうずいぶん会っていらっしゃらないのですか？」と私がシャルリュス氏に訊いたのは、モレルのことを氏に平然と話せるところを見せるとともに、氏がモレルにつきっきりで暮らしているなどとは思っていない顔をするためだった。「たまたま今朝、五分ほどやって来ましてね、こっちがまだうつらうつらしているあいだベッドの隅に腰をかけ、まるで私を強姦せんばかりでしたよ。」私はただちにシャルリュス氏はシャルリに一時間前に会ったのだと考えた。というのも女に、こちらがその情夫だと知っている男――女のほうでもそう思われているだろうと推測している男――にいつ会ったかと訊ねると、女は男といっしょに午後のおやつを食べた場合には「お昼前にちょっと会いました」と答えるからである。このふたつの事態のあいだに存在する唯一の違いは、一方は嘘で他方は真実だということであるが、しかし一方の嘘も、他方の真実と同じく他愛のないものである、あるいはけしからぬ事態であることに変わりはない。それゆえ人は、なぜ愛人の女が（この場合はシャルリュス氏が）つねに嘘の事態のほうを選ぶのか、とうてい理解できないだろう。それを理解するには、こうした返答は、それを口にする人も感知せぬまにいくつもの要因によって決定されていることを知らなくてはならないが、その要因の数はくだんのできごとの瑣末さとは比較にならぬほど膨大であるから、人はそれらをすべて考慮に入れるのは無理だと言い訳するのだ。しかし物理学者が見れば、ニワトコのいかに小さな玉の占める位置でさえ、はるかに広大な世界を統御する牽引力と反発力の作用、対立、平衡によって説明される(50)。ここでは参考までにつぎの要因のみ挙げておこう。それは自然でしかも大胆に見せたいという願望であったり、秘密の逢い引きを隠そうとする本能的な仕草であったり、羞恥と誇示との混在であったり、自分にとって快いものを打ち明けたい、愛されていることを示したいという欲求であったり、話し相手がすでに知っているか推測していること——ただし口には出さないこと——を探る気持であったり、それが相手の洞察を上回ったり下回ったりするせいで生じる相手への過小評価ないし過大評価であったり、はたまた火遊びにも等しい危険を冒したいという無意識の欲望であったり、そんな危険な火が広がらぬように自制する意志であったりする。ほんとうは夕方に会っていながら朝に会ったという相手との関係が、清浄無垢な「プラトニックなもの」であるか、

(50)　フランスの物理学者デュフェ(一六九八—一七三九)の実験。ニワトコの髄で作成した小さな玉を絹糸にぶら下げ、ラシャで擦ったガラス棒(プラスに帯電)を近づけると遠ざかり、猫皮で擦った松ヤニ(マイナスに帯電)を近づけると接近することを発見した(『二十世紀ラルース辞典』)。

その反対に実際に肉体的なものであるか、といったもっと一般的な回答を言わしめるのも、それと同じように逆方向に作用するさまざまな相異なる法則なのである。しかしながら一般的に言うとシャルリュス氏は、その病状が悪化して、わが身を危うくする些細なことをたえず人に打ち明けたり、ほのめかしたり、ときにはただ単にでっちあげたりしていたにもかかわらず、生涯のこの時期にかんするかぎり、シャルリは自分と同類の人間ではなく、シャルリと自分とのあいだには友情以外のなにも存在しないのだと努めて断定しようとしていた。それでもやはり氏は（そちらが真実だったのかもしれないが）自分の発言と矛盾したこと（たとえば最後にシャルリに会った時刻など）を言うときがあり、そんなときは我を忘れて真相を口にしてしまうのか、それとも自慢するためなのか、感傷癖ゆえなのか、話し相手を煙《けむ》に巻くのが才気のあらわれだと思うのかして、嘘をついたのであろう。「ご承知のようにあの男は私にとって」と男爵は話をつづけ、「仲のいい友だちでして、私は最大級の愛情をいだいていますし、あの男も私にたいしてそうだと確信していますが（そうだと確信していると言う必要を感じるからには氏はそれを疑っているのだろうか？）、しかしふたりのあいだにはそれ以外なにもありません、あれはない、いいですね、あれはないんです」と、まるで女のことを話すときのようにごく自然に言い添えた。「そうそう、今朝、私の両足をひっぱりに来ましたよ。あれだって承知しているはずですがねえ、私が寝すがたを見られるのが大嫌いなことぐらい。あなただって嫌でしょう。ああ、ぞっとする、迷惑もいいところだ、だれしも寝てるときはおぞましい恰好ですからな、こっちだってもう二十五じゃないんだ、べつにおぼこ娘を気取るわけじゃないが、それでもちいとは洒落っ気を残してますからね。」

男爵はモレルのことを仲のいい友だちだと語ったとき本心からそう言ったのかもしれないし、「あの男がなにをしているのか、知らんのです、その暮らしぶりもわかりません」と言ったとき、もしかすると嘘をついているつもりで真実を語ったのかもしれない。実際、男爵は（シャルリュス氏とブリショと私がヴェルデュラン夫人の住まいへたどり着こうとしているこのあいだに、話を数週間ほど先へ進め、その脱線のあとですぐ本筋に戻ることにしよう）、この夜会からしばらくして、モレル宛ての手紙をうっかり開封したせいで苦痛と驚愕のなかへ突き落とされた。その手紙は、まわりまわって私にもひどい悲嘆をひきおこすことになるが、もっぱら女のみを愛する嗜好の持主として有名な女優レアが書いたものだった。ところがレアがモレルに宛てた手紙には（シャルリュス氏はモレルがそんな女優を知っているとは夢にも想わなかった）、熱烈な愛情があふれていた。あまりにも露骨な手紙であるがゆえここに書き写すのは憚られるが、ただしレアがモレルにもっぱら女性形で語りかけ、「貴女《あなた》って下劣！　まったく！」「あたしのいとしい女《ひと》、あなたもやっぱりあの仲間なのね」などと言っていたことは書いても許されるだろう。この手紙ではほかに何人も女のことが問題になっているが、いずれもレアと親しいばかりかモレルとも親しい女たちであるらしい。それとはべつに、モレルがシャルリュス氏をばかにしていること、レアが自分を囲っている将校のことを「あの人ったら、いつも手紙で、おとなしくしてくれって言ってくるの、よく言うわ！　いい子だから、なんて」などと言ってばかにしていることは、モレルとレアとのきわめて特殊な関係と同じく、シャルリュス氏には想いも寄らない現実をあらわにしてくれた。男爵はとりわけ「あの仲間」ということばに心をかき乱された。氏は最初こそ知らなかったものの、すでにずいぶん前から自分自身が「その仲間である」ことをついに自覚していたのだ。ところが、その自家薬籠中のものとしていたはずの基本概念をいまや根本から再検討する必要に迫られたのである。自分が「その仲間である」ことに気づいたとき、氏はそれによって自分の嗜好がサン＝シモンの言うように、女好きではない(51)ことを知ったつもりでいた。ところがいまや「その仲間である」というこの表現は、モレルにかんするかぎりシャルリュスの知らなかった広がりをもつことになり、その結果モレルは、この手紙によれば、女好きの女と同様の嗜好をもつ「その仲間である」ことを立証しているのだ。そうなるとシャルリュス氏の嫉妬は、もはやモレルの知っている男たちに限定される理由はなくなり、女たちにも広がることになった。かくして「その仲間である」人間は、シャルリュス氏がそうだと思っていた人間だけではなく、地上の広大な部分に広がり、そこには男だけではなく女も含まれ、その男には、男だけを愛するのではなく女も愛する男も含まれるのだ。男爵は、慣れ親しんできたことばの新たな意味に出くわし、頭も心も等しく不安にさいなまれる想いをしたが、それはひとつの定義がにわかに不充分となるとともに、自分の嫉妬が増大するという二重の謎を目の当たりにしたからである。シャルリュス氏はその生涯において一介のアマチュアにすぎなかった。それは氏がこの種のできごとをなんら役立てることができなかったという意味である。氏はそんなできごとのせいで受けた辛い印象を、怒りをぶちまけて十八番《おはこ》の雄弁をふるうか、陰険な策略をめぐらすかして発散してしまう。しかしたとえばベルゴット級の優れた人間ともなると、そうしたできごとさえ貴重なものになりえたかもしれない。それはまた、べ

(51) サン=シモンは『回想録』の一六九二年の項で、ルイ十四世の王弟「ムッシュー」について「ムッシューの嗜好は女好きではなく、そのことを隠そうともしなかった」と書いている。王弟の男色については、本訳⑧一一七頁（および注118）、同⑨五六六頁（および注655）にも暗示されていた。

ルゴット級の人間がたいてい、凡庸で、嘘をつく、意地の悪い女といっしょに暮らしているのはなぜか(われわれはやみくもに行動しているように見えて、やはり動物と同じく、自分に好都合な植生を選んで生きているのだから)、その理由をある程度は説明してくれるかもしれない。そうした女の美貌は、それだけで作家の想像力を刺激し、好意をかき立てるが、その女の性格をなんら変えるわけではない。その女の、はるか下方に位置する生活や、突拍子もない交友や、想いも寄らぬほどに限度を越えたり、とくにあらぬ方向へねじ曲げられたりした嘘などが、ときどき稲妻のようにあらわれる。嘘といっても完璧な嘘、われわれがよく知る人たちにかんする嘘、われわれとその人たちとの交友にかんする嘘、われわれがまるで違うふうに表明していたある行動の動機にかんする嘘、われわれがどんな人間で、なにを愛しているのかについての嘘、われわれを愛してくれる相手、われわれを一日じゅう抱き締めているのだからわれわれわれを自分と同じ型に仕立てあげたと想いこんでいるその相手のことをわれわれがどう思っているかについての嘘、そうした嘘こそ、われわれに新たなもの、未知なるものへの展望を切り開いてくれ、われわれの内部で眠りこんでいた感覚を切り開くことによってわれわれがけっして知りえなかったはずの世界を眺めさせてくれる、この世にまたとないものなのだ。シャルリュス氏について言っておかなければならないのは、モレルがそれまで注意ぶかく隠してきたいくつかの事実を知って愕然としただけではなく、それゆえ庶民の輩とつき合うのが間違いのもとだという結論をくだしたのは氏の誤りだったことである。同じように辛い発見でも(52)（シャルリュス氏にとっていちばん辛かった発見は、氏にはそのころドイツで音楽の勉強をしていたと言っていたモレルが、レアと旅行をしていた事実であった。モレルはそのつくり話をでっちあげるためにに何人もの人たちの好意を利用して、いったんドイツにいる篤志家たちに手紙を送っておき、それをシャルリュス氏へ再発送してもらっていたが、そもそも氏はモレルがドイツにいるものと信じこんでいたから、郵便局の消印を見ようともしなかった）。実際この書物の最終巻ではシャルリュス氏が、レアの暴露した生活に驚愕させられたのとは比較にならぬほど、氏の家族や友人たちを愕然とさせることをやらかすのが見られるだろう。

しかし今は、ブリショと私と連れだってヴェルデュラン家の戸口へと向かうシャルリュス氏に追いつかなければならない。「どうしていますかな」と氏は私のほうを向いて訊ねた、「私たちがドゥーヴィルでよくお会いした、あなたのご友人の若いヘブライ人は？(53)　あなたさえよければ、そのお友だちを一夕お招きしてもいいかと考えて

(52)　この一文は（プレイヤッド版、GF版、ガルニエ版など諸版と同様）結びのことばを欠いて未完。

いたんです。」実際シャルリュス氏は、まるで夫か情夫のように、恥も外聞もなく探偵社にモレルの一挙手一投足を見張らせていたが、それに安心して、ほかの青年たちにも関心を向けずにはいられなかったのだ。氏がある年老いた召使いに命じて探偵社にやらせていたモレルの監視はあまりにも露骨だったので、従僕たちはみな自分が尾行されていると想いこみ、さる小間使いなどは絶えず探偵につきまとわれている気がして生きた心地がせず、もう外へ出なくなった。それでくだんの年老いた召使いは「あんな女は好きにすりゃいいんだ！　あんなのを尾行したって時間と金の無駄！自分の振る舞いがなにかこっちの気を惹くとでも思っているのか！」と皮肉な声をあげた。というのもこの老僕は、主人には熱烈に尽くす男だったから、男爵と同じ嗜好をいささかも分かち持っていたわけではないが、きわめて熱心に男爵の嗜好に仕えるあまり、とうとうそれが自分の嗜好であるかのような口を利くようになっていたのである。「あれは忠僕の鑑《かがみ》だ」とシャルリュス氏はこの老僕を評した。というのも人は、さまざまな美徳に加えて、自分の悪徳のためにその美徳を惜しみなく投入してくれるという美徳をあわせ持った人間を、だれにもまして評価するからである。もっともシャルリュス氏がモレルのことで嫉妬を感じることができたのは、男にたいしてだけで、女たちはなんの嫉妬もかき立てなかった。そもそもシャルリュス氏の同類にとってはこれがほぼ通則なのである。この同類にとっては、自分の愛する男が女を愛するのは、べつの次元のことがら、べつの動物種において生じることがらで(ライオンはトラのことなど気にしない)、気に障るどころか、むしろ安心させられることなのだ。倒錯を聖職とみなす男たちが、ときにその手の愛を毛嫌いするのは事実である。そんな男たちは自分の恋人たる男がその手の愛にふけったことを恨むが、それは恋人が裏切ったからではなく、堕落したからである。シャルリュスと同類の男であれば、男爵本人はべつとして、モレルが女と関係をもつのを目の当たりにしたら、バッハやヘンデルの演奏家たるモレルがプッチーニを弾くとポスターを見て知ったときのように憤慨したであろう。シャルリュスと同類の男たちの愛を私利私欲で受け入れる青年たちが、医者にアルコールは一滴も飲みません、好きなのは鉱泉の水だけですと言うように、相手の男たちに「阿魔《あま》(54)」には虫酸《むしず》が走るだけですと断言するのもそのためである。ところがシャルリュス氏は、この点、いささか通則から外れていた。モレルのすべてを讃美していたから、モレルが女にもてても嫉妬せず、モレルがコンサートで好評を博

(53) ブロックのこと。ただし氏と「私」がブロックに会ったのはドンシエール(本訳⑨五五二頁以下)。

(54) 原語 carton(s). ピエール・ギロー『エロチック辞典』(一九七八)に拠ると「娼婦」を意味する隠語。ここは女の蔑称として使われたものと考えられる。

図6　ブロンズィーノ『若き彫刻家の肖像』(ルーヴル美術館)

マニエリスム期のフィレンツェの画家アーニョロ・ブロンズィーノ(1503-72)は，トスカーナ大公コジモ一世の宮廷画家として，大公妃の肖像『エレオノーラ・ディ・トレド』(メトロポリタン美術館)など数多くの肖像画を描いた．青年の肖像画でプルーストが見ていた可能性が高いのはルーヴル美術館所蔵の上図(16世紀中葉の作)．モデルは特定されていないが，彫像を手にしているところから彫刻家の肖像と推定されている．

したりエカルテ(55)で勝ったりするのと同じようにそれを喜んでいたのである。「いや、きみ、あれはね、女ともやるんだよ」と言ったシャルリュス氏の口調には、秘密を暴露するような、憤慨するような、いや、もしかすると羨ましそうな、なかんずく感嘆するような気持がこもっていた。「ただ者じゃないんだ」と氏はつけ加えた、「あの男がどこへ行っても、音に聞こえた遊女《あそびめ》たちが目をかけるのはあいつだけ。どこでも注目の的でね、メトロでも劇場でも。いやはや困ったものだ。あいつとレストランにいると、かならずボーイがやつに少なくとも三人の婦人からの恋文を届けに来るんだ。これがまた揃いも揃って美人でねえ。もっとも、なんら驚くにはあたらん。きのう、あいつをとくと眺めて、そんな女たちの気持がわかったよ、ずいぶん美男子になった、まるでブロンズィーノ(56)みたいだからね。まさにほれぼれする男だ。」しかしシャルリュス氏が執心したのは、自分がモレルを愛していることを誇示することであり、他人に、いや、もしかすると自分自身にも、自分がモレルから愛されていると納得させることであった。男爵は、このかわいい青年には自分の社交的地位を傷つける危険があるにもかかわらず、いつもそばにこのモレルを連れていることに一種の自尊心の満足

(55)　二人用トランプゲーム。コタールとモレルがその勝負をした(本訳⑨二四八頁と注311参照)。
(56)　図6参照。

を覚えていたのである。というのも氏は(これはかなりの分別があってスノッブな男によく見られることだが、見栄から、他の交際はすべて断って、どこであろうと愛人といるすがたを見られたがり、その愛人たるやだれも招待しない裏社交界の女や堕落した貴婦人だというのに、そんな女との関係がまんざらでもないのだ)、すでに達成した目的を自尊心ゆえに破壊しようと躍起になる段階に到達していたからで、恋心の影響を受け、愛する相手とのこれ見よがしの関係に、当人にしか感じられぬ威光を見出していたのかもしれず、あるいは社交上の野心は達成されると衰えるほかなく、相手との関係がプラトニックであるだけになおさら心そそられる身分の低い者にたいする好奇心が昂じて、ほかの好奇心では保ちえない水準に達したどころかそれを超えてしまったのかもしれない。

ほかの青年たちのことに話をもどすと、シャルリュス氏は、モレルの存在はそうした青年たちへ寄せる想いの邪魔にはならず、むしろヴァイオリン奏者としての華々しい名声や、作曲家としても新聞寄稿家としても頭角をあらわしはじめた声望が、場合によっては青年たちを引き寄せる餌になりうると考えていた。男爵は、容姿端麗な若い作曲家に紹介されたりすると、その新参者に自分が礼を尽くすための口実をモレルの才能のなかに見出そうとした。「あなたが作曲なさったものを」と氏は言う、「私のところへ持ってくることですな、モレルがコンサートや演奏旅行で弾いてくれますから。ヴァイオリンのために書かれたいい曲はめったにない！　そんな新曲が見つかれば、まさにめっけもの。外国の人たちが高く評価するのはそこなんです。地方にだって小さな音楽サークルがいくつもあって、音楽好きにはすばらしい熱意と理解力があふれていますからね。」それと同様の甘言として(そうした発言はどれも撒き餌《まえ》にすぎない、モレルがその実現に協力したことはめったになかった)、ブロックが詩も少々やりますと言って「気が向いたときに」とつけ加え、なにか独創的な言いまわしを見出せないときに常套的に添えることにしている自嘲の笑みを浮かべたことがあったので、シャルリュス氏は私にこう言った、「あのイスラエルの民の若者に言っておいてください、詩をやるという話だから、その詩をモレルのために私のところへ持ってくるようにとね。作曲家にとって、音楽をつけられるような美しい原文を見つけるのは、いつだって難題ですからね。オペラの台本にすることだってできる。くだらないものになるわけがない、なかなか価値あるもの[57]になるでしょう、詩人の才能があり、私の庇護があり、救済となる諸般の状況の連関[58]があればですよ、その諸般の状況のな

(57)　原語 auxiliatrice(s). とくに宗教的な意味合いで用いる(『グラン・ラルース仏語辞典』)。
(58)　シャルリュスの口からことあるごとに出てくる言いまわし(本巻五七頁参照)。

かで第一位を占めるのはモレルの才能ですがね。なにしろ今やどんどん作曲をするばかりか、ものも書く、しかも筆が立つ、まあこのことはあとで話しましょう。演奏家としての腕前のほうは(この点ではご存じのようにすでに非の打ちどころのない大家ですが)、今夜、あの子がヴァントゥイユの音楽をいかにみごとに弾きこなすかをお聴きになれば、おわかりになりますよ。あの子には驚嘆するほかありません、あの歳で、あれだけの理解力があるんですから、まだまだ腕白ざかりの洟《はな》たれにすぎんというのに！　いや、今夜はほんのリハーサル、大がかりな会は、二、三日後にあります。といっても、きょうのほうがずっとエレガントです。それゆえわれわれはあなたがお見えになったのを喜んでいるんです。」氏がそう言って、われわれという語を使ったのは、おそらく国王は「われわれは欲す」と言うのがならわしだからであろう[59]、「これはすばらしいプログラムなので、ヴェルデュラン夫人にはパーティーを二度やるよう進言したんです。一度は数日後で、そのときは夫人の知り合いを残らず招待する。もう一度が今夜で、こちらは女主人《パトロンヌ》といえども法律用語でいう管轄剝奪[60]になる。つまり招待を出したのはほかならぬこの私で、べつの階層の気持のいい人たちを何人か呼んでおきました、シャルリの役に立ちそうな、ヴェルデュラン夫妻も面識をえて喜びそうな人たちです。だって、そうでしょう、これ以上はない大芸術家に最高の傑作を演奏させるのは結構なことだが、その聴衆が向かいの小間物屋のおかみだとか角の食料品屋のおやじだとかでは、せっかくの催しも反響なしに終わりますからな。そりゃ私だって社交界の連中の知的水準がどんなものかは心得ていますが、そんな連中でもかなり重要な役割をいくつか果たすことができましてね、なかでも公の事件で新聞に割り当てられている役割、つまり宣伝機関となる役割です。私の言う意味はおわかりでしょうが、たとえば義姉《あね》のオリヤーヌを招待しておきました。来るとは確実に言えないが、それより確実なのは、かりに来たとしても、義姉《あね》は絶対なにひとつ理解できんということです。しかしオリヤーヌに求めているのは理解することではない、そんなことはあれの能力を超えていますからな。そうではなくて、しゃべってくれることなんです、これならまさに打ってつけ、ちゃんとやってくれる。その結果、早くも翌日、小間物屋のおかみや食料品屋のおやじではだんまりを決めこむほかないのとは違って、モルトマール家(61)では会話が盛りあがり、オリヤーヌはすばらしいものを聴いた、モレルとかいう男が云々と話してくれる一方で、招待されなかった人たちは怒り心頭

(59) 国王、教皇、司祭、知事などの文書では主語に「余は」の意で「われわれ」nous を用いる。
(60) 原語 dessaisi(e). 法律用語では、裁判所が本来の管轄を外された、の意。
(61) シャルリュス男爵とゲルマント公爵の従妹(あとで登場する)の家。

に発して、「パラメードはきっと私たちを資格なしと判断したんでしょ、それにしてもなんたる人たちのところで催したことでしょう」などと言い放つでしょうが、こんな反対意見だって、オリヤーヌの賛辞と同じく役に立つんです、なにしろ「モレル」の名前が立てつづけに出てきて、何度も何度も復唱する暗唱課題みたいにみなの記憶のなかに刻みこまれますからね。それやこれや諸般の状況の連関は、芸術家にも女主人にもありがたいもので、くだんの催しを広めるメガホンの役目を果たしてくれて、その催しが遠くの人たちの耳にも届くものになるんです。実際やってみる価値のあることなんです。あの男がどんなに進歩したか、わかりますよ。そのうえあれには新たな才覚のあることが判明した。あの文筆はね、あなた、神業ですよ、まさに神業ですぞ。あなたはベルゴットのお知り合いだから、あなたからベルゴットにあの若僧の文章のことを想い出させていただき、いわば私に協力していただいて、音楽家にして作家という二重の才能、いつの日かベルリオーズの才能[62]のごとき名声を博する可能性をもつ才能を伸ばせる諸般の状況の連関をつくりだすお手伝いをしていただけないかと、そう考えたこともありました。ベルゴットにはどう言ったらいいのか、あなたならよくご存じでしょう[63]。ほれ、有名人というのは、たいてい心ここにあらずで、ちやほやされて自分のこと以外にはほとんど関心がないときてる。ところがベルゴットはほんとうに気さくな、世話好きな男でしてね、「ゴーロワ」紙だったか、どこだったかに、あれの短い時評を掲載させてくれるというのです。なかば風刺作家、なかば音楽家の手になる、まことにみごとな文章でしてね、シャルリがそのヴァイオリンにこのアングルのペンという余技(64)を添えることになれば、私としても歓びこれに勝るものはありません。あの男のことになると私が、まるでコンセルヴァトワールで見かける愚かな母親のようにやすやすと度を越してしまうのは自覚しています。なに、そんなことは知らなかった？　それはあなたが私のお人好しの一面をご存じないからですよ。私は試験官の部屋の前でそれこそ何時間でも立って待ちますからね。それがなんとも楽しくてね。で、ベルゴットのほうは、あれはまったく申し分のない文章だと請け合ってくれましたよ。」スワンを通じてずいぶん前からベルゴットと面識のあったシャルリ

(62)　ベルリオーズ(一八〇三―六九)は、作曲家としてのみならず、『管弦楽法』(一八四四、五五改訂)の音楽理論家、音楽をめぐる時評(「ゴーロワ」紙連載)を集成した『オーケストラの夕べ』(一八五二)、『音楽の怪奇趣味』(一八五九)、『歌を越えて』(一八六二)などの随筆家としても知られた。プルーストは生前未発表の文章「レーナルド・アーン」で「エドゥアール・リスレール(作家が高く買っていたピアニスト)はアーンの音楽評論をベルリオーズのそれに匹敵するものとみなしている」と書いていた。

(63)　ベルゴットは存命という前提での発言。ベルゴットの死(本訳⑩四一四―一九頁)が作家の最晩年に加筆されたあと、この部分が修正されなかったせいで生じた矛盾と考えられる。

(64)　ふつう仏語で「本職以外の余技」を指す「アングルのヴァイオリン」のもじり。

ユス氏は、実際みずからベルゴットに会いに行き、モレルが音楽にかんするなかば風刺ふうの時評をどこかの新聞に連載できるよう取りはからってほしいと頼みこんだ。そんな用件でベルゴットを訪ねることにシャルリュス氏はある種の後ろめたさを感じた。ベルゴットを大いに崇拝していながら、その人に会いに行くのは、けっして自分自身のためではなく、ベルゴットが寄せてくれるなかば知性上のなかば社交上の敬意をいいことに、モレルや、モレ夫人(65)や、ほかの人たちに礼を尽くしてやるためであることに気がついたからである。シャルリュス氏は、そんなことのためだけに社交界を笠に着ること自体にはさほど気がとがめなかったが、ベルゴットとなると余計にやましい気がしたのは、相手が社交人士のような功利的な人間ではなく、ずっと価値ある人間だと感じられたからだ。ただ氏の生活は多忙を極めていたから、自由な時間を見出せるのは、たとえばモレルにかんすることのように、なんとしてもやりたいことがあるときに限られた。おまけに氏が、非常に頭のいい人の常として頭のいい人との会話には興味を示さず、とりわけベルゴットと話すことに関心がなかったのは、相手が氏の好みからすると文士でありすぎて、自分の見地に立ってくれない無縁の人間だと思われたからである。ベルゴットのほうは、シャルリュス氏の訪問が功利的であることは百も承知だったが、それを恨むことはなかった。というのも、いつまでも好意を持ちつづけることはできないタチであったが、人を喜ばせるのが好きで思いやりがあり、人を懲らしめて喜ぶことなどできない人間だったからである。ベルゴットは、シャルリュス氏の悪徳をいっさい共有することはなかったが、芸術家にとって正当カ《ファス・エト・》不当カ《ネファス》の基準は、道徳上の規範にあるのではなく、プラトンやソドマ[66]への追想のなかにあるのだから、その悪徳をむしろ当該人物にある種の彩りを添えるものと考えていた。シャルリュス氏は、あえて口には出さなかったが、自分が意図した風刺文書にみずから署名したり自分で執筆したりするのを潔しとしなかった十七世紀の大貴族たちに倣い、しばらく前からモレルに命じて、モレ伯爵夫人にたいする卑劣な中傷に満ちた一連の小さな囲み記事を書かせていた。その記事は、一般の読者にも無礼なものに映ったから、当の若い婦人にはどれほど一段と耐えがたいものであったことだろう。そこには夫人の書いた手紙のあれやこれやの一節が、当人以外のだれにもわからぬよう巧みに忍びこませてあり、原文どおりに引用されているだけでありながら、残忍きわまりない復讐として夫人が恐慌をきたすような意味が付与されていたのである。若

(65)　ゲルマント夫人に対抗、社交界に台頭してきた夫人(本訳⑦五四二頁、同⑧一七九頁、三二七頁)。

(66)　本名ジョヴァンニ・アントニオ・バッツィ(一四七七—一五四九)、イタリアの画家。人体表現に動きの多い宗教画を描いた。堕落した性癖を非難され「イル・ソドマ」(ソドムの人)の異名で知られる。

いモレ夫人はそのせいで死ぬほどの苦しみを味わった。とはいえバルザックふうに言うなら、パリでは毎日のようにいわば口舌《こうぜつ》による新聞が発行されていて、それは紙の新聞よりも恐ろしいものなのだ。やがて見られるようにこの口頭新聞は、時代遅れとなったシャルリュスの権力を無に帰せしめ、元の庇護者の百万分の一の価値もないモレルをシャルリュスのはるか上位へと押し上げたのである。それでもこの手の知的流行はおめでたいもので、天才たるシャルリュスは無であり、大ばか者のモレルは反論の余地なき権威であると本気で信じている。その男爵が容赦なき復讐に出るときは、そんなおめでたい人間ではなかった。それゆえ氏が腹を立てると、おそらく口のなかには苦い毒液のごとき悪意があふれ、それが頬にも広がって黄疸が出たように見えるのだった。「ベルゴットが今夜来てくれれば首尾は上々だったんですがねえ、シャルリがまさに至高の芸を披露するのを聴いてもらえたのでね。しかし外出なさらんようですな、人と会ってうんざりしたくないんでしょう、それももっともなこと。だがあなたは青春の真っ盛りだというのに、コンティ河岸じゃめったにお目にかかりませんな。青春は濫用せずですか！」私はたいてい従妹《いとこ》と出かけていると答えた。(67)「ほう、やっぱり！　従妹のかたとお出かけとは、なんとも清らかなことですな！」とシャルリュス氏はブリショに言った。それからふたたび私に言う、「いや、おわか－いかた、われわれはなにもあなたの振る舞いに釈明を求めているわけじゃありませんよ。お好きなように楽しんでくださって結構。われわれとしては、そのお相伴にあずかれないのが残念なだけでしてね。もっともあなたは非常にいい趣味をお持ちだ、すてきなかたです、従妹のかたは。ブリショに訊いてごらんなさい、じつはこの人、ドゥーヴィルじゃ、あなたのお従妹のことで頭がいっぱいだったんですぞ。今夜いらっしゃらないと、みな残念がるでしょう。でも連れていらっしゃらなかったのはよかったかもしれない。そりゃヴァントゥイユの音楽はすばらしいですよ。しかし今朝シャルリから聞いたところでは、作曲家の娘とその女友だちが来るとか。このふたりにはなんともおぞましい評判がありましてね。若いお嬢さんにはなんとも具合の悪いことですからな。私も、招待客たちの手前、いささか困っとるんです。でも、まああの連中はみなかなり高齢ですから、危ないことがおこる心配はありませんがね。このふたりのお嬢さんは来るはずだが、もしかすると来ないかもしれない。というのもヴェルデュラン夫人はきょうの午後、今夜の会には呼べない退屈な連中や身内だけを招いてリハーサルを催したそうで、そこにこのふたりが間違いなく来るはずだったのに、さきほど夕食前にシャルリが教えてくれたところでは、われわれが両ヴァントゥイユ嬢と呼んで

(67)　シャルリュスの皮肉。「……と出かける」sortir avec には、その人と「つき合う」の意味がある。

いるふたりは、みなが心待ちにしていたにもかかわらず来なかったというんです。」私は、きょうの午後アルベルチーヌがしきりにここへ来たがっていたことに、ヴァントゥイユ嬢とその女友だちが来るという(私の知らなかった)予告をただちに結びつけて(つまり、当初はそれしか知らなかった結果に、ようやく発見されたその原因を結びつけて)、恐ろしい苦痛を覚えたが、にもかかわらず私にはまだ精神の余裕があったようで、シャルリには朝から会っていないとつい数分前に言っていたシャルリュス氏が、うっかり夕食前に会ったと告白していることに気がついた。とはいえ私の苦痛は傍目《はため》にもあらわになっていたらしい。「おや、どうしました?」と男爵は私に言った、「さあ、なかへはいりましょう、悪寒でもするんですか、顔色がよくないですよ。」シャルリュス氏のことばによって今しがた私のうちに呼び醒まされたアルベルチーヌの貞操にかんする疑念は、なにもこれが初めてというわけではなかった。ほかにも多くの疑念がすでに私のなかに侵入していた。新たな疑念が侵入してくるたびに、人はもう限界だ、今度の疑念には耐えられないと思うが、それでもやがてまだ受け入れる余地のあることがわかり、その疑念がいったん体内に収まってしまうと自分の信じたい多くの願望や忘れたい多くの理由と競いあう結果、人はまもなくその疑念に順応して、ついには気にもしなくなる。その疑念は、なかば癒えた苦痛として、単なる苦しみの脅威として残存するだけである。その残存する苦痛は、欲望の裏面であって欲望と同次元のものであるというべきか、欲望と同様にこちらの想念の中心となって想念のなかの無限のかなたにまで微妙な悲哀を放射するが、それは欲望が、愛する女性と結びつくものがあればどこへでも、起源も定かではない喜びを放射するのとなんら変わらない。ところがまったく新しい疑念がこちらの内部にはいりこむと、ふたたび苦痛が呼び醒まされる。人はほとんどすぐさま「なんとかなるだろう、苦しまない手が見つかるだろう、こんなことは本当じゃない」と自分に言い聞かせるが、しかしながら最初の瞬間にはこれは本当だと想いこむほどに苦しんだのだ。もしわれわれが脚や腕のような肢体しか持たないのであれば人生は耐えやすいだろうが、残念ながらわれわれは内部に心と呼ばれる小さな器官を持っている。この器官はある種の病気にかかりやすく、その病気に罹患すると、ある特定の人間の生活にかんするあらゆることがらに限りなく敏感になり、その人間から出てきた嘘が――この嘘なるものは、われわれ自身がつくにせよ他人がつくにせよ、なんとも無害なもので、われわれは普段そんな嘘に囲まれていとも元気に暮らしているにもかかわらず――その小さな心に耐えがたい発作をひきおこすので、われわれはその心を外科的に摘出してもらいたいと考えるほどだ。頭脳のことは語る必要がない。そうした発作の最中、われわれの思考がいくら際限なく理屈をこねてもその発作を変えられないからで、それはわれわれがいかに注意を凝らしても歯の激痛を変えることができないのと同然である。その人はわれわれにつねに本当のことを言うと誓っていたのだから、その人がわれわれに嘘をついたのはたしかに罪深いことだ。しかしわれわれは、自分自身にとっても他人にとっても、そんな誓いがどれほど価値あるものかは充分に心得ているはずである。それなのにかの人の誓いだというのでそれを信じてしまったが、そのかの人とはほかでもない、こちらに嘘をつくことがその利益にかなう人間であり、そもそも徳の高さゆえに選んだ人間ではないのだ。たしかにその人もずっと後にはもうわれわれに嘘をつく必要はなくなるが――まさにわれわれの心がすでに嘘に無関心になっているときだ――、それはわれわれがその人の生活にもはや興味を示さなくなっているからにほかならない。そんなことは承知のはずなのに、にもかかわらずわれわれは自分の生活をすすんで犠牲にし、その人のために自殺したり、その人を殺して死刑になったり、あるいはその人のために数年で全財産を使い果たして無一文になったあげく、みずから命を絶たざるをえなくなったりする。そもそもだれかを愛しているときは、どれほど自分は平静だと思っていても、その愛は心中でつねに危うい平衡状態にある。ほんの些細なきっかけでその愛が幸福な状態に置かれると、われわれは顔を輝かせて優しいことばを振りまくが、その相手たるや愛しているその人ではなく、その人の目にわれわれを引き立たせてくれた人たち、よからぬ誘惑からその人を守ってくれた人たちなのである。これでもう安心だとわれわれは想いこむが、たったひとこと「ジルベルトは来ないだろう」とか「ヴァントゥイユ嬢が招待されている」とか聞いただけで、用意されていた幸福、そこへ向けて身を乗り出していた幸福はすべて崩れ去り、太陽はすがたを消し、羅針盤は向きを変え、内心には暴風雨が吹き荒れ、いずれそれに耐えきれぬ日が来るだろうと思われる。その日、つまり心がそれほどもろくなった日、われわれに感服している友人たちも、そんな些細なことやそれしきの人物がわれわれを痛めつけ、死ぬほど苦しめているのを気の毒に思うだろう。だがその友人たちになにができよう？　感染性の肺炎で死にかけている詩人がいたとして、その友人たちが肺炎球菌に向かって、この詩人には才能がある、治してやるべきだ、と説得することなど想像できるだろうか？　問題の疑念は、ヴァントゥイユ嬢にかんするものというかぎりでは、完全に新しい疑念ではなかった。しかしこのかぎりでは、レアとその女友だちによって午後にかき立てられた嫉妬のおかげで、その疑念は消滅していたのだ。そしてひとたびトロカデロの危険が回避されてしまうと、私は完全な安らぎを覚え、その安らぎを永遠にとり戻した気になっていたのである。だが私にとってとりわけ新たな疑念となったのは、アンドレが私に「わたしたちが行ったのはこことあそこで、だれにも会わなかったわ」と報告した散歩のことで、このことばとは裏腹に、ヴァントゥイユ嬢はそのときアルベルチーヌにヴェルデュラン夫人のところで会おうと約束したにちがいない。こうなるといまや私は、喜んでアルベルチーヌをひとりで外出させ、好きなところへ行かせるには、ヴァントゥイユ嬢とその女友だちをどこかへ隔離して、アルベルチーヌがふたりに会えないことを確信できるようにしなければならなくなった。嫉妬は、われわれの恋人が愛する可能性のある人たちによって、あるときはこの人によって、べつのときはあの人によって、誘発される激しい不安の苦痛にみちた延長であるからなのか、それともわれわれの思考が狭小で、みずから想い描いたことしか実感できずその余のことは曖昧にしておくために、その曖昧な点にはあまり苦しまずにすむからなのか、いずれにせよ嫉妬というのは概して部分的で、そのときどきで局限化されたものなのである。

　私たちが中庭にはいろうとしたとき、サニエットが追いついてきたが、私たちだとすぐにはわからなかったという。「しばらく前から皆さんのお顔を見据えていた[68]んですが」とサニエットは息を切らした声で言った、「私が躊躇したのは奇妙かな?」これを「奇妙ではないか[69]」などと言ったりすると本人には間違った言いかたに思われたはずで、いまやサニエットは鼻持ちならぬほど古めかしい語法に慣れ親しんでいたのだ。「どなたもすぐにお友だちだと言えるかたですのに。」サニエットの陰鬱な顔色は、夕立の空の鉛色に照らされているようであった。その息切れは、この前の夏にはヴェルデュラン氏から「怒鳴りつけられた」ときにしかおこらなかったが、いまや常態化していた。「きょうはヴァントゥイユの未発表の作品が優れた芸術家たちによって演奏されるそうですね、奇《く》しくもモレルによって。」「どうして奇しくもなんです？」と男爵は、この副詞に批判を読みとって訊ねた。「いや、サニエットは」とブリショは、慌てて通訳の役目を買って出て説明をした、「立派な学者なので、好んで昔のことば遣いをするんです、昔は「奇しくも」が現代の「なかんずく」と同じ意味で使われていましたから[70]。」

私たちがヴェルデュラン夫人の控えの間にはいろうとしたとき、シャルリュス氏は私に仕事をしているかと訊ねた。私が、仕事はしていないが今は銀器や磁器の古い食

(68) 原文は Je vous envisageais… 動詞 envisager を「顔を見つめる」の意味で使うのは古風な用法。

(69) 「奇妙かな」は Est-ce pas curieux?「奇妙ではないか」は N'est-il pas curieux? 前者のように疑問文で ne を省略するのは、十七世紀によく使われた古風な表現。

(70) 原語 singulièrement を「奇しくも」「奇妙なことに」の意で用いるのは、むしろ十七世紀以降の用法（ただし現在では古風に響く）。この語は中世から現代まで「なかんずく」の意味で使われる。

器セットに大いに興味があると答えると、氏は、それならヴェルデュラン家の食器ほど立派なものはほかでは見られない、もっともヴェルデュラン夫妻は家財道具も友人だからと一切合切をラ・ラスプリエールへ持ってゆくという大仰なことをしたので、あちらでそれをご覧になったかもしれない、きょうは夜会だからそれを全部あなたのために引っ張り出させるわけにはゆかないだろうが、ご覧になりたいものを見せてもらえるよう頼んであげよう、などと言った。私はどうかそんなことはしないでほしいと懇願した。シャルリュス氏は外套のボタンをはずして、帽子をとった。見ると、頭のてっぺんが今やところどころ白くなっている。しかし珍しい灌木のなかには、秋に色づくだけではなく、その葉を脱脂綿でくるんだり石膏のギプスを当てたりして保護してやるものがあるように、シャルリュス氏は、頭のてっぺんに置かれた若干の白髪によって、多彩な顔の色合いにもうひとつ彩りを加えたにすぎない。とはいえシャルリュス氏の顔は、さまざまに変わる表情や、脂粉や、偽善などの層が素顔をうまく粉飾するに至らず、ほとんどの人には黙して語らぬ秘密を私には声高に主張しているように感じられた。氏の目は、私がその秘密をたやすく読みとっているのを見透かしているのではないかと思わせたが、その氏の目と、どんな口調でも飽くことなく淫《みだ》らにおのが秘密を連呼しているやに聞こえる氏の声に、私は気詰まりを覚えたと言っても過言ではない。しかしどんな秘密も、人間によって固く守られているものである。なぜなら当人に近づく者は、例外なく耳が聞こえなくなり目が見えなくなるからだ。もとよりだれかから、たとえばヴェルデュラン夫妻から、真実を聞いた人たちはその真実を信じるが、ただしそれはその人たちがシャルリュス氏と面識のないあいだにすぎない。氏の顔は、悪評を広めるどころか、それを打ち消してしまうのだ。なぜそうなるかといえば、われわれはある種の実体について大げさな想念をいだくあまり、それを知り合いの人の親しい目鼻立ちに当てはめることができないからである。われわれが悪徳を容易に信じることができないのは、前日にもオペラ座へいっしょに出かけた人間が天才だとはとうてい信じることができないのと同然であろう。

シャルリュス氏は、常連らしくあれこれ言いつけながら外套を渡しているところであった。しかし氏が外套を渡そうとした従僕は、新顔の、ずいぶん若い男だった。ところでいまやシャルリュス氏は、俗にいう西も東もわからぬほど狼狽することがよく(71)あって、やっていいことといけないことの区別がつかなくなっていた。氏がバルベックでいだいた欲望、ある種の話題にも尻込みしないことを示したい、ある男のことをだれはばからず「美青年ですな」と言ってのけたい、要するに自分の同類でない者な

(71)　原語は「北を見失う」perdre le nord.「狼狽する」「慌てふためく」の意の慣用句。

ら平気で口にできることを同じように言ってみたいという欲望はあっぱれであったが、[72]いまやその欲望を言いあらわそうとすると、以前とは逆に、氏と同類ではない者ならけっして言わないことを口走るようになっていた。氏の頭がたえずそんなことを想いつめているせいで、世間一般の人はふだんそんなことを考えているわけではないという事実を忘れてしまうのだ。それゆえ男爵は、その新米の従僕をじっと見つめながら、脅すような気配で人差し指をぴんと立てると、洒落た冗談のつもりで「きみ、そんなふうに私に色目を使っちゃいかんな」と言い、ブリショのほうを振り向いて「こやつ、おかしな面構《つらがま》えですな、鼻もおもしろい」と言い放ち、悪ふざけを補って完璧にする気なのか、それとも欲望を抑えきれないのか、こんどは人差し指を水平におろすと、一瞬ためらい、やがて、もはや我慢できず、その指をたまらずまっすぐ従僕のほうへのばすと、その鼻のさきに触って「この鼻パーン！」と言い、それからブリショと私とサニエットを従えてサロンにはいったが、そのサニエットから私たちはシェルバトフ大公妃が六時に亡くなったことを知らされた。さきの従僕は心中「なんておかしな家[73]だろう！」と思ったが、仲間の従僕たちに、男爵はふざけているのか、それとも頭がおかしいのかと訊ねた。「いつもあの調子なんだよ」と給仕頭は答えた（じつは男爵のことをすこし「いかれている[74]」、すこし「ふれている[75]」と思っていた）、「でも奥さまのお友だちのなかじゃ、いつも俺はいちばん立派なかただと思ってきた、心のやさしいかただよ。」

そのときヴェルデュラン氏が私たちを出迎えに来た。サニエットだけは、外のドアがひっきりなしに開くので風邪をひかないかと心配しながらも、それでも辛抱づよく自分の持ち物を受けとってもらえるのを待っていた。「いったいどうしたんです、そんなにぺこぺこして?」とヴェルデュラン氏が訊いた。「衣類に気を配る人たちのだれかが私の外套を受けとって番号札を渡してくれないかと待っているんです。」「なんですと?」とヴェルデュラン氏は詰問の口調で言った、「「衣類に気を配る」ですと? ぼけてきたのかな? 「衣類を見張る」と言うんですよ。[76] 中風にかかった連中に教えるみたいに、もう一度あなたにフランス語を教え直さなきゃならんとは!」「なにな

(72) とくに氏が「小鉄道」のなかで「ペデラスティ」などの悪徳を語ったこと(本訳⑨四四二頁以下)。
(73) 「箱」を意味する原語 boîte には「家」の意味がある。「家」への言及は「新米」の従僕だから。
(74) 原語 piqué.「少々頭が変」の意の俗語。『グラン・ラルース仏語辞典』では初出は一八九九年。
(75) 原語 dingo.「精神に異常をきたした」の意の俗語(『二十世紀ラルース辞典』は隠語とする)。『グラン・ラルース仏語辞典』では初出を一九〇七年とする。二語に括弧がつくのは当時の新語義だから。
(76) 「衣類を見張る」surveiller les vêtements は普通の他動詞構文であるが、サニエットが使った「衣類に気を配る」surveiller aux vêtements という間接他動詞構文は十七世紀の古風な表現。

に気を配る、というのが正しい形なんですが」とサニエットはとぎれとぎれの声でつぶやいた、「ル・バトゥー師[77]は……」「うるさい人だね、あなたは」とヴェルデュラン氏は恐ろしい大声をあげた、「ひどい息切れですな！　七階まで登っていらしたのかな？」ヴェルデュラン氏の不作法な振る舞いが効力を発揮したのか、クロークの連中は、サニエットよりもほかの人たちを優先的に受けつける結果となり、サニエットが持ち物を差し出そうとすると「順番にお願いします、お客さま、そうお急ぎにならないで」と答える。「なるほど順序をわきまえた者たちだ、これが手練《てだ》れというものの、いいぞ、諸君」とヴェルデュラン氏は機嫌よく言って、サニエットを後回しにしようとする連中のやりかたを鼓舞する。「さあさあ、こちらへ」と氏は私たちに言った、「あの野郎はね、大好きなすきま風でわれわれに死ぬほど辛い想いをさせようとしているんだ。サロンですこし身体をあたためましょう。いやはや衣類に気を配るときた！」と氏は、私たちがサロンにはいると、また言った、「なんてばかな男だ！」「学識を気取る癖はありますが、べつに悪い男じゃありませんよ」とブリショは言う。「悪い男だと言ったんじゃありませんぞ、ばかな男だと言ったんです」とヴェルデュラン氏は苦々しげに言い返した。

「今年もアンカルヴィルにいらっしゃいますか？」とブリショは私に訊ねた[78]、「われらが女主人《パトロンヌ》はまたラ・ラスプリエールを借りることにしたらしい、もっとも所有者たちとひと悶着あったようですがね。なに、そんなことはなんでもない、ちょっと雲がかかっただけで、すぐに晴れますから。」そう言い添えた口調は楽観的で、まるで新聞が「なるほど過ちは多々あった、だが過ちを犯さぬ者がいるだろうか？」と書くときの口調である。ところが私は、どんな苦しみをいだいてバルベックを後にしたかを想い出して、二度とそこへ戻る気にはならなかった。アルベルチーヌとの計画も日延べしていたのだ。「もちろんこの人はやって来ますよ、それがわれわれの希望だ、われわれには欠かすことのできないお方ですからな」とシャルリュス氏は、お愛想から出たことばとはいえ、人の気持などお構いなしの横柄な身勝手さでそう言った。

　私たちがシェルバトフ大公妃のことでお悔やみを口にすると、ヴェルデュラン氏は言った、「ええ、ずいぶんお悪いと聞いています。」「とんでもない、六時に亡くなられたんです」とサニエットは大声を出した。「あなたねえ、いつも言いすぎるんだ」とサニエットに乱暴な口を利いたヴェルデュラン氏は、夜会を中止にしなかった以上、

(77) シャルル・バトゥー（一七一三—八〇）。聖職者で修辞学を講じた。後にギリシャ・ラテン哲学のコレージュ・ド・フランス教授（五〇—七三）、アカデミー・フランセーズ会員（六一）。

(78) バルベックをアンカルヴィルと言い間違えるのはブリショの癖（本訳⑨四五二—五三頁参照）。

その人は病気ということにしておきたかったのである。(79) そのあいだヴェルデュラン夫人は、コタールとスキーを相手に、重大な会議の最中だった。さきほどモレルが、シャルリュス氏が同行できないという理由でヴェルデュラン夫人の友人宅への招待を断ってきたが、夫人はあいにくその友人夫妻にヴァイオリン奏者の出演を約束していたのである。ヴェルデュラン夫人の友人宅における夜会での演奏をモレルが断ったこの理由は、このあと見られるようにもっと重大な多くの理由も相まって、一般に有閑階級に特有の、とりわけ少数精鋭に特有の習慣のおかげで、大きな意味をもつことになった。たしかにヴェルデュラン夫人は、新参の客とある信者とのあいだに、ふたりが以前からの知り合いだったり親しい交際を望んでいると想像されたりすることば(「では金曜日にだれそれさんのところで」とか、「ご都合のいい日にアトリエにいらっしゃい、いつも五時までそこにいますから、来てくださるとほんとうに嬉しいです」とか)が小声で交わされるのを聞きつけたとたん、そわそわして、この新参者はもしかすると少数精鋭にとって華々しい新入りとなりうる「地位」の人ではないかと想像してみるものの、なにも聞いていないていの素知らぬ顔をし、コカインの常用というよりもドビュッシーの常用によって隈のできた美しい目に、音楽への陶酔のみが与えうる憔悴の色を保つが、それでも数々の四重奏曲や度重なる頭痛のせいで腫れあがった立派な額のなかで考えめぐらすのはやはりポリフォニックな想念だけではないようで、夫人はもはや我慢ができなくなって、十八番のひとことを放つのを一刻たりとも待てず、話し合っているふたりに駆け寄って脇へ連れてゆき、信者を指し示して新参の客にこう言うのだ、「この人といっしょに夕食にいらっしゃいませんか、たとえば土曜日にでも、いえ、あなたのご都合のいい日で結構ですのよ、すてきなかたがたとごいっしょに。これは大声でおっしゃらないようにね、ここの烏合の衆をみな呼ぶわけじゃありませんから（烏合の衆がほんのしばらく少数精鋭を指す用語となったのは、大きな期待を寄せた新参者のために一時的に少数精鋭が見向きもされなかったからである）。」

しかしながら、人と人との親密なつき合いに熱中し、またそうしたつき合いをつくり出したいという欲求には、裏腹の欲求も伴った。人が定例の水曜日に精勤すると、それがヴェルデュラン夫妻に正反対の気分を醸し出すのだ。つまり仲を裂きたい、遠ざけたいという欲望である。この欲望は、何ヵ月もラ・ラスプリエールですごし、朝から晩まで鼻をつき合わせていたことで昂じて、まるで凶暴なものになっていた。かの地でヴェルデュラン氏は、だれかの過ちの現場を押さえるべく、あれこれ罠《わな》の網を

（79）　ゲルマント公爵も、従兄の訃報に「そんなはずはない、言いすぎだ」と答えた（本訳⑧二八三頁）。

張りめぐらし、なんの罪もないハエをとらえて妻の女郎グモにひき渡せるよう工夫していた。難癖をつけようがないと、もの笑いの種をでっちあげる。信者のだれかが三十分も外に出ていると、ほかの面々の前でその信者をあざ笑い、あの男の歯はいつも汚いとか、逆に妙な潔癖症があって一日に二十遍も歯をみがくとか言って、だれひとり気づいてもいないことに驚いたふりをする。もしだれかが勝手に窓を開けたりすると、その不作法に主人《パトロン》と女主人《パトロンヌ》は憤慨のまなこを交わしあう。まもなくヴェルデュラン夫人はショールを求め、それを口実にヴェルデュラン氏が憤然として「これはいかん、窓を閉めよう、いったいだれが開けたんだ?」と言うと、目の前の張本人は耳まで真っ赤になる。ワインを飲みすぎた者がいると、遠回しに叱責される。「お身体に障りませんか? そりゃ労働者にはいいでしょうが。」ふたりの信者が、前もって女主人《パトロンヌ》の許可を求めずいっしょに散歩に出たりすると、その散歩がいかに罪なきものであっても、えんえんと難癖をつけられる。シャルリュス氏がモレルとした散歩は、罪なきものではなかった。ただ男爵がラ・ラスプリエールに入り浸りではなかった事実(モレルが兵営暮らしをしていたせいである)だけが、夫妻が飽き飽きして、嫌悪を感じ、吐き気をもよおす時期を遅らせていたにすぎない。しかしその時がいまや到来しようとしていたのである。

ヴェルデュラン夫人は怒り心頭に発して、このうえはモレルがシャルリュス氏からいかに滑稽千万なおぞましい役割を演じさせられているか、本人にとくと「言って聞かせよう」と腹を固めていた。「それにね」とヴェルデュラン夫人は言い添えた（そもそも夫人は、だれかに恩義を感じていても、それが重荷になりそうだと、その罰として相手を殺してしまうわけにもゆかず、謝意を示さなくても胸を張っていられるように、相手になにか重大な欠点を見つけるのだった）、「それにね、あの人がわが家で見せる尊大な態度が気に入らないんでございます。」実際ヴェルデュラン夫人がシャルリュス氏を恨んだのには、夫人の友人宅における夜会への出演をモレルが袖にしたことよりも、もっと重大な理由があったのだ。シャルリュス氏は、夫人のためならじつはやって来るはずもない名士たちをコンティ河岸へ連れてきてやることこそ女主人《パトロンヌ》の名誉になると想いこんでいたので、ヴェルデュラン夫人が招待してもよいと考えて挙げた人たちの名前を聞いたとたん、断乎たる排除宣言をしたのである。その有無を言わさぬ口調には、すぐに機嫌を損ねる大貴族特有の執念ぶかい傲慢さに混じって、パーティーにかけてはエクスパートを自負し、自分の目には全体の効果が台なしになることが火を見るよりも明らかな譲歩をするくらいなら、むしろ作品をとり下げて協力を断ろうとする芸術家としての独断が認められた。シャルリュス氏が留保つきながら招待の許可を出したのは、サンチーヌだけであった。ゲルマント夫人が、その面妖な細君にかかわらないですむように、毎日親しくつき合っていたサンチーヌとの交際をきっぱり断ったのにたいして、シャルリュス氏は、本人を聡明な男だと思って相変わらず会っていたのである。かつてはゲルマント社交界の華と謳われたサンチーヌが、財産を求め、拠りどころになると信じて結婚した相手の近縁は小貴族の血が混じるだけのブルジョワ階級で、そこではだれもが非常に裕福で、貴族とも婚姻関係があるものの、それは大貴族がまるで知らない貴族だったのは事実である。ところがヴェルデュラン夫人は、細君の実家が貴族を標榜しているのは承知していたが、われわれが高い地位と感じるのは自分のすぐ上にあるものだけで目にも見えぬ雲の上の存在ではないという理由で、夫のほうの高い地位にはまるで不案内だったから、その招待を正当化できるはずだと信じて、サンチーヌは「＊＊＊嬢と結婚なさったので」多くの人をご存じですから、と言い張った。ヴェルデュラン夫人の無知を証明するだけの、実態とは正反対のそんな言い分を聞くと、男爵の赤く塗った唇には鷹揚な軽蔑と寛大な理解のこもる一輪の笑みが咲いた。氏はあえて直接には答えなかったが、こと社交となると、豊かなおのが知性と、高慢なおのが矜持と、軽薄な父祖伝来の関心とが垣間見える理屈をでっちあげるタチで、こう言った、「サンチーヌは結婚するに先立って私に意見を求めるべきでした。生理学上の優生学[81]があるように、社交にも優生学があって、もしかすると私はそのただひとりの博士ですからな。サンチーヌの事例は議論の余地なしで、あんな結婚をしたら足手まといになって、自身の威光を覆い隠すはめになるのは火を見るより明らかだった。あの男の社交生活もあれで終わってしまった。私ならそれを説明してやれたし、聡明なあの男のことだから私の言うことを理解してくれたでしょう。これとは正反対の事例もありまして、あまねく世を見下ろす高い地位につくのに必要とされるものを残らず備えた人物でしたが、ただいかんともしがたい軛《くびき》で地上に縛りつけられていた。私はなかば背中を押し、なかば強制的に、本人がそのもやい綱を断ち切る手助けをしてやった、するとどうです、いまやその男は私のおかげで自由と絶大な権力を手に入れ、大成功の喜びに浸っておる。そりゃ本人の意志も少々必要だったかもしれんが、その男はいかに大きな報いを受けたことか！　私の助言に耳を傾けるすべさえ心得ていたら、そんなふうに人はみずから自身の運命の産婆役になれるんです。」とはいえシャルリュス氏がおのが運命に働きかけるすべを

（80）　この箇所のみに登場する人物。同名の小説家サンチーヌ（本訳①三一九頁と注195参照）とは別人。

（81）　原語 eugénique. ダーウィンの従弟フランシス・ゴルトン（一八二二–一九一一）が進化論の影響を受けて一八八三年に提唱した概念（eugenics）。仏語の初出は二十世紀初頭（『グラン・ラルース仏語辞典』）。

知らなかったのは紛れもない事実である。行動するというのは、たとえ雄弁であろうと語ることとはべつであるし、たとえ創意工夫に長《た》けていようと考えることともべつである。「だが私自身は、まあ哲学者とでもいうべきでしょうか、自分で予言した交際社会の反応を興味ぶかく見つめはするが、それに荷担はしない。だから私はサンチーヌとのつき合いをつづけてきたわけで、あの男はいつも私に然るべき熱烈な敬意を払ってくれましたよ。あの男の新居で夕食をご馳走になったこともあるが、これ以上はないという贅のかぎりを尽くした会食なのに退屈でねえ、その昔、あれが素寒貧《すかんぴん》で、それでも小さな屋根裏部屋に選り抜きの人たちを集めていたときの楽しさとは好対照でしたな。というわけであの男は招待してよろしい、許可しましょう。しかしご提案のほかの名前には残らず拒否権を発動する。で、あなたはこのことで私に感謝しなくてはならん、私はこと婚姻にかんしてエクスパートであるように、ことパーティーにかんしてもそれに劣らずエクスパートですからな。私はどんな上り坂の名士たちを招待すれば集まりが盛りあがり、飛躍し、高まるかを心得ているし、集まりを失墜せしめ、台なしにする輩の名前も心得ている。」シャルリュス氏のこのような排除の根拠は、かならずしも頭のおかしな人間の怨恨や芸術家の凝りすぎにあるとはかぎらず、むしろ役者としての要領にあった。氏はある人物や事柄について語った得意のせりふが大好評を博すると、それをできるだけ多くの人に聞かせたいと願うが、それが二番煎じになりそうなときは、演目に変更がないことに気づきかねない初演時の招待客たちを排除してしまうのだ。観客を入れ替えて一新するのは、ほかでもないプログラムを変えないからで、自分の会話のなかに喝采を博するようなことがあれば、必要なら何度でも巡業を企画して、地方で公演したことだろう。シャルリュス氏によるこうした排除は、その動機は多種多様であるにせよ、女主人《パトロンヌ》としての権威を侵されたと感じるヴェルデュラン夫人の機嫌を損ねたのみならず、夫人に社交上の大きな損害をもたらした。それはふたつの理由による。第一の理由は、ジュピアンよりもすぐへそを曲げがちなシャルリュス氏が、周囲の者にはなぜかわからないものの、友人として最もふさわしい人たちと仲違いをすることだった。そんな人たちに科すことのできる最初の懲罰は、もちろんシャルリュス氏がヴェルデュラン家で催すパーティーにその人たちを招待させないことである。ところが往々にしてこの除外者は、最も高い地位を占めるとされる人たちで、とはいえシャルリュス氏からすれば仲違いした日からそうとはみなされなくなった連中なのだ。というのも氏の想像力は、仲違いをするためにその人たちの欠点を巧みに探したときと同様、友人でなくなったとたんその連中からいっさいの重要性を巧みにはぎ取ってしまうからである。けしからん相手が極めつきの旧家の出身ではあるが、その公爵位はたとえばモンテスキウ家のように十九世紀からのものにすぎないとなると、たちまちシャルリュス氏にとって重要なのは公爵位の古さになり、家系それ自体は問題ではなくなる。「あの連中は公爵でさえないんだ」と氏は大声をあげる、「モンテスキウ大修道院長がもらった爵位が不当に親戚の男に移っただけで、まだ八十年も経っていない。現在の公爵は、かりに公爵だといえるとしても、まだ三代目ですぞ。(82)公爵家を挙げるなら、やはりユゼス家とか、ラ・トレムイユ家とか、リュイーヌ家とかでしょう、いずれも第十代、第十四代の公爵ですよ、(83)私の兄だって第十二代ゲルマント公爵にして第十七代コンドン大公ですからね。モンテスキウ家は旧家の末裔だというが、それが証明されたとしてどうだというんです？それこそ末裔、いまや落ちも落ちたり、見るに堪えん惨状なのに。」これとは逆にシャルリュス氏の仲違いの相手が、古い公爵位をもつ貴族のひとりで、類を見ない立派な姻戚関係があり、さまざまな王家とも血のつながりがあっても、そのような栄華がとんとん拍子に転がりこんできたもので家系はさほど古くない場合、たとえば相手がリュイーヌ家の一員だった場合、すべては一変して、こんどは家系のみが重要となる。「とんでもない、アルベルティ氏なんてルイ十三世統治下でやっと箔がついたにすぎん！(84)宮廷の寵愛のおかげでなんの権利もない公爵位を積み重ねることができたからって、それがなんだというのだ。」 おまけにシャルリュス氏は、会話や友情にそれが本来与えることのできないものを求めるゲルマント家特有の気風を受け継いでいるうえ、自分が悪口を言われているのではないかと心配する病的傾向を備えているせいで、厚遇を受けていた相手もたちまち凋落の憂き目に遭った。しかもその厚遇が大きければ大きいほど、その凋落ぶりも深刻の度を加えた。ところがモレ伯爵夫人ほど、男爵からこれ見よがしの厚遇を受けた者はひとりとしてなかった。(85) この伯爵夫人は、ある

(82) ロベール・ド・モンテスキウ伯爵の実家モンテスキウ＝フザンサック家は、十二世紀に遡る名門貴族(現在に存続)。ただしモンテスキウ公爵位は、一八二一年、ボーリウ大修道院長であった政治家フランソワ＝グザヴィエ・ド・モンテスキウ＝フザンサック伯爵(一七五六―一八三二)に授けられたのが最初。レーモン・アメリ・ド・モンテスキウ＝フザンサック(一七八四―一八六七)が一八三二年に第二代、その息子フィリップ(一八四三―一九一三)が当時第三代を名乗ったが、公爵位は一九一三年に消滅した。

(83) 十六世紀以来のユゼス公爵位は、ジャック・ド・クリュソル(本訳⑨五一九頁注579参照)の息子ルイ(一八七一―一九四三)が一八九三年から第十四代を名乗る(現在のユゼス公爵は第十七代)。中世に遡る名門ラ・トレムイユ家の当時の当主は、歴史家シャルル・ド・ラ・トレムイユ公爵(一八三八―一九一一)(本訳⑩九一頁注64参照)で第十代公爵。リュイーヌ公爵位は、ルイ十三世が一六一九年、フィレンツェのアルベルティ家出身で寵臣としたシャルル・ダルベール(一五七八―一六二一)に与えたもの。当時のオノレ・シャルル・ダルベール・ド・リュイーヌ(一八六八―一九二四)は第十代の公爵(現在のリュイーヌ公爵は第十三代)。

(84) 「アルベルティ氏」がリュイーヌ公爵を名乗った経緯は、前注83参照。

(85) シャルリュスはモレ夫人を「どんな女性よりも讃美している」と公言していた(本訳⑧一七六頁)。

日、男爵にいかなる冷淡な振る舞いをして、その厚遇に値せぬ人間であることを示したのであろう？　夫人自身は、そんなことをした覚えはないといつも断言していた。それでもやはり男爵は、夫人の名前を聞くだけで怒りだし、きわめて雄弁ではあるが辛辣きわまる罵倒の弁舌をふるっていたのだ。ヴェルデュラン夫人は、モレ夫人からとても愛想よくされていたし、あとで見るようにモレ夫人に多大の期待をかけていたので、女主人《パトロンヌ》としてよく口にする「フランスとナバラの」(86)最も高貴な人たちがわが家に集うのを伯爵夫人が目にするのだと考えると、早くもうきうきして、ただちに「ド・モレ夫人」(87)を招待したいと提案した。「まあ蓼《たで》食う虫も好き好きですが」とシャルリュス氏は答えた、「奥さま、もしあなたがピプレ夫人(88)や、ジブー夫人(89)や、ジョゼフ・プリュドム夫人(90)などとお話しになりたいのであればまことに結構なことですが、どうか私が不在の夜にしていただきたい。最初のひとことを聞いただけで、あなたと私では使うことばが違うのだとわかりましたよ、私は貴族の名前を口にしているのに、あなたが挙げるのはだれも知らない名前で、それも司法官とか、狡猾で陰口をたたく悪意まる出しのしがない平民とか、芸術の庇護者を気取るだけのつまらぬ婦人とかで、この婦人連中ときては、クジャクの真似をしているつもりのカケス(91)そっくりで、義姉《あね》のゲルマント夫人のやりかたを一オクターヴも下げてなぞる始末。ついでに申せば、わが輩がヴェルデュラン夫人邸にて開催してやろうというパーティーに、私が訳《わけ》あって親密な交際から排除しておいた人間を招じ入れるは不作法というもの。あれは鼻持ちならぬ女で、生まれは卑しく、誠実さも才気もないくせに、ゲルマント公爵夫人とゲルマント大公妃を演じることができると想いこんでいる大ばか者。そもそも両者を

(86)　バスク地方を統治したナバラ王国(八二四—一六二〇)は、一五八九年、ピレネー山脈北部の領土をアンリ四世によってフランスに統合された。それゆえ一七九二年までブルボン朝の国王は「フランスとナバラの王」と称した。この表現は転じて「フランス中の」「至る所の」を意味する。コタールは、ヴェルデュラン夫人は「フランスとナバラのあらゆる貴族をお迎え」だと自慢していた(本訳⑨七五頁)。

(87)　モレ夫人には「ド」がつかない。ヴェルデュラン夫人の無知は、本訳⑨一九四—九五頁参照。

(88)　ウジェーヌ・シューの長篇小説『パリの秘密』(一八四二—四三)に登場する門番の女。

(89)　当時「門番」「管理人」の代名詞として使われた人名か。プルーストは一九一八年二月二十四日ないし二十五日、投資顧問リオネル・オゼール宛ての書簡で、自分に届くべき配当が郵便物を管理する門番にくすねられているという疑念を吐露、「そうであれば当然「詰所」の収入は増え、ジブー夫人宅では肉のない日でも濃厚飼料牛のエキスが食べられるだろう」と皮肉った。同書簡の注に編者コルブが引用した同年二月二十四日付「フィガロ」紙一面の記事(フェルナン・ヴァンデレムが空襲下のパリ人を「三流派」に描きわけた文章)も、「門番」を「ジブー夫人」と言い換えている。

(90)　アンリ・モニエ(一七九九—一八七七)が『庶民の情景』(一八三〇)や『ジョゼフ・プリュドム氏の回想録』(一八五七)などに登場させたブルジョワの典型的俗物プリュドム氏の夫人。

(91)　ラ・フォンテーヌの『寓話』「クジャクの羽根をつけたカケス」(四巻九)に由来し、借りもの(他人の功績)で見栄を張る人の意。

兼ねんとすること自体がお笑い草で、ゲルマント公爵夫人とゲルマント大公妃はまるで正反対の人間ですぞ。たとえて言えばレシェンベールにもサラ・ベルナール[92]にもなれると言い張るようなもの。いずれにせよ、たとえ矛盾していなくとも、まったくもって笑止千万。そりゃ私だって、ときには公爵夫人の大げさなもの言いに失笑し、大公妃の狭量に悲しい想いをするが、それは私の権利というものだ。ところが、それでもやはり血統ゆえの比類なき気品をつねに醸し出さずにはおかない二大貴婦人に比肩せんとして、あんなブルジョワの小《こ》ガエルが腹を膨らませるなんぞ[93]、片腹痛いとはこのこと。モレのかみさん！　この名前だけは二度と口にしないでいただきたい、さもなければわが輩は手を引くしかありません。」こう言い添えた氏の口調は、あたかも病人自身がなんと言おうと病人のためを考えてホメオパシー[94]療法師の協力など介入させまいとする医者のような口調だった。その一方、シャルリュス氏が無視していいと判断した人たちのなかには、氏には無視できてもヴェルデュラン夫人には無視できない人たちもあった。シャルリュス氏は高貴な生まれゆえ、その人たちを必要としなかったが、最も高貴な人士たちが集えばヴェルデュラン夫人のサロンはパリ一流のサロンになったはずである。ところがヴェルデュラン夫人は、ドレフュス事件をめぐる社交的失態のせいでみずから招いた途方もない遅滞をべつにしても[95]、すでに何度も好機を逸してきたことに気づきはじめていた。とはいえその失態は、夫人の役にも立っていたのである。私としては読者のかたがたに「ゲルマント公爵夫人は、自分と同じ社交界の貴婦人たちがドレフュス事件によってすべてを判断し、再審支持派か再審反対派かという基準で、エレガントな婦人たちを排除し、エレガントでない婦人たちを受け入れるのを見て、どんなに不愉快な想いをしていたか、また公爵夫人自身がそうした貴婦人たちから、不届き千万なことを考え祖国の利害よりも社交上のエチケットを重視する煮えきらない女だとどんなに非難されていたか、はたしてそのことをお伝えしただろうか」と訊ねたい気持である。それこそ何度も会って話をしてきた友人に、ある一件を忘れずにきちんと伝えたかどうかが想い出せず、あらためて訊ねるような

(92)　コメディ＝フランセーズ正座員シュザンヌ・レシェンベール（一八五三―一九二四）がうぶな生娘役を十八番としたのにたいして、サラ・ベルナール（一八四四―一九二三）は悲劇の威厳あるヒロイン役を得意とした。プルーストは一八九四年、モンテスキウ主催の「ヴェルサイユにおける文学パーティー」で両女優の朗読を聞いていた（本訳⑦一九六頁と注154参照）。

(93)　ラ・フォンテーヌの『寓話』「ウシと同じくらい大きくなりたいと思ったカエル」（一巻三）を暗示。

(94)　ドイツ人医師ザムエル・ハーネマンが十九世紀初頭に提唱した療法。病気をひきおこす原因成分のほんの微量を患者に与えることで抵抗力を引き出し、症状を改善できるとする療法。

(95)　ヴェルデュラン夫人のサロンは「ドレフュス再審支持派の拠点」で、「再審反対派」の多い「社交人士」とは相容れず（本訳⑧三二二頁）、それゆえ夫人の「社交界への歩み」は鈍った（同⑨五二二頁）。

気持である。それをお伝えしたにせよ、お伝えしなかったにせよ、その時点でのゲルマント公爵夫人の態度はたやすく想像できるもので、あとの時期に当てはめて考えても、社交的観点からして完全に正当なものだと思われる。カンブルメール氏は、ドレフュス事件なるものは外国の陰謀で、諜報機関を破壊し、規律を乱し、軍部を弱体化し、フランス国民を分裂させ、侵略を準備する目的で企まれたものと考えていた。侯爵はラ・フォンテーヌの二、三の寓話をべつにすると文学には無縁の人間だったから、(96)極端な観察重視の文学(97)が、不敬の心を生み出すことによって同様の社会的大混乱を企てたことを明らかにするのは妻に任せていた。その妻のほうは「レナック氏(98)とエルヴィユ氏(99)はぐるになってるんです」などと主張した。ドレフュス事件がことさら社交界にきわめて腹黒い陰謀を企んだなどと非難する人はいないだろう。しかし事件のせいで社交界の枠組みが崩れたのは確かである。社交界のなかに政治を持ちこませまいとする社交人士たちは、軍隊のなかに政治を介入させまいとする軍人たちと同じく、先見の明があると言うべきだろう。社交界も、性的嗜好と同じで、いったん審美的理由を選り好みの根拠にしてしまうと、どれほど異常な退廃へ行きつくか知れたものではない。フォーブール・サン゠ジェルマンは、ナショナリストだという理由でべつの社会の婦人たちを受け入れる慣習をつくったが、ナショナリズムとともにその理由が消滅しても、慣習だけは生き残った。ヴェルデュラン夫人は、ドレフュス支持を唱えたおかげで、自分のサロンに優れた作家たちを惹きつけはしたが、その作家たちはドレフュス支持派であったから一時的にはなんら社交上の利得をもたらさなかった。しかし政治的な情熱は、ほかのあらゆる情熱と同じで、長くはつづかない。そんな情熱は、新たに登場する世代の人たちには理解できない。その情熱を感じていた世代の人たちでさえ変化して、いまや感じる政治的情熱は、もやは以前の情熱を正確になぞるものではなく、排除の大義名分が一変した以上、排除されていた人たちの一部を復権させることになる。王党派の人たちは、ドレフュス事件のあいだ、相手が反ユダヤ主義者でナショナリストでありさえすれば、その相手が共和派であろうと、たとえ急進派や反教権主義者であろうと意に介さなかった。かりに戦争が勃発すれば、愛国主義はべつの形をとり、ある作家が排外的な愛国主義を唱えれば、その作家がかつてドレフュ

(96)　侯爵が通じていたのはラ・フォンテーヌとフロリヤンのふたつの寓話(本訳⑨一五〇—五一頁)。

(97)　自然主義文学のこと。「われ弾劾す」(一八九八)などでドレフュスを擁護したゾラがその代表。

(98)　ジョゼフ・レナック(一八五六—一九二一)、ドレフュス派の論客。後に浩瀚な『ドレフュス事件の歴史』(一九〇一—一一)を著す。プルーストはストロース夫人のサロンで本人と知り合い、友情を結んだ。

(99)　ポール・エルヴィユ(一八五七—一九一五)、小説家・劇作家。社交界に出入りし、プルーストとも親交があった。反ユダヤ主義者だったと伝わるが、ドレフュスの再審を支持した。

ス派であったか否かなど問題にもならなくなるだろう。そんなわけでヴェルデュラン夫人は、政治上の危機や芸術上の革新がおこるたびに、小鳥が巣をつくるように、順次そこから目下のところ役には立たないが将来おのがサロンを形づくる要素をすこしずつ引き抜いていたのである。ドレフュス事件はすぎ去ったが、夫人にはアナトール・フランスが残った。(100) ヴェルデュラン夫人の強みは、芸術に寄せる真摯な愛情であり、信者のために惜しまぬ労苦であり、社交人士を招かず信者のためだけに催すみごとな晩餐会であった。夫人宅ではだれもが、スワン夫人宅におけるベルゴットのように厚遇された。この修道会同然のサロンの常連がいつの日か有名になり、社交人士がその人に会いに来るようになっても、ヴェルデュラン夫人邸におけるその有名人の存在は、公式晩餐会や聖シャルルマーニュ祭(101)の祝宴のためにポテル・エ・シャボ(102)が提供する料理のような混ぜものの不自然さはいささかもなく、社交人士がいなかった日に見出されるのとなんら変わらぬ普段どおりの心地よさを備えているのだ。ヴェルデュラン夫人邸では、一座は申し分なく、訓練も行きとどき、レパートリーも一流であったが、ただ観客だけが欠けていた。そこで観客の趣味が、ベルゴットふうの穏当なフランス芸術から離れて、とくにさまざまな異国の音楽に熱中するようになってからは、あらゆる外国の芸術家のパリにおけるいわば公式特派員を自任するヴェルデュラン夫人は、やがてユルベレティエフ大公妃(103)のかたわらで、ロシアのダンサーたちに老仙女カラボス(104)の役、ただし全能の仙女の役を果たそうとしていたのである。この魅力あふれる侵略の誘惑に異を唱えたのは美的センスを欠いた批評家たちだけで、この侵略が周知のようにパリに巻きおこした熱狂的な好奇心の渦は、ドレフュス事件ほどにとげとげしいものではなく、ずっと純粋に審美的なものであったが、同じほどに強烈なものだったかもしれない。ここでもまたヴェルデュラン夫人は、社交上の結果は大違いだったが、やはり最前列を占めることになる。かつて重罪裁判所の公判で、ヴェルデュラン夫人のすがたが判事席のすぐ前のゾラ夫人のかたわらに見かけられたように(105)、

(100)　作家フランス(一八四四―一九二四)は、若いプルーストのみならず、当時の世論に大きな影響を与えた。ドレフュス派として再審請願書に署名したが、第一次大戦開戦時には好戦的文章を発表した。

(101)　中学や高校で、学校の創始者とされるシャルルマーニュ(カール大帝)を記念した一月二十八日の祝日(『二十世紀ラルース辞典』)。成績優秀者などを称えて祝宴が開かれた。

(102)　パティシエのジャン＝フランソワ・ポテルとシェフのエチエンヌ・シャボが一八二〇年に創業したパリの高級仕出し屋。王宮や公式機関のパーティー料理で名を売り、一九〇〇年には全国市長会のためにチュイルリー公園に二万三千人分の料理を用意した。欧州、中東に事業を拡大して現在に至る。

(103)　頭に「巨大な羽根飾り」をつけたバレエ・リュスの庇護者(本訳⑧三二〇頁と注322参照)。バレエ・リュスとその公演については、同三二一頁注321を参照。

(104)　背中にこぶ(仏語「ボス」)をもつ醜い老仙女。

バレエ・リュスに拍手喝采をおくる新たな人種が、見たこともない羽根飾りをつけてオペラ座に殺到したとき、二階正面ボックス席のユルベレティエフ大公妃のかたわらにはつねにヴェルデュラン夫人のすがたが見られた。裁判所で昂奮したあと、夜にはヴェルデュラン夫人邸へ押しかけ、ピカールやラボリを間近に見たり、とりわけ最新の情報を聞いて、ジュルランデンから、ルーベから、ジュオー大佐[106]から、管轄裁定[107]かなにが期待できるかを知ったりしたのと同じように、『シェエラザード』とか『イーゴリ公』[108]の踊りとかにかき立てられた熱狂のあと、すぐに帰って寝る気になれない人たちがヴェルデュラン夫人邸へ行くと、ユルベレティエフ大公妃と女主人《パトロンヌ》がとりしきる風味絶佳な夜食の会に集うのは、毎夜、身軽に跳べるように夕食をとらなかったダンサーたちをはじめとして、監督や舞台装飾家たち、さらにはイーゴリ・ストラヴィンスキーやリヒャルト・シュトラウスといった大作曲家たち[109]で、このいつも同じ顔ぶれの少数精鋭のまわりには、エルヴェシウス夫妻[110]の夜食の会のように、パリの最高の貴婦人たちや外国の妃殿下たちも嫌がらず顔を見せていた。社交人士のなかでも趣味のよさを自任し、バレエ・リュスの演目にも無用の等級づけをして、黒人芸術に属すると言っても過言ではない『シェエラザード』の演出と比べると『レ・シルフィー

(105) ドレフュス事件(本訳⑤二二七頁注185参照)のゾラ裁判(一八九八年二月)への暗示。

(106) ドレフュス事件をめぐる重要人物。ピカールは本訳⑤二三五頁注198、ラボリは同⑦九三頁注55参照。エミール・ジュルランデン将軍(一八三七—一九二九)は九五年一月から十月まで陸軍大臣、九八年九月に同大臣に再任されたがドレフュス再審を決めるのを嫌って十日余りで辞任、パリ軍管区司令官として同年十一月二十三日ないし二十四日、収監中のピカールを機密文書漏洩の嫌疑で軍法会議にかける命令を出す。プルーストが署名した「ピカールのための請願リスト」(本訳⑧二五八頁)は、軍部のピカール弾圧に抗議して発表されたもの(十一月二十七日付「オロール」紙)。アルベール・ジュオー大佐(一八四〇—一九二七)は、ドレフュスの再審で九九年九月九日に有罪を言い渡すレンヌ軍法会議の判士長。ルーベ(同二二七頁注234参照)は九九年九月、大統領としてドレフュスの恩赦に署名した。

(107) 原語 Règlement は règlement de juges のこと。どの裁判所に管轄権があるかを決める上級審の裁定(『二十世紀ラルース辞典』)。前注106のジュルランデン将軍の命令にたいして、すでに民事法廷の被告となっていたピカールは、軍法会議への召喚を避けるため、弁護士の勧めで一八九八年十二月初め、破毀院に管轄裁定を求めた(小説本文で Règlement が大文字で始まるのは、この特定の裁定を指すため)。翌九九年三月三日には勝訴の裁定がくだり、ピカールは軍法会議に召喚されなかった。

(108) プルーストは一九一〇年六月、オペラ座でバレエ・リュスの二年目パリ公演に出かけ、『シェエラザード』(ニジンスキー主演、リムスキー＝コルサコフ作曲、バクストの衣装・舞台装置)、『イーゴリ公』の「ポロヴェッツ人の踊り」(アドルフ・ボルム主演、ボロディン原曲・リムスキー＝コルサコフ編曲)、『レ・シルフィード』(タマーラ・カルサヴィナ、ニジンスキー主演、ショパン原曲・ストラヴィンスキー編曲、ブノワの衣装・舞台装置)などを鑑賞した。

(109) バレエ・リュスのためにストラヴィンスキーは『火の鳥』(一九一〇)、『ペトルーシュカ』(一九一一)、『春の祭典』(一九一三)を作曲、リヒャルト・シュトラウスは『ヨセフ物語』(一九一四)を作曲した。

(110) 啓蒙思想家エルヴェシウス(一七一五—七一)は、才色兼備の妻とともに、パリのサン＝タンヌ通りの自邸でサロンを主宰、フォントネル、ディドロ、ビュフォン、コンドルセらの精鋭が集った。

ド』の演出のほうがずっと「繊細」だなどと主張する人たちは、絵画と比べればいささか人工的かもしれぬ芸術において、印象派にも匹敵する根本的な革命をなしとげ、審美眼と演劇を一新した大革新者たちを身近に見ることができて有頂天になっていた。シャルリュス氏に話をもどすと、氏が排除したのがボンタン夫人だけであったなら、ヴェルデュラン夫人もさほど苦にはしなかっただろう。そもそもボンタン夫人は、その美術趣味ゆえにヴェルデュラン夫人がオデットの家で目をつけていた女性で、ドレフュス事件のさなかに夫といっしょにときどき晩餐に来ていた。夫のほうは、再審請求に加わらないのでヴェルデュラン夫人は煮え切らない男だと評していたが、きわめて聡明な人間で、あらゆる党派のなかに通じあう仲間を喜んでつくり、おのが独立不羈を示すのが嬉しくてラボリと夕食を共にしても、相手の言うことに耳を傾けながらわが身を危うくすることはなにひとつ言わず、ただ勘所になると、あらゆる党派から認められているジョレス(111)の誠実さを褒めたたえることばを差し挟んだ。ところが男爵は、ボンタン夫人とともに何人かの貴族階級の婦人まで排除してしまったのである。これらの婦人は、ヴェルデュラン夫人が最近、音楽の祭典やコレクションの展示や慈善事業などで出会ってつき合いはじめた貴婦人たちで、シャルリュス氏がどう評価していようと氏自身以上に、今度こそヴェルデュラン夫人邸にて貴族の新たな精鋭を構成する重要メンバーになるはずであった。ヴェルデュラン夫人が今回のパーティーを当てにしていたのは、シャルリュス氏が同じ社交界のさまざまな貴婦人を連れてきてくれるからで、その貴婦人たちと自分の新たな女友だちをいっしょに招き、その女友だちがコンティ河岸でシャルリュス氏に招待された自分の女友だちや親戚の女性たちに出会って驚くのを楽しみにしていたのだ。それゆえヴェルデュラン夫人は、男爵の禁令に失望し、かんかんに腹を立てていたのである。残る問題は、このような条件で開催される夜会が、はたして夫人の得になるか損になるかを見極めることだった。シャルリュス氏の招待した婦人たちがやって来たとき、せめて自分に熱烈な好意を寄せてくれるなら、将来は自分の友人になってくれるはずだから、男爵の禁令もさほど重大な結果をもたらさないだろう。その場合は、損害も半分ですみ、男爵が切り離しておこうとした大社交界のふたつの部分をいずれ一堂に集めることもでき、その夜には男爵を呼ばなければいいだけだ。そう考えたヴェルデュラン夫人は、心を昂ぶらせて、男爵が招待した婦人たちを待っていた。その婦人たちがどんな心づもりでやって来るのか、女主人《パトロンヌ》としてその婦人たちとどんな関係を期待できるのか、いまにもわかるか

（11）ジャン・ジョレス（一八五九―一九一四）は、中道左派の社会主義者。一八九八年にはドレフュス再審を支持、一九〇五年にはフランス社会党を結成したが、一九一四年の大戦直前に暗殺された。

らだ。

さしあたりヴェルデュラン夫人は信者たちと相談していたが、シャルリュスがブリショと私とともにはいってくるのを見ると、ぴたっと話をやめた。私たちがずいぶん驚いたことに、ブリショが、夫人の親友の容体が思わしくないと聞いて悲しみを覚えると口にすると、ヴェルデュラン夫人はこう答えた、「あら、わたくし、その悲しみとやら、まるで感じませんの。心にもないことを感じているふりをしても無駄でございましょう。」たしかに夫人がそんな口を利いたのは、気力を欠いていて、レセプションのあいだじゅう悲しげな顔をしていなければならないと思うだけでうんざりしていたからとも考えられるし、今夜の会を中止しなかった言い訳をしているように見られるのを高慢ゆえに避けたからとも考えられるし、にもかかわらずやはり世間体を重んじる気持から手管を弄して、悲しみの欠如を示したところで、万人にたいする冷酷な心のせいにされるのではなく、突然あらわになった大公妃にたいする特別な嫌悪のせいにされるのなら恥じ入る必要はなく、疑問を差し挟む余地のない真摯な言い分を聞けば相手はぐうの音《ね》も出なくなると思ったからとも考えられる。ヴェルデュラン夫人はほんとうに大公妃の死に無関心なのだ、そうでなければ、こうしてお客を受け入れることの釈明にそれよりもずっと重大なこんな自身の欠点を言い訳にはしないだろう、と人は考えるだろう。ところが人が忘れているのは、ヴェルデュラン夫人が自分の悲嘆を告白していたら、それは同時に、せっかくの楽しみを諦める勇気がなかったと告白したも同然になることだ。それにひきかえ女友だちとしての非情さは、接待する女主人としての軽薄さと比べてずっと赦しがたく道義に反するものではあるが、それほど屈辱的なことではなく、それゆえずっと告白しやすいものなのである。ことが重大犯罪ともなると、犯人にとって危険なのは私利私欲であり、その私利私欲が自白のことばを言わせる。ことが処罰されない過ちにすぎない場合、自尊心が自白のことばを言わせる。そもそもヴェルデュラン夫人は、悲嘆に暮れるせいで楽しい生活を中断させられないために内心で感じている喪の悲しみをわざわざ外面であらわすのは空しいと言いつのる世間の人の言い訳はおそらく使い古されたものと判断したうえで、聡明な犯罪者たちが自己防衛をするにあたり、無実を主張する紋切り型を嫌い、非難されているようなことをやってのけてもなんら悪いとは思わないが――これは自分では気づかぬうちになかば自白したに等しい――、しかしたまたまそんなことをやる機会がなかっただけだと言い張るやり口を真似たほうがいいと考えたのか、それとも自分の振る舞いの釈明のために無関心という命題を採用してしまい、そんな良からぬ感情の斜面をいったん転がりだしたからには、そんな感情をいだくのは独創性があり、その感情に気づいたのはまれに見る炯眼《けいがん》であり、それをこうして表明するのは一種の「臆面のなさ」だと考えたのか、いずれにせよヴェルデュラン夫人は、あくまでも自分は悲しんでいないと言い張ることに、逆説を弄する心理学者や大胆不敵な劇作家の高慢な満足感にも似た感情を覚えていたのかもしれない。「そうなんです、ずいぶん奇妙なことですが」と夫人は言った、「わたくし、ほとんどなんともございませんの。そりゃ、あの人が生きていないほうがよかったなどとは申せません、悪い人じゃあございませんでしたからね。」「いや、そうだった」とヴェルデュラン氏は口を挟んだ。「あら！　主人はあの人が嫌いでして、あの人をお客に迎えるのはわたくしの迷惑になると思っていたものですから、そのことで目がくらんでるのでございます。」「私の名誉のために言っておくが」とヴェルデュラン氏は言う、「一度だってあれとのつき合いに賛成したことはないぞ、つねづねあれは評判のよくない女だと言っていたはずだ。」「そんなうわさは一度も聞いたことがありませんが」とサニエットは異を唱える。「なにをおっしゃるの？」とヴェルデュラン夫人は大声をあげる、「もう広く知られていたことですわ、よくないどころか、恥ずかしい、不名誉な評判でございます。いえ、でも、そのせいじゃありませんのよ。この気持は自分でもうまく説明できませんが、嫌っていたわけではございません、ただあの人にはあまりにも無関心でしたので、とてもお悪いと聞きましたときも主人が驚きまして、わたくしに「まるでなんともないみたいじゃないか」って言ったほどでした。でもね、主人は今夜のレセプションを中止してはどうかと申しましたが、わたくしは逆にどうしても開催しようと考えましたの、感じてもいない悲しみをあらわすなんて笑止千万でございましょう。」夫人がそんなことを言ったのは、それが不思議なほど「自由劇場ふう[112]」で、また、はなはだ便利だったからである。というのも不人情も不道徳も告白してしまえば、安易な道徳をふりかざすのと同様、ことを簡単にしてくれるうえ、そう告白しておけばいくら非難されるべき振る舞いをしても、誠実たるべき義務を果たしたとみなされ、もはや弁解のことばを探す必要はなくなるからだ。そんなわけで信者たちは感嘆と不快の入りまじる気持でヴェルデュラン夫人の発言に耳を傾けていたが、それは露骨なまでに写実的で見るに堪えない観察をこととするある種の芝居からかつて受けたのと同じ気持である。そして信者の多くは、敬愛する女主人《パトロンヌ》が自分の公明正大さと独立不羈とに新たな形を与えるのを目の当たりにして感嘆しながらも、ふと自分が死んだときのことを考え、まさか同じことにはなるまいと思いつつも、急にその死が訪れた日、はたして

(112)　俳優・演出家のアンドレ・アントワーヌ（一八五八−一九四三）が一八八七年に創立した「自由劇場」への暗示。演劇にゾラ流の自然主義と「反良識」の気風を導入して、一八九四年まで活動した。

コンティ河岸ではみなが涙を流してくれるだろうか、それともパーティーが開かれるのだろうかと自問した。「夜会が中止にならなくて喜んでいるんです、私の招待客のために」とシャルリュス氏は言ったが、そんな発言にヴェルデュラン夫人が気を悪くするとは想いも寄らなかった。そのあいだ私は、その夜ヴェルデュラン夫人に近づいた人がみなそうであったように、リノ＝ゴメノル(113)の不快な臭《にお》いが気になっていた。それはこういうわけである。周知のようにヴェルデュラン夫人は、おのが芸術的感動をけっして精神的な形では表現せず、その感動がいっそう避けようのない深いものに見えるよう肉体的な形であらわすことにしていた。ところが夫人のいちばん好きなヴァントゥイユの音楽の話をしても、夫人はその音楽からなんの感動も期待していないかのように無関心なままである。しかし、じっと動かぬままほとんどうわの空のまなざしを数分間つづけたあと夫人は、まるで礼儀を欠いた正確かつ実務的な口調で相手に答えるが、それはこんなことを言うときの口調だった、「タバコをお吸いになってもわたくしはちっとも構いませんが、じつは絨毯のせいでしてね、なかなか立派な絨毯でございましょう、いえ、これだってわたくしにはどうでもよろしいのですが、でも非常に燃えやすいものでして、わたくし火がとても怖いんです、ちゃんと消さなかったタバコの燃えかすが床に落ちただけで皆さまが火だるまというのは困りますので。」これと同様、人がヴァントゥイユの話をしても、ヴェルデュラン夫人はなにひとつ賞讃を口にしなかったが、しばらくすると、今夜その音楽が演奏される不都合を冷ややかな顔をしてこう言った、「わたくしヴァントゥイユにはなにも含むところはございません。わたくしの見るところ今世紀最大の音楽家ですが、ただその曲を聴きますと涙が流れていっときもやまないんです（夫人は「涙が流れる」をいささかも悲愴な顔をして言うのではなく、「眠る」と言うときのような自然な顔をして言うので、口の悪い人のなかには「眠る」のほうが実態に近いと言い張る者もいたが、そもそもだれひとりどちらとも決着をつけることはできず、夫人はこの音楽を聴くときは両手で顔を隠してしまうので、いびきのように聞こえるものも結局すすり泣きと受けとることもできた）。泣くこと自体はつらくないんです、いくらでも泣きますが、ただあとでひどい風邪になるのが困るんです。それで粘膜が充血するものですから、二日もすれば酔っ払いのお婆さんみたいな顔になるうえ、声帯をきちんと働かせるには何日

（113）鼻孔に塗る消炎・殺菌剤。政治家・実業家ジュール・プルヴェ（一八五四—一九四〇）が、ニューカレドニアの灌木ニアウリのエキスを「ゴメノル」（一八九三商標登録）名で薬品化したひとつ。プルーストは、投資顧問のリオネル・オゼールの家族が流感にかかったとき、オゼール本人に「リノゴメノル（手元になければ届ける）を鼻孔に塗って」予防するよう勧めた（一九一九年二月十九日の書簡）。

も吸入をしなくてはなりません。ようやくコタールのお弟子さんが……」「いや、そういえば、お悔やみを申しあげていませんでした、あっというまでしたな、あの教授も、お気の毒に！」「まあそうですけれど、どうにも仕方ないことですわ、あの人は亡くなりましたが、それはだれしも同じこと、何人も殺してきた人ですから、今度はその刃《やいば》がご自身に向けられたのも当然の報いでございましょう。(114) それで、いま申しあげましたように、教授のお弟子さんのひとりが、それはそれはすばらしい先生でして、ちゃんと治療してくださいましたの。なかなか独創的な格言を心得ておられ「予防にまさる治療なし」とおっしゃいまして、音楽がはじまる前に、わたくしの鼻に精油を塗ってくださるんです。これがなんともよく効くんでございます。たとえ子供を亡くした母親の何人分かわからないほど泣きましても、ちっとも風邪になりません。ときに結膜炎にはなりますが、でもそれで済みますの。それこそ効果てきめん。こうしてもらわなければヴァントゥイユの曲は聴けなかったところですわ。それまでは気管支炎が休みなくぶり返していましたから。」

私はこれ以上の我慢ができず、ヴァントゥイユ嬢のことを持ち出した。「作曲家のお嬢さんはいらしていないのでしょうか？」と私はヴェルデュラン夫人に訊ねた、「それからお嬢さんの女友だちのおひとりも？」「いらしてません、ちょうど電報を受けとったところでして」とヴェルデュラン夫人は曖昧な言いかたをした、「田舎にとどまらざるをえなくなったというんです。」私は一瞬、もしかするとふたりが来る予定など存在せず、ヴェルデュラン夫人が演奏家や聴衆の好奇心をそそるためだけに作曲家の遺族が来ると予告したのだろうと、そんな期待をいだいた。「なんですと、それじゃあふたりは午後のリハーサルにも来なかったんですか？」と好奇心を装って言った男爵は、午後はシャルリに会わなかったことにしておきたかったのだ。そのシャルリが私のところへ挨拶に来た。私はその耳もとで、ヴァントゥイユ嬢の欠席の理由について問いただした。シャルリはあまり事情に通じていないらしく、私は大きな声を出さないようにと合図をして、この件はまたあとで話そうと言った。シャルリは私にお辞儀をして、なんなりと喜んでお役に立ちます、と約束した。私はシャルリが以前よりもずっと礼儀正しく、うやうやしい物腰になったことに気がついた。私がそのシャルリ——なにしろ私の疑念に解明をもたらしてくれるかもしれない人物——のことをシャルリュス氏に褒めると、氏はこう答えた、「当然やるべきことをしているだけですよ、悪いマナーを身につけるようでは、申し分のない人たちと暮らしている甲斐がありませんからね。」シャルリュス氏からすると良いマナーとは、イギリスふう

(114)　この一節は、晩年の加筆。この夜会に出席しているコタールに関する記述とは矛盾する。

のしゃちほこばる面が微塵もない昔ながらのフランス式マナーであった。たとえば地方や外国での演奏旅行から戻ってきたシャルリが、旅装束のまま男爵の家に着くと、男爵はあまり大勢の人がいなければシャルリの両頰に遠慮なく接吻した。男爵としては、そんなふうにこれ見よがしに自分の愛情を示すことで、その愛情が罪深いものだという考えをいくぶん払拭する目的があったのかもしれないし、ささやかな楽しみを自分に許すためだったのかもしれないが、おそらくは文学趣味ゆえにフランスの古式ゆかしいマナーを維持し顕揚するためであり、ミュンヘン・スタイルないしモダン・スタイル[115]には異を唱えて曾祖母の古い家具を手元に残したように、イギリス流の冷静沈着ぶりに反旗を翻して、息子に再会する歓びを隠さない十八世紀の多感な父親の愛情を示そうとしたのだろう。この父性愛には、つまるところ近親相姦の気配があったのだろうか？　それよりも真相に近いのは、シャルリュス氏が自分の悪癖を満足させていたやりかた、のちにいくらか明らかになるそのやりかただけでは、妻の死後に空白となっていた氏の愛情の欲求を満たすのに充分ではなかったことだ。いずれにしても氏は、何度も再婚を考えたあげく、いまや養子をとりたいという偏執的欲望にとり憑かれ、氏の近親者のなかにはその欲望がシャルリに白羽の矢を立てるのではないかと危惧する人たちもいた。だがこれはなんら異常なことではない。女好きの男たちのために書かれた文学によってしか自分の情熱を育めず、ミュッセの『夜』(116)を読みながら男に想いを寄せていた倒錯者は、倒錯者でない男がつくるあらゆる社会的役割を同じように担いたい、相手は男であるとはいえ、踊り子の愛人やオペラ座の古い常連がやるように相手を囲いたい、身を固めたい、その相手と結婚するか同棲したい、そして父親になりたいと望むものである。

シャルリュス氏は、これから演奏される曲について説明してもらうという口実でモレルとともにみなのそばを離れたが、シャルリに譜面を見せてもらいながら、そのようにふたりの秘かな親密さを公然と見せびらかすことに、とくに大きな心地よさを覚えていた。そのあいだ私はうっとりしていた。小派閥には若い娘はほとんどいなかったが、大きな夜会のときはその埋め合わせにかなり大勢の娘たちが招かれていたからである。そのなかには私の知っている娘たち、それもとびきり美しい娘が何人もいて、

(115) 十九世紀末から二十世紀初頭にかけて家具・室内装飾に流行した、シンプルで優雅な曲線を特色とする(しだいにアール・ヌーヴォーと呼ばれる)様式を外国起源の怪しげな趣味とみなした呼称。バルベックのグランドホテルの室内装飾が「モダン・スタイル」とみなされ、ミュンヘンを首都とする「バイエルン」の業者が手がけたとされること(本訳②四二五―二六頁)を参照。

(116) ミュッセの『夜』四部作(一八三五―三七)は、サンドとの恋愛の破局後、それを糧に書かれた。本作に何度も引用された(本訳①二〇五頁、同④二八二頁、同⑦三三一頁と四八九―九一頁参照)。

遠くから私に歓迎の微笑みを投げかけてくれる。かくしてあたりの空気は刻一刻と若い娘のすばらしい笑みで飾られてゆく。それは、さまざまな昼間と同じく、さまざまな夜を点々と彩る無数の装飾にほかならない。人があるときの雰囲気を想い出すのは、そこで若い娘たちが微笑んだからである。

ちなみにシャルリュス氏がこの夜会に出席していた何人もの名士と交わしたひそひそ話を小耳に挟んだ人がいたら、その人はさぞ愕然としたことだろう。その名士とは、ふたりの公爵、ひとりの高名な将軍、大作家、名医、有名な弁護士という顔ぶれで、そのひそひそ話とは、つぎのようなものであった。「ときに、ご存じでしたか、あの従僕のこと、いや、私が申すのは、あの馬車に乗るかわいいボーイのことだが……で、あなたの従姉妹《いとこ》のゲルマント家のほうに、だれか心当たりはありませんかな？」「いまのところ、ありませんな。」「ねえ、あの入口に、ほら車のはいる門の前に、ブロンドの若い子がいたでしょう、短い半ズボンをはいたのが。ずいぶん感じがよくて気に入ったんです。あの子がずいぶんにこやかに私の車を呼んでくれましてね、もっとゆっくり話をしたかったんだが。」「なるほど、だがあの子は全然なびきませんよ、それにもったいぶりますぞ、一発でものにしたいタチのあなたは、たちまち嫌気がさすでしょう。第一、どうにもなりません、私の友だちで試したのがいましたが。」「そりゃ残念だな、横顔がなんとも繊細だし、髪の毛がなんともすばらしいからねえ。」「ほんとに、あんなのがそんなにいいとお思いで？　もうすこしじっくりご覧になっていれば、きっと幻滅なさったでしょう。いや、それよりも、ほんの二ヵ月前なら立食テーブルの係に、ほんとに目を瞠《みは》るようなのがいましたよ。二メートルはある偉丈夫で、肌は完璧、おまけにあれが好きとくる。だがポーランドへ行ってしまった。」「そりゃ、ちと遠いな。」「なに、また戻ってくるかもしれません、再会はこの世の常ですから。」いかに盛大な夜会といえども、その一断面を見るために充分に深く切りこむすべを心得た人にとっては、つまるところ医者が患者たちを招いた夜会と似たり寄ったりである。患者たちの発言は良識にあふれ、マナーは礼儀正しく、そばを通りかかった老爺《ろうや》を指して「あれはジャンヌ・ダルクですよ」と耳元でささやきさえしなければ、とうてい狂人には見えないのだ。

「あの人に言って聞かせるのは、(117)わたくしどもの義務でございます」とヴェルデュラン夫人はブリショに言った、「なにもシャルリュスに盾突いてそうするんじゃありませんよ、むしろ正反対ですのよ。あれは気持のいいかたですし、あの評判も、べつにわたくしに傷がつくような種類のものじゃございません！　わたくしも、わたくしど

(117)　ヴェルデュラン夫人はモレルに「とくと「言って聞かせよう」と腹を固めていた」(本巻九五頁)。

もの少数精鋭のため、おしゃべりを楽しむ晩餐会のためを考えますと、殿方が興味ぶかい話題を論じることもせず、隅っこでご婦人にばかなことを言いつのる、そんな恋のたわむれは大嫌いですが、シャルリュスが相手なら、スワンやエルスチールやほかの多くの人たちを相手にしたときのようなことがおこるのを心配する必要はございませんでした。あの人が相手なら、安心していられたんです。あの人がわたくしの晩餐会にいらして、そこに社交界の貴婦人たちが勢揃いしたとしても、恋のたわむれやひそひそ話で全体の会話が乱される心配はございませんでした。シャルリュスは別格で、安心していられますもの、まあ神父さんみたいな存在でしょう。ただし、わが家に出入りする青年たちを意のままに牛耳って、わたくしどもの少数精鋭に不和の種をまくのは御法度ですよ。そんなことをされたら、女たらしより目も当てられませんから。」こんなふうにヴェルデュラン夫人がシャルリスム(118)に寛大な態度を表明したのは本心であった。あらゆる教会権力がそうであるように夫人も、おのが小さな「教団」における権威の原則を弱体化したり、正統性を損ねたり、古来の信仰宣言《クレド》を変更したりしかねないものは容赦しなかったが、人間的弱点はさほど重大とは考えていなかったのである。「さもないと、わたくしも牙《きば》をむかざるをえません。なにしろ自分が招かれなかったからというので、シャルリがリハーサルに来るのを邪魔だてした人ですからね。

これはもう厳しい叱責を受けるほかございません、それで懲りればいいのですが、さもなければ出ていってもらうまででしょう。やれやれ、まだシャルリを閉じこめていますね。」ある特殊な話題や特定の状況になると話し手の記憶にほとんど必然的に呼び醒まされ、自分としては自由に考えを表明しているつもりでも、実際には万人用の暗唱課題をただ機械的に唱えているだけの事態に陥る、そのようなめったに口にはされないがほぼ全員の口をついて出てくる決まり文句があるもので、夫人はそんなお定まりの言いまわしをそのまま使って、こうつけ加えた、「シャルリに会うと、きまってあのいかつい巨漢のボディーガードみたいな男がつき添っていますね。」ヴェルデュラン氏は、訊きたいことがあるという口実を設けていっときシャルリを連れ出し、話をしてみようと提案した。ヴェルデュラン夫人は、そんなことをすればシャルリが動揺して演奏をしくじるのではないかと心配した。「それをやるのは演奏後まで待ったほうがいいでしょう。べつの機会でもいいくらいよ。」というのもヴェルデュラン夫人は、隣の部屋で夫がシャルリに言い聞かせているとわかるときに覚えるはずの快い昂奮はなんとしても味わいたいと思いはしたが、ことが失敗し、シャルリが腹を立てて十六日(119)をすっぽかすのを怖れたのである。この夜シャルリュス氏を破滅させたの

(118)　原語 Charlisme. プルーストの造語。つねに男を追い回すシャルリュス Charlus の態度の意。

は、氏に招待されて集まりはじめた貴婦人たちの——社交界にありがちな——不作法であった。シャルリュス氏にたいする友情と、このような場所にもぐりこむ好奇心とに駆られてやって来たどの公爵夫人も、夜会の主催者はこの人だと言わんばかりにまっすぐ男爵のもとへ歩み寄り、なにもかも丸聞こえのヴェルデュラン夫妻のすぐそばで私にこう言った、「ねえ教えてくださいまし、どこにいるのがヴェルデュランのおかみさんかしら。どうしても紹介されなければならないものでしょうか？　せめてあすの新聞には私の名前を出させないようにしてくれなくてはね、そうでないと私、親戚じゅうと仲違いするはめになりますわ。なんですって、あの髪の白い女がそうですの？　それほど変な女じゃないわね。」ヴァントゥイユ嬢のことが話題になっているのを耳にすると、本人は来ていないにもかかわらず、公爵夫人たちはひとりならずこう言った、「あら！　ソナタのお嬢さん？　ねえ、どの人なの？」そして多くの女友だちを見つけると、仲間内だけで集まり、皮肉のこもる好奇心に心を躍らせながら、信者たちがはいってくるのを見張っていたが、風変わりな点といっても、数年後にこれを一流社交界で流行《はや》らせることになるある婦人のいささか奇妙な髪型を指さしあうのが関の山で、結局、このサロンも自分たちがよく通じているサロンと期待していたほど違っていないのを残念に思った。その気持は、シャンソン歌手に悪態をつかれるのを期待してブリュアンのナイトクラブへ出かけた社交人士たちが、そこへはいって「へい、見ろよ、あの面《つら》、あの面《おもて》、へい、見ろよ、女《すけ》のあの面《つら》を」(120)という期待していたルフランで迎えられるのではなく、礼儀正しく歓迎されたときに味わう落胆と同様であろう。シャルリュス氏はバルベックで、私を前にしてヴォーグーベール夫人を巧みに批判したことがあった。夫人は、夫に望外の幸運をもたらしたあと、たいそう聡明な人であるにもかかわらず夫の失脚の取り返しのつかぬ原因をつくったというのだ。ヴォーグーベール氏に篤い信頼を寄せていたテオドシウス王とエウドキア王妃がパリを再訪したとき(121)、今度はしばらく滞在する予定だったので連日歓迎の宴が催されたが、宴のあいだ王妃は、共和国大統領夫人とも閣僚たちの夫人とも顔見知りでないのでそうした夫人たちには背を向け、故国の首都で十年来の知り合いであるヴォーグーベー

(119) 旧稿の設定の残滓。本夜会の草稿が記された「カイエ73」(一九一五頃)では、シャルリュスがヴェルデュラン夫人は「十六日」に「ヴァントゥイユの未発表作品」を聴かせる手筈で、「十六日には夫人の知り合いが勢揃いするが、今回はその予行演習にすぎない」(f°s 32 v°-33 r°)と語る。

(120) トゥールーズ＝ロートレック制作のポスターで知られる歌手アリスティド・ブリュアン(一八五一―一九二五)は、モンマルトルのロシュシュアール通り(地図②参照)八四番地で営業したナイトクラブ(一八八一年から「シャ・ノワール」、一八八五年から「ミルリトン」の呼称)で、隠語を多用したシャンソンにより人気を博した。引用は、ブリュアンが「ミルリトン」で客を迎えたときの挑発的な歌詞。

(121) 東方のテオドシウス王のパリ訪問とヴォーグーベールの尽力は、本訳③三四頁と八二頁以下参照。

ル大使夫人とべつの一団をつくっていた。ヴォーグーベール夫人は、大使である夫がテオドシウス王とフランスとの同盟の生みの親ゆえ、自分の地位は揺るがぬものと信じこんで、王妃が自分に示してくれた好意に自尊心を満足させ、自分を脅かす危険にはなんの不安も覚えなかったところ、みずからを過信した大使夫妻がありえないことと勘違いしたその危険は、数ヵ月後、ヴォーグーベール氏の突然の罷免という事件となって露呈したのである。シャルリュス氏は、「トルティヤール」[122]の車内で幼友だちの失脚に論評を加え、ヴォーグーベール夫人は、あの状況では、国王夫妻にたいするみずからの影響力を駆使して国王夫妻に頼みこみ、自分にはなんの影響力もないように振る舞ってもらうだけでなく、むしろ大統領と閣僚のご夫人連にたいして愛想を振りまいてもらうべきであった、そうしていればご夫人連も、国王夫妻のお愛想がヴォーグーベール夫妻から頼まれたものではなく自発的なものと思ってそれだけ喜んだはずだし、その満足感からヴォーグーベール夫妻にも感謝したはずなのに、あれほど聡明な夫人がそうしなかったのは不思議だと語った。しかし他人の失態には気がつく者も、その場の状況に多少とも目がくらむだけで、みずから同じ失態を犯してしまう。げんにシャルリュス氏は、招待客がこもごも人混みをかきわけて祝福にやって来て、あたかも氏がこの家の主人であるかのように礼を述べているあいだ、ヴェルデュラン夫人にもひとこと声をかけるようその人たちに頼もうとは考えもしなかった。ただひとりナポリ王妃(123)だけは、姉妹にあたるエリーザベト皇后とアランソン公爵夫人と同じ高貴な血が流れているにもかかわらず、自分がやって来たのはヴェルデュラン夫人に会う楽しみのためで、音楽やシャルリュス氏のためではないと言わんばかりに、さっそくヴェルデュラン夫人と話をはじめ、何度も女主人《パトロンヌ》へお愛想を言い、ずいぶん前からお目にかかるのを楽しみにしておりましたと飽きもせずくり返してはその館を褒めちぎり、まるで訪問自体が目的であるかのようにもろもろの話をした。姪のエリザベートをぜひ連れてきたかったのですが（ほどなくベルギーのアルベール王子と結婚する人である(124)）、姪もどんなにか残念がることでしょう、とも言った。ナポリ王妃は、その演奏家たちが壇上にあがるのを見ると口をつぐみ、どの人がモレルかと訊ねた。その

（122）　バルベックの周辺を走る「小鉄道」。

（123）　バイエルン公マクシミリアン・ヨーゼフの娘で、両シチリア王国（ナポリ王国を継承）最後の統治者フランチェスコ二世（在位一八五九―六〇）の妃マリー・ゾフィー（イタリア名マリーア・ソフィア）（一八四一―一九二五）。ナポリの北方約八十キロのガエータ（地図①参照）の城塞で勇敢に戦ったが敗北し王国は滅亡。その後はローマに、世紀末からはパリに亡命、ヌイイ（地図②参照）に住んだ（マイヨ大通り九四番地）。イタリア統一国家の崩壊を画策したとされる。姉のオーストリア皇后エリーザベト（一八三七―九八）は暗殺された。妹のアランソン公爵夫人ソフィー・シャルロット（一八四七―九七）は火事で焼死。三姉妹はゲルマント家と親交があり、公爵夫人邸で話題になった（本訳⑦三六四―六八頁、注359、361、363参照）。

若き名演奏家にこれほどの栄光を授けようとするシャルリュス氏の動機について、王妃が思い違いをしていたはずはない。王妃は、最も豊かな経験と懐疑と誇りが蓄積された歴史上最も高貴な血がその身に流れる王族の老獪な知恵ゆえに、従弟《いとこ》のシャルリュス氏(自分と同様、さるバイエルン公妃の子)のような最愛の人たちが宿す避けようのない欠陥はどれも不運な宿命にすぎないと考えたのだし、その不運ゆえにその人たちが王妃に期待する支持はいっそう貴重なものとなり、結果として、王妃もその人たちを支えることにいっそうの喜びを見出していたのだ。王妃には、このような状況のときに出向いてやればシャルリュス氏が二重に感激するのが目に見えていたのである。ただし武人の王妃としてガエータの城塞でみずから銃をとって戦ったこの女勇士は、かつて見せた勇敢さにも劣らず気立てがやさしく、騎士道精神に則ってつねに弱者の味方につく心構えができていたのだろう、ヴェルデュラン夫人がひとりでほったらかしにされているのを見ると、もとより王妃のそばを離れてはいけないという作法も知らぬ夫人に落ち度があるとはいえ、ヴェルデュラン夫人こそが夜会の中心であり、自分をここへひき寄せた引力の源であるかのように振る舞おうとした。王妃は、ふだんはけっして外に出ないが今夜はもうひとつべつの夜会に出なければならないので最後まではいられないとしきりに詫びを述べ、自分が退出するときはくれぐれも見送りはしないようにと頼んで、そもそもその心得のないヴェルデュラン夫人に儀礼を尽くさなくてすむようにしてやった。

しかしシャルリュス氏にも理があったと認めなくてはならないのは、たしかにヴェルデュラン夫人のことをすっかり忘れ果て、みずから招いたおのが「社交界」の人士たちにも夫人のことを忘れさせて顰蹙《ひんしゅく》を買いはしたが、その反面、この人士たちが「音楽の演奏」それ自体にたいしても女主人《パトロンヌ》に見せたのと同様の不作法をつづけているのは放置すべきでないと考えた点である。モレルはすでに壇上にあがり、ほかの演奏家たちも集まっていたのに、まだおしゃべりの声や笑い声さえ聞こえてきて、「玄人でないと理解できないそうよ」などといったささやきが漏れてくる。ただちにシャルリュス氏が、さきほどヴェルデュラン夫人邸へよろよろとたどり着いたときに見かけたのとはべつの身体に乗り移ったかのように、上体をうしろへ反らし、予言者のような表情をして、真剣な目つきで一同を睨みつけ、その目でいまは笑うときではないと告げると、何人もの婦人客がさっと顔を赤らめたのは、まるで授業中に悪事の現場を押さえられた生徒とそっくりだった。私にとってシャルリュス氏の態度は、じつに

(124)　ベルギー国王アルベール一世（在位一九〇九―三四）となる王子と一九〇〇年に結婚したバイエルン公女エリザベート・ド・バヴィエール（一八七六―一九六五）。ナポリ王妃やオーストリア皇后の姪。

高貴なものではあったが、どこかしら滑稽なところもあった。というのも氏は、ときにらんらんと燃えるような目で招待客たちを睨みつけたかと思えば、ときには招待客たちに、いまはあらゆる社交上の関心から離れて敬虔な沈黙を守るときだとまるで必携手引よろしく教えるために、白い手袋をはめた両手をおのが立派な額のほうへ持ってゆき、謹厳にして早くも法悦状態に近いすがたをみずから(会衆が見習うべき)手本として示して、いまや偉大な「芸術」の時であることを悟らぬはしたない遅刻者たちの挨拶には応えなかったからである。みなは催眠術にかけられたようにもはやひとことも発せず、椅子を動かす者もなかった。エレガントであると同時に行儀の悪い大勢の人たちに、音楽への敬意が――パラメードの威厳によって――にわかに叩きこまれたのである。

　小さな壇のうえにモレルとピアニストだけではなく、ほかの楽器の奏者たちも並ぶのを見て、私は最初にヴァントゥイユ以外の作曲家のものを演奏するのだと思った。ヴァントゥイユの曲としてはピアノとヴァイオリンのソナタしか残されていないと想いこんでいたからである。ヴェルデュラン夫人はひとりだけ離れて腰をおろした。[125]白くてほんのりバラ色を帯びた額の両側はみごとに半球状に盛りあがり、その髪が左右に分けられているのは、なにか十八世紀の肖像画を真似たようにも、熱にうかされる女が自分の容体を慎みぶかく口には出さずに涼を求めたようにも見える。孤立したそのすがたは、音楽の祭典をとりしきる神であり、ワーグナー崇拝と偏頭痛の女神であり、これら退屈な連中(126)の真ん中に妖精によって呼び出された痛ましいノルン(127)であると言うべきで、こんな連中を前にしては、自分のほうがはるかに精通している音楽を聴いても、感想を漏らすなどふだん以上に潔しとしないはずである。演奏は始まったが、私はなんの曲が演奏されているのかわからず、見知らぬ土地にやって来たような気分だった。どこに連れてこられたのだろう？　どの作曲家の作品のただなかにいるのだろう？　それを知りたかったが、あいにくそばに訊ねる人はなく、私はたえず読み返していた『千夜一夜物語』の人物になりたくなった。この物語では、どうしたらいいか思案に暮れる主人公の前に、他人には見えないが、妖精やうっとりするほど美しい少女が不意にあらわれ、知りたいと願っていたことをそっくり教えてくれるのだ。まさにそのとき私は、ほかでもないそうした魔法の出現に助けられた。知らない場所だと想いこんでいる土地で、実際まずは見知らぬ方向へ歩きだし、ある道を曲がって不

(125)　夫人の「両のこめかみ」は「美しいふたつの天球のように」膨れあがっていた（本訳⑨一三〇頁）。
(126)　「退屈な連中」は、ヴェルデュラン夫人が見下すふりをして「貴族」を指すことば。
(127)　北欧神話で、運命を司るとされる女神。ワーグナー『神々の黄昏』のプロローグに登場する。

意にべつの道へはいると、そこは隅々まで知りつくした道で、それまではこの方向からやって来る習慣がなかっただけだと気づいて、突然こう思う、「これは友人の＊＊＊家の庭の小さな門へ出る小径だ、もうすぐその家に着くぞ。」実際、その家の娘がやって来て、通りがかりにこちらへ挨拶するではないか。それと同じで、私は聴いたことのないこの音楽のなかで突然、自分がヴァントゥイユのソナタのただなかにいるのに気づいた。ひとりの少女よりもずっとすばらしい例の小楽節が、銀色の衣装につつまれ、ショールのように軽やかでふんわりと流れるような輝かしい響きを奏でつつ、新たな装いでもそれとわかるすがたで私のそばへやって来たのである。この小楽節に再会できた私の歓びは、小楽節が私に語りかけてくれるときの、ことのほか親しげな、説得的で、飾りけのない調子、それでいて自身を美しく玉虫色に輝かせている調子によって、ますます大きくなった。ただし小楽節の意義は、今回は私に道を教えてくれたことだけにすぎず、それもソナタへの道ではなかった。それがヴァントゥイユの未発表の作品だったからで、本来なら音楽を聴きながら同時に見ておくべきであったプログラムのこの箇所の説明によると、ヴァントゥイユはほのめかしを目的とし、たわむれに小楽節をいっときこの箇所に登場させたにすぎないという。小楽節はこうして呼び出されたとたん消えてしまい、私はふたたび未知の世界に舞い戻ったが、いまやあらゆるものが確信させてやまなかったのは、それはヴァントゥイユが創造したとは私には想像さえできなかった世界だということである。というのも私にとって汲み尽くされた世界となったソナタに飽きて、同じように美しいがそれとは異なるほかの世界を想像したときの私は、「地上」の牧草地や花や川をただ移植しただけでおのが自称「楽園」を牧草地や花や川で満たしたつもりでいる詩人たちと同じことをしていたからである。私の目の前にあるこの曲は、私がソナタを知らなかったならばそれが与えてくれたであろう歓びと同じ歓びを私に味わわせてくれた、ということはこの曲はソナタと同じように美しいが、まるで別物なのだ。ソナタが、ユリのように白い田園の明けがたに向けて開かれ、その軽やかな清純さを幾重にも枝分かれさせたとしても、結局スイカズラのつくる田舎びたアーチの軽やかにして手応えのある絡まりにぶらさがり、白いゼラニウムのうえに垂れかかる世界であったのにたいして、この新しい作品、この未知の世界は、海面のように平たい均一な表面のうえ、雷雨を秘めた朝、(128)とげとげしい沈黙のさなか、虚空の果てしない広がりのなかに始まり、沈黙と闇夜からひき出され、バラ色の明けがた、私の眼前にしだいに自己を築いていった。田園を想

（128）「朝」は、次行の「沈黙と闇夜からひき出され」る「曙《あけぼの》」から始まり、やがて九行先の「雨に洗われ、電気を放つ」の文言が示すように「雷雨」に見舞われ、「正午」には「日差しが照りつける」。

わせる清らかでやさしいソナタには見られないこの新しい赤味は、曙《あけぼの》のごとく空をすっぽり不思議な希望で染めてゆく。すると早くも大気をつんざきひとつの歌が聞こえてくる。その七音の歌は、まったく聞いたことのない歌、私が想像しえたいかなる歌ともかけ離れた歌、えもいわれぬほど霊妙であり同時にけたたましい歌、ソナタに見られた白いハトのくうくういう鳴き声ではもはやなく、曲の冒頭を浸していた深紅の色合いと同じく鮮烈な、大気を切り裂くような歌、なにやら雄鶏が時をつくるような不思議な声、永遠なる朝の霊妙ながらも異様にかん高い呼び声である。雨に洗われ、電気を放つほどに張りつめた冷たい大気は——植物におおわれた穢れなきソナタの世界とはすっかりかけ離れた世界において、まるで異なるさまざまな気圧を備えたかくも異質な大気は——、刻々と移り変わり、深紅に染まる「曙」の約束を消し去ってゆく。ところが正午になり、一時的に焼けつくような日射しが照りつけると、その約束は、重苦しい、ひなびた、田舎らしい幸福となって果たされるかと思われ、その幸福においては、狂ったように揺れて鳴りわたる鐘の響き[129]が(コンブレーの教会前広場を熱く燃えあがらせていた鐘とそっくりのこの響きは、それをしばしば聞いていたヴァントゥイユが、手元のパレットにある絵の具を見つけるように、そのとき記憶のなかに見つけたのかもしれない)、きわめて重厚な歓喜を具体化しているかに感じられた。

じつをいえば、この歓喜の動機《モチーフ》は審美的に私の気に入るものではなかった。私には醜いとさえ感じられたそのリズムは、苦しげに地に足をひきずり、何本かの棒でテーブルを叩けばその音だけでもリズムの大部分をそっくり真似ることができそうだった。私にはヴァントゥイユがそこで霊感を欠いたように思われ、それゆえ私自身もそこでいささか集中力を欠くことになった。

私は女主人《パトロンヌ》のほうを眺めた。その頑固に微動だにせぬ姿勢は、フォーブールの貴婦人たちが理解もせず頭を振って拍子をとるのに抗議しているように見えた。もとよりヴェルデュラン夫人は「この音楽、わたくし多少は知っているんでございます、まあ多少！　わたくしの印象を残らず語れとおっしゃられますと、際限がなくなってしまいますけれど！」などとは言わなかった。そう口にこそ出さなかったが、夫人の背筋をのばした上体や、無表情な目や、ほつれた髪の房が、かわりにそう語っていた。「それらは夫人の気丈さをも告げていて、演奏家たちよ、わたくしの神経などには構わず、どんどんやりなさい、わたくしはアンダンテにもたじろがず、アレグロにも悲鳴をあ

(129)　ヴァントゥイユの「ソナタ」と同じく「七重奏曲」も多くの発想源を組み合わせて創作された。この一節は「ヴァントゥイユのために。フランクの交響曲〔ニ短調〕の最後。作曲家は歓喜のさなか、陽の照りつける正午に思い切り鐘を鳴らすように思われた」(「カルネ3」)というメモに基づく。

図7　ミケランジェロ「リビアの巫女（シビュラ）」
（システィーナ礼拝堂）

ミケランジェロが制作したシスティーナ礼拝堂天井画(1508–12)では，長方形の天井中央部に描かれた「天地創造」(本訳② 510–11 頁図 34，同⑦ 38 頁図 1 参照)の外周に四角く区切られた各部屋に，12 名の人物像(7 名の預言者と 5 名の巫女（シビュラ）)が描かれている．5 名の巫女は，ペルシャ，エリュトライ，デルポイ，クマエ，リビアの巫女．上図は，プルーストが参照したとおぼしいローランス版「大画家」シリーズ『ミケランジェロ』(1906)に巫女像として唯一掲載された「リビアの巫女（シビュラ）」の図版から転載．

げたりしません、とも語っていた。私は演奏家たちを眺めた。チェロ奏者は、顔を傾け、両膝のあいだに挟んだ楽器を意のままに操っているが、目鼻立ちが下卑ているせいか、気取ると意識せずともその顔に嫌悪の表情がうかぶ。奏者はコントラバス(130)に身をかがめ、まるでキャベツの傷んだ皮をとりのぞく家事みたいに辛抱づよく楽器を触っている。そばには短いスカートをはいた、いまだあどけない少女のハープ奏者がいて、その四方八方には、巫女《シビュラ》の魔法の部屋で定められた形式に則って天空を恣意的にあらわす四辺形(131)とそっくりの、金色《こんじき》の四辺形に張りめぐらされた水平な光線がはみ出して見える(132)。ハープ奏者が、指定された箇所がくるたびに、その光線のあちこちに快い音を採取しにゆくように見えるのは、寓意画の小柄な女神が、天空にかかる金色の格子の前で背伸びをして、ひとつまたひとつと星を摘んでいるさまを想わせた(133)。モレルはといえば、それまで髪のなかに埋もれて見えなかった一筋の前髪がはらりと垂れて、額のうえに渦を巻いたところだった。

(130)　原語 contrebasse. ただし文脈上、チェロ violoncelle を指すと考えるべきか。
(131)　図7参照。
(132)　「金色《こんじき》の四辺形」は「ハープ」を、「水平な光線」は「弦」を指す。
(133)　一例としてパリ・オペラ座天井に描かれた音楽の寓意画、本訳⑤一二八頁図13を参照。同図の上方で「天空」のハープに手を伸ばす女神が「背伸びをして」「星」(実)を摘んでいるように見える。

私はそっと聴衆のほうへ顔を向けて、シャルリュス氏がこの前髪をどう思っているか知ろうとした。しかし私の目にとまったのは、ヴェルデュラン夫人の顔、というよりも夫人の両手だった。その両手のなかに顔はすっかり埋もれていたからである。こんな瞑想の仕草によって女主人《パトロンヌ》は、自分がまるで教会のなかにいて、この音楽を崇高きわまる祈禱のことばと同一視していることを示そうとしたのだろうか？　あるいは教会にいるある種の人たちと同じように、偽りの熱中を見られては恥ずかしく、けしからぬ放心や抗しきれぬ眠気を見られては世間体が悪いので、それを遠慮のない視線から隠そうとしたのだろうか？　音楽ではない規則的な物音を聞きつけた私は、一瞬この最後の仮説が正しいように思ったが、しかしやがてこの物音はヴェルデュラン夫人のいびきではなく、夫人の雌犬のいびきだと気づいた。

しかし鐘の勝ち誇ったような動機《モチーフ》はたちまちほかの動機に追い散らされ、私はふたたびこの音楽の虜《とりこ》になった。そして私が悟ったのは、この七重奏曲の内部でも相異なるさまざまな要素がつぎつぎ提示されて最後にすべてが結びつくのと同じく、ヴァントゥイユのソナタも、のちにわかったようにヴァントゥイユのほかの作品も、すばらしい作であるとはいえこの七重奏曲と比べればどれも脆弱きわまる小胆な試作にすぎず、すべてはいまや私に勝ち誇ったように開示されている完璧な傑作に収斂することだった。そして私はわが身を顧みて、ヴァントゥイユが創りえたほかの作品もそれぞれ閉ざされた別個の世界だと考えたように、私の恋のひとつひとつも同じく閉ざされた別個の世界であることを想いおこさずにはいられなかった。ところが実際には、この最後の恋――アルベルチーヌへの恋――の内部には、当初からさまざまに(最初はバルベックで、ついでイタチまわし(134)のあとで、ついでアルベルチーヌがホテルへ泊まりに来た夜に、ついでパリにおける霧の日曜日に、ついでゲルマント家のパーティーがあった夜に、ついで再度バルベックで、そして最後に私の生活がアルベルチーヌの生活と固く結ばれたパリで)アルベルチーヌを愛する漠とした気持が存在したように、いまやアルベルチーヌへの恋ではなく私の全生涯を振り返ってみると、私のそれ以外の恋は、わが生涯におけるこの最大の恋、つまりアルベルチーヌへの恋を準備するささやかで小胆な試みにすぎなかったと認めなければならない。そこで私は音楽を追うのをやめ、アルベルチーヌはこの数日ヴァントゥイユ嬢に会ったのか否かとふたたび自問した。気晴らしのおかげで一時的に忘れていた内心の苦痛にあらためて問いかけるような具合である。こんなことを言うのも、アルベルチーヌがやってのけたかもしれない行動はほかでもない私の心の中で生起するからだ。われわれは面識あるすべて

(134) 車座の人が紐に通した環をまわして所在を当てる。本訳④五六三頁注439、同五八六―九〇頁参照。

の人について、その分身を心のなかに所有している。しかし普段その分身はわれわれの想像力や記憶のはるかかなたに位置し、どちらかというとわれわれの外部にとどまっていて、その分身がしたこと、あるいはしたかもしれないことは、かなり離れたところに位置する物体がこちらの目に痛みを伴わない感覚を与えるだけであるのと同じで、なんら苦痛となる要素を含んでいない。この人たちを悲しませるできごとがあると、われわれはそのできごとを観照的に感知し、その場にふさわしいことばでそれを嘆き悲しむことができ、そのことばは相手にこちらが優しい心根の持主だという印象を与えはするが、われわれはそのできごとをなんら実感していないのだ。ところがバルベックで精神的痛手を負ってからというもの、わが心中のアルベルチーヌの分身は、摘出するのも困難なきわめて深いところに棲んでいた。私がアルベルチーヌにかんして目にすることは、感覚の厄介な移転のせいで、ある色彩を見ると生身にメスを入れられたような苦痛を心に感じる病人のごとく、私に損傷を与えるのだった。ありがたいことに私は、アルベルチーヌと別れたいという誘惑にまだ屈していなかった。あとで家に帰ると、まるで愛妻のようなアルベルチーヌと顔を合わさなければならないもの憂さも、私がアルベルチーヌに疑念をいだいているこの瞬間、つまり相手が私にとって無関心になる余裕のないこの瞬間に別離が生じた場合に感じるはずの強い不安と比べれば、大したことではなかった。そんなふうに家で私の帰りを待つアルベルチーヌが、退屈して、自分の部屋でいっときうたた寝をしているかもしれないとそのすがたを想い描いたとき、七重奏曲の家族や家庭を想わせるやさしいフレーズが私をそっと撫でて通りすぎた。もしかすると――われわれの内的生活においては、すべてが交錯しあい、重なり合うものだから――、ヴァントゥイユがこのフレーズの想を得たのは、自分の娘――今やまさしく私の動揺の元凶たる娘――が眠りこんだなごやかな夜、その眠りが穏やかに作曲家の仕事をつつんでいたときだったのかもしれない。私の心を鎮めてくれたこのフレーズのまろやかな静寂の背景は、「詩人が語る」ときでも「子供が眠る」のが感じられるシューマンのある種の夢想を平穏につつむものでもある。(135) 今夜、気の向いたとき家に帰れば私は、アルベルチーヌが眠っているにせよ目覚めているにせよ、わが愛し子に会えるのだ。しかしながらアルベルチーヌへの恋心よりもはるかに神秘的なものが、この作品冒頭の、あの曙の最初の叫びのなかに約束されていると私には思われた。私は恋人への想いを追い払い、作曲家のことだけを考えようとした。そもそも作曲家がこの場にいるように思われたのだ。まるで作者が自分

(135) シューマンのピアノ曲『子供の情景』(一八三八)の第一二曲「眠りに入る子供」、第一三曲「詩人は語る」に想を得た一節。プルーストはメモ帳「カルネ3」に同様の考察を記していた。

の音楽のなかに宿り、そのなかで永遠に生きているようであった。作曲家がそれぞれの響きの色合いを選んでほかの響きの色合いと調和させる、そのときの歓びが感じられたのである。というのもヴァントゥイユは、並外れて深い天賦の才に加えて、音楽家はもとより画家でもめったに有していない才能、つまり、このうえなく安定し、かつきわめて個性的な色彩を用いる才能をも兼ね備えていたからで、その色彩の新鮮さは時が経過しても損なわれず、その色彩を発見した作曲家を真似る弟子たちも、その作曲家を凌駕する巨匠たちも、その色彩の独創性を薄めることはない。そうした色彩の出現がなしとげた革命の成果は、無名化してつぎの時代に吸収されてしまうことはけっしてないのだ。革命がおこり、新たに勃発するのは、永遠の変革者の作品が再演されるときにかぎられる。どの響きにも、どれほど博識の音楽家が習得したあらゆる法則をもってしても模倣できない色合いが映え、その結果ヴァントゥイユは、音楽の進化においてその時代の人として登場し、然るべきランクに位置づけられているにもかかわらず、その作品のひとつが演奏されるや否や、つねにそのランクを脱け出して先頭に立つのだ。その作品のどれもが、より新しい時代の音楽家たちの作品よりも後に花咲いたように見えるのは、永続的な新しさという一見矛盾するかに見えて実際にの人をあざむく性格ゆえであろう。ヴァントゥイユの交響曲の一節は、すでにピアノの演奏で知っていても、オーケストラで聴いてみると、夏の日の光が暗い食堂にはいってくる前に窓ガラスのプリズムによって分解されるのと同様、『千夜一夜物語』のありとあらゆる宝石のように想いも寄らぬ多彩色の宝物をあらわにしてくれるように思われた。しかし生命にほかならないもの、絶えざる幸福な動きにほかならないものを、どうしてじっと動かぬ光のまぶしさに比することができよう？　私の知るあの臆病で悲しげなヴァントゥイユが、ひとつの響きを選んでそれにべつの響きを結びつける段になると、俄然、大胆になり、その曲をひとつでも聴く者には疑う余地のない幸福、ことばの十全な意味における幸福を味わっていたのだ。そのような音の響きによって作曲家にもたらされた歓び、さらにほかの響きを発見するためにその歓びによって与えられた溢れんばかりの気力、それらが聴く者をして想いがけない発見につぐ発見へと導くのである。いや、むしろ創り手みずからが聴き手を導いていると言うべきか、見出したばかりの色彩のなかに小躍りせんばかりの歓びを汲みとった作曲家は、その歓びにより、その色彩が呼び寄せるように感じられるべつの色彩を発見してそれに飛びつく力を与えられ、さらに金管楽器の衝突からおのずと崇高なものが生まれると恍惚となって、火花に触れたように身震いするに至り、かくしておのが音楽の大壁画を描きながら息を切らし、陶酔し、狂喜し、目まいに襲われているさまは、ミケランジェロが梯子のうえにわが身をくくりつけ、頭を下にして、システィーナ礼拝堂の天井に向けて激しく揺れる絵筆をふるうさまを想わせた。(136) ヴァントゥイユはすでに何年も前に故人となっていたが、氏が愛したこれらの楽器にとり囲まれて、おのが生のすくなくとも一部をなお無限の時にわたり生きつづけることが許されたのである。それは、ただ人間としての生の一部なのだろうか？　芸術がそのようにやはり人生の延長にすぎないのなら、芸術のためになにかを犠牲にする価値があるのだろうか？　芸術もまた人生と同じく非現実的なものではないのか？　この七重奏曲をさらにじっくり聴いていると、私はそう考えることができなかった。赤々とかがやく七重奏曲は、たしかに白いソナタとはまるで違っている。小楽節がそれに答えようとする臆病な問いかけは、海の上にかかる朝の空のいまだ生気なき赤味を震わせ、かくもかん高く短いこの世のものとは思われぬ響きをとどろかせ、奇妙な約束の実現を見届けんとするこの息を切らした懇願とは、まるで別物である。にもかかわらず、かくも相異なるフレーズは、じつは同じ要素でつくられているのだ。というのも、あちこちの屋敷や美術館に散在する断片のなかにわれわれがそれと感知しうるひとつの世界、つまりエルスチールの世界という、エルスチールが眺めて生きた世界が存在するのと同じく、ヴァントゥイユの音楽が、音符から音符へ、タッチからタッチへとくり広げてみせるのは、想いも寄らぬひとつの世界の評価を絶した未知の色合いであり、その世界は、人びとがくだんの作品世界を聴くさまざまな機会を隔てている間合いによって断片化されているにすぎない。かくも相異なるふたつの問いかけは、ソナタと七重奏曲のずいぶんかけ離れた動きを統御するもので、ソナタが、ひとつづきの純粋な線をいくつもの短い呼びかけに分断しているのにたいして、七重奏曲は、ばらばらの断片をふたたび分割しえない骨組みへ結びつけていると言えるし、前者は、おとなしく臆病で、ほとんど恬淡《てんたん》として哲学者のように達観しているのにたいし、後者は、切迫して、不安にとり憑かれ、哀願するような調子だと言えるが、にもかかわらずともにひとつの同じ祈りであって、内心のさまざまな日の出を目にしてほとばしり出たその祈りが、作曲家のべつべつの思考が織りなす異なる環境を通じて、つまり新たなものを創りだそうと作曲家が多年にわたり進展させてきた芸術上の探究を通じて、さまざまに屈折しているにすぎない。この祈り、ないし希望は、根本では同じひとつのものであり、いかなる装いをまとおうとヴァントゥイユのさまざまな作品のなかに共通してそれと認められるもので、その一方、ヴァントゥイユの作品にしか見出せないものである。音楽批評家なら、べつの偉大な音楽家たちの作品中に、これらのフレーズとの類縁関係や系譜

(136) システィーナ礼拝堂天井画「創世記」は、本訳②五一〇―一一頁図34、同⑦三八頁図1参照。

を難なく見出せるだろうが、ただしそれは付随的な理由、外的な類似によって見出された類縁で、直接の印象によって感得されたというよりも、論証によって巧妙に見出されたにすぎない。これらヴァントゥイユのフレーズの与える印象が、ほかのどんな印象とも異なっているからには、科学から導き出されたかに見える結論にもかかわらず、やはり個人的なものは存在すると言わざるをえない。しかもヴァントゥイユがなんとしても斬新たらんとしたときにこそ、外見の違いの裏に、まさしく深い共通性が認められるのだ。そうではなくヴァントゥイユがひとつの作品のなかで同じフレーズを何度もとりあげ、それを多様化し、そのリズムを変えたり再度もとの形で登場させたりして楽しんでいるときに認められる故意の類似は、知性が産みだしたもので、必然的に表面的な類似にとどまるほかなく、異なる色彩のなかや別個のふたつの傑作のあいだにあらわになる意図せざる隠れた類似のように、人をハッとさせることはありえない。なぜなら前者の場合のヴァントゥイユは、なんとしても斬新たらんとして自分自身に問いかけ、創造する者として全力をふり絞るなかで自身の精髄にまで到達したわけで、その深奥では、どんな問いを投げかけられようとその精髄がつねに同じ音調で、つまり本人固有の音調で答えるからだ。ひとつの音調、このヴァントゥイユの音調は、ふたりの人間の声の調子や二種類の動物の鳴き声のあいだにわれわれが認める相違などよりはるかに大きな相違によって、ほかの音楽家たちの音調と区別される。これこそが正真正銘の相違で、ヴァントゥイユがおのれ自身に課した永遠の探究、さまざまな形でみずからに投げかけた問い、習慣とした思索と、べつの音楽家の思考とのあいだに存在する相違である。習慣とした思索といっても、天使の世界における思索のように、論理的思考の分析的形式をとり払った思索であるために、われわれはその思索の深さを測ることはできても、その思索を人間のことばで言いあらわすことはできない。肉体を離脱した霊魂が、たとえ霊媒に呼び出され、死の秘密について問いただされたとしても、それを人間のことばで言いあらわすことができないのと同じである。ある音調というのは、きょうの午後、私がふと気づいた後天的に獲得された独創性(137)とか、音楽批評家ならさまざまな音楽家のあいだに見出しうる類縁関係とかをたとえ考慮に入れたとしても、独創的な音楽家たる偉大な歌い手たちが、なにはともあれ思わずそこまでわが身を高めそこへ立ちもどるほかない、ある唯一無二の音調であり、その音調こそ、魂がなにものにも還元できない個性的存在である証拠だからである。たとえヴァントゥイユが、もっと盛大なもの、もっと壮大なものを創ろうとか、

（137）この日の午後、ワーグナーの音楽に想いをめぐらした「私」が、偉大な芸術家の「独創性」といえども「巧みな刻苦勉励の産物ではないのか？」と疑問に感じたときの考え（本訳⑩三六二頁参照）。

あるいは生きのいい愉快なものを創ろうとか、あるいはわが目に見えたものを美化して聴衆の心に映し出そうとか試みたとしても、その同じヴァントゥイユが思わずそれらすべてを大波の下へ沈めてしまうのだ。この大波こそ、ヴァントゥイユの歌を永遠のものたらしめ、ただちにそれを本人の歌と認識させてくれるものである。この歌、ほかの人たちの歌とは異なり、本人のどの歌にも似通ったこの歌を、ヴァントゥイユはどこで学び、どこで聞いたのだろう？　そう考えると芸術家はだれしも、ある未知の祖国、自分でも忘れている祖国、いずれべつの偉大な芸術家がこの地上をめざしてそこから船出する祖国とは異なる、そんな祖国に住まう人かと思われる。せいぜい言えるのは、この祖国にヴァントゥイユが晩年の諸作品において近づいたように思われることだ。晩年の諸作品をおおう大気はもはやソナタの大気と同じではなく、問いかけるフレーズはいっそう切迫して不安にみちたものとなり、それに応じる答えはいっそう謎めいたものとなった。そこでは水気をふくんだ朝夕の空気が、楽器の弦にまで影響をおよぼしているように感じられる。モレルがどれほど巧みに弾きこなしても、そのヴァイオリンから出る音は、私には異様なまでにかん高く、まるで金切り声のように聞こえた。このいらだたしい音は人びとを喜ばせるものであったが、人びとはそこに、ある種の肉声を聞くときと同様、一種の精神的美点、一種の知的優越を感じたのであろう。しかしその音は人びとの顰蹙を買う可能性もあった。世界の見方が変更され、純化され、内的祖国の想い出にいっそう合致したものになると、画家における色彩がそうであるように音楽家にあってはそれが音の響きの全般的変質となってあらわれるのは至極当然のことだろう。もっとも、このうえなく聡明な聴衆がそれを見誤ることはない。なぜなら人びとは後に、ヴァントゥイユの晩年の諸作品こそいちばん深遠なものだと言明したからだ。ところが、どんなプログラムも、どんな主題も、判断の知的材料を提供したわけではない。それゆえ人びとは、これは深遠なものが音の世界へ移し替えられたものだと見抜いたのである。

この失われた祖国を音楽家たちが想い出すことはないが、しかしどの音楽家も、つねに無意識のうちに、この祖国といわば同音《ユニゾン》を奏でるがごとき調和を保持している。どの音楽家も、おのが祖国に合わせて歌うときは歓喜に酔い、ときに栄光への欲望に駆られて祖国を裏切ることもあるが、その場合は栄光を求めるせいで栄光から遠ざかるほかなく、栄光はそれに見向きもしない場合にのみはじめて見出されるのだ。それができるのは音楽家が、どんな主題を扱おうともあの特異な歌を口ずさむときであり、その歌の単調さは――というのもどんな主題を扱おうとその歌はつねに同一だから――音楽家においてその魂を構成する諸要素がつねに同一である証拠なのだ。だがそうだとすると、この諸要素、つまりわれわれが自分自身のために保存しておかざるをえず、たとえ友人から友人へであろうと、師から弟子へであろうと、恋する男からその愛人へであろうと、会話では伝えることのできないこの現実的な残滓のすべて、つまり各人が感じたものを質的に区別してくれるが、ことばで他人と意思を通じあおうとすれば万人共通の些細な上っ面に話を限定するほかない以上、ことばの入口で置き去りにせざるをえないこの言いあらわしがたいもの、それをこそ芸術は、エルスチールの芸術と同じくヴァントゥイユの芸術は、われわれが個人と呼んではいるが芸術なくしてはけっして知ることのないさまざまな世界の内密な組成をスペクトルの色彩として顕在化させることによって、目に見えるようにしてくれるのではなかろうか？もしもわれわれが翼を備え、べつの呼吸器官を身につけ、広大無辺の宇宙を飛行できるようになったとしても、そんなことはわれわれにはなんの役にも立つまい。というのも、たとえ火星や金星へ行ったとしても、われわれが同じ感覚を持ちつづけるかぎり、その感覚はわれわれが目にするあらゆるものに地球上のものと同じ外観をまとわせるにちがいないからである。ただひとつ正真正銘の旅、若返りのための唯一の水浴(138)は、新たな風景を求めて旅立つことではなく、ほかの多くの目を持つこと、ひとりの他者の目で、いや数多くの他者の目で世界を見ること、それぞれの他者が見ている数多くの世界、その他者が構成している数多くの世界を見ることであろう。エルスチールを伴にすれば、ヴァントゥイユを伴にすれば、それと同等の芸術家たちを伴にすれば、われわれにはそれが可能になり、文字どおり星から星へと飛行できるのである。

今しもアンダンテが終わり、その最後のフレーズを満たしていた愛情に私はすっかりわが身を委ねていた。ここで、つぎの楽章が始まるまでの短い休憩がはいり、演奏家たちは楽器を置き、聴衆はなにがしか感想を交わしあった。ある公爵などは、曲に精通していることを示すためだろう、「うまく演奏するのは至難の業ですな」と言い放った。もっと感じのいい何人もの人たちが、私としばしことばを交わした。しかしその人たちのことばなど、なんであろう？　私がこれまで対話の相手としてきたこの世のものとも思われぬ音楽のフレーズと比べれば、人間の上っ面のことばがどれもそうであるように、そのことばはなんら私の関心を惹かなかった。私は、あたかも天国の陶酔を奪われ、なんの意味もない現実のただなかに墜ちてきた天使のようであった。ある種の生物が、自然から見捨てられた生存形態の最後の証《あかし》となっているのと同じで、もしかすると音楽というのは――かりに言語の発明や、語の形成や、想念の分析など

(138)「若返りの泉」fontaine de Jouvence は、ローマ神話ではユピテルがニンフを変身させてつくった泉で、女神ユノが若返りのために毎年そこで水浴したという。地上のあちこちに存在が想定された。

が存在しなかった場合——人間同士の意思疎通の唯一の実例になったのではないかと私は考えた。しかし音楽による意思疎通はいわば可能性にとどまって実現することはなく、人類はべつの道、すなわち話しことばと書きことばの道へと進んだ。とはいえこの分析できない世界への復帰はじつに深い陶酔を誘うものだったから、この天国を出たとたんに人間たちとつき合うなど、相手の頭の良し悪しは問わず、私には途方もなく無意味なことに思われた。人間たちといえば、私は音楽を聴いているあいだもその人間たちを想い出して、それを音楽のなかに組みこむこともできた。というより、私が音楽のなかに組みこむことができたのは、たったひとりの想い出、つまりアルベルチーヌの想い出だけであった。それゆえアンダンテの最後のフレーズこそは神品ではないかと思った私は、私たちふたりを結びつけていて、アルベルチーヌがそこから悲痛な声を借用したかに思われるこんな偉大なものに組みこまれていることが本人にとっていかに光栄であるかをアルベルチーヌ自身が知らないのは——たとえ知ったとしてもそれを理解できないにちがいない——、なんとも残念なことだと思った。とはいえひとたび音楽が中断されると、その場に居合わせた人たちがあまりにも間の抜けた存在に見えたのである。冷たい飲みものが配られた。シャルリュス氏はときどきだれか従僕に声をかけていた、「やあ元気かい？　私の速達は受けとったかね？　来てくれるかな?」たしかにこのような呼びかけは、ブルジョワよりも庶民的に振る舞い、それで相手が喜ぶものと想いこんでいる大貴族のなれなれしさのあらわれであったが、そこにはまた、おおっぴらにしておけば罪はないと判断されるだろうと考える罪深き者の悪だくみも秘められていたにちがいない。そんなわけで氏は、ヴィルパリジ夫人そっくりのゲルマント口調(139)で、こう言い添えた、「あれはいい子でしてね、気立てがよくて、わが家でもしょっちゅう雇うんです。」しかし男爵の手練手管は逆効果になった。従僕ごときを相手に、こんなに親しく優しいことばをかけ、速達を送るなんて異常だとだれもが考えたからだ。そもそも従僕のほうも、仲間の手前もあって、喜ぶよりもむしろ困惑していたのである。

そうこうするうち、ふたたび始まっていた七重奏曲も終わりに近づいた。ソナタのあれこれのフレーズが何度もくり返しあらわれ、そのたびに以前とは違うリズムと伴奏をともなって様変わりし、同一でありながら異なるのは、人生にさまざまなものごとが再来するさまを想わせる。この手のフレーズは、いかなる親近性ゆえにその唯一の必然的な住まいとしてある音楽家の過去を指定するのかは理解できないものの、そ

(139)　ヴィルパリジ夫人は、リンゴの花を送ってきた南仏の花屋に関して「わたくし〔…〕いろいろなかたと知り合いで、お友だちも何人かございます」(本訳⑥九五―九六頁)と、庶民との交友を自慢した。

の音楽家の作品にしか見出せず、その作品には始終あらわれて、その作品の妖精となり、森の精となり、馴染みの神々となるのだ。[140] まず私は、七重奏曲のなかで、ソナタを想起させるそうした二、三のフレーズに気づいた。やがて私が認めたのはソナタのべつのフレーズで——それはヴァントゥイユの最晩年の作品から立ちのぼる紫色をおびた霧につつまれていたので、ヴァントゥイユがそのどこかに踊りのリズムをさし挟んでも、踊りまでが乳白色のなかに閉じこめられていた——、まだ遠くにとどまって、はっきりとは見分けられない。それはためらいがちに近づくと、おびえたようにすがたを消し、やおら戻ってきては、私があとで知ったところによるとべつの作品から到来したとおぼしいべつのフレーズとからみ合い、さらにまたべつのフレーズを呼ぶと、そのフレーズもそこに馴染んですぐさま今度はみずから牽引力と説得力を身につけ、輪舞《ロンド》のなかへはいってゆく。その輪舞《ロンド》は神々しくはあったが、たいていの聴衆の目には見えず、茫漠としたベールが目の前にかかるだけなので、その向こうになにひとつ認めることのできない聴衆は、死ぬほどやりきれない退屈が連綿とつづく合間に、ときどきいい加減な賞讃の歓声をあげた。やがてそれらのフレーズは遠ざかったが、なかにひとつだけ、私にはその顔が見えないのに五回も六回も戻ってくる、やさしく愛撫するような、それでいて——スワンにとってはきっとソナタの小楽節がそうであったように――どんな女性にかき立てられたものともまるで異なるフレーズがあった。じつに優しい声で真に手に入れる価値のあるものだと私に幸福を差しだしてくれるそのフレーズは、もしかすると――この目に見えない女性は、私がそのことばを解さないのに心底から理解できるのだから――私が出会うことを許されたただひとりの「未知の女」だったのかもしれない(141)。ついでこのフレーズも、ソナタの小楽節と同じように、形を崩し、すがたを変え、冒頭の謎めいた呼びかけになった。その呼びかけに対抗してあらわれた、悲痛な性格をおびたべつのフレーズは、きわめて深遠で、茫漠として、内的な、ほとんど内臓や器官に根ざしたと言っても過言ではないもので、そのフレーズが再来するたびに、それがある主題の再来なのか、それとも神経痛の再発なのかわからないほどだった(142)。やがてこのふたつの動機《モチーフ》は取っ組みあって闘い、ときに一方がすっかり消え去ったかと思うと、つぎには他方の一部しか見えなくなった。取

(140)　この一節の基には「〔セザール・〕フランクにお馴染みのフレーズ、お馴染みのハーモニー、〔…〕馴染みの女神を想わせ、いつもの水の精、森の精だとわかる」(「カルネ4」)というメモが存在した。

(141)　この一節は「シューマンの『ウィーンの謝肉祭』(間奏曲だったと思う)における、顔は見えないのに幾夜も通りすぎるのを見かけた、未知のやさしいフレーズ」(「カルネ4」)というメモに基づく。

(142)　すでに「私」は、ワーグナーの「主題《テーマ》」が「生体内の五臓六腑のなかにまで響いてくるので、動機《モチーフ》の再来というよりも神経痛の再発かと思われる」と指摘していた(本訳⑩三五四―五五頁)。

図8　マンテーニャ『聖母被昇天』(部分)(パドヴァ、エレミターニ教会オヴェターリ礼拝堂)

『聖母被昇天』の画面中ほどに，ブッキーナ(細身の長いラッパ)を吹き鳴らす天使たちが舞う．北イタリアで活躍したマンテーニャ(1431–1506)の作品のうち，プルーストは1900年5月のヴェネツィア旅行の際，パドヴァに立ち寄り，エレミターニ教会オヴェターリ礼拝堂にまで足をのばしてそのフレスコ画を見ていた．中央奥の壁面に描かれた上図『聖母被昇天』と左右の壁面に描かれた「聖ヤコブと聖クリストフォロスの生涯」がそれである(その一部「聖ヤコブの殉教」は本訳② 304頁図23参照)．礼拝堂は1944年3月11日の空襲で壊滅的被害を受けたが，その前の1937年に撮影された上図も，すでにかなり損傷が進んでいた．プルーストはそのほか，ルーヴル美術館が所蔵するマンテーニャの『聖セバスティアヌス』(同① 282頁図24)や『キリスト磔刑図』(同④ 32頁図1)などに親しみ，それを自作に援用した．

っ組みあいといっても、じつはエネルギーをぶつけ合うだけの格闘にすぎない。というのも両者がぶつかり合っても、そこからは両者の物理的肉体も、外観も、名称もとり払われているうえ、また私のほうも内的な観客として――これまた名称や個体のことなど意に介さず――両者の力のこもる非物質的な格闘に興味をいだき、その格闘の音響による波瀾万丈のなりゆきをそれこそ固唾を呑んで見守っていたからである。とうとう歓びの動機《モチーフ》が勝ち残って鬨《とき》の声をあげた。それはなにもない空の背後へ投げかけられたいかにも不安げな呼びかけではもはやなく、天国からやって来たかと思われる言いあらわしようのない歓びであった。その歓びがソナタの歓びとは違ったものであったのは、深紅の衣を身にまとってブッキーナを吹き鳴らすマンテーニャの大天使(143)が、テオルボをやさしく生真面目に弾くベッリーニの天使(144)とは違っていることにも通じる。歓びがまとうこの新たなニュアンス、現世を超えた歓びへといざなうこの呼びかけが、私にとって二度と忘れられないものになることはわかっていた。だがこの歓びは、私にもいつか実現できるものなのだろうか？　この問いが私にとってますます重要に思われたのは、このフレーズが――私の人生の他の部分や目に見える世界とは

(143)　図8参照。

(144)　ベッリーニの『三連祭壇画』に描かれたテオルボについては、本訳④五六八頁図46参照。

対照的なものとして――、私がこれまでの生涯で長い間《ま》を置いて、真の人生を築くための目印、糸口として見出したあの印象、つまりマルタンヴィルの鐘塔やバルベック近郊の並んだ立木を前にして感じた印象[145]の特徴を最もよく体現している気がしたからである。ともあれ、くだんのフレーズの特異な音調に話をもどせば、平凡な日常生活が定めるものとはまるでかけ離れた予感が、あの世の歓喜への大胆きわまりない接近が、ほかでもない、私たちがコンブレーでマリアの月に出会ったあの礼儀正しい陰気なプチ・ブルジョワ[146]のなかに体現されたとは、なんという不思議であろう！　だが、なによりも、このような知られざる歓びの啓示、私がこれまでに受けた最も奇異な啓示が、どうしてヴァントゥイユからもたらされたのだろう？　というのもヴァントゥイユが死んだとき、残されたのは例のソナタだけで、ほかには存在しないも同然の、判読できぬメモしかないと言われていたからである。その判読できぬメモは、しかし根気と叡知と敬意を尽くしてついに解読されたのであり、それをなしとげたのは、ヴァントゥイユのそばで長らく暮らしたおかげで、その仕事のやりかたに通暁し、そのオーケストラ用の指示も判読できるただひとりの人、つまりヴァントゥイユ嬢の女友だちであった。この女友だちは、すでに大音楽家の生前から、娘が父親に寄せていた崇拝の念をその娘から学んでいたのである。この崇拝の念があったからこそふたりの娘は、本来の性向とは正反対の方向へと突きすすむ瞬間において、すでに語ったような冒瀆の行為に錯乱した快楽を覚えることができたのだ。(147) 父親を崇めて熱愛することは、娘が冒瀆に走るための条件そのものだったのである。もとよりふたりの娘はそうした冒瀆行為による官能の快楽など斥けて然るべきであったかもしれないが、しかしその快楽がふたりのすべてを示しているわけではなかった。おまけにそのような冒瀆行為は、ふたりの病的な肉体関係が、つまり混濁してくすぶる熱情が、気高く純粋な友情の炎に取って替わられるにつれてしだいにまれとなり、ついには完全に消えてしまった。ヴァントゥイユ嬢の女友だちの脳裏には、もしかすると自分がヴァントゥイユの死期を早めたのではないかという拭いきれぬ想いがよぎるときがあった。それでも女友だちは、ヴァントゥイユが遺した判読できない書きこみを何年もかけて解読し、だれひとり知らぬその判じ物の正しい読みかたを確定することによって、自分は音楽家の晩年を暗いものにしたが、その償いとして音楽家に不滅の栄光を保証したのだという慰めを得たのである。法律によって認知されない関係からも、結婚から生まれる

(145)　前者については本訳①三八四―八八頁、後者については同④一七七―八二頁を参照。
(146)　「マリアの月」にコンブレーの教会で出会ったヴァントゥイユ(本訳①二五二―五四頁参照)。
(147)　娘と女友だちが、父親の写真に唾を吐いて同性愛にふけったこと(本訳①三四六―五一頁参照)。

親族の関係と同じほどに多様で複雑な、ただしはるかに揺るぎなき近親の関係が生じるものだ。それほど特異な性格の関係にこだわらなくても、たとえば不倫が正真正銘の愛に基づくものであれば、家族の情愛や肉親の義務をなんら揺るがすことはなく、むしろそれを再活性化することは、われわれが日々目にしているではないか？　このとき不倫は、結婚によってたいてい空文化してしまったものに精神を吹きこんでいるのだ。善良な娘でも、母親の再婚相手の死に際しては、ただ儀礼的に喪に服するだけだろうが、母親があらゆる男のなかから選んで愛人とした男を悼むときには、どれほど涙を流しても足りないだろう。もっとも、ヴァントゥイユ嬢があのような振る舞いに出たのはサディスムからにすぎない。だからといってその行動が許されるわけではなかったが、私はずっと後にそう考えることで一種の安らぎを覚えた。ヴァントゥイユ嬢は、女友だちといっしょに父親の写真を冒瀆したとき、これは病的な、ばかげたマネにすぎず、やってみたかった心躍る本物の悪行ではないことをきっと承知していたにちがいない、と私は考えたのだ。これは悪行のまねごとにすぎないという想いは、娘の快楽を損なった。しかしずっと後にその想いが娘の頭に浮かんだとき、かつてその想いが娘の快楽を損なったように、こんどは娘の苦痛を軽減したにちがいない。「あれはわたしじゃなかった」と娘は考えたにちがいない、「わたしは自分を見失っていた。わたしは今でもお父さんのために祈ることができるし、お父さんには赦してもらえないとあきらめているわけじゃない。」ただしこの想いは、快楽のさなかには娘の脳裏に去来したはずだが、苦痛のさなかには去来しなかった可能性がある。できることなら私はその想いを娘の頭のなかに注入してやりたいと思った。そうしてやることができれば、私は娘の役に立てたであろうし、父親の想い出と娘本人とのあいだに充分なごやかな交流を回復してやれたであろう。

ある天才的化学者が、死期の迫ったことも知らず、もしかすると永久に知られることのないさまざまな発見を記していたという、そんな何冊もの判読困難なメモ帳から取り出してきたかのように、ヴァントゥイユ嬢の女友だちは、楔形文字が点々と綴られたパピルス(148)などよりずっと判読の困難な書類から、あの未知の歓びが永遠《とわ》に真実を告げ永久に実りをもたらす定型を、朝の深紅の天使が奏でる不思議な希望を、取り出したのである。そしてこの女友だちは、ヴァントゥイユにとってそうであったほどではないかもしれないが、私にも数々の苦痛の原因をつくった人であり、今夜もまたアルベルチーヌにたいする私の嫉妬を新たに呼び醒まして苦痛の原因となり、とりわけ将来もそうなるにちがいない人であるが、ほかでもないこの女友だちのおかげで、苦

(148) 楔形文字はふつう粘土板に記された。パピルスは古代エジプトの発明品で、象形文字が記された。

痛の代償として――私があらゆる快楽のなかに、愛のなかにさえ見出してきた虚無とはべつのもの、おそらく芸術によって実現できるものが存在するという約束として、また私の人生がいかに空しいものに見えようとも、それでもまだ完全に終わったわけではないという約束として――私が生涯にわたり耳を傾けることになるあの奇異な呼びかけが届けられたのである。その女友だちが刻苦勉励してヴァントゥイユのものとして世に知らしめたもの、それはじつのところヴァントゥイユの作品のすべてであった。この七つの楽器(149)のための曲と比べると、一般の人がそれしか知らないソナタのいくつかのフレーズはあまりにも凡庸なものに思え、それがなぜあれほどの賞讃を巻きおこしたのかは理解できなかった。それと同じで今になってわれわれが驚くのは、「星へのロマンス」や「エリーザベトの祈り」のようなくだらない曲が何年ものあいだコンサートで熱狂的な愛好家たちを昂奮させ、『トリスタン』や『ラインの黄金』や『マイスタージンガー』を知るわれわれにとっては冴えない貧弱な曲が終わったとたん、愛好家たちがへとへとになるほど拍手喝采してアンコールと叫んでいたことである(150)。とはいえ特性を欠いたこのようなメロディーにも、傑作の独創性がすでにごく微量だけ含まれていたと想定しなければならない。それがごく微量であっただけに消化吸収するのがずっと容易だったのかもしれず、振り返ってみればわれわれにとって重要なのは傑作だけであるが、傑作はその完璧さゆえにかえって理解されないのかもしれない。特性を欠いたメロディーは、傑作のために、人びとの心へ通じる地ならしをしたのかもしれない。にもかかわらずそうしたメロディーは、未来の傑作を漠然と予感させたとしても、その傑作をやはり完全な未知の状態にとどめおいたのだ。この事情は、ヴァントゥイユ本人にとっても同様であった。ヴァントゥイユが死んだとき遺したものが――ソナタのいくつかの部分はべつにして――本人の完成できたものだけであったなら、人びとがその作品として知ったのは、その真の偉大さと比べればまるで取るに足りぬものとなっていたであろう。ヴィクトル・ユゴーが、たとえば「ジャン王の騎馬戦」や「鼓手の許嫁《いいなずけ》」や「水浴びするサラ」を書いただけで亡くなり、『諸世紀の伝説』や『静観詩集』などをなにひとつ書かなかった場合のように[151]、われ

（149）原稿（Cahier X, f° 35 r°）では「十の楽器」。GF版、ガルニエ版に倣い「七つの楽器」に訂正。

（150）「星へのロマンス」と「エリーザベトの祈り」は『タンホイザー』に出てくる二曲。十九世紀末、シルク・デ・シャンゼリゼ（地図②参照）などでワーグナーの音楽が昂奮を巻きおこしたのは、これらの抜粋演奏による。プルーストは「ボードレールについて」（一九二一）で、ワーグナーのこの同じ二曲を例にあげて、小説本文と同様の論旨を展開していた（本訳⑩三七九頁注363末尾の引用を参照）。

（151）最初の二篇は『オードとバラード集』（一八二二―二八）に収録の詩、「水浴びするサラ」は『東方詩集』（二九）の収録作。『諸世紀の伝説』（五九―八三）と『静観詩集』（五六）はユゴー晩年の詩集。

われにとってヴァントゥイユの真の作品と言えるものは、純粋に潜在的なものにとどまり、われわれの知覚では捉えることができず、それがどのようなものなのか想いうかべることさえできない宇宙と同じく、まるっきり未知のものとなっていたであろう。

そのうえ、天才(才能、いや美徳でもいい)と、ヴァントゥイユの場合がそうであったように、その天才がしばしば収められ保存されている悪徳ずくめの器[152]との、うわべは対照的に見える深い結合は、音楽が終わったとき私が囲まれた招待客たちの集まり自体のなかに、俗悪な寓意画として読みとれた。その集まりは、この場合はヴェルデュラン夫人のサロンに限定されていたが、ほかの多くの集まりも似たようなもので、一般大衆はその集まりがどんな人たちで構成されているのか知るよしもなく、哲学者然とした[153]ジャーナリストたちは――多少事情に通じていれば――それをパリジャンの集まりとか、パナミスト[154]の集まりとか、ドレフュス派の集まりとか決めつけるが、同様の集まりはペテルブルクにもベルリンにもマドリッドにも、さらにいつの時代にも見られることには想い至らない。実際その夜、ヴェルデュラン夫人邸には、美術担当の政務次官だという正真正銘の芸術家肌で育ちのいいスノッブな男や、何人かの公爵夫人や、夫人を伴った三名の大使が来ていたが、この人たちが出席した直近の直接の動機は、シャルリュス氏とモレルとの関係にあった。この関係ゆえに男爵は、おのが若きアイドルの芸術上の成功ができるかぎり華々しいものになることを願い、またその若者がレジオン・ドヌール勲章をもらえるようにしてやろうと考えていたのである。この集まりが実現したもっと遠い要因は、ヴァントゥイユ嬢を相手にシャルリと男爵との関係と対をなす関係を結んでいたひとりの娘が、一連の天才的作品を世に出し、そのあまりにも目覚ましい発見ゆえに、文部大臣の後援をえて近々ヴァントゥイユの銅像を立てるための募金が始まろうとしていたことにある。もっとも、これらの作品のためには、ヴァントゥイユ嬢の女友だちとの関係に劣らず、男爵のシャルリとの関係が役に立ったわけで、これは抜け道、近道というべきか、そのおかげで社交界の人たちは、回り道をせずこれらの作品に到達することができ、なお長期にわたり存続する無理解はもとより回避できないとしても、何年にもわたる完全な無知は避けられた

(152)　ヴァントゥイユの天才が、楽譜を解読したヴァントゥイユ嬢の女友だち(同性愛者)、それを見出したヴェルデュラン夫人(スノッブ)、演奏したモレル(両性愛の出世主義者)、その庇護者のシャルリュス(同性愛者)らの尽力で世に出たように、一般に天才を保護する「悪徳ずくめ」の交際社会。

(153)　原語 philosophe(s). 哲学者らしく「人生の事件や俗人の意見を超越した叡知や達観を示す」(『二十世紀ラルース辞典』)意の形容詞。ここは皮肉に、そんな叡知や達観を気取っている、の意。

(154)　原語 panamistes. パナマ疑獄に連座した者たち。パナマ運河会社の経営破綻と債券発行(一八八八)、その清算処理(一八九二)をめぐり、多数の大臣や政治家が隠蔽工作のために賄賂を受けていた疑獄事件。工作にドイツ系ユダヤ人が関わっていたとされ、後のドレフュス事件の遠因となる。

のである。哲学者然としたジャーナリストたちは、その俗悪な頭でも理解できるような事件がおこるたびに、つまりたいていの政治的事件がおこるたびに、フランスではなにかが変わった、もはやこれまでのような夜会は見られなくなるだろう、もはやイプセン、ルナン、ドストエフスキー、ダヌンツィオ、トルストイ、ワーグナー、シュトラウスが賞讃されることはないだろうと想いこむ。というのも哲学者然としたジャーナリストたちは、その催しが讃えようとする芸術に、たいていの場合その芸術はどんな芸術よりも厳格なものであるにもかかわらず、そうした正式な催しにいかがわしい舞台裏のあることを理由に、退廃した面を見出そうとするからである。というのも、その哲学者然としたジャーナリストからこのうえなく尊敬されている人たちのなかで、その奇怪さはさほど目立たず巧みに隠されているとはいえ、そうした奇怪なパーティーのもっともらしい開催事由にされなかった人間など存在しないからである。今夜のパーティーについて言えば、そこに組みこまれた不純分子たちに、私はべつの観点からハッとした。私はその人たちをべつべつに知るはめになったのだから、そもそも私はだれにもましてその人たちを分離できたはずである。しかしながらヴァントゥイユ嬢とその女友だちに関係する人たちは、私にコンブレーのことを語ることによって、アルベルチーヌのことも、つまりはバルベックのことも語っていた。なぜなら私がその昔モンジュヴァンでヴァントゥイユ嬢を見かけたからこそ、また、その女友だちとアルベルチーヌとの親交を知ったからこそ、私はこのあと家に帰ったとき、そこに孤独ではなく、私を待つアルベルチーヌを見出すからである。またモレルとシャルリュス氏に関わる人たちは、私がドンシエールのプラットフォームでふたりの関係が結ばれるのを目撃したとき(155)のバルベックのことを語ることによって、私にコンブレーとそのふたつの方向を語っていた。というのもシャルリュス氏は、ステンドグラスに宙に浮いて描かれたジルベール・ル・モーヴェ(156)のように住まいは持たずともコンブレーの住人であるコンブレー伯としてゲルマント一族のひとりであり、モレルは、私をバラ色の婦人に引き合わせてくれ、何年も経ってからその婦人がスワン夫人であることに気づかせてくれた老従僕の息子だったからである(157)。

「みごとな演奏でしたね、そうでしょ？」とヴェルデュラン氏は、サニエットに訊ねた。「ただ気がかりなのは」とサニエットは口ごもりながら答えた、「モレルの名人

(155)　本訳⑨三四—三五頁参照。
(156)　コンブレーの教会のステンドグラスに「トランプの王様みたいに」描かれたジルベール・ル・モーヴェ（「ゲルマントの領主」本訳①二三八頁）は「宙に浮いて暮らしていた」（同一四二頁）。
(157)　「バラ色の婦人」は本訳①一七七—七九頁、それがオデットであることは同⑥二二一—二三頁。

芸そのものが、作品全体の情感をいささか不快にしているのではないかと。」「不快にする？[158]　いったいなにが言いたいんです？」とヴェルデュラン氏がわめくと、いつのまにか何人もの招待客がどっと押し寄せ、ライオンよろしく、打ち倒された男をむさぼり食おうと身構えた。「いや、私の狙いはなにもモレルだけを……」「もう自分でもわからんのでしょう、なにを言ってるんだか。狙いはなんですと？」「それは……もう一度、きちんと聴いて……みないことには……評価できませんね、やむをえなければ。」「やむをえなければ、だと！[159]　なんてばかな！」とヴェルデュラン氏は言って、両手で頭をかかえこんだ、「連れ出さなくちゃいかんな、こんな男は。」「その意味はですね、正確には、ということで、あなたも……よ、よく……おっしゃるでしょ……厳密な正確さで、って。私は厳密には評価できない、と言ってるんです。」「私は出ていってくれ、と言ってるんです」とヴェルデュラン氏は、自分自身の怒りに陶然としたのか、目をらんらんとさせ、ドアを指で示して大声をあげた、「わが家ではそんな口の利きかたは許さん！」サニエットは、酔っ払いみたいにくるくる舞いながら出ていった。こんなふうに追い出されるのは招待されていなかったからにちがいないと考えた人たちもいた。サニエットとそれまで親交のあったさる婦人などは、前日にサニエットから借りていた貴重な本を、さっそく翌日、ひとこと添え書きをすることもなく、ぞんざいに本を包んだ紙のうえに愛想なくサニエットの住所だけを給仕頭に書かせて送り返した。少数精鋭から見るからに嫌われている者に「借りがある」のを嫌ったのである。もっともサニエットは、こんな無礼を知らずじまいになった。というのもヴェルデュラン氏が痛罵を食らわして五分と経たないうちに従僕がやって来て、サニエットさまが館の中庭で発作をおこして倒れられました、と主人《パトロン》に告げたからである。だが夜会はまだ終わっていない。「家まで送らせなさい、大したことはなかろう」と主人《パトロン》が言ったことで、バルベックのホテルの支配人なら誤ってそのホテルを「特別な」ホテルと呼んだにちがいない主人《パトロン》の館(160)は、豪華ホテル並みになった。というのも豪華ホテルでは、突然の死者が出ても顧客がおびえることのないように慌てて隠蔽し(161)、生前にはどれほど気前のいい顧客であった名士であろうとその遺体を一時的

(158) 動詞「不快にする」offusquer をサニエットは「覆い隠す」(古風な文語)の意で用いた。
(159) 「やむをえなければ」à la rigueur は、十七世紀古典期には「厳密には」を意味した。
(160) バルベックのホテルの支配人は頻繁にことばを間違える(本訳⑧三四一頁以下を参照)。「「特別な」ホテル」hôtel «particulier» は、本来は全館が「個人所有の」館《やかた》を指すが、その用法を知らぬ支配人なら自分の立派なホテルを自慢して、きっと「特別な」ホテルの意味で用いたであろう、の意。
(161) グランドホテルの支配人も、「私」の祖母が失神をおこしたとき、「ほかのお客さまの手前、当ホテルには迷惑になりかねません」と、急死がいちばんの懸念であることを告白した(本訳⑧三九八頁)。

に食料庫に隠したうえ、「皿洗い」やソーシエ[162]用の勝手口からこっそり運びだすからである。もっともサニエットは、すぐに死んだわけではない。それからまだ数週間は生きていたが、たまにふと意識をとり戻すだけであった。

シャルリュス氏は、音楽が終わって、自分の招待客たちから暇乞《いとまご》いの挨拶をされたとき、招待客が到着したときと同じ過ちをくり返した。招待客たちに女主人《パトロンヌ》のところへ行って、自分に示されている感謝の念を女主人《パトロンヌ》とその夫にも表明するよう勧めるのを怠ったのである。長い列ができているのは男爵の前だけであったが、そもそも男爵もそれに気づいていた。というのも数分後、私にこう言ったからである、「芸術の催しも、そのあとは形を変えて、なかなか愉快な「聖具室」[163]の観を呈しましたね。」招待客たちは、男爵のそばに少しでも余計にとどまれるように、それぞれ異なる話題を持ち出してお礼の挨拶をひきのばそうとしたから、そのあいだに男爵のパーティーの成功をいまだ本人に祝福していない人たちが滞留して、足踏みしていた。(大多数の夫は早く帰りたがったが、妻のほうは公爵夫人のくせにスノップなのだろう、異を唱えた、「だめ、だめ、たとえ一時間待たされるはめになっても、これだけのお骨折りをしてくださったパラメードにお礼も言わずに帰るわけには参りません。いまどきこれだけのパーティーを開催できるのはあのかただけですもの。」ヴェルデュラン夫人に紹介してもらおうと考える者がだれひとりいなかったのは、さる貴婦人が一夜、貴族の面々を芝居に招いたとして、だれも座席案内係の女に紹介してもらおうとしないのと同様であろう。）「ねえ、お従兄《にい》さま、きのうエリヤーヌ・ド・モンモランシー(164)のところへいらっしゃいました？」と訊ねたのはモルトマール夫人(165)で、やはり話をひきのばそうとしたのだ。「うーん、それがねえ、行きませんでしたよ、エリヤーヌは好きだが、あの人の招待状の意味がどうにも呑みこめませんでね。きっと私の血のめぐりが悪いんでしょう」と言い添えた氏は、嬉しそうににやにやした。モルトマール夫人は、「オリヤーヌ」の笑い話をしばしば最初に味わう特権を享受していたが、それと同様いまや「パラメード」の笑い話の最初の聞き手になる予感がした。「二週間ほど前、愛想のいいエリヤーヌからたしかに通知は受けとりましたよ。モンモランシーという名前には疑問の余地ありだが(166)、それは措《お》くとして、名前の上にこんな愛想のい

(162)　前者(plongeur. 原意は「潜水夫」)は、十九世紀後半から「レストランの皿洗い」を指す。後者(saucier)は、大きなレストランでソースを専門にこしらえる料理人(『グラン・ラルース仏語辞典』)。
(163)　ミサ用の器具や祭服を備える司祭の控室。司祭が信者に特別に接見する部屋でもあり、「閉鎖的な交際社会の一員である」を意味する慣用句「聖具室に出入りする」être de la sacristie を生んだ。
(164)　ここでのみ言及される人物で、ゲルマント家の親戚。
(165)　シャルリュス男爵とゲルマント公爵の従妹。本巻七三頁でシャルリュスが言及していた。

い招待の文言が書いてありましたよ、「お従兄《にい》さま、こんどの金曜日の九時半、どうか私のことをお考えくださいますように。」ところがその下には素っ気なく「チェコ四重奏団」と書いてあるだけ。これが私にはなんとも意味不明でしてね、いずれにせよ前の文言とは関係がないらしい。まるで手紙の書き手が便箋の裏に「親しい友よ」で始まるべつの文面を書きかけたが[167]、うっかりしたのか紙を節約したのか、そのつづきの便箋が欠けているようなものでしょう。私はエリヤーヌが好きなので、恨んだりはせず、この「チェコ四重奏団」という奇妙な場違いの文言は考慮せぬことにいたしました。で、私は几帳面な人間ですからね、金曜日の九時半にモンモランシー夫人のことを考えてほしいという招待状をマントルピースの上に置きましたよ。ご存じのように私は、ビュフォンが語ったラクダのように、いたって従順で、きちんと時間を守る、温和な人間ですからねえ」[168]――そのときシャルリュス氏のまわりには先ほどよりも広範囲に薄ら笑いが広がったが、氏は今の発言とは裏腹に自分が名うての偏屈漢とみなされていることなど百も承知だった――「それでも二、三分は遅れたでしょうか(昼間の服を脱ぐのに手間取ったものですから)、とはいえさほど自責の念に駆られたわけじゃありません、九時半というのは十時のつもりだろうと考えましたから。それで十時きっかり、私はきちんと夜の部屋着を身にまとい、足には分厚いスリッパを履いて暖炉のそばに陣どると、頼まれたとおりエリヤーヌのことを考えはじめましたよ、神経を張りつめすぎたのか、集中が緩みはじめたのはようやく十時半のこと。エリヤーヌにはくれぐれも言っておいてください、臆面もない嘆願にこっちは厳密に従ったとね。きっと喜んでくれるでしょう。」モルトマール夫人は抱腹絶倒し、それに釣られてシャルリュス氏もいっしょに笑いころげた。「それで、あすは」と夫人は、自分に許される時間がとうに超過していること、しかもはるかに超過していることには気づかず、言い添えた、「わたしたちの従弟妹《いとこ》のラ・ロシュフーコー夫妻のところへはいらっしゃいますの？」「いやいや、あれは無理な相談ですな、あなたも招待されたようですが、あの夫妻が招いてくれるのは、招待状に書いてあるとおりだとすると、想いうかべるのも実行するのも不可能な「踊る茶会」(169)ですからねえ。私も若いころは

(166)　名門モンモランシー家の男系は一八六二年に消滅。途絶えた同公の称号をナポレオン三世はタレーラン＝ペリゴールに授けた。シャルリュスはこの経緯を語っていた（本訳⑦五四八頁と注608参照）。

(167)　フランスの手紙では、便箋の裏につづきを書くことも多い。

(168)　博物学者ビュフォン（一七〇七－八八）は『博物誌』（全三十六巻、一七四九－八九）に「ラクダは最も節度ある動物である」と記した（第九巻）。慣用句「ラクダのように質素」être sobre comme un chameau が示すように、ラクダは「粗食に耐える」ことで知られる。ただしプルーストはラスキン『アミアンの聖書』仏訳（一九〇四）の序文で「ラスキンが言うように今やラクダは最も反抗的で手に負えない動物とみなされている」と書いていた。男爵の発言は、皮肉な反語と考えるべきだろう。

ダンスの名手で鳴らしたものだが、踊りながらお茶を飲むとなると粗相をしないか心配でしてね。そもそも私は、そんな汚らしい飲み食いは嫌いなんだ。もうこの歳じゃ踊らなくてもいいとおっしゃるかもしれんが、たとえ座ってゆっくりお茶を飲むだけでも――ただし踊ると称するお茶ですからね、その品質だって怪しいもんですな――、私より若いとはいえ、その歳ごろだった私ほど器用ではないかもしれん招待客どもが、私の燕尾服のうえにお茶のカップをひっくり返すのではないかと心配でしてね、そうなるとお茶を飲む楽しみどころじゃなくなりますから。」おまけにシャルリュス氏は、おしゃべりのなかでヴェルデュラン夫人を無視して好き勝手な話題を持ち出すだけでは満足しなかった（そんな勝手な話題をあれこれくり広げて楽しんでいるように見えたのは、ほかでもない、自分の番が来るのをぐったりしながら辛抱づよく待っている友人たちを立たせて「行列させておく」という氏一流の残忍な楽しみがあったからである）。氏は、夜会のなかでヴェルデュラン夫人が責めを負うべき部分について、ことごとくこきおろすことまでしたのである。「そう、カップといえば、あの中途半端なボウルみたいなのはなんですかな？　私の若いころには、ポワレ＝ブランシュ[170]から取り寄せたシャーベットがあんなのにはいっていましたが。さっきだれかが「アイス・コーヒー」用だと言ってましたが、私にはコーヒーも氷も見えませんでしたぞ。

用途も判然としない、なんとも奇妙なしろものだらけだ！」これを言うためにシャルリュス氏は、白い手袋をはめた両手を縦にして口を覆い、この家の主人夫妻に聞かれては困る、見られるのさえ困るといった顔をして、いかにもご用心と言いたげに丸くした目でそちらを見やった。しかしそれは見せかけにすぎなかった。というのもしばらくすると氏は、女主人《パトロンヌ》自身に面と向かって同じ批判を口にし、すこし後で横柄にもこう厳命するからである、「今後はあのアイス・コーヒーのカップは御法度ですぞ！　あんなものは、自分の家を醜くしたいと望んでいる女性のお友だちにくれてやるんですな。くれぐれもサロンに置いちゃいけませんぞ。ぼんやりしているお客たちが、部屋を間違えたかと思ってしまう、なんせ溲瓶《しびん》そっくりですからね。」「でも、お従兄《にい》さま」とモルトマール夫人が、自分も声をひそめて探るようにシャルリュス氏を見つめたのは、ヴェルデュラン夫人を憤慨させるのを怖れたからではなく、シャルリュス氏の機嫌を損なうのを怖れたからである、「あのかたは、まだなにもかも充分に心得ておられるわけじゃないのかもしれません……」「それなら教えてやりましょう。」「まあ！」と夫人は笑った、「これ以上のお師匠は見つけられませんわ、なんて

(169)　Thé dansant. 直訳すると「踊るお茶」だが、ダンスの機会も提供するティー・パーティーの意。
(170)　サン＝ジェルマン大通りのアイスクリーム店（地図②参照）。「私」も言及した（本訳⑩二八六頁）。

運のいいかたでしょう！　お従兄《にい》さまに師事なされば作法に外れることは絶対にありませんから。」「それはともかく、さきの音楽にはそんな調子の外れたところはなかったですな。」「そりゃもう、すばらしいものでした。この歓びはとうてい忘れられるものじゃございません。あの天才的ヴァイオリン奏者のことですが」と夫人は、おめでたいことに、シャルリュス氏が関心を寄せているのはヴァイオリン「そのもの」だと想いこんで、つづきを言った、「このあいだフォーレのソナタ[171]をみごとに弾きこなしたヴァイオリン奏者がいまして、たしかフランク[172]という名前でしたが、ご存じですか？」「ああ、あれは最悪です」と答えたシャルリュス氏は、それが従妹《いとこ》には美的センスが皆無だと言うに等しい不作法な否定になることなどお構いなしである、「ことヴァイオリン奏者にかんしては、私の奏者だけで満足なさるようご忠告します。」シャルリュス氏とその従妹のあいだには、伏し目がちの探るようなまなざしがふたたび交わされようとしていた。というのも赤面したモルトマール夫人が、自分の失言の埋め合わせをしようと躍起になり、モレルの演奏を聴かせる夜会を催したいとシャルリュス氏に申し出ようとしていたからにほかならない。ところが夫人にとってその夜会の目的は、夫人はそう見せかけようとしたが、シャルリュス氏が――こちらは実際に――目的としていたように、ひとりの才能を表に出すことではなかった。夫人がもくろんでいたのは、この機会にとび抜けてエレガントな夜会を主催することだけで、早くもだれを招待しよう、だれを排除しようと算段していたのだ。この選りわけ作業こそ、パーティーを主催する人士たち(社交紙が図々しくも、あるいは愚かにも「エリート」と呼ぶ人たち)の主たる関心事で、催眠術師の暗示ではできないほど、はるかに根底からその人たちの目つきを——また筆跡までを——変えてしまうのである。モルトマール夫人は、モレルになにを弾いてもらうかと考えるよりも(そんな気苦労など副次的だと判断されたのも当然で、シャルリュス氏の手前、だれもが演奏中は行儀よく黙っていたが、ひとりとして音楽を聴こうと思う者などいないからである)、それ以前に早くもヴァルクール夫人[173]を「選ばれし者」に含めない決心をしていたので、その決定自体が、モルトマール夫人の顔を謀反や陰謀を企む人のような表情にしたのである。この表情は、世評など歯牙にもかけずにいられるはずの社交界の貴婦人たち

(171) ガブリエル・フォーレのヴァイオリン・ソナタ(ピアノとヴァイオリンのためのソナタ)は、第一番(一八七六)と第二番(一九一六―一七)の二曲ある。本篇の時代背景からして、ここは第一番を指す。プルーストは一九〇七年七月一日、リッツ・ホテルで主催した晩餐会後のコンサートのプログラムにこの曲を組み入れていた(同月三日のレーナルド・アーン宛て書簡)。

(172) 原語 Frank. この箇所にのみ出る架空の人物。作曲家のセザール・フランク Franck とは別人。

(173) モルトマール夫人の知り合いとして、この箇所にのみ登場する人物。

をおそろしく下品にするのだ。「あなたのお友だちの演奏を聴かせる夜会をわたしが催す手立てはないものでしょうか？」と小声で言ったモルトマール夫人は、シャルリュス氏だけに話しかけながら、まるで魅入られたようにヴァルクール夫人(排除された者)のほうへ一瞥を投げ、自分の話が聞こえないほど夫人が充分に離れたところにいることを確かめずにはいられなかった。「大丈夫だわ、わたしの言うことは聞こえないらしい」とモルトマール夫人はわが目で確かめて安心し、心中でそう結論をくだしたが、そのまなざしは目指していたのとはまるっきり逆の効果をヴァルクール夫人にもたらした。「おや」とヴァルクール夫人は、そのまなざしを見て思った、「マリー＝テレーズ(174)がパラメードとなにかお膳立てしてるようだわ、きっと私をのけ者にするつもりなんでしょう。」「あなたがお友だちとおっしゃるのは、私が庇護しているあの男のことですかな？」とシャルリュス氏は相手の誤りを正した。従妹の音楽的素養と同様、その文法的知識にも容赦しなかったのである。ついで氏は、みずから謝罪の意をあらわした従妹の無言の願いなど意に介さず、苦笑をうかべてサロンじゅうに聞こえるほどの大声で言った、「もちろん手立てはありますよ、ただし魅力的な名手をそのようにべつの環境へ移植するのはつねに危険を伴いますし、超越的能力もべつの環境に触れると必然的に消失の憂き目をみるようですから、いずれにせよ環境のほうを適合させなくてはならんのです。」モルトマール夫人は、相手の返事がこんな「大《だい》音声《おんじょう》の口」[175]から轟いたのでは、自分がせっかくメッザ・ヴォーチェ、ないしピアニシモで訊ねたのが無駄骨になったと思った。それは夫人の見当違いだった。ヴァルクール夫人は、ひとことも理解できず、なにも聞こえなかったに等しい状態だったからである。モルトマール夫人の心配は薄らいで、たちどころに消滅するはずであったが、しかしそのとき夫人は、自分が裏をかかれるのではないか、ヴァルクール夫人を招待するはめになるのではないか、相手が「事前に」知ってしまえば親しい間柄だから招待しないわけにはいかないと心配になり、まるで差し迫った危険から目をそらすまいとするかのように、あらためてエディット[176]のほうへ瞼《まぶた》をあげたが、あまり深入りしないようにその瞼をさっとおろした。モルトマール夫人は、パーティーの翌日にもヴァルクール夫人に手紙を書く気でいたが、その種の手紙は、本心を暴露するまなざしを

(174) モルトマール夫人のファーストネーム。

(175) 原語 gueuloir. フロベールが推敲のために自分の文章を朗読するときに大声を出す口。本人が用い、『ゴンクールの日記』などで言い伝えられた用語。プルーストは「フロベールの文体について」(一九二〇)のなかで、「フロベールが夜に灯すランプが船頭たちに灯台の役目を果たした一方、「大音声の口」から轟く文章には、掘削機械の立てる規則正しいリズムが備わっていた」と記した。

(176) ヴァルクール夫人のファーストネーム。

補完するものと言おうか、本人は抜け目なく取り繕ったつもりでも、あからさまな告白であることが一目瞭然なのだ。たとえばこんな文面である、「親愛なるエディット、お会いできず淋しい想いをしています、昨夜はお待ちしても甲斐なきものとあきらめていました(「招待もしないでおいて、どうして私を待てたというのかしら」とエディットはいぶかったことだろう)、あなたがこの手の集まりをあまり好んでおられず、かえって退屈なさるのは承知しております。でもおいでいただければどんなにか光栄だったでしょう(モルトマール夫人はこの「光栄」なることばをけっして使わなかったが、嘘を本当らしく見せかける手紙を書くときは例外だった)。どうぞお気軽においでくださいませ。もっとも昨夜はおいでにならなくてようございました、あいにく不手際な会でしたから。なにごとによらず、二時間ででっちあげたものなど、ろくな結果になりません。」ところが、こっそり投げかけられた新たなまなざしのおかげですでにエディットは、シャルリュス氏の複雑怪奇なことばに隠れているものを余すところなく理解していた。そのまなざしがあまりにも強力だったので、そこに含まれる明らかな秘密と隠蔽せんとする意図は、ヴァルクール夫人をハッとさせたあと、ペルー人の青年まで襲う結果となった。この青年は、モルトマール夫人がむしろ招くつもりでいた相手なのに、疑り深い性格で、そこに隠しごとがあるのをはっきり見てとったが、それが自分に向けられたものではないことには気づかず、ただちにモルトマール夫人にたいして恐ろしい憎悪をいだき、夫人にありとあらゆる悪ふざけをしてやろうと心に誓った。たとえば夫人がお客を迎える日にはアイス・コーヒーを五十杯も届けさせるとか、夫人がお客を迎えない日に各新聞にパーティー延期の知らせを掲載させるとか、その後のパーティーのたびにうそ偽りの報告記事を載せて、だれもが知っているがさまざまな理由から招待したくない、いや紹介されるのも潔しとしない人たちの名前を挙げておくとかの悪ふざけである。モルトマール夫人がヴァルクール夫人のことなどを心配したのは間違いだった。ヴァルクール夫人の出席よりもシャルリュス氏の心づもりが、計画中のパーティーの性格を歪める役割を果たそうとしていたからである。「でもお従兄《にい》さま」と夫人は、一時的な感覚過敏によって、氏の発した「環境」をめぐる文言の意味を悟ったつもりで答えた、「あなたにはいっさいご面倒をおかけしません。ジルベール(177)にすべて取り仕切っていただくよう、わたしからお願いしますので。」「いや、それだけはやめたほうがいい、ジルベールは招待されないのだからなおさらのこと。すべてを決めるのは私だけだ。なによりもまず、聞く耳を持たぬ者どもを排除するのが肝要ですな。」シャルリュス氏の従妹は、モレルの魅力を当て

(177)　ゲルマント大公のファーストネーム。

にして夜会を催せば、ほかの親戚の女性たちとは違って自分は「パラメードが来るんです」と言うことができると考えていたところ、その考えは突然シャルリュス氏の威光からは離れて、招待するしないの問題に氏が口を出すせいで自分が多くの人たちと仲違いさせられるのではないかという考えへと移った。ゲルマント大公は招待されないのだと思うと(ヴァルクール夫人を排除したいと願ったのは、ゲルマント大公がこの夫人を受け入れないことが一因だった)、モルトマール夫人は動転した。その両の目には不安の色が走った。「明かりがすこし強くて具合が悪いですか?」とシャルリュス氏はまじめくさって訊ねたが、その生来の皮肉は理解されなかった。「いえ、そうじゃないんです、もしわたしがジルベールを招待せずに夜会を催したと本人に知れたら、厄介なことにならないかと考えていたものですから。もちろんわたしはどうでもいいのですが、親戚の者たちからどんな難癖をつけられるかと考えますと、なにせあの人は猫がたった四匹しかいなくてもかならず[178]……」「だからこそ、まずはニャーニャー鳴くしか芸のない四匹の猫を抹殺しなくてはならん。周りのおしゃべりがうるさくておわかりにならなかったようですが、肝心なのは、夜会にかこつけて礼節を尽くすことではなく、正真正銘の祝宴であれば果たすべき儀式をとりおこなうことですから。」そう言うとシャルリュス氏は、つぎの人を待たせすぎたと判断したからではなく、モレルのことよりも自分の招待客「リスト」のことしか念頭にない女のみを優遇するのはよくないと判断したからだろう、もうこれで充分と判断して診察を切りあげる医者のように、さよならを言うのではなく、すぐ後に控える婦人のほうを向くことで、従妹にひきさがるよう合図をした。「こんばんは、モンテスキウ夫人(179)、いやあ、みごとな出来でしたね。エレーヌを見かけませんでしたが、本人に言っておいていただきたい。どんな会合に欠席するにしても、エレーヌの場合のようにその欠席がいかに高貴な意味をもとうと、とくに今夜のような華々しい催しがあったときは例外にすべきだとね。めったに顔を見せないというのも悪くないが、そんな否定にすぎないことよりも、顔を見せるという貴重なことを優先するほうがずっと上等ですよ。あなたの姉上が、自分にふさわしくない場所にはどれほど待ち望まれても一貫して欠席なさるのを、私はだれよりも高く評価していますが、今夜の会のような記念すべき催しには逆に出席なさるとなれば、すでに威光を放っておられる姉上に、それをさらに補って完璧にする威光をもたらしたことでしょう。」ついで氏は三番目の謁見へと移った。

(178)　夫人は、「だれもいない」を意味する慣用句「猫一匹いない」il n'y a pas un chat との類推で、「お客がたった四名のときでもかならず（私を招待してくれる）」と言おうとしたものと考えられる。

(179)　この箇所にのみ登場する人物。

相手はアルジャンクール氏で、昔はシャルリュス氏にずいぶんよそよそしくしていたのに、(180)私が非常に驚いたことには、いまや手のひらを返したように愛想よくおべっかを使い、シャルリにも紹介してもらい、そのシャルリにいつか自宅へ会いに来てほしいとまで言っていた。アルジャンクール氏は、シャルリュス氏の同類にはずいぶん手厳しいはずであったが、いまやそんな男たちにとり巻かれて暮らしていた。もちろん氏がシャルリュス氏の同類になったというわけではない。氏はしばらく前から妻をほとんど顧みず、社交界のさる若い婦人に熱をあげていた。聡明なその婦人は、聡明な男たちを好み、その嗜好を氏にも共有させ、ぜひシャルリュス氏を自宅に招きたいと熱望していた。ところが、ことのほか嫉妬ぶかいうえに不能気味でもあったアルジャンクール氏は、せっかく手に入れた婦人を満足させられないことを自覚し、気晴らしをさせてやると同時に婦人の身を守ることを願い、危険を伴わずそうするには無害な男たちを婦人のとり巻きにするほかないと考えて、その手の男たちに後宮《ハーレム》の番人役をやらせていたのだ。それゆえこの男たちは、アルジャンクール氏を想像していたよりもずっと聡明な人だと言明し、そのことに氏と愛人は大喜びしていたのである。

シャルリュス氏が招待した婦人客たちはかなりさっさとひきあげた。その多くはこう言っていた、「べつに聖具室へ行きたいわけじゃありません（聖具室というのは、シャルリを脇に従えた男爵がみなの祝福を受けていた小さなサロンのことである)、でもわたしが最後までいたことを知ってもらうためにも、パラメードに顔を見せておかなくては。」ヴェルデュラン夫人にかまう婦人客はだれもいなかった。ヴェルデュラン夫人がどの人なのか知らない顔をしたり、わざと間違えてコタール夫人に暇乞いをしたりする者が何人もいた。ドクターの妻を示して私に「あれがヴェルデュラン夫人でしょ?」と言うのだ。アルパジョン夫人[181]などは、女主人の耳に届くところで「ヴェルデュランさんって一度でも旦那さまがおられましたの?」と私に訊ねた。なかなか退散しない公爵夫人たちは、自分たちのよく知るサロンとはまるっきり違うものと想いこんでいた場所に、期待していた奇妙なものがなにひとつ見出せないのに落胆し、やむなくその埋め合わせに、並べられたエルスチールの画の前でふき出しそうになるのを押し殺していた。それ以外の点はすでに通暁しているものに想いのほか適合していたので、その点はシャルリュス氏の功績にしてこう言った、「パラメードは段取りの名人ね！　パラメードなら物置とか化粧室とかで夢幻劇を上演しても、やっぱりす

(180)　アルジャンクール氏は、ベルギー代理大使。散歩していたシャルリュス氏と「私」に出くわしたとき「冷淡な態度」をとった(本訳⑥二六九—七〇頁参照)。

(181)　前二篇に登場したゲルマント公爵の元愛人(本訳⑦二九五頁以下、同⑧一二四頁以下に登場)。

ばらしい出来になるでしょうね。」 このうえなく高貴な婦人たちは、夜会の成功について最も熱烈にシャルリュスを祝福して、その何人かは夜会の秘かな動機にも通じていたが、とはいえそれに困惑などしなかったのは、この社会では——自分の一族がその変わらぬ独自性をすでに充分自覚するに至っていた歴史上のあれこれの時期を想い出すからかもしれないが——度を越して礼儀作法を尊重していたのと同様に、これまた度を越して良心の咎めを軽視していたからである。この貴婦人たちの幾人もが、その場でシャルリからヴァントゥイユの七重奏曲を弾きに自邸へ来てくれる約束をとりつけたが、そこへヴェルデュラン夫人を招待しようと思いつく者はひとりもいなかった。かくしてヴェルデュラン夫人が憤懣やるかたない想いでいたとき、天にも昇る心地でいたシャルリュス氏はそれに気づかず、礼儀を尽くすために、女主人《パトロンヌ》とも自分の歓びを分かち合おうとした。芸術的パーティーの独断的理論家たる氏が、ヴェルデュラン夫人につぎのように言ったのは、あふれんばかりの傲岸不遜のせいというよりも、おのが文学趣味を振りかざした結果だったのかもしれない。「どうです、ご満足いただけましたかな？ これで満足しない者はありますまい。私がパーティーを催すとなると、ご覧のように中途半端な成功じゃ収まらんのです。この催しがいかに重要であったか、あなたのために私がいかに重いものを持ちあげ、いかに大量の空気を移動させたか、あなたの紋章学の基礎知識でそれを正確にお測りいただけるか心許ないのですが、あなたのもとにナポリ王妃[182]が、バイエルン王の兄弟[183]が、最も古い同輩衆[184]の三名がいらしたんですぞ。ヴァントゥイユがムハンマドだとすれば、われわれはその人のために、てこでも動かぬ山を移動させるという不可能をやってのけたと言えるでしょう。[185]あなたのパーティーに出席するためにナポリ王妃はヌイイからお越しになったんですよ、これは王妃にとって両シチリア王国を離れるよりもはるかに困難をきわめることでして」と氏は、王妃を讃美していたにもかかわらず、意地の悪い当てつけを言った、「これは歴史的事件ですぞ。なにしろ王妃は、もしかするとガエータの陥落こ

(182) 本巻一三一頁と注123参照。

(183) バイエルン王国(一八〇六―一九一八)の当時の王はオットー一世(在位一八八六―一九一三)。兄弟は、オットーの兄で、ワーグナーを庇護した先代国王ルートヴィヒ二世(在位一八六四―八六、八六没)のみ。

(184) 原語 pairs. 同輩の封臣にしか裁かれない特権を有したフランス国王の直臣。シャルリュスは、「いちばん古い」同輩衆の例としてユゼス家を挙げていた(本訳⑨五二七頁参照)。

(185) シャルリュスの言辞は、至難のことをやってのける意の慣用句「山を持ちあげる」と、山を動かす奇跡をおこせなかったときにムハンマドが言ったとされる「山がムハンマドのほうへ来ないのなら、ムハンマドが山のほうへ行こう」を組み合わせたもの。ムハンマドの発言は広く流布し(日本では漱石がフランシス・ベーコンに拠って『行人』に引用)、プルーストの時代のフランスでは『二十世紀ラルース辞典』が「先手を打つ」「みずから好機をつくる」の教訓を含む慣用句として記載。

のかた一度も外出なさったことのないお方ですから。今後、いろいろな事典には、最重要の日付として、きっとガエータ陥落の日と並んでヴェルデュラン家の夜会の日が記載されるでしょう。ヴァントゥイユにいっそうの拍手喝采を送ろうとなさって王妃が下に置かれた扇子は、ワーグナーに口笛が浴びせられたというのでメッテルニヒ夫人がひき裂いた扇子[186]よりも、ずっと有名になって歴史に残るでしょう。」「ところがその扇子、お忘れになられましたの」と言ったのはヴェルデュラン夫人で、王妃から寄せられた温情を想い出して、一時的に心が鎮まったのか、椅子のうえの扇子をシャルリュス氏に指し示した。「おお！　これは感動ものだ！」とシャルリュス氏は大声をあげて、その聖遺物にうやうやしく近寄った、「ますます感動的だ、こうまで扇子が醜悪だとねえ！　この小さなスミレの花など、信じられんしろものだ！」そう言った氏は、感動と皮肉にかわるがわる駆り立てられて身を震わせた、「いやはや、あなたも私のようにこんな痛切な想いをなさるかどうかはわかりませんが、もしスワンがこの手の品を見たら、痙攣をおこしてころっと死んでいたでしょう。この扇子は、王妃の家財の売り立てがあればどんな高値がついたとしても、私が買いますよ。そりゃ王妃の品は売りに出ます、なにせ一文なしですから。」氏がそうつけ加えたのは、男爵にあっては、このうえなく真摯な崇拝の念にたえず残忍な悪口が混じるからで、両者は正反対の本性から出てくるものとはいえ氏のなかで一体化していたからである。この崇拝と悪口は、交互に同じひとつの事実にも向けられた。というのも裕福な人間として安楽をむさぼりつつ王妃の貧乏をあざ笑うシャルリュス氏は、しばしばその貧しさを褒めたたえたうえで、両シチリアの王妃たるミュラ大公妃(187)のことを語る人にこう答えるシャルリュス氏と、同じ人間だったからである、「どなたのことをおっしゃっているのかわかりませんが、ナポリ王妃はひとりしかおられません。それは気高いあのかたで、馬車などお持ちじゃない。だがあのかたは、たとえ乗合馬車からでも、

(186)　ワーグナー『タンホイザー』のパリ初演(一八六一年三月十三日)が反対派の妨害によって三回の上演で中断された際の挿話。宰相メッテルニヒの息子で駐仏オーストリア大使を務めたリヒャルト・クレメンス(一八二九―九五)の夫人パウリーネ(一八三六―一九二一)は、ナポレオン三世治下のパリ社交界で活躍、ワーグナーの熱烈な信奉者だった。ナタリー・モーリヤックのリーヴル・ド・ポッシュ版注に拠ると、「夫人がひき裂いた扇子」を報告したのは、批評家ジュール・ジャナン(一八〇四―七四)が一八六一年四月十五日の「ジュルナル・デ・デバ」紙に発表した「メッテルニヒ大公妃の介入」。批評家イポリット・フィエラン＝ゲヴァルト(一八七〇―一九二六)は、一八九五年四月二十日同紙掲載の「パリ初演の同時代人たちの回想」でジャナンの語ったエピソードを紹介、それは伝説にすぎず「扇子は破られたわけではない」と指摘した。一八九五年五月、『タンホイザー』のパリ再演(今度は大好評)を鑑賞したプルーストは(同月頃のレーナルド・アーン宛て書簡)、この訂正記事を読んでいたと推測される。

(187)　ナポレオン一世が初代ミュラ大公に両シチリア王国を与えたために、歴代のミュラ大公妃は権利消滅後も「ナポリ王妃」を名乗った。この経緯については、本訳⑦三八五頁注381参照。

あらゆる自家用馬車の一行を顔色なからしめ、お通りを目にした者はみな地面にひざまずくでしょう。」「買った扇子はいずれ私からどこかの博物館へ遺贈しましょう。[188]だがさしあたりこの扇子は王妃にお返ししなくてはならん、これをだれかに取りに来させるのに辻馬車代をお使いになってはいけませんからね。かような品の歴史的価値を考えれば、いちばん利口なのは扇子を盗んでしまうことでしょう。しかしそれでは王妃がお困りになる――きっとほかには扇子をお持ちじゃないでしょうから！」と氏はつけ加えて大笑いした。「もうおわかりでしょう、王妃は私のために来てくださった。しかし私がなしとげた奇跡はそれだけじゃありませんぞ。私が呼び寄せたこれだけの面々を動かす力を持つ者が、いまどきほかにいるとは考えられん。もっとも、めいめいが果たした役割は認めなくてはならん、シャルリをはじめ楽士たちの演奏は神業でしたからね。それに、愛しい女主人《マ・シェール・パトロンヌ》」[189]と氏は恩着せがましく言い添えた、「あなたただってこのパーティーで然るべき役割を果たされた。お名前はこのパーティーとともに残りますよ。歴史はジャンヌ・ダルクが出陣したときに軍装をほどこした小姓の名前まで記録にとどめていますからね。[190]要するにあなたはトレ・デュニオン、つまり橋渡し役を果たされた、そしてヴァントゥイユの音楽とその天才的演奏者との融合を可能になさった、また聡明にも、肝要な名士、それが私自身でなければ神の摂理と言うほかないが、その名士の威光を演奏者が余すところなく享受できる諸般の状況の連関の並々ならぬ重大さを理解され、さらに賢明にも、この集まりの威信を高めるよう、また最も拝聴される弁舌に直結した耳の持主たち(191)をモレルのヴァイオリンの前に集めるよう、その名士に依頼なさった、いやいや、これは些細なことじゃありませんぞ。これほど完璧な実現にあたっては些細なことなど存在せん。すべてがそのために力を合わせておる。ラ・デュラス(192)もすばらしかった。結局、なにもかも上出来だった。だからこそ私は」と、説教が好きな氏は結論をくだした、「あなたがあの手の除数人間どもを招こうとなさるのに反対したんです。あの手合いは、私があなたのために連れてきた卓越した人たちの前に出そうものなら、数字におけるコンマの役割を演じて(193)、ほ

(188)　同じくシャルリュス氏の発言であるが、こちらは一〇行前の「一文なしですから。」のつづき。
(189)　「マ・シェール」は女性へのスノッブな呼びかけ。男爵の使用癖は、本巻五六頁と注47参照。
(190)　これはシャルリュスの言いすぎか。ミシュレの『フランス史』は、一四二九年、オルレアン解放に出発するジャンヌ・ダルクについて、「ジャン・ドロンという壮年の勇敢な騎士」など数人の従者が与えられたとするが、軍装については「人びとは乙女に装備をほどこした」と記すのみ(五巻三章)。プルーストは清書原稿帳「カイエX」のこの箇所(f°42 r°)の後の一行を空白にしている。
(191)　シャルリュス一流の表現。音楽を理解する「耳」は持たなくても、聞いた評判をただちに広める「メガホンの役目」(本巻七四頁参照)をする「弁舌」を備えた社交人士たち、の意。
(192)　あとで登場するデュラス公爵夫人の姓に(高名な女優や女性歌手に付す)定冠詞をつけた呼称。

かの人士たちを軒並み小数点以下におとしめたことでしょう。私はこの種のことがらにはきわめて正確なセンスを備えております。おわかりかと思いますが、ヴァントゥイユとその天才的演奏者にふさわしいパーティーを催すとなると、もちろんあなたにも、あえて申せば私にもふさわしい会にするには、しくじりがあってはならんのです。あなたがラ・モレなどを招待していたら、間違いなくすべてが台なしになっていたでしょう。水薬だって、そんなわずかな逆効果になるだけの、効力を無にする一滴が混じるだけで効かなくなりますからな。きっと電気は消え、プチ・フールは間に合わず、オレンジエードはみなに腹痛をおこさせたでしょう。あれは招待してはならぬ人でしたぞ。夢幻劇によくあるように、その名前が口にされただけで、金管楽器からは音ひとつしなくなり、フルートやオーボエもいきなり声が出なくなったことでしょう。モレル自身も、たとえなんとか音が出るようになったとしても[194]本調子にはならず、みなはヴァントゥイユの七重奏曲どころか、そのベックメッサーによるパロディーを聴かされるはめになり、とどのつまり野次を浴びて一巻の終わりとなったでしょう。私は人間の神通力を大いに信じる者でしてね、ラルゴの一節がまるで花のように奥まで晴れやかに開いたり、ただのアレグロではない比類なく快活《アレーグル》なフィナーレが一段と満足の意をあらわしたりするのを目の当たりにすると、ラ・モレの不在のおかげで演奏家たちが霊感を吹きこまれ、楽器までもが歓びに胸ふくらませているのをはっきり感じとることができました。そもそも王侯貴族を漏れなく迎える日に、自宅の門番女を招く人などいませんからね。」シャルリュス氏はモレ伯爵夫人をラ・モレと呼ぶことで(そもそも非常な共感をこめてラ・デュラスと言っていたのと同じで)、夫人の価値を認めていたことになる。というのもこの種の婦人はみな社交界の大女優だったからである。もっともモレ伯爵夫人は、この観点からすると、世間でとりたてて聡明だと言われている評判にふさわしい存在ではなく、その世評が想わせるのは凡庸な俳優や小説家たちがある時代に天才と言われる地位を獲得している場合で、その連中が天才とみなされるのは同業者たちが凡庸なせいで、そのなかから真の才能とはなにかを示すことのできる優れた芸術家がだれひとりあらわれないからであり、あるいは観客や読者が凡庸なせいで、たとえ破格の個性が存在してもそれを理解できないからである。モレ夫人の場合は、完全に正確とは言えないにしても、前者の解釈を採用するのが妥

(193) 英語や日本語と違って仏語では小数点をコンマ(ヴィルギュル)で示す(0.5は0,5と表記)。二行前の「除数人間」personnes-diviseurs は、除数の役割を果たす輩を意味するシャルリュスの造語。
(194) ワーグナー『ニュルンベルクのマイスタージンガー』に登場する市の書記。歌合戦に登場するが、歌は原詩に珍妙な抑揚と拍子をつけたパロディーとなり、哄笑を浴びて退場する(三幕五場)。

当であろう。社交界とは虚無の王国であるから、さまざまな社交婦人の長所のあいだには取るに足りぬ差異しか存在せず、それを途方もなく過大に見せることができるのは、ひとえにシャルリュス氏の怨恨と創造力だけである。氏が今しがたやってのけたように芸術のことに社交界のことを交え才気を気取った言辞を弄したのは、氏の老婆のごとき憤慨と社交人士としての教養とが持ち前の正真正銘の雄弁に提供したものが、もとより取るに足りぬ話題のみだったからである。われわれの知覚はどんな国をも均一化するのだから、この地上には相違のある世界など存在しない、ましてや「社交界」なる世界にそれが存在するわけがない。そもそも相違のある世界など、どこかに存在するのだろうか？　ヴァントゥイユの七重奏曲は、それが存在すると私に告げているように思われた。だがいったいどこに？

シャルリュス氏は、人から聞いた陰口を当の相手に口外し、ふたりに仲違いと離反をひきおこして支配するのを好んだからであろう、こうつけ加えた、「あなたはモレ夫人を招待しなかったことで、あの女が「わかりませんの、なぜヴェルデュラン夫人が私を招待したのか、いったいあの人たちって何者かしら、ぜんぜん知らない人たちですもの」なんてほざく機会を奪ったんです。あの女は、昨年すでに、あなたがしきりに取り入ろうとするのでうんざりだって言ってましたからねえ。ばかな女ですよ、二度と招こうとしないことですな。要するに、そんなにとび抜けた女じゃない。お宅へ来るのになにもつべこべ言わなくたっていいんです、げんに私だって来てるんですから。要するに」と氏は結論をくだした、「あなたは私に感謝なさってもいいはずだ、なにせ首尾は上々、まさに完璧でしたからな。ゲルマント公爵夫人は来なかったが、どうでしょう、来なかったほうがよかったのかもしれん。まあ恨んだりしないで、とにかくつぎの機会にまた声をかけてみるとしよう、そもそもあの人を想い出さないわけにはいかんのです、あの両の目は「私を忘れないで」と告げるふたつのワスレナグサですから(195)（このとき私は心中ひそかに、公爵夫人の場合、ゲルマント家の才気なるもの——ここへは行くがあそこへは行かないという決意——はパラメードへの懸念にも打ち勝ったのだから、よほど強力なのだと考えた）。かくなる上首尾を目の当たりにしては、ベルナルダン・ド・サン＝ピエールのように、いたるところに神の摂理の介在を認めたくなります(196)。デュラス公爵夫人は大喜びでしたよ。私にお頼みになった

(195)　公爵夫人の青い目は、コンブレーではツルニチニチソウにたとえられていた（本訳①三八〇頁、同⑤二七頁参照）。因みに男爵はコンブレーで「ひと茎のワスレナグサ」をあしらった装丁の本を「私」に贈った（同④二八〇頁参照）。プルーストは一九一八年十月八日、シュヴィニエ夫人（ゲルマント公爵夫人のモデルのひとり）に「そもそも奥様の目はみなに「私を忘れないで」と告げているのではないでしょうか、まるでふたつのワスレナグサですから」と書き送っていた。

ぐらいですから、あなたにそう伝えてほしいと。」そう言い添えたシャルリュス氏は、その一語一語に力をこめて、ヴェルデュラン夫人はこれを身に余る光栄と考えるべきだとほのめかしたが、身に余るどころか、信じがたい光栄だと言おうとして、ユピテルが滅ぼさんとした人間にありがちな錯乱にとらわれ、夫人にそう思わせるためにはさらに付言する必要があると考えたのだろう、「間違いなくそう伝えてほしいと」とつけ加えた。「公爵夫人は自分のところで同じプログラムを演奏してほしいとモレルに頼んでいましたし、私のほうはヴェルデュラン氏を招待するよう頼んでみるつもりです。」シャルリュス氏には想いも寄らなかったが、夫にだけ礼節を尽くすのは、妻にたいする血も涙もない侮辱にほかならず、ヴェルデュラン夫人のほうは、小派閥で効力をもつ一種のモスクワ勅令(197)の名において、演奏者が自分の明白な許可なく外で演奏することを禁止する権利があると考え、モレルにたいしてデュラス夫人の夜会に出演するのを禁じようと腹を固めた。

シャルリュス氏は、このような饒舌をふるうだけでヴェルデュラン夫人をいらだたせた。夫人は小派閥のなかに分派活動をする者がいるのを嫌っていたからである。夫人はすでにラ・ラスプリエールで、派閥の協奏を旨とするアンサンブルのなかで自分のパートを受けもつだけに満足しない男爵が、ひっきりなしにシャルリに話しかけるのを聞くと、男爵を指して、何度もこんな大声をあげていた、「とんでもないおしゃべり[198]ね！　なんというおしゃべりでしょう！　まったく！　半端じゃないおしゃべりだわ！」ところが今度のおしゃべりは、それに輪をかけた失態だった。自分自身のことばに酔いしれたシャルリュス氏には理解できなかったが、氏はヴェルデュラン夫人の役割を認めながらもそれに狭い境界を設けることで、夫人に憎悪の感情をひきおこしたのである。夫人にあっては、この憎悪の感情は嫉妬が特殊な形、つまり社交的な形をとったものにほかならなかった。ヴェルデュラン夫人は小派閥の信者たる常連を心底から愛していて、その常連が女主人に完全に帰依することを求めていたのである。嫉妬ぶかい人のなかには、寝取られるのが自分の家のなかであれば、たとえ自分の目の前でも、それはだまされたことにならないからと許容する人がいるのと同じで、ヴェルデュラン夫人は、小を捨てて大に就かんとしたのか、男たちが男女を問わず愛

(196) プルーストは、ラスキン『アミアンの聖書』仏訳(一九〇四)の序文で、『自然の研究』(一七八四)を貫くベルナルダン・ド・サン＝ピエール(一七三七―一八一四)の思想は、「人間が食べやすいように神はメロンを切り分けておいてくれた」とする「おめでたい合目的性説」だと批判していた。

(197) ナポレオン一世が一八一二年十月十五日に遠征中のモスクワで署名したとされる勅令。コメディ＝フランセーズの憲章と正座員の義務を定めた勅令。

(198) 原語 tapette.「おしゃべり」のほか「おかま」を意味する(本訳⑨四一八頁と注478参照)。

人をもつのを許していたけれども、それは夫人の家の外に厄介な社会的影響をおよぼさず、すべては水曜会の内部で結ばれて存続するという条件つきであった。かつて夫人はオデットがスワンのそばで含み笑いを漏らすといつも胸をかきむしられる想いをしたが、しばらく前からはモレルと男爵のあいだで交わされるひそひそ話にそうなった。そんな夫人の心痛を慰めてくれるのはただひとつ、他人の幸福をこわすことだった。男爵の幸福を長いあいだ耐え忍ぶことなど、ヴェルデュラン夫人にできるわけがなかった。ところが今やこの不用意な男は、夫人がみずから統率する小派閥における女主人の地位を制限する気配を見せて、身の破滅を早めたのである。すでに夫人の目には、モレルが自分を捨てて、男爵の庇護のもと社交界に出入りするすがたが浮かんでいた。打つ手はひとつしかない、モレルに男爵と自分のどちらかを選ばざるをえなくさせることだ、自分の仕掛けでお人好しどもをだましてきた罠の力を借りて、モレル自身がそう信じる素地を備えていて今やはっきりそうと認めざるをえないことの裏づけとして、自分が聞かされた報告と自分がでっちあげた嘘とをこもごもモレルに聞かせることで自分の並外れた烱眼を信じこませ、その烱眼をモレルの目に焼きつけることで影響力を駆使し、要するに男爵よりも自分のほうを選ばせることだ。わが家にやって来ながら自分に紹介してもらおうともしない社交界の婦人たちについてヴェルデュラン夫人は、婦人たちの躊躇や無遠慮の理由を悟ったとたん、こう言い放った、「ああ、あれがどんな手合いか、ひと目でわかります、わが家にふさわしくないあんな老いぼれ淫売どもには、二度とこのサロンを拝ませません。」夫人がそんなことを言ったのは、期待していたほど愛想よくしてもらえなかったと認めるぐらいなら、死んだほうがましと考えていたからである。

「おや、おや、将軍」と、突然シャルリュス氏は大声をあげて、ヴェルデュラン夫人のそばを離れた。デルトゥール将軍を見かけたのである。将軍は、大統領府高官という地位ゆえシャルリへの叙勲に大きな影響力を行使できる人物で、コタールに健康上の助言を求めたあと、そっと速やかにすがたを消そうとしていたのだ。「こんばんは、すてきな親友かと思いきや、なんと、さよならも言わずにご退散ですか?」と男爵は言って、人の好《よ》さとうぬぼれもあらわな笑みをうかべた。どんな相手も自分といっときでも長く話ができるのを喜ぶものだと心得ていたのである。おまけに氏は昂奮状態にあったから、異様にかん高い声で、ひとりで自問自答をくり返した、「で、どうでした、ご満足いただけましたかな? じつにすばらしいものでしたね? あのアンダンテでしょ? あんな感動的な曲はだれひとり書けなかったものですよ。あれを涙なしに最後まで聴ける者がいるでしょうか。よくいらしてくださいました。そうそう、けさフロベルヴィル(199)から申し分のない電報が届きましてね、レジオン・ドヌール賞勲局のほうはいわば山を越した、と知らせてきましたよ。」シャルリュス氏の声が、だんだん大きくなり、まるで大仰に雄弁をふるう弁護士の声のように、ふだんの声とは違ってつんざくばかりにかん高くなったのは、神経の過剰昂奮と快感昂進による声量拡大現象と言うべきで、ゲルマント夫人が晩餐会を催すとき、そのまなざしとともに声がきわめて高い音域にまで上昇するのとそっくりである。「あすの朝にも衛兵に手紙を持たせて、私の感激をお伝えするつもりでした。私の口からじかに申しあげればよかったのですが、なにせあなたは人垣にとり巻かれておられたので！　フロベルヴィルの支援も捨てたものではありませんが、私のほうは大臣の約束をとりつけましたよ」と将軍は言った。「おお、そりゃ言うことなしだ！　もっとも、ご覧になったように、あれだけの才能ですから当然といえば当然。ホヨス(200)も大喜びでした。大使夫人はお見かけしなかったが、満足しておられましたかな？　そもそもこれに満足しない者がいるでしょうか？　聞く耳を持たぬ者ならべつだが、いや、それだっていいんです、触れまわる舌さえ持っておれば。」

男爵が将軍と話そうとして遠ざかった機会に乗じて、ヴェルデュラン夫人はブリショに合図をした。ブリショは、ヴェルデュラン夫人がなにを言おうとしているのかわからず、夫人を笑わせようとして、それがどれほど私を苦しめるかには想い至らず、女主人《パトロンヌ》にこう言った、「男爵はヴァントゥイユ嬢とその女友だちが来なかったのでお喜びです。あのふたりには憤慨しておられましてね。ふたりの品行にはぞっとすると、はっきりおっしゃいました。男爵は、こと風紀となると、奥さまにはご想像もつかないほどのはにかみ屋で、厳格なかたですから。」ブリショの思惑とは違って、ヴェルデュラン夫人は陽気にならなかった。「不潔な男ですよ」と夫人は答えた、「いっしょに一服どうです、って誘ってやってちょうだい。そのあいだに主人が、シャルリュスのやつ(201)に気づかれぬようやつのドゥルシネア(202)を連れ出して、どんな奈落の底に落ちようとしているのか、目を開かせてやりますから。」ブリショはいささか躊躇するように見えた。「わたくしは」とヴェルデュラン夫人は、なおも気がとがめるブリショの懸念をとり払うために、つづきを言った、「あんなのがわが家にいると物騒でならな

(199)　ゲルマント大公邸の夜会に登場したフロベルヴィル大佐。プレイヤッド版の索引や諸訳の注は「スワンの恋」のフロベルヴィル将軍(本訳②三三〇頁以下)と同一人物とするが、大公邸の夜会では、同将軍は大佐の「同姓の叔父」(本訳⑧一七六頁)で「いまは亡き」人とされた(同一八一頁)。
(200)　駐仏オーストリア大使のホヨス伯爵。公爵夫人と親交があった(本訳⑦三一五頁と注295参照)。
(201)　原語 le Charlus. 名前に定冠詞をつけるのは、農村などで軽蔑や親しみをこめた言いかた。
(202)　ドン・キホーテが想いを寄せる姫から転じて「意中の女性」の意。ここはモレルのこと。

いんでございます。知ってますよ、あれがいかがわしい悶着をおこして、警察に目をつけられているのは。」ヴェルデュラン夫人は、底意地の悪さに駆り立てられると、とみに即興の才を発揮するのか、それで矛《ほこ》をおさめることはなかった。「服役したこともあるとか。いえ、そうらしいです、何人もの情報通のかたに聞いたことですから。おまけに、あれと同じ通りに住んでいる人が言うには、なんとも見当のつかない悪党どもを家に出入りさせているとか。」その点、男爵の家をよく訪ねるブリショが異を唱えると、ヴェルデュラン夫人は昂奮して大声をあげた、「それはわたくしが請け合います！　わたくしがそう申しあげてるんです。」これは夫人がいささか出任せに口にした断言を補強せんとするときの常套句だった。「早晩あの男も暗殺されるでしょう、そもそもあの手合いはそうなる運命なんです。いえ、そこまではいかないかもしれません、なにせジュピアンに首根っこを押さえられていますから。で、ずうずうしくそのジュピアンをわたくしの家へ寄こしたことがありましてね、それがなんと元懲役囚だとか、ええ、わかってるんでございます、確実なことだって。ジュピアンがシャルリュスを押さえこんでるのはその手紙を何通も握ってるからで、なんともぞっとする手紙だそうでして、それを見た人から聞いておりますが、その人は「あれをご覧になったら気持が悪くなりますよ」とおっしゃってました。それであのジュピアンは男爵を意のままに操って、男爵から思う存分お金を吐き出させてるんです。わたくし、シャルリュスのように恐怖に震えながら暮らすぐらいなら、比べるまでもなく、死んだほうがましでございます。いずれにせよ、モレルの家族がシャルリュスを訴えでもして、わたくしが共犯の罪を着せられるなんぞはまっぴら。そりゃモレルが聞く耳を持たないのなら、どうなろうと本人の責任で、わたくしは義務を果たしたことになるでしょう。それ以上はどうしようもないでしょ？　まあ愉快なことばかりじゃございません。」そしてヴェルデュラン夫人は、いまにも夫がヴァイオリン奏者とおこなう話し合いへの期待に心地よい昂奮を覚えたのか、私にこう言った、「ブリショに訊いてごらんあそばせ、わたくしが友だち甲斐のある勇敢な女でないかどうか、仲間を救うためには人の嫌がることも引き受ける女でないかどうかと。」（夫人がほのめかしたのは、あわや大事にいたる直前で、ブリショのまずは洗濯女との仲を、つぎにはカンブルメール夫人との仲をひき裂いたときのことで、そんな仲違いのあとブリショはほとんど全盲となり、(203) うわさではモルヒネの常用者になったという。）「友人として、炯眼で、勇敢な、比類なきかたですよ」という大学教授の答えには、おめでたい感動がこもっていた。「ヴェルデュラン夫人は、私がとんでもないヘマをやらかすのを防い

(203)　この経緯は前篇『ソドムとゴモラ』（本訳⑨五〇頁、五三二―三三頁）に語られていた。

でくれました」とブリショは、ヴェルデュラン夫人がその場を離れると私に言った、「夫人はそれこそ生木を裂くのもためらわない人で、われらが友コタールなら「手術至上主義者」と言うところですよ。とはいえ正直に申せば、男爵が自分に襲いかかろうとしている惨事をいまだ知らずにいるかと思うと、たまらなく胸が痛みます。男爵はあの青年に首っ丈ですからね。もしヴェルデュラン夫人の首尾が上々となれば、不幸の奈落に突き落とされる男がひとり出ますよ。もっとも、夫人の策略が失敗しないともかぎりません。私が心配するのは、夫人がふたりのあいだに不和の種をまくだけで、結局ふたりを別れさせるには至らず、むしろふたりと夫人との仲違いをひきおこす結果になることです。」それは信者たちとのあいだでヴェルデュラン夫人にしばしば生じたことである。しかし夫人にあっては、信者たちの友情を失わずにいたいという欲求よりも、信者たち同士がいだきうる友情によって信者たちが自分に寄せる友情を阻害されたくないという欲求のほうがしだいに幅を利かせていたのは明らかである。サロンの正統性を歪めるのでないかぎり同性愛も夫人の機嫌を損なうことはなかったが、カトリック教会と同じく夫人も、正統性にかんして一歩でも譲歩するくらいなら、どんな犠牲を払うことも厭わなかった。私の胸に、夫人が私にいらだっているのは、きょうの午後アルベルチーヌが夫人を訪ねるのを私が妨げたと知ったからではないか、そして夫人は、夫がシャルリュスについてヴァイオリン奏者にたいしておこなおうとしているのと同じ画策を、まだ始めてはいないとしても、私と別れさせるためにアルベルチーヌにたいしておこなおうとしているのではないか、そんな懸念がよぎった。「さあ、なにか口実をつくってシャルリュスのところへ行くのよ、いまがその時ですよ」とヴェルデュラン夫人は言った、「あなたを呼びにやらせるまでは、あの男を戻ってこさせないようにするのよ。まったく、とんでもない夜会になったわ！」と言い添えたヴェルデュラン夫人は、それで憤懣のほんとうの理由を漏らしたのだ、「あれだけの傑作を演奏させたのに、聴き手はこんな間抜けばっかり！　ナポリ王妃のことじゃありませんよ、あれは聡明な感じのいいかたでございます（これは「あの人はわたくしにとても親切にしてくれた」という意味に解すべきである）。ところがほかの連中ときたら！　とんでもない、あれで憤慨せずにいられますか！　仕方ありません、わたくし、もう二十歳《はたち》の娘じゃございません。若いときは、うんざりしても我慢すべきだと教えられて、無理にそうしたものですが、いまじゃ、もうまっぴら！　もう自分ではどうにもなりません、わたくしも心の欲するところに従っていい歳ですし、人生はうんと短いので、うんざりさせられたり、愚か者どもとつき合ったり、本心を偽ったり、愚か者を頭がいいと思ってるふりをしたりするなんて、もうまっぴらご免。

さあさあ、これ、ブリショ、一刻の猶予もなりませんよ。」「参ります、奥さま、参ります」とブリショは、デルトゥール将軍が遠ざかったので言った。しかし教授は、その前に、いっとき私を脇へ連れて行った。「道徳上の「義務」なるものは」と教授は言った、「私どもの「倫理学」が教えるほど明確な至上命令ではありませんでね。神智学[204]のカフェだって、カント学派のブラッスリーだって[205]、これはやむなく受け入れるべきですが、嘆かわしいことにわれわれは「善」の本性のなんたるかを知らんのです。私自身、いささかも自慢するわけじゃありませんが、学生たちのために、なんの悪気もなく、イマヌエル・カントと称する男の哲学を講じてきましたけれど、私が目下直面している社交上の決疑論[206]の事例に役立つような指示など、『実践理性批判』のなかにはひとつもありません。この書物でプロテスタンティズムから還俗したこの偉人[207]は、プラトン哲学を振りまわし、それをゲルマニア[208]ふうにしたうえで、先史時代さながら古色蒼然とした感傷的で宮廷的なドイツのために、ポメラニア[209]ふう神秘主義のために役立てようとしたんですな。それだって『饗宴』[210]ですが、こちらはケーニヒスベルク[211]の地で開かれた宴ですから、あちらふうというか、腹にはもたれるが純潔そのもの、シュークルート[212]は出てもジゴロ[213]は出んのです。一方では、われらがあっぱれな女主人が伝統的「倫理」の正統にきちんと則してお求めになるささやかな手助けを、私ごときが拒めないのは明らかなこと。だがなにはさておき、ことばなぞにだまされぬようにしなくてはなりません、ことばほどに愚劣なことを言わせるものはそうありません

(204) ウクライナに生まれニューヨークで活躍したヘレナ・ペトロヴナ・ブラヴァツキー夫人(一八三一―九一)が唱えた近代の神智学。十七世紀以降のキリスト教神智学、十九世紀の降霊術などの影響を受けつつ、夫人がヘンリー・スティール・オルコット(一八三二―一九〇七)とともに一八七五年に創設した神智学協会は、仏教思想に触発され、西洋と東洋の智を統合する根源的宗教を目指した。プルーストは、投資顧問リオネル・オゼールからその著書『新世界の三原動力』(一九一八)を贈呈された機会に、著作中に出てくる神智学についてオゼールと手紙で議論していた(一九一八年四月二十八日の書簡)。

(205) 信奉者の集合体をカフェやブラッスリー(表通りに面したカフェ・レストラン)にたとえたもの。

(206) 原語 casuistique. 良心の問題をあつかう神学や倫理学の一部門。

(207) カントは、両親のルター派敬虔主義の影響を受けて育ったが、成人後は教会に通わなかった。

(208) 古代ローマ人がライン川の東、ゲルマン人居住区域を指した語(現在のドイツ、ポーランドなど)。

(209) ポメラニア公国(一一二一―一六三七)が支配した、現在のドイツ北東部からポーランド北西部の地域名。「ゲルマニア」「ポメラニア」は、ともにブリショの衒学的なアナクロニズムを示す。

(210) プラトンの対話篇。宴会のあと青年たちが愛について語る。とくにアリストパネスの語った異性愛と同性愛の起源は、本作にも援用された(本訳⑦四八頁と注20、同⑨三〇〇頁と注369参照)。

(211) プロイセン王国の都市。カントが生まれ大学で教壇に立った地。現ロシアのカリーニングラード。

(212) 乳酸発酵させたキャベツ(独語ザワークラウト)。それにソーセージや豚の腿肉などをのせた料理は、フランスではアルザスの名物。この語はドイツ料理やドイツ人を軽蔑する代名詞として使われた。

(213) 十九世紀中葉当初は「娼婦の愛人」、一九一三年頃から「素行の怪しい優男《やさおとこ》」を意味する。

からね。だが結局、ためらわず正直に言いましょう、もし世の母親たちが投票に参加すれば、男爵は道徳の教師としては無残にも落選の憂き目に遭いかねません。男爵が教育者としての天職を全うしているのも、残念ながらあくどい男の気性を発揮しながらですからね。いや、よろしいかな、私はなにも男爵の悪口を言ってるんじゃありませんぞ。あのやさしいかたは、ロースト肉を切りわける腕にかけてはだれにもひけをとらず、破門宣告の才能とともに、無尽蔵の善意をお持ちですからね。まるで一流の道化師みたいにおもしろいかたですよ、それにひきかえ私の同業者のひとりなぞは、なんとアカデミー会員ですが、ひどく退屈な男でして、クセノポンなら一時間に百ドラクマもらっても退屈でたまらんと言うでしょう[214]。とはいえ私は、男爵がモレルにたいして、健全な倫理の命じるところよりもいささか過剰にドラクマを与えているのではないかと心配しておるんです。あの若き改悛者が伝道師から苦行として課せられる特殊な務めをどれほど唯々諾々と実行しているのか、それとも拒絶しているのかは知るよしもないが、かりにわれわれが男爵の悪魔のごとき極悪非道に目をつぶって正式な許可を与えるならば、それがペトロニウスからサン＝シモンを経て現代に到来したと考えられるあの薔薇十字団員[215]にたいして、世に言うところの寛容の罪を犯すことになることくらい、べつに大した学も必要とせずにわかること。にもかかわらず、ヴェルデュラン夫人が罪深き人の幸福を願い、ほかでもないその更生療法を試みんとして、若き粗忽者に単刀直入に意見することで、男爵から愛するものすべてを奪い去り、もしかすると致命的打撃を与えようとするあいだ、私がその男爵をひきとめておくなんて、そんなことを平気でやれるとは申せませんし、それではまるで男爵を罠におびき寄せるような気がして、私はなんとも卑劣なマネをするのに尻込みする想いです。」そう言った端《はな》からブリショは、ためらわずにその卑劣なマネをしてみせた。私の腕をとって、こう言ったのだ、「さあ、男爵、タバコを一服しに行きましょう、このお若いかたは館のすばらしいものをまだ全部ご存じないことですし。」私は帰らなければならないと言って、これを辞退した。「もうしばらくお待ちくださいよ」とブリショは言った、「私を送ってくださるはずでしょう、あなたのお約束、忘れていません

(214)　原文は je m'ennuie à cent drachmes l'heure. 仏語慣用句の「百スー」cent sous(約二千五百円)をギリシャ通貨ドラクマに変え、古代ギリシャのクセノポン(本訳⑦注438参照)の発言に擬した地口。

(215)　古代ローマのペトロニウスが書いたとされる『サテュリコン』は、皇帝ネロの時代における好色な青年(少年愛者を含む)三名の放蕩譚。サン＝シモンの『回想録』にも、男色をはじめルイ十四世の宮廷の退廃が描かれている。薔薇十字団員(rose-croix)は、十七世紀にドイツでその存在が明らかになり、中世からヨーロッパに広まっていたとされる秘密結社の団員、転じて、魔術を使う人間(『グラン・ラルース仏語辞典』)。ペラダンの「カトリック薔薇十字サロン」にも言及していたブリショが(本訳⑨二四四頁と注304参照)、男色家の男爵をこれら放蕩と退廃の系譜に位置づけた一節。

ぞ。」「ほんとにいいんですか、銀の食器セットを出させてご覧いただくつもりでしたのに？　こんな簡単なことはありませんよ」とシャルリュス氏は私に言った、「約束してくださったように、叙勲の話はモレルには御法度ですぞ。あとで、お客がすこし帰った頃合いにでも知らせて驚かせてやりたいんでね。そんなことは芸術家にとって大したことではないとやつは言っていますが、でも、叔父がそれをご所望だそうでして（私は顔から火が出る思いをした、というのも私の祖父をつうじてヴェルデュラン夫妻はモレルの叔父が何者かを知っていたからである[216]）。じゃあ、いいんですね、類をみない立派な品々を出させてご覧に入れなくても？」とシャルリュス氏は私に言った、「もっともすでにご存じでしたね、ラ・ラスプリエールで何度も見ておられますから。」私が興味を覚えるのは、それがどれほど豪華なものであろうとブルジョワの月並みな銀の食器セットではなく、ただ美しい版画で見るだけでもいいからデュ・バリー夫人[217]の食器セットの実例だとは、さすがに言い出しかねた。私にはひどく気がかりなことがあったうえ――ヴァントゥイユ嬢の来訪にかんする事情が明かされて、どうしてそれが気にならずにいられただろう――、社交の場ではいつも気が散って昂奮しているから、多少美しい品物があってもそれに注意を集中することができなかった。私が注意を集中できたのは、自分の想像力に訴えかけるなんらかの現実から呼びかけられたときだけであって、たとえば今夜なら、私が昼間あれほど想いを馳せたヴェネツィアの風景画などが一点あるときや、あるいは多くの外観に共通するがそうした外観よりも真実で、私のうちにふだん眠っている内的精神をつねにひとりでに呼び醒まし、それが私の意識の表面にあがってきたときに大きな歓びを与えてくれるなんらかの一般的要素があるときだけであった。ところで演劇の間と呼ばれるサロンを出て、ブリショとシャルリュス氏とともにほかの多くのサロンをめぐり、ラ・ラスプリエールで見ていてもなんの注意も払わなかった家具がほかの家具のあいだに置かれているのを見出したとき、私はこの館とラ・ラスプリエールの城館における家具の配置に、ある種の類似、恒常的な同一性があることに気がついて、ブリショが微笑みながらこう言った気持を理解した、「ほら、あのサロンの奥、すくなくともあれをご覧になれば、あなたにもモンタリヴェ通りのサロンがどんなものだったか、かろうじてその片鱗がおわかりいただけるでしょう、もう二十五年も前のこと、[218] 人生ノ大イナル部分《グランデ・モルタリス・アエウィ・スパティウム》[219]がす

(216) モレルの（「叔父」ではなく）「父親」が「私」の大叔父の従僕だったことを暗示。「私の祖父」とヴェルデュラン夫妻の親交については、本訳②四六―四七頁、同⑨一三七頁参照。

(217) ルイ十五世の愛妾（一七四三―九三）。プルーストは愛妾の「セーヴルやザクセンの磁器」など「無数のすばらしいもの」をゴンクール兄弟の『デュ・バリー夫人』（一八七八）で知った。一八九六年十月二十二日の母親宛ての手紙に出る「デュ・バリー夫人」はこの本を指すと推定される。後注409参照。

ぎました。」想いうかべる今は亡きサロンに捧げるブリショの微笑みを目の当たりにした私は、昔のサロンでブリショがもしかすると自分でも気づかずに愛しているのは、そこにあった大きな窓や、主人《パトロン》夫妻と信者たちが愉快にすごした若き日々である以上に、サロンのみならずあらゆるものに認められる(私自身もラ・ラスプリエールとコンティ河岸とのあいだに認められるいくつかの類似から抽出した)非現実的な部分であり、だれもが点検できる現在の外形はその延長にすぎないと悟った。この非現実的な部分は、私とことばを交わしている老教授にとってのみ存在する色合い、老教授も見せてくれるわけにはゆかない色合いをまとった純粋に精神化された部分であり、この部分が外的な世界から離脱してわれわれの心のなかに移り住み、その心に剰余価値を与え、心のふだんの実体と同化し、心のなかで——破壊された家並みや、昔の人たちや、コンポートに盛られた夜食の果物など、われわれの想いうかべるものが——われわれの想い出からなる半透明な雪花石膏《アラバスター》と化してしまうと、その雪花石膏の色合いはわれわれにしか見えず、その色合いを他人に見せることができないがゆえに、こうした過去の事物について、われわれはうそ偽りなく他人にこう言うことができる、それがどんなものかは他人にわかるはずがない、それは他人が見たものとは似ても似つかぬものだ、そうした事物に心中で想いを馳せるとき、消えてしまったランプの光といい、もはや花をつけることのないクマシデの並木の香りといい、それらがなおしばらく生き残るのもわれわれの思考が存在するかぎりかと考えると、ある種の感慨を禁じえないと。それゆえブリショにとってモンタリヴェ通りのサロンは、たしかに現在のヴェルデュラン夫妻の住まいの魅力を打ち消しはしたが、しかし一方で教授から見れば、新参者には見出しえない美しさを現在の住まいに添えていたのである。サロンの昔の家具のうち、ときには配置もそのままここへ移され、また私自身にもラ・ラスプリエールに存在したとわかる家具は、現在のサロンのなかに昔のサロンのさまざまな部分を組みこんでいて、そうした部分は、ときとして幻覚と見まがうほどに昔のサロンを彷彿とさせるかと思うと、こんどは、ほかでしか見られないと想いこんでいた今は亡き世界の断片を周囲の現実のただなかに浮かびあがらせる点で、ほとんど非現実のものかと思われた。ソファーは、紛れもなく現実の新しい肘掛け椅子のあいだに夢からあらわれ出たかに見える。何脚もの小さな椅子にはバラ色の絹地が張られている。人間と同じように過去や想い出を持つようになってからは人間並みの威厳を備える。

(218)　モンタリヴェ通りで展開された「スワンの恋」は一八七〇年代末から八〇年代初頭頃のできごと。
(219)　古代ローマの歴史家タキトゥスが記した岳父の伝記『アグリコラ』三節に出る「人間の生涯で相当に長い期間」(國原吉之助訳)を踏まえる。ただしこの期間は暴君在位の「十五年」を指す。

るほど地位の高まったカード用テーブルに掛けられたブロケード織りのテーブルセンターは、コンティ河岸のサロンの冷たい暗がりのなかでも、モンタリヴェ通りの窓から射しこんでいた日射しと（それが何時の日射しなのか、テーブルセンターはヴェルデュラン夫人と同様よく心得ていた）、ドゥーヴィル[220]のガラス戸から射しこんでいた陽光による日焼けの跡をとどめ、運ばれていったそのドゥーヴィルでは、コタールとヴァイオリン奏者がいっしょにトランプに興じる時刻を待ちながら、花咲く庭のむこうに広がる＊＊＊渓谷を一日じゅう眺めていたのだ。パステルで描かれたスミレとパンジーの花束は、友人の亡き大画家[221]の贈りもので、なんの痕跡も残さず消え失せた生涯からただひとつ生き残った断片と言うべきか、偉大な才能と長年の友情とを端的にあらわし、画家の注意ぶかく穏やかなまなざしや、絵筆をふるうときの油にまみれた痛ましい美しい手を想い出させる。みごとにところ狭しと乱雑に置かれた信者たちの贈りものは、女主人のあとをどこへなりと追ってきて、ついにある一定の特徴、ひと筋の運命の刻印を帯びるようになった。おびただしい数の花束やチョコレートの箱は、ここのサロンでも、昔のサロンでも、ある一定のリズムに則って咲きみだれるように増えつづけ、そのなかに混じる風変わりな余分の品は、贈られたときにはいっていた箱からいまだ出てきたばかりといった風情で、その一生涯、最初にそうであったもの、つまり新年の贈りものでありつづける。結局これらはどれも、ほかのものとは切り離しえない品であるが、にもかかわらずヴェルデュラン家のパーティーの古い常連であるブリショの目には、それらの精神的複製が重ね合わされることで一種の深みをたたえ、古色をおびたビロードのような光沢を備えていたのだ。あちこちに散在するそれらの品は、それぞれブリショの心になつかしい類似を呼び醒ますよく響く鍵盤のように、ブリショの眼前で、さまざまな漠とした回想の歌を奏でていたのである。そうした回想は、現在のサロンのあちこちに寄せ木細工のように埋めこまれ、天気のいい日に射しこむ陽光の枠が大気を区切るように、このサロンから直接、輪郭どおりに家具や絨毯を切りとり、クッションから花立てまで、スツールから香水の染みた匂いまで、採光の工夫から色彩の優越まで、夫妻が移り住んだ屋敷のいずれにも内在するヴェルデュラン家サロンの理念的形態としての形象を造型し、精神化し、彷彿とさせ、生きながらえさせていたのである。

「男爵をなんとか十八番の話題へ引きこみましょう」とブリショは私に耳打ちした、「あの話題になると男爵は驚異的ですからね。」私は、一方で、シャルリュス氏から

(220)　別荘ラ・ラスプリエールの所在地。
(221)　画家エルスチールの死に関するはじめての言及。

ヴァントゥイユ嬢とその女友だちの来訪にかんする情報を得ておきたかった。その情報を手に入れるために、私はアルベルチーヌのそばを離れる決心をしたからである。またもう一方では、アルベルチーヌをあまり長時間ひとりにしておきたくなかった。私の留守中にアルベルチーヌが良からぬことをするかもしれないからではなく（アルベルチーヌとしては、私がいつなんどき帰ってくるかわからないうえ、時刻が時刻だけに他人《ひと》が訪ねてくるのも自分が外出するのも目立ちすぎるだろう）、私の留守が長すぎるとアルベルチーヌに思われないためである。それゆえ私はブリショとシャルリユス氏に、それほどゆっくりおつき合いするわけにはいかないと言った。「まあ、とにかくいらっしゃい」と男爵が私に言ったのは、社交上の昂奮は収まりかけていたが、おしゃべりを引き延ばしたい、もっとつづけたいという欲求に駆られていたからで、男爵のみならずゲルマント公爵夫人にも私が認めたこの欲求は、とりわけこの一族に特有のものとはいえ、(222) さらに一般的に、知性をおしゃべりという不完全な形でしか発揮できないために、何時間もいっしょにすごしても満たされることがなく、疲れはてた話し相手にますます貪欲にしがみつき、そもそも社交の楽しみによって与えられるはずのない充足を相手に求めるという過ちを犯すすべての人に見られるものなのだ。「いらっしゃい」と男爵はことばを継いだ、「これからがパーティーの楽しいときじゃないか、お客がみな帰った今こそドニャ・ソル(223)の時間ですぞ、その時間が悲しい結末にならぬことを願いましょう。残念ながらお急ぎのようだが、きっとやらないほうがいいことをやるために急いでるんでしょう。どなたも始終お急ぎのご様子、やって来るべきときにお帰りになる。われわれはクーチュールの描いた哲学者然としてここにおるわけだから、(224)今こそ夜会を振り返り、軍隊でいう作戦の批判的検証をおこなうべきときだ。ヴェルデュラン夫人に頼んで軽い夜食でも持ってきてもらいましょう、ただし夫人は仲間に入れないよう気をつけて、あのシャルリに――やっぱりエルナニですな(225)――われわれだけのためにあの崇高なアダージョをもう一度弾いてもらいましょう。なんとも絶品だ、あのアダージョは！　だが、どこにいるんだ、若きヴァイオリン奏者は？　あの男を祝福してやりたいんだ、いまや感動と抱擁のときだからね。ど

(222)　この種のおしゃべりの「引き延ばし」は、すでに「ゲルマント一族」特有の「優しいことばや親切な行動からなる贅沢」として報告されていた(本訳⑦四四五―四六頁参照)。

(223)　ユゴーの戯曲『エルナニ』(一八三〇初演)の美しい姫。貧しい山賊の青年エルナニを愛する。婚約者の老公爵、国王ドン・カルロス、父を殺された復讐に王の命を狙うエルナニという、姫に想いを寄せるこの三人の恋敵の葛藤の末、ようやく結婚が許された日の夜、命を救ってくれた老公爵にエルナニがこれが鳴れば命を捨てると預けていた角笛が鳴らされ、エルナニとドニャ・ソルは毒を仰いで死ぬ。

(224)　図9参照。

(225)　男爵が恋する下層階級の青年シャルリを、ドニャ・ソルが恋する山賊の青年エルナニにたとえた。

図9　トマ・クーチュール『退廃期のローマ人たち』
（オルセー美術館）

トマ・クーチュール(1815–79)は，アカデミックな画風の歴史画や宗教画を得意としたフランスの画家．本作は1847年のサロン(官展)に出品されて好評を博した画家の代表作(プルーストの時代にはルーヴル美術館所蔵)．古代の神々の像が立つ円柱を背景にくり広げられる乱痴気騒ぎの饗宴を尻目に，画面前景の右端に騒ぎには加わらず，それを(「哲学者然として」)冷静に論評しあうふたりの男が描かれている．

うです、ブリショ、神業でしたな、演奏家たちは、とくにモレルは。前髪がはらりと垂れるところ、ご覧になりましたか？　なんと！　それじゃ、なにも見ておられなかったんですな。あの嬰へ音は、エネスコだって、カペーだって、チボーだって[226]死ぬほど嫉妬するくらい、みごとな出来でしたぞ。努めて平静を心がけている私も、正直申して、あの響きを耳にしては胸が締めつけられて嗚咽をこらえるばかりでした。一座も固唾を呑んでいましたな、ねえ、ブリショ」と男爵は、教授の腕をとって激しく揺さぶり、大声をあげた、「あれは最高だった。ただひとり若きシャルリだけが、石のように微動だにせず、息をしているとも見えず、テオドール・ルソーの語る、人に考えさせはするが自分は考えないあの無生物のような風情でいたところ、[227]そこへ突然」とシャルリュス氏は仰々しく大声をあげ、事態急変の身振りをして言った、「そこへ……はらりとあの「前髪」！　で、そのあいだも、アレグロ・ヴィヴァーチェの優雅

(226)　いずれもプルーストが高く評価していた当時のヴァイオリン奏者。エネスコについては本訳②三六一頁注220、カペーについては同③二三一頁注203、チボーについては同⑩一一九頁注106を参照。

(227)　テオドール・ルソー(一八一二―六七)は、バルビゾン派の画家のひとり。森の木々の風景画をくり返し描いた。ルソーは「木々がものを考えるとは信じられなくても、木々が人にものを考えさせるのは間違いないことだ」と、サンシエ『テオドール・ルソーの想い出』(一八七二)に引用された一八六三年の手紙で語ったという(ナタリー・モーリヤックのリーヴル・ド・ポッシュ版注に拠る)。

なかわいいコントルダンス。[228] いいかな、あの前髪は、いかに鈍感な連中にも啓示のしるしになったんだ。タオルミナ大公妃[229]なんて、それまでは聾者《ろうしゃ》同然だったが、なにしろ聞く耳持たぬ女ほどひどい聾者はいませんからね、そのタオルミナ大公妃もようやく、あの奇跡の前髪という明白な事実を目の当たりにして、これは音楽であって、これからポーカーをやるんじゃないと悟ったんだ。いやあ、じつに厳粛な瞬間だった。」

「お話の途中で失礼ですが」と私は、気がかりな話題にシャルリュス氏をひき入れようとして言った、「さきほど作曲家のお嬢さんが来るはずだったとおっしゃいましたね。いらしていたら私もずいぶん関心を寄せたでしょうが、やはりいらっしゃる予定だったのでしょうか?」「さあ、それは知りませんな。」そう言ったシャルリュス氏は、もしかすると無意識のうちに、嫉妬ぶかい男にはなにも教えないという普遍的教訓に従ったのかもしれない。人がなにも教えないのは、男の嫉妬をかき立てている女にたいして、たとえその女を嫌っていようと、理屈に合わなくても体面上「よき友」であるふりをするためかもしれないし、あるいは嫉妬がひとえに恋心を募らせることを見抜いて、その女にむしろ意地悪をする魂胆なのかもしれないし、あるいは他人に不愉快な想いをさせようとして、たいていの男には真実を言うことで不快にさせるのだが、嫉妬ぶかい男には、その想いこみにかんする真実を知らないことが拷問のような苦しみを増大させるからという理由で、真実を言わないでおくのかもしれない。そもそも人は、他人を苦しませようとする場合、その他人が、勘違いかもしれないが最も辛いものと想いこんでいることを当てこんで行動するものだ。「そりゃ、ここは」とシャルリュス氏はつづきを言った、「いささか大げさなことを触れまわる家でね、まあいい人たちなんだが、なんでもかんでも有名人の来訪を吹聴するのが好きなんだ。おや、どうしました、具合が悪そうですな、こんなしめっぽい部屋にいると風邪をひきますよ」と言いながら氏は、私のほうへ椅子を押し出してくれた、「加減が悪いときは用心しなくてはいかん、あなたの上っ張り(230)を持ってきてあげよう。いや、いや、自分で行ってはいかん、迷子になって風邪をひくのがオチだ。なんとも不注意千万、四歳の子供じゃあるまいに、あなたには私みたいに世話をやいてくれる婆《ばあ》やが必要ですね。」「どうかそのままに、男爵、私が参りますから」とブリショは言うと、すぐに立ち去った。ブリショは、シャルリュス氏が私に寄せるきわめて真剣な友情も、いきなり発作的に高飛車に出て人を迫害するかと思うと気さくに献身的に振る舞う感じの

(228)　数組の男女が向きあい、相手を順に交換しながら踊りをくり広げる軽快なダンス曲。
(229)　この箇所にのみ名前が出る人物。
(230)　原語 pelure. コート(manteau)のくだけた表現。ゲルマント公爵も使用(本訳⑦四四九頁参照)。

いい小康状態も、もしかするときちんとは理解できず、ヴェルデュラン夫人から監視するよう頼まれていた囚人たるシャルリュス氏が、私の外套をとりに行くのを口実としてじつはモレルのところへ行ってしまい、女主人《パトロンヌ》の計画が頓挫するのを怖れたのであろう。

そのあいだスキーは、だれから頼まれたわけでもないのにピアノの前に座ると、微笑むように眉をひそめ、遠くを見るようなまなざしと軽くゆがんだ口元をとりつくろい——それが芸術家らしい表情だと信じていたのである——、モレルになにかビゼーの曲を弾いてほしいとせがんでいた(231)。「おや、お嫌いなんですか、ビゼーの音楽の子供っぽいところが? だが、あなたねえ《モン・シェール》」とスキーは独特の巻き舌のrを響かせて言った(232)、「うっとりするほどすばらしいものですよ、あれは。」ビゼー嫌いのモレルが大げさにその旨断言したところ、スキーは(とうてい信じられないことではあるが、モレルは小派閥では才気煥発の男として通っていたので)ヴァイオリン奏者の酷評を逆説と受けとった顔をして、笑いだした。スキーの笑いは、ヴェルデュラン氏の笑いのように愛煙家が煙にむせるような笑い(233)ではなかった。スキーは、まずはわけ知り顔をし、ついで教会の鐘が鳴りはじめる最初の音のように、思わず出たといった一声だけの笑いを漏らすと、しばらく黙りこみ、そのあいだに相手の発言の滑稽さを正しく吟味していると言わんばかりのあざとい目つきをしてみせ、そのあと笑い声の二度目の鐘が鳴ったかと思うと、それはやがて陽気なお告げの鐘と化した。

　私はシャルリュス氏に、ブリショさんにはご面倒をおかけして恐縮です、と言った。「いや、あの男は大喜びですよ、あなたが大好きですから、だれだってあなたが大好きなんです。このあいだもみなこう言ってましたよ、「ちっとも見かけませんね、引きこもりかな！」って。そもそもブリショは、じつにいい人ですよ」とつづきを言ったシャルリュス氏は、倫理学の教授が自分に話しかけてくれるときの人なつっこい率直なもの言いからして、まさか教授が自分のいないところでは遠慮なく陰口をたたいているとは夢にも想わなかっただろう。「あれはじつに優れた人間で、その学識たるや底知れず、にもかかわらずインクの匂いが染みついたほかの多くの輩のような唐《とう》変木《へんぼく》にもならず、本の虫にもならなかった。視野の広さと寛大さを失わなかったのは、同類にはめったに見られぬ美点でしてねえ。あれがいかに人生のなんたるかを悟り、いかに恩義を受けたひとりひとりに報いるすべを心得ているかを目の当たりにすると、

（231）モレルはまだヴェルデュラン氏に連れ出されていない、と推定させる記述。
（232）「あなたねえ」mon cher《モン・シェール》の語尾の r を響かせた、の意。スキーはポーランド人。
（233）氏の「パイプの煙を飲みこんだと言わんばかりに咳き込む」笑いは、本訳②一八一頁参照。

ソルボンヌの一介のヘボ教授が、元の高等中学《コレージュ》教諭(234)が、どこでそんなことを覚えたのだろうと、だれもが不思議に思いますよ。これには私自身も驚いてるんです。」私はそれ以上に驚いた。なにしろゲルマント夫人の会食者のなかでいかに無粋な人間でも、なんとも愚かで野暮だと感じたにちがいないブリショのおしゃべりが、ほかでもない、だれよりも気難しいシャルリュス氏に気に入られているのを見たからだ。しかしこんな結果が生じたのは、ほかのさまざまな要因にもましてとくに顕著な要因が寄与したからで、その要因のせいでスワンは、一方ではオデットに恋していたとき、小派閥であれほど長いこと楽しい想いをしたのだし、他方では結婚してから、スワン夫妻に心酔している顔をしてひっきりなしに妻に会いにきては自分の話にも聞き惚れていながら、他人には夫妻のことを軽蔑して語っていたあのボンタン夫人を感じのいい人間だと思っていたのである。作家がきわめて聡明な人間だと認めるのも、最も聡明な人ではなく、男が女に寄せる恋の情熱について大胆かつ鷹揚な考えを口にする道楽者であり、その考えのせいで作家の青鞜派《バ・ブルー》(235)の愛人も、作家に同調し、自分を訪ねてくる客のなかでいちばん利口なのはやはり色恋の経験豊富なこの老伊達男だと思う。それと同じで、シャルリュス氏がブリショをほかの友人たちよりも聡明な人間だと考えていたのは、ブリショがモレルに親切にしてくれたばかりか、ギリシャの哲学者やローマの詩人やオリエントの物語作者から時宜を得たさまざまな文言をとり出し、いわば風変わりで魅力的な詞華集を編んで男爵の趣味を彩ってくれたからである。(236)シャルリュス氏は、かのヴィクトル・ユゴーでいえばとりわけヴァクリーやムーリスのような人間を取り巻きにしたくなるような年齢に達していた。つまり氏は、自分の人生観を是認してくれる人たちをだれよりも好んだのである。「ブリショにはちょくちょく会うんですよ」と氏は、鳥がぴいぴい鳴くようなリズム感あふれる声でそう言い添えた(237)が、唇を動かすだけで、聖職者のごとき瞼をなかば伏せ、厳めしく白粉を塗った顔面をぴくりとも動かさなかった。「あれの講義を聴いてるんですよ、あのカルチエ・ラタンの雰囲気は気分を変えてくれますね。勉強熱心で、じっくりものを考える若者たちがいるんです、べつの階層の人間たる私の仲間よりもずっと頭がよくて教養もあるブル

(234) 原語 régent de collège. 古めかしい言いかた。高等中学《コレージュ》はバカロレアまで取得できる中等教育機関。国立の高等中学校《リセ》と違って市町村立の機関。ヴェルデュラン夫人は、ブリショを高等中学校《リセ》の「第二級のまずまずの教師がいいところだった」と断言していた(本訳⑨二七八頁と注343参照)。
(235) 文人気取りの女。若き日のヴィルパリジ夫人も「青鞜派《バ・ブルー》」とされた(本訳⑥二五頁と注4参照)。
(236) オーギュスト・ヴァクリー(一八一九—九五)とポール・ムーリス(一八一八—一九〇五)は、ともにユゴーを師と仰いだ作家。前者の兄はユゴーの女婿。後者はユゴーの遺言執行人。
(237) 「異端審問所の大法官とそっくり」のシャルリュスの風貌は、本巻四三頁と図3、4参照。

ジョワの青年たちでね。まるで別世界の、私などよりあなたのほうがよくご存じでしょう、ブルジョワの青年たちですよ」と言った氏が、冒頭のブを何度も響かせてブルジョワなる語だけを切り離し、いわばお定まりの発声法でその語を強調したのは、その発声法自体がそもそも氏特有の思考における微妙な差異への好みに対応していたからであるが、私になにか無礼なことを言う快楽に逆らえなかったのかもしれない。こんな無礼も（ヴェルデュラン夫人がそのもくろみを私の前で明らかにして以来）シャルリュス氏に感じていた私の愛情あふれる深い憐憫の気持をなんら減少させはせず、私をおもしろがらせただけで、もしも氏にこれほどの共感をいだいていなかったとしても、私の機嫌を損ねることはなかっただろう。私は祖母の血をひいたのか、威厳をなくしても平気なほど自尊心に欠けていた。はっきり自覚していなかったものの、高等中学《コレージュ》のころから、最も尊敬されている級友たちがあんな失敬は大目に見るわけにいかないとか、あんな卑劣なやりかたは許せないとか言うのを聞いているうちに、もちろん私も自分の発言や行動に並々ならぬ誇りを覚える第二の本性を示すに至った。その本性がきわめて誇り高いものとみなされたのは、私がなんら臆病風を吹かさず決闘まで苦もなくやってのけたからであるが、とはいえ私はみずから決闘を一笑に付してその精神的威光を減じせしめ、決闘なんてばかげたものだと難なく他人に納得させたものだ。しかしながら元の本性というものは、たとえ抑えつけても、やはりわれわれのなかに棲みついている。そんなわけでわれわれは、だれか天才の書いた新たな傑作を読んで、そこに自分が軽蔑していた考えや押し殺していた上機嫌や悲哀などと同じものを見出すと、つい嬉しくなってしまう。自分が見向きもせずにいたありとあらゆる感情がその傑作のなかに描かれているのを知って、突然そうした感情の価値を教えられるのである。もとより私も人生の経験から、自分をあざ笑う者がいたとき、人なつっこく微笑んでその相手を恨まないのはよくないことだと学んでいた。とはいえ自尊心と怨恨の欠如は、私がそれを口に出して表現するのをやめてしまい、そんな欠如が自分のなかに存在することさえほぼ完全に忘れてしまっても、依然として私を浸す原初の生存環境であることに変わりはなかった。私が腹を立てたり意地悪をしたりするのは、まるでべつの要因によるもので、発作的にカッとなるのが原因である。おまけに私には、まったく道徳観念がないのかと思うほど正義感が欠けていた。それでも心の底では、最も弱い者、不幸な者の味方だった。モレルとシャルリュス氏の関係のなかに善と悪とがどの程度はいりこんでいるかは見当もつかなかったが、シャルリュス氏がいまにも痛めつけられるのだと考えるだけで私には耐えがたいことであった。できれば氏にそれを教えてやりたかったが、どう言ったらいいのかわからなかった。

「あのようにかわいくて勤勉な若者たちの集団を見るのは、私のような老いぼれ[238]には楽しいものでしてね。いや、べつに親しいわけじゃありませんよ」と氏が、前言に留保を付すと言わんばかりに片手をあげて言い添えたのは、自慢していると受けとられないためであり、また自分の純潔を保証するとともに学生たちの純潔にも疑念が生じないようにするためだった、「きわめて礼儀正しい若者たちでしてね、よく私のために席までとってくれるんです、こっちがひどい年寄りですからな。いや、そのとおりですよ、あなた、そうじゃないなんて言わせません、私も四十を超えましたから」と氏は言ったが、もう六十を超えていた[239]、「ブリショが講義するあの階段教室は少々暑いが、いつも興趣が尽きません。」男爵はむしろ若い学生の群れに立ち混じり、突きとばされたりするほうを好んだが、ブリショは、男爵をあまり長いこと待たせないよう、ときに自分といっしょに教室へはいらせた。ソルボンヌではわが家同然に振る舞っているブリショでも、鎖を首にかけた守衛[240]に先導されて若者に賞讃される師として進み出るときはある種の気おくれを抑えきれず、自分がさも重要人物になったように感じられるこの瞬間に乗じて、シャルリュスに親切にしてやろうと思いながら、やはりいささか気がひけた。守衛に男爵を通させるために、ブリショはつくり声でせかせかと「ついていらしてください、男爵、席をとらせますから」と言うと、あとは男爵に構わず、教室へ向かってひとりでさっさと廊下を進んでゆく。廊下の両側では、若い教授たちが二重の人垣をつくって挨拶する。ブリショは、この若手たちの目に自分が大御所と映っていることを心得ていて、そんな連中に気取っているとは見られたくないので、さかんに目配せをし、暗黙の了解でもあるかのように何度もうなずいたが、その目配せやうなずきには、つねに戦闘を厭わぬ立派なフランス人たらんと心がけているがゆえに「よし、戦ってやろうぜ」と叫ぶ老近衛兵[241]と同様の、心ヲ高メヨ[242]という温かい激励めいたところがあった。ついで学生たちの拍手が鳴り響くのだ。ときにブリショは、シャルリュス氏が講義に出席していることを、人を喜ばせる機会として、あるいはまるで儀礼上の挨拶がわりに利用した。親戚の者やブルジョワの友人たちに、こう言うのだ、「もし奥さまやお嬢さまが興味をお持ちのようでしたら、お知らせし

(238) 原語 vieux trumeau. 『トレゾール仏語辞典』に拠ると「とりわけ厚化粧の老婆」を指す。シャルリュスが自分を「お婆さん」(本巻五一頁)、「婆《ばあ》や」(同二二五頁)と呼んでいる箇所も参照のこと。

(239) 『ソドムとゴモラ』のバルベック滞在では、氏は「五十男」とされていた(本訳⑨五六九頁)。

(240) 教授を教壇へ先導する当時の大学の守衛は、黒衣を着て、校章メダルを吊す鎖を首にかけていた。

(241) 原語 grognard. ナポレオン一世時代の近衛兵。

(242) 原語 *sursum corda*. 司祭が「神を仰げ」の意で唱える、ミサ叙唱に先立つ句。転じて「勇気を出せ」の激励のことば。

ておきますが、私の講義にはシャルリュス男爵という、アグリジャント大公にしてコンデ家の末裔のかた[243]が出席しておられます。わが国における典型的一流貴族の最後の末裔のおひとりを見ておくのは、お子さまには終生の想い出になるでしょう。奥さまやお嬢さまがお見えになるようでしたら、男爵は私の教壇のわきに座っておられますからすぐわかります。そもそも、そこに座るのは男爵だけですし、でっぷりした貫禄のあるかたで、髪は白く、口髭は黒く、戦功章をつけておいでです。」「それはそれは！　ご教示ありがとうございます」と父親は言う。そして細君に用事があろうと、ブリショが気を悪くせぬよう、無理やりその講義を聴きに行かせる。一方、娘のほうは、暑さと人混みに気分が悪くなりながらも、コンデ家の末裔とやらを珍しげに食い入るように見つめるが、男爵が襞襟[244]をつけておらず、現代人となんら変わらないことに驚く。しかし男爵が目をつけるのは、その娘ではなく何人もの男子学生で、男爵が何者かを知らないその学生たちは愛想を振りまかれて不審に思い、素っ気ない尊大な態度に出るので、男爵は夢見がちの憂鬱な気分で教室を出てゆく。「私事に話を戻して恐縮ですが」と私は、ブリショの足音を聞いて、急いでシャルリュス氏に言った、「ヴァントゥイユ嬢やその女友だちがパリにやって来るとお聞きになりましたら、私に速達で知らせていただけないでしょうか。どれくらいパリに滞在するのかも正確に教えていただけると助かるのですが、ただし私から頼まれたことは口外なさらぬようお願いいたします。」その娘が来るはずだということを私はもはやさほど信じていなかったが、将来のために用心したのである。「いいですよ、あなたのためにそうしてあげましょう。あなたには、まず大いに感謝しなければなりませんのでね。その昔あなたは私の提案(245)を拒否したことで、あなた自身は損をしたが私には途方もない利得をもたらし、自由を残してくれましたから。たしかに私はその自由を別件で捨ててしまいましたが(246)」と氏は憂鬱そうな口調でつけ加えたが、その口調には心中を打ち明けたい欲求が見えすいていた。「そのときには私がつねづね重大な事実とみなしているも

(243)　ブリショお得意のでたらめか。アグリジャント大公（本訳⑦二〇二頁以下参照）はゲルマント公爵の「義理の姉妹にあたる人の息子」（同五四八頁）で、シャルリュスとは別人。コンデ家は、初代コンデ公ルイ一世（一五三〇―六九）（図10参照）から、アンギャン公として知られるルイ・アントワーヌ（一七七二―一八〇四）とその父ルイ六世（一七五六―一八三〇）まで約三世紀つづいたが、一八三〇年に断絶。

(244)　原語 fraise. 十六―十七世紀に王侯貴族や上流階級の男女がつけた、首を丸く覆う襟。図10参照。

(245)　ヴィルパリジ邸からの帰途、男爵が「私」の庇護者になろうと言った提案（本訳⑥二六八頁参照）。

(246)　モレルの庇護者となることで自由を放棄したことを暗示。

図10

の、つまり諸般の状況の集積があったのに、それをあなたがご自身のために役立てるのを怠ったのは、まさしくその瞬間、運命があなたに私の行く手を妨げるなと警告したからでしょう。いつだって「人間は騒ぎたてるが、それも神の思し召し[247]」なのだ。かりにですよ、われわれがヴィルパリジ夫人邸をいっしょに出た日に、あなたが私の言うことを受け入れていたら、その後に生じた多くのことはけっしておこらなかったかもしれない。」当惑した私は、話題をそらすべく、出てきたヴィルパリジ夫人の名前に飛びついて、夫人が亡くなって悲しい想いをしたと言った[248]。「ああ、そうですか」と素っ気なくつぶやいたシャルリュス氏の口調は横柄きわまりなく、私の弔意をしかと確認していながら、それを真摯な弔意とは一瞬たりとも信じていないふうだった。いずれにせよヴィルパリジ夫人の話題なら氏には苦痛ではないと見てとった私は、いかなる理由でヴィルパリジ夫人が貴族の社交界からあれほどのけ者にされていたのか、あらゆる点でそれに答える資格のある氏から聞きだそうとした。氏はこの社交上の些細な問題に答えてくれなかったばかりか、そんな問題が存在することさえ知らないように見えた。そこで私は、ヴィルパリジ夫人の地位なるものは、後世には偉大なものに見えるが、いや無知な庶民にとっては侯爵夫人の生前でさえ偉大なものに見えていたが、じつは対極の社交界にとっても、つまりヴィルパリジ夫人の関係するゲルマント家にとっても、やはり偉大なものであったことを悟った。夫人はゲルマント家の人たちの叔母であったが、同家の人たちがとりわけ注目するのは、出自であり、姻戚関係であり、義理の姉妹への支配力によって一門のなかで維持している権勢なのである。同家の人たちはそれらの社交の面よりも、むしろ家系の面を重視するのだ。ところがヴィルパリジ夫人の場合、その家系の面は、私が思っていた以上に輝かしいものだった。私はヴィルパリジという名前が偽ものであると聞いて仰天したことがある[249]。しかし身分違いの結婚をしていながら、卓越した地位を保っている貴婦人の例など、枚挙にいとまがない。シャルリュス氏がまず教えてくれたところによると、ヴィルパリジ夫人は高名な＊＊＊公爵夫人の姪で、この公爵夫人は七月王政下の大貴族のなかで最も有名な人であったが、市民王[250]とその家族とつき合うのを嫌ったという。私はその

(247) 十七―十八世紀の聖職者フェヌロン(一六五一―一七一五)の「公現祭の説教」(一六八五年一月六日)の一節、「神が人間の情念に与えるものは、情念がすべてを決定しているように見えようとも、ひとえに人間が神の御心《みこころ》の道具となるのに必要なものだけである。そんなわけで人間は騒ぎたてるが、それも神の思し召し」。プルーストはこの最後の文言を「ジョージ・エリオット」をめぐる未定稿断章でも、一九一五年十一月一日のリオネル・オゼール宛て書簡でも引用していた。

(248) ただし、ヴィルパリジ夫人は次篇で生きて登場する。

(249) かつてシャルリュス男爵は「私」に、ヴィルパリジという名は、夫人の再婚相手のチリヨンという「しがない男」が名乗っていた「消滅した貴族名」だと説明していた(本訳⑥二七二頁参照)。

「公爵夫人」の話をどんなに聞きたかったことか！ あのヴィルパリジ夫人、私にはブルジョワ女の頬としか思えない頬をしたあの優しいヴィルパリジ夫人、私にあんなにたくさんの贈りものをくれ、会おうと思えば毎日でも難なく会うことができたあのヴィルパリジ夫人は、その公爵夫人の姪であり、その公爵夫人の手で、その公爵夫人の屋敷で、その＊＊＊の館で育てられたのだ。「その公爵夫人がですよ」とシャルリュス氏は私に言った、「ドゥードーヴィル公爵[251]に、三人姉妹の話をして「三人の姉妹のうちだれがお好き？」って訊いたところ、ドゥードーヴィルが「ヴィルパリジ夫人」と言ったので、＊＊＊公爵夫人は「すけべえ！[252]」と答えたというんです。なにしろ公爵夫人は才気煥発の人でしたからねえ。」こう言ったシャルリュス氏は、この「才気煥発」を強調してゲルマント一族がよくやるように発音した。公爵夫人の口にしたその語をそもそも氏がそれほど「才気煥発」とみなしたことを、私はさほど奇異には感じなかった。というのも私は、ほかの多くの機会に、人間は他人の才気を賞味するときには遠心的、客観的に眺める傾向があり、そのせいで自分の才気にたいするようには厳しく評価せず、自分なら口にするのを潔しとしないことでもありがたく観察して憶えておくものだと心得ていたからである。

「おや、どうしたんだ？ 私のオーバーコートじゃないか、持ってきたのは」とシャルリュス氏は、ブリショがずいぶん手間どったあげくのありさまを見て言った、「自分で取りに行ったほうがよかった。まあ、これでも肩にかけておきなさい。あなたねえ、これはいたって危険なことですぞ、同じコップで飲みかわすときのように、私にはあなたの胸の内までわかりますからね。いや、そんな着方があるもんか、これこれ、私に任せなさい。」そう言うと氏は、自分の短コートを着せながら、それを私の両肩に押しつけ、首に沿って押しあげ、その襟を立てると、片手で私の顎にさわって失礼と言った。「こんな歳になっても、この子はコートの羽織りかたも知らん、まったく世話の焼ける子だ。ねえ、ブリショ、私はどうやら天職に気づかなかったらしい、ほんとは子守女になるべく生まれていたんだ。」私は帰ろうとしたが、シャルリュス氏がモレルを呼んでくると言ったので、ブリショは私たちふたりを引きとめた。もっともそのときの私は、家に帰ればかならずアルベルチーヌに会えると確信していて、その確信はきょうの午後アルベルチーヌがトロカデロから間違いなく戻ってくる

(250)　七月王政(一八三〇—四八)のルイ=フィリップは「市民王」と称して立憲君主制を採った。

(251)　ドゥードーヴィル公爵ソステーヌ(一八二五—一九〇八)のことか。同公爵家は名門ラ・ロシュフーコー家の分家。ゲルマント公爵は「私の祖母はドゥードーヴィル公爵家の出」だと言った(本訳⑦四一四頁)。

(252)　原語 cochon. 原義は「豚」。くだけて「不潔な人」「不愉快な人」「助平な人」を意味する。

と思っていたときと同じほど強かったので、この同じ日にフランソワーズからの電話を受けたあとピアノの前に座っていたときと同様、すぐさまアルベルチーヌに会いたいとじりじりすることはなかった。そのように心が落ち着いていたからこそ私は、話の途中で席を立ちたくなるたびに、ブリショの言いつけに従うことができたのだ。ブリショのほうは、私が帰ってしまうと、ヴェルデュラン夫人が呼びに来るまでシャルリュスを引きとめられなくなるのを怖れたのである。「まあまあ」とブリショは男爵に言った、「もうしばらくおつき合いください、あの男に抱擁[253]なさるのはあとにして。」ブリショはこう言い添えて私を見やったが、その死んだも同然の目は、何度も受けた手術でいくぶん生気をとり戻していたとはいえ、意地の悪い横目をつかうのに必要な可動性をもはや残していなかった。「抱擁だって、なんてばかな！」と男爵は、かん高い嬉しそうな声で言った、「あなたね、この教授はいつだって優等賞の授与式に出ているつもりなんだ、かわいい生徒たちのことを夢見てるんですよ。いっしょに寝るんじゃないのかな。」「ヴァントゥイユ嬢にお会いになりたいようでしたら」と、男爵と私の会話の最後を小耳に挟んでいたブリショは言った、「あの人がやって来るときにはお知らせしますよ、私にはヴェルデュラン夫人が教えてくれるでしょうから。」ブリショが私にそう言ったのは、男爵が今にも小派閥から追放される瀬戸際なのを見越していたからだろう。「ほほう、するとなんですかな、ヴェルデュラン夫人とは私よりもあなたのほうが懇意だから」とシャルリュス氏は言った、「あのとんでもない評判のふたりが来るかどうかを教えてもらえるというわけですかな？　あなたもご存じでしょう、あれが周知の事実であることぐらい。あんなふたりを出入りさせているのは、ヴェルデュラン夫人の心得違いですな。なにしろいかがわしい場所にふさわしい手合いですからね。ふたりが親しくつき合ってるのはなんとも恐ろしい一味ですよ、身の毛もよだつ場所にたむろしている。」こうしたことばのひとつひとつに、私の苦しみは新たな苦痛をかき立てられて増大し、形を変えた。それで私は、ときにアルベルチーヌがもう我慢できないとばかりにいらいらした仕草をして、ただしそれをすぐに押し殺してしまうことを不意に想い出し、さては私と別れる計画を立てているのではないかと考え背筋が凍りついた。そんな疑念が残るからには、私が平静をとり戻すまではなおのことアルベルチーヌとの同居をつづける必要があると感じられた。というわけで私の別離の計画に先んじてアルベルチーヌのほうから別れようと考えているのなら、そんな考えをとり除くためにも、また私が別離の計画を苦しまずに実行

(253)　原語 accolade. 叙任された騎士に抱擁して首筋を刀の腹で叩く中世の儀式。転じて、レジオン・ドヌール勲章受章者への抱擁、さらに一般に祝意、敬意を表する抱擁(『トレゾール仏語辞典』)。

できるようになるまでアルベルチーヌを縛る軛《くびき》を軽微なものと思わせるためにも、いちばんの得策は(もしかすると私は、そばにシャルリュス氏がいるせいで、氏が好んで打つ芝居を無意識のうちに想い出しそれに感染していたのかもしれない)、私自身のほうが別れるつもりだとアルベルチーヌに想いこませることだと感じられたので、私は帰宅したらすぐさま別れを告げて別離を装うことに心を決めた。「とんでもない、あなたよりも私のほうが、ヴェルデュラン夫人と懇意だなんて、そんなこと、思ってもいませんよ」とブリショは、一語一語を区切るように断言した。男爵が怪訝に思ったのではないかと心配したからである。そして私が暇乞いをしようとするのを見てとると、約束した余興という餌で私を引きとめようとして言った、「男爵がふたりのご婦人の評判をお話しになったときお考えから漏れているかと思われることが一点ありましてね、それは評判なるものが身の毛のよだつものであると同時にいわば濡れ衣でもありうることです。たとえば私があえて非正規のと称するもっと悪名高き部類のなかには、判決の誤りが多々あること、あくまでも無実の多数の有名人に、歴史がソドミーをめぐる有罪の烙印を押したことは間違いありません。ミケランジェロがさる女性を熱愛していたという最近の発見(254)などは、このレオ十世(255)の友人に没後ながら再審の機会を与えるに値する新事実でしょう。このミケランジェロ事件は、もうひとつの事件、つまり、われらが善良なるディレッタントたちのあいだにアナーキーをのさばらせ、それを流行の悪癖たらしめたが、口論になるといけないのでその名を口にするのがはばかられるもうひとつの事件(256)の最盛期が終焉を見るころには、さぞやスノッブたちを熱狂させ、ラ・ヴィレット地区の連中(257)を動員することでしょう。」ブリショが男色をめぐる評判を話題にしはじめたときから、シャルリュス氏は特殊ないら立ちを満面に示していた。それは医学や軍事の専門家が、素人の社交人士たちが治療法や戦略の問題点についてばかげたことを言いはじめたときに見せるいら立ちである。「あなたは話しておられることのイロハさえご存じない」と、氏はとうとうブリショに言っ

(254) ロマン・ロランの『ミケランジェロの生涯』(一九〇七)に拠る記述か。その第二部一章「愛」は、画家が多くの美青年(トンマーゾ・デイ・カヴァリエーリやチェッキーノ・デイ・ブラッチら)や未亡人ヴィットリア・コロンナへ寄せた熱愛を語り、隠匿されていた事実として、画家がヴィットリアと同時にべつの「美しく残忍な」女性に溺れて嫉妬に苦しんだことを注記している(同書一一九頁注3)。

(255) フィレンツェのローレンツォ・デ・メディチの次男。ローマ教皇(在位一五一三-二一)としてラファエロらを抜擢、ローマのルネサンス文化振興に尽くした。ミケランジェロとは幼少期からの友人。

(256) ブリショお得意の誇張でドレフュス事件を暗示したもの。

(257) ラ・ヴィレット地区はパリの北東端に位置する(地図②参照)。一八六〇年に市内に編入された。一八六七年に屠畜場が完成(一九七四年まで存続)、一九〇〇年から肉屋のカーニバル「大牛行列」が復活して賑わった。ブリショの言う「連中」とは、界隈の屠畜場の若者らを指すのか。

た、「そんな濡れ衣の評判がひとつでもあるのなら言ってごらんなさい。名前をいくつか言えますかな。こっちはなにもかも承知なんだ」とシャルリュス氏は、おずおずと口を挟むブリショに猛然と言い返した、「それをやったのは昔、ほんの好奇心からです、あるいは今は亡き友人にたいする比類なき愛情からですと言う輩とか、深入りしすぎたかと心配になって、美男子の話が出ると、その手のことには疎いんです、美男と醜男《ぶおとこ》の区別もつきません、機械に弱いので自動車のふたつのエンジンの区別もつかないのと同じです、なんて答える男とか、そんなのはどれもこれもでたらめだ。いや、よろしいかな、私はなにも悪評(ないしそう呼ばれているもの)が不当な場合がまったくありえないと言わんとしてるわけじゃありませんぞ。不当な悪評というのはあまりにも例外的で、きわめてまれだから、実際には存在しないも同然なんだ。ただし私は好奇心旺盛で、詮索好きなので、そんな例、でたらめでない例にも多少は遭遇したことがありますよ。そう、これまでの生涯で不当な評判だと確認できたのは(これは科学的に確認できたという意味で、口先だけのことじゃありませんよ)、ほんの二例だけ。そんな評判が立つのは、たいがい名前が似ているとか、ある種の外見上のしるし、たとえば指輪をたくさんはめているとかのせいで、見る目がない輩はこれこそあなたのおっしゃる事例の特徴だと想いこむんですな。ほれ、百姓ならふたこと目にはこん畜生[258]と、イギリス人ならゴッダム[259]とつけ加えると想いこむようなもんですよ。そんなものはブールヴァール劇の約束ごとにすぎん。」仰天させられたことにシャルリュス氏は、私がバルベックで見かけた例の四人組[260]のリーダー格で「女優の愛人」だった男も倒錯者のひとりだと言った。「ではあの女優は？」「男の衝立役ですな、もっとも、あの男は女優とも関係を持っている、もしかすると男たちとの関係以上にね、男たちとの関係はそう頻繁にはないんですよ。」「するとあのリーダー格は三人の男全員[261]と関係していると？」「とんでもない！　それが目的で友だちになってるわけじゃありませんぞ！　そのうちのふたりの男は完全に女相手、もうひとりはまあその口だが、その男もリーダー格の友人については確信が持てないんです、いずれにせよふたりの男はたがいに隠しあっていますから。こう言うと驚かれるでしょうが、そうした不当な評判にかぎって、一般の人の目にはいちばん確かなものに見えるんです。ねえ、ブリショ、あなた自身が、このサロンに出入りするだれかれを悪癖とは無縁の男だと

(258)　原語は jarniguié.「芝居の登場人物、とくに農夫が口にする古風な罵り」とされる「こん畜生！」jarni(dieu)!(「神など糞食らえ」je renie Dieu)の一変形(『グラン・ラルース仏語辞典』)。
(259)　原語 goddam. 英語 goddamn「ちくしょう」に由来、十八世紀後半から仏語(n なし)で使われた。
(260)　「裕福な青年」と愛人の女優、「ふたりの貴族の男」から成る四人組(本訳④一〇二—〇三頁参照)。
(261)　リーダー格以外に男が三人いるなら女優を加えて五人組になる(バルベックでの記述とは異なる)。

天地神明にかけて誓ったとしても、事情通にはその男は間違いなくそれと知られている場合もあれば、また大衆のあいだではその趣味の持主として通っているさる有名人についての悪評を、あなたもきっと世間の人と同じように信用なさるだろうが、あにはからんや二スーごときで[262]そんなことなどありえない。私が二スーごときでと言うのは、もし二十五ルイ[263]も出せば、かわいい聖人の数はどんどん減ってゼロになりかねんからだ。そんな事情でなければ聖人の割合は、そんなことで聖人と言えるとしての話だが、まあ一般的に十人に三人か四人というのが相場でしょう。」ブリショは話題になった悪評を男性に当てはめたのであるが、私のほうはアルベルチーヌを想いうかべながら、このシャルリュス氏のことばを逆に女性に当てはめた。私は氏の挙げた統計に啞然とした。もとより氏は、自分の願いにかなうように、また陰口の好きな、もしかすると嘘つきの、いずれにせよ自分自身の欲望に目をくらまされた人たちの報告に基づいて、きっと数字を膨らませたにちがいないし、そんな報告をする人たちの欲望が、シャルリュス氏自身の欲望とあいまって、おそらく男爵の計算を歪めたのだろうと考えたとしても、この数字は私には驚きだった。「十人に三人とは！」とブリショは大声をあげた、「たとえその割合を逆にしたとしても、罪ある人の数は、私の想像より百倍も多いってわけですな。その数があなたのおっしゃるとおりだとすると、そしてあなたの思い違いではないとすると、それなら男爵、あなたは周りのだれひとり気づかぬ真実を透視する目を備えた類《たぐい》まれなる予言者だと申しあげるほかありません。こんなふうにしてバレスも議会の腐敗をめぐる数々の発見をしたのでしょう(264)、それもルヴェリエによる惑星の存在と同様(265)、あとで正しいことが立証されましたからね。ヴェルデュラン夫人なら、私は名前を挙げるのは差し控えますが、情報部や参謀本部における数々の陰謀(266)を見抜いた人たちの名前を挙げるでしょう、陰謀といっても愛国心に駆られて出たもので、とうてい私には想像だにしなかったものですが。フリーメイソンや、ドイツのスパイ活動や、モルヒネ中毒については、レオン・ドーデが連日、それこそ驚くべきお伽噺を書いていますが(267)、あれも現実そのものなのですね。十人に

(262) 二スーは、約五十円。原語 pour deux sous は否定文で「全然……でない」意の慣用句をつくる。
(263) 一ルイ(二十フラン金貨)は、約一万円。
(264) モーリス・バレス(一八六二–一九二三)は、一八八九年にブーランジェ派の代議士に当選、パナマ疑獄(本巻一六九頁注154参照)をめぐる議会の腐敗を糾弾した。バレスはこの事件をのちに三部作『国民的エネルギーの小説』第三篇『彼らの面影』(一九〇二)で描く。プルーストは著者バレスに、これは「崇高にして残忍なパナミストの面影」だと書いた(一九〇二年十一月十三日または二十日の手紙)。
(265) 天文学者ユルバン・(ルヴェリエではなく)ル・ヴェリエ(一八一一–七七)は、一八四六年、当時まだ正確に存在が認識されていなかった海王星の位置を計算によって予言した。
(266) ドレフュス逮捕につながった陸軍内部の陰謀。夫人は反ドレフュス派、ブリショは軍部信奉者。

三人とは！」とブリショは唖然としてくり返した。もっともシャルリュス氏は、同時代人の大多数を倒錯者だと決めつけたが、じつをいえば自分自身が関係を持った男たちはそこから除外していた。その男たちとの関係にすこしでも小説じみた要素が混じると、その男たちのケースはずっと複雑なものに見えたのである。それと同じで、女の貞操など信じない多くの道楽者も、こと自分の愛人であった女にだけはいくぶん敬意を表する現象が見られるもので、その女のことになると解《げ》せないという顔をして心底から抗議する、「とんでもない、それは勘違いですよ、あれはだれにでも身を任せるような女じゃありません。」道楽者がこんな想いも寄らぬ敬意を示すのは、女の愛の証が自分にだけ与えられたと考えるほうが自尊心をくすぐられるからかもしれないし、あるいは愛人が自分に信じこませようとすることをなにからなにまでおめでたく真に受けるからかもしれないし、あるいは女とその暮らしに近づいたとたん、前もって貼られていたレッテルや分類があまりにも単純に見えてしまう生活感情のせいかもしれない。「十人に三人とは！　しかしご用心ください、男爵、かりにおっしゃるような統計表を後世の人たちに示そうとなされば、あなたは未来が正しさを認めてくれる歴史家のような幸運には恵まれず、後世から気に食わんと袖にされるかもしれません。後世は証拠によって裁きますから、あなたの証拠資料を調べようとするでしょう。

ところが唯一の事情通たちがうやむやにしようと汲々とするこの手の集団的現象を立証してくれる資料などあるわけがなく、高潔の士の陣営はいたく憤慨して、あなたは間違いなく中傷家や狂人とみなされるでしょう。この地上ではエレガンスの覇を競って最高位にのぼりつめ帝王となられても、墓のかなたでは落伍者の悲哀を味わうことになりかねません。それじゃ甲斐がないと、こう申してはなんですが、われらがボシュエなら言うところです。(268)」「私はなにも歴史のためにあくせくしてるわけじゃない」とシャルリュス氏は答えた、「人生だけで充分ですよ、亡きスワンが言ったように、人生は充分におもしろいものですからな。」「えっ、スワンをご存じだったんですか、男爵、それは知りませんでした。で、スワンもあの趣味だったのですか?」とブリショは心配げな表情で訊ねた。「なんて不作法な人だ！　するとなんですか、私の知り

(267) レオン・ドーデ(一八六七―一九四二)は、シャルル・モラスとともに創刊した愛国主義の機関紙「アクション・フランセーズ」(一八九九創刊、一九〇八日刊)で、反ドイツ・反ユダヤの論陣を張った。「モルヒネ中毒」に関しては、医学を学んだレオンが、プルーストの不健康はモルヒネ中毒のせいだと不正確な言辞を弄した(アントワーヌ・ビベスコの回想)ことへの皮肉か(ナタリー・モーリヤック説)。

(268) ボシュエ(一六二七―一七〇四)は名士の追悼演説で名高い聖職者。プルーストは、ある手紙で美術アカデミー終身書記の作家アンリ・ルージョン(一八五三―一九一四)を槍玉に挙げ、「ルージョンのようなばかな輩に「そんなことはどうでもよい、とボシュエなら言うところだ」と書かせる愚かさ」を批判していた(一九〇七年十二月二十七日のストロース夫人宛て書簡)。

合いはだれもかれもその手の輩だとお考えで？　とんでもない、スワンは違いますよ」と言ったシャルリュス氏は、目を伏せ、利害得失を天秤にかけて見極めようとした。その結果、むしろ正反対の性向でつねに知られたスワンのことゆえ、ほんの一端を打ち明けても当のスワンには害がおよばず、それをほのめかす自分の自尊心を満足させられると考えたのだろう、男爵は「まあ言うほどのことでもないが、その昔、高等中学《コレージュ》のとき、偶然にも一度ありましたがね」と、考えていたことをついうっかりひとりごとのように口から出したみたいに言うと、すぐに言い直し、「いやいや、遠い遠い昔のことで、とても憶えてなどいられませんよ、そんなことを訊かれても困りますねえ」と笑って話にケリをつけた。「いずれにしても美男子じゃなかったですからね！」とブリショは言った。見るに堪えない顔をしているくせに自分では男前だと想いこんでいて、すぐ他人を醜男と決めつけるのだ。「黙りたまえ」と男爵は言った、「そんなばかなことは言わんでもらいたい、当時のスワンは紅顔の美少年で、しかも」と氏は、ひとつひとつのシラブルにべつの音調をつけて言い添えた、「うっとりするほどかわいくてね。それにいつも魅力的でしたから、それはそれは女にもてましたよ。」「で、あの細君もご存じでしたか？」「ご存じどころか、私が紹介したんです。ある夜、あれがミス・サクリパンの役を演じたとき、そのなかば男装したすがたが魅力的だと思いましてね。[269]私はクラブの仲間たちといっしょにいて、その夜は皆ひとりずつ女を連れ帰ることになり、私は眠りたい以外なんの欲望もなかったのに口さがない連中は、なにせ社交界の意地の悪さときたら目も当てられませんからね、私がオデットと寝たと言いふらしたんです。ただオデットは、それをいいことに私にうるさくつきまとうようになったんで、私はスワンに紹介すれば厄介払いできると考えたんだが、逆にその日から私にとり憑いて離れない。あれは単語のひとつも満足に綴れない女で、手紙はぜんぶ私が書いてやったんです。そのあとは散歩に連れだすのも私の役目になった。ほら、おわかりでしょう、あなた、そういうことで結構な評判が立つんです。もっとも私はその評判には半分しか値しませんでしたがね。まあ、オデットのために、無理やり五、六人の乱痴気騒ぎをやらされたことぐらいでしょうか。」シャルリュス氏はそう言うと、オデットがつぎからつぎへこしらえたという愛人について(オデットはある男とねんごろになったかと思うと、つぎにはまたべつの男とくっついていたのに、嫉妬と愛情に駆られて我を忘れたスワンはそのどの男についてもなにひとつ知らず、わが身の幸運の可能性を見極めようとするかと思えば、女の矛盾した

(269)「ミス・サクリパンの役」を演じたオデットの「なかば男装した」肖像は、エルスチールが描いていた(本訳④四四五—四八頁参照)。ミス・サクリパンの「写真」(同⑥二一二頁)も参照。

発言よりも断定的に言う誓いのことばを信じる始末で、じつをいえば罪深い女が自分では気づいていないその矛盾した発言は、誓いのことばよりも捉えがたいとはいえはるかに意味があって、嫉妬する男は、自分が手に入れたと勘違いしている情報よりもその矛盾した発言をずっと理詰めに利用すれば、愛人を不安に陥《おとしい》れることもできるのだ）、その名の列挙をはじめ、そこには歴代フランス王のリストを暗唱するときのように間違いはないという確信がこめられていた。実際、嫉妬する男は、同時代人にも似て、あまりにも近くにいるせいでなにひとつ知ることができず、不義密通のゴシップは、部外者の目にのみ歴史のような正確さを備えて長いリストとなるのだ。もっともそのリストはさしたる関心を惹くようなものではなく、それに悲しみをそそられるのは、私がそうであったようにべつの嫉妬する男、つまり自分のケースを話題になっている人のケースと比べずにはいられず、自分が疑っている女にも同様の悪名高いリストが存在するのではないかと自問する男だけである。ところがその男も、それについてはなにも知ることができない。まるで世間全体の陰謀、みなが荷担する残忍ないじめに巻きこまれ、自分の愛する女が男から男へと渡り歩いているあいだ目隠しをされたようなもので、たえずその目隠しをはぎ取ろうと必死になるがうまくゆかない。というのもだれもかれもが、善人は善意から、悪人は悪意から、卑しい人は卑劣ないたずら心から、育ちのいい人は礼儀正しさと躾《しつけ》のよさから、とどのつまり全員がこうした原理原則と呼ばれる約束ごとのいずれかから、この不幸な男の目を見えなくしているからである。「でもスワンは、あなたがオデットから愛の証を得ていた事実を知ることはなかったのでしょうか？」「とんでもない、ぞっとする！　そんなことをシャルルに話すなんて！　まさにそれでしょう、身の気もよだつとは。あなたねえ、そんなことをしたら、やつは躊躇なく私を殺していたでしょう、おそろしく嫉妬ぶかい男ですからね。私はオデットにもなにも打ち明けなかった、もっとも打ち明けたところでオデットはなんとも思わなかったでしょうが……、さあさあ、これ以上ばかなことを言わせないでください。そうそう、いちばんの傑作は、オデットがスワンに何発もピストルをぶっ放して、その弾をあやうく私が食らうところだったことかな。いやはや、あの夫婦にはずいぶん楽しませてもらいましたよ。で、やつがオスモン(270)と決闘したとき、スワンの介添人をさせられたのは、当然、この私ですからね、オスモンには二度と赦してもらえませんでしたよ。なにしろオスモンがオデットをかっさらったところ、スワンが腹いせにオデットの妹(271)を愛人にしたか、愛人に見せかけたのが、こ

(270)　ゲルマント公爵の従兄のオスモン侯爵。その病気と死については、本訳⑦五一〇頁以下参照。
(271)　オデットに妹がいたことは、ここでのみ言及される。

とのおこり。おっと、私にスワンの話をさせちゃいけませんな、話すと十年はかかる、そりゃ私ほど詳しい人間はいませんからな。オデットがシャルルに会いたくないと言えば、私がオデットの相手をしていたんです。が、なんとも困ったことに、私の近親にクレシーという名前の男がいましてね、もとよりそんな名前を名乗る権利などなかったとはいえ、そりゃ、その男は愉快じゃなかったでしょう。なにせあの女がオデット・ド・クレシーと称していましたからね[272]、あれはクレシーという旦那と別居したばかりだったので、そう名乗ってもなんら問題はなかったんですが。この旦那のほうは正真正銘のクレシーで、まことに立派な紳士でしたが、オデットにすっかりかんになるまで搾り取られたんです。ほれ、これ以上言う必要はないでしょう、あなたがあの男とトルティヤールに乗っているところをお見かけしたこともあるし、バルベックで何度も晩飯をおごっておられたじゃありませんか[273]。かわいそうに、そうしてもらわざるをえないんだ、あの男はスワンからもらうわずかな慰謝料の年金で暮らしていましたからねえ、スワンが死んだとなると、この支払いも完全に途絶えたのではないでしょうか。私がなんとも腑に落ちないのは」とシャルリュス氏は私に言った、「あなたがしょっちゅうシャルルの家を訪ねておられたのに、さきほどナポリ王妃に紹介してほしいとおっしゃらなかったことですよ。要するにあなたは名所旧跡としての人物には関心をお持ちじゃないとお見受けしますが、これはスワンの知り合いだったかたにしてはなんとも不思議なことですな。スワンはこの手の関心がきわめて強い男で、この点じゃ、私がスワンの手ほどきをしたのかスワンが私の手ほどきをしてくれたのか判然としない。これは私にとって、ホイッスラーの知り合いだったのに趣味のなんたるかを心得ない人に出会ったように驚くほかありません。(274)こりゃ、いかん、モレルこそぜひとも王妃に引き合わせておくべきだった。そもそもぜひそうしてほしいと熱心に言ってましたね、なにしろとびきり頭のいい男ですから。王妃がお帰りになったのではどうしようもないが、まあ、近いうちに引き合わせるとしよう。なんとしてもあの男を王妃に会わせておかなくちゃならん。差し支えがあるとすれば、ただひとつ、あすにでも王妃が亡くなることだが、そんな縁起でもないことはおこらんだろう。」ブリショは、シャルリュス氏から明かされた「十人に三人」という比率の衝撃がいま

(272)「スワンの恋」の当初からオデットは「クレシー夫人」として登場(本訳②二四頁、三九頁参照)。
(273)「クレシー伯爵ピエール・ド・ヴェルジュ」の窮乏生活とバルベックでの「私」との会食は、本訳⑨五一二―一三頁参照。シャルリュスのいうクレシーを名乗る「近親」とは、ゲルマント夫人の従姉妹《いとこ》のひとりと結婚した「チャールズ・クレシー」という名のアメリカ人(同⑨五一八頁)のこと。
(274)シャルリュスにとって画家ホイッスラーは趣味の権化。ホイッスラーが『敵をつくる優雅な方法』で「芸術家とその弟子」の特権とした夜の時間を「私」に勧めた(本訳⑦四八四頁と注517参照)。

だに収まらず、そのことを考えつづけていたようで、突然、まるで被告に自白を迫る予審判事を想わせるようにいきなり、といっても実際には教授としての炯眼ぶりを見せたい気持と、かくも重大な告発をする内心の動揺とがないまぜになった結果、暗い顔をしてシャルリュス氏に訊ねた、「スキーもその口じゃないんですか?」ブリショがみずから直感の才と称するものを示して喝采を浴びようとしてスキーを選んだのは、清廉潔白なのは十人に三人しか存在しないのだから、いささか変わり者で、不眠に悩み、香水をつけ、とどのつまり標準から逸脱しているスキーの名を挙げておけば間違える危険はなかろうと考えたのだ。「とんでもない」と言い放った男爵の大声には、決めつけるような、すさまじい、にがにがしい皮肉がこもっていた、「あなたの言い分は、ばかばかしいでたらめで、まるでお門違いだ! なにも知らん輩には、まさにスキーはそれに見える。だがほんとうにそうなら、あんなにそれらしくは見えない。そうはいっても、ちっとも批判するつもりはありません、なかなか魅力的な男だし、私としても非常に心惹かれるところさえありますから。」「それじゃあ、何人か名前を挙げてくださいよ」とブリショはしつこく言った。シャルリュス氏は尊大に胸を張って、「いや、あなたね、私はご存じのように抽象の世界に生きておるんで、その件も超越的観点からしか興味がないんです」と答えたが、そこには氏の同類に特有の猜疑心からすぐに気を悪くする傾向と、氏の会話の特徴である大言壮語する気取りが見てとれた。「よろしいかな、私の関心を惹くのは一般的なことだけでして、さきのことも重力の法則のようにお話ししているつもりです。」しかし男爵が自分の生活の真相をひた隠しにせんとして機嫌の悪い反応をするこのような瞬間は、人をいらだたせる思いあがりから男爵がたえず自分の生活の真相をほのめかし、それをしだいにひけらかしてゆく長い時間と比べれば、ほんのいっときで終わりを告げた。男爵にあっては秘密の漏洩を怖れる気持よりも秘密を打ち明けたい欲求のほうが強かったのである。「私が申しあげようとしたのは」と男爵はつづきを言う、「いわれなき悪評がひとつあれば、いわれなき良い評判が何百とあることです。もちろん良い評判に値しない人間の数は、その同類の連中の言うことに依拠するか、それ以外の人たちの言うことに依拠するかで変わってきます。もちろん、それ以外の人たちの悪意がごく限られたものであるのは、その人たちからすると、やさしい心遣いをする情の深い知り合いが、盗みや殺人と同じほど恐ろしい悪徳の持主であるとはとうてい信じられないからであるのにたいして、同類の連中の悪意のほうが度を越してかき立てられるのは、気に入った相手を、なんといいますか、まあ手に入れやすい男だと思いたい欲求があるからであり、そんな欲求のせいで判断を誤った者たちから情報を得ているからであり、またその連中がたいてい世間からのけ者にされているからです。くだんの嗜好のせいで嫌われている男が、ある社交人士も同じ嗜好の持主だと思うと言い張るのを聞いたことがあります。ところがその男がそう思った唯一の理由がですよ、その社交人士が自分に親切にしてくれたからというんだ！　数の推定には、これだけの楽観的になれる理由があるんですよ。」そう男爵は無邪気に言った、「しかし素人が計算した数と、玄人が計算した数とが大きくかけ離れるほんとうの理由はね、玄人が自分の悪行を他人に隠そうとしてそれに秘密のベールをかぶせてしまうことにあるんです。こうして情報を得る手立てを奪われたほかの人たちは、真相の四分の一でも知るだけで、文字どおり呆気にとられてしまう。」「とおっしゃいますと、現代でも、ギリシャ人の時代のように」とブリショは言った。「なに、ギリシャ人の時代のように、ですと？　その後はそれが途絶えたとでもお考えですかな？　ご覧なさい、ルイ十四世の時代にも、ムッシューあり、小ヴェルマンドワあり、モリエールあり、ルイ・ド・バーデン大公あり、ブルンスヴィックあり、シャロレーあり、ブーフレールあり、大コンデあり、ブリサック公あり[275]。」「おことばですが、ムッシューのことも、ブリサックのことも、サン＝シモンを読んで知っていました、もちろんヴァンドームもそうですし[276]、まだほかにも同類はたくさんいますが、あの老いぼれ疫病神たるサン＝シモンは頻繁に大コンデやルイ・ド・バーデン大公のことを語っていながら、一度もそうだとは言っていませんが。」「はてさて、ほかでもないソルボンヌの教授ともあろうお方に私ごときがかような歴史を教えねばならんとは嘆かわしい。それにしても教授、あなたはものを

(275)　ムッシュー（王弟のフィリップ一世）については本巻六三頁注51に引用したサン＝シモンの記述を参照。サン＝シモンの義弟ブリサック公アンリ・アルベール・ド・コッセ（一六四五－九八）に関しては、やはりサン＝シモンが『回想録』でその「恥ずべき放蕩」に触れている（一六九九年の項）。残りのリストは、王弟の後妻オルレアン公爵夫人（一六五二－一七二二）が宮廷の内幕を暴露した『王弟妃《マダム》の書簡全集』（全二巻、一八五五）に拠る。ルイ十四世の庶子ヴェルマンドワ伯ルイ・ド・ブルボン（一六六七－八三）は、王弟《ムッシュー》の男色相手シュヴァリエ・ド・ロレーヌ（一六四三－一七〇二）とその弟から「誘惑された」（一七一七年六月十四日の手紙）。ルイ＝ギヨーム・ド・バーデン（一六五五－一七〇七）も同様の「誘惑をされた」（一七〇七年一月二十七日の手紙）。大コンデの孫シャロレー伯シャルル・ド・ブルボン（一七〇〇－六〇）は「恥じることもなくコンティ大公と」たえず「おぞましい交際」をしていた（一七二一年三月八日の手紙）。大コンデことルイ二世・ド・ブルボン（一六二一－八六）は「軍の遠征に行くと若い騎兵たちと親しみ、戻ってくるともはや女性たちを許容できなくなった」（一七一六年六月五日の手紙）。ただしサン＝シモンは、フランス元帥ルイ・フランソワ・ド・ブーフレール公爵（一六四四－一七一一）は「正真正銘のまじめな美徳」の持主だと請け合っている（一七一一年の項）。ブルンスヴィック公爵ジョルジュ＝ギヨーム（一六二四－一七〇五）の同性愛については、サン＝シモン『回想録』にも『王弟妃《マダム》の書簡全集』にも言及がない。モリエールについては、弟子の俳優ミシェル・バロン（一六五三－一七二九）との友情が誇張されて語られたことがある。

(276)　ヴァンドーム公爵ルイ・ジョゼフ・ド・ブルボン（一六五四－一七一二）について、サン＝シモンは「ヴァンドーム氏ほど破廉恥にも一生涯ソドムに沈潜した者はない」（一七〇六年の項）と書いていた。

知らん人ですな。」「これは手厳しいですな、男爵、そのとおりですよ。あっ、そうだ、おもしろいことをお教えしましょう。いま想い出したんですが、大コンデが親友のラ・ムーセー侯爵と連れだってローヌ川をくだっていたとき、いきなり雷雨に襲われたようすを雅俗混交(277)のラテン語で書いた当時の戯《ざ》れ歌があるんです。

親しき友たるムサエウス、
やれ、こんちきな、この天気!
　こんちき、こんちき、
雨に打たれて死ぬるかな。

するとラ・ムーセーは、こう言って大コンデを安心させます、

安心ござれ、われらの命、
われらソドムの民なれば、
業火でなくば死にませぬ、(278)
　こんちき、こんこん。」

「いや前言は撤回いたす」とシャルリュス氏は、かん高いつくり声で言った、「博覧強記とはあなたのことですな。その歌、書いてくださいよ、わが家の古文書に保存しておきたいので。なにしろ私の三親等の曾祖母は、大公殿下(279)の妹ですから。」「いいですよ、でも男爵、ルイ・ド・バーデン大公についてはなにも思い当たりませんが。そもそも一般に軍事作戦では……」「なにをばかな！　その当時も、ヴァンドームあり、ヴィラール(280)あり、オイゲン公(281)あり、コンティ大公(282)あり、それにトンキンやモロッコの

(277) 原語 macaronique. ラテン語ふう語尾の造語（「ムーセー」を「ムサエウス」とする）を交えた、の意。

(278) 一六四三年のできごとを諷うこの戯れ歌は、『王弟妃《マダム》の書簡全集』（前注275参照）において、一七一六年六月五日の手紙に付された注2に記されたもの。

(279) 原語 M. le Prince. コンデ公の尊称。

(280) フランス元帥クロード＝ルイ＝エクトール・ド・ヴィラール（一六五三―一七三四）は「アイズナック大公をひたすら熱愛し、恋の告白をした」という（『王弟妃《マダム》の書簡全集』一七一八年十月二十八日の手紙）。

(281) フランス生まれでオーストリア軍の将校となったオイゲン公、オイゲン・フォン・ザヴォイエン＝カリグナン（仏語名ウジェーヌ・ド・サヴォワ＝カリニャン）（一六六三―一七三六）は「若者たちの愛人」役となり「マダム・プタナ」（娼婦）と呼ばれた（『王弟妃《マダム》の書簡全集』一七一七年八月十一日の手紙）。

(282) コンティ大公フランソワ＝ルイ・ド・ブルボン（一六六四―一七〇九）は、「靴の修理屋や従僕や椅子係」にも気に入られようとしたというサン＝シモンの証言（本訳⑦四六一頁注491参照）のほか、『王弟妃《マダム》の書簡全集』には「男たちとの放蕩にふけった」という記述がある（一七一七年八月十一日の手紙）。

われらが英雄たち(283)あり。私が言うのはほんとうに崇高にして敬虔な、「新世代」の英雄たちのことだが、この連中の話をしたら、きっとあなたは仰天しますよ。いやはや、ブールジェ氏のいう先輩たちの無用な煩瑣をかなぐり捨てた新しい世代(284)について、あれこれ調査している輩どもに、そんな英雄たちのことを教えてやりたいものだ！　私はあちらにかわいい友人がいましてね、ずいぶんうわさも立って、あれこれ立派なことをやっておる(285)。だが、意地悪なことは言いたくない、十七世紀に戻りましょう、ご存じのようにサン＝シモンはユクセル元帥(286)について、とりわけこんなことを言っています、「……好色漢で、なにはばかることなく公然とギリシャふう放蕩にふけり、美形の従僕のみならず、若い将校たちをひっかけて手なずけ、おまけに軍隊でもストラスブールでもそれを包み隠すことはなかった(287)。」あなたはきっとマダムの書簡集をお読みになったでしょうが、部下たちは元帥を「娼婦(288)」と呼んでいたとか。それについてはマダムが相当はっきり書いています。」「夫があれだから、恰好の情報源があったんですね。」「マダムはね、なかなかおもしろい人物ですよ」とシャルリュス氏は言った、「あれに依拠すれば、「タントの妻(289)」がいかなるものか、それについて熱烈な総括ができますぞ。まずは男まさりだということ。概して「タント」の妻は男ですから、そのおかげでいとも簡単に子供が何人もできる。つぎにマダムは、ムッシューの悪癖については口をつぐみ、ほかの男たちに見受けられる同じ悪癖については事情通としてのべつ幕なしに語るでしょ。これはね、われわれが自分の家庭で悩みの種となっている同じ欠陥がよその多くの家庭にも見出されるとつい嬉しくなり、これはなんら例外的なことでも不名誉なことでもないと自分に言い聞かせようとする、そんな性癖から出たことですな。さきほど、いつの時代でもこうだったと申しあげましたね。とはいっても今の時代は、この観点からするとずいぶん特殊ですな。十七世紀には私が挙

(283) 一八八三年のトンキン(ヴェトナム北部)の保護国化、一八八七年の仏領インドシナの成立に至る作戦、一九〇七年八月のモロッコのカサブランカ爆撃など、フランスの軍事介入を踏まえる。

(284) 作家・批評家ポール・ブールジェ(一八五二―一九三五)は、『現代心理批評』(一八八三初版、八五、九九増補版)などで、新旧の文学的心性を比較した。とくにこの書のボードレールの章で「文学は歪んだ語彙と煩瑣な語を用いるに至り、この文体は未来の世代には理解されないだろう」という見解を紹介している。

(285) 六行前の「トンキンやモロッコのわれらが英雄たち」のひとりを暗示する。

(286) フランス元帥のユクセル侯爵ニコラ・シャロン・デュ・ブレ(一六五二―一七三〇)。

(287) サン＝シモン『回想録』一七〇三年の項の記述。ストラスブールは当時の元帥の居住地。ラ・ラスプリエールでシャルリュスは「興に乗ってユクセル元帥を気取っていた」(本訳⑨二七〇頁)。

(288) 原語 Putana. ただし、そう呼ばれていたのはオイゲン公のこと(前注281参照)。

(289) Tante(原意は叔母)。男性同性愛者(ペデラスト)の隠語(『二十世紀ラルース辞典』『グラン・ラルース仏語辞典』)。『トレゾール仏語辞典』は「受け身の男性同性愛者」を指すと注記。プルーストは男性同性愛者に関する初期草稿に「タントの種族」という題名をつけていた(「カイエ6」)。

げたように多数の例(290)が存在するとはいえ、かりに私の偉大な先祖のフランソワ・ド・ラ・ロシュフーコーが現代に生きていたら、当時よりも現代にいっそう当てはまることばとして、こう言えたでしょうね、さあ、ブリショ、あやふやなので助太刀を、「悪癖はいつの時代にも存在する。しかしだれもが知る人物たちがもしも古代にあらわれていたら、はたして人は今もなおヘリオガバルスの淫行を語るだろうか？(291)」だれもが知る、これがなんとも秀逸ですな。どうやらわが炯眼の先祖は、同時代の名だたる連中の「口上」に通じていたらしい。私が現代の名だたる連中のそれに通じているのと同様でしょう。しかしこの手の連中は、いまじゃ昔よりも大勢のさばっている、というだけじゃない。いまの連中にはなんとも特殊な点もあるんです。」私はシャルリュス氏が、この種の風習がどのような変遷をたどってきたのかを説明しようとしているのだと悟った。こうしてシャルリュス氏が話しているあいだも、ブリショが話しているあいだも、アルベルチーヌが私を待っているわが家のイメージは、愛撫するようなヴァントゥイユの親密な動機《モチーフ》と結びついて、それを意識する度合いに濃淡はあれ、いっときたりとも私の脳裏から消えたことはなかった。私の心がたえずアルベルチーヌへ立ち戻ったように、やがて私は実際その人のもとへ帰らなくてはならないのだ。そのアルベルチーヌはとにもかくにも私に取りつけられた一種の足枷《あしかせ》で、そのせいで私はパリを離れることもままならず、いまヴェルデュラン家のサロンからわが家を想いうかべるときも、そのわが家は、いささか淋しいが個性を昂揚させる空っぽの空間としてではなく、そこから移動せず私のためにそこにとどまり、私が望むときに確実に会える存在によって満たされた――この点である種の夕べのバルベックのホテルにも似た(292)――空間として感じられた。シャルリュス氏が相変わらず同じ話題にたち戻るその執拗さには――この話題をめぐってつねに同じ方向にはたらく氏の知性はある種の洞察力を備えていたとはいえ――、かなり複雑な耐えがたさがあった。氏は専門外のことはなにもわからぬ学者のように退屈で、自分の握っている秘密が自慢でそれを漏らしたくてたまらない事情通のように不愉快で、こと自分の欠点となると嫌がられているのにも気づかず嬉々としてしゃべりつづける人たちのように反感をそそり、偏執狂のように同じことに拘泥し、犯罪をやらかす者のようにどうしようもなく軽率で

(290)　有名な『箴言集』の作者(一六一三-八〇)。男爵と同家の関係については「サン＝ルーの母方の祖父」(先代のゲルマント公爵)が「ラ・ロシュフーコー公爵」との記述があった(本訳⑧一九二頁)。

(291)　ラ・ロシュフーコーの遺稿集『考察』「今世紀の出来事について」から一部を省略した引用。ヘリオガバルスはローマ皇帝マルクス・アウレリウス・アウグストゥス(二〇三-二二、在位二一八-二二)の通称。真偽は定かではないが、多くの男女と淫行を重ね、女装して男に身を売ることもしたという。

(292)　「私」の外出中も、ホテルの部屋には祖母(最初の滞在)や母(二度目の滞在)がいたから。

あった。このような特徴は、ときに狂人や凶悪犯にありがちな特徴と同じほど胸を衝かれるものであるが、それでも私に一種の安心をもたらしてくれた。というのも私は、そうした特徴からアルベルチーヌにかんする結論を導きだせるよう、その特徴に必要な変更を加えるとともに、アルベルチーヌのサン＝ルーと私にたいする態度を想い出して、私にとってサン＝ルーについての想い出はどれほど辛く、私についての想い出はどれほど憂鬱なものであろうと、そうした想い出には、シャルリュス氏の人柄や会話から強烈に発散される際立った歪みや否応なく排他的になる特殊化は含まれていないと思ったからである。ところがあいにくシャルリュス氏は、そんな希望をいだく根拠を私に与えてくれたときと同じように、つまりそうとはつゆ知らずに、たちまちその根拠を壊滅させてしまった。「そう」と氏は言った、「私はもう二十五の若僧じゃなく、すでに身のまわりで多くのものが変わるのを見てきた。もはや社交界は面影をとどめず、障壁という障壁はとり壊され、エレガンスもなければ礼節もない群衆がそれこそ私の家族のところにまで押し寄せてタンゴを踊るありさま。ファッションも、政治も、芸術も、宗教も、なにもかも見る影もない。しかしなにを隠そう、やはりいちばん変わったのは、ドイツ人が同性愛と呼んでいるものだ(293)。いやはや、私が若かったころは、女嫌いの男たちや、愛するのは女だけでそれ以外はすべて欲得ずくという連中をべつにすれば、同性愛者というのは一家のよき父親で、情婦をもつのは隠れ蓑にすぎなかった。私に嫁がせるべき娘がいたとして、その娘を絶対に不幸な目に遭わせたくなければ、婿はその手の人たちから選んだにちがいない。ところが、なにもかも変わってしまった。いまやその手の連中は、なによりも女の尻を追いまわす男たちのあいだにも存在する。私はなかなか勘が鋭いと自負していたし、「あれは絶対に違う」と当たりをつけたときは間違えるはずがないと思っていた。ところがいまじゃお手あげだ。私の友人にあれで知られた男がいてね、義姉《あね》のオリヤーヌの世話でコンブレー出身の男を御者に雇っていて、このどんな仕事にも手を染めてきた御者が、なかんずくペチコートをたくしあげるのが得意技、あの手のことは大嫌いな男だと私は思っておった。なにしろ歴《れっき》とした愛人がいながら、関係した女は数えきれず、なかでもふたりの女、ひとりは女優、もうひとりはブラッスリーの娘だったかな、このふたりに惚れこんでねんごろになり、愛人を辛い目に遭わせていたからねえ。私の従兄《いとこ》のゲルマント大公ときたら、なにごともやすやすと鵜呑みにする連中にありがちなまさに人騒がせな頭の持主でね、ある日、私にこう言った、「どうしてあのXは、御者と寝

(293)「同性愛」(仏語 homosexualité) はドイツで一八六九年にはじめて提唱された用語。『ソドムとゴモラ』における「不適切に同性愛と呼ばれるもの」という指摘を参照(本訳⑧三三頁と注14)。

ないのかね？　そうしてやれば喜ぶんじゃないかね、テオドール(294)だって（それが御者の名前なんです）、雇い主が言い寄ってこないのでひどく傷ついているんじゃないだろうか？」　これには思わずジルベールを黙らせずにはいられませんでしたよ。癇《かん》にさわったのは、自分じゃ眼力があるつもりの思いあがりでね、そう見さかいなくやるんでは眼力がないのと変わらないのがわからんのだろう、それと従兄の見え透いた悪知恵です、われらが友のXに危ない橋を渡らせておいて、首尾が上々なら自分も尻馬に乗ろうという魂胆だから。」「するとゲルマント大公にもあの嗜好がおありだと？」とブリショは、驚きと不快感の入り混じる口調で訊ねた。「仕方がない」とシャルリュス氏は嬉々として答える、「あまりにも周知のことなので、そうだとお答えしても口が軽いとのそしりは受けんでしょう(295)。で、たしかその翌年でしたか、バルベックへ出かけたとき、私をときどき釣りに連れて行ってくれる水夫から教えてもらったのだが、そのテオドールがですよ、ついでに言っておくとその妹はヴェルデュラン夫人の友人のピュトビュス男爵夫人の小間使い(296)だそうだが、そのテオドールが港にやって来て、恥知らずもいいところ、あるときはこれ、あるときはそれと水夫を漁っては舟であたりを遊覧し、さらに「ほかのことも」していたとか。」こんどは私が、テオドールの雇い主というのは愛人の女と一日じゅうトランプに興じていた男(297)だと気づいて、その人もゲルマント大公と同類なのかと訊ねた。「なにをいまさら、周知の事実ですよ、本人だって隠そうとさえしていない。」「でも女の愛人といっしょでしたね。」「ほう、それがどうだというんです？　なんともおめでたい子供たちだ」と氏は父親のような口を利いたが、私がアルベルチーヌのことを考えて氏の発言を苦痛の種とするとは想いも寄らなかったのである。「感じのいい人ですがね、その愛人は。」「ではあの三人の友人[298]もその口なのでしょうか？」「とんでもない」と氏は、まるで私が楽器の演奏中に音程をはずしたとでも言わんばかりに両耳を手で塞ぎながら大声を出した、「こんどは逆の極論ときた。それじゃ、あの連中には友だちを持つ権利もないとでも？　まったく！　若い者はなんでも混同する。あなた、もう一度、教育を受けなおさなくちゃなりませんぞ。ところで」と氏はことばを継いだ、「私はほかの例もた

(294)　コンブレーの「食料品店の小僧」で教会の「聖歌隊員」(本訳①一六一頁参照)。「それなりの理由があって不良という烙印を押されたこの青年」(同三二九頁)という記述は、この一節への伏線。
(295)　「私」の二度目のバルベック滞在時、メーヌヴィルの娼館で大公がモレルと関係を持ったこと、ふたりの逢い引きをシャルリュスが盗み見ようとしたことが語られていた(本訳⑨五〇三頁以下)。
(296)　ジョルジョーネふうの尻軽女だと聞いて「私」が会いたくなった女性(本訳⑧二一八―二二二頁)。
(297)　バルベックの「四人組のリーダー格で「女優の愛人」だった男」(本巻二四五頁)。
(298)　バルベックの「四人組」の男たち。本巻二四五頁と注261参照。

くさん知っているうえ、いかに大胆不敵な振る舞いにもできるかぎり寛大に接するよう努めているが、正直いって、これには当惑するばかりでしたな。私がうんと時代遅れなのかもしれんが、もう理解できんのです。」そう言った氏の口ぶりは、年老いたガリカニスム[299]信奉者がある種の形をとったウルトラモンタニスム[300]について話したり、リベラルな王党派がアクション・フランセーズ[301]のことを語ったり、クロード・モネの弟子がキュビストたちを話題にしたりするようだった。「私はこうした革新の士たちを非難してるんじゃなく、むしろ羨ましく思って、なんとか理解しようとするのだが、どうにも理解できん。あの連中がそんなに女が好きなら、よりによってあの件が白眼視され、プライドゆえに身を潜めざるをえない労働者の世界なんぞで、どうしてみずから稚児《ちご》と呼んでるものを必要とするのか？　きっとそれがあの連中にとってべつのなにものかであるからだろう。それはなんなのか？」「アルベルチーヌにとって女とは、べつのなんなのか？」私がそう考えたのは、まさに、それこそ私の苦悩だったからだ。「やっぱり、男爵」とブリショは言った、「もし全学評議会で同性愛の講座を新設するという提案がありましたら、私はあなたを真っ先に推薦しますよ。いや、あなたにはそれよりも特殊心理生理学研究所のほうが打ってつけかもしれません。だがなによりもコレージュ・ド・フランスの講座をお持ちになるのがぴったりでしょう[302]。

そうなれば個人的研究に打ちこむことができますし、その研究成果を、タミル語やサンスクリット語の教授がやっているように、関心をいだくごく少数の人に発表できますからね。あなたの場合、さしずめ受講者がふたり、守衛がひとりといったところでしょうか。と申しても大学の守衛たちを疑うつもりはさらさらありませんよ。どれも清廉潔白ですから。」「この件では、あなたはなにもご存じない」と男爵は厳しい断定口調で言った、「そもそも、これに興味をいだく人間がそんなに少ないと考えるのが、とんでもない間違いだ。まるで正反対ですぞ。」そうつけ加えると男爵は、自分のおしゃべりが変わることなくたどる方向と、他人に投げつけようとする糾弾とが矛盾していることには気づきもせず、「それどころかぞっとしますよ」と、いかにも憤懣やるかたない、恥じ入るばかりだといった表情でブリショに言った、「猫も杓子《しゃくし》も口を開けばそのことばっかり。恥ずかしいことに、私の申しあげているとおりなんです、あなた！　おとといも、アヤン公爵夫人(303)のところで、二時間ものあいだそれ以外の話

(299)　ガリア主義の意。フランス・カトリック教会のローマ教皇からの独立を求める立場（王権神授説など）。絶対王政の確立に伴いボシュエなどが主張したが、十九世紀にはしだいに衰退した。
(300)　山の向こう主義の意。フランス・カトリック教会におけるローマ教皇の絶対的権威を認める立場。
(301)　本巻二四九頁注267参照。
(302)　コレージュ・ド・フランスでは新任教授の独創的研究領域に見合う新たな講座をつくるのが慣例。

は出なかったとか。あなたね、いまじゃご婦人連があのことを話すようになっているんですぞ。断じて許容できん！　なんともおぞましいのは、ご婦人連にその情報を伝えているのが」と、尋常ならざる熱意と力をこめて言い添える、「あのシャテルローの倅《せがれ》(304)のごとき疫病神どもだということ。まぎれもなき卑劣漢だ、だれよりも糾弾されて然るべき身でありながら、他人のあることないことをご婦人連に触れまわる。ヤツは私のこともさんざんこきおろしているそうだが、こっちはそんなことなど意に介さん。トランプでいかさまをやってジョッキーから除名されそうになったヤツが罵詈雑言を吐こうと、天に唾するだけだ。もしこっちがジャーヌ・ダヤン(305)だったら、おのれのサロンを敬って、そんな話題が出ることも、そんな汚辱に親族がまみれることも断じて許さんだろう。ところがもはや社交界は終わり、おしゃべりにもおしゃれにも、規則もなければ作法もない。いやはや、あなた、世も末ですよ。だれもかれも底意地が悪くなって、われがちにあたうかぎりの悪口を言う始末。なんとおぞましいことか！」子供のころコンブレーで、祖父がコニャックを勧められ、それを飲まないように祖母が懇願する空しい努力を見るに見かねて逃げ出したときと変わらず卑怯な私(306)が、いまや考えることはただひとつ、シャルリュスの処刑が執行される前にヴェルデュラン家から退散することだった。「どうしても帰らなくてはなりません」と私はブリショに言った。「私もお伴しますが」とブリショは私に言う、「こっそり立ち去るわけにゆきません。ヴェルデュラン夫人に暇乞いをしましょう。」そう言ってサロンのほうへ向かう教授は、まるで罰ゲームなどの最中に「もう戻ってもいいいか」と確かめる人のようであった。

私たちがしゃべっているあいだに、ヴェルデュラン氏は妻の合図でモレルを連れ出していた。そもそもヴェルデュラン夫人は、たとえあれこれ熟考の末、モレルにぶちまけるのは日延べしたほうが賢明だと思ったとしても、もはやそんな我慢はできなかっただろう。ある種の欲望は、ひとたび膨れあがらせてしまうと、ときに口元で抑えこんだとしても、その結果がどうなろうとあくまで満たされることを求めるものだ。あらわな肩をあまりにも長いこと見つめていると、それに接吻せずにはいられなくなり、鳥がヘビのうえに落ちるように唇はその肩のうえに落ちる。激しい空腹に襲われると、歯はケーキにかじりつかずにはいられない。意外な情報を仕入れた人は、それ

(303)　この箇所にのみ登場。名門ノアイユ家から分かれたアヤン公爵位は、一七三七年から現在に存続。

(304)　ゲルマント大公邸の夜会に「両親」の「代理」として顔を見せたシャテルロー公爵の同性愛は、すでに報告されていた（本訳⑧九一―九二頁、九七頁参照）。

(305)　原語 Jane d'Ayen. 八行前に出た「アヤン公爵夫人」duchesse d'Ayen のこと。

(306)　私が「卑怯なところだけはすでに大人だった」というこの挿話は、本訳①四二―四三頁参照。

を口に出すのを我慢できず、相手の心に驚きや、混乱や、苦痛や、陽気さをひきおこさずにはいられない。それと同じでヴェルデュラン夫人は、愁嘆場への期待に陶然とするあまり、夫にモレルを連れ出して、なんとしてもヴァイオリン奏者に言い含めるよう厳命したのである。モレルは、いの一番に、ナポリ王妃が帰ってしまい、紹介してもらえなかったことを残念がった。[307] シャルリュス氏から王妃はエリーザベト皇后とアランソン公爵夫人とは姉妹にあたると何度も聞かされていたので、モレルの目には王妃が桁外れの重要人物と映っていたのである。しかし主人《パトロン》は、こうしてふたりきりになったのはナポリ王妃の話をするためではないとモレルに説明し、用件の核心にはいった。しばらく話したあと、ヴェルデュラン氏はこう締めくくった、「さあ、よかったら、家内の意見も聞いてみよう。誓って言うが、この件については家内にはまだなにも話していない。あれがどう判断するか聞いてみよう。私の意見は間違っているかもしれないが、知ってのとおり家内の判断には信頼が置けるし、あなたへの友情にも絶大なものがあるから、判断を仰ぐことにしよう。」ヴェルデュラン夫人は、このあとヴァイオリンの名手にみずから話をする際に、またその名手と夫とのあいだにどんな話が交わされたのかを本人が帰ったあとで夫から聞きだす際に、自分が味わうはずの昂奮を今か今かと心待ちにしながら、さしあたり、しきりに「いったいあのふたりはどうしたのかしら？　こんなに長く話してるんだから、オーギュスト(308)はなんとかうまく言いくるめてくれたのかしら」とくり返し自問していたが、そのときヴェルデュラン氏がモレルといっしょに降りてきた。モレルはひどく動揺しているように見える。「なんでもお前の助言を聞きたいそうだよ」とヴェルデュラン氏は、自分の願いが聞き入れられるかどうか心許ないといった口調で妻に言った。ヴェルデュラン夫人は、夫には答えず、熱情に駆られてモレルに語りかけ、勢いこんで大声を出して「わたくし、主人とまったく同じ意見でございます、これ以上あなたはあんなことを大目に見るわけにはゆかないでしょう！」と言ったが、夫がヴァイオリン奏者に話した内容を自分はなにも知らないことにしておくという夫との取り決めは、つまらぬ約束ごととして忘れてしまったらしい。「えっ？　大目に見るってなにをだい？」とヴェルデュラン氏はもごもご言い、驚いたふりをして自分の嘘をとりつくろおうとしたが、動転してうまくゆかない。「わたくしには見当がついてございます、あなたがこの人になにをおっしゃったか」と答えたヴェルデュラン夫人は、その説明が本当らしく聞こえようが聞こえまいが意に介さず、ヴァイオリン奏者があとでこの場面を想い出し

(307)　前者はナポリ王妃の姉、後者はその妹（本巻一三一頁注123参照）。
(308)　ここではじめて出るヴェルデュラン氏のファーストネーム。

たときに女主人《パトロンヌ》の発言の信憑性をどう考えるかなど、まるで気にしていなかった。「いけませんわね」とヴェルデュラン夫人はつづきを言う、「あんな不名誉の烙印を押された人間といっしょにいるなんて恥ずかしいことでございます、これ以上我慢するなんてもってのほか、なにせどこにも招待されない人ですから。」そう言い添えた夫人は、それが事実でないことなどお構いなしで、自分がその人間を毎日のように招いていることも忘れているらしい。夫人が「あなたはコンセルヴァトワールの笑い者になってるんですよ」とつけ加えたのは、それがいちばん効果ある論拠だと感じたからだ、「こんな生活をあとひと月でもつづけてごらんなさい、あなたの芸術家としての (309)
将来は台なしですよ、本来ならあなたはシャルリュスなぞいなくても年に十万フラン以上は稼げるはずですもの。」「私はなにも聞いていなかったもので、びっくり仰天してるんです、お礼の申しようもありません」とつぶやいたモレルの目には涙が浮かんでいた。しかし驚きを装うと同時に恥じらいを隠さざるをえなかったモレルは、ベートーヴェンのソナタ全曲を一気に弾き終えたときよりもずっと真っ赤になり、汗びっしょりで、その目にはボンの巨匠ですら引き出しえなかったほどの涙があふれている。この涙に興味をそそられた彫刻家は、にやりとして、横目で私にシャルリを指し示した。「なにも聞いていなかったなんて、そんな人、あなただけですよ。すさまじい評判の男で、あれこれ下劣な悶着をおこした人間ですから。警察に目をつけられてることはわたくしも承知していますが、もっともあの男には願ってもない幸運かもしれません、あの手合いのご多分に漏れずごろつきに襲われて一巻の終わりなんてことにならずにすみますから」と夫人がつけ加えたのは、シャルリュスのことを考えているうちにデュラス夫人(310)のことが想い出され、ついつい怒りに駆られて、哀れなシャルリに加える心の傷をいっそう深くするとともに、自分がその夜に受けた心の傷の埋め合わせをしようとしたのだ。「おまけに金銭面からいっても、あなたにはなんの役にも立たない人間でございます、ゆすってくる連中の餌食になってからというもの完全に素《す》寒貧《かんぴん》で、今後はいくら連中がゆすりの名演を披露したってその経費すら出ないでしょう、ましてあなたの名演のお代なんて出るわけがございません、すべて抵当にはいってますからね、屋敷も、城館も、なにもかも。」モレルは、しばしばシャルリュス氏からごろつき連中とのつき合いを打ち明けられていただけに、なおのことやすやすとこのでたらめを信じこんだ。従僕の息子というものは、自分自身がどんなに卑劣漢でも、ごろつきへの嫌悪感を公言するもので、それはボナパルティスムへの愛着を公言

(309)　十万フランは、約五千万円。
(310)　自邸で同じ曲目の演奏をするようモレルに依頼したと男爵が言った貴婦人(本巻二〇〇頁参照)。

するのとなんら変わらない(311)。

ずる賢いモレルの頭のなかには、十八世紀に同盟の転換(312)と呼ばれたものにも似た計略がすでに芽生えていた。シャルリュス氏とは二度と口を利かない腹を固めたモレルは、翌日の夕方にもジュピアンの姪のところへ戻って、すべてを自分で丸く収めようと考えた。モレルにとって残念なことに、この計画は失敗するはめになる。その夕方にはシャルリュス氏がジュピアンと会う約束をとりつけていて、元チョッキ仕立屋は、いろいろと事件はあっても約束をあえて破ることはしなかったからである。あとで見るようにモレルにかんしてはほかにもつぎつぎと事件がおこり、ジュピアンが泣きながら自分の不幸を男爵に語ると、それに劣らず不幸な男爵は、捨てられた娘を養女にして自分が自由にできる称号、おそらくオロロン家令嬢なる称号を与えてやれるだろうし、足りない教養も完璧に身につけさせて金持と結婚させてやろう、と言明した。こうした約束に、ジュピアンは心底から喜んだが、モレルを愛していた姪のほうは無関心だった。当のモレルは、愚かなのか恥知らずなのか、ジュピアンの留守中に冗談を言いながら店にはいってきた。「どうしたんだい」とモレルは笑いながら言った、「目のまわりを黒くして。失恋の悲しみかい？　いいか、来年は来年の風が吹く(313)だ。結局、靴が合うかどうか試しに履いてみるのは当然、まして女を試してみるのは当然のことだ、もしも自分の足に合わなけりゃ……。」モレルが腹を立てたのは、たった一度だけ娘が泣いたときで、泣くのは卑怯な、恥ずべきやり口だと思ったからだ。人は自分が流させた涙をかならずしも我慢できるとはかぎらないのである。

しかし話が先走りすぎた。これらはすべてヴェルデュラン家での夜会のあとにおこったことで、いまや夜会の中断したところへ立ち戻らなければならない。「まさかそんなこととは」とモレルは、ヴェルデュラン夫人に答えて溜め息をついた。「もちろんあなたに面と向かってそう言う人はいないでしょうが、それでもやはりあなたはコンセルヴァトワールの笑い者なんですよ」とヴェルデュラン夫人は意地悪く言って、ことはシャルリュス氏だけの問題ではなく、モレル自身の問題でもあることを示そうとした、「そりゃ、あなたは知らないでしょうけれど、だからといって世間の人は遠慮しませんからね。スキーに訊いてごらんなさい、先日、あなたがわたくしのボックス席にはいってきたとき、わたくしたちから目と鼻の先のシュヴィヤール(314)のボックス

(311)　ボナパルティスム(この箇所の原語は idées bonapartistes)はナポレオン一世と三世による独裁統治を支持する立場。ブルジョワ階級の権力基盤をむしろ保守的庶民層が支えたことを示唆する。

(312)　原語 renversement des alliances.「外交革命」Révolution diplomatique のこと。一七五六年、フランス(ブルボン家)が長年対立していたオーストリア(ハプスブルク家)と防衛同盟を結んだ転換。

(313)　原文 les années se suivent et ne se ressemblent pas. 正しくは「明日は明日の風」(les jours...)。

席でなんて言われていたか。要するにあなたは、うしろ指を指され公然と嘲笑されてるんですよ。わたくしはそんなことべつになんとも思いませんが、でも心配なのは、こうしたことでひとりの人間がなんとも滑稽な存在にされて、一生涯みなの嘲笑の的になってしまうことですわ。」「なんとお礼もうしあげてよいやら」と言ったシャルリの口調は、歯医者におそろしく痛い目に遭わされながら痛かったという顔を見せまいとする際や、あるいは流血好きの介添人から、取るに足りない発言について「あれにあなたが我慢できるはずはないでしょう」と無理やり決闘へと追い立てられた際に、そう言うときの口調だった。「わたくし、あなたは気概のある男らしいかただと思っております」とヴェルデュラン夫人は答えた、「たとえシャルリュスが、あの男はなにもできん、わしが首根っこを押さえているから、とみなに吹聴したとしても、あなたは正々堂々とはっきりものが言えるかただと存じます。」シャルリは、ずたずたになった自分の威厳をとりつくろうべく、借りものの威厳を探してみたところ、どこかで読んだのか耳にしたのか、記憶のなかにつぎのことばを見つけて、ただちにこう宣言した、「私はこれまで、渇すれども盗泉の水を飲まずと教えられてきました。今夜かぎりシャルリュス氏とは縁を切ります。ナポリ王妃はもうお帰りになりましたね？お帰りでなければ、絶交する前に氏に頼んでおけるのですが……」「あれと完全に絶交する必要はございません」とヴェルデュラン夫人は、少数精鋭を解体したくなくて言った、「ここで会うのは差し支えありません、わたくしどもの小集団のなかでなら結構でございます、あなたは高く評価されていますし、あなたを悪く言う人などいませんからね。でもあなたの自由は要求しなさい。それに、シャルリュスの言いなりになって、あの手のいい気な女たちの家などへ行ってはいけません、表では愛想よくしていますが、あの女たちが裏でなんて言ってるか、あなたに聞かせてあげたいくらいです。そもそもあんな女たちに未練など持たないことが肝心。そうすれば一生涯あなたに残りかねない汚点をぬぐい去ることができますからね。それだけではなく芸術的観点からしても、たとえシャルリュスから紹介されるという不名誉はなくても、あえて申しますとそんなふうにエセ社交界なんぞに身を落としているだけで、信頼できぬ人間と見られ、やれアマチュアだ、やれサロン専門のへボ楽師だという評判が立ちかねません、あなたの歳でそんなことになってはおしまいです。そりゃ、あのご立派なご婦人連からすれば、あなたを無償で呼びよせてお友だちのご婦人連に恰好の返礼ができるのは至極便利ということはわかりますが、それで犠牲になるのはあなたの芸術家

(314)　カミーユ・シュヴィヤール(一八五九–一九二三)、作曲家・指揮者。一八九七年、義父シャルル・ラムルーの後を継いでコンセール・ラムルー(本訳⑧四九〇頁と注515参照)の指揮者となった。

としての将来でございますから。ひとりやふたりの例外は構わないんですよ。たとえばさきにあなたの口から出たナポリ王妃、べつの夜会があるとかで確かにもうお帰りになりましたが、あのかたなら誠実な女性ですし、あえて申せばシャルリュスのことはさほど重視しておられないようですから。あえて申しますと、なかんずくわたくしのために来てくださったようですし。そう、そうなんです、あのかたが知り合いになりたいと願っておられたのは主人とわたくしのようですね。こういうかたのところなら、あなたが演奏しても大丈夫でございます。それにあえて申しますと、音楽家たちから知られていて、音楽家たちがつねづねことのほか親切にしてくださるわたくし、音楽家たちが多少は自分たちの仲間、自分たちの女主人《パトロンヌ》と考えてくださるこのわたくしが、あなたをお連れするのではまるで違ってきます。しかしどうしても避けなければならないのは、あのデュラス夫人のところです！　やってはいけません、そんなドジを踏むのは！　あの夫人については、知り合いの音楽家たちがわたくしを訪ねて打ち明けてくれるんです。いいですか、その人たちはわたくしなら信頼できることがわかっていましてね」と夫人は、いきなりそんな口調になるすべを心得ている気取りのない穏やかな口調で言って、顔には謙遜の表情を、目にはそれ相応の魅力をつけ加えた、「ふらっとやって来ては、自分が巻きこまれたいざこざを話してくれるんです。

どんなに無口と言われている人たちだろうと、わたくし相手ならときに何時間もおしゃべりしてくださって、またそのお話がなんともおもしろうございましてね。亡くなりましたがあのシャブリエ(315)なぞは、いつも「あの連中にしゃべらせることができるのはヴェルデュラン夫人だけ」と言っていました。ところが、その人たちが揃いも揃って、それこそひとりの例外もなく、デュラス夫人のところへ演奏に出かけたことを嘆いていましたの。夫人は自分の召使いたちに音楽家たちを侮辱させておもしろがるんだそうで、しかもそれだけではなく、そのあとその人たちにはどこからも演奏の依頼が来なくなったそうでございます。どのホールの支配人からも「ああ、あれかい、デュラス夫人のところで弾いてるヤツだな」と言われて、もうそれで終わりだとか。これほど人の将来を断つことはございません。あのね、社交界の人たちとつき合うと、それだけで信用できない人間と見られて、どんなに才能を持っていても、こんなことを言うのは悲しいことですが、デュラス夫人を引き合いに出しただけでアマチュアだ

(315)　エマニュエル・シャブリエ(一八四一-九四)。狂詩曲『スペイン』(一八八三)の作曲家。プルーストはシャブリエの曲では、一九〇七年七月一日、リッツ・ホテルで主催した音楽会のプログラムに「牧歌」を組み入れ(同月三日のアーン宛て書簡)、一九一二年十一月十日のストロース夫人宛て書簡で翌日の『グヴァンドリーヌ』(一八八六初演)再演をテアトロフォンで聴くよう勧め、一九一六年十一月四日にはオペラ座で『ブリゼーイ』(一八九九初演)を鑑賞した(同月六日のガストン・ガリマール宛て書簡)。

という烙印を押されるんです。音楽家といえば、ほら、ご存じのように、わたくしはかれこれ四十年来のおつき合いで、音楽家たちを世に出し、また音楽家たちに関心を持ちつづけているのでよく知っていますが、その音楽家たちから「アマチュア」と言われた日には、もうおしまいです。そしてじつをいうと、あなたにもそんなうわさが立ちはじめていたんです。わたくしは何度、声を荒らげて抗弁せざるをえなかったことでしょう、モレルがそんな滑稽なサロンで演奏するはずはないって！　すると相手はなんて答えたと思います、「ヤツはそうせざるをえないんです、シャルリュスはヤツに相談などしませんし、意見を聞いたりなんかしませんから」ですって。ある人がシャルリュスを喜ばせようとして「お友だちのモレルはなんともすばらしいですね」と言ったところ、シャルリュスがなんて答えたと思います、あなたもご存じの例の横柄な調子でこう言いましたのよ、「どうして私のお友だちとおっしゃるんで？　同じ階級の人間じゃありませんぞ、私の子分、私が庇護している者と言ってもらいたいですな。」」このとき、音楽の女神の膨らんだ額の奥にうごめいていたのは、ある種の人たちがどうしても自分の胸にしまっておくことができないただひとつのこと、それを漏らすのは卑劣であるばかりか不用意でもある一語だった。ところがそれを漏らしたいという欲求は、信義を守ったり用心したりするよりも、はるかに強力なのだ。

女主人《パトロンヌ》は、憂いにみちた球状の額をぴくぴくと震わせたあと、その欲求に屈した。「シャルリュスは「私の召使い」と言っていたとわたくしの主人に告げ口をした人までいましたが、でもこれがほんとうのことなのかはわかりません」と夫人は言い添えた。シャルリュス氏がモレルに、きみの出自はけっしてだれにも漏らさない、と誓った舌の根も乾かぬうちに、ヴェルデュラン夫人に「あれは従僕の息子ですよ」と言わずにはいられなかったのも、類似の欲求のせいである。ひとたびそのことばが発せられると、それは内緒だと念を押されながら人から人へと伝わり、伝える者も伝えられる相手も秘密を守ると約束しながらそれが守られないのも、これまた類似の欲求のせいである。このようなことばは、イタチまわしのゲームと同じで、めぐりめぐってついにはヴェルデュラン夫人に戻ってきて、それを知るに至った当人と夫人とを仲違いさせることになる。夫人はそれを承知していたが、口にしたくてうずうずするそのことばを抑えこむことはできなかった。そもそも「召使い」などと言えば、モレルの気分を害するだけであった。それでも夫人は「召使い」と言い、さらに、ほんとうのことなのかはわかりません、と言い添えたのは、この微妙な違いでもって、それ以外のことは確かだと見せかけると同時に、自分の公平さを示すためであった。夫人は、みずから示したこの公平さにいたく感激したのか、シャルリにやさしく語りはじめた、

「と申しますのも、わたくしはね、なにもシャルリュスを非難しているわけじゃありませんのよ、自分のおそろしい深みにあなたを引きずりこんでいますが、べつにあの人が悪いわけじゃなくて、自分でその深みへ転がり落ちていくのですから、もう自分でそこへ転がり落ちていくのですから」とかなりの大声でくり返したのは、とっさに口をついて出たイメージの的確さにわれながら目を瞠り、ようやくそれに気づいて、そのイメージを引き立たせようとしたのだ。「そうではなくて、わたくしが悪いと思うのは」と夫人は、まるで自分の成功に酔った女のように、やさしい口調で言った、「あなたに思いやりを欠いていることです。だれかれ構わず言ってはならないことがございます。たとえばさきほどもあの人は、あなたにレジオン・ドヌール勲章が授与されると知らせて(もちろん冗談ですよ、あの人が推薦するだけで勲章なんてもらえなくなりますから)、あなたの顔を歓びで真っ赤にすると息巻いてました。それはまだいいんです。もっとも、お友だちをだますなんて」と夫人は、思いやりのある立派な人といった顔をしてつづけた、「わたくしはあまり好きになれませんが、でも、なんでもないことで心の痛むことがあるんです。たとえばシャルリュスが笑い転げながら、あれが勲章を欲しがってるのは叔父のためで、その叔父というのは下男(316)だった、なんて言ったりしますとね。」「そんなことを言ったんですか!」と大声をあげたシャルリは、巧みに伝えられたそうしたことばを真に受け、ヴェルデュラン夫人がこれまで言ったことはなにもかも真実なのだと信じこんだ。ヴェルデュラン夫人は、若い恋人から捨てられそうになっていた大年増の情婦がまんまと恋人の結婚を邪魔だてしたときのように、歓びがこみあげてきた。夫人の嘘は計算ずくでもなく、故意でもなかったのかもしれない。もしかすると夫人の口からは、一種の感情的な論理のせいで、あるいはもっと原初的な、自分の生活を愉快にして幸福を維持するために少数精鋭のなかに「波風を立てる」よう仕向ける一種の反射神経のせいで、それが真実かどうかを検証する間《ま》もなく、厳密に正確とは言えずとも効果はてきめんのあのような断定がいわば衝動的に出てきたのかもしれない。「それをわたくしどもだけに言ったのなら、べつになんでもないんです」と女主人《パトロンヌ》はつづきを言った、「あの人の言うことには取捨選択が必要なことぐらい、わたくしどもは百も承知ですし、それに職業には貴賤なしで、あなたにはあなたの価値がありますし、あなたはそれだけの価値ある人でございます。だけどあの人がそんなことを言ってポルトファン夫人(317)を大笑いさせるのは

(316) 原語 larbin.「召使い」domestique の蔑称。モレルが「いちばん信頼を寄せている輩」をかつてシャルリュスが「下男同然の輩」と呼んだことは、モレルの耳に「無情に響いた」(本訳⑨四八三頁)。

(317) ヴィルパリジ夫人とゲルマント夫人の近親とおぼしい「ポルトファン公爵夫人」(本訳⑥九七頁)。

（ヴェルデュラン夫人がわざわざこの名を挙げたのはシャルリがポルトファン夫人に好意を寄せていることを知っていたからである）、わたくしどもとしても辛うございます。主人などはそれを聞きまして「ビンタを食らうほうがまだましだ」と申しましたのよ。なにせ、わたくしと同じくらいあなたを愛してるんです、ギュスターヴは（これでヴェルデュラン氏の名がギュスターヴだとわかった）[318]。じつは傷つきやすい人なんでございます。」「私はシャルリを愛してるなんて一度も言った覚えはないね」とヴェルデュラン氏はつぶやき、ぶっきらぼうなお人好しのふりをした、「シャルリを愛しているのはシャルリュスだろう。」「いや、とんでもない、やっと違いがわかりました、私は悪党に裏切られていたんです、でもあなたは、やっぱりいいかたです。」「これ、これ」とヴェルデュラン夫人は、自分の勝利を棒に振らぬように（というのも夫人はこれで自分の水曜会が救われたと感じていたからである）、その勝利につけあがらぬように、そっとささやいた、「悪党は言いすぎですよ、そりゃあの人は悪いことをしています、うんとしていますが、意識せずにやってしまうんです。ほら、あのレジオン・ドヌールの話だって、えんえんとしていたわけじゃありません。そりゃ、あの人があなたの家族について言ったことを残らずあなたに告げ口するなんて、わたくしも不愉快ですからね」とヴェルデュラン夫人は言ったが、それを残らず言えと言われれば困っただろう。「いや、いっとき口にしただけだとしても、ヤツが裏切り者だという証拠ですよ」とモレルは大きな声で言った。

　私たちがサロンへ戻ったのは、ちょうどそのときである。「おや！」とシャルリュス氏は、モレルがそこにいるのを見て大声をあげると、喜び勇んで音楽家のほうへ歩み寄ったが、その喜びようは、まるで女と落ち合うために夜会の一部始終を巧みにとり仕切った男が、有頂天のあまり、自分で仕掛けた罠にひっかかり女の夫の手回しで待ち伏せる男たちにとり押さえられずいぶん殴られるはめになるとは夢にも想わずにいるようだった、「やあ、やっと見つかったか、ずいぶん手間どったもんだ、どうだい、嬉しいかね？　若くして栄光の人だ、やがてレジオン・ドヌール勲章の若きシュヴァリエ受勲者(319)だぞ。もうすぐその勲章を見せびらかすことのできる身分だからな」とシャルリュス氏は、愛情をこめて勝ち誇ったようにモレルに言ったが、叙勲うんぬんのことば自体がヴェルデュラン夫人の嘘を裏づける結果となり、その嘘がモレルには疑問の余地ない真実に思えた。「構わんでくれ、近寄らんでくれ」とモレルは男爵に叫んだ、「これはあんたにとって小手調べじゃないはず、あんたが堕落させようとした

(318)　ただし本巻二七五頁では「オーギュスト」と呼ばれていた。
(319)　勲章の五等級最下位（スワンが受勲、本訳⑧二五九頁参照）。勲章はふつう若者には授与されない。

のは俺が最初じゃないだろ！」私のせめてもの気休めは、シャルリュスがいまにもモレルとヴェルデュラン夫妻を完膚なきまでにやっつけるのが見られるだろうと考えることだった。これよりはるかに些細なことでも私は氏の常軌を逸した怒りを買ったことがあるし、(320)その怒りを免れた者は皆無であったし、氏はたとえ国王の前に出てもおどおどするような人間ではなかったからだ。ところが信じられないようなことがおこった。シャルリュス氏は、啞然として口も利けず、わが身に降りかかった不幸の大きさには見当がつくもののその原因がわからず、答えに窮し、その場に居合わせた人たちのほうを順ぐりに見やったその顔には、問いただすような、憤然とした、すがるような表情がうかび、その表情はなにがおこったのかと訊ねるよりも、なんと答えるべきかと訊ねているようであった。もしかすると氏が(ヴェルデュラン夫妻が目をそらし、だれひとり助け船を出してくれそうもないのを見てとって)黙りこんでしまったのは、現在の苦痛のせいばかりではなく、とりわけそのあとの苦痛をひどく恐れたせいかもしれない。あるいは前もって事態を想像して怒り心頭に発したり、あとは爆発させるだけという憤怒の用意が整っていたりはせず(というのも氏は、傷つきやすく、神経過敏で、ヒステリックな、正真正銘の衝動的人間であったが、勇敢に見えてそうではなく、私がつねづねそう思っていたように、またそれゆえ好感をいだいたように、悪人に見えてそうではなく、名誉を傷つけられた人なら普通に見せる反応をしないからである）、いわば無防備な状態で襲われ、いきなり袋だたきに遭ったせいかもしれない。あるいは自分の馴染んだ環境ではないがゆえに、フォーブールよりも居心地が悪く、勇敢に振る舞えない気がしたせいかもしれない。いずれにせよこの大貴族は(革命裁判所へ引っ立てられて激しい不安におびえていた氏の先祖と同じく、平民にたいする優越感は氏に本質的に内在するものではなかったからだろう)、自分が見くだすサロンにいながら手足も舌も麻痺してしまい、暴力的な仕打ちに胆《きも》をつぶし憤慨しているまなざし、問いただすような、すがるようなまなざしを、四方八方に投げかけるよりほかなかったのである。とはいえシャルリュス氏は、雄弁をふるうのみならず大胆不敵な策にも打って出るあらゆる資質を備えていて、その資質が発揮されるのは、かねてからふつふつとたぎる鬱憤を晴らすべく、相手に血も涙もない痛罵を食らわせてぐうの音《ね》も出ないようにするときで、そこまで言えるとは考えもしなかった社交人士たちはショックを受ける。そのときの激昂したシャルリュス氏は、あたかも神経の発作にのたうつばかりで、見た者はだれしも震えあがってしまう。しかしそうなるのは、この場合、氏が機先を制してみずから攻撃を仕掛け、言いたい放題をぶ

(320)　バルベックでは本訳④二七九頁、パリでは同⑦四七一―七二頁などを参照。

図 11　古代ギリシャの壺絵のヘレネ(部分)(ルーヴル美術館)(右)
図 12　『牧神の午後』の牧神とニンフ(アドルフ・ド・メイエール撮影)(左)

古来，多くの画家や彫刻家が「牧神(パン)に追われるニンフたち」を図像化したが，「ニンフたちの恐怖」の「様式化」した「図式的姿勢」で 20 世紀初頭の観客にセンセーションを巻きおこしたのは，バレエ・リュスの『牧神の午後』(1912 初演)．マラルメの詩「半獣神の午後」(1876)に想を得たドビュッシーが音楽をつけ，ニジンスキーが振付をして，みずから牧神を演じた．図 12 は牧神(ニジンスキー)に襲われ，両手をあげて「恐怖」の仕草をするニンフ(写真集出版は 1914 年だが，撮影はおそらく 1912 年)．プルーストがこの一節で『牧神の午後』を念頭に置いていたことは，この箇所の草稿「カイエ 73」(1915)で「最も古いギリシャ彫刻」の直後に「(『牧神の午後』に関するビドゥーの連載に拠ってもっと正確な語を記入すること)」(Cahier 73, n. a. f. 18323, f° 60 v° reconstitué)という心覚えを記していることから明らかである．実際，批評家アンリ・ビドゥー(1873-1943)は「ジュルナル・デ・デバ」紙に連載していた「演劇週間」1912 年 6 月 10 日号の文章「『牧神の午後』とニジンスキー氏の美学」のなかで，両手をあげる仕草に影響を与えたギリシャ彫刻の数例を挙げていた(ナタリー・モーリヤックの論文「ビドゥー，ベルゴット，ラ・ベルマとバレエ・リュス」*Genesis*, n° 36, 2013 に拠る)．ただし牧神に追われるニンフたちを正面向きに並ばせて横にぎくしゃく移動させるという革新的な振付は，ニジンスキーが 1910 年にルーヴル美術館で鑑賞した古代ギリシャの一連の壺絵から影響を受けたものとされる．図 11 は，古代ギリシャ(紀元前 5 世紀)の壺絵で恐怖の仕草をするヘレネ．不倫を犯した妻ヘレネを殺さんとスパルタ王メネラオスが右手から追いかけてきたところ．

ちまけるからである（ブロックが、率先してユダヤ人をからかう言辞を弄するくせに、目の前でだれかがユダヤ人という語を口にすると赤面するのに似る）[321]。氏がこうした人たちを憎むのは、その人たちから軽蔑されていると想いこむからだ。その人たちが親切にしてくれさえすれば、逆上して怒りをぶちまけるどころか、その人たちを抱擁したかもしれない。ところがまるっきり予期せぬこのような状況に遭遇すると、さしもの大饒舌家も口ごもるほかなかった、「こりゃどういうことだ？　いったいどうしたんだ？」　もぐもぐ言うその声はろくに聞こえない。そして、いわれなき不意の驚愕をあらわす不朽のパントマイムは古来ほとんど変わりがないから、パリのサロンで不愉快な災難に遭遇したこの老紳士が知らず知らずのうちに再現していたのは、牧神《パン》に追われるニンフたちの恐怖を初期のギリシャ彫刻が様式化したいくつかの図式的姿勢であった[322]。

更迭された大使にせよ、退職に追いこまれた事務長にせよ、冷たくあしらわれた社交人士にせよ、恋人に振られた男にせよ、だれしも自分の希望をうち砕いた事件につ

（321）　ブロックはバルベック海岸にはユダヤ人が「うじゃうじゃとはびこっている」とからかい（本訳④二一八頁）、社交人士からユダヤの出自をほのめかされると「赤面した」（同⑥一七〇―七一頁）。
（322）　図11、12参照。

いてはときに何ヵ月にもわたって吟味する。その事件を、だれがどこから発射したのかもわからぬ弾丸のように、いささか隕石のように、ああでもないこうでもないと検討する。わが身に降りかかったこの奇っ怪な禍がいかなる要素から成るものか、そこにどんな悪意がこめられているのか、それをなんとしても知りたいのだ。化学者には少なくとも分析という手立てがある。原因不明の病気で苦しんでいる人なら医者を呼ぶことができる。また重大犯罪ともなれば予審判事によって程度の差こそあれ解決される。しかしわれわれと同類の人間がやらかした理解に苦しむ行動については、その動機があらわになることはめったにない。たとえばシャルリュス氏は、この夜会については あとで戻ってくることにして数日の先回りをさせていただくなら、シャルリの態度にはっきり読みとったことはひとつしかなかった。シャルリはしばしば、あなたからどんな情熱を吹きこまれているのかばらしますよ、と脅していたから、いまや巣立ちできるほど充分に「出世した」と感じたこの機会にそれをやってのけたにちがいない。これまでの恩義などきれいさっぱり忘れて、なにもかもヴェルデュラン夫人にぶちまけたんだ。それにしても夫人はどうしてまんまとだまされたのだろう？（男爵がそう考えたのは、あくまで否認する腹を固めてからは、人から咎められるような感情はただの想像の産物にすぎないと、自分でもすでにそう想いこんでいたからである。)ヴェルデュラン夫人の男友だちどもが、もしかするとシャルリに熱をあげていた関係で、下工作をしたのかもしれん。そう考えたシャルリュス氏が、夜会のあとの数日、何人もの「信者」に度しがたい手紙を送りつけたので、清廉潔白なその信者たちは男爵は気が狂ったのだと思った。ついで氏はヴェルデュラン夫人を訪ねてくどくど泣きごとを言って同情を買おうとしたが、もとより望んだような効果は得られなかった。というのも一方では、ヴェルデュラン夫人が男爵にいつもこうくり返したからだ、「あんな人のことなど、もう構わなければいいんですよ、無視なさい、子供なんですから。」ところが男爵の願いはただひとつ、仲直りすることだった。もう一方で、仲直りのためにはシャルリが確実に自分のものだと信じているものを取りあげるのがいいと考えた男爵は、ヴェルデュラン夫人には、今後はシャルリを招かないでほしいと頼みこんだが、それをにべもなく断った夫人には、シャルリュス氏から腹立ちまぎれの皮肉に満ちた手紙がつぎつぎ舞いこんだ。シャルリュス氏は、ああだろうかこうだろうかと想像をたくましくしたが、この悪だくみの元凶はけっしてモレルではないという真相にはつき当たらなかった。もとよりシャルリュス氏がモレルに数分の話し合いでも申し入れていたら、真相が判明したはずである。ところが氏は、そんなことは沽《こ》券《けん》にかかわるうえ、自分の愛のためにも得策ではないと判断した。辱めを受けた側の人間として、相手が釈明するのを待っていたのである。そもそも話し合えば誤解が解けるかもしれないという考えは、その理由はどうであれ、そんな話し合いに赴くのは潔しとしないという考えと、ほとんどつねに表裏一体をなしている。これまで二十回もの機会に腰を低くして意気地のなさを見せていた相手も、二十一回目には尊大に振る舞うかもしれず、そんなときこそ、こちらは頑なに傲慢な態度をとるのをやめて誤解を解く好機であるにもかかわらず、反証を示さないから誤解は相手の心に根を下ろしてしまうのだ。この事件の社交的側面をいえば、シャルリュス氏が青年音楽家を強姦しようとしてヴェルデュラン家からたたき出されたといううわさが広まった。このうわさのせいで、シャルリュス氏がもはやヴェルデュラン家にすがたを見せなくてもだれも驚かず、氏があらぬ嫌疑をかけて誹謗中傷した信者たちのひとりとたまたまどこかで出会ったときも、信者は男爵への恨みを忘れておらず、男爵自身もその信者にこんにちはも言わないので、もはや小派閥のなかではだれひとり男爵に挨拶したがらないのだと理解して、人びとは不思議にも思わなかった。

モレルが口にしたことばと女主人がとった態度に打ちのめされたシャルリュス氏が、牧神《パン》に襲われて恐怖におびえるニンフのポーズをとっているあいだに、ヴェルデュラン夫妻はまるで国交断絶のしるしだと言わんばかりに、シャルリュス氏をひとり残して第一のサロン(323)へ引きあげてしまい、その壇上ではモレルがヴァイオリンをしまっていた。「さあ、どんな具合だったのか話してくださいな」とヴェルデュラン夫人はいかにも貪欲に夫に訊ねた。「モレルになんておっしゃったのか知りませんが、すっかり動揺したふうで、目には涙をうかべてましたよ」とスキーは言った。ヴェルデュラン夫人が納得できないふりをして「わたくしの言ったことなんか、あの人にはまるで馬耳東風のようでしたけれど」と言ったのは手管のひとつで、みながその手にだまされるわけではないが、シャルリが泣いていたと彫刻家にもう一度言わせる魂胆なのだ。涙を流させて得意満面の女主人《パトロンヌ》は、信者のなかに彫刻家の発言がよく聞こえず涙の件を知らぬ者がいてはいけないと思ったのである。「とんでもない、馬耳東風どころか、やつの目に大粒の涙が光るのが見えましたよ」と彫刻家は、悪意にみちた打ち明け話だからであろう、にやりとして小声で言い、横目を使って、モレルがあいかわらず壇上にいてこちらの会話が聞こえないことを確かめた。ところが、この会話を聞いている人物がひとりいた。その人の存在に気づけば、そのとたんにモレルが喪失していた希望のひとつがとり戻されるはずの人、ほかでもないナポリ王妃だった。扇子を忘れた王妃は、そのあと出かけたべつの夜会からの帰りに、扇子を自分で取りにもどるほ

(323) 演奏会が開かれていたサロンのこと。

うが好意的だと考えたのである。王妃は、恐縮のていでそっとはいってくると、もうだれもいないので詫びを言ってすぐに退散するつもりでいた。ところがみなが事件に夢中になって王妃の来臨に気づかずにいるうちに、王妃はただちに事態のなりゆきを悟って、憤慨のあまり顔を真っ赤にした。「スキーはあれが目に涙をうかべていたと言ってますが、あなた、気がついたかしら？　わたくしには涙なんて見えなかったわ。あっ！　そういえば見えたわ、想い出しました」と夫人が訂正したのは、自分の否定を真に受ける者がいないかと心配したからである。「シャルリュスのほうは、すっかりおろおろして、脚がよろよろで、椅子にでも掛けなくてはばったり倒れそうね」と夫人は情け容赦なく愚弄した。そのとき、モレルが夫人のほうへ駆けてきた、「あのかたはナポリ王妃じゃありませんか？」とモレルは(そうと知りながら)訊ねて、シャルリュスのほうへ歩み寄る王妃を指し示した、「ああ、こんなことになったあとじゃ、いまさら男爵に紹介してほしいなんて頼めませんよ。」「お待ちなさい、わたくしが紹介してあげます」とヴェルデュラン夫人は言うと、預けたコートなどを急いで取って帰ろうとした私とブリショはべつにして、何人かの信者をしたがえ、シャルリュス氏と話をしている王妃のほうへ進み出た。シャルリュス氏は、モレルをナポリ王妃に紹介するという大願の成就が妨げられるのは、王妃の死というありそうもない場合にかぎられると想いこんでいた。われわれはなにもない空間に投影された現在の反映として未来を想い描いているが、しかし未来とは、われわれには捉えきれない諸要因からしばしば直截に生まれるものである。あれから一時間も経っていないのに、いまやシャルリュス氏は、モレルがナポリ王妃に紹介されるのを妨げるためならばすべてを投げ出したことだろう。ヴェルデュラン夫人は片足を引いて王妃にお辞儀をした。王妃が自分を憶えていないようなのを見て、夫人は言った、「ヴェルデュランの家内でございます。陛下はお忘れかもしれませんが。」「それは結構」と王妃は、相変わらずごく自然に、シャルリュス氏に話しかけながらうわの空のように言ったので、ヴェルデュラン夫人は、いかにもうわの空といった抑揚で発せられたこの「それは結構」がはたして自分に向けられたものかといぶかったが、こと無礼にかけては専門家であり愛好家であるシャルリュス氏は、恋する男として苦痛のさなかにありながら、この「それは結構」に感謝の薄ら笑いをうかべた。モレルは、遠くから紹介の準備が整えられていると見て、そばに寄ってきていた。しかし王妃が腕をのばしたのはシャルリュス氏にであった。王妃はシャルリュス氏にも腹を立てていたが、それは卑劣な侮辱をした者どもに氏がもっと毅然と立ち向かわなかったからにほかならない。ヴェルデュラン夫妻がよくも男爵にこんな仕打ちをしたものだと、男爵のために赤面するほど恥ずかしかったのである。王妃が数時間前にヴェルデュラン夫妻に示した飾りけのない好意と、いまやその夫妻の前に立ちはだかる無礼な尊大さとは、王妃の心中の同じ一点を源泉としていた。王妃は善意あふれる女性であったが、しかしその善意は、揺るぎない愛着という形をとって、第一には、自分が愛する人たち、身内の人たち、シャルリュス氏もそこに含まれる一族のあらゆる王侯貴族へと向けられ、第二には、王妃が愛する人たちを敬うことができ、その人たちに好感を寄せるブルジョワや最下層の民へと向けられていた。王妃がヴェルデュラン夫人に好意を示したのは、夫人がそのような良き素質に恵まれた女性だと考えたからである。たしかにこれは、偏狭で、いくぶんトーリー党(324)を想わせる、ますます時代遅れになった善意の考えかたである。しかしそれは王妃のいだく善意が、真剣さや熱意に欠けることを意味しない。古代人が献身の対象とした人間集団が都市国家の枠を越えるものではないからといって、また現代人のそれが祖国の枠を越えるものではないからといって、その愛情が、未来の人間が地球規模の連邦国家を愛する場合と比べて弱いということにはならない。私のごく身近には母の例がある。母はカンブルメール夫人やゲルマント夫人からいくら勧められても、いかなる慈善「事業」にも、いかなる愛国的な婦女授産所(325)にも参加しようとはせず、ものを売ったり、その後援者になったりすることもなかった。母はまず自分の心が動かされたときにしか行動せず、また豊かな愛情と寛容を示すのは、自分の家族と召使いや、たまたま出会った不幸な人たちに限られていて、私は母のこのような振る舞いが正しいと言うつもりはさらさらないが、とはいえ、母の豊かな愛情と寛容は、祖母のそれと同じく無尽蔵のものとなり、ゲルマント夫人やカンブルメール夫人がなしとげたあらゆるものをはるかに凌駕したことをよく知っている。ナポリ王妃の場合はこれとはまるっきり違っていたが、それでも認めておくべきは、王妃にとって好感のもてる人間というのは、アルベルチーヌが私の本棚からとり出してひとり占めにしていたドストエフスキーの小説における好感のもてる人物、つまり、おべっか使いの寄食の輩とか、泥棒とか、酔っ払いとか、ぺこぺこするかと思えば無礼をはたらき、放蕩にふけって必要とあらば人殺しも辞さないという、そんな人間ではけっしてなかったことである。とはいえ両極端は相通じるもので、王妃が守ろうとした高貴な生まれの近親、辱められた親族とは、だれあろうシャルリュス氏で、つまり、その出自や王妃とのあらゆる姻戚関係にもかかわらず、美点のまわりに膨大な悪癖がとり憑

(324)　一六七〇年代末から一八四〇年代の、英国保守党の前身。その後も保守党の俗称として使われた。

(325)　原語 ouvroir. 元来は女子修道院内の裁縫作業室、ついで修道院や慈善事業団が設立した、貧しい婦女子に裁縫の仕事を与える授産所(『二十世紀ラルース辞典』に拠る)。

いている人物だったのである。「あなた、ご気分がすぐれないようですね」と王妃はシャルリュス氏に言った、「私の腕におつかまりなさい。この腕は今後ともあなたの味方ですよ。それくらい丈夫な腕ですから。」それから王妃は、威風堂々と前方を見すえた（そのとき王妃の正面には、スキーが私に語ったところによると、ヴェルデュラン夫人とモレルがいたという）、「なにしろこの腕はね、その昔ガエータで卑賤の輩を動けぬよう威圧したことがあるのです。この腕があなたの砦になるでしょう。」かくしてエリーザベト皇后の戦功赫々《かっかく》たる妹君は、男爵を腕につかまらせながら、モレルごときを紹介させることもなく退出されたのである。

　シャルリュス氏の手に負えない性格や、身内の者まで恐怖のどん底に陥れた残忍な仕打ちのことを考えると、この夜会のあと、氏がヴェルデュラン夫妻にたいして烈火のごとく怒り狂い、復讐をしたと思われるかもしれない。ところがそんなことはなにもおこらなかった。[326]その主たる原因は、数日後、男爵が風邪をこじらせ、当時はやっていた感染性の肺炎にかかり、長いこと医者たちから死の一歩手前と診断され、自分自身でもそう信じて、何ヵ月も生死の境をさまよっていたことにある。これはひとえに、それまで我を忘れるほど氏を怒り狂わせていた神経症が、肉体的転移によってべつの病気に置き替えられたのだと考えるべきだろうか？　こんなことを言うのも、氏は社会的観点からヴェルデュラン夫妻など歯牙にもかけていなかったから、自分の同類を恨むようには夫妻を恨めなかったのだと考えるのは単純にすぎるし、なんら危害を加えない人をなにかにつけ架空の敵にして腹を立てる神経過敏の男は、相手から攻撃されると逆に危害を加えなくなるとか、そんな男には不平不満のむなしさを説いて聞かせるよりもその顔に冷水をぶっかけるほうがおとなしくなるなどと考えるのも単純にすぎるからである。とはいえ氏から恨みが消えた理由の説明は、おそらく病気の転移に求めるべきではなく、むしろ病気そのものに求めるべきであろう。病気は男爵に極度の衰弱をもたらし、男爵はヴェルデュラン夫妻のことを考える余裕などろくになかった。まさに瀕死の状態だったのである。さきに攻撃のことを問題にしたが、たとえ死後にようやく効果を発揮するような攻撃であっても、攻撃をうまく「仕掛け」ようとすれば、体力の一部をそのために犠牲にすることが求められる。シャルリュス氏にはほんのわずかな体力しか残されておらず、そのような準備活動はできなかったのである。不倶戴天《ふぐたいてん》の敵同士であれば、いまわの際《きわ》には閉じていた目をかっと開いて互いに見つめ合い、満足して瞑目する、とよく言われる。しかしこんなことは、元気なときにいきなり死に襲われるのでなければ、めったにおこるものではない。それど

(326)　数頁前には(本巻二九五頁)、シャルリュスがヴェルデュラン夫人に泣きついたとされていた。

ころか人は、なにも失うものがなくなったときには、元気なときなら軽々に冒したかもしれぬ危険にもはやかかわらなくなる。復讐心は、生命の一部をなすものだから、多くの場合——同じ性格のうちにも、あとで見られるように人間的矛盾という例外は存在するが——死の間際にはわれわれから消えてしまう。シャルリュス氏は、いっときヴェルデュラン夫妻のことを考えたあと、ぐったり疲れ果て、壁のほうを向いてもはやなにも考えなかった。氏が持ち前の雄弁を失ったからではなく、雄弁が以前ほどの努力を氏に求めなくなったからである。雄弁はなおもこんこんと湧いていたが、その質が変わってしまったのだ。あれほど頻繁に暴言を飾り立てていた雄弁は、いまや暴言から切り離され、こんどは優しいことばや、福音書のたとえ話や、死への明らかな忍従などに飾られた、神秘的な雄弁にすぎなくなった。シャルリュス氏は、ことに命が助かったと思う日にはよくしゃべった。病気がぶり返すと、また黙りこんだ。氏につきものであった派手な暴言に取って替わった(『アンドロマック』のまるで異なる精髄が『エステル』のなかへ移し替えられたような[327])このキリスト教的な穏やかさは、周囲の人たちから賞讃をあびた。この穏やかさなら、ヴェルデュラン夫妻でさえ賞讃したかもしれない。かつてその欠点ゆえに氏を憎んだヴェルデュラン夫妻も、こんな男なら熱愛せずにはいられなかったであろう。もちろん、そのキリスト教的なものはうわべだけと見受けられる考えかたも残存していた。氏は大天使ガブリエルに、いつになったら救い主が到来するのか、預言者に告げたように自分にも知らせてほしいと祈った。そして、辛そうな穏やかな微笑みで祈りを中断して、こう言い添えた、「でも大天使がダニエルにお告げになったように、「七週と六十二週」も待てとおっしゃられたのでは困ります、[328] その前に私は死んでいますから。」氏がこれほど待ち望んでいた者、それはじつはモレルだった。それゆえ氏は大天使ラファエルに、息子トビアを連れもどしたように、モレルを連れもどしてほしいと頼んだ。[329] おまけに氏は、もっと人間を頼りとする手立てもまじえ（病気になった教皇が、ミサを挙げさせるのと同時に、抜かりなく主治医をも呼ばせるようなものである）、見舞い客たちに、氏の息子たるトビアをブリショが早急に連れもどしてくれるなら、大天使ラファエルは、父

(327) ラシーヌの悲劇『アンドロマック』（一六六七初演）が四人の人物の殺人や狂気にいたる激しい情念を描くのにたいして、晩年の『エステル』（一六八九初演）は教化的な宗教的感情を讃える。

(328) 旧約聖書「ダニエル書」が語るところでは、預言者ダニエルの幻《まぼろし》にガブリエルがあらわれ、「エルサレム復興と再建についての／御言葉《みことば》が出されてから／油《あぶら》注がれた君《きみ》の到来まで／七週あり、また、六十二週あって／危機のうちに広場と堀は再建される」と告げる（新共同訳、九章二一―二五節）。

(329) 大天使ラファエルによって実家に連れ戻された息子トビアは、魚の胆汁で父親トビトの失明を治す（旧約聖書外典「トビト記」一一章一―一五節）。すでにシャルリュスは、モレルを息子トビアに、自分を父親トビトになぞらえていた（本訳⑨四九四―九五頁参照）。

親トビトにしたように、あるいはベトザタの清めの池における霊験のように(330)、ブリショの視力を回復させてくれるかもしれないとほのめかした。しかし、こうして人間くさい世界へ舞い戻ることはあったものの、シャルリュス氏の発言にあふれる精神的純粋さは、やはり奥ゆかしいものになっていた。虚栄心も、悪口も、常軌を逸した意地の悪さや思いあがりも、ことごとく影をひそめていたのである。精神的にいえばシャルリュス氏は、かつて暮らしていたときの水準をはるかに超える高みに達していた。ところが、この精神的向上の実態については、氏の雄弁術に耳を傾けて感動する人がいささかだまされていた面もあって、実際この精神的向上は、そこに作用していた病気が治るとともに消滅した。シャルリュス氏は、やがて見るように、ますます速度を増してふたたび斜面を転がり落ちていった。しかし氏を辱めたヴェルデュラン夫妻の態度は、すでにいささか遠い思い出にすぎなくなり、もっと近々の怒りに妨げられて二度とかき立てられることはなかったのである。

ヴェルデュラン家の夜会へ話をもどすと、その夜、主催者夫婦がふたりきりになったとき、ヴェルデュラン氏は妻に言った、「知ってるかい、なぜコタールが来なかったか(331)？　サニエットのそばにつき添ってるからだよ。株で一発とり戻そうとしたのが失敗してね、一文なしになったうえ百万近くも負債があるとわかって、サニエットは発作をおこしたんだ。[332]」「それにしてもなぜ株なんかに手を出したのかしら？　ばかねえ、いちばん向いてない人なのに。もっと抜け目のない人たちでさえすってんてんになるというのに、あれはだれにでも丸めこまれるような人でしたからねえ。」「もちろんあれがばかだというのは昔からわかってたことだが」とヴェルデュラン氏は言った、「とにかく結果がこれさ。あすにも家主から追い出されて、そりゃ窮乏の極みになるぞ、親族から嫌われてるし、フォルシュヴィル[333]もなにもしてやらんだろう。そこで考えたんだよ、もちろんお前が嫌がることなどする気はないが、もしかしてやつに少々の年金を出してやれないだろうかって、そうしてやれば、やつも破産をあまり気にせず、自宅で療養できるだろうと。」「あなたの意見に大賛成よ、とってもいいことを考えてくださったわ。でも、あなたは「自宅で」とおっしゃったけど、あのおばかさん、高すぎるアパルトマンを借りてるのよ、あれじゃあ無理だわ、なにか二部屋くらいの

(330)「ヨハネによる福音書」五章二―九節に、エルサレムの「ベトザタ」の池には「病気の人、目の見えない人、足の不自由な人、体の麻痺した人」(共同訳)が大勢いて、イエスが治癒の奇跡をおこす。
(331) コタールは、訃報のうわさも出たが(本巻一一〇頁)、夜会に出ていた(同九二頁、二〇三頁)。
(332) 百万フランは、約五億円。ヴェルデュラン氏の迫害で卒倒したという先の記述(本巻一七三頁)と矛盾する。作家の不統一というよりも、自責の念に駆られた同氏がつくりあげた嘘と考えるべきか。
(333)「スワンの恋」に登場したフォルシュヴィル伯爵は「サニエットの義兄弟」(本訳②一五四頁)。

を借りてやらなくては。あの人、いまでも六、七千フラン[334]もするアパルトマンにいるんでしょ。」「六千五百だ。でも、ご執心なのさ、その家に。まあ結局、いったん発作をおこしたからには、あと二、三年しかもたんだろう。たとえばやつのために三年間、一万フラン[335]ずつ出してやるとしよう。この程度ならできるような気がするんだ。たとえば今年は、またラ・ラスプリエールを借りるのはやめて、もっと質素なところにするとか。わが家の収入からすれば、三年のあいだ毎年一万フラン減るぐらい、できないはずはない。」「いいですよ、ただし困るのは、それが知れてしまうことね、そうなるとほかの人たちのときにも同じようにしてあげないといけなくなるでしょ。」「心配無用、それも考えてある。これをやる以上、だれにも知られないことが絶対条件だ。ご免だね、人類の恩人に祭りあげられるなんて、ぞっとする。博愛なんてまっぴらだ！　どうしたらいいかだが、たとえばシェルバトフ大公妃がやつのために遺してくれたと言ってやることもできそうだ。」「でもそんなこと信じるかしら？　大公妃は遺言をつくるのにコタールに相談していたのよ。」「どうしようもなければ、コタールには打ち明けたっていいさ。あれは医者だから職業上の秘密を守るのには慣れてるし、それにうんと稼いでるんで、世話は焼くが口止め料を払わせるような輩とは違うからね。ことによると大公妃から仲介を頼まれたって、自分から言ってくれるかもしれん。

そうなれば、われわれが表に出なくてもすむだろう。それで、あれこれお礼を言われるとか、感謝の集いに出るとか、美辞麗句を並べられるとか、面倒なことは避けられるだろう。」ヴェルデュラン氏はそこへひとことつけ加えた。もちろんそのことばは、夫妻が避けたいと願うお涙頂戴や美辞麗句のたぐいの場面を意味することばであったが、私には正確に伝わってこなかった。というのもそれはフランス語のことばではなく、家族のあいだである種のことがら、とりわけ腹立たしいことがらを指し示すときに、おそらくその語ならば相手にはわからないという理由で口にされることばのひとつだったからである。この種の表現は、一般的にいって、家族の昔の状態が現在に残された遺物といえよう。たとえばユダヤ人の家族では、それは祭式の用語が原義からずれて使われたことばで、いまやフランスに同化した家族がなおも忘れずにいるただひとつのヘブライ語かもしれない。地方色をきわめて色濃く残す家族では、たとえ家族がもうその方言を話すことも理解することさえなくても、それはその地方の方言のひとつになるだろう。南アメリカからやって来て、いまやフランス語しか話さない家族では、スペイン語のことばがそれになるだろう。そしてつぎの世代になると、その

(334)　六、七千フランは、約三百万から三百五十万円。
(335)　一万フランは、約五百万円。

ことばは幼いころの想い出としてしか存在しなくなる。両親が食卓で、給仕をする召使いたちのことを本人にはわからないように言うとき、あることばを使っていたのを想い出しはするが、子供たちはそのことばが正確にどんな意味なのかを知らず、それがスペイン語なのかヘブライ語なのかドイツ語なのか方言なのかもわからず、それが固有名詞や完全にでっちあげたことばなどではなくてなんらかの言語に属することばかどうかも判然としないのだ。同じことばを使っていたにちがいない大叔父なり老従兄なりがまだ生きているのでないかぎり、子供たちの疑念は解消しようがない。ヴェルデュラン夫妻の親族をだれひとり知らない私には、そのことばを正確に再現することはできなかった。とはいえこのことばがヴェルデュラン夫人を微笑ませたことは確かである。なぜなら、ふだん使っている言語と比べて一般的ではなく、ずっと個人的で、はるかに秘密めいたこの手の言語は、それを用いる者同士のあいだに利己的な感情を醸し出し、その感情にある種の満足感を添えずにはいないからである。そんな上機嫌の一瞬がすぎると、ヴェルデュラン夫人は「でもコタールが漏らしでもしたら?」と異を唱えた。「あの男が漏らすはずはないさ。」ところがコタールはこれを漏らした。すくなくとも私に漏らしたことは間違いなく、私はこうした事実をコタールから、数年後、サニエットの葬式のときに聞いたのである(336)。私はこの経緯をもっと早く知ることができなかったのを残念に思った。そうなっていれば、なによりもまず、けっして人を恨んではならない、ある人の意地の悪さを見てもその記憶だけで人を評価してはいけないという考えに、もっと早く到達していたであろう。なぜなら、その同じ人の心がべつの機会には真摯に善行を欲してそれを実行しえたとしても、その善行のすべてがわれわれの知るところとなるわけではないからだ。そんなわけでわれわれは、単なる予測という観点からしても間違えてしまう。というのも、決定的に確認された邪悪な面はたしかにくり返しその人にあらわれるにちがいないが、しかし人の心はもっと豊かなもので、それ以外の面もたくさん宿していて、そんなほかの面もまたその人にあらわれるにちがいないからで、その人のあくどいやり口を見たわれわれはその人の優しい面を見ようとしないだけである。しかしもっと個人的な観点からしても、この経緯をもっと早く知っていれば私にも相当の影響がもたらされたにちがいない。というのも、もしコタールがこれをもっと早く暴露してくれていたら、ヴェルデュラン氏のことをこれほど意地悪な男はいないとますます思うようになっていた私の意見は変更され、ヴェルデュラン夫妻がアルベルチーヌと私のあいだでなにか画策しているのではないかという私の疑念も晴らされたにちがいないからである。もっと

（336）　ヴェルデュラン氏の迫害で倒れ「数週間」だけ生きていたという記述（本巻一七四頁）と矛盾する。

も、私の疑念が晴らされたにちがいないと思うのは間違いかもしれない。ヴェルデュラン氏は、たとえ多くの美点を備えていたとしても、それでもやはり意地が悪く、残忍きわまりない迫害をあえてするうえ、小派閥における支配欲に汲々として、信者のあいだに小集団の結束を唯一の目的としない関係があれば、これを断ち切るためにはどんなに卑劣な嘘をつくのも辞さず、どんなに不当な憎悪を煽るのも辞さない男であることに変わりはなかったからである。氏は無私無欲に振る舞い、ひけらかすことなく気前のいい施しができる人であったが、だからといってかならずしも感じやすい、好感のもてる、細心で、真実を語る、つねに善良な人間だったというわけではない。部分的な善意は――私の大叔母と懇意にしていた家族の血がわずかに氏に残っていたのかもしれない[337]――、私がさきの事実によってその善意を知るにいたる以前から、コロンブスやピアリ[338]以前からアメリカや北極が存在していたように、おそらく氏のなかに存在していたのだろう。にもかかわらずヴェルデュラン氏の本性は、私がくだんの経緯を知ったときに想いも寄らぬ新たな側面を示したのである。そこから私は、社会や情熱のみならず人の性格についても、固定したイメージを呈示するのは困難であるという結論を導きだした。性格もまた社会や情熱に劣らず変化するからで、性格のなかで最も変わらぬところを写真に撮ろうとしても、それはつぎつぎと相異なる様相を呈して(性格というのは静止できず動いてやまぬものであることを示して)、レンズは戸惑うばかりである。

時計を見て、アルベルチーヌが退屈していないかと心配した私は、ヴェルデュラン家の夜会を出るとブリショに、さきに家の前で降りてもいいでしょうか、そのあと私の馬車がお宅までお送りしますから、と言った。ブリショは、家では若い娘が私を待っているとはつゆ知らず、寄り道をせずにお帰りになるとは感心だ、おとなしく夜を早めに切りあげるのは立派だと褒めてくれたが、私はそれどころか実際には夜のほんとうの始まりを遅らせていただけなのだ。ついでブリショは私にシャルリュス氏の話をした。シャルリュス氏は、自分にはきわめて親切でつねづね「私はいっさい告げ口をしません」と言っている教授が、自分のこととその生活についてなんの遠慮もなくしゃべるのを聞いたら、きっと開いた口がふさがらなかっただろう。またブリショのほうも、シャルリュス氏から「私の悪口を言っておられたそうですな」と言われたら、やはり心底から仰天して憤慨したにちがいない。実際ブリショは、シャルリュス氏に

(337)「私」の(大叔母ではなく)祖父が、ヴェルデュラン家の「現当主とはいっさいの交際を断っていた」が「昔の夫妻の家族は知っていた」という記述があった(本訳②四六頁参照)。

(338)一九〇九年にはじめて北極点に到達した。原稿とタイプ原稿でこの名は空白。諸版に倣って補う。

好感をいだいており、氏にかんする自分の発言を振り返る必要がある場合でも、ほかのみなと同様のことを言っておきながら、その発言自体よりも自分が男爵にいだいている共感を想い出すほうが多かった。ブリショが「あなたのことは友情をたっぷりこめて話しているんですよ」と言う自分のことばに嘘はないと思っていたのは、シャルリュス氏のことを話しながらそれなりの友情を感じていたからにほかならない。ブリショにとってシャルリュス氏がもつ特別な魅力とは、教授がなによりも社交生活に求めた魅力、つまり教授が長いあいだ詩人の創作と想いこんでいたものの生きた見本とつき合えるという魅力であった。ブリショはそれまでウェルギリウスの『牧歌』の第二歌(339)について、この創作になにか現実的背景が存在するのかよくわからぬまま何度も講義をしてきたが、遅まきながらこの歳になって、師のメリメ氏やルナン氏、同僚のマスペロ氏が、スペインやパレスチナやエジプトを旅行して、そのスペインやパレスチナやエジプトの風景や現在の住民のうちに、それまで書物で研究してきた古代の情景の舞台と今も変わらぬ演者たちを認めて感じた喜び(340)にいささか似た喜びを、シャルリュス氏と語らうことに感じたのだ。「あの名家の勇士を侮辱する意図など微塵もなく申しますと」とブリショは帰りの馬車のなかで私にはっきり言った、「ただただ非凡のひとことですな、なにしろあの悪魔の教理提要を、少々シャラントンふう(341)の酔狂でもって、さらに言えばスペイン王党派(342)や亡命貴族のごとき、純白と言いたくなるほどの執拗さでもって講釈するんですからね。あえてユルスト猊下《げいか》(343)に倣って申せば、不信の輩の支配するわれらが時代に反旗を翻してアドニス(344)を擁護すべく、おのが種族の

(339)　牧人コリドンが、美少年アレクシスへのやるせない恋心(同性愛)を歌ったもの。

(340)　作家プロスペール・メリメ(一八〇三—七〇)は、文化財保護監督官として国内外を視察、その副産物としてピレネー山麓を舞台にした『イールのヴィーナス』(三七)を、スペイン旅行に想をえた『カルメン』(四七)を書いた。エルネスト・ルナン(一八二三—九二)は、当初セム語言語学を学んで聖書の原典研究を志したが、一八六〇—六一年にパレスチナの学術調査に従事、それを実証的『イエス伝』(六三)に活かした。本作に著作『エジプトとアッシリア』(一八九〇)が援用された当時の高名なエジプト学者ガストン・マスペロ(一八四六—一九一六)は、一八八〇年代、カイロ博物館二代目館長として多くの現地発掘調査を指揮した。

(341)　原語 charentonesque.「シャラントンの狂人を想わせる」を意味する十九世紀末の造語(『トレゾール仏語辞典』)。シャラントン(ヴァンセンヌの森の南、地図②)には精神病院(一六四一設立)があった。

(342)　原語 blanc d'Espagne. 七月王政(一八三〇)で王位を追われたブルボン家の正統王朝派《レジティミスト》は、王位継承候補者シャンボール伯を即位させる野望をいだくが挫折(一八七一)。その伯の死(一八八三)で血筋が絶え、後継をスペイン・ブルボン家(一七〇〇年のフェリペ五世即位から今日に存続)に頼らざるをえなくなった王党派をふざけて Blancs d'Espagne と呼んだ(『二十世紀ラルース辞典』)。なお blanc d'Espagne はペンキやガラスの補塡剤(白い粉末)を意味する。ブリショが「純白と言いたくなるほどの執拗さ」と言ったのは、これら「白」blanc にかけた皮肉。

(343)　モーリス・デュルスト d'Hulst(一八四一—九六)。カトリックの高等教育機関パリ・カトリック学院(一八七五創立、現存)の創設者で初代学長。「猊下《げいか》」は高位聖職者への尊称。

本能に従い、ソドミストとしてのまったき純真さから十字軍に身を投じたこの封建領主の訪問を受ける日ともなりますと、私はけっして退屈などしないのですよ。」私はブリショの話に耳を傾けていたが、しかし教授とふたりきりだったわけではない。そもそも家を出たときからずっとそうであったように、私は漠然とではあるにせよ自分が、いま自分の部屋にいる娘と結びつけられているのを感じていたのだ。ヴェルデュラン家でだれかれと話していたときでも、私はその娘が自分のそばにいるのをおぼろげに感じていて、娘をまるで自分自身の手足のようにぼんやり意識し、その娘に想いを馳せるときは、わが身に完全に隷属しているものの憂さを感じながら自身の肉体に想いを馳せるような気分であった。「あの使徒のおしゃべりときたら」とブリショはつづきを言った、「かの『月曜閑談』の補遺(345)をことごとく埋めつくすほどのゴシップの宝庫ですな！　たとえば私がつねづね現代の最も豪勢な精神的建造物として崇めてきた倫理学概論ですがね、それはわが尊敬すべき同僚のXがなんと若い電報配達人から想を得たものだと教えてくれたのがあの男爵です。忌憚なく指摘しておくと、畏友Xはその論証の過程においてくだんの美少年の名を明かすのを怠っております。この点、畏友は、かのオリュンピアのゼウス像の指輪に自分の愛する競技者の名前を彫りつけたフェイディアス(346)と比べて、世間体を重んじた、いや、謝意の表明を軽んじたというべきでしょう。男爵はこのフェイディアスの話をご存じなかったので、この話が男爵の正統信仰を喜ばせたことは言うまでもありません。あなたにも容易に想像がつくでしょうが、私はこの同僚と博士論文の審査をするたび、そもそも精緻きわまりない同僚の論法にますます興趣が尽きませんでね、サント＝ブーヴにとって、好奇心をそそる数々の新発見が、シャトーブリヤンの中途半端な告白の書への興趣を増したのと同じですよ。(347)われらが同僚は、叡知こそ金ぴかですが、金《かね》のほうはあまり持っていなかったので、くだんの電報配達人はこの同僚から男爵の手に渡ったそうです(「なんの下

(344)　ギリシャ神話で、愛と美の女神アプロディテに愛された美少年。

(345)　批評家サント＝ブーヴ(一八〇四—六九)が一八四九年から死の年まで「コンスティテュショネル」紙の毎週月曜に連載した文芸批評は『月曜閑談』(一五巻、五一—六二)、『新月曜閑談』(一三巻、六三—七〇)にまとめられ、ときには巻末に「付録」がつけ加えられた。プルーストは『サント＝ブーヴに反論する』(一九〇八—〇九執筆)で、これを文学の本質とは無縁な逸話を偏重するものとして批判した。

(346)　フェイディアスは自作ゼウス像(本訳⑥二五〇頁と注254参照)の小指に、紀元前四三六年の第八六回オリュンピア大祭競技の勝者たる愛人の名を残すため「パンタルケスは美しい」と刻んだという。

(347)　サント＝ブーヴは一八五〇年五月二十七日発表の「シャトーブリヤン氏の『墓のかなたの回想』」(『月曜閑談』第二巻収録)において、シャトーブリヤンが『墓のかなたの回想』で「自分の恋愛体験に関しては口が固い」のを嘆いたうえで、「氏を順次、ときには同時に愛して、氏のために身を焦がしたきわめて高貴な女性たちの主たる名前」をあれこれ詮索していた。

心もなく」と言い添えたときの男爵の口調はまさに聞きものでしたよ）。で、このサタンはすこぶるつきの世話好きですから、庇護する若者のために植民地に職を見つけてやったところ、この若者は感謝を忘れず、植民地から男爵にときどき立派な果物を送ってくるとか。男爵はその果物を知り合いの高貴な人たちへの贈りものにするのですが、ごく最近、その若者からのパイナップルがコンティ河岸の食卓にのぼりましてね、するとヴェルデュラン夫人はこう言ったそうですが、べつに悪意はなかったらしい、「まあ、シャルリュスさん、こんな立派なパイナップルをおもらいになるなんて、アメリカの叔父さんか甥御さんでもいらっしゃるのね！[348]」正直申して私は、ディドロが好んで引いたホラティウスの歌の冒頭[349]を内心デ《イン・ペット》暗唱しながら、心はずませてその果物をいただきましたよ。要するに私は、わが同僚ボワシエがパラティヌスの丘からティブルへと散策したひそみに倣い[350]、男爵とのおしゃべりを通じて、アウグストゥスの時代の作家たちについて、以前よりもはるかに生き生きとして興趣に富んだ考えかたを学んでいるわけです。ローマ帝国退廃期の作家については申すまでもありませんし、古代ギリシャの作家にさかのぼるまでもないでしょう。ただし私は一度、このシャルリュス御大《おんたい》に、あなたのおそばにいますとアスパシア[351]を訪れたプラトンのような気がします、と申したことがあります。じつのところ私は、ふたりの人間の尺度を途轍もなく拡大していたわけで、ラ・フォンテーヌが言うように、私の挙げた例は「もっと小さな動物から」引き出されたものでした[352]。いずれにせよ、男爵が気を悪くなさったとは、よもやあなたもお考えにならんでしょう。あんなに無邪気に喜んだ男爵は見たことがありません。子供みたいに嬉々として、貴族ふうの冷静沈着にふさわしからぬはしゃぎぶりでしたよ。「なんともお世辞がうまいもんですな、ソルボンヌの教

(348)「アメリカの叔父さん」は慣用句。外国に住んで思わぬ遺産を残してくれる金持の親族、の意。

(349) ディドロは「風刺二」と題する文章でホラティウスの『風刺詩』や『歌集《カルミナ》』の詩句を何度も引用した。ブリショが想起するのは『歌集』一巻一の冒頭句「王家の出なるマエケナス」を指すと考えられる。すでにブリショはこの呼称をシャルリュスに与えていた(本訳⑨二三六頁と注289参照)。

(350)「パラティヌスの丘」はパラティーノの丘(ローマ七丘のひとつ)。ローマ皇帝アウグストゥスをはじめ歴代皇帝の宮殿が建てられた。ティブル(現代のティヴォリ)はローマの東約三十キロの別荘地。アウグストゥス、その腹心の文人マエケナス、詩人ホラティウスらが別荘を所有していた。ガストン・ボワシエは、ブリショがすでに名前を挙げていた古代ローマ史の碩学(本訳⑨四五八頁と注520参照)。『考古学散歩――ローマとポンペイ』(一八八〇)でパラティヌスの丘とティブルを、『新考古学散歩――ホラティウスとウェルギリウス』(一八八六)で詩人たちについて語った。

(351) アテナイの政治家ペリクレスの愛人。自堕落な生活にもかかわらず教養が高く、アリストテレスやプラトンなどの文人・哲学者にも影響を与えたとされる。

(352) ラ・フォンテーヌの寓話、「ライオンとネズミ」と「ハトとアリ」(二巻一一と一二)をつなぐ文言。アスパシアとプラトンになぞらえたが、男爵と「私」(ブリショ)はもっと小さな存在、の意。

授がたは！」と男爵は有頂天になって大声をあげました、「この歳になるまで待った甲斐あって、ようやくアスパシアにたとえられるとは！　私のような厚化粧の老婆がねえ！　いやはや私の若かりしころは！」　そう言った男爵をあなたにお見せしたかったですよ、例によって白粉をこってり塗りたくり、あの歳で、伊達男みたいに麝香《じゃこう》の匂いをぷんぷんさせてね。それでもやはり、家系にはああだこうだとうるさいが、またとない好々爺[353]。それやこれやの故あって、今夜の仲違いが覆水盆に返らずとなるなら、私としては残念至極というもの。私が呆気にとられたのは、あの若者の反発ぶりですよ。なにしろここしばらくは男爵の前に出ると、まるで盲従者か直臣[354]のごとく言いなりで、あんな謀反《むほん》をおこす気配など皆無でしたから。いずれにせよ、かりに男爵が（神々ヨコノ予言ヲ斥ケタマエ《ディイ・オメン・アウェルタント》）[355]二度とコンティ河岸に戻らぬ事態になっても、この教会分裂が私にまで及ばぬといいのですが。私たちは、男爵の経験と私のささやかな知識とを交換しあって、たがいにあまりにも多くの利益を得ている間柄ですから。（実際にはあとで見るようにシャルリュス氏は、ブリショに激しい恨みこそ示さなかったが、すくなくとも教授にたいする共感はほぼ完全に消え失せ、教授をなんら容赦なく批判するようになる。）ところではっきり申しあげて、この交換はきわめて不釣合いなものでして、男爵が人生から学ばれたことを私に伝えてくださるとき、人生の夢をいちばんよく見ることができるのはやはり書斎のなかだというシルヴェストル・ボナールの意見(356)には、とうてい同意できないのです。」

私たちはすでにわが家の門の前に着いていた。私は馬車から降りて、御者にブリショの住所を告げた。歩道からアルベルチーヌの部屋の窓を見ると、アルベルチーヌがまだわが家に住んでいなかったとき夜はいつも真っ暗だったその窓に、中の電気の光が、鎧戸の桟で幾重にも区切られ、上から下へと平行に黄金《こがね》色の縞模様をつけていた。この不思議なしるしは、私には明確な意味をもち、平静なわが精神の前にこれから私がわがものとする親しく明確なイメージを描きだしてくれたが、馬車のなかにいる盲

(353)　詩人クレマン・マロ(一四九六—一五四四)が、盗みをはたらいた「ガスコーニュ人の従僕」のことを歌って一五三二年元日にフランソワ一世に献上した書簡詩「国王へ」(『書簡詩』二五)の一節「食いしん坊にして酔っ払い、そのうえ真っ赤な嘘つきで／ペテン師にして盗人、そのうえ悪態と冒瀆が大好きで／あたり一帯に絞首台の臭《にお》いをぷんぷんさせ／それでもやはり、またとない好人物」を踏まえる。

(354)　原語 leude. メロヴィング朝の王から封土を授けられ、王に忠誠を誓った直臣。

(355)　*Quod di omen avertant.* が正確。キケロ『弾劾論集《ピリッピカ》』(マルクス・アントニウス弾劾演説)三—三五。

(356)　アナトール・フランスの初期の代表作『シルヴェストル・ボナールの罪』(一八八一)の主人公の老古文書学者は、「こうした夢も、ほかの無数の夢も〔…〕すべてひとつにまとめられる、人生という夢に」と考え(この部分は「私」がコンブレーで読んだベルゴットの作品に採り入れられた。本訳①二一五頁と注138参照)、「私はこの夢をわが書斎で見た」と言う(それぞれ第一部と第二部の冒頭近く)。

目同然のブリショにはそれが見えず、たとえ見えたとしても、もとよりその意味を理解できなかっただろう。なぜなら、夕食前アルベルチーヌがすでに散策から帰っていたとき私を訪ねてきた友人たちと同じく教授も、そっくり私のものとなったひとりの娘が、隣の部屋で私を待っているとは知るよしもなかったからである。馬車は走り去った。私はしばし歩道にひとり残った。下から見あげたこの光の縞模様、他人にはただそれだけのものに見えただろうこの縞模様に、私が極端なほどの実体性、充実感、堅牢性を付与したのは、その背後の宝物というべきもの、他人には想いも寄らない宝物、私がひそかに隠していて、そこからこの光の横縞が出てくる宝物に、もちろん私があらゆる意味をこめていたからであるが、だがその宝物と引き換えに、私はおのが自由と孤独と思考とを捨て去っていたのだ。もしあの上の部屋にアルベルチーヌがいなかったら、また私の望みが快楽を得ることだけであったなら、私はもしかしたらヴェネツィアで、それが無理ならせめて夜のパリの片隅で、未知の女たちにその快楽を求めに行っただろうし、その女たちの生活のなかにはいりこもうとしたことだろう。ところが愛撫の時がやって来た今、私がしなければならないのは旅に出ることではなく、いや、外出することでさえなく、家に帰ることだった。しかも家に帰るのは、自分の思考に外から栄養を与えてくれる他人と別れ、ひとりきりになって少なくともその栄養を否応なく自分自身のうちに求めるためではなく、それどころかヴェルデュラン家にいたとき以上に孤独でなくなるためであって、いまや私を迎えてくれる人に自分の人格を隅々まで譲り渡してしまい、いっときたりとも自分のことに想いを馳せる暇もなく、相手が私のそばにいるからには、相手のことも考える必要がなくなるのだ。それゆえ私は、最後にもう一度目をあげて、はいってゆこうとしている部屋の窓を外から見やったとき、その光の鉄格子のなかへいまや自分自身が閉じこめられるのを見る想いがしたうえ、その鉄格子の黄金色の頑丈な柵は、わが身を永遠の隷属状態に置くために私がみずから鍛造したものである気がした。

アルベルチーヌは、あなたは嫉妬しているのではないか、それであたしのやることをなにもかも気にするのだ、などと私に言ったことは一度もない。私たちが嫉妬についてことばを交わしたのは、たしかにかなり以前のことではあるが、そのことばだけでもアルベルチーヌがそんな疑念をいだいていないことを証明しているように思われた。想い出すのは、ふたりがつき合いはじめた当初、はじめてアルベルチーヌを二、三回送っていったころの、ある月夜のこと、私は送らずにアルベルチーヌと別れてべつの女たちを追いかけたいと思い、「いいかい、送ってあげようとぼくが言うのは、なにも焼き餅を焼いてるからじゃない、なにかすることがあるなら、ぼくは遠慮してひきさがるよ」と言ったところ、アルベルチーヌがこう答えたことだ、「あら、よくわかってるわよ、あなたが焼き餅焼きじゃなく、そんなことなんて気にしないことぐらい。でも、あたし、あなたといっしょにいるよりほかにすることはないの。」もう一度は、ラ・ラスプリエールでシャルリュス氏が、モレルのほうをこっそり見やりながらアルベルチーヌにいかにも色男らしい愛想を振りまいたときのことで、私がアルベルチーヌに「おやおや、男爵にずいぶん言い寄られてたじゃないか」と言ったあと、「ぼくはさんざん嫉妬の苦しみを味わったよ」と皮肉めかしてつけ加えると、アルベルチーヌは生まれ育った下品な階層に特有のことば遣いなのか、あるいは現在つき合っているさらに下品な階層に特有のことば遣いなのか、こう答えた、「なんて与太とばすの！承知も承知、あなたが焼き餅焼きじゃないことぐらい。第一、あなたがそう言ったんだし、それに見りゃわかるでしょ、そんなこと！」以来、アルベルチーヌがこの考えを変えたと言明したことは一度もないけれど、にもかかわらずアルベルチーヌの心中には、この点にかんして多くの新たな考えが生み出されていたことは間違いない。アルベルチーヌはその考えを私に隠していたが、ふとしたはずみで心ならずもそれを漏らしてしまうことがあった。たとえばその夜、帰宅した私が自室にいるアルベルチーヌを呼びに行き、私の部屋へ連れてきて「ぼくがどこへ行っていたか当ててごらん、ヴェルデュランさんのところだよ」と言ったときである(そう言うことに私は自分でも腑に落ちないほど気まずい想いをした、というのも私はアルベルチーヌに社交界へ行くとはっきり告げ、どこへ行くかわからないが、ヴィルパリジ夫人のところかもしれないし、ゲルマント夫人のところかもしれないし、カンブルメール夫人のところかもしれないとは言っていたが、たしかにヴェルデュラン夫妻の名前だけは出さないでいたからである)。私のことばが終わる間《ま》もなく、アルベルチーヌは血相を変え、「そうじゃないかと思ってたわ」と言ったが、その発言は堪《こら》えきれず勢いよくひとりでにほとばしり出たように感じられた。「ぼくがヴェルデュラン家へ行くときみが困るとは知らなかったよ。」(なるほどアルベルチーヌは困ると言ったわけではないが、それは見るからに明らかだった。私自身も、アルベルチーヌが困るだろうと考えていたわけではない。にもかかわらずアルベルチーヌが怒りを爆発させたのを目の当たりにすると、いわば回顧的千里眼を得て目の前のできごとがすでに以前からわかっていたような気がするのと同じで、私はそう考えるよりほかなかったような気がした。)「あたしが困るって？　それがあたしとなんの関係があるっていうの？　あたしにはどっちでもいいことよ。ヴァントゥイユのお嬢さんが来るはずじゃなかったの？」このことばに逆上した私は「きみは、このあいだヴェルデュラン夫人に会った、って言ったじゃないか[357]」と言って、アルベルチーヌが考えているより事情に通じていることを示そうとした。「あたし、あの人に会ったかしら?」とアルベルチーヌはもの想いにふける表情で訊ねたが、それは想い出をかき集めようとして自分自身に問うているようにも、その答えを教えてくれるはずの私に問うているようにも聞こえた。実際はきっと私に知っていることを言わせるためであったろうが、むずかしい返事をする前に時間を稼ぐためだったのかもしれない。しかし私が気にかけていたのは、ヴァントゥイユ嬢のことよりも、すでに私の脳裏をかすめたある危惧のほうで、それがいまや以前よりも強く私をとらえていたのだ。家に帰る道すがらも、私はヴァントゥイユ嬢とその女友だちが来るというのはヴェルデュラン夫人が見栄を張ってでっちあげた完全なつくり話だと信じていたから、帰宅したときも平静だった。ただアルベルチーヌだけが「ヴァントゥイユのお嬢さんが来るはずじゃなかったの?」と言って、私の当初の疑念が間違いではなかったことを教えてくれたのであるが、結局、この点にかんするかぎり、アルベルチーヌはヴェルデュラン家へ行くのをあきらめることで私のためにヴァントゥイユ嬢を犠牲にしたのだからと、私は将来についても安心していたのだ。

「おまけに」と私は腹を立ててアルベルチーヌに言った、「きみがぼくに隠していることとは、ほかにもたくさんある、どんなに取るに足りないことのなかにもだ、たとえば、ついでに言っておくと、きみが三日ほどバルベックへ旅行したこととか。[358]」私が「ついでに言っておくと」と言い添えたのは、「どんなに取るに足りないことのなかにもだ」の補足のつもりで、もしアルベルチーヌから「バルベックまで遠出をしたどこがいけなかったというの？」と反論されても、「いや、もうよく憶えていないんだ。人から聞いたことが頭のなかでこんがらがってね、大したこととは思ってないから！」と言い訳ができるようにするためだった。実際、アルベルチーヌが運転士[359]とバルベックまで三日間の遠出をして、その絵葉書がずいぶん遅れて届いた件を私が持ち出したのは、まったくその場の思いつきで、自分でもへたな例を選んだものと後悔したくらいだ。じつのところそれは行って帰ってくるだけで精一杯の日程で、そのあいだに相手がだれであれ少しでもゆっくり会える時間をつくることすらできなかったはずである。しかしアルベルチーヌは、私がいま言ったことばから、私が間違いのない真実を握っていながら、そのことをただ隠していたにすぎないのだと信じこんだ。それでアルベルチーヌはさきほどから、私がなんらかの手段を講じてアルベルチーヌを尾行してい

（357）アルベルチーヌの発言「このあいだヴェルデュラン夫人に会ったのよ」（本訳⑩二二一頁）を参照。
（358）この旅行の一件は、本訳⑩三〇四―〇五頁に語られていた。
（359）原語 mécanicien. 二十世紀初頭に自動車の運転手を指した語（本訳⑩一四三頁と注128参照）。

るか、それともなんらかのやりかたで、ちょうどアルベルチーヌが前の週にアンドレに言ったように、アルベルチーヌ自身の生活について「本人よりもよく知っている」と想いこんだのだ。それゆえアルベルチーヌは私の発言をさえぎり、まるで無用な告白をした。無用なというのは、たしかに私はアルベルチーヌが打ち明けたことなどなにひとつ気づいていなかったのに、逆にそれを聞いてひどく打ちのめされたからで、嘘をつく女が歪めてしまった真実と、女を愛する男がそんな嘘に基づいてつくりあげた真実にかんする考えとは、それほどかけ離れているのだ。私の口から「ついでに言っておくと、きみが三日ほどバルベックへ旅行したこととか」ということばが出るや否や、アルベルチーヌは私の発言をさえぎって、ごく当たり前のことのように言った、「あなたはバルベックへの旅行など実際にはなかったって言いたいんでしょ？　もちろんよ！　あなたがなぜそれを信じているふりをしてたのか、あたし、いつも不思議に思ってたのよ。でも、なんでもないことだったの。運転士に三日間よんどころない用事があったのよ。あの人、それをあなたに言い出せなくて、それであたしが同情して（まったくあたしらしいわ！　で、この手のいざこざは、あとできまってあたしに降りかかるのよ）、バルベック旅行なるものをでっちあげたの。運転士はあたしをオートゥイユのアソンプシオン通り(360)に住んでる女友だちのところまで送ってくれただけで、そこで、あたし、三日間ひどく退屈してすごしたわ。ほら、わかるでしょ、大したことじゃない、ふたりの関係をこわすようなことはなにもないって。一週間も遅れて絵葉書が届いたとき、あなたが笑いだしたのを見て、もしかするとあなたはなにもかも承知なんだろうと思いはじめたの。たしかになんとも滑稽なことになって、そんなことなら絵葉書なんて全然書かないほうがよかったわ。でも、あたしのせいじゃないの。絵葉書は前もって買っておいて、オートゥイユで降ろしてもらう前に運転士に渡しておいたのに、あのうすのろがポケットに入れたまま出し忘れたってわけ。ほんとうなら運転士がそれを封筒に入れて、バルベックの近くにいる友だちへ送り、その友だちがあなたに転送するはずだったの。あたし、その絵葉書がいまにも着くだろうって、ずっと思ってたわ。ところがあの男ときたら、ようやく想い出したのは五日も経ってから。しかもあのとんまったら、それをあたしに言わないで、あわてて絵葉書をバルベックへ送ったのよ。それを聞いたとき、うんと叱ってやったわ、まったく！あの男が家族のつまらない用事を片づけることができるようにと、あたし三日間も閉じこめられてやったのにそのお礼が、あの大ばか者のせいであなたに無用の心配をかけることだなんて！　オートゥイユじゃ、すがたを見られちゃいけないからと、外出

（360）　ブーローニュの森に近いオートゥイユの通り（地図②参照）。

もできなかったわ。一度だけ出かけたときなんて男装したのよ、といっても面白半分にだけど。ところが因果はどこまでもめぐるものなのか、あたしが最初に出会ってうんざりしたのはなんと、あなたのお友だちのユダ公、(361)ブロックよ。でも、バルベック旅行なんてあたしの空想の産物だってあなたが聞いたのは、きっとブロックからじゃないと思うわ、だってあの男、あたしに気がつかなかったみたいだもの。」

　私は驚いているとは見られたくなく、またあまりの嘘にうちひしがれ、どう言っていいのかわからなかった。聞くだにおぞましいことだと思うとともに、さりとてアルベルチーヌを追い出す気にはなれず、むしろ無性に泣きたい気持になった。それほど泣きたくなったのは、嘘それ自体のせいでも、ほんとうだと信じていたものがことごとく打ち砕かれた――それゆえ私は、まるで完全に破壊された町、一軒の家さえ残らず、なにもない地面にただ瓦礫だけがつき出ている町にたたずむような気がした――せいでもなく、オートゥイユの女友だちのところで退屈してすごしたという三日のあいだアルベルチーヌが、ただの一度も、ある日こっそり私の家に会いに来たいとも、私に速達を寄こしてオートゥイユまで会いに来てほしいとも言わなかったばかりか、そんなことを考えもしなかったと思う憂鬱のせいなのだ。しかし私はそんな感慨に沈んでいる暇はなかった。なによりも驚いているとは見られたくなかったのである。私は自分が口にすること以上に事情に通じているという顔をして微笑むと、こう言った、「いや、それは氷山の一角にすぎない。げんについ今夜も、ヴェルデュラン家で聞いたところでは、きみがヴァントゥイユ嬢について話していたことは……。」アルベルチーヌは苦悶の表情で私をじっと見つめ、私がなにを知っているのかを私の目のなかに読みとろうとした。ところで私が知っていて、アルベルチーヌに伝えようとしていること、それはヴァントゥイユ嬢がどんな人間かということである。もちろん私がそれを知ったのはヴェルデュラン家においてではなく、その昔モンジュヴァンにおいてである。ただし私はわざとアルベルチーヌにはそのことをいっさい言わなかったので、今夜ようやくそれを知ったような顔をすることができたのだ。というわけで私は、このモンジュヴァンの想い出を所有していることに——その件では例の小さな路面《トラム》のなかであれほど苦しみはしたが(362)——いまや歓びに近いものを感じた。それを知った日付だけは遅らせるが、この想い出はやはりアルベルチーヌにとってはのっぴきならぬ証拠となり、決定的打撃となるだろう。すくなくとも今度は、私は「知っている顔をする」必要もなく、アルベルチーヌに「白状させる」必要もない。私は知っているのだ、

(361)　原語 youpin. ユダヤ人蔑視のこの語をアルベルチーヌは以前にも使っていた（本訳④五一〇頁）。
(362)　路面《トラム》（小鉄道）のなかで聞いたアルベルチーヌの告白に動転したこと（本訳⑨五八一頁以下参照）。

モンジュヴァンの明かりに照らされた窓ごしにこの目でしかと見たのだ。アルベルチーヌが、ヴァントゥイユ嬢と女友だちとの関係はきわめて清らかなものだといくら言っても、ふたりの素行は百も承知だと私から断言されたら(そう断言しても嘘ではない)、そのふたりと毎日親しく暮らして、ふたりを「お姉さま」と呼んでいたというのだから(363)、そのふたりから言い寄られなかったなどと、どうして主張できよう? それどころか、そうして言い寄られたのを断りでもすれば、ふたりとは別れるはめになったはずではないか? ところが私には、この真相を口にする暇がなかった。アルベルチーヌが、偽りのバルベック旅行の場合と同じく、私がことの真相を知っているものと想いこんで、つまり、ヴァントゥイユ嬢がヴェルデュラン家に来ていたのならそのヴァントゥイユ嬢の口から、あるいはただアルベルチーヌのことをヴァントゥイユ嬢に話していたかもしれないヴェルデュラン夫人の口から、私が真相を聞いたのだと想いこんで、私には口を利かせず、みずから告白したからである。その告白は、私が思っていたものとは正反対であったが、アルベルチーヌが私に嘘ばかりついていたことを証明して、これまた私を同じほど苦しめたともいえる(とりわけ私が、さきほど述べたように、もはやヴァントゥイユ嬢には嫉妬していなかったからである)。というわけでアルベルチーヌは、先回りしてこう言ったのだ、「あなたが言いたいのは、あたしがヴァントゥイユのお嬢さんのお友だちに育てられたようなものだと言ったのは嘘だと今夜聞いてきた、ということでしょ。たしかにちょっと嘘をついたわ。でも、あたし、あなたからまるで相手にされていないような気がしてたし、あなたがヴァントゥイユの音楽にすっかり夢中なのも見てたし、それで、あたしの友だちのひとりが——これは誓ってほんとのことよ——ヴァントゥイユのお嬢さんのお友だちの、そのまた友だちだったとわかったので、そりゃ浅はかだったけど、あたしがこのお嬢さんたちと親しかったということにすれば、あなたの関心を惹けるんじゃないかと思ったの。あたし、あなたから退屈な女だ、頭の弱い女だと思われてるような気がしてたんで、そんなお嬢さんたちとつき合いがあって、ヴァントゥイユの作品について詳しいことを教えられると言えば、あたしもあなたの目にすこしは立派に見えて、もっと親しくなれる、ってそう考えたの。あたしがあなたに嘘をつくときは、いつだって、あなたに友情を感じてるからなのよ。で、今夜、ヴェルデュランさんちの運命の夜会で、あなたが真相を聞くことになったというわけ。でも、その真相だって、大げさに言ってるのかもしれないのよ。きっとヴァントゥイユのお嬢さんのお友だちは、あたしのことなんか知らないって言ったんでしょう。でもあの人、すくなくとも二度は、あた

(363)　アルベルチーヌが「ふたりのお姉さま」と呼んでいたと言った事実は、本訳⑨五八一頁参照。

しの友だちのところであたしに会ったはずなのよ。ずいぶん有名になったあの人たちにとっては、あたしなんかシックな女じゃないから、もちろん一度も会ったことはないって言いたくなるでしょうけど。」アルベルチーヌがけなげにも、ヴァントゥイユ嬢の女友だちとかなり親しかったと私に言えば、自分が「捨てられる」のを遅らせることができ、私と親しくなれるだろうと考えたとき、よくあることだが、もくろみとはべつの道をたどってではあるものの真相に到達していたのだ。アルベルチーヌが私の想像する以上の音楽通だと知ったとしても、あの晩、小さな路面《トラム》のなかでアルベルチーヌと別れようと考えた私の気持を押しとどめることはけっしてできなかっただろう。ところが、ほかでもない、アルベルチーヌが別離を妨げようとして口にしたその文言が、別離を不可能にする以上の効果を即刻もたらしたのである。ただしアルベルチーヌは解釈を誤っていた。つまり、その文言がもたらす結果はたしかに思惑どおりであったが、その文言がなぜそんな結果をもたらすのかという原因の解釈は間違っていたわけで、その原因とは、アルベルチーヌの音楽にかんする教養を知ったことにあるのではなく、そのけしからぬ交友を知ったことにあったのだ。私をいきなりアルベルチーヌへ近づけ、さらに相手と一体たらしめたもの、それは快楽への期待――快楽というのは言いすぎなら、ささやかな楽しみへの期待――ではなく、苦しみを抱き締めたことだったのである。

今度もまた、私は長いこと押し黙っている暇などなかった。押し黙ったままでいると、驚いているように受けとられてしまうからである。それで私は、アルベルチーヌがかくも謙虚に、ヴェルデュラン家の仲間内で相手にされていないと想いこんでいることに心を動かされ、やさしくこう言った、「ねえ、きみ、ぼくだって考えてるんだ、何百フラン(364)でも喜んであげるから、好きなところでシックな婦人を気取るなり、ヴェルデュラン夫妻を立派な晩餐に招待するなりしたらいい。」ところが遺憾なことにアルベルチーヌは、いくつもの人格を備えていた。そのとき、このうえなく不可思議で、なんの飾りけもない、きわめて残忍なアルベルチーヌがあらわれ、いかにも不愉快という顔で返事をしたが、じつをいえば私にはそのことばが(最後まで言わなかったので最初のことばさえ)よく聞きとれなかった。私がそのことばを復元できたのは、すこし経って、ようやくアルベルチーヌの言いたかったことを悟ったときにすぎない。過去に言われたことも、理解したときにはじめて聞こえてくるのだ。「そんなものいらないわよ！　あんな老いぼれふたりに一文でも使うぐらいなら、一度でも自由にさせてもらうほうがいいわ、そうしたら割ってもらえ……。」そう言ったとたん、アル

(364)　百フランは、約五万円。

ベルチーヌは顔を真っ赤にして困惑した表情になり、私にはさっぱり意味のわからなかったその出てきたばかりのことばを口のなかへ押し戻そうとするかのように、片手を口に押しあてた。「なんだって？　アルベルチーヌ。」「なんでもないの、半分うとうとしてたの。」「とんでもない、ちゃんと目を覚ましてるじゃないか。」「ヴェルデュランさんたちとの晩餐のことを考えてたの、あなたが親切に言ってくださったので。」「そうじゃない、きみがなんて言ったのか訊いてるんだよ。」アルベルチーヌは私に、ああ言ったのこう言ったのと答えはしたが、そのどれひとつとしてぴったりしなかった。さきの発言は途切れて、判然としなかったから、その発言と合致しないと言うつもりはないが、そのように途切れたこと自体や、そのあと急に顔を赤らめたことと合致しないのだ。「ねえ、きみ、きみが言おうとしたのはそんなことじゃないだろう。でなけりゃ、どうして途中でやめたんだい？」「それは、お願いしたことは遠慮がないと思えたからなの。」「どんなお願いだい？」「だから晩餐会を催すこと。」「とんでもない、そんなはずがない、ぼくたちのあいだに遠慮なんてないはずだ。」「いいえ、それがあるのよ、愛してる人の好意に甘えたりしてはいけないから。とにかく、誓って言うけど、そのことなの。」私には、一方ではいつだってアルベルチーヌの誓いを疑うことはできなかったが、もう一方ではアルベルチーヌの釈明は私の理性を満足させるものではなかった。私は執拗に問いつめた。「もういい加減に、なんとかさっきのことばを終わりまで言ってごらん、たしか割るとか言ってたけど……」「ああ！やめて、お願い！」「どうしてだい？」「おそろしく下品だから、あなたの前でそんなこと恥ずかしくて言えないわ。いったいなにを考えてたのかしら、あたし、その意味さえわからないんだけど、いつか通りでとってもいやらしい人たちが言ってたのを聞いていたことばが、わけもなく口から出てきたのかしら。あたしにも、ほかのだれにも関係ないことで、寝言を言っただけよ。」アルベルチーヌからはこれ以上なにも聞きだせそうになかった。さっきアルベルチーヌはことばが途切れたのは無遠慮になるという礼儀上の心配をしたからだと誓ったが、それは嘘だったのだ、なぜなら今では私の前では恥ずかしくてそんな下品なことを言えないからという理由に変わったからだ。ところがこれも第二の嘘だ。なぜならアルベルチーヌとふたりきりでいるときは、愛撫を交わしながらふたりとも、どんなにけがらわしい話でも、どんなに下品なことばでも平気で口にしていたからだ。いずれにせよ今はこれ以上問い詰めても無駄だろう。とはいえ私の記憶には、あの「割る」という語がとり憑(365)いていた。しばしばアルベルチーヌはだれかについて「木を割る」とか「砂糖を割る」とか「こっぴどく割ってやったわ！」とか言って、これらを「こっぴどく罵倒してやった！」という意味で使っていた。しかしアルベルチーヌはこれを私の前でごく当たり前に口にしていたのだから、言いたかったのがこれなら、なぜいきなり口をつぐみ、あれほど真っ赤になり、口を手でふさぎ、言ったことをあれやこれやと言い換えたうえ、こちらがはっきり「割る」という語を聞きつけたのを知ったとたん、嘘の釈明をしたのだろう？　しかし答えの得られない詰問をつづけても詮なきこととあきらめるからには、もうそのことは考えていないふりをするのが一番いい、そう考えた私は、女主人《パトロンヌ》のところへ出かけたのをアルベルチーヌから非難されたことを想い返して、とんまな言い訳みたいなひどくまずいことを口走ってしまった、「じつは今夜はね、ヴェルデュラン家の夜会へいっしょに来てくれるよう、きみに頼もうと思っていたんだ。」これは二重に不用意なことばだった。というのも、あなたがそうしたかったのなら、始終あたしと顔を合わせていたのになぜそう言わなかったのか、と反論されるからだ。アルベルチーヌは私の嘘に憤慨し、私の臆病ゆえに大胆になって、こう言った、「そんなこと、あなたから何年も何年も拝み倒されたって、承知しなかったわ。いつだって邪険にして、なんとしてもあたしを困らせようって人たちだもの。バルベックじゃあたしはヴェルデュランの奥さんにずいぶん親切を尽くしたつもりなのに、結構なお返しをされたもんだわ。あんな人のところへなんか、臨終のときに呼ばれたって行くもんですか。絶対に許せないってことがあるのよ。あなたもあなたよ、こんなひどい仕打ちを受けたことはないわ。あなたが出かけたってフランソワーズから聞いたときは（フランソワーズったら、あたしにそう言えて大喜びだったわ）、あたし脳天をまっぷたつに割られたほうがましだったくらい。気づかれないよう努力はしたけど、こんな侮辱を受けたことは一度だってないわ。」

しかしアルベルチーヌが話しているあいだも私の内部では、無意識というきわめて活発で創造力あふれる眠りのなかで（そのなかでは、脳裏をかすめただけのことも深く刻まれ、それまで探し求めても見つからなかった開けゴマに相当する鍵が、眠りこんだ手に握られるものだ）、アルベルチーヌがさきの文言でなにを言わんとしたのか、あの途切れた文言の最後はどうなるはずだったのか、それを突きとめようとする探究がつづけられていたらしい。で、突然、想いも寄らなかった一語が私に降ってきた、「壺《つぼ》」[366]という語である。これはなにも、不完全な記憶に長いこと受け身でつき合ううち、その記憶をゆっくり慎重に押し広げようとしつつ、やはりその記憶に追随してそれから離れられないでいるときに、その語が一挙に出てきたというのではない。そう

（365）　原文は前者が casser du bois sur quelqu'un, 後者が casser du sucre. 普通は casser du bois/du sucre (sur le dos de quelqu'un) の形で用いて「陰で悪口を言う」の意味の慣用句となる。

ではなく、ふだん私がものごとを想い出すやりかたとは違って、ふたつの探究の道が並行していたのだと思う。ひとつの探究の道は、アルベルチーヌの問題の文言のみを考慮するのではなく、私が金を出してやるから立派な晩餐会を催せばいいと提案したときの、アルベルチーヌのいらいらしたまなざしを考慮したのだ。そのまなざしは、こう言っているようであった、「大きなお世話よ、うんざりすることにお金を使うくらいなら、あたし、お金がなくったって、いくらでも楽しいことができるわ！」もしかするとアルベルチーヌが見せたこのまなざしを想い出したおかげで、私は方法を変えることができ、アルベルチーヌが言わんとした文言の最後を見つけることができたのだろう。それまでの私は、最後の「割る」という語にとり憑かれて、アルベルチーヌはなにを割ると言おうとしたのか？　木を割るのか？　いや、そうではない、砂糖を割るのか？　そうではない、割る、割る、割る、と堂々めぐりをしていたのだ。ところが突然、晩餐会を催すことを提案したときにアルベルチーヌが肩をすくめて投げかけたまなざしを想い出したおかげで、問題の文言にあと戻りできたのである。それで私は、アルベルチーヌが「割る」と言ったのではなく、「割ってもらう」と言ったことを想い出した。なんとおぞましいことか！　アルベルチーヌがそっちのほうがいいと言ってのけたのは、このことだったのだ。二重におぞましいことだ！　なぜなら最低の娼婦が、それに同意するか、それを欲する場合でも、そうしてくれる相手の男にこんなおぞましい表現は使わないからだ。そんな表現を使えば、あまりにも自分の品位を落とすことになると感じるだろう。これは、もし女を愛する娼婦であれば、あとで男に身を任せることになるのを詫びて、女を相手にするときにのみ言うことだ(367)。アルベルチーヌが、半分夢を見ていた、と言ったのは嘘ではなかったのである。うわの空で、つい衝動的に、相手は私だということも忘れて、アルベルチーヌは肩をすくめ、その手の女のひとり、もしかすると花咲く乙女たちのひとりを相手にしているつもりでしゃべりだしたところ、ふと我に返って、恥ずかしくて真っ赤になり、出かかっていたことばを口のなかへ押しこみ、どうしようもなくて、もうひとことも口にしなくなったのだ。私の陥った絶望をアルベルチーヌに気《け》どられたくなければ、もう一刻の猶予も許されない。ところが私は、怒り心頭に発したあと、早くも目に涙があふれてきた。バルベックで、アルベルチーヌからヴァントゥイユ家の人たちと親しいことを

(366)　原語 pot.『トレゾール仏語辞典』は、卑語として「尻」、卑猥な表現として「肛門」の意を挙げてプルーストの本箇所を引用、「壺を割る」casser le pot を「ソドミーをする」の意と説明する。ピエール・ギロー著『エロチック辞典』(一九七八)も、ジャック・セラールとアラン・レーの共著『非定型仏語辞典』(一九八〇)も(後者は本箇所を用例として)、これを「ソドミーをする」意の卑語とする。

(367)　「私」の解釈では、相手が商売上の男のときは性器、愛する女のときは肛門を使うの意。

打ち明けられた直後の夜と同じように、私の深い悲しみを説明できそうなもっともらしい理由(368)、と同時に、アルベルチーヌに深刻な影響をおよぼして私が決心するまで数日の猶予を与えてくれそうな理由を、即刻でっちあげなければならない。それゆえ私は、アルベルチーヌから、あなたがひとりで出かけたときほどひどい侮辱を受けたことはない、そんなことをフランソワーズの口から聞かされるのなら死んだほうがましだった、と言われたとき、アルベルチーヌが滑稽にもすぐへそを曲げるのにいらいらして、ぼくがしたことはなんら大したことじゃない、きみが腹を立てるのは当たらない、と言いそうになったが――そのあいだにも、それと並行して、アルベルチーヌが「割る」という語のあとになにを言おうとしていたのかをめぐる無意識の探究がふと実を結んでしまい、その発見によって私の投げこまれた絶望がとうてい完全には隠しおおせるものでなくなったので――、私は自己弁護をするのではなく、自分の非を認めることにした、「ねえ、アルベルチーヌ」と私は、最初の涙にうるんだやさしい口調で言った、「ぼくはね、きみは間違ってる、ぼくがしたことはなんでもない、と言うこともできるけど、それでは嘘をつくことになる。きみの言い分のほうが正しいんだ、きみは真相を悟ったんだ、ねえ、きみ、半年前とか三ヵ月前とか、ぼくがまだきみに友情をいだいていたときなら、ぼくだってあんなことは絶対にしなかったよ。ぼくがしたことはなんでもないことだけれど、それがぼくの心に生じた途轍もない変化のしるしだという点じゃ大したことになる。隠しておけると思っていた変化をきみに見抜かれたからには、ぼくはこう言うしかないよ、ねえアルベルチーヌ」と私は、深い優しさと悲しみをこめて言った、「そう、ここでの生活は、きみには退屈でしかたがないんだろう、ぼくたちは別れたほうがいいんだ、で、一番いい別れかたは、できるだけさっと別れることだから、ぼくの感じる大きな悲しみをできるだけ短くするためにも、ねえ、きみ、今晩のうちに別れを告げて、あすの朝、顔を合わさなくてすむように、ぼくが寝ているうちに出ていっておくれ。」アルベルチーヌは呆気にとられたようで、信じられないという顔をしたが、早くも悲嘆に暮れているように見えた、「えっ、あす？　ほんとにそうしてほしいの？」ふたりの別離をすでに過去のできごとのように話すのは辛いことだったにもかかわらず――もしかすると一部はその辛さ自体のせいで――私は、アルベルチーヌに家を出てからしてもらいたいことを詳しく注意しはじめた。そうしてつぎからつぎへと指図しているうちに、やがて私はきわめて細かなことまで言いだした。「すまないけれど」と私はかぎりない哀しみをたたえて言った、「きみの叔母さんのところにあるベルゴットの本を送りかえしてくれな

(368)　バルベックで「私」は「結婚するはずだった女性と別れてきた」と嘘を言った（本訳⑨五八八頁）。

いか[369]。ちっとも急ぎはしない、三日後でも一週間後でも都合のつくときでいいんだが、忘れないでほしい、こちらから督促しなければならないとなると、とても辛いからね。ぼくたちは幸せだったけれど、今後はぼくたちも不幸になる気がする。」「今後はぼくたちも不幸になる気がする、なんて言わないで」と言ってアルベルチーヌは、私の発言をさえぎった、「ねえ、「ぼくたち」なんて言わないで、そう言ってるのはあなただけなんだから！」「そうかい、まあ、きみでもぼくでも、どっちでもいいよ、理由だって、どうだっていいんだ――おや、とんでもない時間だ、きみはもう寝なければ――、今夜、ぼくたちは別れることに決めたんだから。」「そうじゃないわ、あなたが決めたのよ、あたしはあなたに嫌な想いをさせたくないからその言いなりになるだけ。」「いいとも、ぼくが決めたとしても、それでもやっぱりぼくには辛いことなんだ。そりゃ、いつまでも辛い想いをするとは言わない、ほら、ぼくにはいつまでも憶えておく能力がないからね、でも最初の数日は、きみがいなくてずいぶん淋しいだろうな！　だから手紙なんかで息を吹きかえらせないでほしい、一挙にケリをつけなくちゃ。」「ええ、そのとおりね」と言ったアルベルチーヌの悲嘆の表情は、夜更けの疲労でやつれた面差しゆえにいっそう際立っていた、「指を一本、また一本と切られるより、ひと思いに首をさし出したほうがいいもの。」「おや、驚いた、こんな時間にきみを寝かせるなんて、とんでもないことだ。でも、これが最後の夜だから！　あとは一生、ゆっくり寝られるよ。」そんなふうにお寝《やす》みを言わなければならない時刻だと言いながら、私はアルベルチーヌがお寝みを言う時をなんとか遅らせようとしていた。「どうだろう、最初の数日、きみの気晴らしになるよう、ブロックに頼んで、従妹《いとこ》のエステルの写真をきみのところへ送らせようか？　ぼくが頼めば、ブロックはそれくらいしてくれるだろう。」「なぜあなたがそんなこと言うのかわからないわ（私がそう言ったのはアルベルチーヌから自白をひき出すためだった）、あたしが会いたいのはただひとり、あなただけなのに」とアルベルチーヌが言うと、そのことばは私を穏やかな気持でいっぱいにした。ところがアルベルチーヌは、たちまち私になんという苦痛を与えたことだろう、「あたし、そのエステルにあたしの写真をあげたこと、よく憶えてるわ、エステルがどうしても欲しいと言い張ったし、あの娘《こ》が喜ぶのがわかってたからよ、でも、あの娘《こ》に友情をいだいたとか、あの娘《こ》に会いたいとか、そんなことは一度もなかったのよ！」とはいえアルベルチーヌは、ずいぶん軽率な性格だったから、こう言い添えた、「もしエステルが会いたいというのなら、あたしは構わな

（369）　ジルベルトがトルコ石をあしらったブックカバーをつけてくれた「ベルゴットの本」のことか。そのブックカバーを「私」はアルベルチーヌにプレゼントしていた（本訳⑧三〇九頁参照）。

いわ、ずいぶん親切な娘《こ》だしね、でもあたしは会いたいなんてちっとも思っていないの！」というわけでアルベルチーヌは、ブロックが私に送ってきたエステルの写真のことを聞いたとき(私がその写真のことをアルベルチーヌに話したとき、私はまだそれを受けとってもいなかったが[370])、エステルに与えた自分の写真をブロックが私に見せたと想いこんだのだ。最悪の状況を想定しても、私はアルベルチーヌとエステルのあいだにこれほど親密な関係があるとは夢にも想わなかった。私が写真のことを話したとき、アルベルチーヌはどう答えたらいいのか見当もつかなかったのだろう。それでアルベルチーヌは、いまや私が事情に通じているものと とんでもない勘違いをして、自分から白状するのが利口な策だと考えたのだ。私は悲嘆に暮れていた。「それから、アルベルチーヌ、お願いだからひとつ言うことを聞いておくれ、二度とぼくに会おうとしないでほしい。ありうることだけど万一、一年後、二年後、三年後に、同じ町でばったり出会ったとしても、ぼくを避けておくれ。」この私の頼みにアルベルチーヌがうんと言わないのを見て、私は言った、「アルベルチーヌ、これだけはお願いだ、一生、ぼくには二度と会わないでおくれ。きみに会うのはぼくには辛すぎるんでね。ほら、きみにはほんとうに友情をいだいてたから。この前、ぼくがバルベックで話題になったあの女友だちに会いたいと言ったとき[371]、もう会う話がついているんだときみは思っただろう。そうじゃない、あんなことはどうでもよかったんだ。きっときみは、ぼくがずっと前から別れる決心をしていて、ぼくの愛情は見せかけだけだと思ってるんだろう。」「とんでもない、おかしなこと言う人ね、そんなこと思ってなかったわ」とアルベルチーヌは悲しげに言った。「それならいい、そんなふうに思ってはいけないよ、ぼくはきみをほんとうに愛してたんだから、本物の愛じゃないかもしれないけれど、きみには信じられないほど大きな、とっても大きな友情をいだいてたんだ。」「もちろん、そう信じてるわ。でも、あなたは、あたしがもう愛していないと思ってるのね！」「きみと別れるのはとても辛いんだよ。」「あたしはその千倍も辛いわ」とアルベルチーヌは答えた。しばらく前からすでに私は、目に滲んでくる涙を抑えきれないのを感じていた。ところがこの涙は、私がその昔ジルベルトに「ぼくたちはもう会わないほうがいい、人生はふたりを離ればなれにした」と書いたとき(372)に感じたのと同様の悲しみから出てきたものではなかった。私がジルベルトにそう書きおく

(370)「私」はアルベルチーヌに「ぼくはその娘《こ》の写真を見たんだよ」と言った（本訳⑩二三九頁）が、「ブロックが従妹のエステルの写真を送ってきた」のはその「翌日」（同一八八頁）だったからか。

(371) バルベックで「私」が結婚するつもりだったとアルベルチーヌに話した女性（本訳⑨五八八頁）から、こんどは「手紙が届いて動転している」と「私」は重ねて嘘をついていた（同⑩三四〇頁参照）。

(372)「私」はジルベルトに「人生はふたりを離ればなれにした」と書いた（本訳③四四二頁参照）。

ったとき、たしかに私は、ジルベルトではなくべつの女性を愛するときにも、自分の愛情の過剰が、相手にひきおこしうる愛情を減少させてしまうのだと考え、まるでふたりがいだく愛情には否応なく一定の量が決まっていて、一方が多くの愛情をいだけば他方の愛情は減るほかなく、私はジルベルトと別れるように、ほかの女性とも別れる運命にあると想いこんだものである。ところがいまの状況は、そのときとは一変していた。そこには多くの理由があったが、第一に、ほかの理由をも生み出した根本的理由として挙げるべきは、祖母や母がコンブレーで心配していた私の意志の欠如で、病人は自分の弱点をあくまでも押し通すものだから、それには祖母も母もつぎつぎと降参してしまい、その結果、この意志の欠如はますます勢いを増して悪化していたのである。私の存在がジルベルトをうんざりさせているのを自覚したとき、私はジルベルトをあきらめるだけの意志の力をまだ持ちあわせていたが、アルベルチーヌを相手に同じ自覚をしたときには、もはやその力はなく、私にはアルベルチーヌを無理やりひきとめることしか考えられなかった。それゆえジルベルトにもう会うことはないと書いたときには実際にもう二度とジルベルトに会わないつもりであったのにたいして、アルベルチーヌにそう言ったのは、まったくの偽りで、仲直りをするためでしかなかった。そんなふうに私たちは、たがいに現実とはかけ離れたうわべを見せ合っていたのである。ふたりの人間が向き合うと、つねにそうならざるをえない。なぜなら一方は、他方のなかに存在するものの一部を知らないし、知っている部分でさえその一部しか理解できず、ふたりとも自分のいちばん個性的ではない面を表に出しているからである。そんな面を表に出すのは、自分ではそんな面を見分けることができず、それは無視できるものと考えているからなのか、あるいは、そんな自分の個性的ではない取るに足りぬ利点のほうがずっと重要で、はるかに自尊心を満足させてくれるからなのか、またべつの観点からすれば、ほんとうは執着していることでありながら、軽蔑されないために、自分が持っていないがゆえに執着していないふりをし、それこそ自分がなによりも見向きもせず憎悪さえすることだというふりをするからかもしれない。ところが恋愛において、この誤解は最高潮に達する。なぜなら、もしかすると子供のころをべつにして、人は自分の思考を正確に反映した外観をとるよう努めるよりも、むしろ自分の望むものを手に入れるのに最も適していると自分の思考が判断した外観をとるよう努めるものだからである。その自分の望むものとは、帰宅以後の私にとっては、アルベルチーヌがそれまでと同じく従順なままでいて、いらいらしてもっと自由が欲しいなどと言わないことであり、私はそんな自由をいつかは与えてやりたいと願いながらも、いまはアルベルチーヌの独立を望む気持を怖れて、そんな自由を与えた日には自分はずいぶん嫉妬に駆られるだろうと考えてしまうのだ。人はある年齢を超えると、自尊心や明敏さゆえに、いちばん欲しいと思っているものにさして執着しないふりをする。しかも恋愛にあっては、単なる明敏さは――もっともこれはおそらく真の明敏さではないのだろう――、たちまち人を否応なしに二枚舌の天才にしてしまう。私が子供のころ、恋愛で最も甘美なものとして夢見たこと、恋愛の精髄そのものと思われたこと、それは愛する人を前に、自分の愛情を、その人の親切にたいする感謝の念を、いつまでもいっしょに暮らしたいという願いを、心おきなく吐露することだった。ところが私は、自分自身の経験や友人たちの経験からして、そのような感情の表出がとうてい相手に伝わるものではないことを悟った。シャルリュス氏は、つねづね美青年ばかりを想い描くあまり自分までが美青年になった気になり、滑稽なことに男らしさを気取って逆にますます女っぽく見えてしまうけれど、氏のような気取った老婦人の症例は、ただシャルリュスの同類のみならずそれを超えて当てはまる法則となり、しかもこの法則はきわめて普遍的で、恋愛だけに当てはまるわけではない。われわれはふつう自分の身体を見ていないが、他人はそれを見ているし、またわれわれは自分の考えを眼前にあるものとして「たどる」ことができるが、その考えは他人の目には見えない（この見えない対象を芸術家がときに作品のなかで見えるものにしてくれるところに、その作品の讃美者たちが作者と身近に接して頻繁に幻滅を覚える原因がある。作者の顔に内的な美があまり反映されていないからである)(373)。いったんこのことに気がつくと、人はもはや「本心をさらけだす」のをやめてしまう。私はその日の午後、アルベルチーヌがトロカデロから途中で戻ってきてくれたことにどれほど感謝しているかを口には出さないようにしていた。その夜も、アルベルチーヌが私を捨て去るのではないかと心配して、むしろ私が別れたいと思っているふりをした。もっとも、そんなふりをしたのは、あとで明らかになるように、私がこれまでに経験した恋愛からとり出した気でいた教訓を現在の恋愛に役立てようとしたからというにとどまらない。アルベルチーヌがいまにも「あたし、何時間かひとりで出かけたいの」とか「二十四時間、留守にしたいの」とか言いだすかもしれない、どんな自由なのか判然とせず、私としてもはっきりさせようとはしていないが、なにか私を仰天させるような自由を求めているのではないか、そんな心配が、ヴェルデュラン家の夜会のあいだにもふと私の脳裏をかすめていたのである。もっともそんな懸念は、アルベルチーヌが常日頃この家にいて幸せだと私に言っていた記憶とはそもそも相容れず、消え失せてはいたのだ。アルベルチーヌのうちに私と別れようという意図があったと

(373)　九行前の「シャルリュス氏は」からここまでと類似の一節がすでに存在(本訳⑩四〇四―〇五頁)。

しても、それは曖昧な形でしか、つまりある種の悲しげなまなざしや、ある種のいらだちや、そんな意図をなんら表明はしていないさまざまな発言などでしか、外にあらわれなかった。とはいえその発言は、理詰めで考えれば（いや、理詰めで考えるまでもなかった。だれしもこのような情念のことば遣いをただちに理解するもので、庶民でさえ、虚栄や恨みや嫉妬によってしか説明のつかないその手の文言を理解できる。そうした虚栄や恨みや嫉妬はそもそも口には出されないが、デカルトのいう「良識」のように「この世でいちばん広くゆきわたっている」[374]直感力が、ただちに話し相手のそうした感情を嗅ぎつけるのだ）、アルベルチーヌのうちに、本人は隠しているが、私のいないべつの生活のための計画をあれこれ立てるよう仕向ける感情が存在すると説明するしかないものだった。そのような意図がアルベルチーヌの発言のなかに論理的に表明されたわけではないのと同じく、私がその夜おぼえたその意図をめぐる予感もまた、私のうちで漠然とした状態にとどまっていた。あいかわらず私は、アルベルチーヌが言うことはすべてほんとうだという仮説に立脚して暮らしていた。しかしそのあいだも私の内心には、まるで正反対の、私が考えたくもない第二の仮説が、私にとり憑いて離れないでいたのかもしれない。そうにちがいないと思われるのは、そうでなければ、ヴェルデュラン家へ行ったとアルベルチーヌに告げるのに私はちっとも気まずい想いをしなかったはずだし、それを聞いたアルベルチーヌの怒りに私がさして驚かなかったことも理解できなくなるからだ。それゆえおそらく私の内部に息づいていたのは、私の理性がおよその見当をつけたアルベルチーヌ像や本人の発言が描き出したアルベルチーヌ像とはまるで正反対のアルベルチーヌ像だったのだろう。とはいえ、まるっきり作りもののアルベルチーヌ像というわけでもなかった。なぜならその像は、私がヴェルデュラン家へ出かけたことで不機嫌になったように、アルベルチーヌの内心に生じたある種の動揺をわが心に反映する鏡のようなものだったからである。そもそも、ずいぶん前から私の感じてきた度重なる強い不安、愛しているとアルベルチーヌに打ち明けるのを怖れる気持、それらはすべて第二の仮説に合致していて、この第二の仮説のほうがはるかに多くのことがらを説明してくれるうえ、かりに第一の仮説を採用してみても、第二の仮説のほうがずっと確かに思われた。なぜならアルベルチーヌを相手に想いのたけを打ち明けても、相手から得られるのはいら立ちだけだったからである(もっともアルベルチーヌはそのいら立ちの原因はべつのところにあると言いはしたが)。じつを言えば、アルベルチーヌが私の詰問の先まわりをしようとしている徴候として、きわめて重大なことと思われて私が愕然としたのは、アル

（374）デカルト『方法序説』（一六三七）の「良識はこの世でもっとも公平に配分されたもの」を踏まえる。

ベルチーヌが私に「今夜あの人たちはヴァントゥイユのお嬢さんを招くんだと思うわ」と言ったことで、それにたいして私はできるかぎり冷酷にこう答えたのだ、「きみはヴェルデュラン夫人に会った、って言ったじゃないか。」アルベルチーヌがやさしくしてくれないと、私はそれを悲しんでいるとは言わずに、たちまち意地悪になった。このことに基づき、つまり自分が感じていることとはまるで正反対のことを言って反駁するというつねに変わらぬ私のやりかたに基づき分析してみると、確かなことは、私がその夜アルベルチーヌに別れるつもりだと言ったのは――そのことに私自身が気づかなくても――アルベルチーヌが自由を求めるのを怖れていたからであり（その自由とはどんなものかと訊かれても私は答えに窮しただろうが、要するに、アルベルチーヌが私をだましおおせるような自由、すくなくとも私がアルベルチーヌにだまされていないとは確信できなくなるような自由である）、また以前バルベックでアルベルチーヌの目に私自身を立派に見せようとしたり、後には私といっしょにいるアルベルチーヌに退屈する暇を与えたくないと願ったりしたときと同じで、自尊心ゆえに、そつのなさゆえに、私はそんなことを怖れる人間ではないとアルベルチーヌに見せつけたかったからである。結局のところ、この第二の仮説――ことばで表明されなかった仮説――に反駁できそうな異論、すなわちアルベルチーヌがつねづね私に言っていることが残らず明確に示しているように、アルベルチーヌが好んでいる生活とは、私の懸念とは違ってこのわが家での生活であり、休息、読書、孤独、そしてサッポーふう恋愛への憎悪だという異論には、あまりこだわっても無駄であろう。というのもアルベルチーヌのほうも、かりに私の感じていることを私がアルベルチーヌに表明したことばで判断しようとすれば、真実とはまるで正反対のことを知る結果になったはずだからである。なぜなら私がアルベルチーヌと別れたいと口に出して言ったのは、私がアルベルチーヌなしには生きてゆけないときだけだったからであり、またバルベックで私がべつの女性を愛しているとアルベルチーヌに告白したときも、一度はアンドレのこと、もう一度は謎めかした女性のことであったが(375)、その二度とも嫉妬のせいでアルベルチーヌへの恋心がよみがえったときだったからである。つまり私の発言はいささかも私の感情を反映していなかったのだ。読者があまりそんな印象をいだかないのは、私が語り手として、読者に私の発言を伝えると同時に、私の感情をも叙述しているからである。しかし私がかりに読者に私の感情を隠しておき、それゆえ読者が私の発言だけを知ることになれば、その発言とはまるで辻褄の合わぬ私の行為は、読者

(375)「私」が「アンドレを愛している」と言ったのは本訳⑧五一四頁、「結婚するはずだった女性と別れてきた」と言ったのは同⑨五八八頁、それぞれを参照。

にしばしば異様な豹変との印象を与えかねず、読者は私をほとんど気が狂ったかと思うだろう。もっともこのような方法も、私が採用した方法と比べて、ひどく間違っているとは言えない。というのも私を行動へ駆り立てていたイメージは、私の発言のなかに描き出されたイメージとはまるでかけ離れていたが、当時はきわめて漠然としていたからである。当時の私は、自分の行動を律する本性なるものを不完全にしか把握していなかったのだ。いまや私は、その本性の主観的真実なら明確に把握している。だがその客観的真実はなにかという問い、つまりこの本性の直感のほうが私の論理的思考よりもアルベルチーヌの真の意図をずっと正確に把握していたのか、私がこの本性を信用したのは正しかったのか、あるいはその反対に、この本性がアルベルチーヌの意図を見抜くどころかそれを歪めてしまったのではないか、そうした問いに答えるのは私にはむずかしいことである。

アルベルチーヌが私を捨てるのではないかという、ヴェルデュラン家で覚えた漠然とした危惧は、とりあえず消え去っていたのだ。帰宅したとき私は、自分を囚われの男だと感じたのであって、囚われの女に再会するという気持は毛頭なかった。ところが消え失せていた危惧がいっそう強い力でふたたび私にとり憑いたのは、私がヴェルデュラン家へ行ってきたとアルベルチーヌに告げたとたん、その顔に不可解ないら立ちの表情がつけ加わるのを見て、そもそもその表情があらわれたのはこれが最初ではないと気づいたときである。その表情は、そんないら立ちをいだきながら口には出さずにいる人にとって、論理的裏づけのある不平不満や明確な考えが肉体のなかに結晶したもので、それらが総合されて目には見えるようになったがもはや合理性を失っていること、また愛する相手の顔からそうした不平不満や考えの貴重な残滓をかき集めようとする者は、相手の心中に生じていることを理解するために、こんどは分析の手法を用いて、総合された全体を元のさまざまな知的要素へ戻そうと試みるものだということも、私はよく承知していた。アルベルチーヌの考えは私にとって未知数で、その未知数を求める近似方程式はおよそつぎのような解を私に与えていた、「あの人が疑念をいだいていることはわかってたし、きっとその疑念を確かめようとするだろうと思ってたわ、それであの人、あたしに邪魔されないように、いっさいの工作をこっそりやってのけたのね。」しかしアルベルチーヌがこのような考えをいだき、その考えをけっして私には言わずに暮らしているのなら、きっと自分の生活に怖気をふるい、こんな生活をつづける気力もなくなるはずではないか、すぐにもそれをうち切る決心をするはずではないか？　こうした生活では、もしアルベルチーヌが少なくとも欲望をいだいたという点でやましいところがあったとすれば、その心を見透かされ、からかわれ、一度たりとも自分の嗜好にふけるのは許されないと感じるだけであり、だからといって私の嫉妬が収まるわけでもないのだ。もしアルベルチーヌが気持のうえでも行為のうえでも潔白であるなら、一度もアンドレとふたりきりにならないよう懸命に努力していたバルベックのころから、ヴェルデュラン家に出かけたりトロカデロにとどまったりするのをあきらめた今日に至るまで、私の信頼をとり戻せなかったことを顧みて、しばらく前から意気消沈しているはずなのだ。ましてアルベルチーヌの振る舞いが申し分のないものであるだけに、それはなおさら当然であった。バルベックでは、行儀のよくない娘たちのことが話題になると、アルベルチーヌはしばしばその娘たちと同じように笑いころげたり身体をくねらせたりしてその行儀の悪さを真似したもので、それがアルベルチーヌの女友だちにはなにを意味するかを想像して私は胸がはり裂ける想いをしたが、この点にかんする私の考えを知ってからというものアルベルチーヌは、人がこの種のことをほのめかしたとたん、発言のみならず顔の表情ででも座談に加わるのをやめてしまった。俎上にのせられたあれやこれやの女性にかんする悪口に一役買わないためなのか、それともべつの理由からなのか、ふだん目まぐるしく変化するアルベルチーヌの顔立ちのなかでそのとき私をはっとさせたのはただひとつ、人がこの話題に触れたとたん、その顔立ちが一瞬前の表情をじっと保ったたまま、まるでうわの空の様子を呈したことだ。そんな軽薄めいた表情でも、じっと動かないと沈黙のように重々しくなった。アルベルチーヌがその手のことがらを非難しているのか賛同しているのか、その経験があるのかないのか、それを断定するのは不可能であったろう。アルベルチーヌの顔立ちのひとつひとつは、いまやその顔立ちのべつの要素と関連しているだけであった。その鼻にせよ口にせよ両目にせよ完璧な調和をつくっているが、他のものから切り離されているせいでアルベルチーヌは、さながら一点のパステル画となり、まるで人がラ・トゥールの肖像画(376)の前で話をしているかのように、人が今しがた言ったことも聞こえなかったように見えた。私が御者にブリショの住所を教えながら窓の明かりを見上げたときにはまだ感じられていた私の隷属状態は、その直後、アルベルチーヌのほうが自分の隷属状態をたまらないものと感じているように見えたとき、もはや私にとって重荷ではなくなった。アルベルチーヌが自分の隷属状態をさほど重荷とは思わず、この状態をみずから断ち切ろうなどという了簡をおこさないためにいちばん巧妙な策は、この状態は決定的なものではなく私自身がこの状態を終わりにしたいと願っているという印象をアルベルチーヌに与えておくことだと思われた。この陽動作戦の首尾が上々だったのを見れば、私は喜んでもよ

(376)　図13、14、15参照。

図 13　モーリス・カンタン・ド・ラ・トゥール『王太子妃マリー＝ジョゼフの肖像』(ルーヴル美術館)(右)
図 14　同『ポンパドゥール侯爵夫人の肖像』(ルーヴル美術館)(左)

図 15　同『ヴォルテールの顔』(個人蔵)

モーリス・カンタン・ド・ラ・トゥール(1704–88)は，多くのパステル肖像画で知られる画家．プルーストは 1895 年 11 月，レーナルド・アーンと連れだってルーヴル美術館を訪れ，シャルダンとラ・トゥールのパステル画を見た(アーン『音楽家の日記』に拠る)．図 13(ルイ十五世の王太子の再婚相手マリー＝ジョゼフ)と図 14 は，同美術館が所蔵するラ・トゥールの代表的パステル肖像画．図版はプルーストが親しんでいたローランス版「大画家」シリーズの 1 冊『ラ・トゥール』(1904)から転載．またプルーストは，知り合ったある画家に，ストロース夫人宅にあるモネやナティエの画とともに「ラ・トゥールの描いた顔」を見に行くよう勧めている(1899 年 12 月下旬のダグラス・エインズリ宛て書簡)．ストロース夫妻が所蔵していたラ・トゥールの作は，図 15 の 1 点で，ヴォルテールの肖像画の下書きとされる(1929 年の競売カタログ『エミール・ストロース・コレクション』から図版を転載)．

かったはずである。第一に、私があれほど恐れていたこと、アルベルチーヌが出てゆこうとしているという想定はこれで斥けられたうえ、第二に、狙った効果以外にも、この陽動作戦の成功それ自体が、アルベルチーヌにとって私が、そのいかなる策略も事前に見透かされてしまい見向きもされぬような恋する男や愚弄される焼き餅焼きなどではないと証明することによって、ふたりの恋にいわば元の初々しさをとり戻してくれ、私がべつの女性を愛しているとアルベルチーヌにたやすく信じさせることのできたバルベックのころをよみがえらせてくれたからである。べつの女性を愛していたという話など、もはやアルベルチーヌもさすがに信じなかっただろうが、それでも今夜かぎり永久に別れたいという私の見せかけの意図は信用していたのである。アルベルチーヌはそんな意図の生じた原因が私のヴェルデュラン家訪問にあるとは信じていないように見えた。それで私は、レアと非常に親しい劇作家のブロックに会ったところ、ブロックはレアからあれこれ奇妙な話を聞かされたと言っていた、と話した（そう言っておけばアルベルチーヌは、私がブロックの従妹たちについて、口にする以上の詳しい事情に通じていると想いこむだろうと考えたのである）。ところが決別を装ったせいで生じた心の動揺を鎮める必要があって、私はこう言った、「アルベルチーヌ、ぼくには一度も嘘をつかなかったって誓えるかい？」アルベルチーヌは虚空をじっと見つめ、やおら答えた、「そうね、じつは誓えないの、アンドレがブロックに夢中だってあなたに言ったのは間違いだったわ、あたしたち、ブロックに会ったことはなかったの。」「じゃあ、なぜそんなことを？」「あなたがアンドレについて、ほかのあれやこれやを信じるんじゃないかと心配したからよ。」「それだけかい？」アルベルチーヌはまたもやじっと目を凝らしてから言った、「レアと三週間の旅行をしたことをあなたに隠してたのも間違いだったわ。でも、まだあなたをろくに知らなかったときのことよ。」「バルベックよりも前のことかい？」「そう、二度目の前のこと。」なんと今朝、アルベルチーヌはレアなど知らないと言っていたではないか[377]！　私は数え切れない時間を費やして書きあげた長大な物語が勢いよく燃えあがる火に一挙に焼きつくされるのを見る想いがした。苦労してどうなるというのか？　なにになるのか？　アルベルチーヌが私にこのふたつの事実を明かしたのは、私がそれをレアから間接的に聞いていると考えたからであること、またこれと類似のことが無数にあると覚悟せざるをえないことは、もとより私も悟っていた。さらに私は、問い詰められたときのアルベルチーヌの発言にはけっして一片の真実も含まれていないこと、アルベルチーヌが真実を漏らすのは、それまで隠しておこうと心に決めていた事実と、その事実が相手に知られているという確信、このふたつが突然心中で混じりあった場合のように、思わずそうしてしまうときに限られていることもまた、私は悟っていた。「でも、二つぐらいじゃ、なんでもない」と私はアルベルチーヌに言った、「四つまで言ってごらん、ぼくにいろんな想い出が残るように。ほかにどんなことを打ち明けてくれるんだい？」アルベルチーヌはまたもや虚空を見つめた。いったいアルベルチーヌは、将来の生活のなにを信じて、それに嘘を合致させようとしているのか？　思いのほか融通の利かないどんな神々と折り合いをつけようとしているのか？　どうやらことは簡単には運ばなかったようで、アルベルチーヌの沈黙と凝視はかなり長いあいだつづいた。とうとうアルベルチーヌは「ないわ、ほかにはなにも」と答えた。それからは私がどんなにせっついても、こんどは平然として「ほかにはなにも」の一点張りだった。これはまたなんという嘘だろう！　というのもアルベルチーヌにその嗜好があるからには、わが家に閉じこめられた日よりも以前に、何度も、いろいろな住まいや散歩の途中で、自分の嗜好を満足させたにちがいないからだ！　ゴモラの女たちは、どんな人混みにいようと互いにそれと気づかずに通りすぎることがないほど、その数は少ないとも多いとも言えるのだ。それゆえ結託するのは造作もないことだ。私は、当時はただ滑稽に思われただけの一夜のことを想い出して、ぞっとした。私の

（377）　レアをめぐり二転三転するアルベルチーヌの発言は、本訳⑩三二四頁以下を参照。

友人のひとりが、愛人とのレストランでの夕食に私を招待してくれたことがあって、相客のもうひとりの友人も自分の愛人を連れてきていた。そのふたりの女はほどなく互いの本性を悟ったようで、一刻も早く相手をわがものにしたくて、ポタージュが出るころには相手の足を探りあい、その足はしばしば私の足にまでぶつかった。やがてふたりの脚がからみあった。ふたりの男はなにも気づかずにいるが、私のいら立ちは限界だった。ふたりの女のひとりは、我慢ができず、落としたものがあると言ってテーブルの下へもぐりこんだ。やがて一方の女は、頭が痛いので階上の洗面所へ行かせてほしいと頼んだ。するともう一方は、ある女友だちと劇場で会う時間だと言いだした。結局、私だけがふたりの男友だちと残るはめになったが、[378]そのふたりはなにも気づかないでいた。頭痛の女は降りてきたが、アンチピリンを飲みたいのでひとりで連れの男の家へ帰って、そこで待っていたいと言う。ふたりの女はきわめて親密な関係になって、いっしょに散歩したが、ひとりが男装して小娘たちを引っかけ、もうひとりの女の家に連れこんで情事の手ほどきをした。もうひとりの女には小さな男の子がいたが、女はその子が気に入らないという顔をして、相手の女に折檻を頼むと、相手はその子を思う存分たたいた。そんな女たちだから、いかに人前であろうと、深く秘すべきことをおこなわずにいる場所はなかったとさえ言えるのである。「でもレアは、その旅行のあいだ、あたしには完璧に礼儀正しくしてたのよ」とアルベルチーヌは言った、「社交界のたくさんの貴婦人よりずっと慎みぶかくしてたわ。」「ねえアルベルチーヌ、きみにたいして慎みを欠いた社交界のご婦人がいるのかい？」「いるわけないでしょ。」「じゃあ、なにが言いたいんだい？」「えーっと、レアのことば遣いがそれほど自由奔放じゃなかった、ってこと。」「たとえば？」「レアなら、社交界に出入りするたくさんの婦人のように、困ったことだとか、世間をばかにするとか、そんなことばは使わなかったはずよ。」私はまだ燃え残っていた物語の一部がとうとう灰燼《かいじん》に帰した気がした。私の落胆はもっとつづいたかもしれない。ところがアルベルチーヌの発言をふり返ってみると、落胆のかわりに激しい怒りがこみあげてくる。だがその怒りも、なんだかほろりとして鎮まる。私もまた、帰宅して、別れたいと言いだしてからというもの、嘘をついていたのだ。さらに別れたいという意志を執拗に装っていたせいで、私が心底からアルベルチーヌと別れたいと願っていたなら感じたはずの悲しみが、少しずつ私にも湧いてきたのである。もっとも私は、アルベルチーヌが私と知り合う前に送っていた乱痴気騒ぎの生活を、ほかのさまざまな肉体的苦痛につい

(378)　一八八三年にドイツ人化学者ルートヴィヒ・クノールが合成したとされる鎮痛解熱剤。世紀末に多用されたが、やがて一八九九年発売のアスピリン（本訳⑥二八四頁と注294参照）にその座を譲った。

て言われるような、断続的にうずく疼痛として想い描くにつけても、自分が囚われ人とした女の従順さにますます感心して、アルベルチーヌを恨むことはやめてしまうのだった。もちろん私は、これまでいっしょに暮らしてきたあいだ、アルベルチーヌがこの生活になんらかの魅力を感じつづけるように、この生活はおそらく一時的なものにすぎないとたえずほのめかしていた。しかしその夜、私がさらに大胆な策に出たのは、漠然と別れるかもしれないと脅すだけでは、アルベルチーヌにはこれは自分にたいする嫉妬ぶかい深刻な恋心にちがいない、そのせいで私はヴェルデュラン家へ偵察に出かけたのだろうと受けとられ、私の漠然とした脅しなどきっとアルベルチーヌの頭のなかで打ち消されてしまい、もはや充分ではないと危惧したからである。その夜、自分でも徐々にしか自覚できなかったけれど私が出し抜けにこの別離の芝居を演じる決心をしたさまざまな他の要因のなかには、とりわけつぎのことがあると私は考えた。つまり、父と同様の衝動に駆られて相手の安全を脅かそうとするとき、私には父のようにその脅しを実行する勇気がないので、それが口先だけと思われないように、その脅しがいかにも実行されるように見せかけ、相手が私は真剣なのだと心底から想いこんで本気で震えあがるまで手を緩めようとしない、という要因である。もっともこのような嘘のなかにも真実があること、人生がわれわれの恋に変化をもたらしてくれなければ、われわれ自身がその変化をもたらすなり、変化を装うなり、あるいは別離を口にするなりしたがることに、われわれは勘づいている。それほどわれわれは、あらゆる恋が、そしてあらゆるものが、慌ただしく別離へ向けて変化してゆくのを実感しているのだ。人は、別離が生じる前に、その別離がもたらすはずの涙を流したくなるものである。こんど私が演じた芝居には、たしかに功利的な理由があった。私が突然なんとしてもアルベルチーヌを引きとめようとしたのは、本人がほかの多くの人のなかへ散らばってしまい、その人たちと会うのを妨げることは不可能だと感じたからにほかならない。しかしアルベルチーヌが私のためにその人たち全員を未来永劫あきらめてくれたなら、私は絶対にアルベルチーヌを捨てるまいとはるかに固い決心をしたかもしれない。というのも別離は、嫉妬のせいで辛いものとなり、感謝のおかげで不可能なものとなるからである。いずれにせよ私は、これは勝つか負けるかの大決戦になると感じていた。私が一時間のうちに自分の持てるすべてをアルベルチーヌに与えてもいいとまで思ったのは、「すべてはこの一戦にかかっている」と考えたからである。ところがこの手の戦闘は、昔の戦闘のように数時間つづいて終わるのではなく、現代の戦闘のように翌日になっても翌々日になっても翌週になっても終わらない。人が全力を尽くすのは、それが必要とされる最後の力だとつねに信じるからだ。ところが一年以上たっても「決着」はつかないのだ。[379] アルベルチーヌに逃げられるのではないかという危惧にとり憑かれたとき、私がシャルリュス氏のそばにいたせいで、氏が得意とするうそ偽りの喧嘩のおぼろな記憶が、無意識のうちにその危惧につけ加わったのかもしれない。しかし当時の私には知るよしもなく後で母に聞いたところから判断すると、私はこのような芝居のあらゆる要素を自分自身のなかに、つまり遺伝という茫漠とした蓄積のなかに見出していたらしい。アルコールやコーヒーに似た薬物が、われわれの体力の貯えに作用するように、ある種の心の動揺がその遺伝的蓄積に作用してそれを使えるようにしてくれるのだ。母から聞いた話では、フランソワーズは自分の仕えるオクターヴ叔母が二度と外出することはないと確信して、叔母には内緒でひそかに外出を企んでいたところ、それをユーラリから聞きおよんだ叔母[380]は、その前日、あすは散歩に出てみると決めたふりをしたという。最初は信じられないという顔をしたフランソワーズに、叔母は前もって外出着や持ち物の用意をさせ、ずいぶん前からしまってあったそれらの品に風を当てさせたのみならず、馬車まで予約させ、翌日の予定を十五分の違いも出ぬようこまごま取り決めさせた。フランソワーズがこれは本気だと信じこみ、そうでなくとも狼狽して、自分が立てていた計画をやむなく叔母に打ち明けたとき、ようやく叔母は、フランソワーズの計画の邪魔をしないためと称して、自分の計画をあきらめるとみなに言ったという。これと同じで、アルベルチーヌに私が大げさに言っているのだとは思われないように、ふたりは別れるのだという考えをとことん信じこませるように、私は自分が言いだしたことから自身でその帰結を導きだし、翌日から始まって永久につづくはずの時間、ふたりが別れているはずの時間に早くも先まわりして、このあと仲直りをすることはありえないかのように、アルベルチーヌにあれこれ注意を与えたのだ。将軍たちが、陽動作戦でまんまと敵をだますにはその作戦をとことんやり抜かなければならないと判断するのにも似て、私は自分の陽動作戦に、それが正真正銘のものであった場合となんら変わらぬ感受性の全力をそそぎこんだ。この虚構の別離を演じる芝居が、現実の別離と同じように私を深く悲しませるに至ったのは、ふたりの役者の一方であるアルベルチーヌがその芝居を現実だと信じこむことで、相手役の私までそんな錯覚をいっそう募らせたせいかもしれない。人がその日その日を生きてきたのは、たとえ辛くてもそれが耐えられる

(379) ドンシエールでサン＝ルーが「未来の戦争は〔…〕きわめて短期間で終わ」ると語った予言（本訳⑤二五三頁）は的中せず、第一次世界大戦が大方の予想に反して何年もつづいたことを踏まえる。

(380) 亡き夫の名から「オクターヴの奥様」（本訳①一三〇頁）と呼ばれていたレオニ叔母は、もはや外出せず自分の部屋に閉じこもっていた。ユーラリはその叔母を訪ねて世話をしていた老嬢。

日々であったからで、平凡な日常につなぎとめられていたのは、習慣のバラストのおかげであり、翌日がどんなに過酷であろうとそこには愛する人の存在が含まれるはずだという確信のおかげである。ところがいまや私は、無分別にも、この重苦しい生活を破壊しつつあった。破壊といっても、もとよりつくり話にすぎないが、私を悲嘆に暮れさせるにはそれだけで充分だったのである。なぜなら人が口にする悲しいことばは、たとえ嘘であってもそのなかに相応の悲哀を含んでいて、その悲哀をわれわれのなかに深く注入するからかもしれない。あるいは見せかけであろうと別れを告げてしまうと、あとで否応なく訪れる時を人は先まわりして想いうかべるものと知っているからかもしれない。おまけにそんな手を打ったことで、別れの時を告げるであろう時計の仕掛けを作動させたわけではないと断言はできない。どんなはったりを利かせようと、だまそうとする相手がどう出るかについては、やはり一抹の不安が残るものだ。この別離の芝居がほんとうの別離へとゆき着いたらどうしよう！　起こりそうもないこととはいえ、そんな可能性を考えるだけで胸を締めつけられる想いがする。そのとき人は二重に不安になる。というのもそんな別離が生じるのは、えてしてそれがとうてい耐えられないときであるうえ、女に苦しめられたばかりのときで、当の女はこちらの苦痛を癒すことも、せめてその苦痛を鎮めることもなく、去ってゆくからだ。要するにわれわれは、悲嘆に暮れているときでさえ拠りどころにする習慣という支えまで失うのである。われわれはみずから進んでその拠りどころを捨て去り、きょうの一日のみを例外的に重視して、前後の日々からその日だけを切り離したせいで、その日はまるで旅に出る日のごとく根なし草のようにただよい、想像力が習慣によって麻痺させられることをやめて目を覚ましたからか、われわれが日常的な愛情にいきなり感傷的な夢想をつけ加える結果、夢想がその愛情を途方もなく巨大化し、ほかでもない、もはやかならずしも当てにできなくなった人の存在をわれわれにとって必要不可欠なものたらしめるのだ。われわれがこの存在なしですませられるという芝居を演じたのは、もちろん、この存在を将来も確保するためにほかならなかった。ところが芝居のつもりでやったことにわれわれが足元をすくわれるはめになり、ふたたび苦しみだすのは、われわれが新しい不慣れなことをしたからであり、そのやり口は、人が苦しんでいる病気を長い目でみれば治してくれるが、はじめのうちはその病状を悪化させてしまう療法に似ているといえよう。

　私は目に涙をうかべていた。あたかも部屋にひとり閉じこもり、気まぐれに紆余曲折する夢想のまま愛する人の死を想像して、自分がいだくであろう悲嘆をつぶさに想い描き、ついにはその悲嘆を実際に感じてしまう人たちとそっくりである。そんなわけで、ふたりが別れたあと私にたいしてどう振る舞うべきかアルベルチーヌに諄々と言い聞かせているうち、私はふたりがあとで仲直りするはずがないかのように深い悲しみに浸る気がした。そもそも確実に仲直りができるのだろうか？　アルベルチーヌにふたたび同居をつづける気にさせる自信が私にあるだろうか？　たとえ今夜はうまくいっても、この喧嘩沙汰のせいで消え去ったアルベルチーヌの元の精神状態がよみがえることはないと確言できるのか？　私は自分が未来の支配者のような気がしたが、そう信じたわけではなかった。そんな気がしたのはただ未来がいまだ存在しないことに由来し、それゆえ私が未来の必然性に苦しめられていないことを理解していたからである。結局、私は嘘をつきながらも、自分の発言のなかに思いのほか真実をこめていたのかもしれない。さきほど私がアルベルチーヌに、きみのことはじき忘れるだろう、と言ったのがその一例である。それは実際ジルベルトを相手にしたときの私に生じたことで、私がいまやジルベルトに会いに行かないのは、苦痛を避けるためではなく、嫌な義務を避けたいからにすぎない。ジルベルトへの手紙に、もうあなたに会うこともないでしょうと書いたとき、私はたしかにずいぶん苦しんだが（381）、ジルベルトの家にはときどき行っていただけである。ところがアルベルチーヌの場合は、その時間のすべてが私に属していた。恋愛においては、なんらかの習慣を失うよりも、なんらかの感情を捨て去るほうがたやすいのだ。とはいえ、私にふたりの別離にかんするかくも辛いことばを口にする勇気が出たのは、そのことばが嘘であると承知していたからである。それにひきかえアルベルチーヌが大声でこう言ったとき、そのことばは真剣であった、「そうね、約束するわ、もう二度と会いません、あなたがこんなふうに泣くのを見るくらいなら。あたし、あなたを悲しませたくないの。そうするしかないのなら、もう会わないことにしましょう。」私のことばがそうであるはずはなかったが、アルベルチーヌのこのことばは真剣そのものだった。なぜなら一方では、アルベルチーヌは私に友情しかいだいていなかったので、そのことばが約束する断念はアルベルチーヌには私ほど辛くはなかったからだし、もう一方では、大恋愛であれば騒ぐほどのことではないはずの私の涙も、アルベルチーヌがとどまっている友情の領域へ移し替えてみれば、ほとんど常軌を逸したものに見え、その心を動転させたからである。アルベルチーヌがいま口にしたことばから判断すると、その友情は私の友情よりも深く、アルベルチーヌが先のように言ったのも、いざ別れるとなると、愛情は直接に言いあらわされるものではないから、恋心を募らせて愛しているわけではない者のほうが優しいことばを口にするからだ。アルベルチーヌがそう言ったのも、あながち

(381)　本訳③四〇四頁参照。

間違いとは言えないのかもしれない。というのも男の愛情から出た数えきれないほどの好意は、愛情を受けながらも自分は愛することのない女の心にも、ついには愛着と感謝の念を呼び醒ますことがあるからで、この愛着と感謝は、それを呼び醒ました男の感情ほどに利己的なものではなく、別れて何年も経って、かつて愛した男の心にもはやなんの感情も残らなくなったときでも、愛された女の心に変わらず残っているかもしれないのである。

ほんの一瞬、私はアルベルチーヌに憎しみにも似た気持をいだいたが、それは相手をひきとどめたいという欲求を募らせただけである。その夜、私はひたすらヴァントゥイユ嬢に嫉妬し、トロカデロにかんしては、アルベルチーヌをヴェルデュラン家へ行かせないために送り出した先であったし、そこにいるレアのことが頭に浮かんでも、レアと知り合いにならぬようアルベルチーヌを帰らせた以上まるっきり無関心でいたからだろう、私はなんの気なくレアの名前を口にした。ところがアルベルチーヌは、警戒心をあらわにし、私がレアについてさらに詳しいことを聞き知っていると思ったのか、機先を制して、いくぶん顔を隠しながら、べらべらとしゃべりだした、「レアならよく知ってるわ、去年、女友だち数人といっしょにあの人のお芝居を観に行って、舞台がはねてから楽屋へ上がったの、レアはあたしたちの前で着替えをしたのよ。とってもおもしろかったわ。」そう言われると、私の思考は否応なくヴァントゥイユ嬢を離れ、必死の努力で、とうてい再現しえない奈落の底へとつき進み、その女優のこと、アルベルチーヌが楽屋まで上がったというその夜のことに執着した。一方で、アルベルチーヌがあれほど何度も、いかにも真実を告げる口調で誓ったからには、また自分の自由をあれほどそっくり犠牲にしてくれたからには、そこになにか悪い点があったなどと、どうして信じられよう？　とはいえ私の疑念こそ、真実へ向けられたアンテナではないのか？　なぜなら、アルベルチーヌが私のためにヴェルデュラン家をあきらめてトロカデロへ行ったのは事実だとしても、それでもやはりヴェルデュラン家にはヴァントゥイユ嬢が来るはずになっていたのだし、トロカデロにしても、アルベルチーヌは私と散歩するために結局はあきらめてくれたとはいえ、アルベルチーヌを呼びもどす理由としてそこにはレアがいたからだ。私がレアに不安を覚えたのは間違いのような気もするが、それでもやはりアルベルチーヌのほうが私の求めもしないことを言いだし、私が危惧していたよりもずっと大々的にレアを知っていると断言したのだ。おまけに、いったいだれがそんなふうにアルベルチーヌを楽屋まで上がらせることができたのかと考えると、その状況はずいぶん怪しいのだ。その日、私を責めさいなんだレアとヴァントゥイユ嬢について、私がレアのことで苦しんでいるときにはヴァントゥイユ嬢のことで苦しむのをやめたのは、あまり多くの場面を同時には想い描けないわが精神の欠陥のせいか、それともわが神経の動揺がひきおこす干渉作用(382)のせいで、私の嫉妬はこの神経の動揺の反映にすぎなかったのかもしれない。だとすると、そこから導きだされる結論は、アルベルチーヌはレアのものでもヴァントゥイユ嬢のものでもなく、レアのものだと信じるのは私がまだレアのことで苦しんでいるからにすぎない、ということだろう。とはいえ私のあらゆる嫉妬が消滅してゆくからといって——ときに嫉妬はひとつまたひとつとよみがえるのだ——、それはひとつひとつの嫉妬がなんらかの予感された真実に対応していないことを意味するわけではなく、嫉妬の対象となる女性たちについても、私はだれひとり怪しい者はいないと考えるべきではなく、どの女性も怪しいと考えるべきなのであろう。私が予感されたと言ったのは、本来なら必要とされる空間と時間のすべての点を私がひとりで占めることができないからである。おまけにいかなる本能が、それら諸点の一致を見つけだして、アルベルチーヌはここに、これこれの時刻に、レアといっしょにいたとか、あるいはバルベックの娘たちといたとか、あるいはアルベルチーヌがその身体に触れたというボンタン夫人の女友だちといたとか、あるいはアルベルチーヌを肘でつついたテニスの娘といたとか(383)、あるいはヴァントゥイユ嬢といたとか、そんな現場を私に押さえてくれるというのか？

「そうかい、アルベルチーヌ、約束してくれてありがとう。そもそも少なくとも最初の何年かは、きみのいる場所を避けるようにするよ。今年の夏は、バルベックへ行くのかどうか、まだわからないかな？　もしきみが行くのなら、ぼくは行かないようにするからね。」　いまや私がこんなふうに時間の先まわりをして、どんどんうそ偽りのつくりごとを並べ立てたのは、アルベルチーヌを震えあがらせるためというよりも、自分自身を痛めつけるためだった。当初はそんなに腹を立てるほどの理由もなかった男が、自分の声の大きな響きにすっかり激昂して、不満から生じたのではなく、増大する怒りそのものから生じた激怒に押し流されてしまうように、私はわが悲しみの急坂をますます深くなる絶望の淵へとぐんぐん速度をあげて転げ落ちていったが、その惰性は、自分が寒気《さむけ》に襲われるのを感じていながらそれと闘おうともせず、ぶるぶる震えることに一種の歓びさえ覚える人の惰性とそっくりである。もしも私に、自分で

（382）　原語 interférence.「複数の光線が交差するとき、ある場合に生じる光の減少」（『二十世紀ラルース辞典』）。プルーストはこの用語を「記憶の力」の「減少」（本訳⑥三五八頁）など比喩的に用いる。

（383）　「バルベックの娘たち」、「ボンタン夫人の女友だち」、「テニスの娘」については、本訳⑧五五九―六二頁参照。ただし「テニス」への暗示はあるが（同五六〇頁）「肘でつついた」件は出ていない。

当てにしていたように、ようやく冷静さをとり戻し、奮起して、前言を撤回するだけの気力があったなら、今夜、アルベルチーヌが私にお寝《やす》みを言うときのキスは、私の帰宅を無愛想に迎えたアルベルチーヌが私にひきおこした悲しみを慰めてくれるというよりも、私が架空の別離の段どりを決めるふりをしようとその段どりをあれこれ想い描くうちに覚えた悲しみを慰めてくれるだろう。いずれにせよこのお寝みは、アルベルチーヌのほうから言わせてはならない。そうなると、私が態度を変えて別れるのはやめようと言いだすのがむずかしくなるからだ。それゆえ私は、このお寝みを言う時がもうとっくに来ているとたえずアルベルチーヌに注意し、それで主導権が私に残るようにすることで、その時をなおもしばらく遅らせた。そんなわけで私は、アルベルチーヌにいろいろ質問するうちに、もうすっかり夜が更けてふたりが疲れていることをほのめかしたのである。「わからないわ、どこへ行くかは」とアルベルチーヌは、気がかりな表情で、私の最後の質問に答えた、「トゥーレーヌの叔母のところへ行くかもしれないわ。」(384) アルベルチーヌがわずかに示したこの最初の計画を聞いて、まるで実際にふたりの決定的な別離が実現しはじめたかのように私はぞっとした。アルベルチーヌは部屋を見渡し、ピアノラ(385)や、青いサテン張りの肘掛け椅子を眺めた。「なんだかそんな気がしないの、こうしたものがあしたも、あさっても、永久に二度と見られなくなるなんて。かわいそうなお部屋！　どうにも信じられないの、そんなことになるなんてどうしても考えられないわ。」「そうするほかなかったんだ、きみはここにいて不幸だったんだから。」「とんでもない、あたし不幸じゃなかったわ、不幸になるのはこれからよ。」「そんなことはない、間違いなくそのほうがきみのためになるんだ。」「あなたのためでしょ、もしかして！」私はふと虚空に目を凝らした。まるで脳裏にうかんだある考えと格闘していて、なかなか心が決まらないといったていである。とうとう、出し抜けに私は言った、「ねえ、アルベルチーヌ、きみが言うには、ここにいるほうが幸せで、これから不幸になると。」「もちろんよ。」「それを聞くとショックだよ、じゃあ、あと何週間か延長してみようか？　ひょっとすると、一週間、また一週間と延ばすうち、もっと先まで行けるかもしれない。ほら、一時的なことでも、ずっとつづく場合があるんだから。」「まあ！　なんてやさしいの、あなたって！」「ただそうなると、こんなふうに何時間も無駄に苦しめあったのはどうかしてる、まるで旅行の準備をしておきながら出かけないようなものだ。ぼくは心痛でぐったりだ

(384)　トゥーレーヌ地方は、トゥールを中心とするロワール川流域地方(地図①参照)。そこにアルベルチーヌの叔母(ボンタン夫人)の家があることは、ここではじめて明かされた事実。

(385)　自動演奏ピアノの商標名。すこし後に詳細が出る(本巻四一一頁以下と図23参照)。

よ。」私はアルベルチーヌを膝のうえに乗せ、ぜひほしいと言っていたベルゴットの自筆原稿をとりあげると、その表紙にこう書いた、「ぼくのかわいいアルベルチーヌへ、契約更新の記念に。」「さあ」と私は言った、「あすの晩までぐっすりお寝み、くたくただろうから。」「あたし、なによりとっても嬉しいの。」「ぼくのこと、すこしは愛してる?」「前より何倍もね。」

たとえ芝居をこのような本格的演出の形にまで推し進めなかったとしても、この芝居の顚末に私が喜んだりしては勘違いもいいところだろう。私たちにとって、ただ別離を口にしただけで、すでに重大だったはずなのだ。そんな別離の話をするのは、実際本気ではないのだが、自分は本気でないばかりか、好き勝手な口を利いているだけだと想いこんでいる。ところが一般にそうした会話は、想いも寄らぬ嵐の最初のつぶやきが、知らぬまに心ならずも口から漏れ出たものなのだ。そのときわれわれが口にするのは、たしかに自分の欲望とは正反対のことであるが(その欲望とは愛する女といつまでも暮らしたいということだ)、しかしそれと同時に、いっしょに暮らすのは不可能なせいで、われわれは毎日のように苦しみ、そんな苦しみよりは別離の苦しみのほうがましだと考えたあげく、ついには心ならずも別れてしまうのである。とはいえ普通そんなことは一挙にはおこらない。たいていわれわれは――やがてわかるように、アルベルチーヌを相手にした私の場合はそうではなかったが――心にもないことを言ったあとしばらくして、苦痛のない一時的な別離の不完全な試みを意図して実行してみる。つまり、女があとでわれわれとの生活を以前よりも気に入るように、もう一方ではわれわれ自身も絶え間ない悲哀と疲労から一時的に逃れるために、女にひとりで数日の旅に出てほしいと、あるいはわれわれにひとりで数日――以前には考えられなかったが久しぶりに女なしですごすはじめての数日――の旅をさせてほしいと頼むのである。あっという間に女は戻ってきて、われわれの家において元の立場を占める。ただし短期間とはいえ実現されたこの別離は、われわれがそう思うほど恣意的に決定されたわけでも、間違いなく一回きりのものというわけでもない。またしても同様の悲哀がはじまり、いっしょに暮らすことに同様の困難が募るが、ただ別離だけが以前ほど困難なものではなくなっている。まずは別離を口にし、ついでそれを友好的な形で実行に移したからだ。だがこれはわれわれの気づかぬ前兆にほかならない。なごやかな一時的別離のあとには、やがて、われわれがそうとは知らずに準備した残忍で決定的な別離がやって来るだろう。

「五分ほどしたら、あたしの部屋に来てちょうだい、ちょっとだけお会いしたいの。やさしくしてくださるわね。でもあたし、あとですぐ眠ってしまいそう、だって死ん

図 16　最後の審判
（ラン大聖堂）

図 17　最後の審判（ルーアン大聖堂）

中世教会のタンパンなどに彫られた最後の審判には，天使の吹き鳴らすラッパを合図に死者たちが墓から出てきて，大天使ミカエルの天秤（本訳⑩310 頁図 50 参照）で魂を量られたあと天国と地獄へと振りわけられる場面が描かれている．プルーストが愛読したエミール・マール『十三世紀フランスの宗教美術』（1898 初版）第 4 書 6 章では，フランス各地のゴシック教会のタンパンに描かれた「最後の審判」が詳しく考察され，多数の図版が掲載されていた．上の 2 図は，同書に掲載されていた図版（ただしラン大聖堂の図版は小さいので，図 16 は同場面をべつの刊本から転載）．

だみたいにくたくたですもの。」 実際、あとでアルベルチーヌの部屋へはいったとき、私が目にしたのはまるで死んだ女であった。横になって、すぐ寝入ってしまったのだ。シーツは、アルベルチーヌの身体に経帷子《きょうかたびら》のように巻きついて美しい襞をつくり、石のような堅牢さを備えている。中世に彫られたいくつかの最後の審判の場面のように、まるで眠りながら頭だけ墓から外に出し、大天使のラッパの音を待ち受けている図である。(386) この頭は、いきなり睡魔に襲われたのだろう、ほとんど仰向けにのけぞり、髪をふり乱している。目の前に横たわるこの取るに足りない身体を眺めながら、私はこの身体がいかなる対数表を構成しているのかと考えこんだ。なにしろ肘でつつくことからドレスで触れることに至るまで、この身体の参与した可能性のあるすべての行動が、この身体の占めた空間と時間のあらゆる点から無限のかなたへと拡がり、ときおり私の回想のなかに突然なまなましくよみがえってあれほど苦しい不安をひきおこす一方、にもかかわらずその不安を決定づけたアルベルチーヌの動作や欲望は、ほかの女性であったなら、いや同じアルベルチーヌでも五年前や五年後であったなら、まるで私の関心を惹かなかったはずだとわかりきっていたからである。それは幻影であったが、その幻影にたいして私は自分自身の死よりほかの解決策を求める勇気を持たな

(386) 図16、17参照。

かった。そんなふうに私は、ヴェルデュラン家から帰ってまだ脱がずにいる革裏付きのコートすがたのまま、このねじれた身体の前に立ちつくしていた。これはなんの寓意像なのか？　私の死の寓意なのか？　私の恋心の寓意なのか？　やがてアルベルチーヌの一様な寝息が聞こえはじめた。私はベッドの端に座って、この微風と凝視による鎮静の療法を受けた。それからアルベルチーヌの目を覚まさぬよう、そっと部屋を出た。

時刻がずいぶん遅かったので、私は朝になるとすぐフランソワーズに、アルベルチーヌの部屋の前を通るときはそっと歩くように言いつけた。それで私たちがフランソワーズのいわゆる乱痴気騒ぎで夜を明かしたものと想いこんだフランソワーズは、ほかの召使いたちに「お姫さまを起こす」ようなマネをしてはならぬと皮肉たっぷりに注意した。私が恐れていたことのひとつは、堪《こら》えきれなくなったフランソワーズがいつかアルベルチーヌに失敬な態度をとり、そのせいで私たちの生活にもめごとが生じるのではないかということだった。当時のフランソワーズは、ユーラリが私の叔母に厚遇されるのを見て苦しんでいた時期とは違って、もはや自分の嫉妬をがんばって耐え忍べる年齢ではなかった。フランソワーズの顔が嫉妬で歪み、麻痺していたので、私の気づかぬうちにわが家の女中は怒りのあまり軽い発作をおこしたのではないかと、ときに私は考えたほどである。そんなふうにアルベルチーヌの睡眠を妨げないように命じたあと、私自身はもはやまんじりともせず、アルベルチーヌの本心がどこにあるのか理解しようとしていた。嘆かわしい芝居を演じたことは、現実の危険を避ける手立てになったのだろうか、アルベルチーヌはこの家にいてとても幸せだと口では言うが、ときにはほんとうに自由が欲しいと思ったのだろうか、それとも逆にアルベルチーヌの言うことを信じるべきなのか？　ふたつの仮説のうち、どちらが真実なのだろう？　私がなにか政治的事件を理解しようとするときは、これまでよくそうしたように、またとりわけこの先そうするように、自分が過去に経験した個別のケースを歴史の次元にまで拡大したものだが、それとは逆にその朝の私は、前夜のふたりの喧嘩の影響のおよぶ範囲を見定めようとして、多くの相違点があるにもかかわらず、前夜の喧嘩と最近おこった外交上の事件とをひたすら同一視した。そんな類推をはたらかせたのも当然だったかもしれない。なぜならシャルリュス氏が高圧的な態度で何度もそんな喧嘩を仕掛けるのを目にしてきた私は、自分の偽りの喧嘩もどうやら知らず知らずのうちに氏のひそみに倣ったからだし、一方、シャルリュス氏の偽りの喧嘩は、策を弄するがゆえに、また必要とあれば闘いも辞さぬ矜持ゆえに、ドイツ人種に見られる相手を挑発せんとする根深い傾向が、無意識のうちに私生活の領域へと移されたものではないか？　モナコ大公をはじめ各方面の人士が、フランス政府にたいして、デルカッセ氏と袂を分かたなければ脅迫しているドイツが実際に戦争を仕掛けてくるだろうとほのめかしたので、デルカッセ外相は辞任するよう求められた(387)。要するにフランス政府は、こちらが譲歩しなければ相手は戦争を仕掛けるつもりだという仮説を認めたわけだ。しかしそれは単なる「こけおどし」にすぎず、フランスが毅然とした態度を保持すればドイツは剣を抜かなかっただろうと考える人たちもいた。私の場合、アルベルチーヌのほうから私と別れると脅してきたことは一度もなかったから、たしかに筋書きは異なるばかりか、ほとんど正反対というべきだ。しかし全体の印象から私は、アルベルチーヌが別れようと考えていると信じるに至ったわけで、それはフランス政府がドイツについて同様のことを信じた経緯となんら変わらない。一方、もしドイツが平和を欲しているのなら、戦争を望んでいるとフランス政府に思わせたのは、にわかに是認できない危険な策である。アルベルチーヌの心に独立したいという突然の欲求をかき立てたのは、私が別れる決心をすることなどありえないとアルベルチーヌが考えたからだとすれば、たしかに私の振る舞いはかなり巧妙だったことになる。おまけに、私がヴェルデュラン家へ出かけていたと知ってアルベルチーヌが「きっとそうだと思ってたわ」と大声をあげ、「ヴァントゥイユのお嬢さんが来るはずだったでしょ(388)」と言ってすべてをさらけ出したときの憤慨を見ただけで、アルベルチーヌが独立の欲求を持っていないと信じるのはむずかしいし、その心中に存在するひとえに自分の悪癖を満足させようとする秘かな生活に目をつぶるのもむずかしい。これらはすべて、アンドレが私に漏らしてくれたアルベルチーヌとヴェルデュラン夫人との出会いによって裏づけられている(389)。にもかかわらず私は自分の直感に盾突こうと試みてこう考えた。もしかすると、あの独立したいという突然の欲求――そんな欲求が実際に存在したと仮定して――をかき立てたのは、あるいは最終的にかき立てることになるのは、アルベルチーヌのそれとは正反対の考えなのかもしれない。その正反対の考えとは、私にはアルベルチーヌと結婚しようと考えたことは一度もなく、私が本心を

(387) モロッコをめぐる独仏の確執への暗示。モロッコでの権益を確保し、ロシアとの同盟やイギリスとの友好を強化していた外相テオフィル・デルカッセ(一八五二―一九二三)は、それを牽制したドイツ皇帝ヴィルヘルム二世の突然のタンジール訪問(一九〇五年三月)による独仏間の緊張の高まりと、平和主義者のモナコ大公アルベール一世(一八四八―一九二二)からフランスが譲歩しなければ「ドイツは襲いかかる」(本訳⑦一五七頁と注108参照)という説得もあり、一九〇五年六月六日、「ドイツはわれわれを脅しているが、私からすればそれはこけおどしにすぎない」と言いつつ、外相を辞任した。

(388) そのときのアルベルチーヌの発言は、正確には「そうじゃないかと思ってたわ」(本巻三二五頁)と「ヴァントゥイユのお嬢さんが来るはずじゃなかったの?」(同頁)。

(389) この出会いを「アンドレが私に漏らしてくれた」という記述は、これまでには存在しない。

語るのは、そうとは意識せずにふたりの近々の別離をほのめかすときであり、いずれにせよ私は早晩アルベルチーヌと別れることになるだろうという確信がそれであった。そうなると今夜の私の喧嘩はその確信を補強することにしかならず、その確信がアルベルチーヌの心に「いずれ否応なく別れることになるのなら、すぐにケリをつけたほうがいい」という決意を生むに至らしめたのかもしれない。真っ赤な間違いというべき格言は、平和の意志に勝利を収めさせるためには戦争の準備をするべきだと教えるが、それは平和どころか、敵対する双方に、まず相手が望んでいるのは断交だと確信させるうえ、その断交が現実になると、それを望んだのは相手方だというべつの確信を双方にもたらしてしまう。たとえ脅しが本気でなくても、それがいったん成功すると、その脅しをくり返すようになる。しかしこけおどしが正確にどの段階まで功を奏するかを見極めるのはむずかしい。もし一方がやりすぎると、それまで譲歩していた相手が代わって攻勢に出る。ところが前者は、決裂を怖れないふりをするのが決裂を回避する最善の策だと考えるのに慣れているうえ(私がその夜アルベルチーヌを相手にやったことはこれである)、そもそも自尊心から、譲歩するくらいなら死んだほうがましと考えるタチだから、今さらやりかたを変えられず、ついにどちらも引くに引けなくなる時点までくだんの脅しをやりつづける。こけおどしは本心と混じりあったり本心と交互にあらわれたりすることもあり、きのうは演技だったものがあすは現実になることもある。最後になるが、対立する一方が実際に開戦の決意を固めていることもあり、たとえばアルベルチーヌは遅かれ早かれこの生活に終止符を打つつもりでいた可能性もあるが、そうではなく反対に、そんな考えはアルベルチーヌの頭に一度たりとも浮かんだことはなく、それは一から十まで私の想像の産物だった可能性もある。以上が、その朝、アルベルチーヌが寝ているあいだに私が想いめぐらしたさまざまな仮説である。とはいえ最後の仮説にかんしては、そのあと私が別れると言ってアルベルチーヌを脅したのは、ひとえにアルベルチーヌの悪しき自由を求める想いに対処するためだったと言っていい。そんな想いは、アルベルチーヌの口から私に表明されたことはないが、ある種の謎めいた不満、ある種のことばや仕草のなかに含まれているように思われ、そうした不満やことばや仕草が出てくるのはアルベルチーヌがそんな想いをいだいているからだと考えるよりほかに説明がつかないのに、本人はその説明をあくまで私に拒んでいるのだ。それでもたいてい私は、そうした不満やことばや仕草に気づいても、その日のうちに解消する不機嫌のせいだろうと考えて、いっさい別離の可能性をほのめかしたりしなかった。しかしときにはその不機嫌が間断なくまる数週間もつづき、そのあいだアルベルチーヌはなにか悶着をひきおこそうとしているように見えた。そんなときは多少遠く離れたところにアルベルチーヌのよく知る快楽が存在しているのに、アルベルチーヌは私の家に幽閉されているせいでその快楽を奪われ、その快楽が終わりを告げるまでそれに影響を受けつづけると言わんばかりで、まるでバレアレス諸島(390)ほど遠く離れたところで生じる大気の変動でも、われわれの暖炉のそばにまで到来して、われわれの神経に作用をおよぼすかのようである。

　その朝、アルベルチーヌが寝ているあいだ、私がアルベルチーヌのうちに隠されているものを見抜こうとしていたとき、母から一通の手紙が届いた。そのなかで母は、私の決心がまるでわからないという不安を、このようなセヴィニエ夫人の文言を引いて表明していた、「私はあの子が結婚しないものと確信しています。でもそれなら結婚する気もない相手のお嬢さんの心をなぜかき乱すのでしょう？　なぜその人に、ほかの結婚相手を軽蔑し、見向きもせずに断ってしまう危険を冒させるのでしょう？　その人を避けるのはわけもなく簡単なことなのに、なぜその人の心をかき乱すのでしょう？(391)」この母の手紙は私を現実にたち返らせてくれた。私はこう考えたのである。なぜ自分は、わざわざ謎めいた心を追い求め、あれこれ顔色をうかがい、深く究める勇気もないさまざまな予感にとり憑かれている気がするのか？　きっと夢を見ていたのだ、すべては至極単純なことなのだ。自分は優柔不断な青年にすぎず、これは結婚するかしないかを決めるのにしばらく時間を要する、そんな結婚話のひとつにすぎない。そこにはアルベルチーヌだけに見られる特殊な点など、なにひとつないのだ。そう考えて私は深い安堵を覚えたが、それは束の間のことであった。私はすぐさまこう思い返したのだ、「この件の社会的側面を考えれば、実際すべてはなんの変哲もない三面記事に帰着するのかもしれない。外面だけを見れば、自分もそうみなすかもしれない。しかし自分にはわかっている、真実のこと、すくなくともこれもまた真実だと言えること、それは自分が考えたいっさいのことであり、自分がアルベルチーヌの目のなかに読みとったことであり、自分を責めさいなむさまざまな危惧のことであり、アルベルチーヌにかんして自分がたえず問いただす問題のことだ。」煮えきらない婚約者や破談になる結婚話なるものがこの件に当てはまるのかもしれないが、それは良識ある新聞寄稿家の書いた劇評がイプセンの芝居の主題を教えてくれるようなものにすぎない。しかし人の語るこのような事実とはべつのものが存在するのだ。もちろん見る目を備えた人なら、煮えきらない婚約者や決着をみないどんな結婚話のなかにも、

(390)　スペイン本土の東方、西地中海のマヨルカ（マジョルカ）島を中心とする群島。

(391)　一六七九年十月二十五日の娘グリニャン夫人宛て書簡からの概略の引用。放蕩児の息子シャルル（本訳⑩三二一六頁と注295、296参照）が、結婚の意思もなく「ラ・コスト嬢」を弄ぶのを嘆いた一節。

このべつのものが存在していることを見抜くかもしれない。なぜなら日常生活のなかにも謎めいたものが存在する可能性はあるからだ。他人の生活にかんしてなら、私もこの謎めいたものを無視したかもしれないが、アルベルチーヌと私の生活となると、私はその生活を内部から生きていたのである。

　アルベルチーヌは以前となんら変わらず、その夜をきっかけにして「あたし、あなたから信頼されていないことはわかってるので、あなたの疑念を晴らすようにするわ」と言うようになったわけではない。ところがけっして口にされなかったこの考えを援用すれば、どれほど些細なアルベルチーヌの行為をも説明できたであろう。アルベルチーヌは、私がその件にかんするアルベルチーヌ自身の言明を信用しない場合でも、私がその行動を知ることができるように、いっときたりともひとりにならないよう気を配るのみならず、アンドレや車庫や馬場などに電話をかけなければならないときでも、交換嬢が電話をつないでくれるあいだひとりでじっと待つのは退屈でたまらないと言って、そんなときはそばに私がいるか、そうでなければフランソワーズがいるようにしたが、その様子は、まるでこれが秘密の逢い引きをとりつけるための不埒な通話だと想像されるかもしれないと怖れているようであった(392)。しかし残念ながら、そんなことで私の心は鎮まらなかった。エメがエステルの写真を送り返して、これはくだんの女ではないと言ってきたのだ。[393] ということは、ほかにも親しい女がいたのか？　だれだろう？　私はその写真をブロックに送り返した。私が見たいと思ったのは、アルベルチーヌがエステルに与えた写真だ。[394] アルベルチーヌはどんなふうに写っているのか？　もしかするとデコルテすがたなのかもしれない。ひょっとしてふたりいっしょに写っているのではないか？　しかしこんな疑問をアルベルチーヌに話すわけにはゆかない、そんなことをすれば写真を見ていなかったことがばれてしまうからだ。ブロックにも話せない、あの男にはこっちがアルベルチーヌに関心をいだいていると見られたくないからだ。そもそもこの生活は、だれであれ私の疑念とアルベルチーヌの隷属状態に通じた者なら、私にとってもアルベルチーヌにとっても耐えがたいものと認めたはずであるが、これを外部から見ているフランソワーズにとっては、この「ゴマすり女」[395]が、また男よりも女のほうを余計に妬むので男性形よりも女性形の

(392) アルベルチーヌの「けっしてひとりにならない」配慮はすでに出てきた(本訳⑩三九六頁参照)。
(393) 「私」がエメにブロックの従妹エステルの写真を送って、アルベルチーヌといっしょにいた女かどうかを問い合わせた経緯については、本訳⑩一八六―一八八頁参照。
(394) アルベルチーヌが「エステルにあたしの写真をあげた」と打ち明けた場面(本巻三四五頁)を参照。
(395) 「ゴマすり女」enjôleuse は、アルベルチーヌを妬むフランソワーズの口癖(本訳⑩三四四頁参照)。バルベックのホテルで「私」を訪ねるセレストとマリーもこう呼ばれた(本訳⑧五五二頁)。

ほうをずっと頻繁に使うフランソワーズ言うところの「いかさま師女[396]」が、まんまとせしめた分不相応な享楽の暮らしに見えたのである。のみならずフランソワーズは、私に仕えるうちに新しい用語を覚えて自分の語彙を豊かにし、さらにそれを自己流にアレンジしていたから、アルベルチーヌほど「裏切りさ[397]」をする女、うまく芝居を打って私の「小銭をひき出す[398]」やりかたを知っている女は見たことがないと言っていた（フランソワーズは特殊なものをすぐ一般的なものと取り違え、同じく一般的なものを特殊なものと混同するうえ、演劇におけるジャンルについてはかなり漠然とした区別しかしていなかったので、芝居をやることを「パントマイムをやる」と言っていた）。アルベルチーヌと私の真の生活にこのような勘違いが生じたことには、私自身にも責任の一端があったかもしれない。私がフランソワーズと話すときには、相手をからかいたい気持から、あるいは自分が愛されているとは言わないまでも少なくとも幸せであると見せかけたい気持から、抜け目なくこの勘違いを漠然と肯定するようなことを漏らしていたからである。にもかかわらず私の嫉妬やアルベルチーヌに注いでいた監視の目は、私がいくら気づかれまいとしても、早晩フランソワーズに見抜かれる仕儀となった。フランソワーズを導いていたのは、たとえ目隠しをされていても然るべき品物を見つける降霊術師のように、私にとって苦痛となりそうなものを嗅ぎつける直感であり、私が煙《けむ》に巻こうとして口にする嘘などで目標からそらされることのない直感であり、さらにはアルベルチーヌへの憎悪でもあり、ほかでもないその憎悪に駆られてフランソワーズは——敵対者を実際よりも幸せで、実際よりも悪賢い芝居上手なくわせ者と思うばかりか、それ以上に——敵対者を破滅させてその失墜を早める手立てを発見してしまうのだった。アルベルチーヌは、自分が監視されていると感じて、私がそうすると脅していた別離を自分から実行するのではないかと、私は考えこんだ。[399]というのも人生は、変化するにつれ、われわれのつくり話から現実をこしらえるからである。ドアの開く音が聞こえるたびに私は、祖母が臨終の苦しみのさなか私の呼び鈴の音がするたびにびくっとしたのと同じように、身震いした。私はアルベルチーヌが私になにも断らずに外出するとは思わなかったが、私の無意識はそう考え

(396) 原語 charlatante は女中の誤用。「いかさま師」charlatan の正しい女性形「女いかさま師」は charlatane(『リトレ仏語辞典』『二十世紀ラルース辞典』)。ただし現代では女性形は使われない。

(397) 原語 perfidité. フランソワーズの間違い。正しくは「裏切り」perfidie.

(398) 原文 tirer mes sous. フランソワーズの誤用ないし俗な表現。普通は「金をまきあげる」soutirer de l'argent と言う。

(399) この一文から三九六頁一一行目の「それが私に支配される所有物として目の前にあると感じられたのである。」までは、清書原稿「カイエ XI」(f°76 r°)の欄外から貼り付けた紙へとつづく加筆。

たのだ。祖母はもはや意識がなかったにもかかわらず、その無意識が呼び鈴の音にびくっと震えていたのと同じである。ある朝など私は、突然、アルベルチーヌが外出しただけではなく、戻らぬ気で出ていったのではないかという不意の不安に襲われた。聞こえたばかりのドアの音が、ほかでもないアルベルチーヌの部屋のドアの音に思われたのだ。私は足音を忍ばせてその部屋まで行き、なかにはいり、戸口のあたりにじっと立った。薄暗がりのなか、シーツが半円形[400]に膨れあがっているのはきっとアルベルチーヌだろう、身体をまるく曲げ、両足と頭を壁のほうへ向けて寝ている。ベッドからはみ出しているのはその頭にのる髪だけで、その豊かな黒髪を見るとそれがたしかにアルベルチーヌで、本人がドアを開けたわけでも移動したわけでもないとわかる。私はその半円形がじっと動かないけれど生きていること、そこにひとりの人間の全生命が収められていて、それこそ私が大切にしている唯一のものだと感じた。それが私に支配される所有物として目の前にあると感じられたのである。もちろんフランソワーズは一度たりともアルベルチーヌに喧嘩をふきかけたことはない[401]。しかし私はフランソワーズの当てこすりのやり口、意味ありげな演出をしてそれを活用するやり口をよく知っていたから、アルベルチーヌがわが家で演じている屈辱的役割を本人に日々悟らせたり、わが恋人が強いられている幽閉状態を巧みに誇張して描きだして動転させたりする誘惑に、フランソワーズが抵抗できたとは信じられない。一度などフランソワーズが、大きなメガネをかけ、私の書類をひっかきまわすところや、スワンにかんする物語のなかで、スワンがオデットなしではいられないくだりを書きとめておいた紙片をその書類のなかへ戻すところを目撃したことがある。(402) フランソワーズはその紙片をうっかりアルベルチーヌの部屋に放っておいたのだろうか？　もっとも、フランソワーズのあらゆる当てこすりのはるか上方には、その当てこすりなどは下方で陰険にささやくように奏でられているだけと思わせるほど、おそらくもっと大きな明確で切迫した声が立ちのぼっていたはずで、その声とは、アルベルチーヌが意図せずに私を、私が意図してアルベルチーヌを、それぞれ小派閥から遠ざけておこうとするのを見て憤慨したヴェルデュラン夫妻の糾弾と中傷の声であった。私がアルベルチーヌのために使っている金をフランソワーズに隠しておくのは、ほとんど不可能だった。いかなる出費といえどもフランソワーズの目に触れないようにはできなかったからで

(400)　この「半円形」demi-cercle は、『失われた時を求めて』においてこの箇所のアルベルチーヌと、臨終時にベッドで「半円形に身を折りまげている祖母」(本訳⑥三五九頁)にのみ使われた用語。
(401)　この一文はプレイヤッド版では本巻三九五頁五行目の「発見してしまうのだった。」の直後に置かれている。本訳は、文脈上、GF版に倣い、つぎの文との関連がより明確なこの箇所に配置する。
(402)　「私」がスワンの恋物語を書きつけていたことを暗示。「訳者あとがき(十一)」参照。

ある。フランソワーズにはさしたる欠点がなかったが、その数少ない欠点は、その欠点を役立てるためであろうか、その欠点を行使するとき以外にはたいてい欠けている正真正銘の才能を本人のうちにつくり出していた。その主たる才能は、私たちがフランソワーズ以外の人のために使う金にたいする好奇心である。私が勘定を支払ったりチップを与えたりする必要があると、私がどれほど脇へ寄っても無駄で、フランソワーズは皿を片づけるとか、ナプキンを取りにきたとか言って、なにかしら近づいてくる口実を見つける。私が怒ってフランソワーズを追い払い、ほんのわずかな時間しか与えなくても、もはや目がはっきり見えず、勘定もろくにできないこの女は、まるで仕立屋が人を見るとその人の燕尾服の生地を本能的に値踏みして、思わず触ってみずにはいられなくなったり、画家が色彩の効果に敏感になったりする、それと同様の嗜好に導かれ、こっそり盗み見をして、私が支払う金額をたちどころに計算してしまう。私が運転手を買収しているとフランソワーズからアルベルチーヌに告げ口されぬよう、先手を打ってチップの釈明をし、「運転手をいたわろうと思って十フランやったよ」と言うと、フランソワーズは、ほとんど見えなくなった目に残る老鷲《おいわし》の鋭い眼光だけで充分だったのか、情け容赦もなくこう答える、「いいえ、旦那さまがお与えになったのは四十三フランのチップですよ。運転手が旦那さまに代金は四十五フランだと言いまして、旦那さまが百フランお出しになり、運転手は十二フランしか返しませんでしたからね。[403]」フランソワーズには、私自身も知らないチップの額を一瞥しただけで計算する余裕があったのである。

アルベルチーヌの目的が私に平静をとり戻させることにあったのなら、それはいくぶん功を奏した。私の理性もまた、アルベルチーヌの悪癖に染まった本能について勘違いをしていたかもしれないのと同様、アルベルチーヌが良からぬ計画を立てているというのも勘違いであったと、ひたすら私のために立証しようとしていた。私の理性がもたらすさまざまな論拠の有効性のなかには、もとよりそうした論拠を正しいとしたい私の欲望がはたらいていた。とはいえ、真実は予感によってしか、つまりテレパシーの発露によってしか知りえないというのなら話はべつであるが、公平な立場から真実を見定めようとすれば、私の理性は私の病気を治そうとしてその論拠を正しいと思いたい欲望に導かれていたが、それにひきかえ私の本能は、ヴァントゥイユ嬢とか、アルベルチーヌの悪癖とか、アルベルチーヌがその悪癖の当然の結果としてべつの生活をしようとする意図や別れようとする計画とかにかんするかぎり、私を病気にさせようとして、私の嫉妬心に駆り立てられて狼狽したのだと考えるべきではないか？

(403) 百フランは約五万円。四十五フランは約二万二千五百円。十二フランは約六千円。

もっとも、アルベルチーヌがいとも巧みに工夫してみずから完璧なものにした幽閉状態は、私から苦痛をとりのぞくことで、少しずつ疑念をも拭い去り、夜中に不安がぶり返したときも、私はアルベルチーヌがそばにいることに、ふたたび最初のころと同様の安らぎを見出すことができた。私のベッドの脇に腰かけたアルベルチーヌは、私を相手に、私から贈られた服飾品や小物について話した。私はアルベルチーヌの暮らしをより心地よく、その牢獄をより美しくするために、ひっきりなしにそうした品々を与えていたが、ときに私は、あのラ・ロシュフーコー夫人が、リアンクールのような美しいところに住んで楽しくないのかと訊ねた人に、美しい牢獄など知りませんと答えたとき(404)と、アルベルチーヌが同じ意見をいだいているのではないかと心配した。

そんなわけで私がフランスの古い銀器についてシャルリュス氏に訊ねた背景には、(405)私たちが立てたヨットを買う計画はアルベルチーヌには実現不可能に思われ――また私がふたたびアルベルチーヌの品行方正を信じるようになって嫉妬が薄らぎ、アルベルチーヌを参加させないほかの欲望が抑えきれなくなるたびに、そんな欲望を充たすにも金が必要になるので、その計画は私にも実現不可能と思われ――、そもそもアルベルチーヌも私たちがいつかヨットを持てるとは信じていなかったが、それでも私たちが念のため画家エルスチールに助言を求めていたという事情があった。(406)ところが画家エルスチールの趣味は、婦人の衣装についてと同じく、ヨットの家具調度についても洗練された気むずかしいものだった。ヨットにはイギリスの家具と古い銀器しか持ちこんではならないというのだ。アルベルチーヌは、当初こそ服飾品と家具のことしか考えていなかったが、いまや銀器にも興味をいだき、私たちがバルベックより戻ってからは、銀器の技法や昔の彫金細工師たちの極印《ごくいん》にかんする本を読むようになっていた。しかし古い銀器は、ユトレヒト条約の時代、国王みずから銀食器類を供出し大貴族たちがそれに倣ったときと、一七八九年との、二度にわたって鋳つぶされたので、[407] 残っているのは希少だった。一方で現代の金銀細工師たちはポン＝ト＝シュー工房[408]のデザ

(404) このラ・ロシュフーコー夫人の逸話はすでに語られていた。本訳⑩三九三頁と注372参照。
(405) 「私」が銀器への関心をシャルリュスに打ち明けたのは、本巻八五―八六頁、二一四頁参照。
(406) 同様の記述が、すでに本訳⑩四〇六頁に出ていた。
(407) ユトレヒト条約(一七一三)の講和に至るスペイン継承戦争においてくり返しイギリスに敗北したフランスでは、戦費捻出のため、国王ルイ十四世や貴族が所蔵する金銀食器を何度も供出した。プルーストが愛読したサン＝シモン『回想録』の一七〇九年の項には「国王は所蔵する金の食器を造幣局へ送り、オルレアン公爵も所蔵するわずかの金食器を供出した。国王一家は金メッキと銀の食器を使うことになり、直系の王族は陶器を使った」との記述がある。なお一七八九年は、フランス大革命の年。
(408) 一七四三年、パリに創設された王立陶磁器工房。一七五一年にアムロ通りとサン＝セバスチャン通りの角(ポン＝ト＝シュー通りの東、地図②参照)に移転、一七八八年まで大量の陶磁器を生産した。

インに基づいて昔の銀器をそっくり再現したが、エルスチールからすると、そんな新しい古美術は、たとえ水に浮かぶ住まいであろうと、趣味のいい婦人の住まいに持ちこむに値しないという。私はロティエがデュ・バリー夫人のために制作した傑作の描写[409]をアルベルチーヌが読んでいたことを知っていた。その傑作がまだ何点か残っているのなら、アルベルチーヌはそれを見たくてたまらないと言い、私はそれをなんとしてもプレゼントしたかった。アルベルチーヌはなかなか立派なコレクションさえ始めていて、それをガラスケースに趣味よく収めていたが、私はそれを眺めるといじらしくなるとともに心配にならずにはいられなかった。というのもアルベルチーヌがそれらを辛抱づよく、器用に、憂愁に浸りつつ、忘れたいという欲求をこめて並べる工夫は、囚われ人たちの凝らす工夫だったからである。

　服飾品はといえば、そのころのアルベルチーヌは、とくにフォルトゥーニの作ならどれも気に入っていた。ゲルマント夫人がそのひとつをまとっているのを見かけたこのフォルトゥーニのドレスは、エルスチールが、カルパッチョやティツィアーノの時代の婦人たちの華麗な衣装について話してくれたとき、遠からず昔の贅沢な衣装の灰のなかから再生して出現するだろうと予告していたドレスで[410]、というのもサン＝マルコ大聖堂の丸天井に示されているように、またビザンチン式柱頭で大理石と碧玉の甕《かめ》から水を飲み、死と再生とを同時に意味する鳥たちが告げているように、すべては再来するからである。[411] 婦人たちがフォルトゥーニのドレスに身をつつみはじめると、アルベルチーヌはすぐさまエルスチールの予言を想い出してそれを欲しがったので、私たちは近々その一着を選びにゆく手筈になっていた。ところでフォルトゥーニのドレスは、こんにちの婦人が着るといささか仮装めいて蒐集品として飾っておくほうが映えるような、そんな正真正銘の骨董品ではなかったが(もっとも私はアルベルチーヌのためにそんな衣装も探していたが)、さりとて古物に似せたまがいものの味気なさ

(409) ジャック・ロティエ(一七〇七―八四)は、ルイ十五世の宮廷付金銀細工師。プルーストが読んでいた(本巻二一五頁注217参照)ゴンクール兄弟の『デュ・バリー夫人』に拠ると、ロティエは国王の愛妾デュ・バリー夫人のために「繊細を極めた造り」の銀食器を創作し、夫人が銀器に飽きると「愛の神《アモル》たちがバラの花綱飾りを揺らしている金製の砂糖用スプーンや、古い幾何学模様や唐草模様の金のコーヒーポットや、注ぎ口の溝にミルトの葉がゆらめき、蓋には盛りあがる丸襞飾りのうえに数輪のバラを配した金のミルクポット」を制作したという(同書一八九一年版二一七―二一八頁)。

(410) フォルトゥーニのドレスについては、本訳⑩七〇頁の図版と解説を参照。エルスチールの予言に関しては、本訳④五四七―四八頁を参照。「灰のなかから再生」はフェニックス(不死鳥)を想わせる。

(411) プルーストが読んだライブラリー・エディション『ラスキン全集』第十巻(一九〇四)に収録された『ヴェネツィアの石』二巻四章七〇節でラスキンは、「サン＝マルコ大聖堂」中央の「丸天井」に描かれたキリストの昇天は、「キリストは天に昇った」と「キリストは再臨するだろう」というキリスト教の両命題をあらわすと記した。「死と再生」を意味する「鳥」については図18、19参照。

図 19　フォルトゥーニの
生地の鳥

図 18　水盤から水を飲む鳥

ラスキンはライブラリー・エディション第 10 巻(1904)収録の『ヴェネツィアの石』2 巻 5 章「ビザンチン様式のパラッツォ」に挿入した図版 XI「ビザンチン様式の彫刻」に，向き合う鳥の影像 3 点(図 18)などを掲載し，こう解説していた．一番上の図像は，「サン＝マルコ大聖堂〔の北西ポーチ〕に用いられたもの」で，クジャクが枝の上の実をついばみ，「噴水盤から水を飲んでいる」(27 節)．真ん中と一番下の図像はヴェネツィアのパラッツォに頻繁に用いられたメダイヨンで，クジャクが「水盤の水を飲んでいる」．これは「復活の象徴」であり「洗礼によって授けられた新しい生命」をあらわす(30 節)．なお一番下の影像は，ビザンチン帝国の国章である双頭の鷲や東洋の鳳凰を想わせる．

プルーストは，小説全体にフォルトゥーニのテーマを加筆したとき，フォルトゥーニの親戚にあたるマドラッゾ夫人(レーナルド・アーンの姉)に「フォルトゥーニが，部屋着に，たとえばサン＝マルコのビザンチン様式の柱頭によく見られる甕から水を飲むつがいの鳥をモチーフに使ったことがあるか，ご存じですか」と問い合わせた(1916 年 2 月 6 日の書簡)．図 19 はフォルトゥーニの生地に用いられた鳥のモチーフの一例．ちなみにフォルトゥーニが 1907 年頃から製作した「デルフォス」は，古代ギリシャのペプロスに想を得たプリーツドレスで，無地のものが多い．

もなかった。むしろそのドレスは、当時、バレエ・リュスにおいて、それぞれの時代の精神に染まりながらもそれでいて独創的な芸術作品によって、芸術が最も愛されたさまざまな時代を描いた、セールや、バクストや、ブノワの舞台装置のような趣があった。(412) そんなわけでフォルトゥーニのドレスは、古いものを忠実に再現していながら大いに独創的で、まるで舞台装置のように、いや、舞台装置はあくまで想像に委ねられているから、舞台装置よりもはるかに強力な喚起力でもって、オリエントの横溢するヴェネツィアを出現させていた。そのヴェネツィアで着用されていたかと想わせるこれらドレスは、サン＝マルコ大聖堂の聖遺物箱に収められた遺物にもまして、その地の太陽や周囲のターバン姿を想起させて、ヴェネツィアの断片的な、神秘あふれる、補色となっていたのだ。その時代のすべては滅びてしまったが、総督夫人たちのまとった服地から部分的に生き残ったものが突然出現したことによって想起され、華麗な景色と雑踏の生活によってそれらの布地をたがいにつなぎ合わせるべく、すべては再生したのである。私はこの件で一、二度、ゲルマント夫人に助言を求めようと思った。ところが公爵夫人は仮装めいた衣装を好まなかった。夫人自身が、むしろダイヤモンドをあしらった黒のビロードの服がいちばん似合う人で、フォルトゥーニの作のよう

(412) 図20、21、22参照。

図20　バクストによる『シェエラザード』の舞台装置案

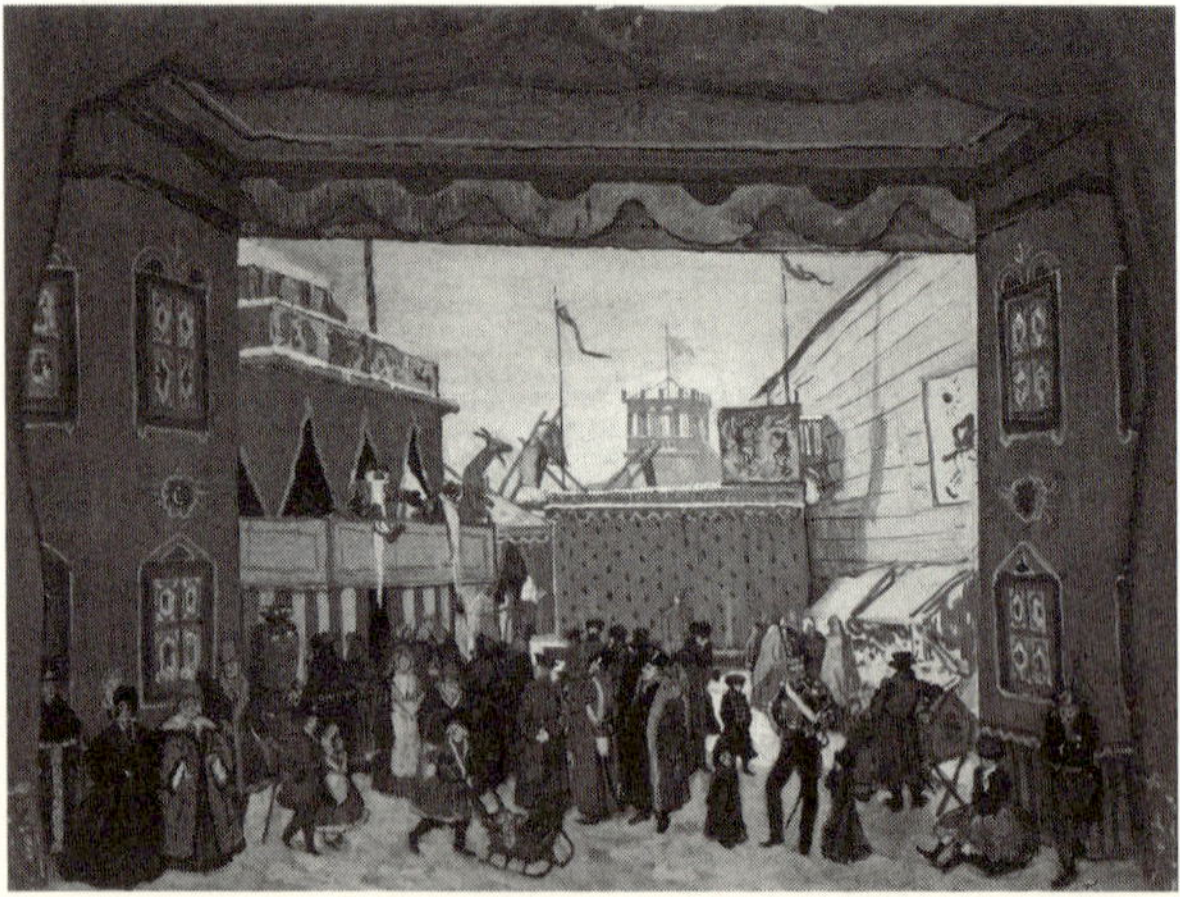

図21　ブノワによる『ペトルーシュカ』の舞台装置案

図22　セールによる『ヨセフ物語』の舞台

ディアギレフ率いるバレエ・リュスは，1909年から毎年パリで興行し，プルーストも1910年からその舞台を何度も鑑賞した(本訳⑧320頁と注321参照)．観客の異国趣味をそそる色彩鮮やかなオリエントふうの舞台装置や衣装を制作したのは，レオン・バクスト(1866–1924)とアレクサンドル・ブノワ(1870–1960)の両ロシア人画家，スペイン人画家ホセ＝マリア・セール(1874–1945)らである(セールと愛人ミシアについては，ジャン・コクトーの描いた本訳⑧321頁の図18参照)．ここには，プルーストも鑑賞した演目のうち，各画家の代表的舞台装置を1点ずつ掲げた．図20の『シェエラザード』(1910初演)の舞台は『千夜一夜物語』に想を得たシャリアール王のハーレムで，天井から垂れ下がる幕などに艶やかな色彩があふれる．図21は『ペトルーシュカ』(1911初演)の舞台となった1830年のサンクトペテルブルクの広場．図22の『ヨセフ物語』(1914初演)は，聖書のヨセフとポティファルの妻の挿話(「創世記」39章)に材をとるが，舞台は16世紀ヴェネツィアの豪商の館(第6篇『消え去ったアルベルチーヌ』のヴェネツィア滞在の章で，この『ヨセフ物語』が引用される)．

なドレスにかんしてはさほど有益な助言を期待できなかった。それに私は、ずいぶん前から週に何度もゲルマント夫人の招待を受けながらそれを断っていたので、そんなことを訊ねると、たまたま夫人を必要とするときにしか会いに行かないように見えて気がとがめた。もっとも、これほど頻繁に招待を受けたのは、公爵夫人からだけではない。たしかに公爵夫人にしても、ほかの多くの婦人にしても、私にはいつも非常に親切にしてくれた。しかし私の蟄居生活がこうした親切を著しく増大させたのは間違いのないことだ。社交生活においては、恋愛で生じることがくだらぬ形で反映されていて、もてはやされる最良の策は、招待を拒むことかと思われる。男は、女に気に入られようとして、自分の誇りうる特徴のすべてを計算に入れ、たえず服装を変え、風采に気をつかう。しかし相手の女からはなんの心遣いも受けられない。ところが男が裏切っているべつの女、男がその前に汚い恰好であらわれ、気に入られるための小細工などせずとも、永久にその心を捉えてしまったべつの女からは、ありとあらゆる心遣いを受けるのだ。これと同じで、社交界で充分にもてはやされないと嘆く男がいたら、私はもっと頻繁に訪問をすることやもっと立派な身なりをすることを勧めるのではなく、いっさい招待に応じてはいけない、部屋に閉じこもって暮らし、部屋にはだれひとり入れてはいけない、そうすれば門前に訪問客が列をなすはずだ、と忠告するだろう。いや、むしろそんな忠告さえしないかもしれない。というのも、もてはやされる確実な方法がうまく成功するのは、愛される確実な方法と同じで、それを目的にその方法を採用した場合ではなく、たとえば重病であるとか、あるいは重病だと想いこんでいるとか、あるいは社交界よりも大切な愛人を部屋に閉じこめているとか（あるいはこの三条件が重なっているとか）、そんな理由で実際いつも部屋に閉じこもっている場合にかぎられるからだ。社交人士にとっては、その人に愛人がいるとは知らなくても、ただ社交界を拒んでいるというだけで、自分を売りこむどんな人よりもその人のほうを好み、愛着をいだく充分な理由になるだろう。「部屋といえば、近いうちにきみのフォルトゥーニの部屋着のことを考えなくてはならないね」と私はアルベルチーヌに言った。ずいぶん前からそれを欲しがり、私といっしょに時間をかけて選ぶつもりで、衣装戸棚のなかばかりか自分の想像力のなかにまでそれを収める場所を前もって確保しているアルベルチーヌなら、多くの部屋着のなかからこれと決めるまでに細部のひとつひとつをじっくりと愛《め》でるだろうし、もとよりそれは、それ以上欲しいとは思わないほどドレスを所有していてそれを眺めることさえない大金持の婦人の場合とは違って、とびきりの価値をもつことだろう。とはいえアルベルチーヌが「あなた、ありがとう」と感謝のことばを述べて微笑んだにもかかわらず、いかにも疲れて、悲しげな表情さえしていることに私は気づいた。アルベルチーヌが欲しがった部屋着の出来あがりを待つあいだ、私がときどき何着かの部屋着を、ときには生地だけを貸してもらい、それをアルベルチーヌに着せたりその身体に掛けたりすると、アルベルチーヌはまるで総督夫人やファッションモデルのように厳かに私の部屋のなかを歩きまわった。ただしヴェネツィアを想わせるそうした部屋着を見ると、私はパリに縛りつけられている自分の隷属状態がいっそう重荷に感じられた。たしかにアルベルチーヌは、私以上に囚われの身である。人間を変えてしまう運命が、どのように牢獄の四囲の壁を通ってはいりこみ、アルベルチーヌをその本質から一変させ、バルベックの娘を退屈で従順な囚われ人にしたのかと考えると、なんとも不思議である。いかにもそのとおりで、牢獄の壁といえども、運命というこの影響力がはいりこむのを妨げることはできなかったのだ。いや、もしかすると牢獄の壁がこの影響力を生み出したのかもしれない。ここにいるのがもはや同じアルベルチーヌでないのは、バルベックでのように自転車に乗ってたえず逃走する娘ではないからだし、あちこちに点在する小さな浜辺のどこにいる女友だちのところへ泊まりに行ったのかわからず、おまけによく嘘をつくのでますます捕まえるのがむずかしい、行方知れずの娘ではないからだ。こうして私の家に閉じこめられ、従順に言うことを聞いてひとりでいるアルベルチーヌは、もはやバルベックのときのような、たとえ私が見つけたときでも、浜辺で見せていた捉えどころのない、用心ぶかく、悪賢い存在ではないし、その存在の延長上には娘が巧みに隠してしまう数多くの待ち合わせが潜んでいて、その待ち合わせに苦しめられるがゆえに私の恋心を募らせた存在でもないし、他人への冷ややかな態度やありきたりの返答のかげに、私にたいする軽蔑と策術がこめられ、前日と翌日の待ち合わせの存在が感じられた存在でもないからである。海の風がもはや娘の着ているものを膨らませることはなく、とりわけ私がその翼を切りとってしまったせいで、アルベルチーヌはもはや勝利の女神(413)ではなくなり、私が重荷に感じて厄介払いしたくなる奴隷となっているからである。

そこで私は自分の思索の流れを変えるために、いっしょにトランプやチェッカー(414)のゲームをはじめる前に、すこし音楽を聴かせてほしいとアルベルチーヌに頼んだ。私がベッドに寝そべったままでいる(415)と、アルベルチーヌは部屋の隅にある本棚の両側の支柱のあいだに置かれたピアノラの前へ行って座る。アルベルチーヌが選んでくれる

(413)　ギリシャ神話のニケに相当。ルーヴル美術館所蔵の『サモトラケのニケ』のように翼を備える。
(414)　縦横十マスの盤を使うフランス式チェッカー。ふたりがよくやるゲーム（本訳⑩一四四頁参照）。
(415)　図23参照。

図 23　ピアノラの広告

19 世紀後半には，穴を開けて楽譜を記録した巻紙(ロール)をピアノの内部(または前面)に装着し，ペダルを踏んで送りこむ空気の圧力で鍵盤を動かす自動演奏ピアノが，さまざまに考案された．大好評を博したのは，1895 年，デトロイトのエオリアン社が考案したピアノラ(商標名)．20 世紀初頭の数十年に各地に普及し，自動ピアノの代名詞となる(その後，自動ピアノは他社でも製作されたが，20 世紀中葉には廃れた)．上図は，1913 年の音楽誌 *RIM*(*Revue internationale de musique*)に掲載されたエオリアン社(パリ・オペラ大通り店)のピアノラの広告．そこに記された文言によるとピアノラは，ソナタ，コンチェルト，オペラのアリア，ダンス曲，シャンソンなど広範囲の曲目をとり揃えたうえ，完全な自動演奏ではなく，ペダルの踏み具合などで演奏者の「スタイル」を出すことができると謳う．挿絵の女性は，両足でペダルを踏み，両手を鍵盤に添えている．

のは、まるっきり初めての曲か、私に一度か二度しか聴かせてくれたことのない曲だった。というのも私を理解しはじめたアルベルチーヌは、私が注意ぶかく聴きたがるのは私にとっていまだ判然としない曲だけなのを知り、私が好むのは、何度も演奏を聴くうちに、しだいに増大はするが遺憾ながら対象を歪曲してしまうわが知性の光、そんな対象とは無縁な光を当てることによって、当初はほとんど靄《もや》のなかに埋没していた構成の断片的なきれぎれの輪郭をたがいに結びつけることにあると心得ていたからである。最初の一、二回の演奏において、星雲のごとくいまだ形をなさぬ混沌としたものに形を与える作業が私の精神に与える歓び、それをアルベルチーヌは知っていたし、また理解していたようだ。アルベルチーヌが演奏しているあいだ、その多様な髪のなかで私の見ることができたのは、ベラスケスの描いたスペイン王女のリボン飾り[416]よろしく片方の耳にそって張りついたハート型の黒髪の束だけであった。この奏楽天使[417]の立体感は、私の心中でアルベルチーヌの想い出が占める過去のさまざまな時点と、視覚にはじまり私という存在の最も内的な諸感覚へといたる感覚中枢、つまり私がアルベルチーヌという存在の内奥にまで降りてゆくのを助けてくれるさまざまな感

(416)　図24、25参照。
(417)　奏楽天使にたとえられたアルベルチーヌは、あとで詳しく描写される（本巻四四五—四九頁参照）。

図 24　ベラスケス『王女マルガリータ』(ルーヴル美術館)

図 25　同『ラス・メニーナス』(部分)(プラド美術館)

上図は，ベラスケスが仕えたスペイン国王フェリペ四世の王女マルガリータの数多い肖像画のうちの 2 点．いずれもプルーストが愛読していたローランス版「大画家」シリーズの 1 冊『ベラスケス』(1903) に図版が掲載されていた (ただし図 25 の拡大図は現代の画集から転載)．図 24 のルーヴル美術館所蔵作 (1654 頃) は，王女マルガリータ (1651–73) の 3 歳頃の，図 25 の『ラス・メニーナス』(1656) は 5 歳頃の肖像画．いずれも髪の右側に「リボン飾り」をつけている．

覚中枢とのあいだを何度も行き来することで形づくられたが、同様に、アルベルチーヌが弾いてくれる音楽にも備わる立体感は、私がそのさまざまなフレーズにどこまで光を当てることができたかによって、すなわち、当初は霧のなかにほぼ完全に埋没していると感じられた構成のさまざまな輪郭をどこまでたがいに結びつけることができたかによって、さまざまなフレーズの相違が目に見えるようになることで生じる。私を喜ばせるのは、私の思考に、いまだに不分明なものだけを提供し、その星雲のごとく混沌としたものに形を与える作業をさせることだと、アルベルチーヌは知っていた。演奏も三度目や四度目になると、私の知性が曲のあらゆる部分をとらえ、その結果すべての部分を等距離に配置し、もはや各部分に働きかける必要がなくなって、それらをたがいに均一な平面上に広げて固定してしまうことを、アルベルチーヌは見抜いていたのだ。それでも、まだ新しい曲に替えることはしなかった。なぜならアルベルチーヌは、私の心中でどんな作業がおこなわれているかをはっきり認識していたわけではなくとも、私の知性の作業がひとつの作品の神秘を消し去るに至ったとき、その忌まわしい抹消作業のさなかに、代償として、知性があれこれ役に立つ考察を手に入れないことはめったにないと心得ていたからである。アルベルチーヌが「このロールはもうフランソワーズに渡して、べつのロールにとり替えてもらいましょう」と言うとき、それはしばしば私にとって、この世から楽曲がひとつ消滅する日であったが、しかし真実がひとつ増える日でもあった。

アルベルチーヌはヴァントゥイユ嬢とその女友だちにいっさい会おうとはせず、私たちが立てたさまざまな休暇の計画から、モンジュヴァンにごく近いコンブレーをみずから排除したほどで、それゆえ私はヴァントゥイユ嬢とその女友だちに嫉妬するのは筋が通らないと充分に納得していたからだろう、私がしばしばアルベルチーヌに弾いてくれるよう頼んだのは、そのせいで苦しむこともなくなったヴァントゥイユの音楽だった。それでも一度だけ、このヴァントゥイユの音楽が、私の嫉妬の間接的原因になった。実際アルベルチーヌは、私がヴェルデュラン夫人邸でヴァントゥイユの音楽をモレルの演奏で聴いたと知って、ある夜、私にモレルのことを話し、ぜひその演奏を聴きに行きたい、モレルと知り合いになりたいと強い希望を表明した。それは、シャルリュス氏がうっかり途中で開封してしまった例のレアからモレルに宛てた手紙の件を私が知って、ほんの二日後のことだった。私はもしかするとレアがモレルのことをアルベルチーヌに話したのではないかと思った。脳裏に「貴女《あなた》って下劣」、「なんて汚らわしい女《ひと》」ということばが浮かんで、私はぞっとした(418)。とはいえ、ヴァントゥイユの音楽は苦痛を伴って——ヴァントゥイユ嬢とその女友だちにではなく——レアに結びついていたからこそ、レアによってひきおこされた苦痛が鎮まると、私はその音楽を苦しまずに聴くことができた。ひとつの苦痛が、他の苦痛の可能性をとりのぞいてくれたのだ。ヴェルデュラン夫人邸で聴いた音楽のなかで、そのときは不分明で判然とせぬ幼虫のように目につかなかったいくつものフレーズが、いまや目を瞠る建造物となり、そのうちのいくつかのフレーズは、当初はほとんど目立たず、私にはせいぜい醜いとしか思えなかったのに、いまや親しい友となっていた。当初はいけ好かないと思った相手でも、いったん気心が知れると想いも寄らぬいい人だとわかるようなものである。このふたつの状態のあいだには、正真正銘の変容があったのだ。その一方、最初から明瞭に聴きわけられたものの、その時点ではそれと認識できなかったいくつものフレーズが、いまや他の作品のフレーズと同じものだとわかった。たとえばパイプオルガンのための宗教的変奏をなすフレーズなどは、ヴェルデュラン夫人邸で聴いた七重奏曲で私は気づかずに見すごしていたが、しかしその七重奏曲のなかに、神殿の階段を降りてきた聖女のように、作曲家には親しい妖精たちに混じって登場していたのだ。他方、正午の鐘のように左右に揺れて歓喜をあらわすフレーズ(419)は、

(418)　レアがモレルに女性形で語りかけた手紙と「貴女《あなた》って下劣」という表現は、本巻六二頁参照。

(419)　本巻一三八頁参照。

私には当初あまりにもメロディーに欠けた、ひどく機械的なリズムに思われたが、いまやその醜悪さに慣れたからか、その美を発見したからか、いまでは私がいちばん好きなフレーズとなった。傑作が最初にひきおこす幻滅にこのような反動が生じるのは、じつは、当初の印象が弱まったせいとも考えられるし、真実をひきだすには努力を必要とするからとも考えられる。このふたつの仮説は、あらゆる重要な問題、つまり「芸術」の現実性とか、魂の「現実性」や「不滅」とかの問題について提起されるものので、ふたつの仮説のどちらかを選ばなければならない。ヴァントゥイユの音楽の場合、この選択は、あらゆる瞬間に、さまざまな形で提起されていた。たとえばこの音楽は、私の知るいかなる書物よりもはるかに真正なものに思われた。ときに私はその原因は、人生においてわれわれが感じるものは想念という形をとることはないので、その感じたものを文学的に、つまり知的に翻訳しても、それを報告し、説明し、分析することはできるが、音楽のようにそれを再構成することはできないのにたいして、音楽では、さまざまな音が人間存在の屈折をとらえ、さまざまな感覚の内的な尖端を再現するように思われる点にあると考えた。この感覚の内的な尖端こそ、われわれがときどき覚える特殊な陶酔感を与えてくれる部分であるが、そばにいる人に「なんていい天気だろう！　なんてすばらしい日の光だろう！」などと言ってみたところで、その陶酔感をなんら知らしめることにならないのは、同じ天気や同じ日の光が、相手にはまるで異なる心の震えを呼びおこしているからである。ヴァントゥイユの音楽のなかには、このように言いあらわすことができず、うち眺めることもほとんど許されない幻影が存在したのだ。なぜなら人は眠りこむ瞬間、そんな幻影の現実離れした魔法の愛撫を受けるが、まさにその瞬間、理性はわれわれを見捨て、両目は固く閉ざされ、言いあらわしえないばかりか目にも見えないものを把握する間もなく、人は寝入ってしまうからだ。芸術は実在のものだとする仮説に身を委ねると、私には音楽が表現できるのは、いい天気とかアヘンを吸った夜とかがもたらす単なる神経の歓び以上の、すくなくとも私が予感したところでは、もっと現実的でもっと豊饒な陶酔であるような気がした。だがそのようなはるかに次元の高い、純粋で、正真正銘のものと感じられる陶酔を与えてくれる彫刻や音楽が、なんらかの精神的現実に対応していないはずがない。そうでなければ、人生にはなんの意味もなくなるだろう。そんなわけでヴァントゥイユのすばらしいフレーズ以上に、私がこれまでの人生でときどき味わった特殊な歓び、たとえばマルタンヴィルの鐘塔を前にしたときや、バルベックの街道で何本かの立木を前にしたとき、あるいはもっと話を簡単にしてこの書物の冒頭、一杯の紅茶を飲んだときに味わった特殊な歓びに似通ったものはなにもなかった。(420)この一杯の紅茶と同じように、ヴァントゥイユが作曲している世界からわれわれに送られてくる多くの光の感覚、澄んだざわめき、騒々しい色彩は、私の想像力の前に、執拗に、だがそれを把握できないほど素早く、私にはなにかゼラニウムの花の香《かぐわ》しい絹の肌にもたとえうるものを発散する。ただし回想の場合には、ある種の味覚がなぜ光り輝く感覚を思い出させたのかを説明できるさまざまな状況を突きとめて、その茫漠としたものを究めずとも少なくとも明確にすることができるのにたいして、ヴァントゥイユから与えられた漠然とした感覚は、回想に由来するものではなく(マルタンヴィルの鐘塔の印象と同じく)印象に由来するものなので、その音楽のゼラニウムの芳香については、物質的な説明を見出すのではなく、その深い等価物を見出すべきであり、つまりヴァントゥイユがそれによって世界を「聞きとり」、その世界を自分の外に投げだしたやり方ともいうべき、色あざやかな未知の祝祭(ヴァントゥイユの個々の作品はそこから分離した断片、深紅の裂け目をもつ破片であるかに思われる)を見出すべきであろう。唯一無二の世界の知られざる特質、他のいかなる音楽家もけっして見せてくれたことのないそのような特質こそ、作品それ自体の内容にもまして、天才のまぎれもない真正な証拠なのかもしれない、私はそうアルベルチーヌに言った。「文学でもそうなの?」とアルベルチーヌは私に訊ねた。「文学でもそうだよ。」そう言った私は、ヴァントゥイユのさまざまな作品に認められる同一性を想い返しながら、偉大な文学者たちはただひとつの作品しかつくらなかった、というか、自分がこの世にもたらすただひとつの同じ美を多様な環境を通じて屈折させただけだ、とアルベルチーヌに説明した。「ねえ、きみ、こんな遅い時間でなければ」と私は言った、「きみがぼくの眠っているあいだに読んでいるどんな作家でもそうだと教えてあげるよ。ヴァントゥイユの場合のように、そこに同一性が存在することを示してあげるよ。あのいくつかの典型的なフレーズは、きみもぼくと同じように気づきはじめたと思うけど、ソナタのなかでも、七重奏曲のなかでも、ほかの曲のなかでも、いつも同じなんだ。これは、たとえばバルベー・ドールヴィイの場合なら、なんらかの具体的傷痕によって露顕する隠された現実がそれにあたるだろう。この具体的傷痕というのは、「呪縛された女」やエメ・ド・スパンやラ・クロットの顔に見られる生理的紅潮(421)とか、『深紅のカーテン』に出てくる手(422)とか、古いしきたり、古い風習、古びたことば(423)、その背後に「過去」が潜んでいる昔ながらの特異な職人仕事とか、鏡を手にした牧人たちの語る物語(424)とか、イングランドの香りをたたえスコットランドの村のごとく美しい高

(420)　マルタンヴィルの鐘塔の挿話は本訳①三八四頁以下、ユディメニルに向かう街道の三本の木については同④一七七頁以下、紅茶に浸したマドレーヌの挿話は同①一一一頁以下をそれぞれ参照。

貴なノルマンディー地方の町々[425]とか、ヴェリーニや羊飼いのような人間にはいかんともしがたい呪いを投げつける人たちとか、『老いたる情婦』のなかで夫を探し求める妻[426]にせよ、『呪縛された女』のなかで荒野を駆けめぐる夫にせよ、ミサから出てきて「呪縛された女」自身にせよ、そんな風景のなかにいつもただよう同じ不安の感覚とか、どれもこれもがそれなんだ[427]。ほら、トマス・ハーディのさまざまな小説に見られる石工をめぐる幾何学的配置もやはり、ヴァントゥイユの典型的フレーズに相当するものだよ。」こうしたヴァントゥイユのフレーズをきっかけに例の小楽節のことを想いうかべた私は、アルベルチーヌに、それはスワンとオデットの愛の国歌[428]というべきものだったと言った、「ほら、きみの知ってるジルベルトの両親だよ。ジルベルトは行儀の悪い女だって、きみはぼくに言っていたね[429]。きみと関係を持とうとしたんじゃないかい？　ジルベルトはぼくにきみの話をしたことがあったんだ。」「そう、ひどいお天気のときは、ご両親が授業に馬車のお迎えを寄こしてたの、それであの娘《こ》ね、たしか一度あたしを送ってくれて、あたしにキスしたんだと思うわ」とアルベルチーヌは、しばらくしてそう言うと、それがまるでおもしろい打ち明け話だと言わんばかり

(421)　バルベー・ドールヴィイ（一八〇八―八九）の小説『呪縛された女』（五二）の主人公ジャンヌは、ミサから出てきたところを「羊飼い」に呪いをかけられて神父への恋に落ち、神父と会うと「その顔は胸まわり

から髪のあたりまで真っ赤」になる(八章)。同じ小説に登場する老嬢クロティルド(愛称「ラ・クロット」)はジャンヌの葬儀で顔が「火のように真っ赤」になる(一三章)。『デ・トゥーシュの騎士』(六三)で処女のまま寡婦となったエメ・ド・スパンは、ときに肌を不可解に紅潮させるが、それはエメが若き日に騎士を救うため追っ手に自分の「花のように真っ赤な」「全裸」を見せたときの羞恥に由来することが最後に明らかになる(最終章「紅潮の来歴」)。

(422)　中篇集『悪魔のような女たち』(一八七四)収録の一篇『深紅のカーテン』において十七歳の少尉は、下宿での夕食の席、テーブルの下で、家主の娘アルベルト(この通称の正式名は『囚われの女』と同様アルベルチーヌ)の「青年のような少々大きくて力強い手」で自分の手を握られ、誘惑される。

(423)　バルベー・ドールヴィイの多くの小説は、作家が生まれたノルマンディー地方を舞台とする。とくに『デ・トゥーシュの騎士』一章には、同地方の古い調度や風習や用語が出てくる。

(424)　『呪縛された女』一一章で、ある「牧人」が、ほかの羊飼いたちを従え、手にした「小さな鏡」に、ジャンヌの夫の恐ろしい運命を映しだして見せると、夫は妻を求めて「荒野」を駆けめぐる。

(425)　一例として『呪縛された女』冒頭に、舞台となるノルマンディー地方の村について「スコットランドの村のように美しい小村」という記述がある。

(426)　『老いたる情婦』(一八五二)たるヴェリーニは、恋人リノが自分を捨てて若いエルマンガルドと結婚したことを恨み、リノに呪いをかけて誘惑。新妻は消えた夫を探しまわる(二部九章)。

(427)　プルーストはすでに一九〇九年、『サント゠ブーヴに反論する』の構想を書きつけたメモ帳「カルネ1」に、バルベー・ドールヴィイに関する以上の考察とほぼ同内容のメモを記していた。

(428)　「ふたりの愛の国歌ともいうべきヴァントゥイユの〔ソナタの〕小楽節」(本訳②八五頁)参照。

(429)　「あの娘《こ》は行儀が悪い」(mauvais genre)はアルベルチーヌの口癖(本訳⑩一一五頁と注112参照)。ジルベルトを「行儀の悪い女」だと言うアルベルチーヌの発言は報告されていないが、ふたりの娘はそれぞれ「同じ授業」に出ていたと「私」に語った(本訳③一九二―九三頁、同⑩五一頁参照)。

に笑った。「で、あの娘《こ》ったら、いきなりあたしに女の人が好きかって訊いたの。」（それにしてもアルベルチーヌは、ジルベルトが送ってくれたことがあるような気がするだけなのに、ジルベルトがそんな奇妙な質問をしたとなぜこれほど正確に言えるのだろう？）「それで、あたし、どうしてそんな変な気になったのかわからないけど、あの娘《こ》をだまそうとして、ええ好きよ、って答えたの。」（まるでアルベルチーヌは、すでにジルベルトから私がそのことを聞いたのではないかと心配し、私に嘘をついていた証拠を握られたくないかのようである。）「でもあたしたち、なにもしなかったのよ。」（ふたりがそんな告白をしあったのなら、なにもしなかったというのはおかしい、とりわけその前にふたりは馬車のなかでキスした、とアルベルチーヌは言っているのだから。）「あの娘《こ》、そんなふうにあたしを送ってくれたの、四度か五度くらいかしら、もうすこし多かったかもしれないけど、でもそれだけよ。」なにも質問しないでいるのは並大抵ではなかったが、私はぐっと我慢してそんなことはなんら重視していないふうを装い、トマス・ハーディの石工のことに話を戻した。「きみは『日陰者ジュード』をよく憶えているだろう、『愛《いと》しい女』でも見たように、父親が島から切り出した石の塊が船で運ばれ、息子のアトリエに積みあげられて、つぎつぎと彫像になってゆくんだ。(430)『青い目』では、墓のあいだに並行関係があるし、船にも並行線が認められるし、繋がった車両にはふたりの恋する男と遺体の女が乗っているし、またひとりの男が三人の女を愛する『愛しい女』と、ひとりの女が三人の男を愛する『青い目』とのあいだにも並行関係が認められるし、(431) 結局、これらの小説はどれもたがいに重ね合わせることができるんだ、島の岩盤のうえに家を垂直につぎつぎと積みあげたみたいにね。最も偉大な作家たちについてはこんなふうに手短に話すことはできないけれ

(430) さきに言及されたトマス・ハーディ(一八四〇–一九二八)の「石工をめぐる幾何学的配置」を説明する一節。ハーディは石工の家に生まれ、教会修復を手がける建築家の助手を務めた。『愛しい女』(一八九七)の主人公ピアストンはロンドンの彫刻家で、その父親は孤島の石切工。『日陰者ジュード』(一八九五)の主人公も石工で、ゴシック様式教会の修復も手がける。

(431) 『青い目』(一八七三)で牧師の娘エルフライドは、最初に教会修復の彫刻家スミスを、ついで弁護士ナイトを愛し、三番目に地主のエクセリアンと結婚するが流産で死ぬ。エルフライドは、かつて好きだった人の墓石に腰かけてスミスとキスを交わし(八章)、その同じ墓石の場所でナイトに会うとか(三二章)、スミスの乗る船を偶然ナイトといっしょに眺めるとか(二一章)、また、スミスとナイトがたまたま乗り合わせた汽車で、偶然エルフライドの遺体が運ばれているとか(三九章)、墓石と船と汽車に「並行関係」が認められる。『愛しい女』の主人公ピアストンは、最初に愛した女性について、その娘、孫と三人を愛する。プルーストは一九〇六年に『日陰者ジュード』(一九〇一仏訳)を読み(一九〇六年十一月末頃のローリス宛て書簡)、一九一〇年には『愛しい人』(一九〇九仏訳)を読了(一九一〇年三月のロベール・ド・ビイ宛て書簡)、一九一〇年十月から十二月にかけて「デバ」紙に連載された仏訳『青い目』を読んだうえで(同年十一月七日のリュシアン・ドーデ宛て書簡)、一九一〇年末頃、小説本文の考察と同様のメモを「カルネ1」に「トマス・ハーディ」と題して記していた。

ど、スタンダールでは、ある種の高所の自覚が精神生活と結びついているんだ、ジュリアン・ソレルが囚われの身となる高い場所とか、ファブリスがその高みに幽閉される塔とか、ブラネス神父がそこで占星術にいそしみ、ファブリスがそこからすばらしい眺望に一瞥を投げる鐘塔とかのようにね。(432) きみはフェルメールの画をいくつか見たと言っていたね、それならわかってくれるだろうが、その画はどれも同じひとつの世界の断片なのだ、どんな天賦の才によって再創造されていようと、それはつねに同じテーブルであり、同じ絨毯であり、同じ女性であり、同じ新たな唯一無二の美であって、それを描かれた同様の主題で結びつけようとするのではなく、その色彩が醸しだす特殊な印象を抽出しようとすると、それに似たものはなにひとつなく、それを説明するものはなにもない、当時はまるで謎の美だったんだ。いいかい、この新たな美は、ドストエフスキーのあらゆる作品でもつねに同一なんだよ。ドストエフスキーの女性は(レンブラントの描く女性と同じく独特で)、つねに謎めいた顔をしていて、その愛想のいい美しさが、それまでの善良さはまるでお芝居だったみたいに、突然、手に負えない傲慢さに変わってしまうところも(といっても結局、どちらかといえば善良な女性のように思われるけど)、つねに同じ女性ではなかろうか。ナスターシャ・フィリッポヴナが、アグラーヤに何通も愛情あふれる手紙を書きながら、あなたを憎んでいると告白する場合でも、(433) それとまったく同様の訪問の場面で——ナスターシャ・フィリッポヴナがガーニャの両親をののしる場面にも似てるんだ——、カチェリーナ・イワーノヴナから手に負えない女だと思われていたグルーシェンカがカチェリーナ・イワーノヴナの家ではこのうえなく親切に振る舞っていたのに、やがていきなり持ち前の意地の悪さをあらわにしてカチェリーナをののしる場合でも(434)(とはいえグルーシェンカは結局のところ善良な女性だけど)、同じ女性だよ。グルーシェンカといいナスターシャといい、カルパッチョの高級娼婦《クルティザンヌ》たちばかりかレンブラントのバテシバにも劣らないほど、(435) 独創的で、謎めいた人物像なんだ。いいかい、もちろんドストエフ

(432)『赤と黒』(一八三〇)の主人公ジュリアンは、レナール夫人をピストルで撃ったあと、「ブザンソンの監獄」の「ゴシック様式の塔のてっぺん」に入れられる(二部三六章)。『パルムの僧院』(一八三九)の主人公ファブリスは、「古風な鐘塔の三階」で天体を観測するブラネス神父を訪れ(八章)、そこからの「崇高な眺め」に「最も高貴な感情」を呼び醒まされる(九章)。またファブリスは、殺人を犯したあと、「ファルネーゼ塔」の「大塔の平屋根の敷石から十メートル以上の高さ」の監獄に収容され、「アルプスの尖峰」の見える「崇高な光景」に感動する(一八章)。

(433) プルーストが自分の知るかぎり「最もすばらしい小説」(一九二〇年六月二十二日のジャン・ド・ピエール・ルフー宛て書簡)と評価していた『白痴』(一八六八、八七仏訳)の三篇八章。

(434)『カラマーゾフの兄弟』(一八七九—八〇、八八仏訳)の三篇十章。

(435) 図26、27参照。

図26　カルパッチョ『二人のヴェネツィア婦人』（ヴェネツィア、コッレール美術館）

上図は，ヴェネツィアの画家カルパッチョが1490–95年頃に描いた画．椅子に座る二人の婦人が，目の前の犬や鳥を見るのではなく，じっと前方を見据えているが，なにを見ているのか謎めいている．ラスキンはライブラリー・エディションに図版を収録したこの画を「二人のヴェネツィア婦人とペットたち」two Venetian ladies with their petsと呼んでいるが(『ラスキン全集』24巻363頁)，プルーストが愛読したロゼンタール夫妻の『カルパッチョ』(1906)に収録された図版には，小説本文と同じく「二人の高級娼婦（クルティザンヌ）」Les deux courtisanesという題名が添えられていた(これを転載した上図参照)．なお本作は，本来もっと大きな画面の一部であったことが1963年に判明した．それに拠ると，本作の上部には『ラグーナでの狩猟』(ロサンゼルスのポール・ゲティ美術館所蔵)が接続されていたはずで，二人の婦人はラグーナを見下ろすバルコニーに座っていることが証明された(ただし婦人のまなざしの先になにが存在するかは不明)．本作に登場したカルパッチョの他の作品も参照のこと(『聖女ウルスラ伝』本訳④546頁図40，『聖ゲオルギウス』同②510–11頁図35)．

図27　レンブラント『バテシバ』(ルーヴル美術館)

旧約聖書「サムエル記下」11章によると，イスラエル王ダビデは王宮の屋上からふと目にした水浴中の美しい女に心惹かれた．ヒッタイト人ウリアの妻バテシバ(新共同訳の表記はバト・シェバ)だという．ダビデは使いをやって女を召し入れ，床を共にして妊娠させると，ウリアを最前線で戦死するように仕向け，その喪が明けるのを待ってバテシバを妻とした．本作は，1869年にルーヴル美術館に遺贈された蒐集家ラ・カーズのコレクションの1点．レンブラントが家政婦ヘンドリッキエを愛人とし，金銭的にも窮乏した時期の作とされる(1654完成)．メトロポリタン美術館所蔵の同画家の『沐浴するバテシバ』(1643)や他の画家の同主題の画とは異なり，本作の特徴はバテシバが(「サムエル記」には記述のない)手紙を手にしている点(画のタイトルは，図版を転載したローランス版「大画家」シリーズの『レンブラント』では単に『バテシバ』であるが，現在のルーヴル美術館は『ダビデ王の手紙を手にした沐浴中のバテシバ』とする)．バテシバが憂い顔でもの想いに沈んでいるように見えるのは，夫への貞節と王への服従との矛盾に葛藤するせいであろうか．プルーストは若い頃からルーヴル美術館でレンブラントの画を鑑賞し，未定稿「シャルダンとレンブラント」(1895)に，レンブラントの美は「対象のうちにあるのではない，〔…〕美が対象のうちにあるのなら，これほど深遠で，これほど神秘的であるはずがない」と記していた．

図 28　ミハーイ・ムンカーチ『死刑囚の最後の日』(ブダペスト，ハンガリー国立美術館)

『白痴』のムイシュキン公爵は，いい画題はないかと訊ねたアデライーダに，死刑の執行される日に死刑囚の心におこる波紋を描くことを勧める(1篇5章)．ミハーイ・ムンカーチ(1844–1900)は，ウクライナのムカチェボ生まれのハンガリーの画家．パリに出てクールベの影響を受け，本作(1869)を出品したパリのサロン(官展)で金賞を獲得，一躍有名になった．描かれているのは，テーブルの右手に座る死刑囚に最後の面会が許された場面と思われる．参集者のまなざしが死刑囚に集中するなか，本人は下を向いて沈思黙考する．

スキーが知っていたのは、女の自制がいきなり緩んで高慢になると、その女をまるで別人に見せてしまう(「きみはこんな女じゃない」ってムイシュキンは、ガーニャの両親を訪問したときナスターシャに言うけど、[436]アリョーシャだって、カチェリーナ・イワーノヴナを訪ねたときグルーシェンカに同じことが言えるはずだ)、そんな裏表のある特異な顔だけじゃない。ところがそのドストエフスキーが「絵画観」を表明しようとすると、つねにばかげたものになる。せいぜいムンカーチについて、ムイシュキンが死刑囚はこれこれの瞬間を描いてもらいたいとか、[437]聖母マリアはこれこれの瞬間を描いてもらいたいとかいう画を挙げるのが関の山だろう。でもドストエフスキーがこの世にもたらした斬新な美に話をもどすと、フェルメールではさまざまな布地や場所に、ある一定の魂が創造され、ある一定の色彩が創造されるように、ドストエフスキーではさまざまな人物が創造されるだけじゃなく、[438]さまざまな家も創造されるんだ。『罪と罰』に出てくる、門番のいる「殺人」の家なんて、ロゴージンがナスターシ

(436)　『白痴』一篇十章で、高慢な空笑いをしたナスターシャは、ムイシュキンから「あなたはもとからそんなかたなんですか」と言われ、ガーニャの母親の手に接吻して赦しを乞い、「わたしはね、まったくのところこんな女ではありません」と答える(米川正夫訳)。

(437)　この箇所の本文については巻末「プレイヤッド版との異同一覧」を、画は図28を参照。

ャ・フィリッポヴナを殺してしまう、あの暗くて、細長く、天井の高い、おそろしく広い家[439]、ドストエフスキーにおける「殺人」の家の傑作とも言うべきあの家と、同じくらいすばらしいものではなかろうか。家に付与されたこのような恐ろしい新たな美、女性の顔に付与されたこのような異種共存の新たな美、それこそドストエフスキーがこの世にもたらした唯一無二のもので、文芸批評家たちがドストエフスキーとゴーゴリのあいだに、ドストエフスキーとポール・ド・コック[440]のあいだに指摘しうる関連などは、この秘かな美から外れていて、ちっともおもしろくないんだ。それにね、さっききみに、ある小説からべつの小説へと同じ場面が出てくると言ったけど、かなりの長篇になると同じ小説のなかに、くりかえし同じ場面や人物が出てくる。それが『戦争と平和』のなかにも見られることを教えてあげるのは簡単だよ、たとえばある種の馬車の場面で……」「お話をさえぎるつもりはないんだけど、ドストエフスキーの話からそれるようなので、忘れないうちに訊いておきたいの。ねえ、このあいだ、あたしに「セヴィニエ夫人のドストエフスキー的側面」っておっしゃったでしょ、あれ、どういう意味だったの？　正直に言うと、あたしには理解できなかったの。まるで違うふたりなんですもの。」「さあ、こっちへおいで、ぼくの言うことをそんなによく憶えていてくれるお礼にキスしてあげるから。あとでまたピアノラのところへ戻ればいい。じつをいうと、ぼくがそう言ったのはかなりばかげていた。でもそう言ったのには、理由がふたつあってね。ひとつは特殊な理由で、セヴィニエ夫人は、エルスチールと同じで、またドストエフスキーと同じで、ものごとを呈示するにあたって論理的順序によるのではなく、つまり原因からはじめるのではなく、最初にわれわれをとらえる効果、錯覚を示そうとする。ドストエフスキーが登場人物たちをそのように呈示するんだ。その人物たちの行動がわれわれを欺くのは、海がまるで空のように見えるエルスチールの画の効果と同じなんだよ。問題の陰険な男がじつはすばらしい人間だとわかったり、あるいはその逆のことが判明したりすると、みな仰天する。」「なるほどね、でもセヴィニエ夫人にはどんな例があるの？」「じつをいうと」と私は笑いながらアルベルチーヌに答えた、「これはずいぶんこじつけなんだ、でも例はいくつも見つけることができるよ。たとえばこんな描写がある……[441]」「でも、一度でも人を殺したことがあるのかしら、ドストエフスキーって？　あたしの読んだドストエフスキ

(438)「門番」の原語は dvornik（ロシア語）。『罪と罰』の一部一章には、ラスコーリニコフが殺害する金貸しの老婆アリョーナの住まいには「庭番も三、四人勤めていた」（江川卓訳）とある。

(439)『白痴』二篇三章にはロゴージンの住む「暗鬱《あんうつ》な感じのする暗い大きな三階建て」（米川訳）が出る。

(440) ゴーゴリ（一八〇九―五二）は、『外套』（一八四三）や『死せる魂』（一八四二）で有名なロシアの作家。ポール・ド・コック（一七九三―一八七一）は、大衆的な小説や戯曲で知られるフランスの作家。

ーの小説は、どれも「ある殺人の物語」って題をつけられそうだもの。それがドストエフスキーの強迫観念なのね、そんなことばっかり書くのは自然じゃないわ。」「まさか人を殺したとは思わないよ、アルベルチーヌ、ぼくはドストエフスキーの生涯をよく知らないけど。そりゃ、人並みになんらかの形で、おそらくは法律で禁じられているような形で、罪を犯したのは間違いないだろう。その意味ではドストエフスキーも、多少犯罪者であったにちがいない点では、その主人公たちと同じだと言えるけど、もっともその主人公たちも、完全な犯罪者というわけじゃなくて、情状酌量の余地がある。でもドストエフスキーは犯罪者である必要などなかったのかもしれない。ぼくは小説家ではないけど、創作家というものは、自分が個人的に体験したことのない人生の様態に惹かれたって不思議じゃないからね。前に約束したように今度いっしょにヴェルサイユへ行ったら、このうえない清廉潔白の士で模範的な夫であったにもかかわらず、身の毛もよだつ背徳きわまりない書物を書いたコデルロス・ド・ラクロの肖像と、その向かいに掛かっているんだけど、数多くの道徳的な短篇を書いたにもかかわらず、オルレアン公爵夫人を裏切るだけではもの足りず、その子供たちまで奪って公爵夫人を苦しめたジャンリス夫人の肖像とを、きみに見せてあげるよ[442]。それにしてもドストエフスキーの場合、殺人があれほど重大な関心事だったのはなんとも異常なことだね、だからドストエフスキーはぼくにはまるで縁遠い存在だと認めるしかない。ぼくなんか、ボードレールがこう言うのを聞くだけで呆気にとられる人間だからね。

強姦、毒殺、刺殺、放火が……
われらの心が、いかんせん、そこまで大胆になれぬゆえ。(443)

でも、ボードレールは本気でそう言ってるんじゃないと、ぼくは少なくともそう信じることはできる。ところがドストエフスキーとなると……。そこに出てくることはなにもかも、ぼくとはまるでかけ離れている気がするんだ。もっともぼくのなかに自分の知らない部分があればべつだけど、なにせ人間は少しずつ自分を実現してゆくものだからね。ドストエフスキーには、おそろしく深い井戸がいくつも見つかるけど、そ

(441)　ここで文章は中断。タイプ原稿は例を書き加えるための空白を残す。以前、エルスチールとの類似を指摘した箇所で語り手はセヴィニエ夫人の用例を挙げていた(本訳④五二一頁参照)。
(442)　図29、30参照。
(443)　ボードレール『悪の華』巻頭詩「読者に」の第七連、第一行と第四行。第二—三行「われらの哀れな運命の陳腐なキャンバスに／各自の愉快な図柄をいまだ刺繍していないのは」が省略されている。

図29　ルイ・レオポルド・ボワイー
『コデルロス・ド・ラクロの肖像』
（ヴェルサイユ宮殿）

ルイ・レオポルド・ボワイー(1761–1845)は，フランス大革命期にはマラーやロベスピエールなどの肖像を，革命後には多数のパリ風俗を描いた画家．本作は，総裁政府時代(1795–99)に描かれたパステルによる肖像画．コデルロス・ド・ラクロ(1741–1803)の代表的肖像画で，ラクロの刊本にしばしば掲載される．作家の悩ましげな鋭い目つきをみごとに描き出している．ラクロの「身の毛もよだつ背徳きわまりない書物」とは，その代表作『危険な関係』(1782)のこと．メルトゥイユ侯爵夫人が，元愛人のヴァルモン子爵と共謀して，貞淑な婦人や若い恋人たちを背徳的手段で誘惑，堕落させる手管を描いた書簡体小説．小説の語り手と同様にボードレールも「『危険な関係』に関する覚書」で，ラクロは「有徳の士，「良き息子，良き父，すばらしい夫」」(阿部良雄訳)だと書いていた(ラクロ『女子教育論』1903年シャンピオン校訂版ではじめて公表)．

図30　ジャン＝バチスト・モーゼス『ジャンリス夫人のハープのレッスン』(ヴェルサイユ宮殿)

ジャンリス夫人フェリシテ(1746-1830)は，ハープの腕を見込まれ，シャルトル公爵夫人(後にオルレアン公爵夫人)マリー＝アデライド・ド・ブルボン(1753-1821)の女官となり，ついでシャルトル公爵(後にオルレアン公爵，フィリップ・エガリテ)ルイ＝フィリップ(1747-93)の愛人となった．ルソーの『エミール』など啓蒙思想の影響を受けたジャンリス夫人は，公爵の長男で後のフランス王ルイ＝フィリップ(1773-1850)，公爵の娘のアデライド，養女のパメラらの養育係を一手に引き受け，子供のための戯曲や小説，教育論，回想録を執筆した．本作は，ジャン＝アントワーヌ＝テオドール・ジルースト(1753-1817)が描いた画『ハープのレッスン』(1791)(現在はダラス美術館所蔵)を，ジャン＝バチスト・モーゼス(1784-1844)が，ルイ＝フィリップ王の求めに応じてヴェルサイユ宮殿のために1842年に模写したもの．左からジャンリス夫人，アデライド，パメラ．上図は，当時の隔週刊行歴史雑誌「ヒストリア」(1910年5月20日号)から転載．同号でシャルトル公爵に宛てた夫人のラブレターを紹介した文章「ジャンリス伯爵夫人」の筆者も，この情念の女と「いとも衒学的に道徳を説いた婦人」との乖離を指摘していた．

れは人間の心のいくつか孤立した地点に掘られた井戸だ。それにしても偉大な創造者だね。第一、ドストエフスキーの描く世界はほんとうに自分のために創造されたように見える。たえずくり返しあらわれる滑稽な人物たち、レーベジェフ、カラマーゾフ、イヴォルギン、セグレフ[444]といった面々、この常軌を逸した一団は、レンブラントの『夜警[445]』につどう人たちよりずっと奇想天外な人間たちだ。にもかかわらず連中は、『夜警』と同じで、もしかすると照明と衣装のせいで奇想天外に見えるだけの、結局はありきたりの人間なのかもしれない。いずれにせよ、さまざまな真実に満ちていると同時に、深遠にしてユニークな、ドストエフスキーにしか見られない人間たちだ。この滑稽な人物たちは、昔の喜劇のある種の登場人物たちみたいに、もはや存在しない役柄を演じているように見えるけど、それでいて、なんと人間の心の真実のさまざまな側面を明らかにしてくれることだろう！　ぼくが鼻白《はなじろ》むのは、ドストエフスキーについて語ったり書いたりする連中の仰々しさだよ[446]。ドストエフスキーの登場人物のなかで自尊心と高慢とが果たしている役割に、きみは気がついたかい？　あたかもドストエフスキーにとって、恋心とすさまじい憎悪、善意と裏切り、臆病と傲慢などは、ひとつの同じ本性の両面にすぎないかのようでね、その自尊心と高慢のせいで、アグラーヤやナスターシャをはじめ、ミーチャに顎鬚《あごひげ》をひっぱられる大尉[447]や、アリョーシャの敵でもあり友でもあるクラソートキン(448)たちは、「ありのままの」自分のすがたを見せるのを妨げられてるんだ。しかしドストエフスキーの偉大な点はほかにもずいぶんある。ぼくはドストエフスキーの小説をほんのすこししか知らないけど、気のふれた哀れな女をはらませるカラマーゾフ爺さんの罪といい、子をはらんだその女が、漠然と母親の本能に従ったのか、もしかすると自分を強姦した男にたいする怨恨と肉体的感謝の入り混じった気持につき動かされたのか、知らぬまに運命のつかさどる復讐の手先となりはて、カラマーゾフ爺さんの屋敷へ忍びこんでお産をするなどという(449)、説明のつかない、動物的な、不思議な反応といい、これはやはり最古の芸術にふさわしい彫刻の単純なモチーフだと、中断されては再開され、「復讐」と「贖罪」の場面

(444) レーベジェフは『白痴』に登場する、うわさ好きな赤鼻の小役人。イヴォルギン(ガーニャの父親)は虚言癖をもつアルコール中毒者。「セグレフ」は、プルーストの勘違いで、スネギリョフ(『カラマーゾフの兄弟』でミーチャに顎髭《あごひげ》をひっぱられる極貧の元大尉)のことか。

(445) 本訳②一六四頁の図13参照。

(446) ナタリー・モーリヤックは注で、一例として批評家アンドレ・シュアレス(一八六八―一九四八)が『ドストエフスキー』(一九一三)で「現代における最も深遠な心と最も偉大な良心」を讃えた言説を挙げる。

(447) 前注444参照。

(448) 『カラマーゾフの兄弟』の主人公アレクセイ(アリョーシャ)の前で威張る、友人にしてライバル。

(449) 『カラマーゾフの兄弟』三篇一―二章。

図 31　オルヴィエート大聖堂の「女の創造」

オルヴィエートはイタリア中部，ローマとフィレンツェの中間に位置する高台の町(地図①参照)．その地に建つロマネスク・ゴシック様式の大聖堂(ドゥオーモ)の正面扉口の彫刻群については，ラスキンが『フィレンツェの朝』の「第六の朝」で詳述した．プルーストが「受けとったばかりの『フィレンツェの朝』のみごとな図版満載の刊本」(1906 年 5 月 6 日直後のカチュス夫人宛て書簡)と賞讃した『ラスキン全集』第 23 巻(1906)巻末には，オルヴィエート大聖堂の「女の創造」を含むアダムとイヴなど聖書の挿話を描いた浅浮き彫りの図版が収録されていた．上図は，その後ほどなく出版されてプルーストが購入したという(1906 年 12 月初頭のオーギュスト・マルギイエ宛て書簡)仏訳『フィレンツェの朝』(1906)に収録された図版から転載．アダムの身体からイヴが誕生する場面が描かれている．

がくり広げられる帯状装飾《フリーズ》だと言えるんじゃないかな？ これはオルヴィエートの彫刻のなかに出てくる「女の創造(450)」のように、不思議な、偉大にして厳かな、第一の挿話なんだ。これに対応する第二の挿話は、それから二十年経って、気のふれた女が産んだ息子スメルジャコフがカラマーゾフ家への懲罰としてカラマーゾフ爺さんを殺害し、そのすぐあとで、カラマーゾフ爺さんの屋敷の庭でのあのお産と同じように、不思議なことに彫刻を想わせる説明のつかない行為、同じように謎めいた本性の美しさを秘めた行為、つまり殺人を果たしたスメルジャコフが首をくくる行為だろう(451)。ぼくがトルストイのことを言いだしたからといって、きみが思うほどドストエフスキーから離れたわけじゃないんだ、トルストイはずいぶんドストエフスキーの真似をしているからね。ドストエフスキーのなかには、トルストイのなかで花開くことになるものが、いまだ緊張して不満げな形ではあるけど、うんと詰めこまれているんだ。ドストエフスキーには、やがて弟子たちが明るいものとする、プリミチフ派のような先駆的陰鬱さが見られるのだよ。」「ねえ、あなたがひどい怠け者なのがもったいないわ。あなたの文学の見方は、あたしたちが文学を勉強させられたときの見方より、ずっと

(450)　図31参照。
(451)　『カラマーゾフの兄弟』一一篇九―十章。

おもしろいじゃないの。ほら憶えてるでしょ、あたしたちが『エステル』について書かされた課題の「貴下」っていうの[452]」とアルベルチーヌが笑いながら私に言ったのは、自分が習った先生たちや自分自身を嘲笑するというよりも、むしろ自分の記憶のなかに、いや私たちの共通の記憶のなかに、すでにいささか古びた想い出を見つけるのが嬉しかったのだろう。

ところがアルベルチーヌから話しかけられているあいだ、ヴァントゥイユに想いを馳せていると、こんどは第二の仮説、唯物論的な仮説、すべては虚無であるという仮説[453]が、私の頭に浮かんだ。私はふたたび疑念にとり憑かれ、ヴァントゥイユのフレーズは、心のある種の状態――カップの紅茶に浸したマドレーヌを味わったときに私が感じたのと類似の状態――を表現しているように思われるが、結局、そのような状態が曖昧だからといってその状態が深いものだという証拠はどこにもなく、ただわれわれがその状態を分析するすべを知らなかったことを証《あか》すだけなのかもしれない、それゆえその状態のなかには他の状態の場合以上に現実的なものはなにも存在しないのかもしれない、と考えたのである。とはいえ、私が一杯の紅茶を飲んでいるときや、シャンゼリゼで古木の匂いを嗅いだとき[454]の、あの幸福、あの幸福のなかの確信は、錯覚などではなかった。いずれにせよ、とわが懐疑精神は私に語りかけた、たとえこうした状態が、他の状態よりも人生において深いもので、われわれがいまだに理解できないあまりにも多くの力を作用させるせいで、深いからこそ分析できないとしても、ヴァントゥイユのある種のフレーズの魅力がそうした状態を想わせるのは、その魅力もまた分析できないからで、だからといってその魅力も同じように深いという証拠にはならないのではないか。純粋な音楽の一フレーズの美は、われわれが経験した非知的な印象をイメージしたもの、すくなくともその印象の同類と思われがちだが、しかしそう思われるのはただその美が非知的だからにすぎないのではないか。だがそれならなぜわれわれは、ある種の四重奏曲や、ヴァントゥイユのこんどの曲につきまとうあのような神秘的フレーズをとりわけ深いものと思うのだろう？　もっともアルベルチーヌが私のために弾いてくれたのは、ヴァントゥイユの音楽だけではなかった。私たちにとってピアノラはときに科学的な(歴史的で地理的な)幻灯となり、コンブレーの

(452)「花咲く乙女たち」が取り組んだ「ソポクレスが冥府《めいふ》から『アタリー』の不評を慰めるためにラシーヌに書いた手紙」という課題(「もう一問」は『エステル』に関する課題)は、本訳④五七三頁以下を参照。アンドレが提案した「貴下」は、同五七六頁に出る。

(453) ヴァントゥイユの音楽の実在性をめぐって提起された「ふたつの仮説」(本巻四一八頁)を参照。

(454)「私」がシャンゼリゼで「古木の匂い」ではなく、「ワテル・クロゼット」の「古い湿った壁」から漂う「かびくさい匂い」を嗅いで「歓びに満たされた」ときのこと(本訳③一五一—五三頁参照)。

部屋よりもはるかに現代的な発明品を備えたこのパリの部屋の壁面には、アルベルチーヌがラモーの曲を弾いてくれるかボロディンの曲を弾いてくれるかによって、あるときは咲きみだれるバラの花を背景に愛の神《アモル》たちが飛びかう十八世紀のタピスリー(455)がくり広げられ、あるときは無限の遠方とフェルト状の雪原に音の響きも消えてしまう東方の大草原《ステップ》(456)がくり広げられるのが見えた。もっとも、こうした束の間の装飾は、私の部屋のただひとつの装飾だった。というのも、レオニ叔母の財産を相続したときに私は、スワンのようにコレクションを持とう、いろんな画や彫刻を買おうと心に決めたにもかかわらず、その金はそっくりアルベルチーヌのための馬や自動車や服飾品を買うことに費やされてしまったからだ。だがこの部屋には、そんなコレクションよりもずっと貴重な芸術作品が収められているではないか？　それはアルベルチーヌ自身だ。そう考えて私はじっとアルベルチーヌを見つめた。知り合うことさえ不可能だとあれほど長いあいだ想いこんでいた娘が、いまや飼いならされた野生動物のように、生育に必要な添木や枠組みや垣根仕立てを私から与えられたバラの木のように、こうして毎日、ほかでもない娘自身の家にいながら、私のそばのピアノラの前に座り、私の本棚にもたれているのだと考えると、私には不思議な気がした。娘の肩は、娘がゴルフのクラブを持ち帰っていたときには(457)下がって見えて、いかにも腹黒い感じがしたが、いまや私の本の列に寄りかかっている。娘の美しい両脚は、最初に見かけた日、思春期のあいだじゅう自転車のペダルを踏んでいた脚かと私が想像したのももっともであったが、(458)いまやピアノラのペダルに合わせて交互に上がったり下りたりし、私が与えた品で一段とエレガントになりそれゆえ一段と私のものに感じられるアルベルチーヌが、金色の布製の靴を乗せているのもピアノラのペダルのうえである。娘の指は、昔は自転車のハンドルに慣れ親しんでいたが、いまや聖女チェチーリアの指のように鍵盤(459)のうえに置かれている(460)。娘の首まわりは、ベッドで見ると丸々としてたくましかったが、こうして離れてランプの光で眺めるとずっとバラ色に見える。とはいえ娘が顔を傾けたときの横顔こそ、それにもましてバラ色で、その横顔は、私自身の奥深くから想い出を満載し欲望に駆られたまなざしが投げかけられるせいで、きらきらと輝

(455) バラなどの花模様に愛の神《アモル》を配した優雅な作風は十八世紀のロココ様式の特徴。十八世紀の「ブーシェのタピスリー」(本巻二八頁と注10参照)やラモーの音楽は、その様式を代表する。
(456) アレクサンドル・ボロディン(一八三三—八七)の交響詩『中央アジアの草原にて』(一八八〇)への暗示。
(457) 「ゴルフのクラブ」は、当初のアルベルチーヌの典型的持ち物。本訳④四〇七—〇八頁を参照。
(458) 最初「私」は「自転車」を押す娘を「自転車競技選手」の愛人だと思った(本訳④三二四頁)。
(459) 原語 *touches*. プルーストは原稿でこの語に下線を引いて?を付した(Cahier XI, f° 104 r°)。ピアノラではペダルを踏むと鍵盤が自動的に上下して演奏するので、この描写に疑問をいだいたのか。
(460) 図32、33参照。

図 32　ファン・エイク『ヘント祭壇画』(ヘント，シント・バーフ大聖堂)

初期フランドル派の画家ヤン・ファン・エイク(1395 頃-1441)が兄フーベルト(1385/90 頃-1426)が始めた仕事を引き継いで 1432 年に完成させた『ヘント祭壇画』は，計 12 面から成る多翼祭壇画．プルーストが愛読していたローランス版「大画家」シリーズのアンリ・イマンス著『ファン・エイク兄弟』(1908)から転載した図 32 は，12 面のパネルをすべて開いた状態(両端の 8 面のパネルを閉じると裏には受胎告知などが描かれている)．下段中央にキリストを象徴する「神秘の子羊」，その上に玉座のキリスト，その左右に聖母マリアと洗礼者ヨハネ，その左右に合唱と奏楽の天使たち，一番外側にアダムとイヴを配置する．

図 33　同「聖女チェチーリア」

図 33 は，奏楽天使のうち，パイプオルガンを弾く聖女チェチーリア(カエキリア，セシリア)のみの拡大図．3 世紀頃のローマの聖人で，音楽の守護聖人とされる．ラファエロやルーベンスなど多くの画家が聖女チェチーリアを描いたが，小説本文のように聖女の指が「鍵盤のうえに置かれている」のはファン・エイク兄弟のこの作．プルーストは，1902 年 10 月のベルギー・オランダ旅行に際してヘントを訪れていた可能性がある(同月 9 日，ジョルジュ・ド・ローリスに送ったのがヘントの市庁舎の絵葉書)．またプルーストは，1907 年夏にノルマンディー地方を見てまわった旅行記「自動車旅行の印象」で，ハンドルを握るアゴスチネリを鍵盤に手を置く聖女チェチーリアにたとえていた．

き、強烈な生命力を発揮するからであろう、バルベックのホテルでその横顔に接吻したいという激しい欲望のせいで私の目が朦朧とした日⑷⑹⑴と同じく、ほとんど魔法のような力で舞いあがって旋回するように見えた。私はその顔のひとつひとつの面を、私に見えている範囲の向こう側にまで、その顔を私から覆い隠している面の背後にまで延長してみるが、こちらに見えているその面は——両目をなかば閉ざした瞼や、両頰の上方を隠す髪などは——、そんなふうに積み重ねられた見えない面の起伏をいっそう強く感じさせるだけである。両の目は、いまだにオパールが埋もれたままの鉱石のなかにもさすがに滑らかな小片がふたつだけ存在するかのように、光よりも持久力を備え金属よりも輝きを増し、覆いかぶさる開口部なき物質の真ん中に、ガラス張りの標本にしたチョウの薄紫色《モーヴ》の絹のような両の羽があらわれたように見える。そして髪は、黒い縮れ毛で、娘がなにを弾いたらいいのかと訊こうとして私のほうをふり向く具合によってさまざまにべつのまとまりを見せ、あるときは底辺が広く頂点のとがった三角形に黒い羽を植えつけたみごとな翼となり、あるときは起伏ある巻き毛が山頂あり分水嶺あり断崖ありの力強く変化に富んだ山並みにまとまり、その巻き毛に見られる多種多彩な筋は、自然がふだん実現する多様性を超えて、まるで彫刻家が自作の出来ばえの柔軟さ、烈しさ、ぼかしの効果、生気などを際立たせようと難業を重ねたくなる願望に応えているように感じられる。そうした髪は、彩色した板に塗られたニスの艶消しを想わせる滑らかなバラ色の顔の回転するかと思うほど活発にうごく曲線を、中断しては覆いつくすことで、いっそう際立たせている。そして、このような起伏とは対照的に、パイプオルガンの外装ケースよろしくアルベルチーヌの身体をなかば隠しているピアノラとか、書棚とか、要するに部屋のこの片隅全体は、ピアノラと書棚の形と用途に合わせた姿勢をとるアルベルチーヌと一体化し、その調和によって、この奏楽天使を収めるための、明るく照らされた神聖な内陣、御座所にほかならないように見える。芸術作品たるこの奏楽天使は、このあと快い魔法の力によって御座所たる壁龕《へきがん》から抜けだし、貴いバラ色の実体を私の接吻のために差しだそうとしているのだ。いや、そうではない、アルベルチーヌは私にとっていささかも芸術作品などではないのだ。私は女性を芸術のように愛するとはいかなることかを心得ていた――スワンの例を知っていたからである。(462) そもそも私は、外的観察の才がまるでなく、自分の

(461) 最初にアルベルチーヌに接吻しようとしたとき、その「まるい顔」は「じっと動かないのに」「熱く燃える天体がその場でくるくる回っているように見えた」(本訳④六一七―一八頁)。

(462) スワンは当初「生理的嫌悪感」さえ覚えたオデットを、ボッティチェリの描いたチッポラとそっくりだと気づいたとたん、まるで美術品を慈しむように愛しはじめる(本訳②九四頁以下参照)。

見ているものが何たるかを一向に理解できない人間だから、たとえ相手がどんな女性であろうと芸術のように愛することなどできるわけがなかった。だからスワンが、後に私のために、私にはつまらないと思われた女に——その女の前で粋人らしくそうしたように、その女をルイーニの描いた肖像になぞらえたり[463]、その女の装いのなかにジョルジョーネの画に描かれたドレスや宝石を見つけたりして[464]——芸術的権威を付与するのを目の当たりにすると、私は驚嘆するほかなかった。私にはそんな面は全然ない。いや、じつをいえば、アルベルチーヌをみごとな古色をおびたひとりの奏楽天使のように眺め、それをわがものにしていることに嬉しくなりかけても、私はすぐさまアルベルチーヌに無関心になり、やがてそのそばにいるとうんざりした。とはいえそんな時も長くはつづかなかった。人が愛するのは、そのなかに近づきえないものを追い求める対象だけであり、いまだに所有していない対象だけであり、私はすぐに自分がアルベルチーヌを所有していないことにふたたび気がついたからである。私はアルベルチーヌの目のなかに、私には知りえない歓びにかんする、あるときは期待が、あるときは想い出が、いや、もしかすると哀惜の念がよぎるのを認めたが、そんなときアルベルチーヌはその歓びを私に打ち明けるぐらいならあきらめるほうがいいと考えたし、私のほうはアルベルチーヌの瞳のなかにそれらしきかすかな輝きをとらえるだけで、その歓びの正体を見極めることはできなかった。劇場に入れてもらえなかった観客が、入口の扉のガラス窓にいくら顔を押しあてても、舞台で演じられていることはなにひとつ見えないのに似ている。（アルベルチーヌがそうだったかはわからないが、きわめて疑りぶかい人たちが人間の善意を信じると証言するのと同じく、奇妙なことにわれわれをだます連中のだれもが執拗に嘘をつき通す。そんな嘘は告白よりも苦痛を与えるのだと連中に言っても、また連中がそれを理解しても無駄で、連中が舌の根の乾かぬうちにまた嘘をつくのは、最初に自分はこんな人間だと断言したこと、あるいはわれわれをこんな人間だと思っていると断言したことと整合性を保つためなのだろう。そんなわけで人生に執着する無神論者は、勇敢な男という世評に反証を与えないために命を捨てるに至る。）そんなとき私はときどきアルベルチーヌに、そのまなざしやふくれっ面や微笑みのなかに、内心の光景の反映がただようのを認めたが、私には拒まれたそんな光景を見つめる夜、アルベルチーヌは以前とは異なる、私には縁遠い女

（463）北イタリアの画家ルイーニが多く描いたのは宗教画（本訳③三二二頁の図27『三博士の礼拝』参照）。語り手はスワンがこの「東方の博士」と「瓜ふたつと評判だった」と報告する（同三二三頁）。

（464）ジョルジョーネは、むしろ「私」にとって、ヴェネツィアへの夢と結びつき（本訳②四四三頁、同⑦一八九頁などを参照）、「美しい女性」を描いた画家となった（同⑧二二一頁と図13参照）。

になった。「きみ、なにを考えてるんだい？」「なんにも。」ときにアルベルチーヌは、なにも言わないじゃないかという私の非難に応えて、あるときは私が世間のみなと同様に熟知しているとアルベルチーヌ自身が承知するあれやこれやを語って聞かせ（政府高官が、どんな些細な情報をも告げず、かわりに前日の新聞各紙でだれもが読むことのできた情報を話してくれるようなものだ）、あるときは私と知り合う前の年にバルベックでした自転車旅行のことを語ってくれたが、なにひとつはっきりした点はなく、それはまるで偽りの告白のようだった。おまけに、かつてその微笑みを根拠にこれはとんでもない遠出さえやってのける自由奔放な娘だと見抜いた私の勘は正しかったとでもいうように、その自転車旅行を想い出して語るアルベルチーヌの唇には、最初のころバルベックの堤防で私を魅惑したあの謎めいた微笑みがかすかに浮かんでいた。またアルベルチーヌが、女の友人たちとオランダの田舎を自転車でめぐったことを持ち出して、夜のかなり遅い時刻にアムステルダムへ帰ってくると、どの通りや運河(465)のほとりにもたいてい顔見知りの人たちの陽気な雑踏があふれていたと言うのを聞くと、私はアルベルチーヌのきらきら輝く目のなかに、まるで疾走する車の窓ガラスにぼんやりと映るように、通りや運河のほとりの無数の灯火が映しだされては消えてゆくのを見る想いがした。アルベルチーヌが暮らしたさまざまな場所、これこれの夜にしたかもしれないこと、浮かべた微笑みや投げかけたまなざし、口にしたことば、受けた口づけ、こうしたことがらに私がいだく飽くなき苦しい好奇心と比べれば、いわゆる美的好奇心などは、むしろ無関心と称して然るべきであろう！　私がいつかサン＝ルーにいだいた嫉妬(466)も、かりにまだ続いていたとしても、これほど途方もない不安をけっして与えはしなかったはずである。この女同士の愛情なるものは、あまりにも未知のことがらで、その快楽や美点がいかなるものかを確実に正しく想い描かせてくれるものはなにひとつない。アルベルチーヌは、なんと多くの連中を、なんと多くの場所を（たとえ本人には直接の関係がない場所でも、アルベルチーヌが快楽を味わったかもしれぬ漠然とした歓楽の場所や、大勢の人で混みあって身体が触れあう場所を）、その連中や場所など気にもかけていなかった私の想像力と記憶の入口から――入口の検札の前に立って、連れの一行をどんどん劇場内へ入れてしまう人のように――私の心のなかに導き入れたことか！　いまやその連中や場所にかんする私の認識は、心中で、即座に反応し、痙攣をひきおこして苦痛を与えるものとなった。愛とは、心に感じられるようになった空間と時間なのだ。

（465）　アルベルチーヌは「カモメ」を「アムステルダムでよく見た」と語っていた（本訳⑧四七八頁）。
（466）　サン＝ルーになれなれしいアルベルチーヌを見て「私」が覚えた嫉妬（本訳⑨三〇―三一頁参照）。

とはいえ私が完全に恋人に忠実な人間であったなら、不実など思いつくことさえできず、それゆえ不実に苦しむこともなかったであろう。ところがアルベルチーヌのなかに私が想いうかべて苦しんでいたのは、新たな女たちに好かれたい、小説じみた新たな冒険のきっかけをつくりたいという、私自身の絶えざる欲望であった。それはほかでもない、このあいだアルベルチーヌが脇にいたにもかかわらず、私がブーローニュの森のテーブルに腰かけていたサイクリングの娘たちに投げかけずにはいられなかったあのまなざし(467)を、アルベルチーヌにも想定することだった。認識には自分自身の認識しか存在しないように、嫉妬にもまた自分自身の嫉妬しか存在しないと言っても過言ではない。人が認識と苦痛をとり出すことができるのは、自分自身が感じた快楽からでしかないのだ。

　ときに私は、アルベルチーヌの目のなかや、いきなり紅潮する顔色のなかという、私にとっては空よりも近づきがたい地帯に、つまり私の知るよしもないアルベルチーヌの回想がめぐりゆく地帯に、遠い稲妻(468)のようなものがよぎるのを感じた。そんなとき、バルベックの浜辺にせよパリにせよアルベルチーヌを順々に知ってきたこの数年を想いかえし、しばらく前から私がアルベルチーヌに見出していた美しさは、すなわちわが恋人がさまざまな面で成長し、すぎ去った多くの日々を含んでいることに由来する美しさは、胸がはり裂けるほどの悲嘆をさそった。そんなときには、このバラ色に染まる顔の下に、いまだアルベルチーヌを知らなかったころの幾多の夜のつくる汲み尽くせぬ空間が、まるで深淵のように保存されているのを感じたからである。もちろん私はアルベルチーヌを膝のうえに抱きあげ、その顔を両手で挟むこともできたし、アルベルチーヌを愛撫し、その身体に長いこと私の両手を這わせることもできたが、それはまるで太古の大海原の塩分や星の光を含んだ石を撫でているにも等しく、自分が触れているのは、その内部が無限へと通じる存在の閉ざされた外皮にすぎない気がした。そもそも自然が人間の肉体と肉体を分離すると決めたとき、心と心の相互浸透を可能にすることに想い至らなかったせいで人間が追いやられた今の立場に、私はどれほど苦しんだことだろう！　それゆえ私は、アルベルチーヌは私自身にとってさえ（その肉体は私の肉体の支配下にあっても、その思考は私の思考の掌握をすり抜けるのだから）すばらしい囚われ人などではないことに気がついた。私がその囚われ人で自分の住まいを美しく飾ったつもりになり、私に会いに来た人たちでさえ廊下の端の

(467)　アルベルチーヌと自動車でブーローニュの森を散策したときの挿話（本訳⑩三八〇―八五頁参照）。

(468)　原語 éclair de chaleur. 雷鳴が聞こえないほど遠くで発生した雷に由来し、空や地平線を明るく照らす稲妻（『トレゾール仏語辞典』『ディコ仏和辞典』など）。「幕電《まくでん》」に近い現象。

隣の部屋にそんな囚われ人がいるとは夢にも想わないほどその存在を完璧に隠していた点で私は、だれにも知られずシナのお姫さまを瓶のなかに閉じこめていたあの人物(469)とそっくりであったが、解決なき過去の探究へと残忍にも私を駆り立てる点でアルベルチーヌは、むしろ偉大な「時」の女神かと思われた。しかしそのアルベルチーヌのために私が何年もの歳月と財産を失わなければならなかったとしても、それでアルベルチーヌのほうはなにも失わなかったと私自身が思えるのなら――そう思えるかはあいにく定かではないが――、私にはなんの悔いも残らない。たしかに孤独な暮らしにははるかに価値があり、はるかに実り豊かで、これほどの苦しみはなかっただろう。しかしスワンが私に勧めた蒐集家の生活、シャルリュス氏が才気と傲慢と趣味のよさを交えて私に「なんて殺風景なんだ、あなたの住まいは！」と言って、私が知らないことを咎めた蒐集家の生活をしていたら、長いこと探し求めてようやく手に入れた彫像や画は、最善の場合を想定するとして無私の目でじっくり眺めたその彫像や画は、小さな傷口のように、はたして私自身の外への通路をつけてくれたであろうか？　すぐに癒着してもアルベルチーヌや冷淡な人たちや私自身の想いの軽率な不手際のせいで早晩ふたたび開いてしまうその傷口は、私的な小さな通路にすぎないが、われわれが辛酸をなめてはじめて知りうる他人の生活なるものがくり広げられる大きな街道に通じているのである。

ときには月があまりにも美しいので、アルベルチーヌが寝てから一時間ほど経っていたが、私はアルベルチーヌのベッドまで行って窓を見てごらんと言うことがあった。私がその部屋まで行ったのは、たしかにそのためであって、アルベルチーヌがそこにいるかを確かめるためではなかった。アルベルチーヌが逃げだしそうだとか、逃げだすことを望んでいるとか、そんな気配があるだろうか？　そうするにはフランソワーズと共謀する必要があるが、そんなことはありそうもない。部屋は暗く、私に見えるのは白い枕のうえに横たわるすらりとした王冠ふうの黒髪だけである。しかしアルベルチーヌの寝息が聞こえてくる。その眠りがあまりにも深いので、私はベッドまで行くのをためらい、その端に腰かける。眠りはあいかわらず同じせせらぎの音を立てて流れつづけている。アルベルチーヌの目覚めがどれほど陽気なものであったかは、とうてい言いあらわせない。私は接吻して、その身体をゆり動かす。すぐさまアルベルチーヌは眠りを中断し、一刻の間もおかずに笑いだし、私の首に両腕を巻きつけながら「ちょうどあなたが来てくれないかと思ってたところだったの」と言うと、愛情をこめて一段と勢いよく笑う。まるで眠っているあいだ、そのかわいい頭は、陽気さと

(469)　この気のふれた男の逸話は、すでにシャルリュスが紹介していた（本訳⑥二六六頁と注276参照）。

愛情と笑いだけで一杯になっていたかのようである。私はアルベルチーヌの目を覚ますことで、果物を切り裂いたときのように、喉の渇きをいやしてくれる果汁をほとばしらせただけであった。

そうこうするうち冬も終わり、うららかな季節が戻ってきた。たいていの場合、私の部屋も、カーテンも、その上方の壁もまだ真っ暗で、アルベルチーヌがついさきほど私にお寝みを言ったばかりだと思われるのに、近くの女子修道院の庭からは、教会のハーモニウム[470]のように静寂のなかを豊かに貫くひびく、名も知らぬ一羽の小鳥の歌声が聞こえてくる。リディア旋法で早くも朝課《ちょうか》を唱え[471]、私のまわりの暗闇のなかに、小鳥の目には見える太陽のまばゆいばかりに豊かな音色を注ぎこむのだ。やがて夜はしだいに短くなり、以前の夜明けの時刻よりもずっと早く、日ごとに明るさを増した白い日の光が私の窓のカーテンから漏れてくるのが見えた。アルベルチーヌ自身がいくら否定しようと本人は囚われ人だと感じていると思われるこんな生活を、なおも仕方なくつづけさせていたのは、ひとえに私が毎日、あすになれば仕事もできる、起きることも外出することもできる、どこかに屋敷を買ってそこへふたりで出かける準備もできるだろう、そこでならアルベルチーヌは私に気兼ねなくもっと自由に田園や海辺の暮らしを満喫できるだろう、狩りをするなり船に乗るなり好きなことができるだろう、と確信していたからである。ただ翌日になって、私がアルベルチーヌのなかに愛したり憎んだりを交互にくり返した過去の時間をふり返ってみると(その時間が現在であれば、だれしも私利私欲なり礼儀なり憐憫なりから、その現在と自分とのあいだにせっせと嘘の遮断幕を織りあげ、それを現実だと勘違いするのと同じで)、その過去の時間を構成している時間のひとつが、知り尽くしていると私が想いこんでいた時間のひとつが、突然、私にそう見えていたアルベルチーヌとはまるっきり異なる一面、もはや人が私に隠そうとしない一面を呈示することがあった。あるまなざしの背後に、かつて私は好意を見たと想いこんでいたのに、かわりにそれまでは想いも寄らなかったある欲望があらわになり、私の心と一体だと想いこんでいたアルベルチーヌの心の新たな一部を私から離反させるのだ。たとえば、アンドレが七月にバルベックを離れたとき、アルベルチーヌはすぐまたアンドレに会う段取

(470)　原語 harmonium. 大規模な投資を要したパイプオルガン(orgue)の簡便な代用としてヨーロッパで十九世紀に発明されたリードオルガン(日本の小学校に多く配置されていた「オルガン」に相当)。『二十世紀ラルース辞典』から転載の図34参照。

(471)　リディア旋法は、グレゴリオ聖歌を唱える教会旋法のひとつ。朝課は、聖務日課の定める夜明け前(元来は午前二―三時頃)の祈り。

図34

りだったことなどおくびにも出さなかった。それで私は、アンドレに想いのほか早く会えたのだと考えていた。アルベルチーヌは九月十四日の夜、バルベックで悲嘆に暮れていた私のために犠牲を払ってバルベックには残らず、すぐパリに戻ってくれたからである。(472)実際、アルベルチーヌが十五日にパリへ着いたとき、私はアンドレに会いに行くよう勧めたうえ、「アンドレはきみに会えて喜んでいたかい？」と訊ねていたのだ。ところが今度ボンタン夫人がアルベルチーヌに届けものを持ってきた機会にすこし夫人に会った私は、アルベルチーヌはアンドレと出かけていると告げた、「ふたりは田舎のほうへ散歩に出かけたんです。」「そうでしょう」とボンタン夫人は答えた、「アルベルチーヌは田舎なら大好きで、あまり面倒なことは言わないんです。三年前なんか、毎日ビュット＝ショーモン(473)へ行かないと気がすまなかったほどでして。」アルベルチーヌが一度も行ったことがないと私に語っていたこのビュット＝ショーモン(474)の名を聞いて、私は一瞬、息が止まった。現実というものは、ことのほか抜け目のない敵である。現実が攻撃を宣言する先は、われわれの心中の、まさか攻撃されるとは思っていなかった点、防御態勢をなんら整えていなかった点にほかならない。してみるとアルベルチーヌは、そのころ毎日ビュット＝ショーモンへ行くと言って叔母に嘘をついていたのだろうか？　あるいはその後、ビュット＝ショーモンなど知らないと言って私に嘘をついていたのだろうか？　「さいわい」とボンタン夫人は言い添えた、「あの気の毒なアンドレも、近々、もっと健康にいい田舎へ出かけるそうです、ほんとの田舎へね。あの子には田舎が必要ですわ、顔色がよくありませんもの。アンドレには、たしかにこの前の夏は、きれいな空気を吸う暇がありませんでした、あの子にはそれが必要ですのに。なにせ、七月の末にバルベックを離れて、また九月に戻るつもりでいたのに、弟さんが膝を脱臼したせいで戻れなくなりましたのでね。」するとアルベルチーヌは、バルベックでアンドレを待っていたのに、私にはそれを隠していたのか！　それだけに自分も帰ると私に言ってくれたのは、もちろんなおさら親切なことだった。だが、もしかすると……。「そうでした、想い出しましたよ、アルベルチーヌがそんなこと言っていたのを……（これは嘘だった）。その怪我というのはいつのことでしたっけ？　なにもかも頭のなかでちょっとこんがらがってしまって。」「まあ考えようによっては、ちょうどいいときに怪我をしたものです、と申しますのも、

（472）『ソドムとゴモラ』末尾のできごと（その日取りは本箇所が初出）。本訳⑨五九五―六〇一頁参照。
（473）パリ右岸に一八六七年に開設された公園（地図②参照）。小山、奇岩、湖、滝、洞窟などを配する。
（474）アルベルチーヌは私に「アンドレはあたしをビュット＝ショーモンへ連れて行きたいようね、あたしの知らないところだからというの」と語っていた（本訳⑩四二一頁）。

一日遅ければまた別荘の賃借がはじまって、アンドレのお祖母さまは一ヵ月分の家賃をむだに支払わざるをえないところでしたから。脚を怪我したのは九月十四日で、アンドレはなんとか十五日の朝、行けないとアルベルチーヌに電報を打って、それをアルベルチーヌが不動産屋に知らせたんです。一日でも遅ければ、家賃を十月十五日まで払わされるところでした。」だとすると、アルベルチーヌが意見を変えて私に「今晩、発ちましょう」と言ったとき、(475) 想いうかべていたのはきっと私の知らないアパルトマン、つまりアンドレの祖母のアパルトマンだったにちがいなく、アルベルチーヌはパリに帰りしだいそのアパルトマンでアンドレに再会できるはずで、しかも私には想いも寄らぬことに、そもそもバルベックでまもなくアンドレに会うつもりだったのだ。すこし前まで頑なに拒んでいたアルベルチーヌが、うってかわって私といっしょにパリに戻ると言ってくれたじつに優しいことばを、私は急に思いやりが発揮されたからだと考えようとした。ところが、なんのことはない、それはこちらの知らない状況のなかにおこった変化の反映にすぎなかったのだ。こちらを愛していない女たちの行動がころころ変わる秘密は、挙げてこの状況の変化にある。女たちは、疲れているからとか、祖父から夕食に来るよう誘われたからとか言って、こちらとの翌日の逢い引きを頑なに断る。こちらが「じゃあ、そのあとで来たまえ」と言っても、「お祖父さまは遅くまでひきとめる人なの、もしかすると送ってくれるかもしれないし」と答える。じつをいえば好きな男と会う約束があるだけなのだ。ところが突然、その男に用事ができてしまう。すると女たちは会いに来て、あなたを悲しませて申し訳なかった、お祖父さまは厄介払いしたのであなたのそばにいる、それよりほかに大切なことはない、と言うのだ。バルベックから出発しようとした日、アルベルチーヌが私に言ったことばには、このような文言を読みとるべきであったのだ。しかしアルベルチーヌのことばを解釈するには、それだけではなく、本人の性格のふたつの特徴を想い出すべきだったのかもしれない。

　そのとき私の脳裏に浮かんだアルベルチーヌの性格のふたつの特徴とは、ひとつは私を慰め、もうひとつは私を悲しませるものだった。というのも、われわれは自分の記憶のなかにあらゆるものを見出すからである。記憶というのは薬局や化学実験室のようなもので、行き当たりばったりに手を伸ばすと、あるときは鎮静剤に、あるときは危険な毒薬に手が触れる。第一の、鎮静剤たる特徴は、ひとつの同じ行動で何人もの人を喜ばせる習性であり、自分の振る舞いを幾重にも役立てることであり、それが

(475)　アルベルチーヌは当初「いまは無理だわ」(本訳⑨五九七頁)と出発を渋ったが、席を外してしばらくして「リフト」に「今日にでもパリに同行できる」と「私」への言づてを託した(同六〇一頁)。

アルベルチーヌの特徴だった。パリに戻ることで(アルベルチーヌとしては、アンドレがもはや戻ってこない以上、アンドレがいなくてはやってゆけないわけでなくても、バルベックにとどまるのは楽しくなかったのかもしれない)、このただひとつの旅行の機会に、自分が心底から愛するふたりの人間を感激させようとすることは、いかにもアルベルチーヌの性格から出たことである。そのひとりである私には、パリに戻るのは私をひとりにさせないため、私を苦しませないため、私への献身ゆえだと思わせ、もうひとりのアンドレには、バルベックへ来てくれないのだから、自分はこれ以上いっときたりともバルベックにはとどまりたくない、会いたい一心で滞在を延ばしてきたのだから、一刻も早くアンドレのもとへ駆けつけようとしているのだと想いこませる。ところで私といっしょにアルベルチーヌが発ったのは、実際、一方では私が悲嘆に暮れてパリへ戻りたくなった直後であり、他方ではアンドレの電報が届いた直後であったから、アンドレの電報を知らない私と、私の悲嘆を知らないアンドレが、それぞれアルベルチーヌが発ったのは自分だけが知る唯一の原因の結果だと信じこんだのも、現実にアルベルチーヌはその原因のあと何時間も経たずして不意に発ったのだからごく当然のことだった。こう考えるかぎり私は、アルベルチーヌは私につき添うことを実際の目的としたが、にもかかわらずその機会を逃さずアンドレから感謝される権利も得ておこうとしたのだ、と信じることもできた。ところが遺憾ながら私は、ほぼその直後に、アルベルチーヌのもうひとつの性格を想い出した。それは快楽の抗《あらが》いがたい誘惑にとらわれたときの激しさである。私が想い出したのは、アルベルチーヌが出発すると決めたとたん、一刻も早く汽車までたどり着こうとじりじりしていたこと、支配人にひきとめられて私たちが乗合馬車に乗り遅れそうになったときアルベルチーヌが支配人を押しのけたこと、(476)トルティヤールのなかでカンブルメール氏が出発を一週間延ばすことはできないかと私たちに訊ねたとき、アルベルチーヌが私と示し合わせるように肩をすくめ、私がそれにずいぶん心を打たれたことである。(477)そうだ、アルベルチーヌがそのとき目の前に想いうかべていたもの、あれほどせかせかとアルベルチーヌを出発へと駆り立てていたもの、アルベルチーヌが早く見たくてじりじりしていたもの、それはだれも住んでいないアパルトマンだったのだ。私は一度だけ見たことがあるが、アンドレの祖母が所有して老従僕に管理させている豪奢な真南向き

(476)　支配人は「二、三日お待ちいただくことはできませんか、きょうは風が心配げですから」(本訳⑨六〇二頁)とひきとめたが、アルベルチーヌが支配人を押しのけた動作は記述されていない。

(477)　「トルティヤール」はローカル線の小鉄道。カンブルメール氏は「ご出発を一週間延ばす」ことはできないかと訊ねたが(本訳⑨六〇三頁)、アルベルチーヌが肩をすくめた動作は報告されていない。

のそのアパルトマンは、がらんとして静まりかえっているからか、どの部屋のソファーや肘掛け椅子にも日の光がカバーを掛けたように見え、きっとアルベルチーヌとアンドレは、もしかするとお人好しでもしかすると結託しているその丁重な管理人に、ここで休ませてほしいと頼むつもりだったのだろう。いまや始終そのアパルトマンが目に浮かぶ。がらんとした部屋にベッドかソファーが置いてあり、だまされやすいのか馴れ合いなのか女中がひとり控えていて、アルベルチーヌがせき立てられたような真剣な表情をしているときは、きまってここへやって来て女友だちに再会するのだ。女友だちのほうはもっと自由な身で、おそらく先に来ているのだろう。私はそれまでこのアパルトマンのことを考えたことがなかったが、それがいまや私にとって恐ろしい美を備えるに至ったのである。他人の生活における未知なるものは、自然界における未知なるものに似て、科学上の発見があるたびに後退するだけで、なくなるわけではないのだ。嫉妬する男は、愛する女から些細な楽しみをあれもこれも奪って、その女を激怒させる。しかし女は、おのが生活の核心をなす楽しみだけは、男の知性が最高の洞察力を発揮しているつもりのときでも、男が第三者から最良の情報を得ているときでも、男がけっして探そうとしない場所にうまく隠してしまう。いずれにしても、アンドレはもうすぐ出発するのだ。しかし私はアルベルチーヌとアンドレに手玉にとられた男として、アルベルチーヌから軽蔑されたくなかった。いずれこの件をアルベルチーヌに言ってやろう。そうしてアルベルチーヌが隠しているさまざまなことを私はやっぱり知っているのだというところを見せつけてやれば、アルベルチーヌはもっと正直に話さざるをえなくなるかもしれない。とはいえ私はまだそのことを話したくなかった。第一に、叔母の訪問の直後なので、アルベルチーヌは私の情報の出どころを察知して、その情報源を干上がらせてしまい、もはや未知の情報を怖れる必要などなくなるからだ。第二に、アルベルチーヌを私の好きなだけ長いことひきとめておける絶対の自信があるわけではない以上、アルベルチーヌを怒らせて私と別れたくなるような結果を招く危険を冒したくなかったからである。私がアルベルチーヌの発言に依拠して推論し、真実を求め、未来を予測しているかぎり、その発言はつねに私のいかなる計画にも賛成し、アルベルチーヌがこの生活をいかに愛しているか、閉じこめられていてもいかに不自由を感じていないかを示していたので、たしかに私はアルベルチーヌがいつまでも私のそばにいてくれることを疑わなかった。そのことに私はひどくうんざりさえして、もはやなんの新味も見出せない女とひきかえに、一度も味わったことのない暮らしや世界が私から失われてゆくのを感じた。私はヴェネツィアへ行くことさえできない。そこへ行けば、私が横になっているあいだ、ゴンドラ曳きやホテルの従業員やヴェネツィアの女がアルベルチーヌに言い寄るのではないかと心配で気が休まらないからだ。ところがそれとは逆のべつの仮説に依拠して推論すると、つまりアルベルチーヌの発言に依拠するのではなく、沈黙や、まなざしや、紅潮や、ふくれっ面や、怒りなどの徴候に基づいてその発言が謂れなきものだと本人に示すのはいともたやすいことではあるが、私としてはむしろ気づかないふりをするようにしたそんな徴候に依拠して推論すると、この暮らしはアルベルチーヌには耐えがたいものであり、自分の好きなものを絶えず奪われていると感じるアルベルチーヌは、いずれかならず私を捨てるだろうと思われた。アルベルチーヌがそうするのなら、せいぜい私にできるのはその時期を選ぶことだ、私にはさほど辛くない時期、しかもアルベルチーヌが放蕩三昧にふけるのが火を見るよりも明らかなアムステルダムにも、アンドレの家にも、ヴァントゥイユ嬢の家にも行けそうにない季節を選びたい。もちろんアルベルチーヌは数ヵ月もしたらそこへ行けるだろうが、それまでには私の心も鎮まって、無関心になっているだろう。いずれにせよ別離を考えるには、アルベルチーヌが数時間の差で、まずはバルベックを発ちたくないと言い、ついで今度はただちに発ちたいと言いだした理由が明らかになったせいでひきおこされた苦痛の小さな再発が癒えるのを待たなくてはならない。この症状に消失する時間の余裕を与えてやる必要があるのだ。私が新しい情報をなにも聞かなければこの症状はしだいに弱まってゆくにちがいないが、いまはまだ急性期だから、別離の手術はいっそうの苦痛をともない困難を極めるだろう。手術は、いまや不可避と認めざるをえないが、なんら急を要するものではないから、「炎症が治まって」から実施したほうがいい。この時期の選択は、私の自由になるのだ。私が別れると決める前にアルベルチーヌが出てゆきたいと思うのなら、本人がこんな暮らしはもうたくさんと言いだしたときにその言い分を抑えこむ方策を考えても充分間に合うだろう、そんな事態になればもっと自由を与えてやり、近々の大きな楽しみを約束してやれば、アルベルチーヌはそれを待ち望みたくなるだろう、いや、かりにアルベルチーヌの胸先三寸に頼らざるをえないとしても、私の心痛を打ち明ければいいのだ。私はそう考えて安心していたが、そもそもこの点で私の理屈は首尾一貫していなかった。なぜなら私は、ほかでもない、アルベルチーヌが言うことや知らせてくれることなど考慮しないことにしておきながら、いざアルベルチーヌが出てゆく件になると、本人が前もってその言い分を告げてくれるから、その言い分を抑えこんで説得できるものと想いこんでいたからである。私にとってアルベルチーヌとの生活は、一方で私が嫉妬していないときは退屈でしかなく、他方で私が嫉妬しているときは苦痛でしかなかった。たとえ幸福なときがあったとしても、長つづきするわけがなかった。バルベックで、カンブルメール夫人を訪ねたあと、ふたりで幸福なときをすごした夜にふと脳裏をかすめた(478)のと同様の思慮分別がはたらいて、これ以上ひき延ばしてもなにも得られないと悟った私は、アルベルチーヌと別れたいと思っていた。ただし今のこの時点でもまだ私は、今後いだきつづけるアルベルチーヌの想い出は、ふたりの別離の瞬間の振動がペダルによってひき延ばされたようなものになると想いこんでいた。それゆえ私は、なごやかな瞬間を選んで、その瞬間が私の心中で響きつづけるようにしたいと願ったのである。あまりうるさい注文をつけたり、待ちすぎたりしてはいけない、賢明にケリをつけるべきだ。とはいえこれだけ待ったのだから、その昔お母さんがもう一度お寝みを言ってくれずに私のベッドから立ち去ったときや駅で私に別れを告げたとき(479)と同じような反発心をいだいて、アルベルチーヌが出てゆくのを見送るはめになる危険を冒すよりは、なんとか受け容れられる瞬間が到来するまであと何日か待つのが得策というもので、それもできぬというのは正気の沙汰ではないだろう。私は万一の用心に、アルベルチーヌにしてやれるかぎりの親切を尽くした。フォルトゥーニの部屋着については、私たちはようやく青と金の生地にピンク色の裏地がついた一着にすることに決め、それが出来あがってきたところだった。それでも私はほかに五着も注文していたが、アルベルチーヌは青と金のが気に入ったと言って、ほかは残念ながらあきらめたのである。

とはいえアルベルチーヌの叔母の話を聞いてから二ヵ月が経って春が到来したとき、私はある夜、思わず怒りに駆られた。ほかでもない、アルベルチーヌがはじめてフォルトゥーニの青と金の部屋着を身につけた夜で、その部屋着は私にヴェネツィアを想いおこさせ、私がアルベルチーヌのために大きな犠牲を払っているのに相手がそれを不満に思っていることを以前にも増して痛感させたのだ。私はヴェネツィアへ出かけたことはなかったが、まだ子供のころ、ヴェネツィアですごすはずであった復活祭の休暇(480)のとき以来、いや、もっと昔、スワンがコンブレーでくれたティツィアーノの版画(481)やジョットの写真版(482)を目にして以来、たえずヴェネツィアを夢見ていた。その夜アルベルチーヌが身につけたフォルトゥーニの部屋着は、この目には見えぬヴェネツィ

(478)「私」は「二度とアルベルチーヌに会わずにいる」なら、「ピアノのペダルを踏みこんだときのように、私の内部で長いあいだ幸福の調性が保たれたにちがいない」と考えた(本訳⑧五二一―二二頁)。
(479) 祖母とバルベックに発つ「私」を母親がサン＝ラザール駅で見送ったとき(本訳④四六頁参照)。
(480)「私」の少年時代、復活祭の休暇を家族でフィレンツェとヴェネツィアですごす計画と、これらの町をめぐる夢想、および計画の中止については、本訳②四四〇―四八頁参照。
(481) スワンに訊ねて祖母がくれた「ティツィアーノのデッサン」の版画は、本訳①九九頁と図７参照。
(482) スワンが「複製写真」をくれたジョットの「寓意像」は、本訳①一八六―九二頁と図18―21参照。

アの、心惑わす影のように私には感じられたのである。その部屋着には、ヴェネツィアのように、つまりスルタンの妃と同じく透かし彫りの石のベールの背後にすがたを隠すヴェネツィアの館《パラッツォ》のように、またアンブロジアーナ図書館(483)の本の装丁のように、さらには死と生を交互にあらわすオリエントの小鳥たちを彫りつけた円柱(484)のように、アラビアふうの装飾に覆いつくされていた。その小鳥がくり返し描かれて鏡のようにきらめく布地の濃い青色が、私のまなざしがそこを進んでゆくにつれて、加工自在な柔らかい金の色に変わってしまうのは、ゴンドラが進むにつれて、眼前の大運河の紺碧色が炎のように輝く金属みたいに変化するさまを想わせた。そして両袖の裏地のチェリーピンクは、ティエポロ(485)のピンクと呼ばれる、とりわけヴェネツィアらしい色をしていた。その日の昼間、フランソワーズは私の前でこんなことを漏らしていた。アルベルチーヌはなにもかも不満らしい、アルベルチーヌといっしょに外出するとかしないとか、自動車が迎えに来るとか来ないとか、そんな私の伝言をフランソワーズが伝えても、アルベルチーヌはほとんど肩をすくめんばかりで、ろくにまともな返事をしないというのだ。その夜、アルベルチーヌは不機嫌そうだったし、最初の暑さに私も気が立っていたのだろう、私は怒りを堪えきれず、アルベルチーヌの恩知らずを非難した、「そう、みんなに訊いてみるがいい」と私は我を忘れて、声をかぎりに叫んだ、「フランソワーズにも訊いてみるがいい、みんなの意見は一致してるんだ。」しかしすぐに私は、アルベルチーヌが一度、私が怒ったときの顔がどんなに怖いかを語って、『エステル』の詩句を私に当てはめたことを想い出した。

お察しくださいまし、お怒りのそのお顔が
想い悩むわが心をいかばかり戦《おのの》かせたか……
ああ！　いかに大胆な心なら、震えもせず
陛下のお目から出《い》づる稲妻に耐えられましょう？(486)

(483)　四世紀ミラノの大司教アンブロシウスの名を冠して一六〇九年にミラノに開設された図書館で、貴重な古写本の宝庫。プルーストは一九二二年七月二十一日、友人のシフ夫妻に宛てた手紙で、妻の「ヴァイオレット」を褒めたたえ、レオナルドが素描したヴァイオレット(スミレの花)を「ヴェネツィアのアンブロジアーナ図書館でご覧になったかもしれません」と書いていた。このスミレの素描(本訳③一七四頁図13参照)は、正しくはヴェネツィアのアカデミア美術館が所蔵する。プルーストがアンブロジアーナ図書館をヴェネツィアに所在するものと想いこんでいたことを示す貴重な手紙。

(484)　生と死をあらわす小鳥と、フォルトゥーニのドレスへの配置は、本巻四〇三頁と図18、19参照。

(485)　ヴェネツィアの画家(一六九六―一七七〇)。ピンクや赤などパステルふうの色調で知られる。ゲルマント公爵夫人が「ティエポロふうの華麗な赤の夜会用コート」を着ていた(本訳⑧一四八頁参照)。

(486)　ラシーヌ『エステル』二幕七場、王妃エステルが王に言うせりふ。

私は自分の乱暴な言いかたを恥じた。それゆえ自分の所業を撤回するために、とはいえそれが敗退にならぬように、私の講和が武装した恐ろしい講和になるように、同時に、アルベルチーヌに別れる気をおこさせないためには私が別離も辞さないことを示しておくのが有効だと思われたので、私はこう言った、「赦しておくれ、かわいいアルベルチーヌ、乱暴なことを言って恥ずかしい、ほんとに申し訳ない。ふたりがもう仲よくできなくても、別れなくてはならなくても、こんな別れかたをしちゃいけない、ぼくたちにはふさわしくない。そうしなければならないなら別れよう、でも、なによりもまず、頭をさげて心からきみに謝りたいんだ。」私はこう考えた、この償いをして、アルベルチーヌが今後も当分のあいだ、せめて三週間後にアンドレが出発するまではここにとどまるつもりだと確信できるためには、さっそくあすにも、アルベルチーヌがこれまでに経験したこともないほどの大きな楽しみ、しかも長期にわたる楽しみを見つけてやるのがいいだろう。それゆえ、アルベルチーヌがこうむった不愉快な想いは拭い去ってやるのだから、この機会に、こちらはアルベルチーヌの生活に本人が思う以上に通じているということを見せつけておくのが妙策かもしれない。それでアルベルチーヌが不機嫌になろうと、その不機嫌もあすにはこちらの親切で消え失せ、警告のほうがアルベルチーヌの脳裏に残るだろう。「そうなんだ、かわいいアルベルチーヌ、乱暴なことを言ったのなら赦しておくれ。でもぼくは、かならずしもきみが考えるほど極悪非道な男じゃないよ。ぼくたちの仲を裂こうとする意地の悪い連中がいてね、きみを苦しませたくないから、一度もこんな話をしようと思ったことはなかったけど、さすがにあれこれ密告が届くと、うろたえてしまうときがあるんだ。」そしてバルベックを発ったときの事情に通じていると示すことのできるこの機会を利用しようとして、私はこう言った、「たとえば、ほら、きみがトロカデロへ行った午後のことだけど、ヴェルデュラン夫人のところにヴァントゥイユ嬢が来る予定だったのをきみは知っていただろう。」アルベルチーヌは赤面した。「ええ、知ってたわ。」「あの娘とよりを戻すためじゃなかったと誓えるかい？」「もちろん誓えるわよ。でもどうして「よりを戻す」なんて言うの？　誓って言うけど、一度も関係なんてなかったのに。」アルベルチーヌがこんなふうに嘘をつき、赤面がおのずと告白した証拠を否定するのを聞いて、私は心外だった。アルベルチーヌの不誠実が情けなかったのである。とはいえこの不誠実には、私がそうと意識せぬまに信じる気になった身の潔白にかんする確言が含まれていたので、この不誠実よりも私の心を傷つけたのは、私が「きみがヴェルデュラン家の午後のパーティーに行きたいと思った気持のなかには、ヴァントゥイユ嬢に再会する楽しみなんてはいっていなかったと、せめて誓ってくれるね？」と訊ねたとき、アルベルチーヌがこう答えたときの率直さのほうだった、「だめよ、そんなこと誓えないわ。だってヴァントゥイユのお嬢さんに会うのは、あたしには大きな楽しみだったんだもの。」ついさっきはアルベルチーヌがヴァントゥイユ嬢との関係を隠蔽するのを恨んだものだが、いまやそのヴァントゥイユ嬢に会うのが楽しみだったというアルベルチーヌの告白に、私は意気消沈した。ヴェルデュラン家から戻ってきて、アルベルチーヌから「ヴァントゥイユのお嬢さんが来るはずじゃなかったの？」と言われたときは、アルベルチーヌがヴァントゥイユ嬢の来訪を知っていた証拠を見せつけられて、たしかにひどく苦しんだ[487]。しかし私は以来、おそらくこんな推論をしていたのだろう、「アルベルチーヌは、ヴァントゥイユ嬢の来訪を知っていたが、その来訪にはなんの喜びも覚えなかった、けれどもアルベルチーヌにはヴァントゥイユ嬢のような評判の芳しくない女と交友があると知ったことで、私がバルベックで自殺を考えるほど絶望したとあとで悟って、そのことは私に話さないようにしたのだろう。」それがいまやアルベルチーヌは、ヴァントゥイユ嬢の来訪を楽しみにしていたと告白せざるをえなかったのだ。そもそもアルベルチーヌがヴェルデュラン家へ行きたいという願望を表明したときの謎めいた言いかた[488]だけで、私には充分な証拠だったはずである。ところが私はもはやその件を充分に考えていなかった。それゆえ私は、いまや「なぜアルベルチーヌは中途半端な告白しかしないのか？　意地が悪いとか、嘆かわしいとかいうよりも、ばかげている」と思いはしても、意気消沈するあまり、呈示できる新事実の資料もなくて私がいい役回りを演じることのないその点についてはさらに問いただす気力は湧かず、ふたたび優位に立てるように、あわててアンドレの件に話題を移した。この件なら、アンドレの電報という有無を言わせぬ新事実を明かせば、アルベルチーヌを敗走させることができるのだ。「ねえ」と私はアルベルチーヌに言った、「またしてもきみの交友関係であれこれ言う人が、ぼくを責めさいなむんだ、今度はきみとアンドレとの関係なんだよ。」「アンドレとの⁇」とアルベルチーヌは大声を出した。気分を害してその顔は真っ赤になり、驚きのせいで、というよりも驚いたふうに見せかけようとする欲望のせいか、両の目は大きく見開かれていた。「なんともけ﹅っ﹅こ﹅うなお話だこと‼　だれがそんな見事なたらめをあなたに言ったのかしら？　あたし、じかに訊けるかしら、その人たちに？

(487)　本巻二二五—二二六頁参照。
(488)　「あしたヴェルデュランさんのお宅へうかがうかもしれないわ、ほんとに行くかどうか全然わからないの、それほど行きたいとも思わないから。」(本訳⑩一九五頁)。

なにを根拠にそんな卑劣なことが言えるのかって?」「かわいいアルベルチーヌ、だれかわからないんだ、なにせ匿名の手紙が何通も届いたきりでね、でもだれが出したのか、きみなら簡単にわかるかもしれない(そう言ったのは私がアルベルチーヌの詮索を恐れていないことを示すためである)、きみをよく知っている人たちのはずだから。最後に届いた手紙には、ぼくは正直に言うと(この手紙を引き合いに出すのは、内容は他愛もないし、言いにくい点はひとつもないからだけど)、やっぱり憤慨したよ。その手紙によると、ぼくたちがバルベックを発った日、きみが最初は残りたいと言っておきながら、あとで出発したいと言ったのは、そのあいだにアンドレから来られないという便りを受けとったからだというんだ。」「アンドレが来られないって言ってきたのはよく憶えてるわ。電報を寄こしたぐらいだもの。その電報は、とっておかなかったから、見せることはできないけど、その日のことじゃなかったわ。もっとも、かりにその日だったとしても、アンドレがバルベックに来ようと来なかろうと、それがあたしになんのかかわりがあるっていうの?」「それがあたしになんのかかわりがあるっていうの?」という発言は、怒っている証拠であり、それがアルベルチーヌになんらかの「かかわりがあった」証拠だが、アルベルチーヌがアンドレに会いたい一心でパリに戻ってきたという証拠にはかならずしもならない。アルベルチーヌは、自分がある行為をした動機はこうだったとある人に話していたのに、その人から真偽は問わずべつの動機を指摘されると、たとえその人のために実際にその行為をした場合でも、いつも怒りだした。アルベルチーヌが、自分の行動をめぐる情報は私が心ならずも匿名の人たちから受けとったものではなく、私がその人たちを貪欲にせっついて得たものだと信じていたとしても、それは匿名の手紙という私のつくり話を真に受けているとおぼしいあとでアルベルチーヌが私に言ったことばから推測されることではなく、私にたいする怒りの表情から推測されることで、その怒りが以前から溜めこんでいたアルベルチーヌの不機嫌の爆発としか見えなかったのは、この仮説に立てばアルベルチーヌが私の仕業だと信じたはずのスパイ行為も、自分の行為がすべて監視されているというアルベルチーヌがずいぶん前から信じて疑わなかった事態の帰結にしか見えなかったのと同じであろう。アルベルチーヌの怒りはアンドレにまで及び、いまや自分がアンドレと外出することにも私は平静でいられないだろうと思ったのか、アルベルチーヌはこう言った、「そもそもアンドレには我慢できないわ、なんとも退屈な人だもの。あしたも来るんでしょ。もうあんな人とは外出したくないわ。あんな人のためにあたしがパリに戻ってきたなんてあなたに言ってきた人たちには、そう知らせてくれていいのよ。そりゃ、アンドレのことは何年も前から知ってるわよ。でも、信じてもらえないかもしれないけど、どんな顔をしてるのかも言えないぐらいなの。だってろくに顔を見たこともないんだもの！」ところがバルベックで、最初の年、アルベルチーヌは私に「アンドレはほんとにほれぼれするほど魅力的だもの」と言っていた。[489] もちろんアルベルチーヌは、だからといってアンドレと恋愛関係があると言おうとしたわけではないし、私が聞いたかぎりその手のいかなる関係についてもかならず憤慨して話していた。それでもアルベルチーヌは、ある女友だちとの戯れが、それがほかの女たちの場合であれば不道徳な関係として蔑んだものと同じだとは信じられず、自分が変わったと気づくことなく変わってしまったのではあるまいか？　それが可能になったのは、このような変化が、またこのような変化にさえ気づかぬ無自覚が、私との関係においても同じように生じたからではなかろうか？　なにしろバルベックで当初はあれほど憤慨して接吻を拒んでいたアルベルチーヌが、その後は毎日のようにその接吻をみずから私に与えるようになり、私がそう期待しているように、今後もなお長きにわたり与えてくれるだろうし、今すぐにでも与えてくれるのだから。

「ねえ、きみ、ぼくは連中のことなんか知らないのに、どうやって連中にそれを知らせたらいいんだい？」私がこれだけはっきり答えたのだから、アルベルチーヌの瞳のなかに結晶しているのが見える反論や疑念は消え去るはずであったが、それらは無傷のまま残った。私は口をつぐんだが、にもかかわらずアルベルチーヌはまだ話し終えていない人を見るような執拗に注意ぶかいまなざしで私をじっと見つめつづけた。私はあらためてアルベルチーヌに赦しを乞うた。アルベルチーヌは赦すようなことはなにもないと答え、もとの非常にやさしい女に戻った。しかしその悲しそうな歪んだ顔の背後に、私はなんらかの秘密が形づくられている気がした。アルベルチーヌが予告なしに私の家から出てゆくはずのないことは、よくわかっていた。そもそもそんなことを望むはずがないし(一週間後にはフォルトゥーニの新しいドレスの仮縫いをする手筈であった)、週末には私の母が帰ってくるし、同様に本人の叔母も戻ってくるのだから、儀礼上もそんなことができるわけはない。アルベルチーヌが出てゆくことなどありえないのに、なぜ私は何度も、翌日はいっしょに外出しよう、プレゼントしたいと思っているヴェネチアン・グラスを見に行こうと言い、アルベルチーヌがいいわよと答えるのを聞いて安心したのだろう? 私のそばへ来てお寝みを言ったアルベルチーヌに私が接吻したとき、アルベルチーヌはいつものようにはせず――バルベックでは拒んでいた接吻を毎晩与えてくれる心地よさを私が今しがた想いうかべた直後

(489) アルベルチーヌは「私」に「あの子は[…]ほんとにほれぼれするほど魅力的だもの。どうしようもないわね! 男の人ときたら!」と言っていた(本訳④六二二頁)。

だったのに——顔をそらして、私に接吻を返さなかった。まるで私と仲違いしたのだから、その仲違いを否認する不誠実な行為だとあとで受けとられかねない愛情のしるしなど与えるものかと言わんばかりである。アルベルチーヌはまるでこの仲違いに自分の行為を合致させているかのようで、ただしそのやりかたが控え目だったのは、はっきり仲違いを宣言したくないのかもしれないし、あるいは肉体関係を断《た》ってもやはり友人でいたいからなのかもしれない。それで私はいま一度アルベルチーヌに接吻して、大運河の鏡のようにきらきらと金色《こんじき》に光る紺碧と、死と復活の象徴であるつがいの鳥とをわが胸に抱きしめた。ところがまたしてもアルベルチーヌは、私に接吻を返そうとはせず顔をそらしたが、その不吉で本能的な頑なさは、死を予感する獣《けもの》を想わせた。アルベルチーヌが仕草であらわしたとおぼしきこの予感は私自身にも伝わり、激しい不安に満たされた私は、アルベルチーヌが戸口まで行ったとき、そのまま立ち去らせる勇気が出ず、呼びとめた。「アルベルチーヌ」と私は言った、「ぼくはちっとも眠くないんだ。きみも寝たくなければ、もうすこしここにいてもいいんだよ、もしよかったら、無理にとは言わない、なによりもきみを疲れさせたくないからね。」もしアルベルチーヌの服を脱がせ、白いネグリジェすがたにすることができれば、その身体はいっそうバラ色で一段と熱いものに感じられて私の官能をかき立て、和解はいっそう完全なものになると思われた。しかし私は一瞬ためらった。というのも部屋着の青い縁が、アルベルチーヌの顔に、ある種の美しさ、ある輝き、いわば青空の風情を添えていて、それらがなければアルベルチーヌはもっと冷酷な女に見えると思われたからである。アルベルチーヌはゆっくり戻ってくると、ずいぶん優しく、しかし相変わらず打ちひしがれた悲しげな顔をして、私に言った、「あなたが好きなだけここにいてもいいわよ、眠くないから。」その返事に私の心は鎮まった。アルベルチーヌが目の前にいるかぎり、私は未来に備えることができるし、その返事には友情も従順さも含まれていたからであるが、その友情や従順さは限られた性格のもので、その性格に限界を与えているのは、アルベルチーヌが思わずそうしたとも、おそらく私のあずかり知らぬなにかとあらかじめ調和させようとしたとも考えられる、悲しげなまなざしや変わりはてた態度の背後に感じられる秘密であった。いずれにせよ私が大胆な振る舞いに出てアルベルチーヌを思いのままにするためには、バルベックでベッドに寝ているところを見たときのように、首筋もあらわな真っ白なネグリジェすがたにするほかないように思われた。「嬉しいね、もうすこしここにいてぼくを慰めてくれるというのなら、その部屋着を脱いだらどうだい、暑すぎるし、ごわごわするし、ぼくはきみに近寄れないんだ、きれいな布地をしわくちゃにしてはいけないし、ふたりのあいだには運命を告げる鳥たちがいるからね。さあ、脱ぎなよ。」「だめよ、ここで部屋着を脱ぐのは具合が悪いの、あとで自分の部屋で脱ぐわ。」「それじゃ、ぼくのベッドに腰かけるのもだめかい?」「いいえ、いいわよ。」しかしアルベルチーヌはすこし離れた私の足元に腰かけ、そこから動かなかった。私たちはあれこれ話をしたが、突然、哀切な呼び声のような規則正しいリズムが聞こえた。ハトが何羽もくうくうと鳴きはじめたのだ。「夜が明けたのね」とアルベルチーヌは言った。そして眉間にしわを寄せんばかりにして、私の家で暮らしていてはうららかな季節の楽しみを味わえないかのように「ハトが戻ってきたんだから、もう春なのね」と言った。そのハトの鳴き声と雄鶏の歌のあいだには不分明であるが深い類似が存在し、それと同様の類似は、ヴァントゥイユの七重奏曲において、アダージョの主題と冒頭および最終の一節とのあいだにも認められ(490)、これら三者はいずれも鍵となる同じ主題を基にしていながら、調性や拍子の違いによって変形させられているので、音楽の門外漢たちは、ヴァントゥイユにかんする本をひもとき、その三者が四つの同じ音符を基に構築されていると知って驚くが、そもそもこの四つの音符をピアノで一本指で弾いてみても、その三者のどれひとつたりとも見出すことはできないだろう。かくしてハトたちが奏でたこのもの憂い一節は、いわば短調による雄鶏の歌と言うべきで、空へ向けて垂直に立ちのぼるのではなく、ロバの鳴き声のように規則正しく優しい響きにつつまれ、一羽のハトからべつのハトへと同じ水平線上をつたわって、けっして立ちあがることはなく、この横へ広がる嘆きを、導入部のアレグロとフィナーレ(491)とが何度も発した歓喜の呼びかけへ変えることはないのである。そのとき、アルベルチーヌがまるで今にも死ぬかのように、私が「死」という語をつぶやいたのを憶えている。事件というものは、それが生じる瞬間よりも広大で、とうていその瞬間には収まりきらないらしい。事件は、それが記憶にとどめられるがゆえにもちろん未来へはみ出すが、とはいえ事件に先立つ時間のなかにも占めるべき場所を要求する。たしかに事件に先立つ当時は、将来それが生じるように事件を見ているわけではないと言えるだろうが、しかし記憶においても事件はこれまた変更されているのではなかろうか？　アルベルチーヌがみずから接吻しないのを見て、これでは時間の無駄になる、正真正銘の心鎮まる時間はそもそも接吻からしかはじまらないと悟った私は、「お寝み、もう遅いから」と言った。そう言えばアルベルチーヌは私に接吻せざるをえず、あとはふたりでそれをつづけることになるだろう、と考えたからである。ところがアルベルチーヌは「お寝みなさい、

(490)　この箇所は原文の構文が不分明。文脈上、文意を正しく捉える井上究一郎訳の解釈に従う。
(491)　ヴァントゥイユの七重奏曲における「冒頭および最終の一節」(九行前)に相当。

ぐっすり眠ってね」と言ったあと、最初の二度とまったく同じように、頬のうえに接吻するだけにとどめた。こんどは私も呼びとめる勇気が出なかった。しかし胸の動悸がひどく、ふたたび横になることができない。私は籠のなかで一方の端からもう一方の端へと飛びかう小鳥のように、アルベルチーヌは出てゆくかもしれないという不安から比較的平静な気持へと、休みなく揺れ動いた。この平静な気持は、私が一分ごとに何度もくり返した「いずれにせよアルベルチーヌが予告なしに出てゆくことなどありえない、そもそも出てゆくなんて言ったことは一度もない」という推論から生じたもので、それで私の心はほぼ鎮まる。ところがすぐさま私はふたたびこう思う、「といっても、あすになってアルベルチーヌがいなかったらどうしよう！　ぼくの不安自体にもそれなりの原因があるんだ、なぜアルベルチーヌはちゃんと接吻しなかったのだろう?」　すると私の胸はおそろしく痛む。ついで私がさきの推論をふたたびはじめると、胸の痛みはすこし治まるが、思考のこのような動きが絶え間なく単調だからであろう、とうとう頭が痛くなる。このようにある種の精神状態は、とりわけ激しい不安は、われわれに二者択一のみを迫るという点で、ある単発の肉体的苦痛と同じく、おそろしく局限されたものなのだ。私が自分の不安を正しいとする推論と、それを間違っているとして自分を安心させる推論とをたえずくり返していた空間は、病人が身体の痛む器官を内心の指でたえず触ってみて、痛い点からしばし遠ざかっても、すぐまたそこへ戻ってくるのと同じほど、狭い空間なのである。と、突然、夜の静寂《しじま》のなかに響いた物音に、私はハッとした。うわべはなんでもない物音なのに、私が激しい恐怖に震えあがったのは、それがアルベルチーヌの部屋の窓が乱暴に開け放たれた音だったからである。それ以上なにも聞こえなくなったとき、その物音に私がなぜそれほど恐怖を覚えたのかと自問してみた。物音自体にはなんら異常なところはなかったが、おそらく私はその物音に、等しく私をぞっとさせるふたつの意味を付与したらしい。第一に、私は外気がはいるのを心配する性分なので、夜にはぜったい窓を開けないというのがふたりの同棲生活の約束ごとだった。そのことはアルベルチーヌがわが家で暮らすことになったとき本人によく説明し、アルベルチーヌも、これは私の奇癖で、しかも健康によくない奇癖だと確信してはいたが、この禁令をけっして破らないと約束してくれていた。アルベルチーヌはどんなことであれ私の望みだとわかっていることには、たとえ心中で非難してもおそるおそる従っていたから、どんな重大事件が生じても私を起こさせなかったのと同じく、窓を開けるぐらいなら、むしろ暖炉の火がくすぶる臭《にお》いのなかで眠るほうを選んだはずだと、私は承知していたのだ。それはふたりの生活の些細な約束ごとのひとつにすぎないが、アルベルチーヌが私に告げることなくそれを破ったからには、今後はもはやなんの手加減もせず、ほかの約束ごとも例外なく破ってしまうことを意味しているのではないか？　第二に、それは激しい物音で、まるでアルベルチーヌが憤りに顔を真っ赤にして「こんな生活は息が詰まる、仕方ないわ、あたしには空気が必要なの！」と言いながら窓を開けたかのように、じつに不作法な開けかただと言えた。私はまるっきり正確にそう思ったわけではないが、まるでフクロウの鳴き声よりも謎めいた不吉な前兆のように[492]、アルベルチーヌが開けたその窓の音のことを考えつづけた。私はスワンがわが家に夕食にやって来たコンブレーの夜以来もしかすると経験したことのないほど動揺しながら、夜中じゅう廊下を歩きまわり、私の立てる足音を耳にしたアルベルチーヌが、同情して呼び入れてくれることを期待したが、その部屋からはなんの物音も聞こえなかった。コンブレーでは、母に来てくれるよう頼んだものだ。しかし母の場合、私が恐れたのはその怒りだけで、私が母に愛情を示したからといって母の愛情が減るわけではないことがわかっていた。そんなことを考えてアルベルチーヌに声をかけるのが遅れたのだ。すこしずつ私は、声をかけるには遅すぎることを自覚した。アルベルチーヌはとっくに眠ってしまったはずだった。

　翌日、目が覚めたとたん、私が呼ばないうちはなにがおころうと部屋にはだれも入れないことになっていたので、私は呼び鈴を鳴らしてフランソワーズを呼んだ。そして同時に私は「つくってやろうと思っているヨットのことをアルベルチーヌに話そう」と考えた。届いた手紙の束を受けとりながら、私はフランソワーズの顔を見ずに言った、「あとでアルベルチーヌさんに言いたいことがあるんだけど、もう起きてるかい？」「はい、早くお起きになりました。」私は内心に、まるで突風にあおられたように無数の不安が湧きあがるのを感じて、それを未解決のまま胸のうちにとどめてはおけなかった。胸騒ぎは激しく、私は嵐のただなかにいるみたいに息も絶えだえだった。「なに？　それで今どこにいるんだ？」「お部屋のはずですが。」「ああ、そうかい、じゃあ、あとで会うことにするよ。」私はホッとした。ちゃんといるんだ、そう思うと私の動揺は収まった。アルベルチーヌが家にいるとなると、その事実に私はほとんど無関心になった。そもそも、アルベルチーヌがいないかもしれないと想像したのが、ばかげていたのではないか？　私はふたたび眠りこんだが、アルベルチーヌが出てゆくことはないという確信にもかかわらず眠りは浅く、しかも浅くなるのはアルベルチーヌに関わるときだけだった。というのも、中庭の工事にかんする物音だけなら、それが睡眠中に漠然と聞こえてきても平気だったのに、アルベルチーヌの部屋か

(492)　フクロウは、伝統的に、目には見えない隠された真実を見抜く能力があるとされた。

らなにか聞こえてくるとか、アルベルチーヌが出かけたり、呼び鈴[493]をそっと鳴らして足音を忍ばせて帰ってきたりするとか、そんな微かな響きでさえ、どれほど深い睡眠のさなかに聞こえた場合でも、私をびくっとさせ、全身を震わせ、胸をどきどきさせたからである。これと同じく祖母も、死ぬ直前の数日間、医師たちが昏睡と呼ぶなにものにも乱されない不動の状態に陥ったとき、私がフランソワーズを呼ぶときに鳴らすことにしていた呼び鈴の三つの音を聞くと——とくにその週は、臨終の部屋の静寂を乱さぬよう私がたとえ普段よりもそっと鳴らしても、呼び鈴を鳴らすときの自分では気づかない癖のせいで、ほかの人の音と間違える者はだれひとりないとフランソワーズの請け合うその三つの音を聞くと——いっときわなわなと震えだしたという[494]。してみると私も、臨終がはじまったのだろうか？　死が近づいたのだろうか？

その日と翌日、私たちはいっしょに外出した。アルベルチーヌがもうアンドレとは出かけたくないと言ったからである。私はヨットの件を話すこともなかった。この散策が私の心をすっかり鎮めてしまったからだ。ところが夜になると、アルベルチーヌがあいかわらず同じ新たなやりかたで接吻したので[495]、私は腹を立てた。そんなやりかたはアルベルチーヌが私に不満をいだいていることを見せつけるためとしか考えられず、私がたえず尽くしてやる親切にたいするふざけた仕打ちだと思われた。それゆえ私は、自分が執着する肉欲の満足をもはやアルベルチーヌからは得られず、不機嫌なアルベルチーヌを醜いと思って、近ごろのうららかな晴天がわが心にその欲望を呼び醒ました女と知り合ったり旅行したりするありとあらゆる機会を奪われていることをますます痛感した。私としては、まだ高等中学《コレージュ》の生徒だったころ、すでに生い茂った緑の木陰でいろいろな女たちを相手に経験したまま忘れていた逢い引きをきれぎれに想い出したからか、私たちの住まいがさまざまな季節を経めぐった旅の果てに三日前から穏やかな晴天のもと足を止めたこの春の領土は、つまり、すべての街道が田舎での昼食や、舟遊びや、さまざまな快楽へと向かうこの春の領土は、木々の国であるとともに女たちの国であると思われ、そのいたるところで提供される快楽が私の快復期の体力にも許される気がしたのだ。あきらめて怠惰に暮らし、禁欲に甘んじ、愛してもいないひとりの女との快楽しか知らず、部屋に閉じこもって旅に出ることもあきらめる、そんなことはすべて昨日までの旧世界、空疎な冬の世界では可能であったが、

(493) 原語 timbre.「呼び鈴として門扉にとりつける鐘」(『リトレ仏語辞典』)。
(494) 祖母の臨終の際(本訳⑥参照)には語られなかった逸話。祖母が「私」の「呼び鈴の三つの音」に反応したのは、それがバルベックでの三つの「ノックの音」(同④八二頁)を想い出させたからか。
(495) 唇を合わさず、前夜のように「頬のうえに接吻するだけにとどめた」(本巻四八六頁)。

木の葉の茂るこの新世界ではもはや不可能なのだ。私はこの新世界に、はじめて存在と幸福の問題を提起され、以前に積み重ねられた否定的解決にはもはや影響されない、若きアダムとして目覚めたのである。それにひきかえ重荷となったアルベルチーヌのおとなしくも不機嫌なすがたをじっと見つめた私は、ふたりが別れなかったのは不幸だと感じた。私はヴェネツィアへ行きたいと思い、とりあえずはルーヴル美術館へ行ってヴェネツィア派の画を見たり、リュクサンブール美術館[496]へ行ってエルスチールの二点を見たりしたいと思った。その二点とは、近ごろ聞いたところでは、私がゲルマント公爵夫人邸で見て魅了された『ダンスの楽しみ[497]』と『X家の肖像[498]』の二点で、それをゲルマント大公妃が最近この美術館に売却したという[499]。しかし私は、『ダンスの楽しみ』に出てくるある種の扇情的なポーズを見て、アルベルチーヌが庶民的なお祭り騒ぎへの欲望や憧れをいだき、これまで経験したことのない花火やガンゲット[500]三昧の生活がおもしろいと思うのではないかと怖れた。私は早くも今から、アルベルチーヌが七月十四日の革命記念日に庶民のダンスパーティーへ行かせてくれと頼むのではないかと心配し、なにかとんでもない事件がおこってそのパーティーが中止になることを夢見た。それにあの美術館にあるエルスチールの画には、鬱蒼と木の茂る南仏の景色のなかに女たちの裸体を描いたものがあって、エルスチール自身はそこに緑陰に腰をおろした女の身体が呈示する彫刻的な美、もっと適切に言えば、その身体の白い記念碑のような美しか見ていなかったが――その作品の価値をアルベルチーヌはおとしめるのではないか？――、その裸体はアルベルチーヌにある種の快楽を想わせるかもしれないのだ。

それで私はやむなくそちらをあきらめ、ヴェルサイユへ行こうと考えた。アルベルチーヌは、アンドレとは外出したがらず、部屋にとどまり、フォルトゥーニの部屋着すがたで本を読んでいた。私はヴェルサイユへ行かないかと訊いてみた。アルベルチ

(496)　フランスの現存作家の作品を収蔵する目的で、リュクサンブール宮殿(リュクサンブール公園の北端、現在の上院、地図②参照)に、一八一八年から一九三七年まで設置されていたルーヴル美術館の分館。近代美術館の創設に伴い消滅した。なお二〇〇〇年以来、同宮殿オレンジ用温室を利用して、展覧会用に同名の美術館が開設されている。

(497)　エルスチールが「川べりのパーティー」を描いた画(本訳⑦一七三―七七頁参照)で、「シルクハットすがた」の男(ルノワール『舟遊びをする人たちの昼食』同一七六頁図14参照)や「踊りを中断した女性のドレス」(同画家の『ムーラン・ド・ラ・ギャレット』などを参照)などが描かれていた。

(498)　同じ男が「自宅のサロンに燕尾服すがた」で描かれている画(本訳⑦一七三頁参照)。

(499)　二点がゲルマント公爵夫妻の所蔵ではなく、ゲルマント大公夫妻の所蔵品になったことを示す。

(500)　原語 guinguette(s). パリの郊外、多くはセーヌ川やマルヌ川沿いに設けられた居酒屋。祝祭日などに戸外で飲み食いをして、アコーディオンの伴奏でダンスをすることができた。ルノワールが『舟遊びをする人たちの昼食』(前注497参照)で描いたレストラン・フールネーズもそのひとつ。

ーヌには、以前は半分の時間を他人の家で暮らした習慣ゆえに身についたものかもしれないが、あっという間に私たちといっしょにパリへもどる決心をしたときのように、なにごとにも即座に応じられるという美点があった。アルベルチーヌは私に言った、「もし車から降りないのなら、この恰好で行ってもいいでしょ。」そう言うと、自分の部屋着を隠すにはフォルトゥーニのふたつのコートのうちどちらにすべきか――まるでふたりのタイプの異なる男友だちのどちらを連れてゆくか迷ったみたいに――一瞬ためらい、すばらしいダークブルーのコートを羽織って、帽子にはピンブローチを挿した。私が短コートを手にとるよりも早く、またたく間にアルベルチーヌの用意は整い、私たちはヴェルサイユへ出かけた。この素早い支度、この絶対的な服従ぶりを見て、不安を覚える確たる理由などなにもないのに、実際その必要があったかのように、私はいっそう安心した。「やっぱり、なにも心配することはないんだ、このあいだは夜中に窓の音がしたけれど、アルベルチーヌはぼくが頼むことをやってくれる。ぼくが出かけようと言ったら、すぐに部屋着のうえにこのブルーのコートを羽織ってついてきた。反抗する女や、ぼくとうまくいかない女なら、こんなことはしないだろう。」ヴェルサイユへ向かう道すがら、私はそう思った。私たちはヴェルサイユで長い時をすごした。空は、散歩する人が野原に寝そべって頭上にときとして見かけるように、見渡すかぎり晴れやかなやや淡い青色で、しかしどこまでも均一に、きわめて深く澄んでいるので、この空をつくる青は、なんの混ぜものもなくそこに使われたように感じられ、また無尽蔵の豊かさを備えているので、その実体をいくら究めてもこの同じ青以外にはなにひとつ見つかるまいと思われるほどだった。私は祖母が、人間のつくる芸術でも自然のなかでも、偉大なものを愛して、これと同じ青空のなかにそびえるサン＝チレールの鐘塔を眺めるのを好んだことを想い出した(501)。そのとき突然、ある音を耳にした私は、またしても失われた自由への郷愁を覚えた。最初はなんの音かわからなかったが、それもまた祖母なら好きになったにちがいないと思われた音で、スズメバチがぶんぶんいうような音だった。「あら」とアルベルチーヌは私に言った、「飛行機よ、ほら、あんなに高いところ、あんなに高いところ(502)。」私はあたりをぐりと眺めたが、黒い斑点はひとつもなく、散歩に来て野原に寝そべった人と同じく私に見えるものといえば、ただ混じりけのない元のままの淡い青だけである。とはいえ相変わらずぶんぶんいう羽音は聞こえていて、いきなりその羽が私の視野にはいった。

(501)「私」によくサン＝チレールの「鐘塔を眺めるよう言った」祖母は、「矮小化したのではない自然や、天才の作品を好んだ」(本訳①一五〇―五一頁参照)。
(502)当時、ヴェルサイユの近辺には多くの飛行場がつくられていた(本訳⑩二一七頁注190参照)。

ずっと高いところに、小さく輝く褐色の羽が、変色しない空の均一な青に襞をつけている。ようやく私はぶんぶんいう音をその原因に、つまり、おそらく優に二千メートルはある高みで小刻みに震えている昆虫に結びつけることができた。それがうなっているのが見えたのである。地上の距離がスピードによって今のように短縮されていなかったころには、二キロ先を走る汽車の汽笛が備えていたかもしれぬ美を、われわれは今や、さらになお当分のあいだも、二千メートル先の飛行機のぶんぶんいう音に認めて心を動かされるのだ。考えてみれば、この垂直の旅によって踏破された距離は地上における距離と同じであっても、方向が違えばそちらへはたどり着けないと感じるがゆえに測定の尺度も異なるように思われるのに、二千メートル先の飛行機が二キロ先の汽車ほどには遠くなく、もっと近いとさえ感じられるのは、同じ距離の移動がはるかに純粋な空間のなかでおこなわれ、旅する人とその出発点とのあいだになにひとつさえぎるものがないからで、その点、なにもない海上や平原で天気が穏やかだと、すでに遠ざかった一艘の船や、野をわたる一陣のそよ風が、一面の大海原や麦畑にひとつの筋をつけるのと似ている。

私はおやつが食べたくなった。私たちは、町外れと言ってもいい場所にあるが当時なかなか流行っていた大きな菓子屋に立ち寄った。ひとりの婦人が、店を出てゆくとところで、菓子屋の女主人に預けたコート類を渡してくれるよう頼んだ。その婦人が出てゆくとアルベルチーヌは、まるで相手の注意を惹こうとしているかのように菓子屋の女主人を何度も見つめた。かなり遅い時間だったので、女主人は茶碗や皿やプチ・フールなどを片づけていて、なにか頼んだときだけ私のほうへ近づいてきた。そんなとき、そもそもきわめて背の高い女主人は立って私たちに給仕し、アルベルチーヌは私の横に座っていたから、女主人の注意を惹くために、その都度、金色に輝くまなざしをそちらへ垂直に上げるはめになり、しかも女主人は私たちのそばに寄っているから、アルベルチーヌはまなざしを斜めにしてその傾斜をゆるめることもできず、それだけに瞳をいっそう吊り上げざるをえなくなった。顔をあまり上げすぎないようにしながら、自分のまなざしを女主人の目の位置する途方もない高さにまで持ち上げるほかないのだ。アルベルチーヌは、私への気遣いから、そのまなざしをさっと伏せるが、女主人がぜんぜん自分に注目してくれないので、また同じことをやりはじめる。それはまるで近寄ることのできない女神に空しい哀願の聖体奉挙(503)を何度も捧げる恰好であった。やがて女主人の残る仕事は、隣の大きなテーブルを片づけるだけになった。そうなると、アルベルチーヌのまなざしは横を向きさえすればいいのだ。ところが女主

(503)　ミサで、聖別されたパンとブドウ酒を司祭が高く掲げて信者に示す儀式。

人のまなざしは、一度たりともアルベルチーヌのうえにとまらなかった。これが私にはなんら不思議なことでなかったのは、少々面識のあるこの女には夫がありながら何人も愛人の男がいるのを知っていたからであるが、しかしその情事を完全に隠しおおせていることだけは、この女が桁外れのとんまであるだけに、じつに意外であった。私たちがおやつを食べ終わるあいだ、私はこの女をじっと見つめた。女が片づけに没頭して、わが恋人のそもそもなんら不作法ではないまなざしを一顧だにしないとは、アルベルチーヌからすれば礼儀をわきまえぬ所業だともいえよう。女主人は片づけをしている、えんえんと一心不乱に片づけをしている。小さなスプーンや果物ナイフのたぐいを片づけるのを、この背の高い美女に託すのではなく、人手を節約して単なる機械にやらせてみたとしても、アルベルチーヌの注視からこれほど完全に隔絶したさまを目にすることはできなかったであろう。それでも女は目を伏せたりせず、もの想いにふけることもなく、自分の仕事だけに注意を凝らして、自分の目と魅力とを輝かせていた。かりにこの菓子屋の女がことのほか間抜けな女ではなかったら(ことのほか間抜けだという評判だったし、私も経験上そうだと知っていた)、このような無関心は抜け目のなさの極致ということもありえたかもしれない。それに私は、どんなにとんまな人間でも、自分の欲望や利害がからんでくるとその場合だけは、間抜けな暮らしの無能のさなかにも、複雑きわまりない歯車装置にただちに適応できることを重々承知している。それでもやはり、この菓子屋の女ほど愚かな女にたいしては、それはあまりにもうがちすぎた想定というものだ。それほどの愚かさが、考えられないほど礼儀をわきまえぬ形をとっているのだ！　女主人はただの一度もアルベルチーヌを見つめなかったが、そのすがたが見えなかったはずはない。これはわが恋人にはまるで愛想のない仕打ちだったが、結局、私はアルベルチーヌがこうしてささやかな教訓を得て、女たちはたいてい自分に関心をいだかないものと悟ったことを喜んだ。私たちが菓子屋をあとにし、ふたたび車上の人となり、すでに家路についていたとき、私は突然、菓子屋の女主人を脇へ呼んで、万一の用心に、私たちが到着したとき店から出ていった婦人に私の名前と住所を教えないよう頼むのを忘れたことを悔やんだ。しばしば注文する私の名前と住所をよく知っている女主人が、こんなことでくだんの婦人に間接的にアルベルチーヌの住所を教えるという、実際、無用のことをしかねないと考えたのだ。しかし私はこんな些細なことで引き返すのは時間の無駄だし、そんなことをすれば、愚かで嘘つきの菓子屋の女に、私がそれをあまりにも重大視していると受けとられかねないと思った。ただここ一週間のうちにはあの菓子屋へおやつを食べに行き、この件を頼んでおかなくてはなるまいと考え、人はいつも言うべきことの半分は忘れてしまい、他愛もないことをやるのに何度も手間をかけるはめになるのは困ったことだと思った。

　私たちが夜遅く戻ってくると、闇のなかの道端のあちこちに、スカート[504]のかたわらに赤ズボン[505]があらわれて、恋人たちが何組もいることがわかった。私たちの車は、家へ帰るのにポルト・マイヨ[506]を通った。パリの歴史的建造物はどれも、純粋な、線だけで描かれた、厚みのない、歴史的建造物のデッサンに置きかえられた観があり、まるで破壊された町のためにその再建図が描かれたかのようであった。しかしその再建図のへりには、その図を浮かびあがらせる青白い縁飾《ふちかざ》りがいともおぼろに立ちあがるので、飢えた目は、いかにも出し惜しみされたこの快い色合いがまだほかにも見当たらないかとあたりを探してみる。月の明かりだったのだ。アルベルチーヌはすばらしい月明かりだと言った。私のほうは、もし自分がひとりきりなら、あるいは未知の女を求めているのなら、この月明かりをもっと楽しめたのにと考えたが、さすがにアルベルチーヌにそうは言えなかった。私は月の光を謳ったいろいろな詩句や散文を暗唱して、昔は銀色だった月明かりが、シャトーブリヤンや、「エヴィラドニュス」と「テレーズ邸における祝宴」のヴィクトル・ユゴーの手にかかると青色になり[507]、ボードレールやルコント・ド・リールの手にかかると今度は金属のように黄色になったことを示した(508)。それからアルベルチーヌに、「眠れるボアズ」の最後で三日月をあらわすイメージ(509)を想い出させつつ、この詩篇全体について語った。

いま想い返してみても、アルベルチーヌの生活が、目まぐるしく変わりすぐに消えてゆくしばしば相矛盾する欲望にどれほど覆いつくされていたかは、とうてい口では言えない。たしかに嘘は事態をいっそう複雑にしていた。というのもアルベルチーヌ

(504)　原語 jupon.「ドレスの下に履くペチコート」、転じて「スカート」jupe や「女」を意味する。

(505)　一八二九年から一九一五年までの、フランス歩兵の制服(より正確には「あかね色」garance)。

(506)　パリ外周の城門跡(ポルト)のひとつ。市内の凱旋門へ通じる(地図②参照)。

(507)　頻繁に月の光を描写したシャトーブリヤンでは(これに関するヴィルパリジ夫人の皮肉は本訳④一八七頁参照)、『革命論』(一七九七)の「月のビロードのような紺青の光」(二部五七章)と、『キリスト教精髄』(一八〇二)におけるその再利用「月のビロードのような青味を帯びた光」(一部五書一二章)が知られる。ユゴーでは『諸世紀の伝説』(一八五九―八三)収録の中世騎士「エヴィラドニュス」をめぐる大長篇詩に「静謐な月明かりで青味を帯びた木々」(一一節)が謳われ、『静観詩集』(一八五六)収録の「テレーズ邸における祝宴」(一書二二)最終行には「見渡すかぎり青き月明かりが降り注いでいた」とある。最後の詩句はシャルリュスが「私」に引用していたもの(本訳⑦四八二頁参照)。

(508)　ボードレール『悪の華』(一八五七)の詩篇「告解」には「真新しいメダルのように／満月はこれ見よがしにあらわれ」(五―六行)、ルコント・ド・リール晩年の『悲劇詩集』(一八八四)に収められた詩篇「オオカミの呪文」第四行には「大きな黄色い月」が出る。

(509)　本作で「私」(本訳④一八五頁)やゲルマント公爵夫人(同⑦四一一頁)やシャルリュス男爵(同⑦四七八頁)が引用したユゴーの詩篇「眠れるボアズ」最終行に「黄金《こがね》色の鎌」(三日月)が出る。

は私たちが交わした会話を正確には憶えていられないようで、以前、私に「ああ、きれいな娘《こ》よ、ゴルフがうまかったわ」と言うので、その娘の名前を訊ねたところ、どんな場合にも使える恬淡とした高慢な口調で、つまり、この手の嘘つきならだれもが、ある質問に答えたくないときにその都度いっときだけ採用する、けっして不足することなくつねに自由に使える口調で、「あら！　知らないのよ（私に教えることができないのが残念と言わんばかりだ）、一度も名前を聞いたことがないの、ゴルフ場で見かけた娘《こ》だけど、なんていう名前なのか知らなかったわ」と答えていたのに、ひと月後に私が「アルベルチーヌ、ほら、君がいつか話してくれたきれいな娘《こ》のことだけど、例のゴルフがうまかったという」と言うと、アルベルチーヌは軽率に「ああ、そうそう、エミリー・ダルチエね、あの娘《こ》どうしてるかしら」と答える始末である。おまけに嘘は、野戦の要塞のように、いまや名前が陥落したからには、名前の防衛から今度はその娘を見つけだす可能性へふり向けられる。「あら！　知らないのよ、一度も住所を聞いたことがないの。あなたにそれを教えられる人にも心当たりがないわ。あら、だめよ、アンドレだって知らないわ、あの娘《こ》はあたしたちの小さな一団のメンバーじゃなかったし、小さな一団だって今じゃばらばらだもの。」べつのときには、嘘は卑しい告白のようになる、「ああ、あたしに三十万フラン(510)の年金があったらいいのに……。」そう言ってアルベルチーヌは唇をかむ。「そうなったら、どうするんだい？」「あたし、あなたにお願いするわ」とアルベルチーヌは私に接吻して言う、「あなたのところへ今後もおいてくださいって。ここよりほかに幸せになれそうなところはないんだもの。」しかし、たとえこのような嘘を考慮に入れても、アルベルチーヌの生活がどれほどころころと変わり、その最大の欲望さえどれほど移ろいやすいかは、信じられないほどであった。ある人に惚れこんでいても、三日もすると、その人が訪ねてくるのもいやだと言う。また絵をやりたいと言いだすと、私がキャンバスや絵の具を買いにやらせるまで、一時間も待つことができない。二日間というもの、乳母とひき離された子供のように、いらいらして涙を流さんばかりに悲しむが、そのあとはけろっとしている。アルベルチーヌの人間や、事物や、用事や、芸術や、国々にたいする感情のこのような変わりやすさは、実際すべてのことに当てはまるので、私には信じられないが、たとえお金を好きになったとしても、それをほかのものよりも長いあいだ好きになることはできなかったはずである。アルベルチーヌは「ああ、あたしに三十万フランの年金があったらいいのに！」と言ったとき、たとえ良からぬことを考えていたとしても、それは長つづきせず、私の祖母が持っていたセヴィニエ夫人の本の

（510）三十万フランは、約一億五千万円。

挿絵で見たレ・ロシェ(511)へ行きたいとか、ゴルフの女友だちに会いたいとか、飛行機に乗りたいとか、叔母といっしょにクリスマスをすごしたいとか、また絵をはじめたいとか、そんな欲望と同じくさほど長く執着することはなかっただろう。

「結局、あたしたちふたりともお腹がすいてないんだから、ヴェルデュランさんのところへ寄ってもよかったわね」とアルベルチーヌは言った、「ちょうどお客の日だし、時間も頃合いでしょ。」「でも、きみはあの人たちに腹を立ててるんじゃないのか？」「そりゃ、あの人たちにたいする陰口はいくらでも聞くわ、でも結局そんなに悪い人たちじゃないのよ。ヴェルデュランの奥さんは、いつだってあたしに親切にしてくれたもの。それに、いつもだれかと喧嘩してるってわけにいかないでしょ。あの人たちにはいろんな欠点があるけど、欠点のない人なんているかしら？」「きみは訪問できる恰好じゃないよ、帰って着替えなきゃならないが、そうすると遅くなるからね。」「そうね、あなたの言うとおりだわ、まっすぐ帰りましょう」とアルベルチーヌは答えたが、その驚嘆すべき従順さに私はいつも呆気にとられるのだった。

　うららかな天気は、その夜、温度計が暑さで上昇するように一挙に前進した。目を覚ました私がベッドから、こうして早々に明ける春の朝、さまざまな香りのただよう空気のなかを路面鉄道《トラムウェー》がつぎからつぎへと通るのを聞いていると、しだいに暖気の混じる空気はついに揺るぎなき濃密さを備えて正午にいたる。それにひきかえ私の部屋のなかはずっとひんやりして、粘っこい空気が、まるでそれぞれにニスをかけたように、洗面台の匂いと、衣装戸棚の匂いと、ソファーの匂いとを切り離してしまうと、カーテンや青いサテン張りの肘掛け椅子の光沢にいっそう穏やかな艶を添えている真珠母色の薄明かりのなか、それらの匂いが画然とべつべつに併置され垂直の層をなしているのを感じるだけで私の目に浮かぶのは、単に気まぐれな想像によるのではなく、それが実際に可能だという理由で、自分がどこか郊外の、バルベックで(512)が住んでいた界隈にも似たそんな真新しい界隈の通りを歩いているすがたであり、その私の目に映るのは、つまらない肉屋や白い大きな石材ではなく、やがてたどり着く田舎の食堂であり、そこへ着くと出会うさまざまな匂いまで感じられる。コンポート鉢に盛られたサクランボとアンズの匂いとか、シードルの匂いとか、グリュイエール・

(511) ブルターニュ地方、ヴィトレの南東約三キロにある城館(地図①参照)。セヴィニエ夫人(一六二六―九六)が何度も滞在し、娘のグリニャン夫人宛てに多くの手紙を書いたことで知られる。
(512) タイプ原稿で空白。一九二三年初版の校訂者がタイプ原稿の空白に「ブロック」と記入、プレイヤッド版はそれに倣う。ブロックはバルベックで、ホテルから離れた「別荘」(本訳④四八三頁)や郊外の「「ラ・コマンドリ」と称する城館」に住んだ(同⑨五五二―五三頁)。むしろ「バルベックの最近開けた大通り」に住んでいたという「エルスチール」(同④四一五―一六頁参照)を補うべきか。

チーズの匂いとかが、明るく凍結したような薄暗がりの宙に浮かんではその暗がりに瑪瑙《めのう》の内部のような繊細な縞模様をつける一方、プリズムのようなガラスのナイフ置きが、暗がりに虹色の輝きを与えたり、蠟びきのテーブルクロスのあちこちにクジャクの羽のような目玉模様を縫いつけたりするのである[513]。

私は、しだいに規則正しく強まる風のような、窓の下を通る自動車の音を聞いて嬉しくなった。ガソリンの匂いがしたのだ。気難しい人たち は(つねに物質主義者だから、田園を台なしにするものとして)この匂いを遺憾に思うかもしれない。その思いはある種の思想家たちにも共通し、それなりに物質主義者というべきその種の思想家たちは、事実が重要だと信じているから、人間の目がもっと多くの色彩を見ることができ、人間の鼻孔がもっと多くの芳香を嗅ぐことができれば、人間はもっと幸福になれるし、もっと高尚な詩をつくれると想いこんでいるが、このような考えは、黒の燕尾服ではなく華麗な衣装に身をつつめば人生はもっとすばらしいものになると信じる人たちのおめでたい考えに哲学ふうの外装をまとわせたにすぎない。しかし私にとっては(それ自体としては不快なものかもしれぬナフタリンやヴェチヴェールなどの防虫剤の芳香が、バルベックへ到着した日の海の澄んだ青さを想い出させて私に昂揚をもたらすのと同じで[514])、このガソリンの匂いは、エンジンの吹きだす煙とともに、私がサン＝ジャン＝ド＝ラ＝エーズから[515]へ出かけた焼けるように暑い日々、何度も淡い紺碧の空へと消えていったものであり、あの夏の日々の午後、アルベルチーヌが画を描いていたあいだ私の車での散策につきまとったものだったので、いまや暗い自分の部屋にいるにもかかわらず、その匂いは、私の両側にヤグルマギクやヒナゲシやベニバナツメクサの花を咲かせ、まるで田園の匂いのように私をうっとりさせたのであるが、田園の匂いといっても、サンザシの前に張りつき、粘っこい濃密な成分にひきとめられて生け垣の前にとどまって漂う匂いのように[516]、限定された範囲に固着した匂いではなく、その匂いを前にして街道は遠ざかり、地形は変わり、城館は駆けより、空の色は薄らぎ、体力を著しくみなぎらせる匂いであり、跳躍と力の象徴の

(513) この郊外の新しい界隈と田舎の食堂に似た夢想はすでに語られていた（本訳⑩三七四―七五頁）。

(514) バルベックのホテル到着時には不快だった「防虫剤の臭《にお》い」（本訳④七九頁と同①三二四頁参照）が「芳香」と再認識されるのは、そのときの「海の澄んだ青さ」を想い出させる回想機能を果たすから。

(515) タイプ原稿では両方の地名が空白。一九二三年初版やプレイヤッド版は後者に「グールヴィル」を補うが、それとは特定できない。「アルベルチーヌが〔…〕サン＝ジャン＝ド＝ラ＝エーズにとどまって絵を描いていたいと言うとき、私は自動車に乗って、グールヴィルやフェテルヌだけではなく、サン＝マルス＝ル＝ヴェチュやクリクトにまで出かけ」たからである（本訳⑨三六四頁）。

(516) コンブレーで「生け垣」の前の「サンザシの香り」は、「聖母マリアの祭壇の前にいるかと思えるほど、粘っこく限定された形に拡が」っていた（本訳①三〇三頁参照）。

ような匂いであり、私がバルベックで覚えたガラスと鋼鉄の箱[517]に乗りたいという欲望をあらためていだかせる匂いであるが、とはいえ今度は、私が知りすぎた女といっしょに親しい人たちの住まいを訪ねるためではなく、見知らぬ女と新たなさまざまな場所で愛の営みをするためだった。この匂いには、通りすぎる自動車の警笛ラッパ[518]の音がいつもつきまとい、私はその警笛ラッパに、軍隊ラッパにつけるこんな歌詞を当てはめたものだ、「パリっ子よ、さあ起きた、起きた、野原でお昼、川でボート、きれいな娘《こ》と木陰で楽しもう、さあ起きた、起きた。」このような夢想はどれも私にはじつに心地よいものだったので、私が呼ばないかぎり、フランソワーズであろうとアルベルチーヌであろうと、いかなる「小心の輩」にも私の邪魔をしに来ようなどという邪心をおこさせず、「この宮殿の奥」に、

恐ろしい威厳が
臣下にわが身を拝ませまいとする

「厳しい掟[519]」があることを私は喜んでいた。

ところが突然、舞台の背景が変わった。もはや昔のさまざまな印象の想い出ではな

く、ごく最近フォルトゥーニの青と金の部屋着によってもう一度よみがえった昔の欲望の想い出が、私の眼前にべつの春をくり広げた。それはもはや葉の生い茂った春ではなく、それどころか私が今しがた心中で口にした「ヴェネツィア」という名ゆえにいきなり木々や花々を奪われた春、上澄みのエッセンスだけに還元された春、もはや不純な土ではなく、汚れなき青い水、春めいても花はつけず、五月という季節にも照りかえしで応えるだけで、五月によって磨かれ、飾りけのないくすんだサファイア色に変わらず光ることで五月にぴったり適合しようとする水、そんな水をしだいに発酵させて日々を段階的に長くし、暖め、晴れやかにすることであらわされる春である。季節の移り変わりが、花を咲かせることのない入り海になんの変化ももたらさないように、近現代の歳月もこのゴシック様式の都市になんの変化ももたらさない。私はそれを頭では知っていたが、想い描くことはできなかった。というより、それを想い描きながら私が、その昔まだ子供のころ、出発したいと熱望するあまり自分のなかで出発する力を壊してしまったときと同様の欲望をいだいて願ったのは、あれこれ想像し[520]

(517)　自動車のこと。
(518)　初期の自動車には、当時の自転車と同様（本訳⑧二九七頁参照）、警笛ラッパがついていた。
(519)　三箇所の括弧内と二行の詩句は、本篇に何度も援用されたラシーヌ『エステル』一幕三場の引用。

ていたヴェネツィアと対面すること、こまかく分岐した海がどのように曲がりくねった流れで、オケアノスの海流の屈曲のように[521]、洗練された都市文明をとり囲んでいるかをうち眺めることである。その文明は、曲がりくねった紺碧の帯にとり巻かれて孤立していながら、独自に発展をとげ、絵画や建築の固有の流派を生みだしたのだ——色彩ゆたかな石づくりのさまざまな果物や小鳥のすがたの見えるお伽の園が、海の真ん中に花と咲き、その海がその園をうるおし、並び立つ円柱を満ち潮で洗い、柱頭の力強い浮き彫りのうえには、闇のなかで見張るくすんだ紺碧のまなざしのように点々と光を投げかけ、その光を休みなくゆり動かしているのだ。そうだ、出発しなくてはならない、今がそのときだ。アルベルチーヌがもはや私に腹を立てた顔を見せなくなってからは、相手をわがものにすることは、それとひきかえに他のすべての利点をなげうつほどの利点とは思われなくなった。われわれがすべてをなげうとうとするのは、激しい悲嘆や不安を厄介払いするためかもしれないが、そんな悲嘆や不安もいまや鎮まっている。一時はとうてい抜けられまいと思っていた布張りの輪をまんまとくぐり抜けたのだ。雷雨をなんとか晴れ間に変えて、なごやかな微笑みをとり戻したのだ。原因がわからず、果てしなくつづくかもしれぬ憎悪の、不安に胸を締めつけられるような謎は、解消したのだ。そうなるとわれわれは、ありえないと承知している幸福という、一時的に遠ざけていた問題にふたたび直面する。アルベルチーヌとの生活があらためて可能になった以上、相手が私を愛していないのだから、私はその生活から不幸しかひき出しえない気がした。アルベルチーヌの同意のうえでなごやかに別れたほうがいい。そうすれば私もそれを想い出すことで、そのなごやかな気分をいつまでも保ちつづけることができるだろう。そうだ、今がそのときだ、アンドレがパリを離れる日取りを正確に問い合わせ、そのときアルベルチーヌが絶対にオランダにもモンジュヴァンにも行けなくなるように、ボンタン夫人に精力的にはたらきかけなくてはならない。もしわれわれが自分の恋心をもっと子細に分析するすべを心得ていたら、われわれがある女を好きになるのは、たいていの場合ひとえに女をめぐってライバルの男と張り合っているからで、その張り合いがなくなると女の魅力も消えてしまうことに気づくかもしれない。その張り合いがあらかじめ存在する辛い例としては、自分と知り合う前に過ちを犯した女、危険な状況にはまり込んでいる女、愛情のつづくかぎりたえずわがものにしなおさなければならない女を男が好きになる場合があり、それとは逆にあとで張り合おうとするさほど悲壮でない例としては、愛している女への嗜

(520)　激しくヴェネツィアを想い描いた少年の「私」は病気になった（本訳②四四七―四八頁参照）。
(521)　ギリシャ神話では、円盤状の諸大陸のあいだを海流オケアノス（「大洋」の語源）が巡るとされた。

好が薄れてゆくのを感じた男が、自分がひき出した法則をとっさに適用して、その女を確実にたえず愛することができるように、女を危険な環境に追いやって毎日のように庇護してやらなければならない状況をつくりだす場合がある。（これは女に舞台に出るのをあきらめるよう要求する男たちとは正反対の例であるが、その男たちにしても、そもそも相手の女を愛したのは女が舞台に出ていたからである。）そんなふうに出発になんの支障もなくなった時点で、きょうのような天気のいい日で――これからはそんな日がいくらでもあるはずだ――、私がアルベルチーヌに無関心になりきって、むしろ無数の欲望に駆り立てられているような日を選ばなくてはならない。顔を見ないままアルベルチーヌを外出させ、それから起き出してすぐに身支度をととのえ、ひとこと書き置きをしたうえで、そのときにはアルベルチーヌも私の気を揉ませる場所などへ行けるはずもなく、それゆえ私が旅行中にアルベルチーヌがやらかすかもしれない良からぬ行為を想い描かなくてもすみそうで、たとえ想い描いてもそもそも今や私の関心を惹くことはないそんな機会をとらえ、アルベルチーヌには会わずにヴェネツィアへ出発しなければならない。私はガイドブックと時刻表を買いにやらせようと思い、呼び鈴を鳴らしてフランソワーズを呼んだ。子供のころにも私は、すでに一度ヴェネツィア旅行の準備をしようとしてその二冊を買わせたことがあり(522)、その旅は、いまの私が感じているのと同様の激しい欲望を実現してくれるはずであった。しかしながら私が忘れていたのは、その後、私がその欲望を実現したのになんの喜びも感じなかった例としてバルベックへの欲望が存在することであり[523]、またヴェネツィアも目に見える現象である以上、えも言われぬ夢、春めいた海によって現在のものと化したゴシック時代の夢、魔法のように、やさしく愛撫するように、とらえどころのない、不可思議な、混沌としたイメージで刻々と私の脳裏をかすめるこの夢を実現するのは、バルベックの場合と同様におそらく不可能であることだった。フランソワーズは、私の呼び鈴の音を聞いてはいってきたが、自分の発言や振る舞いを私がどう受けとるか相当心配しているふうで、こう言った、「ほとほと困ってたんでございます、きょうは旦那さまのお呼びが遅いものですから。どうしたらいいのかわからなかったんです。けさの八時でしょうか、アルベルチーヌさまが自分のトランクを全部出してくれとおっしゃいまして、だめとは申しあげられませんでした、旦那さまをお起こしすると叱

(522)　旅行前の少年の「私」の「昂奮を維持してくれたのは、美術書よりむしろガイドブックであり、ガイドブックよりむしろ鉄道の時刻表だった」(本訳②四四三頁)。

(523)　「私」はバルベック旅行で「海上の嵐」と「ゴシック建築を見たいという欲求」を覚えていたが(本訳②四三一頁参照)、現実のバルベックを見て幻滅する(同④六一―六二頁参照)。

られるのではないかと恐ろしかったもので。なんとか説教せぬと(524)、一時間だけお待ちになるよう申しました、旦那さまがいまにも呼び鈴を鳴らされるものとずっと思ってましたから。でもアルベルチーヌさまはお聞き入れにならず、旦那さま宛てのこの手紙を私に渡して、九時にお発ちになりました。」そのとき——私は自分がアルベルチーヌに無関心だと確信していたのだから、なんと人間はおのが内心を知らずにいることだろう——、私の息はとまり、私は胸を両手で押さえたが、急にその手は、わが恋人が小さな路面《トラム》のなかでヴァントゥイユ嬢の女友だちにかんすることを私に打ち明けたとき以来、一度も経験したことがないほどの冷や汗でぐっしょり濡れ、私はこんなことしか言えなかった、「ああ、そうかい、ありがとう、フランソワーズ、もちろんぼくを起こさないでよかったんだよ。しばらくひとりにしてほしい、あとで呼ぶから。」

（524）原語 catéchismer. キリスト教の教義を教える公教要理 catéchisme を勝手に動詞化したフランソワーズの間違い。正しくは catéshiser（ただし意味は「公教要理を教える」から転じて「説得する」）。

場面索引

囚われの女 II

三番目の一日（二月の日曜日）（承前）

〈ヴェルデュラン夫人邸での夜会〉　ヴェルデュラン家へブリショと同行（21）。スワンの死（23）。ブリショが想い出すモンタリヴェ通りのサロン（30）。シャルリュスとの出会い（35）。怖気をふるわせる男爵の悪癖（36）。真正な同性愛者の「精神的美点」（40）。精神科医の狂気（41）。「異端審問所の大法官」にそっくりの男爵（43）。「夜中に美青年とお散歩ですか?」（44）。シャルリュスの美的趣味（45）。氏が「なにも書かなかった」のは残念（46）。その本は「無尽蔵の目録」になっただろう（48）。アルベルチーヌのおしゃれを論評するシャルリュス（49）。自分を制御できなくなった男爵（52）。「あなた《マ・シェール》」（56）。「諸般の状況の連関」（57）。モレルに会った時刻を偽るシャルリュス（58）。シャルリとは「あれはないんです」（60）。男爵が開封したレアのモレル宛ての手紙（61）。シャルリュスは「一介のアマチュア」（63）。嘘は「知りえなかったはずの世界を眺めさせてくれる」（64）。男爵は探偵社にモレルを監視させる（66）。シャルリは「ブロンズィーノみたい」（69）。男爵はモレルを餌にほかの青年たちを引き寄せる（70）。今夜の「招待を出したのは〔…〕この私」と言う男爵（72）。招待した貴婦人たちは「メガホンの役目」（74）。シャルリの「アングルのペン」（75）。男爵はモレルにモレ夫人の中傷記事を書かせる（77）。ヴァントゥイユ嬢と女友だちは「来るはずだが〔…〕来ないかもしれない」（79）。「私」の「恐ろしい苦痛」（80）。「愛は心中でつねに危うい平衡状態にある」（82）。サニエットの古めかしい語法（84）。

控えの間へ到着(85)。シャルリュスの白髪と顔と声(86)。「この鼻パーン!」(88)。シェルバトフ大公妃の訃報(88)。サニエットの「衣類に気を配る」へのヴェルデュラン氏の罵倒(89)。ヴェルデュラン夫人は「重大な会議の最中」(92)。男爵の「断乎たる排除宣言」(95)。例外は「サンチーヌだけ」(96)。男爵の排除は「役者としての要領」(98)。「最も高い地位」の者でも排除する男爵の理屈(99)。ヴェルデュラン夫人の「ド・モレ夫人」招待案は却下(102)。ドレフュス支持のせいでヴェルデュラン夫人の社交的地位の上昇は遅滞(104)。「夫人の強みは、芸術に寄せる真摯な愛情」(108)。バレエ・リュスの擁護者たる夫人(110)。男爵が招待した貴婦人たちを期待して待つ夫人(113)。女主人《パトロンヌ》はシェルバトフ大公妃の死に「悲しみ」を覚えない(114)。リノ=ゴメノルの臭《にお》い(118)。ヴァントゥイユ嬢と女友だちは来ない(120)。「私」に挨拶するシャルリ(121)。モレルにたいする男爵の「多感な父親の愛情」(122)。「私」は若い娘たちにうっとりする(123)。名士たちの男色談義(124)。ヴェルデュラン夫人はモレルへの説教は「演奏後」がいいと言う(127)。貴婦人たちはシャルリュスにのみ挨拶(128)。ヴォーグーベール夫人の失態(129)。シャルリュスも同じ失態をする(130)。ナポリ王妃のお愛想(131)。一座に静粛を求めるシャルリュス(133)。

演奏される未知の曲(135)。ソナタの小楽節があらわれる(136)。ソナタとは別の「新しい作品」(137)。曲は「曙」から雷雨を経て「正午」の「焼けつくような日射し」に至る(138)。音楽を聴く女主人《パトロンヌ》のすがた(139)。チェロ奏者とハープ奏者(141)。モレルの「一筋の前髪」(141)。女主人《パトロンヌ》の顔を隠す両手(142)。「完璧な傑作」たる七重奏曲へ収斂するヴァントゥイユの音楽(142)。「私」の恋もアルベルチーヌへの恋に収斂する(143)。「わが心中のアルベルチーヌの分身」(144)。七重奏曲の「やさしいフレーズ」(145)。作品の

「永続的な新しさ」(146)。「作曲家にもたらされた歓び」(147)。ソナタも七重奏曲も「ひとつの同じ祈り」(149)。ヴァントゥイユの音楽に共通する「意図せざる」類似(150)。その「唯一無二の音調」(151)。その「祖国」(152)。「正真正銘の旅」は「数多くの他者の目で世界を見ること」(154)。休憩中の「人間の上っ面のことば」(155)。七重奏曲の終盤のフレーズ(157)。「歓びの動機《モチーフ》」(161)。マルタンヴィルの鐘塔やバルベック近郊の立木から受けた「印象」との類似(162)。作曲家の遺作のメモを解読したのはヴァントゥイユ嬢の女友だち(162)。七重奏曲の独創性(166)。天才を世に知らしめた「悪徳ずくめの器」(168)。追い出されて発作をおこすサニエット(172)。シャルリュスだけに挨拶する招待客たち(174)。モルトマール夫人に語られたモンモランシー夫人からの招待状(175)。ラ・ロシュフーコー夫妻邸の「踊る茶会」(177)。「アイス・コーヒー」用のカップ(178)。モレルが演奏する夜会を主催しようとするモルトマール夫人(180)。排除されるヴァルクール夫人(182)。ジルベールを排除すると言うシャルリュス(185)。モンテスキウ夫人と欠席の姉(187)。アルジャンクール氏(188)。男爵だけを褒めたたえる公爵夫人たち(189)。夜会の成功を女主人《パトロンヌ》に自慢する男爵(190)。王妃が忘れた扇子(192)。「あなたはトレ・デュニオン」(194)。排除したのは「除数人間」(195)。「あなたは私に感謝なさってもいいはずだ」(199)。男爵の傲慢な饒舌にいら立つヴェルデュラン夫人(200)。夫人はモレルを男爵から引き離す決意をする(202)。デルトゥール将軍とモレルの叙勲(203)。ヴェルデュラン夫人はブリショにシャルリュスを連れ出すよう命じる(205)。ブリショが「私」に開陳する「決疑論」(210)。

「男爵、タバコを一服しに行きましょう」(213)。「私」が惹かれるデュ・バリー夫人の食器セット(214)。ヴェルデュラン夫人の今昔のサロンにおける共通性(215)。「男爵を〔…〕十八番の話題へ引きこみましょう」(219)。男爵の言う「今こそドニャ・ソルの時間」(221)。「はらりとあの「前髪」！」(223)。「作曲家のお嬢さんが〔…〕いらっしゃる予定だったのでしょうか？」「さあ、それは知りませんな」(224)。ブリショは「私」の外套を取りに席を外す(225)。スキーの笑い(226)。ブリショを褒めるシャルリュス(227)。ブリショの講義を聴く男爵(229)。「私」はヴァントゥイユ嬢がパリに来るようなら知らせてほしいと男爵に頼む(234)。シャルリュスの語るヴィルパリジ夫人の出自(237)。男爵は自分のコートを「私」に着せる(239)。ヴァントゥイユ嬢たちは「身の毛もよだつ場所にたむろしている」(241)。「私」は帰宅したらアルベルチーヌに別離を告げることに決める(242)。ブリショとシャルリュスのソドミー談義(242)。不当な悪評は「ほんの二例だけ」(244)。バルベックの「四人組」(245)。聖人の割合は「十人に三人か四人」(246)。「ご用心ください、男爵、〔…〕後世から気に食わんと袖にされるかもしれません」(248)。スワンとオデットに関する男爵の昔話(250)。シャルリュスの男色をめぐる統計の根拠(257)。十七世紀の男色者たち(258)。「新世代」の男色者たち(262)。男色者たちを語るサン＝シモンとマダム(262)。アルベルチーヌは「私」にとって「一種の足枷《あしかせ》」(264)。同性愛の変質を嘆く男爵(266)。女の尻を追いまわすテオドールは男をも愛する(268)。その雇い主は「四人組」のリーダー(268)。「もう理解できん」と言うシャルリュス(270)。それは「べつのなんなのか？」(270)。ヴェルデュラン氏は妻の合図でモレルを連れ出す(273)。「家内の意見も聞いてみよう」(274)。「主人とまったく同じ意見でございます」(275)。嘘八百でモレルを言いくるめるヴェルデュラン夫人(276)。モレルの後日談(278)。「あなたはコンセルヴァトワールの笑い者」(279)。「今夜かぎりシャルリュス氏とは縁を切ります」(280)。「あのデュラス夫人」は避けるべき(282)。「シャルリュスは「私の召使い」と言っていた」(285)。「その叔父」は「下男だった」(286)。「やっと違いがわかりました、私は悪党に裏切られていたんです」(288)。

サロンへ戻った男爵にモレルは「構わんでくれ、近寄らんでくれ」と言う(289)。男爵は「啞然として口も利け」ない(290)。シャルリュスが示す「牧神《パン》に追われるニンフたちの恐怖」の姿勢(293)。後日、災禍の原因をあれこれ推測するシャルリュス(294)。モレルの涙を論評するスキーとヴェルデュラン夫人(297)。扇子を取りに戻ってきたナポリ王妃(297)。モレルを紹介しようとするヴェルデュラン夫人(298)。「陛下はお忘れかもしれませんが。」「それは結構」(299)。王妃の「飾り気のない好意」と「無礼な尊大さ」(300)。男爵を腕につかまらせて退出する王妃(302)。数日後、シャルリュスは肺炎で生死の境をさまよう(302)。

サニエットへの年金支給を相談するヴェルデュラン夫妻(307)。相手にわからぬよう家族のあいだで使用される符牒のことば(309)。数年後「私」にこれを漏らしたコタール(310)。人の「性格」もまた変化する(312)。

帰途「私」にシャルリュスのことを語るブリショ(313)。教授にとって男爵は「詩人の創作と想いこんでいたものの生きた見本」(314)。「あの使徒のおしゃべり」は「ゴシップの宝庫」(316)。男爵は「アスパシア」(318)。「家系にはああだこうだとうるさいが、またとない好々爺」(320)。

〈アルベルチーヌとの夜〉　アルベルチーヌの窓の「黄金《こがね》色の縞模様」(321)。「光の鉄格子」は「わが身を永遠の隷属状態に置く」もの(323)。ヴェルデュラン家に行っていたと告げた「私」にアルベルチーヌは「そうじゃないかと思ってたわ」と言う(325)。アルベルチーヌの三日間のバルベック旅行について問いつめる「私」(327)。それをめぐるアルベルチーヌの告白(328)。「きみがヴァントゥイユ嬢について話していたことは…」(331)。それについての恋人の告白(333)。「そうしたら割ってもらえ…」(335)。アルベルチーヌが言おうとしたのは「壺《つぼ》」という語(339)。「割ってもらう」の「おぞましい」意味(340)。「ぼくたちは別れたほうがいいんだ」(343)。「エステルにあたしの写真をあげた」と言うアルベルチーヌ(345)。「きみと別れるのはとても辛いんだよ。」「あたしはその千倍も辛いわ」(347)。「私」が別離を持ち出したのは「仲直りをするため」(348)。人は「望むものを手に入れるのに最も適していると自分の思考が判断した外観をとる」(349)。アルベルチーヌの本心をめぐる「私」の二つの仮説(352)。ラ・トゥールの肖像画を想わせる恋人の「うわの空」の表情(359)。レアとの「三週間の旅行」(362)。「私」が見かけた二人のレスビアン(364)。「私」は「別離の芝居」で手を緩めようとしない(366)。それは「遺伝的蓄積」のせい(368)。虚構の別離が「私を深く悲しませるに至った」理由(369)。ジルベルトとの別離との違い(372)。「約束するわ、もう二度と会いません」(373)。レアとの交友に関するアルベルチーヌの告白(374)。嫉妬は消滅してもよみがえる(376)。「契約更新の記念に」(380)。別離の芝居は「想いも寄らぬ嵐の最初のつぶやき」(380)。寝入ったアルベルチーヌは「まるで死んだ女」(383)。

四番目の日々

翌朝「私」は「そっと歩くように」言いつける(384)。恋人の「本心」を理解しようと努める「私」(385)。ドイツの脅迫との類似(386)。アルベルチーヌの「独立の欲求」は否定しがたい(387)。一方で恋人は「私」の別離の提案を本気と考えたのかもしれない(388)。「私」の優柔不断を責める母からの手紙(390)。真実は「自分が考えたいっさいのこと」(391)。アルベルチーヌは「ひとりにならないよう気を配る」が、「私の心」は鎮まらない(392)。フランソワーズの言う「い

どではない」(449)。「きみ、なにを考えてるんだい?」「なんにも」(452)。「愛とは、心に感じられるようになった空間と時間」(453)。恋人の不実を疑うのは「私」が不実だから(454)。アルベルチーヌは「偉大な「時」の女神」(456)。アルベルチーヌの眠りと目覚め(457)。

五番目の日々

うららかな季節の到来(458)。女子修道院から聞こえる「小鳥の歌」(458)。ボンタン夫人が明かすアルベルチーヌのパリ帰還の内幕(461)。アルベルチーヌの性格の「ふたつの特徴」(463)。アンドレの祖母が所有するアパルトマン(465)。いずれ別れるのなら「私にできるのはその時期を選ぶことだ」(468)。アルベルチーヌとの生活は「嫉妬していないときは退屈」で「嫉妬しているときは苦痛」でしかない(469)。「あと何日か待つのが得策」(470)。

ヴェネツィアを想わせる「フォルトゥーニの青と金の部屋着」(471)。「私」の怒り(472)。「私」の謝罪(474)。アルベルチーヌを詰問する「私」(475)。ヴァントゥイユ嬢に会うのは「大きな楽しみだった」と言うアルベルチーヌ(476)。アンドレとの関係を問いただす「私」(477)。アンドレとはもう「外出したくない」(479)。アルベルチーヌが「予告なしに」出てゆくことはないはず(481)。アルベルチーヌは接吻を返さない(482)。「あなたが好きなだけここにいてもいいわよ、眠くないから」(483)。ハトの鳴き声(484)。「私」がつぶやく「死」という語(485)。「私」は「アルベルチーヌは出てゆくかもしれないという不安から比較的平静な気持へと」揺れ動く(486)。アルベルチーヌの部屋の窓が「乱暴に開け放たれた音」(487)。

六番目の日々

翌朝、「私」はアルベルチーヌがいるかと心配する(489)。「その日と翌日」の外出(490)。「私」

の欲望をかき立てる「春の領土」(491)。「私」が見たいと思う「ヴェネツィア派の画」や「エルスチールの二点」(492)。ふたりはヴェルサイユへ出かける(494)。青空のなかの飛行機(495)。菓子屋の女主人とアルベルチーヌ(497)。月明かりの文学的表現(500)。アルベルチーヌのさまざまな嘘(502)。恋人の移り気(503)。ヴェルサイユからの帰途(504)。

最後の朝

陽気が一挙に進んだ朝(504)。部屋のなかの「粘っこい空気」と夢想(505)。自動車のガソリンの匂い(506)。起床の警笛ラッパ(508)。五月のヴェネツィアへの夢想(509)。「出発しなくてはならない、今がそのときだ」(510)。「私」はフランソワーズを呼ぶ(512)。「アルベルチーヌさまは〔…〕九時にお発ちになりました」(514)。

訳者あとがき（十一）

第五篇『囚われの女』に描かれた「私」とアルベルチーヌの同居生活は、ふたりが夏の海辺暮らしを切りあげてパリへ戻った秋から翌年の春までつづく。本巻の記述によって、恋人たちがパリへ戻ったのは九月の「十五日」であること（本巻四六〇頁、以下「本巻」を省略）、巻末で突然アルベルチーヌが出奔するのは翌年の「五月」（五〇九頁）であることが明らかになる。本篇は、この半年あまりの歳月を、ヴェルデュラン夫人邸での夜会を中心に、その前後にアルベルチーヌとの同棲生活の序盤と終盤とを配置する三部構成でものがたる。

本巻前半の二百数十ページを占めるヴェルデュラン家の夜会（前巻で「二月」のとある「日曜日」とされた）は、夫人のサロンからシャルリュス男爵が追放される事件を描くことで、同サロンへ男爵がはじめて紹介された『ソドムとゴモラ』後半のラ・ラスプリエールにおける晩餐会と対をなす。また本巻の夜会は、ヴァントゥイユの「七重奏曲」が演奏される点で、同じ作曲家の「ソナタ」が演奏された「スワンの恋」

における「少数精鋭」のサロンとも呼応する。

後半の約二百ページを費やして語られるアルベルチーヌとの同居生活の終盤は、前巻でくり広げられたその序盤と同じく、原則として朝から夜に至る「一日」をつみ重ねる方法で描かれている。前巻の叙述は、「私」の心が沈静して平穏であった初期の典型的一日にはじまり、それにつづく日々を描く「二日目」を経て、「三日目」に催されるヴェルデュラン家の夜会へ「私」が向かうまでを描いていた。物語は、習慣的日々から特定の一日へと移りゆき、「私」の恋人への疑念の高まりに応じてテンポを速めたのである。これにたいして本巻でくり広げられるその終盤では、くだんの夜会から帰宅した「私」が別離の提案をするなど多くの挿話を含む「三日目」の夜（三三一―八四頁）にはじまり、その翌日ではあるが「二日目」と同じく習慣的日々をものがたる四番目の日々（三八四―四五八頁）をへて、ようやく「冬も終わり」、「うららかな季節が戻って」きた五番目の日々（四五八―八八頁）に至る物語が、こんどはテンポを緩めて描かれる。ところがその後、物語はふたたびテンポを速め、「翌日と翌々日」の恋人たちのヴェルサイユ散策を描く六番目の日々（四八八―五〇四頁）を挟んで、一挙に気温の上がった最後の朝（五〇四―一四頁）へと突き進む。アルベルチーヌの出奔が告げられるのはそのときである。

スワンの死（作中の「私」と作家プルースト）

前巻の末尾近くで告げられたベルゴットの死につづき、本巻では早くも冒頭でスワンの死が報じられる。いずれの死の報告も、いかにも唐突の感を免れない。ベルゴットは「その日に亡くなった」（本訳⑩四〇六頁）とされ、「その日」とはヴェルデュラン夫人邸で夜会が開かれる日である。「スワンの死」は、「そのころ私の心を動転させた」（一二三頁）という以上、かならずしも同じ「その日」のできごととはいえないが、「私」がブリショと連れだってヴェルデュラン家の夜会へ出かける途中に報告される。ベルゴットの死が作家晩年の一九二一年に加筆されたことはすでに指摘したが（本訳⑩四一六頁図55の解説）、スワンの死も一九二一年から二二年にかけて急遽、加筆されたものである。このふたりの死は、なぜあいついで加筆され、くだんの夜会が開かれる直前に（後者の場合は「私」とブリショの会話を中断してまで）語られなければならないのか。ふたりは小説の構成上、ヴァントゥイユの遺作が演奏される前に他界する必然性があった、と訳者は考える。

そもそもベルゴットは、『失われた時を求めて』に登場する三人の架空の大芸術家のなかで、いかなる役柄を演じているのか。この三人は、芸術家としての栄光がどの段階で授けられるかという観点から、三者三様に描きわけられている。エルスチールは、「スワンの恋」の舞台となったサロンでこそ「ムッシュー・ビッシュ」(本訳②五四頁)とからかわれる無名の画家であったが、アトリエを構えたバルベックの海岸ではすでに「高名なエルスチール画伯」(本訳④三九九頁)と言われる地位を得ていた。作曲家ヴァントゥイユは、生前にはまるで無名であったうえ、解読された遺作がようやく本巻で演奏されるのだから、芸術家の死後の栄光を体現すると言えよう。これにたいして作家ベルゴットは、若くして栄光の座にのぼりつめ、その後は不毛な晩年をすごす大家の宿命を象徴しているように感じられる。病身のベルゴットをめぐる前巻のつぎの一節は、そんな晩年の無為を皮肉な目で描きだす。診察を求められて「光栄に思った」医者たちは「体調不良の原因は、きわめて勤勉な仕事ぶりにあると過労のせい」にするが、ベルゴットは「じつは二十年前から仕事はなにもしていなかった」のみならず、医者たちから「スリラー小説を読まないこと」を勧められるが、「じつはなにひとつ読んでいなかった」という(本訳⑩四一二頁)。このようなベルゴットの晩年の無為は、やがて明らかになるヴァントゥイユの生前の無名と死後の栄光を際立たせるためにも、その直前に報告される必要があったと考えられるのだ。

では、この時点におけるスワンの死の必然性はどこにあるのか。スワンは、かつてヴェルデュラン夫人のサロンでソナタの作者が「ヴァントゥイユ」という名だと聞いたとき、ふとコンブレーの同名の老人を想いうかべ、「天才が老いぼれのいとこってこともありえますから」(本訳②七六頁)と笑って、両者が同一人物であることを認めない。その後、コンブレーで当の「老いぼれ」と出会ったときも、「氏と同じ名前で、親戚のひとりと思われる人物」(本訳①三二七頁)について訊ねるのを失念してしまう。要するにプルーストはスワンを、しがない老人に天才が宿ることなど理解できない人間として、つまり芸術家において創作に携わる深い自我と日常生活をおくる表面的な自我とは異なるという『サント＝ブーヴに反論する』でプルーストが展開したテーゼを理解できない一介のアマチュアとして描いたのである。ところが本巻のヴェルデュラン家の夜会では、ヴァントゥイユ嬢の女友だちの献身的尽力によって解読された老人の遺作が演奏され、ヴァントゥイユの人生と創作の真相が明らかになる。スワンの死は、「知的にも芸術的にも注目すべき名士」でありながら「なにひとつ「生み出す」ことはなかった」(二七頁)芸術愛好家には、その真相を知る機会が永久に失われたことを示しているのである。

ふたりの死の場面に、ともに実在の画が背景として使われていることも興味ぶかい。ベルゴットが息をひきとったのは、フェルメールの『デルフトの眺望』を前にしてである。その画に描かれた「小さな黄色い壁面」が、永続しうる芸術を象徴しているだけではなく、他界したベルゴットもまた、その著作を通じて「復活」する可能性が示唆されていた。ところがスワンの死の背景に登場するのは、ティソの『ロワイヤル通りクラブ』を描いた集団肖像画である(二一六頁図2)。社交人士たちのこのような肖像画は記念写真と似たようなもので、語り手(および背後の作家プルースト)はこの画にさしたる芸術的価値を認めていない。そこに描かれた社交人士たちも、生前の赫々《かっかく》たる名声にもかかわらず、死後の命運ははかないものだ。スワンとベルゴットの死は、実在の対照的な絵画を背景としつつ、社交と芸術、時間と永遠をめぐるこれまた対照的な主題を描き出しているのである。

スワンの死の一節にはこれとも関連して、もうひとつ検討すべき問題がある。スワンの死を報告した語り手が、「親愛なるシャルル・スワンよ」と呼びかけて語るつぎの箇所をどう解釈するかという問題である。「私はまだ若造で、あなたは鬼籍にはいる直前だったから、親しくつき合うことはできなかったが、あなたが愚かな若輩と思っておられたにちがいない人間があなたを小説の一篇の主人公にしたからこそ、あなたのことがふたたび話題になり、あなたも生きながらえる可能性があるのだ。ロワイヤル通りクラブのバルコニーを描いたティソの画のなかで、あなたはガリフェと、エドモン・ド・ポリニャックと、サン＝モーリスとのあいだにおられるが、そのあなたのことがこれほど話題になるのは、スワンという人物のなかにあなたのものであった特徴がいくつか認められるからにほかならない」(二七頁)。加筆されたスワンの死をめぐる一節のなかでも、この「親愛なるシャルル・スワン」への呼びかけだけは、さらに一段階後の加筆で、おそらく一九二二年八月、「イリュストラシオン」紙に掲載されたティソの画の図版の切り抜きがポール・ブラックから作家に届けられた直後に執筆されたものと推定される(図2の解説参照)。

この語り手のスワンへの呼びかけは、問題のティソの画において「ガリフェと、エドモン・ド・ポリニャックと、サン＝モーリスとのあいだに」作中人物スワンが描かれているという前提でなされている。また呼びかけのなかで、「スワンという人物」のなかに「あなた(スワン)のものであった特徴」が認められるという点が、奇異に聞こえる。それゆえ従来、フランスの諸版や邦訳の注釈はいずれも、これらは「シャルル・スワン」のモデルとなったシャルル・アース(画の右端に描かれている)に呼びかけたものと解釈されてきた。プルーストが、「シャルル」という共通のファーストネームを利用して(おそらく意図的に)語り手に両者を混同させ、現実のアースは、スワンという登場人物のモデルとなったおかげで読者の心のなかに生きながらえていると、社交人士の無為に警鐘を鳴らしたものと解釈されてきたのである。

この通説に、プルースト研究者の斉木眞一氏が異を唱えた。アースはティソの画の右端に立っているから、小説で実名を挙げられた三人の社交人士の「あいだ」にいるとはいえない、画の図版を何度も眺めていた作家が、このような位置関係を間違えるはずがない、というのだ。斉木氏は「文字どおりスワンが、名前を挙げられている三人（絵ではアースの左側にまとまっている）の「間に」いると想定できないだろうか」と指摘したうえで、こう主張する。「これは、そもそも語り手の生きている世界自体が架空の世界なのだから、決してありえないことではない。例えば小説中のノルマンディーにバルベックという街があることを思えば、それがすでに現実のノルマンディーとは若干ながら別物だということがわかる。その上カブールの名も小説中には記されている〔本訳②三七九頁〕ので、架空の街とそのモデルとなった街とは併存していることになる。〔……〕同じようにしてティソの絵にも、スワンとアースがともに描かれているとは考えられないだろうか。つまり語り手は、彼の実人生で知り合ったスワンという実在の（われわれ読者からすれば架空の）人間をもとにして彼の小説に同名の人物として登場させたのである」（「現代文学」六六号、二〇〇二年刊、「特集マルセル・プルースト」所収「無為の人スワン」）。

定説の盲点をついた斬新な解釈であり、あくまでプルーストの本文を尊重したうえで、その疑問をすべて矛盾なく説明している。難点といえば、現実のノルマンディー地方は広大だから、そこにバルベックのような架空の地名が含まれていても違和感を覚えないのにたいして、現実のティソの画面は小さくて隅々まで見渡せるから、そこに描かれていないスワンの存在を想像するのに困難を伴うことぐらいだ。ただ斉木氏も指摘しているように、この画がさほど一般に知られていなかったという事実は、この仮説を支持する材料になるだろう。もちろんこの解釈は、問題の呼びかけに、作家プルーストのメッセージとして、シャルル・アースへの暗示が含まれていることを排除はしない。

いずれにせよ亡きスワンへ呼びかけるこの一節は、「私」がスワン（作中の実在人物）を「小説の一篇の主人公」にしたことを明らかにしている。作中の登場人物たる「私」は、作家志望ではあるが、もちろんまだ仕事にとりかかっていない。本巻でも「私」は、シャルリュスの質問に答えて「仕事はしていない」（八五頁）と答えている。「私」が執筆にとりかかる決心をするのは最終篇の『見出された時』を待たなければならない。斉木氏も付言するように「『囚われの女』のこの時点で語り手はまだ小説を書いているわけではないから、未来を先取りしての言及」ではある。とはいえ本巻には、「私」がこの時点ですでに「スワンの恋」に類する物語を書いていると思わせる、こんな一節が出てくる。「フランソワーズが、大きなメガネをかけ、私の書類をひっかきまわすところや、スワンにかんする物語のなかで、スワンがオデットなしではいられないくだりを書きとめておいた紙片をその書類のなかへ戻すところを目撃したことがある。フランソワーズはその紙片をうっかりアルベルチーヌの部屋に放っておいたのだろうか?」(三九七頁)。なんとも奇妙な言説である。この一節は、登場人物たる「私」が、「スワンの恋」(プルーストの作)そのものではないが、それに類する物語を書きつけた「紙片」がすでに存在することを示唆するとしか読めない。もとよりプルーストは「私」と作者の混同をことあるごとに警告してきた。しかしさきのスワンへの呼びかけといい、この「紙片」の存在といい、これらの一節はプルースト自身が「私」を故意に作者自身と重ね合わせた結果と考えるべきではないか。

このような解釈に誘われるのは、プルーストが最晩年に『囚われの女』へ加筆したほかの断章にも、同様の事例が頻出するからである。前巻には、目覚めたアルベルチーヌが、「私」にわざわざ「マルセル」と呼びかける場面が二度にわたり出てきた。これは晩年のプルーストが主人公の「私」に作者と同じファーストネームを付与した加筆にほかならない(本訳⑩一六二頁、三四九―五〇頁と注142、327参照)。このように「私」

の背後に作者プルーストを想起させる仕掛けは、前巻で「私」の寝室にあらわれたセレストにも認められる（本訳⑩三八―三九頁、二九三頁）。バルベックのホテルに宿泊客の「お供《クーリエール》」として実名で登場していたプルーストの家政婦セレスト・アルバレが、まるで読者に「私」とプルースト自身とを同一視させるかのように、今度はパリの「私」の寝室にまで出現したのである。

さらに考慮すべきは、本巻の終盤に出てくる「私」の文学談義であろう（四一一―四二二頁）。バルベー・ドールヴィイやトマス・ハーディをはじめ、スタンダールやドストエフスキーなどをめぐる文芸批評を開陳する「私」は、あとで指摘するように『サント＝ブーヴに反論する』の批評家プルースト自身にほかならない。『囚われの女』における「私」の文学論は、『失われた時を求めて』の大団円でおのが生涯を素材とする長い物語を書く決意をし、その構想と根拠とを詳しく披瀝する「私」の先触れと考えるべきではないか。なぜなら、「私」の書こうとするこの物語が、プルーストの作たる『失われた時を求めて』そのものではないとはいえ、それときわめて似通ったものになることが予想される以上、小説の結論部における作中の「私」もまた作家プルーストにきわめて近い存在となるからである。

「私」がスワンを小説に描いたことといい、「私」がマルセルと呼ばれることといい、

「私」の部屋にセレスト・アルバレがやって来ることといい、「私」が『サント＝ブーヴに反論する』を想わせる文学論をくり広げることといい、最晩年のプルーストは、物語の終局が近づいてきたこの段階で、一種の『見出された時』の予告として、作中の「私」に作者自身の一部を仮託したのではないか。『囚われの女』に頻出する作者への暗示は、最終篇で開陳される「私」の物語執筆の決意と文学論が、作者たるプルースト自身の文学論と重なることを予告しているのである。

芸術とその受容（ヴァントゥイユの七重奏曲と「私」の文学論）

「コンブレー」の章が、レオニ叔母の寝室にこもる匂いや春の田園に咲く花の匂いのただよう嗅覚中心の世界であり、『花咲く乙女たちのかげに』のバルベック滞在が、海辺にきらめく夏の光とエルスチールの海洋画の支配する視覚の世界であったとすると、物売りの声やアルベルチーヌの寝息が聞こえてくる『囚われの女』は、聴覚の優位が際立つ世界といえるかもしれない。なかでもライトモチーフとして本篇の全体を貫いているのが、音楽である。

そもそも本篇の冒頭、アルベルチーヌが化粧室で口ずさむ流行歌の「胸の痛みなんて、愚かなもの、／それに耳かす者は、もっと愚か者」（本訳⑩二四頁）という歌詞は、

『囚われの女』の通奏低音をなす嫉妬の愚かさを暗示するように聞こえる。また三日目の朝、「私」がアルベルチーヌといっしょに聞く物売りの声は、一方でグレゴリオ聖歌を、他方で『ボリス・ゴドゥノフ』や『ペレアスとメリザンド』の同時代オペラを想わせる（同二五〇頁）。流行歌にせよ物売りの声にせよ、その受容になんら孤独を必要としない音楽である。それにひきかえ同じ三日目の午後、ピアノでヴァントゥイユのソナタを弾き、ワーグナーをはじめ十九世紀の大芸術家たちに想いを馳せる「私」がひとりきりであるのは（同三五二―六三頁）、これらの考察に孤独が必要不可欠であるからだろう。同じ三日目の夜になるとヴァントゥイユの遺作が、音楽に捧げられた特権的一日の掉尾を飾る孤高の作品として演奏される。

この架空の「七重奏曲」は、ヴァントゥイユの「ソナタ」が多数の楽曲に想を得ていたのと同様、プルーストが独創的楽曲として心酔していたベートーヴェン晩年の弦楽四重奏曲をはじめ（本訳③二二九―三〇頁）、セザール・フランクの交響曲ニ短調、シューマンの『子供の情景』や『ウィーンの謝肉祭の道化』間奏曲など、さまざまな現実の楽曲を部分的な発想源としている（本巻注129、135、140、141参照）。しかしこれら現実の音楽はあくまで一部のヒントを与えたにすぎず、ヴァントゥイユの遺作は、既成の音楽を超えた斬新な楽曲として提示されている。

この曲の独自性は、弦楽四重奏曲のようなポピュラーな楽器編成をとらず、作例の少ない七重奏曲として特殊な楽器から成ることに端的にあらわれている。言及される楽器は、ヴァイオリンとピアノ(一三四頁)に加えて、チェロとハープ(一四一頁)、どれと特定されない複数の「金管楽器」(一四七頁)、さらにフルートとオーボエ(一九六頁)である。もとよりヴァイオリンとピアノは、七重奏曲のなかに同じ作曲家の(ヴァイオリンとピアノのための)ソナタとの共通点があらわれるという理由から配置されたものであろう。しかし弦楽器は、四種揃わず、ヴァイオリンとチェロだけであるし、ピアノとハープという大型の楽器がふたつ共存するのもめずらしい。チェロとハープの奏者は演奏中に描写されるが、フルートとオーボエは演奏後にシャルリュスの口から言及されるにすぎない。このような不明確にして変則的な楽器の編成が、そもそも七重奏曲の特異性を高めていることは間違いない。

とはいえ七重奏曲の描写では、楽器の音色それ自体はさして問題にされない。モレルの「ヴァイオリンから出る音」が「異様なまでにかん高く、まるで金切り声のように聞こえた」(一五二頁)という箇所をべつにすると、楽音への言及は、「金管楽器の衝突」(一四七頁)というさほど具体的ではない指摘があるきりで、「大気をつんざき〔……〕聞こえてくる」「七音の歌」にしても、「大気を切り裂くような歌、なにやら雄鶏が時をつくるような不思議な声」にしても、「正午」に「狂ったように揺れて鳴りわたる鐘の響き」（一三八頁）にしても、どの楽器から出た音なのか判然としない。

七重奏曲の特異性は、ソナタと頻繁に対比されることで浮き彫りになる。ただしその際にも、「白いソナタ」と「赤々とかがやく七重奏曲」（一四八頁）という色彩の対比に明らかなように、いずれの曲も、楽音ではなく絵画的イメージとして提示される。とりわけ七重奏曲の描写においては、「この新しい赤味」（一三八頁）をはじめ、この曲に特有の「深紅の色合い」（同上）、「色彩の新鮮さ」（一四六頁）、「評価を絶した未知の色合い」（一四九頁）など、音楽の描写でありながら色彩への言及が際立っている。

さらに言えば七重奏曲の開示する世界は、なによりもまず、夜明けから正午へと移りゆく空模様のイメージとして示される。ソナタの音楽が「銀色の衣装につつまれ、ショールのように軽やかでふんわりと流れるような輝かしい響き」（一三六頁）を奏でながら、「スイカズラのつくる田舎びたアーチの軽やかにして手応えのある絡まりにぶらさがり、白いゼラニウムのうえに垂れかかる」（一三七頁）のにたいして、七重奏曲は「沈黙と闇夜からひき出され」（一三七頁）、「曙《あけぼの》のごとく空をすっぽり不思議な希望で染めてゆく」うち、おそらく「雷雨」に見舞われるのだろう、「雨に洗われ、電気を放つほどに張りつめた冷たい大気」に覆われ、やがて「正午」には「一時的に焼けつくような日射しが照りつける」(一三八頁)。このように音楽の描写が、ことばによる絵画的情景に終始しているのである。これはほかでもない、「スワンの恋」において演奏されたソナタの小楽節がしばしば擬人化されて未知の女にたとえられたり、バルベックにおいてエルスチールの海洋画がしばしば海と陸の用語による比喩で表現されたりしたのと同様、七重奏曲の世界もまた、音楽を小説の一節として描写したプルーストの芸術観の言語的表明であるからだろう。

本巻におけるヴァントゥイユの音楽をめぐる考察が答えようとしているのは、前巻で提示された「芸術のなかには〔人生より〕もっと深い現実が存在するのだろうか?」(本訳⑩三五二頁)という、根源的な問いである。言い換えれば、虚構であるはずの芸術が、なにゆえ現実より「もっと深い現実」たりうるのか、という問いである。それは芸術にこそ作者の「精髄」があらわれるからだ、とプルーストは答える。ヴァントゥイユの場合、作曲家がソナタのつぎは七重奏曲という具合にどれほど異なる世界の創造を試みようと、「斬新たらんとして自分自身に問いかけ、創造する者として全力をふり絞る」なかで「自身の精髄」に到達する結果、「その精髄がつねに同じ音調で、つまり本人固有の音調で」(一五〇頁)あらわされるという。この一節でくり返される芸術家の「祖国」(一五二頁)なる概念もまた、その芸術家の「精髄」の宿る世界と考えるべきであろう。

この「固有の音調」なるものは、ふつう芸術家の個性と呼ばれるもので、それによって人ははじめて他者の精髄を理解できる。これをプルーストは「われわれが個人と呼んではいるが芸術なくしてはけっして知ることのないさまざまな世界の内密な組成」と呼び、それを「スペクトルの色彩として顕在化させることによって、目に見えるようにしてくれる」のが芸術だという（一五四頁）。この世界の見方を一新する目を持たないかぎり、「たとえ火星や金星へ行ったとしても、われわれが同じ感覚を持ちつづけるかぎり、その感覚はわれわれが目にするあらゆるものに地球上のものと同じ外観をまとわせるにちがいない」（同上）。プルーストのいう「ただひとつ正真正銘の旅」は、「新たな風景を求めて旅立つことではなく、ほかの多くの目を持つこと、〔……〕数多くの他者の目で世界を見ること」（一五四頁）という警句は、独創的な芸術家があらわれるたびに新たに創造される世界を見るべきだと理解すべきであろう。

優れた芸術家の数だけ独創的な世界が存在するというこの認識は、芸術をめぐるもうひとつの根源的な問い、歴史的にみると芸術にも進歩があるのではないか、独創的な芸術といえども古びるのではないか、という問いにゆき着く。この問いに、プルーストは明確な否でもって答える。独創的な芸術家の「色彩の新鮮さは時が経過しても損なわれず、その色彩を発見した作曲家を真似る弟子たちも、その作曲家を凌駕する巨匠たちも、その色彩の独創性を薄めることはない。そうした色彩の出現がなしとげた革命の成果は、無名化してつぎの時代に吸収されてしまうことはけっしてない」（一四六頁）というのだ。それゆえヴァントゥイユは「音楽の進化においてその時代の人として登場し、然るべきランクに位置づけられているにもかかわらず、その作品のひとつが演奏されるや否や、つねにそのランクを脱け出して先頭に立つ」（同上）ことができる。古めかしいものと敬して遠ざけられがちな古典には「一見矛盾するかに見えて」「永続的な新しさ」（同上）があるという命題は、プルーストの説明のように理解すれば説得力を持ちうるのではなかろうか。

芸術家の個性という問題と関連して、「私」がアルベルチーヌを相手に展開する前述の文学論（四二一―四二二頁）にも触れておきたい。「私」がバルベー・ドールヴィイにおける「生理的紅潮」や「不安の感覚」をはじめ、トマス・ハーディにおける数々の「並行関係」や、スタンダールにおける「高所の自覚」、さらにはドストエフスキーにおける「独創的で、謎めいた人物像」や「殺人」などについて語る一節である。採りあげられた具体例は多岐にわたるが、いずれも同一作家の多数の作品のなかに共通するモチーフがその作家の精髄として抽出されている。この方法は、「文学でもそうだよ」という「私」のことばが示しているように、「ヴァントゥイユのさまざまな作品に認められる同一性」という概念を「偉大な文学者たち」の作品群にも適用するものにほかならない（四二〇―二一頁）。

これは作品のなかに作家の人生を読みとろうとする従来のサント＝ブーヴ流の批評方法にたいするプルーストの明確なアンチテーゼであり、一九六〇―七〇年代に一世を風靡した「新批評《ヌーヴェル・クリティック》」の旗手たちから「テマティック批評」の先駆と崇められたプルーストの批評方法の反映にほかならない。事実ここに展開された「私」の文学論は、訳注で指摘したように（注427、431参照）、プルーストが一九〇九―一〇年頃、『サント＝ブーヴに反論する』のためにメモ帳「カルネ1」などに記していながら、結局は公表されず、『囚われの女』のこの箇所まで温存されていた考察なのである。この文学をめぐる会話は、実際に恋人に語ったものにしては長大にすぎるうえ、そもそもアルベルチーヌはたまに短い問いを発するだけで聞き役に徹している。この不自然に見える長大な会話もまた、未定稿『サント＝ブーヴに反論する』（バルザック論やボードレール論など）が母親に語りかける体裁をとっていた構想の残滓と考えられる。それゆえこの一節の主人公「私」は、さきにも述べたように作家プルーストと同一視するほかない存在なのである。

こうして抽出された作品の「精髄」をなす「同一性」と作者の実人生とのあいだに深い溝があることは、『サント＝ブーヴに反論する』で表明された有名な命題、「一冊の書物は、私たちがふだんの習慣、交際、さまざまな癖《へき》などに露呈させているのとは、はっきり違ったもうひとつの自我の所産なのだ」という命題に端的に言いあらわされている。「私」の文学論の最後で、「清廉潔白の士で模範的な夫」であったラクロが「身の毛もよだつ背徳きわまる書物」『危険な関係』を書き、みずから仕える「オルレアン公爵夫人を裏切る」不倫をはたらいたジャンリス夫人が「数多くの道徳的な短篇」を書いた(四三四頁)という、生涯と作品の乖離の例もまた、『サント＝ブーヴに反論する』のテーゼの反映にほかならない。

ヴァントゥイユの音楽に導かれ、芸術だけが与えてくれる真の現実を悟った「私」は、そうした芸術による啓示を、これまでの人生で出会った特権的な瞬間、つまり紅茶に浸したマドレーヌや、マルタンヴィルの鐘塔や、三本の立木などがもたらしてくれた幸福感と重ね合わせる(一六二頁、四四二頁)。すでにこれは、芸術のなかに真の現実を求めようとする、『見出された時』で開陳されるプルースト自身の美学の表明であろう。『囚われの女』の中央部で演奏されるヴァントゥイユの遺作から導き出される芸術観には、早くも小説最終篇の結論がほのめかされているのである。

ヴェルデュラン夫人邸での夜会

ヴァントゥイユの音楽の崇高さと対照をなすのは、ヴェルデュラン家に集った貴婦人たちの音楽への無関心である。その典型として登場するモルトマール夫人は、音楽などそっちのけで、社交的栄達を手に入れるためにシャルリュスのご機嫌をうかがうこと、自分が招待する客の選別のことしか考えない（一七五―八七頁）。男性招待客たちは、どのボーイが魅力的かと男色談義に花を咲かせる（一二四―一二五頁）。夜会の招待客を厳選した当のシャルリュスにしても、そもそも貴婦人たちに芸術の鑑賞など期待していない。かりに「義姉《あね》のオリヤーヌ」が来たとしても「絶対なにひとつ理解できん」と決めつけ、期待しているのは「モレル」の名を連呼する「メガホンの役目」だけだと言い放つ（七三―七四頁）。かくいうシャルリュス自身も、演奏会に求めているのは、芸術を深く理解する機会ではなく、愛するモレルを引き立てる恰好の機会でしかない。演奏中にシャルリュスが最も感激するのは、モレルの「前髪」がはらりと垂れた瞬間で、この「奇跡の前髪」を前にしては貴婦人たちも「これは音楽」であることを「悟った」はずだという（一二三―一二四頁）。音楽の内実に関心を寄せる者など、だれひとりいないのだ。

シャルリュス男爵は、バルザックを愛読する教養人にして、「扇子に絵を描いたり」「ピアノ演奏の腕を磨いたり」(四六頁)する趣味人ではあるが、現実のなかに芸術を見出すのを喜びとする、プルーストが芸術的偶像崇拝として批判した病いに冒されている。この点で男爵は、ボッティチェリの描いた女性とそっくりだと気づいたとたん、一脈通好みのタイプでもなかったオデットを貴重な美術品のように愛したスワンと、一脈通じるところがある。「私」はシャルリュス男爵に備わる「装い《トワレット》」を「布地《トワル》」と同じように見分ける能力」を「私の対極」(四五頁)にある美点としながら、「一介のアマチュア」(六三頁)にすぎない男爵が「けっしてなにも書かなかったこと」(四六頁)を残念に思う。この観点からしても男爵は、教養人でありながら人生を趣味として「なにひとつ「生み出す」ことはなかった」スワンの同類なのだ。ただしシャルリュスがものを書いたからといって、傑作が生まれるという保証はどこにもない。語り手は「ありきたりのことしか言わない退屈な話し手がつぎつぎと傑作をものし、座談の名手がいざ書こうとすると凡百の作家にも劣ることなど枚挙にいとまがない」(四七頁)と、皮肉な注釈を加えている。

ヴァントゥイユの遺作が世に出たのは、作曲家が遺したメモを解読したヴァントゥイユ嬢の女友だちのおかげである(一六二―六三頁)。この女友だちは、ヴァントゥイユ嬢との同性愛によって「音楽家の晩年を暗いものにしたが、その償いとして音楽家に不滅の栄光を保証したのだという慰めを得た」（一六三頁）という。贖罪による救済という重要な主題が提起されるこの一節には、それとはべつの物語構成上の寓意も込められている。なぜならヴァントゥイユの天才が世に認められたのは、遺稿を解読したヴァントゥイユ嬢の女友だち（同性愛者）、それを見出したヴェルデュラン夫人（スノッブ）、演奏したモレル（両性愛の出世主義者）、その庇護者のシャルリュス（同性愛者）という、プルーストのいう「悪徳ずくめの器」（一六八頁）のおかげだからである。これは俗世間の偶然の重なり、つまりシャルリュスのいう「諸般の状況の連関」（五七頁、七一頁、七四頁、一九五頁）がなければ、いかに高尚な芸術といえども存在しえないという逆説をものがたっている。孤高の芸術も、それを受容する「人間がいなくては話にならないからだ」（本訳⑩四一〇頁）。

嫉妬に駆られてアルベルチーヌのヴァントゥイユ嬢との関係を確かめるべく、ヴェルデュラン家の夜会へ出かけた「私」にもまた、嫉妬という「苦痛の代償として――私があらゆる快楽のなかに、愛のなかにさえ見出してきた虚無とはべつのもの、おそらく芸術によって実現できるものが存在するという約束として、また私の人生がいかに空しいものに見えようとも、それでもまだ完全に終わったわけではないという約束として――私が生涯にわたり耳を傾けることになるあの奇異な呼びかけが届けられた」(一六五―六六頁)のである。

このように考えると、「私」自身もふと想いおこすように(一七〇―七一頁)、長い歳月にわたる偶然の連鎖によって、モンジュヴァン(コンブレー)におけるヴァントゥイユ嬢と女友だちの同性愛シーンの想い出は、「私」の嫉妬の原因をつくり、「私」がバルベックでカモメの一団かと思った娘たちのひとりのアルベルチーヌをわが家に幽閉するきっかけとなり、七重奏曲の演奏会では、コンブレーの少年時代に「私」がオデットのこちらは本物の愛人と信じた「見知らぬ男の人」(本訳①三一〇頁)たるシャルリュスと、オデットの愛人であった「私」の大叔父に仕えた従僕の息子たるモレルが主役を務めることになったのだ。「私」の生涯のできごとを織りなすこのような偶然の糸の回想もまた、すでに『見出された時』における小説全体の俯瞰的回顧を予告しているのである。

ヴェルデュラン夫人邸における夜会の最大の事件は、いうまでもなくシャルリュス男爵の追放である。『ソドムとゴモラ』に描かれたラ・ラスプリエールの夏のサロンではシャルリュス男爵の「少数精鋭」への仲間入りが描かれていたのに、半年後の「コンティ河岸」のサロンでは、早くも男爵の放逐が語られるのだ。「スワンの恋」の舞台となった「モンタリヴェ通り」のサロンでも、「少数精鋭」を前にやはりヴァントゥイユの音楽が演奏されたが、そのソナタの「小楽節」をふたりの恋歌として聴いていたスワンとオデットはもはやサロンの客ではない。おのが「教団」の結束を乱すカップルの仲を裂こうとするヴェルデュラン夫人の意固地も健在であるが、かつて放逐されたスワンにかわって、こんどはシャルリュスが夫人の怒りを買い、モレルとの仲を裂かれる。

このシャルリュス追放劇では、人間の愚劣を暴きだす作家の演出が冴えている。ヴェルデュラン夫妻が嘘で固めたシャルリュスの悪評をモレルの耳に吹きこんでいるあいだ、ブリショは「卑劣なマネをするのに尻込みする」（二一三頁）と言いながら、男爵を「十八番の話題」（二一九頁）へ引きこんで別室にひきとどめる。「私」と連れだって夫人邸へ向かうブリショにシャルリュスが「ほほう〔……〕夜中に美青年とお散歩ですか？」（四四頁）などと言うのは、「思考が老化して、とっさに口をついて出てくる想いを昔のように制御できなくなり、四十年ものあいだ念には念を入れて隠してきた秘密を反射的に漏らしてしまう」（五二頁）せいである。「倫理学の教授」（二二七頁）として古代ギリシャ以来の典籍には通じていても風俗の実態には疎いブリショと、こと「ソドム」に関してはエキスパートを自任し「ソルボンヌの教授ともあろうお方に私ごときがかような歴史を教えねばならんとは嘆かわしい」(二五九頁)と言いつつソドミストが時代を問わずいかに蔓延しているかを得々と語る男爵との、同性愛をめぐる掛け合いは、本巻の人間喜劇の山場のひとつである。

もうひとつの重要な場面、ナポリ王妃が傷心のシャルリュスを腕につかまらせて退出するシーンでも、作家は演出に工夫を凝らしている。プルーストはこれまでの巻でも、ブーローニュの森の順化自然観察園《ジャルダン・ダクリマタシオン》を散歩するスワン夫妻の前にマチルド大公妃(一八二〇—一九〇四)を登場させるなど(本訳③二五五—六〇頁)、高名な王族の存在によって架空の物語にゴシップふうの興趣を添えてきた。本巻では、ガエータの城塞で両シチリア王国を死守すべく戦ったナポリ王妃(一八四一—一九二五)が登場する。この場面では、中途で退出したその王妃に扇子を忘れさせるというプルーストの演出が秀逸というほかない。「真摯な崇拝の念にたえず残忍な悪口が混じる」シャルリュスがその扇子について述べる口上(一九二頁)といい、ヴェルデュラン夫人の「陛下はお忘れかもしれませんが」という挨拶に「それは結構」(二九九頁)と答える王妃の皮肉といい、このナポリ王妃をからめた男爵追放の場面は、プルーストが優れたストーリーテラーでもあることを遺憾なく示すものであろう。

この夜会でシャルリュスが「私」に語って聞かせる「コンブレー」や「スワンの

恋」や「スワン夫人をめぐって」の時代の懐旧談は、読者を震撼させずにはおかない。小説の序盤で語られていたさまざまな人物について、想いも寄らぬ真相が暴露されるからである。その一例は、シャルリュスの語るオデットの放埒な生活であろう。男爵によると「スワンの恋」の時点で「オデットはある男とねんごろになったかと思うと、つぎにはまたべつの男とくっついていたのに、嫉妬と愛情に駆られて我を忘れたスワンはそのどの男についてもなにひとつ知ら」なかったという(二五一頁)。それればかりかシャルリュスは、ゲルマント公爵の従兄の「オスモンがオデットをかっさらった」(二五三頁)例など、結婚後もオデットの男関係は絶えなかったという。おまけに、スワン夫人がだれとでも寝る女であると言い張るのは、シャルリュスだけではない。かつてブロックが、パリの環状線《サンチュール》の車内で「きわめて洗練された技巧でこの俺様に身を任せた商売女」がいたと「私」に自慢げに語ったのも、スワン夫人のことだった(本訳④二〇五頁)。そればかりか、ブーローニュの森を散歩するスワン夫人を描いた一節では、通りかかった社交人士たちが「あれと寝た」と昔の「粋筋の女」オデットを語るのみならず(本訳②五〇一頁)、語り手もまた、散歩するスワン夫人が「長い時間ひとりでいることはなく、すぐに男友だちのひとりと合流した」(同五〇四頁)と、その活発な男関係をほのめかしている。

オデットにもまして読者を驚愕させるのは、あとで検討するテオドールの両性愛である。しかし人がなかなか知りえないのは、他人の悪徳ばかりとは限らない。ヴァントゥイユ嬢の女友だちも、ひそかに大作曲家の遺稿を解読していたことが今になって判明するし、サニエットをあれほどいじめたヴェルデュラン氏も、仇敵に人知れず「年金」という救いの手を差しのべたことがあとでわかる(三〇六―一〇頁)。『失われた時を求めて』の随所にちりばめられたうわさ話の裏には、親しい人たちといえどもその真相は闇につつまれている事実を示唆しているのである。

「ソドムとゴモラ 三」(バイセクシャル)

『囚われの女』において登場人物の闇に埋もれていた真相があらわになるのは、スワンが知るよしもなかったオデットの場合に限らない。シャルリュス男爵が想いを寄せるモレルや、「私」が愛するアルベルチーヌの場合もそうである。前篇『ソドムとゴモラ』(「一」と「二」)では、シャルリュスの男性同性愛(相手はジュピアンとモレル)と、アルベルチーヌの女性同性愛をめぐる疑惑(相手は定かではない)が、「ソドム」と「ゴモラ」の典型例として対照的に描かれていた。ところが本篇では、男が男を愛し、女が女を愛する単なる同性愛ではなく、すでに前篇でもほのめかされていたさらに複雑な同性愛が前面に出てくる。

本巻における「ソドム」の主役は、すこしずつシャルリュス男爵からモレルへと移り、「ゴモラ」の主役はあいかわらずアルベルチーヌである。前篇でモレルは、ゲルマント大公と「メーヌヴィルの娼館で一夜をともにした」（本訳⑨五〇三頁）ソドミストであるのみならず、ジュピアンの姪と結婚すればその姪に「つねに顔ぶれの変わる見習いのお針子たちを誘惑してもらうこともできるし、その姪に身を売らせて裕福な美しい婦人たちを手に入れることもできる」（本訳⑩一一四頁）とほくそ笑んでいた。要するにモレルは、レスビアンの女をも愛することがほのめかされていたのだ。モレルのこうした性癖は、本巻において「もっぱら女のみを愛する嗜好の持主として有名な女優レア」がモレルに宛てた手紙をシャルリュスが「うっかり開封した」ことによって白日のもとにさらされる。その手紙でレアは、モレルに「女性形」で語りかけ、「貴女《あなた》って下劣！」とか「あたしのいとしい女《ひと》、あなたもやっぱりあの仲間なのね」とか書いている（六二頁）。この手紙の文言を信じるかぎり、ふたりとも男も女も愛する両性愛者だとわかる。モレルは、レスビアンの女を相手に「女役」を演じていたと考えるべきであろうか。そうだとするとレア自身は、モレルという男をむしろ女として愛する「男役」のレスビアンと考えるべきなのだろうか。あるいはこの種の性愛では、

「女役」や「男役」という概念は有効性を持たないのだろうか。本巻ではこうした疑問に明確な解答は与えられていない。

このように本巻で両性を愛する事例が暴露されるのは、モレルとレアの場合にとどまらない。コンブレーで食料品屋の店員として働きながら教会の聖歌隊員も務めていたテオドールもその口だと判明する。男爵によると、テオドールを御者として雇い入れたのが「四人組のリーダー格」であった同性愛者であり、「ペチコートをたくしあげるのが得意技」だったテオドールも、いまや「水夫を漁っては舟であたりを遊覧し、さらに「ほかのことも」していた」という(二六七―六八頁)。「私」のふたりの友人がレストランでの会食に連れてきたそれぞれの「愛人」が、ほどなくレスビアンとしての「互いの本性」を悟り、テーブルの下で「秘すべきこと」をやりだしたという一節(三六三―六四頁)にも、男の愛人でありながらレスビアンでもある事例が示されていると考えるべきだろう。

一方、アルベルチーヌは、前篇ではヴァントゥイユ嬢とその女友だちとの、本篇ではレアやアンドレとの「ゴモラ」の関係が疑われてはいるが、忘れてはならないのは、「私」という男と性的関係を結んで同棲している女だという事実である。本巻で俎上に載せられる「ソドム」や「ゴモラ」は、もはや男性同性愛や女性同性愛という単純な範疇には収まらない。さらにいえばソドミストにおいては男のなかに巣くう「女」が「男」に惹かれるという「ソドムとゴモラ　一」で開陳された理論だけでは、この複雑な愛の形を説明しきれない。まるで等閑視されているが『囚われの女』は、現代でバイセクシャルといわれる特別な愛の形を問題にしているのだ。本篇と次篇が副題として「ソドムとゴモラ　三」と銘打たれている所以であろう。この問題については、シャルリュスも「私」も「それはなんなのか?」(二七〇頁)と自問するばかりで、解答は得られない。本巻ではいまだ物語の伏流にとどまっているこの愛の形は、次篇以降、重要な展開を見せる。

ただし本篇でも変わらないのは、ソドムにせよゴモラにせよ、副次的人物の性愛は隅々まで明らかにされることだろう。「ソドムとゴモラ　一」では「私」がそれを盗み聞く場面に明らかなように、シャルリュスとジュピアンの交接は事実として描かれていた。たとえ「私」が目撃していなくても、女優レアの手紙をシャルリュスがうっかり開封するという設定からも明らかなように(「私」がそれをどうして知ったのかが語られない以上これは「神の視点」と言うべきだろう)、レアとモレルの秘密の関係もまた、紛れもない事実として提示されている。同じ「ゴモラ」でも、『ソドムとゴモラ』に出てきた「ブロックの妹」と「さる元女優」の関係や(本訳⑧五三七―三八頁)、さきにも触れたが本巻において会食のテーブルの下でたがいに脚をからみあわせるレスビアンの女たち(三六四頁)など、「私」の恋心の対象とならない女性たちの同性愛は、「私」には(ひいてはその報告を受ける読者にも)疑問の余地のない事実として描かれているのである。

それにひきかえアルベルチーヌの「ゴモラ」の関係だけは、つねに「私」の疑念の対象として想起されるが、それが事実なのか単なる杞憂なのか、すくなくとも前篇と本篇に関するかぎり判然としない。もちろんアルベルチーヌが口にしかけた「壺」を「割ってもらう」ということばに、「私」は「おぞましい」意味を読みとる(三三五―四一頁)。しかしそれはアルベルチーヌの同性愛の証拠になるわけではない。これはなぜか。ほかでもないアルベルチーヌが、「私」の恋心の対象であるがゆえに、流動してやまぬ「逃れる存在」(本訳⑩一九七頁)となるからである。「きみ、なにを考えてるんだい?」「なんにも」(四五二頁)というふたりの問答は、「私」にとってアルベルチーヌの内面が「謎」以外のなにものでもない状況を端的にあらわしている。アルベルチーヌの「ゴモラ」だけが謎の世界にとどまるのは、「愛とは、心に感じられるようになった空間と時間」(四五三頁)という命題の一現象なのである。

アルベルチーヌとの同居の破綻

「私」とアルベルチーヌの同居は、恋人が突然出奔することで幕を閉じる。本巻の末尾でフランソワーズから「アルベルチーヌさまは〔……〕九時にお発ちになりました」と告げられた「私」は、平静を装って「もちろんぼくを起こさないでよかったんだよ。しばらくひとりにしてほしい、あとで呼ぶから」と答える（五一四頁）。『囚われの女』の終焉を告げるこの「私」のことばは、『ソドムとゴモラ』の末尾でふたりの同居のはじまりを告げる「どうしてもアルベルチーヌと結婚しなければならないんだ」（本訳⑨六一四頁）という「私」のことばと呼応しあうように感じられる。

アルベルチーヌがそっと家を出ることができたのは、フランソワーズが「叱られるのではないかと恐ろし」くて「私」を起こさなかったからである（五一三―一四頁）。ここで読者は、前巻の冒頭から本巻の末尾に至るまでラシーヌの『エステル』を伴って課されていた「呼び鈴を鳴らすまで部屋にはいってはならぬという禁則」（本訳⑩四〇頁、本巻四七三頁、五〇八頁）が、この伏線であったことを理解する。それとともに、アルベルチーヌの着るフォルトゥーニの衣装がやはり前巻からくり返し想起されていたことも（本訳⑩七一頁、九六頁、三五〇頁、四〇五頁、本巻五〇頁、四〇二―〇五頁）、納得できるのではないか。なかでも本巻の末尾近く、アルベルチーヌが身にまとう「フォルトゥーニの青と金の部屋着」は、きわめて重要である。その布地に「死と生を交互にあらわすオリエントの小鳥たち」が描かれ、「鏡のようにきらめく布地の濃い青色」が「金の色」に変わると、「私」は「ゴンドラが進むにつれて、眼前の大運河の紺碧色が炎のように輝く金属みたいに変化するさま」を想いうかべ、それを「ヴェネツィアの、心惑わす影」のように感じるからである(四七〇―七二頁)。フォルトゥーニの部屋着は、「私」とアルベルチーヌの夜を彩る官能的役割を果たすばかりか、ヴェネツィアへの夢想をさそう詩的機能をも担っている。さらにその部屋着に描かれた「死と生を交互にあらわす」小鳥や、アルベルチーヌが「私」と唇を合わせることを避けたときの「死を予感する獣《けもの》」を想わせる「不吉で本能的な頑なさ」(四八二頁)は、アルベルチーヌを待ち受ける運命を予告しているのである。

アルベルチーヌがなぜ出奔したのか、その動機は謎につつまれている。もとより「私」は、アルベルチーヌの「沈黙や、まなざしや、紅潮や、ふくれっ面や、怒りなど」(四六八頁)に、あるいは「接吻を返そうとはせず顔をそらした」(四八二頁)仕草などに、恋人の不満の徴候を読みとっていた。また夜中に「アルベルチーヌの部屋の窓が乱暴に開け放たれた音」に、「あたしには空気が必要なの!」と言わんばかりの「憤り」を感じていた(四八七―八八頁)。ところが「私」は、喉元すぎれば熱さを忘れるというべきか、そんな不安も鎮静し、うららかな春の陽気にヴェネツィアへの欲望をかき立てられ、アルベルチーヌとは別れて旅に出ようと決意する。アルベルチーヌが出てゆくのは、そんな予期せぬときである。

ときに「私」は、アルベルチーヌはけっして「囚われの女」などではないという想いにとらわれる。この予感は正しかったというべきだろう。夜遅く帰宅して、恋人の待つ部屋の明かりを外の歩道から見上げた「私」は、牢獄のなかへ自分自身が「閉じこめられる」ように感じて、「その鉄格子の黄金色の頑丈な柵は、わが身を永遠の隷属状態に置くために私がみずから鍛造したもの」（三一三頁）だと考える。またピアノラを弾くアルベルチーヌの顔や髪や衣服をうち眺め、ふと「私」は恋人を（スワンが偶像崇拝からオデットをチッポラになぞらえたのと同じく）パイプオルガンを弾く聖女チェチーリアになぞらえ（四四五頁）、これはすばらしい「芸術作品」ではないかという想いにとらわれる（四四四頁）。しかしバルベックで最初に会ったときの自由奔放な海辺の娘と、わが家で従順に音楽を奏でる娘とを比べてみた「私」は、アルベルチーヌは「芸術作品」などではなく、「解決なき過去の探究へと残忍にも私を駆り立てる点で〔……〕むしろ偉大な「時」の女神」（四五六頁）だと思う。「私」のほうが囚われ人であって、アルベルチーヌはむしろ変幻きわまりない「時」の女神であること、そこにこそ『囚われの女』の要諦を見るべきだろう。

「私」の猜疑心と自己分析

アルベルチーヌの同性愛にたいする「私」の猜疑心は、とどまるところを知らない。そもそも主人公がヴェルデュラン家の夜会へ出かけたのは、アルベルチーヌがそこでヴァントゥイユ嬢とその女友だちに会うのではないかという疑念にとらわれたからである。この種の疑念は、アルベルチーヌの「一度も関係なんてなかった」(四七五頁)という否定にもかかわらず払拭されない。アルベルチーヌの同性愛をめぐる疑念は、いったん鎮静しても、ブロックの従妹エステルや女優のレアなど、レスビアンの噂の立つ娘へと向かうからだ(三四五—四六頁、三六一—六二頁)。いや、「私」の猜疑心は、同性愛の噂が立っていたわけでもないジルベルトや(四二一—二四頁)、「私」がアルベルチーヌの散歩の付き添いを頼んでいた当のアンドレにまで及ぶ(四五九—六六頁)。「私」がかまをかけて問いただすと、「私」が事情に通じているものと想いこんだアルベルチーヌは、ついつい先回りして告白する。しかしこうしたアルベルチーヌの告白は、本人の嘘を裏づけるばかりである。

多くの読者は、このような「私」の疑念にうんざりするだろう。そんな猜疑心にとらわれていないで、率直に自分の恋心を打ち明けたらいいのではないか、と考える読者も多いだろう。もとより「私」も、素直な恋心の告白こそ恋愛の理想であることを知らないわけではない。「私が子供のころ、恋愛で最も甘美なものとして夢見たこと、恋愛の精髄そのものと思われたこと、それは愛する人を前に、自分の愛情を、その人の親切にたいする感謝の念を、いつまでもいっしょに暮らしたいという願いを、心おきなく吐露することだった」と述懐している。これこそ多くの恋愛小説の描くものであろう。ところが「私」は、そのすぐあと「自分自身の経験や友人たちの経験からして、そのような感情の表出がとうてい相手に伝わるものではないことを悟った」と言う(三五〇頁)。プルーストの小説は、猜疑心が強くて人を信じるすべを知らぬ偏屈な男の、滑稽な悲劇なのだろうか。「私にとってアルベルチーヌとの生活は、一方で私が嫉妬していないときは退屈でしかなく、他方で私が嫉妬しているときは苦痛でしかなかった」(四六九頁)というたぐいの、本篇に頻出する「私」の身勝手な言い分に接すると、そうだと切り捨てたくもなる。

ところがプルーストは、読者のこのような常識的な反応を予期していたのか、「私」のアルベルチーヌへの疑念は、「私」自身の浮気な欲望の反映にほかならないと、こんな指摘をする。「とはいえ私が完全に恋人に忠実な人間であったなら、不実など思いつくことさえできず、それゆえ不実に苦しむこともなかったであろう。ところがアルベルチーヌのなかに私が想いうかべて苦しんでいたのは、新たな女たちに好かれたい、小説じみた新たな冒険のきっかけをつくりたいという、私自身の絶えざる欲望であった。」(四五四頁)。欲望に駆られるわが身を顧みるからこそ、恋人にも同様の欲望の存在を想定する、というのだ。プルーストの猜疑心に凝り固まった恋愛心理の分析は、このような自他ともに人間は究極的には身勝手であるという本質的な洞察に依拠しているのである。

そればかりではない。アルベルチーヌへの疑念をああでもないこうでもないと語る「私」の自己分析は、そもそも恋愛をめぐる猜疑にのみ向けられるわけではなく、じつは『失われた時を求めて』の全体を貫く「私」の言説の全般を特徴づけている。たとえば本篇においてプルーストは、一般に道楽者は自分の愛人のみを例外として「あれはだれにでも身を任せるような女じゃありません」と断言する傾向があることを紹介したうえで、その理由を「かもしれない」を付して列挙している。「道楽者がこんな想いも寄らぬ敬意を示すのは、女の愛の証が自分にだけ与えられたと考えるほうが自尊心をくすぐられるからかもしれないし、あるいは愛人が自分に信じこませようとすることをなにからなにまでおめでたく真に受けるからかもしれないし、あるいは女とその暮らしに近づいたとたん、前もって貼られていたレッテルや分類があまりにも単純に見えてしまう生活感情のせいかもしれない」(二四八頁、傍点は引用者)。

「私」が自分の言動に加えるあれやこれやの注釈は、これと同様の列挙方式を踏襲する。たとえば「私」がアルベルチーヌの離反を防ごうとして、単なる脅しとして別離を持ちかけたとき、それが見せかけの提案であるにもかかわらず「私」はなぜか悲しくなる。この言い分こそ「私」の身勝手を証明しているではないか、おまけに本気ではない別離に「悲しくなる」とは頭がおかしいのではないか、と考える読者もいるだろう。「私」はこんな自己分析をする。「なぜなら人が口にする悲しいことばは、たとえ嘘であってもそのなかに相応の悲哀を含んでいて、その悲哀をわれわれのなかに深く注入するからかもしれない。あるいは見せかけであろうと別れを告げてしまうと、あとで否応なく訪れる時を人は先まわりして想いうかべるものと知っているからかもしれない」(三七〇頁、傍点は引用者)。

内心の葛藤をめぐる自己分析は、コンスタンの『アドルフ』(一八一六)にはじまるフランス心理分析小説の伝統である。いや、この伝統の端緒は、むしろ『失われた時を求めて』に頻繁に援用されるラシーヌの悲劇『フェードル』(一六七七初演)におけるヒロインの、おのが恋心をみずから分析してものがたる長広舌にこそ求められるべきかもしれない。『失われた時を求めて』の主人公「私」の異様とも受けとれる猜疑心の表明は、このような自己分析を極端にまで推し進めた結果ではなかろうか。もとよりプルーストは、「私」の言動の異様さを自覚していて、「私がかりに読者に私の感情を隠しておき、それゆえ読者が私の発言だけを知ることになれば、その発言とはまるで辻褄の合わぬ私の行為は、読者にしばしば異様な豹変との印象を与えかねず、読者は私をほとんど気が狂ったかと思うだろう」と書いたうえで、こう断っている。「読者があまりそんな印象をいだかないのは、私が語り手として、読者に私の発言を伝えると同時に、私の感情をも叙述しているからである」(三五五―五六頁、傍点は引用者)。この一節は、プルーストの複雑怪奇な心理の分析が、作家のいかに明晰な論理に貫かれているかを雄弁に示すものであろう。

本巻では、前巻よりも小説の本文にさらに不統一や矛盾が目立つ。生きているはずの人物の死が語られたり、類似の記述がくり返されたり、人名や地名に空白があったりする。『囚われの女』の後半に充分な手入れをする余裕のないまま、作家が他界したからである。しかしこれらの瑕疵は、他の追随を許さないプルーストの文学の迫力を前にすると、あまり気にならない。本巻でも主たる底本を若干修正した箇所がある。

その箇所のみを前巻と同じく「プレイヤッド版との異同一覧」として巻末に掲げた。本巻の注や図版やあとがきの一部には、旧著の『プルースト美術館』や『プルーストと絵画』などと重複する記述があるが、どうかご寛恕いただきたい。もちろん注の随所にはその後の新たな調査結果を盛りこんだ。また図版には、オ・プチ・ダンケルクの写真、ストロース夫人所蔵の『ヴォルテールの顔』、ヴェルサイユ宮殿所蔵のラクロとジャンリス夫人の肖像画、オルヴィエート大聖堂の「女の創造」など、他のプルースト関係の刊本には掲載されていない画像も盛りこむことができた。

本巻の翻訳にあたり、従来の巻と同様、エリック・アヴォカ氏(大阪大学)は懇切丁寧に訳者の質問に答えてくださった。またソフィー・デュヴァル氏(ボルドー大学)からは、訳者が判断に迷う微妙な疑問点について貴重なご教示を得た。プルーストと音楽の専門家であるセシル・ルブラン氏(パリ第三大学)は、ピアノラの広告図版を貸与してくださった。プルーストとドレフュス事件の専門家である村上祐二氏(京都大学)からは、ピカールの裁判における「管轄裁定」についてご教示をいただいた。そのほか池田潤氏(白百合女子大学)と村上祐二氏は、一部の資料調査を手伝ってくださった。これらのかたがたの格別の友情に、ただただ感謝するばかりである。

最後になったが、編集担当の清水愛理氏は、校正刷を従来にもまして綿密に点検して数々の貴重なアドバイスを与えてくださった。毎巻、精密な作業をしてくださる製作、校正、印刷のかたがたにも、私の感謝は尽きない。

これで『失われた時を求めて』の拙訳も、三巻を残すのみとなった。しかし次巻の『消え去ったアルベルチーヌ』以降の訳出には、本文の確定をはじめ多大の困難が予想される。そのため次巻の刊行までに一年の猶予をいただけるとありがたい。それまでに鋭意訳出を進め、残りの三巻をなんとか半年ごとに出すつもりでいる。この点、ご海容のほどお願いするしだいである。

二〇一七年陽春

吉川一義

図版一覧

表紙カバー　Philippe Sollers, *L'œil de Proust. Les dessins de Marcel Proust*, Stock, 1999, p. 139.『囚われの女』の最終場面が執筆された草稿帳「カイエ55」(1915)の見開き左頁(Cahier 55, n. a. f. 16695, f° 42 v°)の欄外(左端)にプルーストが描いたいたずら書き．教会堂と月と星が描かれている．この絵の右手の左頁本体(加筆用)には，「私」がラシーヌの『エステル』を引用して課した「恐ろしい威厳が臣下にわが身を拝ませまいとする」「厳しい掟」(本巻508頁参照)が，その右側頁(f° 43 r°)には，目覚めた「私」が想いうかべるヴェネツィアへの夢想(同509頁参照)が記されている．プルーストが草稿帳に描いたデッサンは，そこに記された物語とかならずしも関係があるわけではない．かりにこのいたずら書きがヴェネツィアをめぐる夢想と関係があるのなら，教会堂は(真ん中の丸屋根と周りの塔の形からして)サン＝マルコ大聖堂を描いたものと考えるべきであろうか？

図1(22頁)　1900年のオ・プチ・ダンケルク：*Atget Paris*, présentation de Laure Beaumont-Maillet, Hazan, 1992, p. 423.

図2(26頁)　ジェームズ・ティソ『ロワイヤル通りクラブ』：*L'Illustration*, 80e année, 10 juin 1922, p. 551.

図3(42頁)　エル・グレコ『枢機卿フェルナンド・ニーニョ・デ・ゲバラ』：Maurice Barrès et Paul Lafond, *El Greco*, H. Floury, 1911, p. 89.

図4(42頁)　同拡大図：*Ibid.*, p. 23.

図5(51頁)　ココーシュニク：*Larousse du XXe siècle*, t. 4, 1931, p. 224.

図6(68頁)　ブロンズィーノ『若き彫刻家の肖像』：Jean Alazard, *Le portrait florentin de Botticelli à Bronzino*, Laurens, 1924,

planche XXIX.
図 7(140 頁)　ミケランジェロ「リビアの巫女《シビュラ》」: Marcel Reymond, *Michel-Ange*, Laurens, «Les grands artistes», 1906, p. 45.
図 8(160 頁)　マンテーニャ『聖母被昇天』(部分): *Andrea Mantegna e i Maestri della cappella Ovetari*, Skira, Milano, 2006, p. 103.
図 9(222 頁)　トマ・クーチュール『退廃期のローマ人たち』: *Thomas Couture (1815–1879)*, préface de Camille Mauclair, Le Garrec, 1932, planche en face de la page 7.
図 10(235 頁)　初代コンデ公ルイ一世: *Larousse du XXe siècle*, t. 2, 1929, p. 397.
図 11(292 頁)　古代ギリシャの壺絵のヘレネ(部分): *L'après-midi d'un Faune. Mallarmé, Debussy, Nijinsky*, catalogue établi et rédigé par Jean-Michel Nectoux, RMN, 1989, p. 20.
図 12(292 頁)　『牧神の午後』の牧神とニンフ: *Étonne-moi! Serge Diaghilev et les Ballets Russes*, Skira, 2009, p. 188.
図 13(360 頁)　モーリス・カンタン・ド・ラ・トゥール『王太子妃マリー＝ジョゼフの肖像』: Maurice Tourneux, *La Tour*, Laurens, «Les grands artistes», 1904, p. 53.
図 14(360 頁)　同『ポンパドゥール侯爵夫人の肖像』: *Ibid.*, p. 113.
図 15(360 頁)　同『ヴォルテールの顔』: *Collection Émile Straus*, catalogue de la vente, Galerie Georges Petit, 1929, n° 73.
図 16(382 頁)　最後の審判(ラン大聖堂): Lucien Broche, *La Cathédrale de Laon*, Laurens, 1961, planche XI.
図 17(382 頁)　最後の審判(ルーアン大聖堂): Émile Mâle, *L'Art religieux du XIIIe siècle en France*, Armand Colin, 1910 (1ère éd., 1902), p. 437.
図 18(404 頁)　水盤から水を飲む鳥: *The Works of John Ruskin*, Library Edition, George Allen, London, t. X, 1904, pl. XI (entre p. 166 et p. 167).
図 19(404 頁)　フォルトゥーニの生地の鳥: Anne-Marie Deschodt,

Mariano Fortuny : un magicien de Venise, Éditions du Regard, 2000, p. 161.

図 **20**(406 頁) バクストによる『シェエラザード』の舞台装置案：*Étonne-moi! Serge Diaghilev et les Ballets Russes*, éd. cit., p. 138.

図 **21**(406 頁) ブノワによる『ペトルーシュカ』の舞台装置案：Militsa Pojarskaïa et Tatiana Volodina, *L'art des Ballets russes à Paris*, Gallimard, 1990, p. 86.

図 **22**(407 頁) セールによる『ヨセフ物語』の舞台：Boris Kochno, *Diaghilev et les ballets russes*, Fayard, 1973, p. 96.

図 **23**(412 頁) ピアノラの広告：*RIM*(*Revue internationale de musique*), 1913, sans pagination.

図 **24**(414 頁) ベラスケス『王女マルガリータ』：Élie Faure, *Velazquez*, Laurens, «Les grands artistes», 1929(1ère éd., 1903), p. 85.

図 **25**(414 頁) 同『ラス・メニーナス』(部分)：Yves Bottineau, *Vélasquez*, édition mise à jour par Odile Delenda, Citadelle & Mazenod, 2015, p. 318.

図 **26**(428 頁) カルパッチョ『二人のヴェネツィア婦人』：Gabrielle et Léon Rosenthal, *Carpaccio*, Laurens, «Les grands artistes», 1906, p. 21.

図 **27**(429 頁) レンブラント『バテシバ』：Émile Verhaeren, *Rembrandt*, Laurens, «Les grands artistes», 1911, p. 73.

図 **28**(430 頁) ミハーイ・ムンカーチ『死刑囚の最後の日』：*Mihály Munkácsy*, introduction par András Székely, Corvina Kiadó, Budapest, 1980, fig. 4.

図 **29**(436 頁) ルイ・レオポルド・ボワイー『コデルロス・ド・ラクロの肖像』：Gustave Geffroy, *Les musées d'Europe. Versailles*, Nilsson, 1920, p. 79.

図 **30**(437 頁) ジャン＝バチスト・モーゼス『ジャンリス夫人のハープのレッスン』：*Historia*, n° 12, 20 mai 1910, planche entre p. 168 et p. 169.

図 31（440 頁）　オルヴィエート大聖堂の「女の創造」：John Ruskin, *Les matins à Florence. Simples études d'Art chrétien*, traduites de l'anglais par Eugégie Nypels, annotées par Émile Cammaerts, Renouard-Laurens, 1906, planche entre p. 192 et p. 193.

図 32（446 頁）　ファン・エイク『ヘント祭壇画』：Henri Hymans, *Les Van Eyck*, Laurens, «Les grands artistes», 1908, p. 12–13.

図 33（447 頁）　同「聖女チェチーリア」：Harold Van de Perre, *Van Eyck. L'agneau mystique*, traduit du néerlandais par Daniel Cunin, Gallimard/Electa, 1996, p. 38.

図 34（459 頁）　ハーモニウム：*Larousse du XXe siècle*, t. 3, 1930, p. 961.

516 頁　レーナルド・アーン宛て書簡に見出されるプルーストの図案：Marcel Proust, *Lettres à Reynaldo Hahn*, Gallimard, 1956, p. 80.

プレイヤッド版との異同一覧

本訳書は，ジャン＝イヴ・タディエ監修のプレイヤッド版を主たる底本とする．本巻に収録したのは，同版の第3巻703–915頁にあたる．本文および改行につき，プルーストが手を入れたタイプ原稿などに拠って，若干の修正を施した(改行については，場面の転換を配慮してプレイヤッド版に倣った箇所もあるが，タイプ原稿に拠って訂正した箇所も多い)．その主な異同を以下に掲げ，(　)内に典拠を示す．作家が最後に手を入れたのは第3タイプ原稿であるが，プレイヤッド版の712–715頁，767頁などの加筆箇所に関しては，清書原稿(Cahier IX, n. a. f. 16716；Cahier X, n. a. f. 16717；Cahier XI, n. a. f. 16718)を参照した．第3タイプ原稿第2巻(n. a. f. 16746)を「D3–2」，第3タイプ原稿第3巻(n. a. f. 16747)を「D3–3」と略記する．


プレイヤッド版第3巻706頁，下から15行目，本訳は改行せず(D3–2, f° 117 r°)．

同712頁，23行目，本訳は改行せず(D3–2, f° 126 r°)．

同715頁，15行目，本訳は改行せず(Cahier IX, f° 103 r°, paperole ouverte 2)．

同頁，20行目，本訳は改行せず(Cahier IX, f° 103 r°, paperole ouverte 2)．

同718頁，下から18行目，本訳は改行せず(D3–2, f° 132 r°)．

同721頁，8行目，本訳は改行せず(D3–2, f° 137 r°)．

同725頁，下から3行目，本訳は改行せず(D3–2, f° 145 r°)．

同726頁，20行目，本訳は改行せず(D3–2, f° 146 r°)．

同727頁，6行目，本訳は改行せず(D3–2, f° 147 r°)．

同頁，下から15行目，本訳は改行せず(D3–2, f[os] 147 r°–148 r°)．

同742頁，下から19行目，本訳は改行せず（D3-2, f° 171 r°）.
同743頁，18行目，本訳は改行（D3-2, f° 172 r°には改行がないが，内容上，GF版およびNathalie Mauriac DyerのLivre de poche版〔以下Nathalie Mauriac Dyerは略〕に倣って改行する）.
同頁，21行目，本訳は改行せず（D3-2, f° 172 r°）.
同745頁，17行目，本訳は改行せず（D3-2, f° 175 r°）.
同749頁，下から4行目，本訳は改行せず（D3-2, f° 183 r°）.
同750頁，下から19行目，本訳は改行せず（D3-2, f° 184 r°では改行するが，内容上，GF版，Livre de poche版，Garnier版に倣って改行せず）.
同753頁，9行目，本訳は改行せず（D3-2, f° 189 r°は改行するが，内容上，GF版およびLivre de poche版に倣って改行せず）.
同767頁，15行目，本訳は改行せず（Cahier X, f° 35 r°）.
同頁，17行目«dix instruments»，本訳は«sept instruments»に訂正（原稿Cahier X, f° 35 r°には確かにdix instrumentsと記されているが，内容上，GF版，Garnier版に倣って訂正）.
同769頁，19行目«mon amie»，本訳は«son amie»（GF版，Garnier版に拠る）.
同771頁，21-23行目，27行目，31行目のイタリック体，本訳はローマン体にギュメ（D3-2, f° 219 r°）.
同772頁，5行目，本訳は改行せず（D3-2, f° 220 r°）.
同頁，12行目のイタリック体，本訳はローマン体にギュメ（D3-2, f° 220 r°）.
同773頁，6行目，本訳は改行せず（D3-2, f° 221 r°）.
同774頁最終行から775頁10行目までのイタリック体，本訳はローマン体にギュメ（D3-2, f° 225 r°）.
同775頁，下から15行目，本訳は改行せず（D3-2, f° 226 r°）.
同776頁，下から5行目，本訳は改行せず（D3-2, f° 229 r°）.
同779頁，4行目，本訳は改行せず（D3-2, f° 232 r°）.
同頁，14行目，本訳は改行せず（D3-2, f° 233 r°）.

同 791 頁，9 行目のイタリック体，本訳はローマン体(D3–3, f° 17 r°).
同 801 頁，6 行目のイタリック体，本訳はローマン体(D3–3, f° 35 r°).
同頁，8 行目，本訳は改行せず(D3–3, f° 35 r°).
同 812 頁，下から 13 行目，本訳は改行せず(D3–3, f° 55 r°).
同 830 頁，下から 4 行目，1 行アキ，本訳はアキなし(D3–3, f° 86 r°).
同 836 頁，下から 17 行目，本訳は改行せず(D3–3, f° 96 r°).
同 849 頁，15 行目，本訳は改行せず(D3–3, f° 121 r°).
同頁，下から 8 行目，本訳は改行せず(D3–3, f° 125 r°).
同 851 頁，下から 4 行目，本訳は改行せず(D3–3, f° 128 r°).
同 852 頁，17 行目，本訳は改行せず(D3–3, f° 129 r°).
同 853 頁，最終行，本訳は改行せず(D3–3, f° 132 r°).
同 854 頁，19 行目，本訳は改行せず(D3–3, f° 133 r°).
同 855 頁，1 行目，本訳は改行せず(D3–3, f° 134 r°).
同頁，下から 19 行目，本訳は改行せず(D3–3, f° 135 r°).
同 863 頁，下から 12 行目，本訳は改行せず(D3–3, f° 146 r°).
同頁，下から 4 行目，本訳は改行せず(D3–3, f° 147 r°).
同 868 頁，3–4 行目 «Françoise n'a certainement jamais fait de scènes à Albertine.»，本訳は同頁下から 16 行目 «dominatrice.» の直後に移動(Cahier XI, f° 76 r°; D3–3, f° 153 r° ともにプレイヤッド版のとおりであるが，文脈上，GF 版の配置に倣う).
同頁，下から 15 行目，本訳は改行せず(D3–3, f° 154 r°).
同 869 頁，4 行目，本訳は改行せず(D3–3, f° 155 r°).
同 872 頁，4 行目，本訳は改行せず(D3–3, f° 160 r°).
同頁，下から 3 行目，本訳は改行せず(D3–3, f° 162 r°).
同 878 頁，10 行目，本訳は改行せず(D3–3, f° 171 r°).
同 880 頁，1 行目 «tout au plus les tableaux où Munkacsy voudrait»，本訳は «tout au plus de Munkacsy les tableaux où Muichkine voudrait» と訂正(D3–3, f° 173 r°).
同 881 頁，4 行目，本訳は改行せず(D3–3, f° 176 r°).
同 890 頁，5 行目，本訳は改行せず(D3–3, f° 191 r°).

同 893 頁，12 行目，本訳は改行せず(D3-3, f° 197 r°).

同頁，下から 17 行目，本訳は改行せず(D3-3, f° 198 r°).

同 895 頁，6 行目，本訳は改行せず(D3-3, f° 200 r°).

同 896 頁，14 行目，本訳は改行せず(D3-3, f° 203 r°).

同 902 頁，22 行目，本訳は改行せず(D3-3, f° 212 r°では改行するが，文脈上，改行しない GF 版と Livre de poche 版に倣う).

同 904 頁，8 行目，本訳は改行(D3-3, f° 216 r° では改行しないが，文脈上，改行する GF 版と Livre de poche 版に倣う).

同 911 頁，下から 19 行目，1 行アキ，本訳はアキなし(D3-3, f° 231 r°).

同頁，下から 4 行目 «Bloch»，本訳は空白とする(D3-3, f° 232 r°).

同 912 頁，下から 18 行目 «Gourville»，本訳は空白とする(D3-3, f° 233 r°).

同 915 頁，1 行目，本訳は改行せず(D3-3, f° 237 r°).

失《うしな》われた時《とき》を求《もと》めて 11〔全14冊〕 プルースト作
囚われの女 II

2017年5月16日 第1刷発行
2017年12月25日 第2刷発行

訳 者 吉川一義《よしかわかずよし》

発行者 岡本 厚

発行所 株式会社 岩波書店
〒101-8002 東京都千代田区一ツ橋2-5-5

案内 03-5210-4000 営業部 03-5210-4111
文庫編集部 03-5210-4051
http://www.iwanami.co.jp/

印刷・理想社 カバー・精興社 製本・松岳社

ISBN 978-4-00-375120-6 Printed in Japan

読書子に寄す

――岩波文庫発刊に際して――

岩波茂雄

真理は万人によって求められることを自ら欲し、芸術は万人によって愛されることを自ら望む。かつては民を愚昧ならしめるために学芸が最も狭き堂宇に閉鎖されたことがあった。今や知識と美とを特権階級の独占より奪い返すことはつねに進取的なる民衆の切実なる要求である。岩波文庫はこの要求に応じそれに励まされて生まれた。それは生命ある不朽の書を少数者の書斎と研究室とより解放して街頭にくまなく立たしめ民衆に伍せしめるであろう。近時大量生産予約出版の流行を見る。その広告宣伝の狂態はしばらくおくも、後代にのこすと誇称する全集がその編集に万全の用意をなしたるか。千古の典籍の翻訳企図に敬虔の態度を欠かざりしか。さらに分売を許さず読者を繋縛して数十冊を強うるがごとき、はたしてその揚言する学芸解放のゆえんなりや。吾人は天下の名士の声に和してこれを推挙するに躊躇するものである。このときにあたって、岩波書店は自己の責務のいよいよ重大なるを思い、従来の方針の徹底を期するため、すでに十数年以前より志して来た計画を慎重審議この際断然実行することにした。吾人は範をかのレクラム文庫にとり、古今東西にわたって文芸・哲学・社会科学・自然科学等種類のいかんを問わず、いやしくも万人の必読すべき真に古典的価値ある書をきわめて簡易なる形式において逐次刊行し、あらゆる人間に須要なる生活向上の資料、生活批判の原理を提供せんと欲する。この文庫は予約出版の方法を排したるがゆえに、読者は自己の欲する時に自己の欲する書物を各個に自由に選択することができる。携帯に便にして価格の低きを最主とするがゆえに、外観を顧みざるも内容に至っては厳選最も力を尽くし、従来の岩波出版物の特色をますます発揮せしめようとする。この計画たるや世間の一時の投機的なるものと異なり、永遠の事業として吾人は微力を傾倒し、あらゆる犠牲を忍んで今後永久に継続発展せしめ、もって文庫の使命を遺憾なく果たさしめることを期する。芸術を愛し知識を求むる士の自ら進んでこの挙に参加し、希望と忠言とを寄せられることは吾人の熱望するところである。その性質上経済的には最も困難多きこの事業にあえて当たらんとする吾人の志を諒として、その達成のため世の読書子とのうるわしき共同を期待する。

昭和二年七月

《日本文学(現代)》〔緑〕

怪談 牡丹燈籠	三遊亭円朝
真景累ヶ淵	三遊亭円朝
塩原多助一代記	三遊亭円朝
小説神髄	坪内逍遥
当世書生気質	坪内逍遥
役の行者	坪内逍遥
桐一葉・沓手鳥孤城落月	坪内逍遥
ウィタ・セクスアリス	森鷗外
雁	森鷗外
阿部一族 他二篇	森鷗外
山椒大夫・高瀬舟 他四篇	森鷗外
渋江抽斎	森鷗外
舞姫・うたかたの記 他三篇	森鷗外
ファウスト 全二冊	森林太郎訳
みれん	シュニッツラー 森鷗外訳
うた日記	森鷗外
大塩平八郎・堺事件	森鷗外
鷗外随筆集	千葉俊二編
森鷗外 椋鳥通信 全三冊	池内紀編注
浮雲	二葉亭四迷 十川信介校注
平凡 他六篇	二葉亭四迷
其面影	二葉亭四迷
今戸心中 他二篇	広津柳浪
河内屋・黒蜴蜓 他一篇	広津柳浪
野菊の墓 他四篇	伊藤左千夫
漱石文芸論集	磯田光一編
吾輩は猫である	夏目漱石
坊っちゃん	夏目漱石
草枕	夏目漱石
虞美人草	夏目漱石
三四郎	夏目漱石
それから	夏目漱石
門	夏目漱石
彼岸過迄	夏目漱石
行人	夏目漱石
こころ	夏目漱石
硝子戸の中	夏目漱石
道草	夏目漱石
明暗	夏目漱石
思い出す事など 他七篇	夏目漱石
文学評論 全二冊	夏目漱石
夢十夜 他二篇	夏目漱石
漱石文明論集	三好行雄編
倫敦塔・幻影の盾 他五篇	夏目漱石
漱石日記	平岡敏夫編
漱石書簡集	三好行雄編
漱石俳句集	坪内稔典編
漱石・子規往復書簡集	和田茂樹編
文学論 全二冊	夏目漱石
坑夫	夏目漱石

漱石紀行文集	藤井淑禎編
二百十日・野分	夏目漱石
五重塔	幸田露伴
運命 他一篇	幸田露伴
努力論	幸田露伴
幻談・観画談 他三篇	幸田露伴
連環記 他一篇	幸田露伴
天うつ浪 全二冊	幸田露伴
子規句集	高浜虚子選
病牀六尺	正岡子規
子規歌集	土屋文明編
墨汁一滴	正岡子規
仰臥漫録	正岡子規
歌よみに与ふる書	正岡子規
俳諧大要	正岡子規
獺祭書屋俳話・芭蕉雑談	正岡子規
金色夜叉 全二冊	尾崎紅葉

三人妻	尾崎紅葉
不如帰	徳冨蘆花
自然と人生	徳冨蘆花
謀叛論 他六篇 日記	徳冨健次郎 中野好夫編
武蔵野	国木田独歩
愛弟通信	国木田独歩
蒲団・一兵卒	田山花袋
温泉めぐり	田山花袋
藤村詩抄	島崎藤村自選
破戒	島崎藤村
春	島崎藤村
千曲川のスケッチ	島崎藤村
嵐 他二篇	島崎藤村
夜明け前 全四冊	島崎藤村
藤村文明論集	十川信介編
藤村随筆集	十川信介編
にごりえ・たけくらべ	樋口一葉

大つごもり・十三夜 他五篇	樋口一葉
高野聖・眉かくしの霊	泉鏡花
夜叉ケ池・天守物語	泉鏡花
草迷宮	泉鏡花
春昼・春昼後刻	泉鏡花
鏡花短篇集	川村二郎編
日本橋	泉鏡花
婦系図 全二冊	泉鏡花
外科室・海城発電 他五篇	泉鏡花
鏡花随筆集	吉田昌志編
化鳥・三尺角 他六篇	泉鏡花
鏡花紀行文集	田中励儀編
俳諧師・続俳諧師	高浜虚子
回想 子規・漱石	高浜虚子
泣菫詩抄	薄田泣菫
有明詩抄	蒲原有明
上田敏全訳詩集	山内義雄 矢野峰人編

赤彦歌集　斎藤茂吉・久保田不二子選
小さき者へ・生れ出ずる悩み　有島武郎
一房の葡萄 他四篇　有島武郎
寺田寅彦随筆集 全五冊　小宮豊隆編
柿の種　寺田寅彦
与謝野晶子歌集　与謝野晶子自選
与謝野晶子評論集　鹿野政直・香内信子編
入江のほとり 他一篇　正宗白鳥
長塚節歌集　斎藤茂吉選
つゆのあとさき　永井荷風
濹東綺譚　永井荷風
荷風随筆集 全二冊　野口冨士男編
摘録 断腸亭日乗 全二冊　永井荷風・磯田光一編
すみだ川・新橋夜話 他一篇　永井荷風
あめりか物語　永井荷風
ふらんす物語　永井荷風
荷風俳句集　加藤郁乎編

煤煙　森田草平
斎藤茂吉歌集　山口茂吉・柴生田稔・佐藤佐太郎編
桑の実　鈴木三重吉
小鳥の巣　鈴木三重吉
千鳥 他四篇　鈴木三重吉
小僧の神様 他十篇　志賀直哉
万暦赤絵 他二十二篇　志賀直哉
暗夜行路 全二冊　志賀直哉
高村光太郎詩集　高村光太郎
白秋愛唱歌集　藤田圭雄編
北原白秋歌集　高野公彦編
北原白秋詩集 全二冊　安藤元雄編
友情　武者小路実篤
銀の匙　中勘助
犬 他一篇　中勘助
蜜蜂・余生　中勘助
中勘助詩集　谷川俊太郎編

若山牧水歌集　伊藤一彦編
新編 みなかみ紀行　若山牧水・池内紀編
木下杢太郎詩集　河盛好蔵選
新編 百花譜百選　木下杢太郎画・前川誠郎編
新編 啄木歌集　久保田正文編
啄木詩集　大岡信編
蓼喰う虫　谷崎潤一郎・小出楢重画
春琴抄・盲目物語　谷崎潤一郎
吉野葛・蘆刈　谷崎潤一郎
卍(まんじ)　谷崎潤一郎
幼少時代　谷崎潤一郎
谷崎潤一郎随筆集　篠田一士編
文章の話　里見弴
萩原朔太郎詩集　三好達治選
郷愁の詩人 与謝蕪村　萩原朔太郎
猫町 他十七篇　萩原朔太郎・清岡卓行編
恩讐の彼方に・忠直卿行状記 他八篇　菊池寛

半自叙伝・無名作家の日記 他四篇	菊池寛
父帰る・藤十郎の恋 菊池寛戯曲集	石割透編
室生犀星詩集	室生犀星自選
出家とその弟子	倉田百三
愛と認識との出発	倉田百三
苦の世界	宇野浩二
神経病時代・若き日	広津和郎
羅生門・鼻・芋粥・偸盗	芥川竜之介
地獄変・邪宗門・好色・藪の中 他七篇	芥川竜之介
河童 他二篇	芥川竜之介
歯車 他二篇	芥川竜之介
蜘蛛の糸・杜子春・トロッコ 他十七篇	芥川竜之介
侏儒の言葉・文芸的な、余りに文芸的な	芥川竜之介
芥川竜之介書簡集	石割透編
芥川竜之介俳句集	加藤郁乎編
芥川竜之介随筆集	石割透編
田園の憂鬱	佐藤春夫

厭世家の誕生日 他六篇	佐藤春夫
小説永井荷風伝 他三篇	佐藤春夫
日輪・春は馬車に乗って 他八篇	横光利一
上海	横光利一
旅愁 全二冊	横光利一
宮沢賢治詩集	谷川徹三編
童話集 風の又三郎 他十八篇	宮沢賢治 谷川徹三編
童話集 銀河鉄道の夜 他十四篇	宮沢賢治 谷川徹三編
山椒魚・遙拝隊長 他七篇	井伏鱒二
伊豆の踊子・温泉宿 他四篇	川端康成
雪国	川端康成
山の音	川端康成
川端康成随筆集	川西政明編
詩を読む人のために	三好達治
中野重治詩集	中野重治
藝術に関する走り書的覚え書	中野重治
梨の花	中野重治

夏目漱石 全二冊	小宮豊隆
社会百面相 全二冊	内田魯庵
檸檬《レモン》・冬の日 他九篇	梶井基次郎
蟹工船 一九二八・三・一五	小林多喜二
防雪林・不在地主	小林多喜二
独房・党生活者	小林多喜二
風立ちぬ・美しい村	堀辰雄
菜穂子 他五篇	堀辰雄
富嶽百景・走れメロス 他八篇	太宰治
斜陽 他一篇	太宰治
人間失格・グッド・バイ 他一篇	太宰治
お伽草紙・新釈諸国噺	太宰治
日本唱歌集	堀内敬三 井上武士編
日本童謡集	与田準一編
近代日本人の発想の諸形式 他四篇	伊藤整
小説の方法	伊藤整
小説の認識	伊藤整

中原中也詩集　大岡昇平編
ランボオ詩集　中原中也訳
小熊秀雄詩集　岩田宏編
風浪・蛙昇天 ―木下順二戯曲選Ⅰ　木下順二
玄朴と長英 他三篇　真山青果
随筆滝沢馬琴　真山青果
新編 近代美人伝 全二冊　長谷川時雨 杉本苑子編
みそっかす　幸田文
土屋文明歌集　土屋文明自選
古句を観る　柴田宵曲
俳諧随筆 蕉門の人々　柴田宵曲
評伝 正岡子規　柴田宵曲
随筆集 団扇の画　柴田宵曲 小出昌洋編
小説集 夏の花　原民喜
原民喜全詩集
いちご姫・蝴蝶 他二篇　山田美妙 十川信介校訂
貝殻追放抄　水上滝太郎

銀座復興 他三篇　水上滝太郎
鏑木清方随筆集 東京の四季　山田肇編
柳橋新誌　成島柳北 塩田良平校訂
島村抱月文芸評論集　島村抱月
石橋忍月評論集　石橋忍月
立原道造・堀辰雄翻訳集 ―林檎みのる頃・窓
野火／ハムレット日記　大岡昇平
中谷宇吉郎随筆集　樋口敬二編
雪　中谷宇吉郎
冥途・旅順入城式　内田百閒
東京日記 他六篇　内田百閒
佐藤佐太郎歌集　佐藤志満編
西脇順三郎詩集　那珂太郎編
山岳紀行文集 日本アルプス　小島烏水 近藤信行編
宮柊二歌集　宮英子 高野公彦編
山の絵本　尾崎喜八
日本児童文学名作集 全二冊　桑原三郎 千葉俊二編

山月記・李陵 他九篇　中島敦
新選 山のパンセ　串田孫一自選
小川未明童話集　桑原三郎編
新美南吉童話集　千葉俊二編
岸田劉生随筆集　酒井忠康編
摘録 劉生日記　岸田劉生 酒井忠康編
量子力学と私　朝永振一郎 江沢洋編
科学者の自由な楽園　朝永振一郎 江沢洋編
書物　森銑三 柴田宵曲
新編 明治人物夜話　森銑三 小出昌洋編
自註鹿鳴集　会津八一
窪田空穂随筆集　大岡信編
わが文学体験　窪田空穂
明治文学回想集 全二冊　十川信介編
梵雲庵雑話　淡島寒月
鷗外の思い出　小金井喜美子
新編 学問の曲り角　河野与一 原二郎編

《イギリス文学》〔赤〕

- ユートピア　トマス・モア　平井正穂訳
- 完訳カンタベリー物語　全三冊　チョーサー　桝井迪夫訳
- ヴェニスの商人　シェイクスピア　中野好夫訳
- ジュリアス・シーザー　シェイクスピア　中野好夫訳
- 十二夜　シェイクスピア　小津次郎訳
- ハムレット　シェイクスピア　野島秀勝訳
- オセロウ　シェイクスピア　菅泰男訳
- リア王　シェイクスピア　野島秀勝訳
- マクベス　シェイクスピア　木下順二訳
- ソネット集　シェイクスピア　高松雄一訳
- ロミオとジューリエット　シェイクスピア　平井正穂訳
- リチャード三世　シェイクスピア　木下順二訳
- 対訳シェイクスピア詩集　―イギリス詩人選(1)　柴田稔彦編
- 失楽園　全二冊　ミルトン　平井正穂訳
- ロビンソン・クルーソー　全二冊　デフォー　平井正穂訳
- ガリヴァー旅行記　スウィフト　平井正穂訳

- ジョウゼフ・アンドルーズ　全二冊　フィールディング　朱牟田夏雄訳
- トリストラム・シャンディ　全三冊　ロレンス・スターン　朱牟田夏雄訳
- ウェイクフィールドの牧師　―むだばなし　ゴールドスミス　小野寺健訳
- 幸福の探求　―アビシニアの王子ラセラスの物語　サミュエル・ジョンソン　朱牟田夏雄訳
- 対訳バイロン詩集　―イギリス詩人選(8)　笠原順路編
- 対訳ブレイク詩集　―イギリス詩人選(4)　松島正一編
- ブレイク詩集　寿岳文章訳
- ワーズワース詩集　田部重治選訳
- 対訳ワーズワス詩集　―イギリス詩人選(3)　山内久明編
- キプリング短篇集　橋本槙矩編訳
- 高慢と偏見　全二冊　ジェーン・オースティン　富田彬訳
- 説きふせられて　ジェーン・オースティン　富田彬訳
- エマ　全二冊　ジェーン・オースティン　工藤政司訳
- 対訳テニスン詩集　―イギリス詩人選(5)　西前美巳編
- 虚栄の市　全四冊　サッカリー　中島賢二訳
- 床屋コックスの日記・馬丁粋語録　サッカレ　平井呈一訳
- デイヴィッド・コパフィールド　全五冊　ディケンズ　石塚裕子訳

- ディケンズ短篇集　小池滋　石塚裕子訳
- オリヴァ・ツウィスト　全二冊　ディケンズ　本多季子訳
- 大いなる遺産　全二冊　ディケンズ　石塚裕子訳
- 鎖を解かれたプロメテウス　シェリー　石川重俊訳
- 対訳シェリー詩集　―イギリス詩人選(9)　アルヴィ宮本なほ子編
- ジェイン・エア　全二冊　シャーロット・ブロンテ　河島弘美訳
- 嵐が丘　全二冊　エミリー・ブロンテ　河島弘美訳
- 教養と無秩序　マシュー・アーノルド　多田英次訳
- アルプス登攀記　全二冊　ウィンパー　浦松佐美太郎訳
- テス　全二冊　ハーディ　井上宗次　石田英二訳
- ハーディ短篇集　井出弘之編訳
- 和蘭派田園画　緑の木蔭　トマス・ハーディ　阿部知二訳
- 緑の館　―熱帯林のロマンス　ハドソン　柏倉俊三訳
- 宝島　スティーヴンスン　阿部知二訳
- ジーキル博士とハイド氏　スティーヴンスン　海保眞夫訳
- プリンス・オットー　スティーヴンスン　小川和夫訳
- 新アラビヤ夜話　スティーヴンスン　佐藤緑葉訳

南海千一夜物語　スティーヴンスン　中村徳三郎訳
若い人々のために 他十一篇　スティーヴンスン　岩田良吉訳
マーカイム・壜の小鬼 他五篇　スティーヴンソン　高松雄一・高松禎子訳
怪談 ―不思議なことの物語と研究　ラフカディオ・ハーン　平井呈一訳
サロメ　ワイルド　福田恆存訳
人と超人　バーナード・ショー　市川又彦訳
ヘンリ・ライクロフトの私記　ギッシング　平井正穂訳
闇の奥　コンラッド　中野好夫訳
コンラッド短篇集　中島賢二編訳
対訳イエイツ詩集　高松雄一編
月と六ペンス　モーム　行方昭夫訳
読書案内 ―世界文学　W・S・モーム　西川正身訳
世界の十大小説 全二冊　W・S・モーム　西川正身訳
人間の絆 全三冊　モーム　行方昭夫訳
夫が多すぎて　モーム　海保眞夫訳
サミング・アップ　モーム　行方昭夫訳
モーム短篇選 全二冊　行方昭夫編訳

お菓子とビール　モーム　行方昭夫訳
荒地　T・S・エリオット　岩崎宗治訳
悪口学校　シェリダン　菅泰男訳
パリ・ロンドン放浪記　ジョージ・オーウェル　小野寺健訳
動物農場 ―おとぎばなし　ジョージ・オーウェル　川端康雄訳
対訳キーツ詩集 ―イギリス詩人選(10)　宮崎雄行編
キーツ詩集　中村健二訳
20世紀イギリス短篇選 全二冊　小野寺健編訳
イギリス名詩選　平井正穂編
タイム・マシン 他九篇　H・G・ウエルズ　橋本槇矩訳
透明人間　H・G・ウエルズ　橋本槇矩訳
モロー博士の島 他九篇　H・G・ウエルズ　橋本槇矩・鈴木万里訳
トーノ・バンゲイ 全二冊　ウェルズ　中西信太郎訳
回想のブライズヘッド 全二冊　イーヴリン・ウォー　小野寺健訳
愛されたもの　イーヴリン・ウォー　中村健二・出淵博訳
イギリス民話集　河野一郎編訳
白衣の女 全三冊　ウィルキー・コリンズ　中島賢二訳

夢の女・恐怖のベッド 他六篇　ウィルキー・コリンズ　中島賢二訳
対訳英米童謡集　河野一郎編訳
完訳ナンセンスの絵本　エドワード・リア　柳瀬尚紀訳
灯台へ　ヴァージニア・ウルフ　御輿哲也訳
船出 全二冊　ヴァージニア・ウルフ　川西進訳
夜の来訪者　プリーストリー　安藤貞雄訳
イングランド紀行 全二冊　プリーストリー　橋本槇矩訳
アーネスト・ダウスン作品集　南條竹則編訳
スコットランド紀行　エドウィン・ミュア　橋本槇矩訳
狐になった奥様　ガーネット　安藤貞雄訳
ヘリック詩鈔　森亮訳
たいした問題じゃないが ―イギリス・コラム傑作選　行方昭夫編訳
英国ルネサンス恋愛ソネット集　岩崎宗治編訳
文学とは何か ―現代批評理論への招待 全二冊　テリー・イーグルトン　大橋洋一訳
D・G・ロセッティ作品集　南條竹則・松村伸一編訳

《アメリカ文学》〔赤〕

- ギリシア・ローマ神話 付インド・北欧神話 — ブルフィンチ 野上弥生子訳
- 中世騎士物語 — ブルフィンチ 野上弥生子訳
- フランクリン自伝 — 松本慎一 西川正身訳
- フランクリンの手紙 — 蕗沢忠枝編訳
- スケッチ・ブック 全二冊 — アーヴィング 齊藤昇訳
- アルハンブラ物語 全二冊 — アーヴィング 平沼孝之訳
- ウォルター・スコット邸訪問記 — アーヴィング 齊藤昇訳
- ブレイスブリッジ邸 — アーヴィング 齊藤昇訳
- 完訳 緋文字 — ホーソーン 八木敏雄訳
- 哀詩 エヴァンジェリン — ロングフェロー 斎藤悦子訳
- 黒猫・モルグ街の殺人事件 他五篇 — ポオ 中野好夫訳
- 対訳 ポー詩集 —アメリカ詩人選(1) — 加島祥造編
- 黄金虫・アッシャー家の崩壊 他九篇 — ポオ 八木敏雄訳
- ポオ評論集 — 八木敏雄編訳
- 森の生活 (ウォールデン) 全二冊 — ソロー 飯田実訳
- 白鯨 全三冊 — メルヴィル 八木敏雄訳

- 幽霊船 他一篇 — ハーマン・メルヴィル 坂下昇訳
- 対訳 ホイットマン詩集 —アメリカ詩人選(2) — 木島始編
- 対訳 ディキンソン詩集 —アメリカ詩人選(3) — 亀井俊介編
- 不思議な少年 — マーク・トウェイン 中野好夫訳
- 王子と乞食 — マーク・トウェーン 村岡花子訳
- 人間とは何か — マーク・トウェイン 中野好夫訳
- ハックルベリー・フィンの冒険 全二冊 — マーク・トウェイン 西田実訳
- いのちの半ばに — ビアス 西川正身訳
- 新編 悪魔の辞典 — ビアス 西川正身編訳
- ヘンリー・ジェイムズ短篇集 — 大津栄一郎編訳
- 大使たち 全二冊 — ヘンリー・ジェイムズ 青木次生訳
- ワシントン・スクエア — ヘンリー・ジェイムズ 河島弘美訳
- 赤い武功章 他三篇 — クレイン 西田実訳
- シカゴ詩集 — サンドバーグ 安藤一郎訳
- 大地 全四冊 — パール・バック 小野寺健訳
- シスター・キャリー 全二冊 — ドライサー 村山淳彦訳
- 熊 他三篇 — フォークナー 加島祥造訳

- 響きと怒り 全二冊 — フォークナー 平石貴樹 新納卓也訳
- アブサロム、アブサロム! 全二冊 — フォークナー 藤平育子訳
- 八月の光 全二冊 — フォークナー 諏訪部浩一訳
- 楡の木陰の欲望 — オニール 井上宗次訳
- 日はまた昇る — ヘミングウェイ 谷口陸男訳
- ヘミングウェイ短篇集 全二冊 — 谷口陸男編訳
- 怒りのぶどう 全三冊 — スタインベック 大橋健三郎訳
- ブラック・ボーイ —ある幼少期の記録 全二冊 — リチャード・ライト 野崎孝訳
- オー・ヘンリー傑作選 — 大津栄一郎訳
- 小公子 — バアネット 若松賤子訳
- アメリカ名詩選 — 亀井俊介 川本皓嗣編
- 20世紀アメリカ短篇選 全二冊 — 大津栄一郎編訳
- 孤独な娘 — ナサニエル・ウェスト 丸谷才一訳
- 魔法の樽 他十二篇 — マラマッド 阿部公彦訳
- 青白い炎 — ナボコフ 富士川義之訳
- 風と共に去りぬ 全六冊 — マーガレット・ミッチェル 荒このみ訳

《ドイツ文学》〔赤〕

- ニーベルンゲンの歌 全二冊 — 相良守峯訳
- 若きウェルテルの悩み — ゲーテ 竹山道雄訳
- ヴィルヘルム・マイスターの修業時代 全三冊 — ゲーテ 山崎章甫訳
- イタリア紀行 全三冊 — ゲーテ 相良守峯訳
- ファウスト 全二冊 — ゲーテ 相良守峯訳
- ゲーテとの対話 全三冊 — エッカーマン 山下肇訳
- ヴィルヘルム・テル — シラー 桜井政隆・桜井国隆訳
- ヘルダーリン詩集 — 川村二郎訳
- 青い花 — ノヴァーリス 青山隆夫訳
- 夜の讃歌・サイスの弟子たち 他一篇 — ノヴァーリス 今泉文子訳
- 完訳 グリム童話集 全五冊 — 金田鬼一訳
- 水妖記（ウンディーネ） — フーケー 柴田治三郎訳
- O侯爵夫人 他六篇 — クライスト 相良守峯訳
- 影をなくした男 — シャミッソー 池内紀訳
- ハイネ 歌の本 全二冊 — 井上正蔵訳
- 流刑の神々・精霊物語 — ハイネ 小沢俊夫訳

- 冬物語 —ドイツ— — ハイネ 井汲越次訳
- ユーディット 他一篇 — ヘッベル 吹田順助訳
- 芸術と革命 他四篇 — ワーグナー 北村義男訳
- ブリギッタ・森の泉 他一篇 — シュティフター 宇多五郎・高安国世訳
- みずうみ 他四篇 — シュトルム 関泰祐訳
- 美しき誘い 他一篇 — シュトルム 国松孝二訳
- 聖ユルゲンにて・後見人カルステン 他一篇 — シュトルム 国松孝二訳
- 村のロメオとユリア — ケラー 草間平作訳
- 夢小説・闇への逃走 他一篇 — シュニッツラー 池内紀・武村知子訳
- 花・死人に口なし 他七篇 — シュニッツラー 番匠谷英一・山本有三訳
- リルケ詩集 — 高安国世訳
- ドゥイノの悲歌 — リルケ 手塚富雄訳
- ブッデンブローク家の人びと 全三冊 — トーマス・マン 望月市恵訳
- トオマス・マン短篇集 — 実吉捷郎訳
- 魔の山 全二冊 — トーマス・マン 関泰祐・望月市恵訳
- トニオ・クレエゲル — トオマス・マン 実吉捷郎訳
- ヴェニスに死す — トオマス・マン 実吉捷郎訳

- 講演集 ドイツとドイツ人 他五篇 — トーマス・マン 青木順三訳
- 車輪の下 — ヘルマン・ヘッセ 実吉捷郎訳
- デミアン — ヘルマン・ヘッセ 実吉捷郎訳
- シッダルタ — ヘッセ 手塚富雄訳
- 美しき惑いの年 — カロッサ 手塚富雄訳
- 若き日の変転 — カロッサ 斎藤栄治訳
- 幼年時代 — カロッサ 斎藤栄治訳
- 指導と信従 — カロッサ 国松孝二訳
- マリー・アントワネット 全二冊 — シュテファン・ツワイク 高橋禎二・秋山英夫訳
- ジョゼフ・フーシェ —ある政治的人間の肖像 — シュテファン・ツワイク 高橋禎二・秋山英夫訳
- 変身・断食芸人 — カフカ 山下肇・山下萬里訳
- 審判 — カフカ 辻瑆訳
- カフカ短篇集 — 池内紀編訳
- カフカ寓話集 — 池内紀編訳
- 肝っ玉おっ母とその子どもたち — ブレヒト 岩淵達治訳
- 天と地との間 — オットー・ルートヴィヒ 黒川武敏訳
- ほらふき男爵の冒険 — ビュルガー編 新井皓士訳

憂愁夫人　ズーデルマン　相良守峯訳
短篇集 死神とのインタヴュー　ノサック　神品芳夫訳
悪童物語　ルウドヰヒ・トオマ　実吉捷郎訳
芸術を愛する一修道僧の真情の披瀝　ヴァッケンローダー　江川英一訳
大理石像・デュランデ城悲歌　アイヒェンドルフ　関泰祐訳
改訳 愉しき放浪児　アイヒェンドルフ　関泰祐訳
ホフマンスタール詩集　川村二郎訳
陽気なヴッツ先生 他一篇　ジャン・パウル　岩田行一訳
蜜蜂マアヤ　ボンゼルス　実吉捷郎訳
インド紀行 全二冊　ボンゼルス　実吉捷郎訳
ドイツ名詩選　生野幸吉 檜山哲彦編
蝶の生活　シュナック　岡田朝雄訳
聖なる酔っぱらいの伝説 他四篇　ヨーゼフ・ロート　池内紀訳
ラデツキー行進曲 全二冊　ヨーゼフ・ロート　平田達治訳
暴力批判論 他十篇 —ベンヤミンの仕事1　ヴァルター・ベンヤミン　野村修編訳
ボードレール 他五篇 —ベンヤミンの仕事2　ヴァルター・ベンヤミン　野村修編訳
人生処方詩集　エーリヒ・ケストナー　小松太郎訳

三十歳　インゲボルク・バッハマン　松永美穂訳

《フランス文学》〔赤〕

ラブレー第一之書 ガルガンチュワ物語　渡辺一夫訳
ラブレー第二之書 パンタグリュエル物語　渡辺一夫訳
ラブレー第三之書 パンタグリュエル物語　渡辺一夫訳
ラブレー第四之書 パンタグリュエル物語　渡辺一夫訳
ラブレー第五之書 パンタグリュエル物語　渡辺一夫訳
トリスタン・イズー物語　ベディエ編　佐藤輝夫訳
ピエール・パトラン先生　渡辺一夫訳
日月両世界旅行記　シラノ・ド・ベルジュラック　赤木昭三訳
ロンサール詩集　ロンサール　井上究一郎訳
エセー 全六冊　モンテーニュ　原二郎訳
ラ・ロシュフコー箴言集　二宮フサ訳
ドン・ジュアン —石像の宴　モリエール　鈴木力衛訳
完訳 ペロー童話集　新倉朗子訳
クレーヴの奥方 他二篇　ラファイエット夫人　生島遼一訳
カラクテール —当世風俗誌 全三冊　ラ・ブリュイエール　関根秀雄訳

偽りの告白　マリヴォー　鈴木力衛訳
贋の侍女・愛の勝利　マリヴォー　佐藤実枝 井村順一訳
カンディード 他五篇　ヴォルテール　植田祐次訳
哲学書簡　ヴォルテール　林達夫訳
孤独な散歩者の夢想　ルソー　今野一雄訳
危険な関係 全二冊　ラクロ　伊吹武彦訳
美味礼讃 全二冊　ブリア-サヴァラン　関根秀雄 戸部松実訳
恋愛論 全二冊　スタンダール　杉本圭子訳
赤と黒 全二冊　スタンダール　桑原武夫 生島遼一訳
パルムの僧院 全二冊　スタンダール　生島遼一訳
ヴァニナ・ヴァニニ 他四篇　スタンダール　生島遼一訳
知られざる傑作 他五篇　バルザック　水野亮訳
サラジーヌ 他三篇　バルザック　芳川泰久訳
艶笑滑稽譚 全三冊　バルザック　石井晴一訳
レ・ミゼラブル 全四冊　ユーゴー　豊島与志雄訳
死刑囚最後の日　ユーゴー　豊島与志雄訳
ライン河幻想紀行　ユーゴー　榊原晃三編訳

- ノートル＝ダム・ド・パリ 全二冊 — ユゴー 辻昶・松下和則 訳
- エルナニ — ユゴー 稲垣直樹 訳
- モンテ・クリスト伯 全七冊 — アレクサンドル・デュマ 山内義雄 訳
- 三銃士 全二冊 — デュマ 生島遼一 訳
- カルメン — メリメ 杉捷夫 訳
- メリメ怪奇小説選 — 杉捷夫 編訳
- 愛の妖精（プチット・ファデット） — ジョルジュ・サンド 宮崎嶺雄 訳
- ボオドレール 悪の華 — 鈴木信太郎 訳
- ボヴァリー夫人 全二冊 — フローベール 伊吹武彦 訳
- 感情教育 全二冊 — フローベール 生島遼一 訳
- 紋切型辞典 — フローベール 小倉孝誠 訳
- 椿姫 — デュマ・フィス 吉村正一郎 訳
- パリ風俗 サフォ — ドーデ 朝倉季雄 訳
- プチ・ショーズ —ある少年の物語 — ドーデ 原千代海 訳
- 神々は渇く — アナトール・フランス 大塚幸男 訳
- ジェルミナール 全三冊 — エミール・ゾラ 安士正夫 訳
- 水車小屋攻撃 他七篇 — エミール・ゾラ 朝比奈弘治 訳

- 氷島の漁夫 — ピエール・ロチ 吉氷清 訳
- マラルメ詩集 — 渡辺守章 訳
- 脂肪のかたまり — モーパッサン 高山鉄男 訳
- ベラミ 全二冊 — モーパッサン 杉捷夫 訳
- モーパッサン短篇選 — 高山鉄男 編訳
- 地獄の季節 — ランボオ 小林秀雄 訳
- にんじん — ルナアル 岸田国士 訳
- ぶどう畑のぶどう作り — ルナアル 岸田国士 訳
- 博物誌 — ルナール 辻昶 訳
- ジャン・クリストフ 全四冊 — ロマン・ローラン 豊島与志雄 訳
- ベートーヴェンの生涯 — ロマン・ロラン 片山敏彦 訳
- ミケランジェロの生涯 — ロマン・ロラン 高田博厚 訳
- フランシス・ジャム詩集 — 手塚伸一 訳
- 三人の乙女たち — フランシス・ジャム 手塚伸一 訳
- 背徳者 — アンドレ・ジイド 川口篤 訳
- 贋金つくり 全二冊 — アンドレ・ジイド 川口篤 訳
- 続コンゴ紀行 —チャド湖より還る — アンドレ・ジイド 杉捷夫 訳

- レオナルド・ダ・ヴィンチの方法 — ポール・ヴァレリー 山田九朗 訳
- ムッシュー・テスト — ポール・ヴァレリー 清水徹 訳
- 精神の危機 他十五篇 — ポール・ヴァレリー 恒川邦夫 訳
- 若き日の手紙 — フィリップ 外山楢夫 訳
- 朝のコント — フィリップ 淀野隆三 訳
- 海の沈黙・星への歩み — ヴェルコール 河野與一・加藤周一 訳
- 恐るべき子供たち — コクトー 鈴木力衛 訳
- 地底旅行 — ジュール・ヴェルヌ 朝比奈弘治 訳
- 八十日間世界一周 — ジュール・ヴェルヌ 鈴木啓二 訳
- 海底二万里 全二冊 — ジュール・ヴェルヌ 朝比奈美知子 訳
- プロヴァンスの少女（ミレイユ） — ミストラル 杉冨士雄 訳
- 結婚十五の歓び — 新倉俊一 訳
- モーパン嬢 全二冊 — テオフィル・ゴーチエ 井村実名子 訳
- 死都ブリュージュ — ローデンバック 窪田般彌 訳
- シェリ — コレット 工藤庸子 訳
- 生きている過去 — レニエ 窪田般彌 訳
- シュルレアリスム宣言・溶ける魚 — アンドレ・ブルトン 巌谷國士 訳

- ナジャ　アンドレ・ブルトン　巖谷國士訳
- 不遇なる一天才の手記　ヴォーヴナルグ　関根秀雄訳
- ヂェルミニィ・ラセルトゥウ　ゴンクウル兄弟　大西克和訳
- ゴンクールの日記　全二冊　斎藤一郎編訳
- D・G・ロセッティ作品集　南條竹則・松村伸一編訳
- フランス名詩選　安藤元雄・入沢康夫・渋沢孝輔編
- 繻子の靴　全二冊　ポール・クローデル　渡辺守章訳
- A・O・バルナブース全集　全二冊　ヴァレリー・ラルボー　岩崎力訳
- 自由への道　全六冊　サルトル　海老坂武・澤田直訳
- 物質的恍惚　ル・クレジオ　豊崎光一訳
- 悪魔祓い　ル・クレジオ　高山鉄男訳
- 女中たち　バルコン　ジャン・ジュネ　渡辺守章訳
- 楽しみと日々　プルースト　岩崎力訳
- 失われた時を求めて　全十四冊（既刊十冊）　プルースト　吉川一義訳
- 丘　ジャン・ジオノ　山本省訳
- 子ども　全二冊　ジュール・ヴァレス　朝比奈弘治訳
- シルトの岸辺　ジュリアン・グラック　安藤元雄訳

- 冗談　ミラン・クンデラ　西永良成訳

岩波文庫の最新刊

浜田雄介編

江戸川乱歩作品集 I

人でなしの恋・孤島の鬼 他

日本探偵小説の開拓者・乱歩の代表作を精選。第I巻は〈愛のゆくえ〉をテーマに「日記帳」「接吻」「人でなしの恋」「蟲」「孤島の鬼」を収録。(全3巻)

〔緑一八一-四〕 本体一〇〇〇円

大岡 信

日本の詩歌

その骨組みと素肌

菅原道真、紀貫之、中世歌謡などを題材に、日本詩歌の流れや特徴のみならず、日本文化のにおいや感触までをも伝える卓抜な日本文化芸術論。(解説＝池澤夏樹)

〔緑二〇二-三〕 本体六四〇円

柳井 滋・室伏信助・大朝雄二・鈴木日出男・藤井貞和・今西祐一郎校注

源氏物語 (二)

紅葉賀―明石

朧月夜に似るものぞなき――政敵の娘との密会発覚により、須磨・明石へと流れゆく光源氏…。新日本古典文学大系版に基づく原文に、注解・補訳を付す。(全九冊)

〔黄一五-一一〕 本体一三二〇円

廣松 渉

世界の共同主観的存在構造

認識するとはどういうことか? 認識論の乗り越えと再生を目指す廣松哲学、その核心を示す主著。鼎談「サルトルの地平と共同主観性」を付載。(解説＝熊野純彦)

〔青N一二二-一〕 本体一三二〇円

今月の重版再開

今西祐一郎校注

蜻蛉日記

本体九七〇円 〔黄一四-一〕

時枝誠記

国語学原論 (上)(下)

〔青N一一〇-一〕〔青N一一〇-二〕 本体各九〇〇円

久保田淳校注

千載和歌集

本体一〇一〇円 〔黄一三二-一〕

定価は表示価格に消費税が加算されます　2017. 11.